BA
LÜBBE
TASCHENBUCH

Weitere Titel des Autors

Der Flug der Störche
Die purpurnen Flüsse
Der steinerne Kreis
Das Imperium der Wölfe
Das schwarze Blut
Das Herz der Hölle
Choral des Todes
Im Wald der stummen Schreie
Der Ursprung des Bösen

Titel in der Regel auch als Hörbuch und E-Book erhältlich

Über den Autor

Jean-Christophe Grangé ist Frankreichs Thrillerautor Nummer eins. Auf sein bravouröses Debüt *Der Flug der Störche* folgten weitere Veröffentlichungen, mit denen er schon bald in die erste Riege der internationalen Meister des Genres aufstieg. Grangés Romane erscheinen in über dreißig Ländern und wurden fast alle mit prominenter Besetzung für das Kino verfilmt.

Jean-Christophe Grangé

DIE WAHRHEIT DES BLUTES

Thriller

Aus dem Französischen von
Ulrike Werner-Richter

BASTEI LÜBBE
TASCHENBUCH

BASTEI LÜBBE TASCHENBUCH
Band 17092

1. Auflage: Dezember 2014

Dieser Titel ist auch als Hörbuch und E-Book erhältlich

MIX
Papier aus verantwortungsvollen Quellen
FSC® C014496

Vollständige Taschenbuchausgabe
der bei Ehrenwirth erschienenen Hardcoverausgabe

Titel der französischen Originalausgabe: „Kaiken“
Originalverlag: Éditions Albin Michel, Paris
Published by arrangement with
Éditions Albin Michel, Paris

Für die deutschsprachige Ausgabe:

Titelillustration: © getty-images/Fernando Prats; © shutterstock/Kues
Umschlaggestaltung: Kirstin Osenau
Satz: Dörlemann Satz, Lemförde
Gesetzt aus der Goudy Old Style
Druck und Verarbeitung: GGP Media GmbH, Pößneck
Printed in Germany
ISBN 978-3-404-17092-0

Sie finden uns im Internet unter
www.luebbe.de
Bitte beachten Sie auch: www.lesejury.de

TEIL 1:
FURCHT

1

Es regnete. Seit Menschengedenken hatte es keinen derart miesen Juni gegeben. Schon wochenlang zeigte sich das Wetter immer gleich: grau, feucht und kalt. Vor allem die Nächte waren schlimm. Hauptkommissar Olivier Passan ließ den Verschluss seines Px4 Storm SD nach vorn schnellen und legte die Waffe entsichert auf seinen Schoß. Mit der Linken griff er wieder nach dem Lenkrad, rechts tippte er auf seinem iPhone herum. Auf dem Touchscreen baute sich die Navi-App auf und beleuchtete sein Gesicht gespenstisch von unten.

»Scheiße, wo sind wir hier überhaupt?«, knurrte Fifi. »Hast du eine Ahnung, wo wir hier rumgurken?«

Passan gab keine Antwort. Langsam und mit ausgeschalteten Scheinwerfern fuhren sie weiter. Im strömenden Regen konnte man kaum die Hand vor Augen sehen. Die Umgebung erinnerte an ein kreisförmiges Labyrinth, fast wie bei Borges. Gekrümmte, mit Ziegeln und rötlichem Putz verkleidete Mauern öffneten sich zu Eingängen, Gassen und Umwegen, schienen jedoch jeden Eindringling wieder nach außen zu katapultieren, als wollten sie ein geheimnisvolles Zentrum schützen.

Bei diesem Labyrinth jedoch handelte es sich um ein Wohnviertel namens Le Clos-Saint-Lazare, einen typischen sozialen Brennpunkt in einer der Pariser Vorstädte.

»Wir dürften überhaupt nicht hier sein«, murmelte Fifi. »Wenn das unsere Kollegen wüssten …«

»Schnauze!«

Passan hatte Fifi gebeten, dunkle Klamotten anzuziehen, um möglichst wenig Aufmerksamkeit zu erregen. Und was machte dieser Spinner? Er war in einem Hawaiihemd und knallroten Shorts angerückt. Passan verkniff sich die Frage, womit Fifi sich vor der Arbeit zugedröhnt hatte. Wodka? Speed? Koks? Wahrscheinlich alle drei.

Mit einer Hand am Lenkrad tastete Passan auf der Rückbank herum und griff nach einer kugelsicheren Weste, wie er auch selbst eine trug.

»Zieh das an.«

»Brauche ich nicht.«

»Zieh das Ding an! Mit deinem Hemd siehst du aus wie eine Tunte bei der Gay Pride.«

Philippe Delluc, der von allen nur Fifi genannt wurde, fügte sich widerstrebend. Passan beobachtete ihn von der Seite. Wasserstoffblonde Mähne, Aknenarben und gepiercte Lippen. Der offene Hemdkragen gestattete einen Blick auf das Maul eines wilden Drachen, der Fifis linken Arm und Schulter zu zerfleischen schien. Nach mittlerweile drei Jahren gemeinsamer Arbeit fragte sich Passan noch immer, wie der Junge die achtzehnmonatige Ausbildung an der Polizeischule, die Motivationsinterviews und die medizinischen Untersuchungen überstanden hatte.

Aber das Resultat war immerhin ein Bulle, der mit einer Pistole ein Ziel aus mehr als fünfzig Metern Entfernung treffen konnte, und zwar sowohl mit der rechten als auch mit der linken Hand. Auch nach mehreren durchgemachten Nächten zeigte er keine Ausfallerscheinungen. Mit kaum dreißig Jahren hatte der junge Kommissar schon mindestens fünf Schießereien überstanden, ohne einen Rückzieher zu machen. Fifi war mit Abstand der beste Teamkollege, den Passan je gehabt hatte.

»Wie war noch mal die Adresse?«

Fifi riss das Post-it ab, das am Armaturenbrett klebte.

»134, Rue Sadi-Carnot.«

Laut Navi mussten sie sich ganz in der Nähe befinden, lasen aber ständig andere Namen auf den Straßenschildern: Rue Nelson Mandela, Square Molière, Avenue Pablo Picasso. Alle paar

Meter holperte der Wagen über Straßenschwellen, was Passan allmählich unendlich nervte.

Im Vorfeld hatte er sich die Zeit genommen, einen Plan von Le-Clos-Saint-Lazare auszudrucken, einem der größten Wohnviertel im Departement Seine-Saint-Denis, wo fast zehntausend Menschen in Sozialwohnungen hausen. Der Hingucker des Viertels sind kreisbogenförmig gebaute Wohnblöcke, die sich in Schlangenlinien zwischen ein paar mickrigen Bäumen hindurchwinden. Um die Häuserschlange herum türmen sich fast feierlich ein paar rechteckige Klötze, die wie Wächter auf ihrem Posten zu stehen scheinen.

»Scheiße«, presste Fifi zwischen zusammengebissenen Zähnen hervor.

Hundert Meter vor ihnen droschen ein paar Schwarze auf einen am Boden liegenden Mann ein. Passan bremste ab, nahm den Gang heraus und ließ den Wagen auf die Gruppe zurollen. Die Schlägerei war in vollem Gange. Das Opfer versuchte verzweifelt, sein Gesicht zu schützen.

Prügel hagelten aus allen Richtungen auf den Mann ein. Einer der Angreifer mit abgeschnittenen Jeans und einer Kangol-Kappe auf dem Kopf trat ihm so heftig in den Mund, dass dem Opfer ein paar Zähne ausfielen.

»Ja, immer schön an meinen Schuhen lecken, Judenarsch. Immer schön lecken.« Der Schwarze presste ihm die Turnschuhe noch fester zwischen das geschundene Zahnfleisch. »LECKEN, ARSCHLOCH!«

Fifi griff nach seiner CZ 85 und öffnete die Tür. Passan hielt ihn zurück.

»Halt dich da raus. Du vermasselst noch alles.«

Plötzlich wurde es laut. Das Opfer war mit einem Satz aufgesprungen, die Treppe hinaufgerannt und in einem der Häuser verschwunden. Die Schwarzen lachten laut, verfolgten ihn aber nicht.

Passan legte den ersten Gang ein und fuhr an ihnen vorbei. Fifi schloss leise die Tür. Sie holperten über die nächste Schwelle.

Der Subaru machte kaum mehr Lärm als ein U-Boot auf Tauchstation. Wieder warf Passan einen Blick auf sein iPhone.

»Rue Sadi-Carnot«, murmelte er. »Da drüben muss es sein.«

»Wo siehst du denn da eine Straße?«

Hinter einem Bauzaun fast verborgen zweigte rechts eine Gasse ab. Im gesamten Viertel wurde wie wild gebaut. Auf einem Reklameschild stand in großen Lettern »Raubtiergehege« – ganz ohne Ironie, als Werbung für einen berühmten Tierpark. Am Ende der Gasse erkannte Passan zwischen halbfertigen Mauern und einer Menge Baumaterial einige viereckige, unpersönliche Bauten, die in einer Vorstadt wie dieser ebenso gut eine Schule als auch eine Lagerhalle sein konnten.

»128 … 130 … 132 …«, zählte er halblaut. »Das ist es. Ganz sicher.«

Die Blicke der beiden Polizisten richteten sich auf einen der Betonkästen. Passan zog den Zündschlüssel ab und schaltete das iPhone aus. Man sah nichts als große schwarze Pfützen, in die Regentropfen prasselten.

»Und jetzt?«, fragte Fifi.

»Wir gehen rein.«

»Bist du ganz sicher, dass du dich nicht irrst?«

»Ich bin überhaupt nicht sicher. Aber wir gehen da jetzt rein. Basta.«

Plötzlich hörten sie eine Frau schreien. Hastig blickten die Polizisten sich um. Woher war der Schrei gekommen? Drei halbwüchsige Kerle rannten die Straße entlang. Sie zerrten ein junges Mädchen mit sich, das sich verzweifelt schluchzend nach Leibeskräften wehrte. Einer der Jungs trieb sie mit heftigen Tritten vorwärts, ein anderer drosch ihr seine flache Hand in den Nacken. Offenbar wollten sie zu den Bauwagen.

Wieder öffnete Fifi die Wagentür. Sofort packte Passan ihn am Arm.

»Lass sie laufen. Deswegen sind wir nicht hier, kapiert?«

Sein Kollege warf ihm einen wütenden Blick zu.

»Wegen so etwas bin ich aber Bulle geworden, okay?«

Passan zögerte. Die Frau schrie schrill auf.

»Scheiße …« Er gab nach.

Mit vorgehaltener Waffe stiegen sie aus, schlichen hinter geparkten Autos bis zu der Gruppe und warfen sich ohne Vorwarnung auf die drei Übeltäter. Passan versetzte dem ersten einen solchen Schlag, dass er auf einem Haufen Sand in sich zusammensank. Fifi riss den zweiten von den Beinen, drehte ihn sofort auf den Bauch und fingerte nach seinen Handschellen. Der dritte Jugendliche suchte fluchend das Weite.

Das zitternde Mädchen verschwand fast gleichzeitig. Die beiden Polizisten blickten sich an. Das war ja schnell gegangen! Plötzlich gab es weder ein Opfer noch einen Angriff – einfach gar nichts mehr. Der Kerl am Boden nahm das kurze Zögern sofort wahr, schlug Fifis Hand mit der Pistole zur Seite und sprang auf die Füße.

Ein Schuss löste sich. Die Handschellen flogen in hohem Bogen klirrend davon. Der Übeltäter verschmolz im Handumdrehen mit der Nacht.

»So ein Mist«, schimpfte Passan.

Aus dem Augenwinkel sah er, wie die Tür des Lagerhauses leise geöffnet wurde. Sofort erkannte er den kahlen Schädel, die gedrungene Figur und die blauen Chirurgenhandschuhe. Wie oft hatte er diesen Augenblick herbeigesehnt! In seiner Fantasie lief immer alles sauber und glatt.

Er zog seine 45er und brüllte:

»Stehen bleiben!«

Der Mann erstarrte. Auf seinem regennassen Schädel spiegelte sich das durch die halb geöffnete Tür flackernde Licht. Drinnen brannte es. Sie kamen zu spät. Plötzlich klickte es in Passans Gehirn. Er fuhr herum und sah gerade noch den dritten Vergewaltiger, der in Richtung der bogenförmigen Gebäude floh.

Fifi legte an, den Finger bereits am Abzug. Passan drückte seinen Arm nach unten.

»Sag mal, spinnst du?«

Nun rannte auch der Kahlkopf davon. Natürlich in die entgegengesetzte Richtung. Sein schwarzer Regenmantel flatterte hinter ihm her. Ein wahres Fiasko! Passan sah, dass Fifi die Waffe wieder hochgenommen hatte und abwechselnd auf die beiden Flüchtenden zielte.

»Lass den Spinner laufen«, schrie er. »Schnapp dir Guillard!«

Sein junger Kollege stürmte in Richtung Baustelle, Passan lief zum Lagerhaus, verstaute die Beretta im Holster, schaltete sein Handy wieder ein, streifte im Laufen Handschuhe über und ließ die Schiebetür aufgleiten.

Er wusste, was ihn erwartete.

Aber es war noch viel schlimmer.

In einer mit Motoren, Ketten, Werkzeug und Ersatzteilen vollgestopften Halle von etwa hundert Quadratmetern hing in fast ein Meter fünfzig Höhe eine junge Frau an einem Großtank. Ihre weit auseinandergespreizten Arme und Beine waren mit Gurten gefesselt. Man sah ihr die nordafrikanische Abstammung an. Sie trug einen Jogginganzug von Adidas. Hose und Slip waren bis zu den Knöcheln heruntergelassen, das T-Shirt war hochgestreift.

Ihr Bauch war vom Brustbein bis zum Schamhügel aufgeschnitten, und die Därme hingen bis zum Boden hinunter. Vor ihr verkohlte ein Fetus in einer lodernden Lache. Die übliche Vorgehensweise. Sekunden vergingen. Sie kamen Passan wie Ewigkeiten vor. Er war unfähig, sich zu bewegen. Der Körper des Babys krümmte sich in der Glut. Erstickender Qualm stieg auf. Das Kind schien Passan mit glühenden Feueraugen zu beobachten.

Endlich brachte er es fertig, sich loszureißen. Zwischen Reifen und Antriebswellen hindurch stürzte er auf das Feuer zu, riss einen Läufer vom Boden und bedeckte den winzigen Körper. Er musste mehrfach zuschlagen, ehe das Feuer endlich erlosch. In einer Ecke entdeckte er eine Leiter, stellte sie auf und stieg zu der gefesselten Frau hinauf. Er wusste, dass sie tot war, tastete aber zur Bestätigung nach ihrem Puls.

Sein iPhone meldete sich. Er wühlte so heftig in seiner Tasche, dass er beinahe von der Leiter gefallen wäre.

Die atemlose Stimme von Fifi meldete sich.

»Was treibst du?«

»Hast du ihn?«

»Von wegen. Er ist auf und davon.«

»Und wo bist du jetzt?«

»Keine Ahnung.«

»Ich komme.«

Passan sprang von der Leiter und rannte mit der Waffe im Anschlag zur Tür. Draußen musste er sich zwischen Betonmischern, Hohlblocksteinen, Gipssäcken und Moniereisen durchquetschen. Es war stockfinster. Er konnte kaum etwas erkennen.

Nach wenigen Metern fiel er der Länge nach hin. Hastig rappelte er sich auf und untersuchte das Hindernis, das ihn zu Fall gebracht hatte. Es war Fifi. Er lag auf dem Boden. Sein Fuß war unter einer abgerutschten Palette Rigipsplatten eingeklemmt.

»Ich bin hingefallen, Passan. Ich bin gefallen.«

Passan hätte nicht sagen können, ob der junge Mann lachte oder weinte. Er bückte sich, um seinem Kollegen zu helfen, doch dieser wehrte ab.

»Vergiss es! Such lieber das Arschloch!«

»Wo ist er?«

»Da. Die Mauer!«

Passan drehte sich um und machte in einigem Abstand eine schemenhaft sichtbare Brandmauer aus, die sich offenbar über mehrere Hundert Meter erstreckte. Jenseits der Mauer schimmerte ein diffuses Licht: die Nationalstraße. Mit der Beretta in der Hand rannte er los. Er fand einen Erdhaufen, von dem aus er auf die Mauer klettern konnte, und ließ sich auf die andere Seite fallen. Hier war nur noch ödes Brachland. In der Ferne fuhren Autos. Im Scheinwerferlicht entdeckte Passan die Umrisse von Patrick Guillard, der sich, immer wieder strauchelnd, den steilen Hang hinauf auf die breite Straße zubewegte.

Passan stürmte los. Die Kevlarweste brachte ihn ins Schwitzen. Seine Füße blieben so tief im Matsch stecken, dass er manchmal Mühe hatte, sie freizubekommen.

Aber er holte auf.

Guillard erreichte den höchsten Punkt des Abhangs. Gleich dahinter lag die Nationalstraße. Passan legte noch einmal einen Zahn zu. Als sein Gegner gerade über die Leitplanke klettern wollte, erwischte er ihn am Bein und zerrte ihn ein Stück den Hang hinunter. Guillard versuchte, sich an Grasbüscheln festzuhalten. Passan packte ihn am Kragen, drehte ihn um und ließ seinen Schädel mehrmals heftig auf einen Steinbrocken prallen.

»Widerliches Arschloch!«

Guillard wehrte sich. Der Polizist prügelte mit dem Lauf seiner Waffe auf ihn ein. Er spürte, wie das Blut seines Widersachers seine Finger, seine Augen und sein Nervenkostüm überschwemmte. Jedes Mal, wenn auf der Straße unmittelbar oberhalb der beiden kämpfenden Männer ein Auto vorbeifuhr, bebte der Boden.

Plötzlich hielt Passan inne. Mit hervortretenden Augen richtete er sich auf, steckte die Waffe ein und zerrte den schlaffen Körper Guillards den Hang hinauf an den Rand der Fahrbahn.

Scheinwerfer blendeten auf. Ein Sattelschlepper näherte sich mit hoher Geschwindigkeit.

Mit einem Fußtritt beförderte Passan den zusammengeschlagenen Mann auf die Asphaltpiste und setzte ihm einen Fuß auf die Brust. Der Sattelschlepper kam unerbittlich näher.

Passan schloss die Augen.

Er war das Gesetz.

Er war die Gerechtigkeit.

Er war das Schwert und der Richterspruch.

Eine Sekunde, ehe die Reifen Guillards Schädel zermalmt hätten, schrak Passan zusammen, riss den Mann hoch, katapultierte sich mit ihm über die Leitplanke und rutschte den Abhang hinunter. Der Sattelschlepper brauste mit aufgeblendeten Scheinwerfern und wild hupend nur wenige Meter an ihren verschlungenen Körpern vorbei.

2

»Das gibt Ärger. Ich schwöre dir, das gibt einen Riesenärger!«

Passan blickte den Kommissar an, ohne ihn einer Antwort zu würdigen. Sein Gegenüber war klein, gedrungen und trug eine Jeansweste, unter der sich seine Sig Sauer deutlich abzeichnete. Auf dem Ärmel seiner Jacke war das Logo seiner Einheit aufgenäht.

Ein Hubschrauber überflog das Gebiet und tastete die nassen Dächer der Häuser mit einem starken Scheinwerfer ab. Passan kannte sich gut genug in den Pariser Vorstädten aus, um zu wissen, wonach die Polizei suchte. Man fahndete nach Gruppen meist jugendlicher Taugenichtse, die sich irgendwo versteckten, um aus der Deckung mit Flaschen, Zündkerzen und Schottersteinen anzugreifen. Bereitschaftspolizisten waren in den Kellern ausgeschwärmt und sahen sich nach mit Steinen gefüllten Einkaufswagen um.

Olivier Passan rieb sich das Gesicht und trat ein paar Schritte beiseite. Nur fort von der Menge. Er konnte das verrückte, fast kriegerisch anmutende Gehabe nicht leiden. Gerade erst war er dabei, sich von seinem eigenen Ausraster zu erholen. Das blendende Licht des Sattelschleppers. Der Kopf des Mörders auf dem Asphalt. Die unbändige Mordlust, die er gespürt hatte und die er sich als Ausübung des Gesetzes schöngeredet hatte.

Er wandte sich zu Tom Pouce um.

»Es war ein Notfall«, rechtfertigte er sich schließlich.

»Und da treibst du dich einfach so in unserem Einsatzgebiet herum, ohne jemanden zu informieren?«

»Wir haben den Hinweis erst in letzter Minute bekommen.«

»Schon mal was von Artikel 59 gehört?«

»Es musste schnell gehen, verdammt noch mal! Und vor allem möglichst diskret.«

Pouce lachte kalt auf.

»Was die Diskretion angeht, da bekommst du sicher noch einiges zu hören.«

Um sie herum flackerte Blaulicht. Polizisten in Uniformen und weißen Kombis wuselten herum, zogen Absperrbänder und untersuchten den Tatort. Neugierige Kinder in viel zu großen T-Shirts und Kapuzenjacken drängten sich vor den gelben Bändern.

»Bist du wenigstens sicher, dass es sich um den Geburtshelfer handelt?«

Oliver zeigte auf die Tür des Lagerhauses.

»Genügt dir das da drüben etwa nicht?«

Die Leiche wurde weggebracht. Zwei Angestellte eines Bestattungsunternehmens schoben die Bahre zum Wagen. Das Opfer steckte in einem Plastiksack. Ein dritter Mann folgte mit einer Kühlbox, auf der ein rotes Kreuz prangte. Sie enthielt den verkohlten Fetus. Pouce rückte seine Armbinde zurecht.

»Ihr Idioten habt das ganze Viertel in Gefahr gebracht.«

»Aber die Gefahr ging von deinem Viertel aus.«

»Soll jetzt etwa ich schuld dran sein?«

Plötzlich erkannte Passan, wie erschöpft sein Gegenüber war. Seine Wut und die Verachtung fielen in sich zusammen. Pouce ging einfach nur auf dem Zahnfleisch – verbraucht von langen Jahren nutzloser Stadtguerilla-Arbeit. Verlegen wandte Passan sich wieder der stakkatoartig beleuchteten Umgebung zu. Familien standen an den Fenstern, Nutten drängten sich um das Sicherheitsband, Kinder im Schlafanzug tobten auf den Treppen der bogenförmigen Wohnhäuser. Mit Helmen und Gummigeschossen bewaffnete Ordnungskräfte waren angerückt und jederzeit bereit, in die Menge zu schießen.

Einige besonders ausgebildete schwarze und nordafrikanische Polizisten bemühten sich, die Umstehenden zu beschwichtigen. Passan musste an die Fährtenleser im Wilden Westen Amerikas denken – Indianer, die den Weißen den Weg in eine geheimnisvolle, feindlich gesinnte Welt bereiteten. Diese Ethno-Polizisten waren ebenfalls eine Art Kundschafter.

Auf dem Rückweg zu seinem Wagen ließ er noch einmal die Ereignisse Revue passieren, die ihn fast an die Pforte zur Hölle gebracht hatten. Am Vorabend war die achtundzwanzigjährige Leila Moujawad vermisst gemeldet worden. Die junge Frau war im neunten Monat schwanger. Gleichzeitig erhielt Passan die Information, dass es in der vom Hauptverdächtigen Patrick Guillard geleiteten Holding eine Offshore-Gesellschaft gab, die wiederum eine Werkstatt im Pariser Vorort Stains in der Rue Sadi-Carnot 134 besaß. Es war eine Lagerhalle, die in keinem von Guillards Büchern vermerkt war und sich nicht einmal drei Kilometer entfernt vom Fundort der ersten drei Leichen befand.

Passan hatte sofort Fifi angerufen und sich mit ihm auf den Weg gemacht. Aber sie waren zu spät gekommen. Nur Minuten zuvor hatten Leila und ihr ungeborenes Kind sterben müssen. Aber Passan hatte im Laufe seines Berufslebens zu viel gesehen, um sich über die Ungerechtigkeiten des Daseins noch aufzuregen.

Plötzlich zerriss ein Schrei den allgemeinen Tumult. Ein junger Mann stieß die Bereitschaftspolizisten beiseite und stürzte sich auf den Leichenwagen. Passan kannte ihn. Es war Mohamed Moujawad, dreißig Jahre alt, der Ehemann von Leila. Er hatte ihn erst am Vorabend auf der Wache in Saint-Denis vernommen.

Für diese Nacht war es weiß Gott genug. Der Staatsanwalt würde sicher gleich kommen und einen neuen Beamten einschalten, der sich dann mit Ivo Calvini herumschlagen durfte – dem Untersuchungsrichter, der mit der Mordserie betraut war. In jedem Fall würde Passan selbst sicher nicht an den Ermittlungen beteiligt. Zumindest nicht sofort. Er würde zunächst für seine Fehler geradestehen müssen. Illegale Verfolgung, verzögerte Ankunft am Tatort, Nichteinhaltung des Urteils, das ihm bei Strafe verbot, sich Guillard auf weniger als zweihundert Meter zu nähern, und Ausübung von Gewalt gegenüber einem Verdächtigen, der noch keines Verbrechens überführt war. Die Anwälte des Schweins würden ihn in der Luft zerreißen.

»Verschwinden wir?«

Fifi saß im Subaru und rauchte eine Zigarette. Seine behaarten Beine – eines hatten die Sanitäter sorgfältig verbunden – hingen aus der geöffneten Tür.

»Eine Sekunde noch.«

Passan kehrte noch einmal in die Lagerhalle zurück. So schnell würde er vermutlich keine Gelegenheit mehr erhalten, sich noch einmal genauer umzusehen. Techniker von der Spurensicherung machten sich überall zu schaffen. Das Blitzlicht des Fotografen zuckte auf. Kontrastpulver, Pinzetten und verschließbare Plastiktüten wanderten von Hand zu Hand. Schon tausend Mal hatte Passan diese Vorgänge beobachtet.

Vor dem Tank entdeckte er Isabelle Zacchary, die die Arbeit der Spurensicherung koordinierte. Er hatte sie selbst zum Tatort gerufen. Sie beugte sich in ihrer weißen Kombi über den schwärzlichen Fleck, den die Eingeweide der Toten hinterlassen hatten.

»Hast du schon was gefunden?«

»Führst du die Ermittlungen?«

»Natürlich nicht, das weißt du doch.«

»Also, ich weiß nicht, ob …«

»Ich will ja nur deinen ersten Eindruck hören.«

Zacchary zerrte an ihrer Kapuze, die sie zu stören schien. Ihre Maske mit den seitlichen Filtern hing ihr um den Hals. Sie sah aus wie ein Wesen von einem anderen Stern. Sobald sie sich bewegte, knisterte ihr Anzug. Sie hatte ihre Brille aufgesetzt, was ihr normalerweise ein distanziert erotisches Aussehen verlieh. An diesem Abend allerdings nicht.

»Leider kann ich dir im Augenblick noch gar nichts sagen. Wir müssen alles im Labor untersuchen lassen.«

Passan sah sich um. Der blutüberströmte Tank, die herunterhängenden Fesseln, die blutverkrusteten chirurgischen Instrumente auf dem Tresen. Immer noch roch es nach versengtem Fleisch.

Mit einem Mal kamen ihm Zweifel.

»Habt ihr seine Fingerabdrücke gefunden?«

»Überall. Aber es ist schließlich seine Werkstatt.«

Man müsste Abdrücke auf dem Opfer finden. Oder auf den Klingen, mit denen die junge Frau verstümmelt wurde. Auch der Benzinkanister kam infrage, mit dessen Inhalt das Baby verbrannt wurde. Vielleicht gab es Hautfetzen unter den Fingernägeln des Opfers. Sie brauchten irgendwelches organisches Material, das den Garagenbesitzer mit seiner Beute in Verbindung brachte.

»Schick mir einfach die Befunde per Mail.«

»Das darf ich nicht.«

»Das ist mein Fall, kapiert?«

Zacchary nickte. Passan wusste, dass sie es tun würde. Acht Jahre Zusammenarbeit, ein oder zwei durchgeflirtete Nächte und eine sexuelle Anziehungskraft, die nie ganz erloschen war, mussten schließlich zu etwas gut sein.

Als er wieder ging, fühlte er sich alles andere als erleichtert. Draußen war es ebenso scheußlich wie drinnen. Es regnete wieder stärker. An der Absperrkette der Bereitschaftspolizei wurde übel gerempelt. Diese Sache würde sicher nicht gut ausgehen. Das einzig Gute war, dass wie durch ein Wunder die Medien noch nicht aufgetaucht waren und man weit und breit weder einen Fotografen noch eine Kamera sah.

Als Passan um seinen Wagen herumging und eben einsteigen wollte, sah er, wie eine Trage vor einem wartenden Krankenwagen abgesetzt wurde. Patrick Guillard lag unter einer silbern glänzenden Überlebensdecke und trug eine Halskrause und eine Sauerstoffmaske. Die Plastikhülle über seinem Gesicht verzerrte seine Züge und zeigte sein wahres Gesicht – die Fratze eines kahlen weißen Monsters.

Vorsichtig schoben die Sanitäter die Trage in den Krankenwagen. Das Blaulicht spiegelte sich in der silbrigen Decke. Passan hatte den Eindruck, der Schinder krieche aus einem mit türkisfarbenen Pailletten besetzten Kokon.

Ihre Blicke kreuzten sich.

Und das, was Passan in Guillards Augen entdeckte, machte ihm klar, dass er diesen Krieg noch lange nicht gewonnen hatte.

Vielleicht noch nicht einmal diese Schlacht.

3

Eine Stunde später stand Olivier Passan unter der Dusche in seinen neuen Büroräumen und schloss genüsslich die Augen. Das Wasser schien eine gewisse Macht zu besitzen: Es entfernte nicht nur Schweiß und Schmutz, sondern auch den Geruch verbrannten Fleisches, die Erinnerung an gemarterte Körper und die Gräuel von Tod und Zerstörung, die ihn immer noch verfolgten. Er neigte den Kopf unter dem kühlen, fast kalten Duschstrahl, der auf sein Haar prasselte und seine Haut so intensiv massierte, dass sie ganz rot wurde.

Als er sich abtrocknete, fühlte er sich neu belebt. Die Räumlichkeiten der nagelneuen Direktion der Kriminalpolizei in der Rue Trois-Fontanot in Nanterre taten ein Übriges dazu. Im Gegensatz zu dem altmodischen, düsteren Labyrinth am Quai des Orfèvres war hier alles Hightech, weitläufig und nüchtern. Einige Einheiten waren bis zum Beginn der Erweiterungsarbeiten in der Zentrale nach Nanterre ausgelagert worden. Allerdings gab es inzwischen Gerüchte, dass alle in Bälde wieder zurückbeordert würden, weil es für die Umbaumaßnahmen an Geld fehle.

Passan betrachtete sich im Spiegel über dem Waschbecken. Mit seinem ausgemergelten Gesicht, dem eckigen Kinn und dem Bürstenhaarschnitt sah er eher wie ein Soldat als wie ein Polizist aus. Seine Züge waren fein und regelmäßig, die Brust wirkte dank vieler im Sportstudio verbrachter Stunden muskulös und wie in Stein gehauen. Passan ging nicht aus Gesundheitsbewusstsein oder Eitelkeit zum Sport, sondern um sich zu beweisen, dass er seinen Willen unter Kontrolle hatte.

Er kehrte zu den Umkleidekabinen zurück, zog die schmutzigen Kleider wieder an und nahm den Aufzug in die zweite Etage. Hier wie überall im Gebäude beherrschten Stahlkonstruktionen, Glaswände und grauer Teppichboden das Interieur. Passan gefiel diese kühle, etwas monotone Ausstattung.

Fifi, ebenfalls frisch geduscht und gekämmt, machte sich an der Kaffeemaschine zu schaffen.

»Funktioniert sie nicht?«

Der Punker versetzte dem Gerät einen heftigen Tritt.

»Jetzt schon.«

Er griff nach dem dampfenden Kaffeebecher, reichte ihn seinem Chef und gab den nächsten auf die gleiche Weise in Auftrag. Unter dem nassen Haarwust sahen seine Aknenarben noch wüster aus.

Schweigend genossen sie ihren Kaffee. Mit einem einzigen Blick hatten sie sich darauf verständigt, nicht über das eben Erlebte zu sprechen. Bloß kein Druck! Und so schwiegen sie sich an. Abgesehen von ihrer Arbeit gab es für sie nur ein gemeinsames Thema: die Probleme in ihrem Privatleben.

Schließlich war es Fifi, der den ersten Schritt wagte.

»Wie läuft es mit Naoko?«

»Wir lassen uns scheiden. Beschlossene Sache.«

»Und eure Bude? Verkauft ihr die?«

»Auf gar keinen Fall. Zumindest nicht jetzt. Wir behalten sie.«

Fifi wiegte zweifelnd den Kopf. Er wusste, dass die Konjunktur des Immobilienmarkts nichts mit Passans Entschluss zu tun hatte.

»Und wer von euch wohnt dann dort?«, wollte er wissen.

»Beide. Abwechselnd.«

»Wie soll das denn funktionieren?«

Passan zerknüllte seinen Plastikbecher und warf ihn in den Mülleimer.

»Na ja, jeder wohnt eine Woche im Haus.«

»Und die Kinder?«

»Die bleiben, wo sie sind. Sie brauchen nicht einmal die Schule zu wechseln. Wir haben uns überlegt, dass es für die beiden so das Beste ist.«

Fifi schwieg. Er schien an der Lösung zu zweifeln.

»Heutzutage wird so etwas oft gemacht«, fügte Passan hinzu, als wolle er sich selbst überzeugen. »Es ist eine gängige Lösung.«

Fifi entledigte sich ebenfalls seines Bechers.

»Ich halte das für eine ziemlich blöde Idee. Es wird noch so weit kommen, dass die beiden euch in ihrem Haus empfangen.

Ihr werdet so etwas wie Touristen unter eurem eigenen Dach sein.«

Passan zuckte zusammen. Seit Wochen schon dachte er über diese Entscheidung nach und versuchte sich einzureden, dass sie für alle Beteiligten die beste Lösung war. Mögliche Einwände ließ er einfach außen vor.

»Entweder so, oder ich wohne einfach weiter in meinem Keller.«

Seit einem halben Jahr hauste er im Untergeschoss der Villa. Die Kellerfenster gingen auf den Garten hinaus, und er versteckte sich dort wie in einem Bunker.

»Und dann?«, fragte Fifi. »Willst du etwa deine Weiber mit nach Hause nehmen? Damit Naoko ihre Höschen im Bett findet? Wird sie in dem Bett dann überhaupt noch schlafen wollen?«

»Wir fangen heute Abend mit dem abwechselnden Wohnen an«, sagte Passan, um die Diskussion abzukürzen. »Naoko übernimmt diese Woche. Und ich verziehe mich in das Appartement, das ich in Puteaux gemietet habe.«

Der Punker schüttelte skeptisch den Kopf.

»Und was ist mit dir und Aurélie?«, konterte Passan.

Fifi lachte und drückte erneut auf den Kaffeeknopf.

»Vorgestern ist sie beim Vögeln glatt eingeschlafen.«

Er griff nach dem Becher und pustete auf die heiße Brühe.

»Das ist doch sicher ein gutes Zeichen, oder?«

Beide mussten lachen. Alles war besser, als sich an die Spur des Entsetzens zu erinnern, die der Geburtshelfer hinter sich gelassen hatte.

4

Zerstreut lauschte Passan den Nachrichten im Radio. Er war auf dem Weg nach Suresnes, wo er die letzten Stunden vor seinem Umzug nach Puteaux verbringen würde. Er wusste noch nicht genau, ob er schlafen, Umzugskisten packen oder seinen Bericht schreiben würde. Was die Schlagzeilen anging, war dieser Montag, der 20. Juni 2011, nicht unbedingt bemerkenswert. Es gab eine einzige Nachricht, die Passans Aufmerksamkeit erregte: Ein geschiedener Mann war in den Hungerstreik getreten, um gegen den von seiner Ehefrau geforderten Unterhalt zu protestieren. Bei dieser Vorstellung musste er unwillkürlich lächeln.

Mit Naoko würde es diese Art Problem gar nicht erst geben. Sie hatten sich auf einen gemeinsamen Anwalt, gemeinsames Sorgerecht und keine Abfindung geeinigt. Naoko verdiente deutlich mehr als er. Es gab nur einen Besitz, der aufgeteilt werden musste. Die Villa.

Passan fädelte sich auf dem Quai de Dion-Bouton in Richtung der Brücke von Suresnes ein. Zwar war ihm kalt, aber er weigerte sich, die Heizung einzuschalten. Immerhin war es Juni, zum Teufel! Das Wetter ging ihm auf die Nerven – diese nicht enden wollende, graue und feuchte Kühle, die so gar nichts mit einem schönen Frühsommer zu tun hatte und seinem Rücken zu schaffen machte!

Von Nanterre aus hätte er den Mont-Valérien auch über Stadtstraßen erreichen können, aber er brauchte jetzt Weite. Himmel und Fluss unter der aufgehenden Sonne. In Wirklichkeit allerdings sah er nicht viel davon. Ein Stück weiter unten zu seiner Linken lag die Seine, die Bäume rechts verbargen die Stadt, und der Himmel über ihm war grau und nass wie ein voller Schwamm. Er hätte sich überall und nirgends befinden können.

Plötzlich kehrte die Erinnerung daran zurück, wie er den Fuß auf Guillards Brust gepresst hatte und bereit gewesen war, seinen Kopf von einem Sattelschlepper zermalmen zu lassen. Eines Tages würde man vielleicht die Tür einer Gefängniszelle schließen, und er befände sich nicht auf der richtigen Seite. Seine Scheidung war einer der letzten Vorgänge, die ihm noch eine normale Existenz vorgaukelten – und dabei ging es um eine Trennung.

Er ordnete sich rechts ein, fuhr den Boulevard Henri-Seller entlang und bog in die Avenue Charles-de-Gaulle in Richtung des Mont-Valérien ab. Je höher er kam, desto vertrauter wurde die Umgebung. Häuser, die sich an den Hang schmiegten. Mit Efeu bewachsene Mauern. Cafés, die allmählich öffneten.

Passan hielt vor einer Bäckerei, die bereits hell erleuchtet war, und kaufte Croissants, ein Baguette und zwei Chupa Chups. Wieder überkam ihn ein Gefühl von Unwirklichkeit. Welchen Zusammenhang gab es zwischen den harmlosen Abläufen hier und dem Albtraum von Stains? Konnte er sich einfach so mit einem Fingerschnipsen wieder in die normale Welt einfügen?

Er stieg wieder in sein Auto. Es ging weiter bergauf. Die Kuppe des Mont-Valérien erinnerte mit ihren weiten Rasenflächen an einen Golfplatz. Hier herrschte die Atmosphäre eines Hochplateaus. Symmetrische Linien, keine Erhebungen. Es gab ein Klärwerk samt einer sauberen, gepflegten Kanalisation, das Stadion Jean-Moulin mit seinen schnurgeraden Aschenbahnen, den amerikanischen Soldatenfriedhof mit endlosen Reihen weißer Kreuze.

Obwohl es nur sehr langsam hell wurde, war der Blick auf Paris beeindruckend. Es war vor allem die Entfernung, die Passan beruhigte. Nach und nach erloschen die Straßenlaternen. Die Ansammlung von Häusern und Wohntürmen, die dort unten verschwommen aus dem Regendunst ragten, dienten als Kulisse für das tragische Schauspiel eines primitiven Krieges. Ein Tal der Gewalt. Hier oben auf der Höhe fühlte Passan sich unverwundbar. Er war in seinem Refugium angekommen. In seiner Einsiedelei.

Vor dem Tor in der Rue Cluseret verlangsamte er die Fahrt und betätigte die Fernbedienung. Die Einfahrt in das Grundstück war immer wieder berauschend. Zunächst sah man nichts als einen weißen Klotz auf grünem Grund. Gemessen am Grundstücksdurchschnitt des Viertels hatte Passans Garten mit fast zweitausend Quadratmetern Rasen geradezu riesenhafte Ausmaße. Die Pflege war aufwendig, lohnte sich aber.

Ganz bewusst hatte er so gut wie nichts gepflanzt, sondern lediglich links im Schatten einiger Pinien einen kleinen Zen-Garten angelegt. Er lenkte den Wagen nach rechts und zog den Schlüssel. Die Villa besaß keine Garage, und er hatte die Stimmigkeit der Architektur nicht beeinträchtigen wollen. Das Gebäude stammte aus den 1920er-Jahren, war im Bauhausstil gehalten und hatte die Form eines Parallelepipeds mit Flachdach. Der Dachstuhl bestand aus Stahl. Pfeiler aus Eisenbeton stützten eine offene Galerie. Viele Fenster reihten sich aneinander. Das ganze Haus wirkte nüchtern, solide und funktional. Passan lächelte stolz.

Mit den Croissants in der Hand schloss er die Eingangstür auf und betrat den Windfang. Als er die Jacken von Shinji und Hiroki an der Garderobe hängen sah, ließ er in jede Tasche einen Chupa Chup gleiten. Eine kleine Überraschung von Papa. Ehe er das Wohnzimmer betrat, zog er die Schuhe aus.

Die Villa war vor allen Dingen ein Schnäppchen gewesen. Nach dem Tod von Jean-Paul Queyrau, dem letzten Nachkommen einer Familie von Kunsthändlern, wurde die Villa im März 2005 versteigert. Passan war einer der Ersten gewesen, die davon erfuhren, und zwar aus einem recht einfachen Grund: Er hatte als Kriminalbeamter nach dem Tod Queyraus ermittelt. Der hoch verschuldete Mann hatte seinem Leben mit einer Kugel ein Ende gesetzt.

Während seines Einsatzes hatte Passan sich in die Villa verliebt. Jedes einzelne Zimmer hatte er begutachtet, ohne sich an der Baufälligkeit des Ganzen zu stören. Der Erbe war in seinen letzten Jahren zum Penner geworden, der mehr schlecht als recht in seinen eigenen vier Wänden hauste. Passan hatte sich vorgestellt, was er aus diesen Räumen machen könnte.

Es war Naoko, die den Kauf schließlich ermöglicht hatte. Sie arbeitete damals seit einem Jahr bei einem Wirtschaftsprüfungsunternehmen, besaß Ersparnisse aus ihrer Zeit als Model, und ihre Eltern, die in Tokio Grundbesitz hatten, gaben den Rest dazu. Obwohl sie zum Erwerb der Villa deutlich mehr beigesteuert hatte als Passan, gehörte das Gebäude laut Notarvertrag ihnen beiden jeweils zur Hälfte. Im Gegenzug hatte Passan sich bereit erklärt, den größten Teil der anfallenden Arbeiten zu übernehmen.

Und daran hatte er sich gehalten. Für ihn war es eine Arbeit, die sozusagen die Fundamente seines Heims sicherte. Das Haus sollte Naokos und seine Liebe vor Angriffen von außen und vor Verschleiß und Eintönigkeit schützen. Leider hatte die Methode nicht funktioniert. Zwar hatte die Villa standgehalten, es aber nicht geschafft, Naoko und ihn zu behüten.

Passan ging in die Küche. Plötzlich wurde er so heftig angerempelt, dass er beinahe gestrauchelt wäre. Es war Diego, der ihn überschwänglich begrüßte. Diego, ein riesenhafter, grauer Pyrenäenberghund, hätte sich auf einer Weide bei einer Schafherde sicher wohler gefühlt. Als Naoko plante, einen Hund anzuschaffen, hatte Passan zunächst widersprochen. Ein Familienhund – das kam ihm so unendlich spießig vor. Aber inzwischen war Diego das Einzige in diesem Haus, worüber immer Einigkeit herrschte.

»Leise, Diego«, flüsterte Passan. »Du weckst noch alle auf.«

Er legte die Croissants in ein Brotkörbchen und das Baguette deutlich sichtbar auf den Tisch. Dann breitete er die karierten Sets aus und holte die Schüsseln der Kinder mit ihren in japanischer Schrift kalligrafierten Vornamen und die Tasse aus dem Schrank, aus der Naoko morgens ihren Tee mit Milch trank. Konfitüre, Frühstücksflocken, Orangensaft. Die einsame Beschäftigung stimmte ihn nicht traurig, denn er frühstückte schon lange nicht mehr mit Naoko und den Kindern.

Als er die Küche verlassen wollte, streifte sein Blick unwillkürlich die an der Wand aufgehängten Fotos. Er schaltete das Licht ein. Ein Bild zeigte Naoko und ihn vor acht Jahren auf der Terrasse des Tempels Kiyomizu-dera oberhalb von Kyoto. Er selbst wirkte steif und lächelte gekünstelt, während Naoko mit der Professionalität eines Models ihre Schokoladenseite zur Schau stellte. Trotz der Pose war in diesem Foto das Glück zu spüren, das sie einte – die Achtung voreinander und der Stolz, zusammenzugehören.

Das nächste Bild war ein Familienfoto aus dem Jahr 2009, aufgenommen in Shibuya, einem der angesagten Viertel Tokios. Passan hatte den damals vierjährigen Hiroki auf dem Arm. Der

Kleine trug eine Mütze in der Form des Waldgeistes Totoro, einer bekannten, von Miyazaki gestalteten Comic-Figur aus einem Animationsfilm. Auf Naokos Arm saß der sechsjährige Shinji, der mit seinen kleinen Fingern das v-förmige Siegeszeichen zeigte. Alle vier lachten, aber man spürte das Unbehagen und die Verkrampfung der Erwachsenen. Ermüdungserscheinungen und Frust waren so etwas wie Metastasen verrinnender Zeit.

Links von diesem Bild hing eines aus dem Jahr 2002. Es zeigte einen Strand in Okinawa, wo sie auf Hochzeitsreise gewesen waren. Passan hatte die Einzelheiten der Reise vergessen, aber noch immer sah er Naoko vor sich, wie sie am Flughafen aufgeregt ihre Karte zückte, auf der sie Flugmeilen eintragen lassen konnte. Naoko war ganz wild auf Ermäßigungskarten und geradezu süchtig nach Clubverkäufen. Bis heute erinnerte sich Passan daran, wie er sich damals geschworen hatte, für immer dieses naive Mädchen zu beschützen, das glaubte, sich gegen alle Eventualitäten absichern zu können.

Hatte er sein Versprechen gehalten?

Er knipste das Licht wieder aus, durchquerte das Wohnzimmer und stieg die Betontreppe hinunter.

Es war an der Zeit, in sein Souterrain zurückzukehren – in die unterirdischen Privatgemächer, die einer Ratte wie ihm gebührten.

5

Der Flur bestand aus weiß getünchten Ziegelsteinen. Links befanden sich ein Kellerraum und eine Waschküche mit Waschmaschine und Trockner. Rechts gab es eine Abstellkammer, in die er Wasser gelegt hatte, um ein eigenes Bad zu bekommen. Am Ende des Flurs befand sich der Raum, den er sich als Schlaf- und Arbeitszimmer eingerichtet hatte.

In der Waschküche entkleidete er sich, stopfte die schmutzigen Klamotten in die Waschmaschine und schaltete sie ein.

Schon seit Monaten lebte er völlig autonom, aß am Schreibtisch aus der Bento-Box und schlief allein.

Nackt stand er vor der Waschmaschine und betrachtete seine blutbeschmierten Kleider, die im schaumigen Wasser herumgewirbelt wurden. Ein Gerät zum Zermalmen von Albträumen, fuhr es ihm durch den Sinn.

Aus einem Korb nahm er ein T-Shirt und eine Unterhose, die beide nach Weichspüler dufteten, zog sie an und ging weiter in sein Zimmer, einen zwanzig Quadratmeter großen, mit Kellerfenstern ausgestatteten Raum mit Betonwänden. Auf der einen Seite stand ein Feldbett, auf der anderen, unter den Fenstern, hatte Passan ein Brett über zwei Böcke gelegt. Außerdem gab es noch eine Werkbank, an der er seine Waffen zerlegte und daran herumbastelte. In gewisser Weise entsprach der Bunker seinem Charakter besser als die weitläufigen Räume oben im Haus. Hier konnte er sich verkriechen.

An den Wänden hatte Passan die Konterfeis seiner Idole aufgehängt. Da fanden sich Bilder des Schriftstellers Yukio Mishima, der 1970 im Alter von fünfundvierzig Jahren Harakiri begangen hatte, des Komponisten Rentaro Taki, der 1903 mit vierundzwanzig Jahren an Tuberkulose gestorben war, und des Regisseurs Akira Kurosawa, der neben *Rashomon – Das Lustwäldchen* noch viele weitere Meisterwerke gedreht hatte und nach dem Flop seines ersten Farbfilms *Dodes'kaden – Menschen im Abseits* 1971 einen Selbstmordversuch nur knapp überlebte. Nicht gerade eine sehr fröhliche Truppe.

Passan schaltete seinen mit Lautsprechern ausgestatteten iPod ein, minimierte die Lautstärke und lauschte der Ekloge für Koto und Orchester von Akira Ifukube, einem unglaublichen Werk, das in Frankreich vermutlich nur er allein manchmal hörte. Passan liebte japanische sinfonische Kompositionen des 20. Jahrhunderts, die im Westen überhaupt nicht und selbst in Japan nur wenig bekannt waren.

Zeit für einen Tee. In Tokio hatte Passan ein Gerät gekauft, das Wasser ständig auf einer Temperatur von neunzig Grad hielt.

Er füllte seinen Teebecher und gab fünf Gramm Hojicha – gerösteten grünen Tee – hinzu. Während er die exakt dreißig Sekunden abwartete, die der Tee ziehen musste, zündete er ein Räucherstäbchen an und schwenkte es. Nie im Leben hätte er auf die glühende Spitze geblasen, denn für Buddhisten gilt der Mund als unrein.

Mit der Tasse in der Hand legte sich Passan auf sein Bett und schloss die Augen. Der Klang des Koto, einer Art horizontaler Harfe, war ein hartes, gleichzeitig melancholisches und bitteres Vibrato. Passan hatte den Eindruck, dass jeder Ton seine Nerven direkt berührte. Zwar sorgte die Musik für einen dicken Kloß in seiner Kehle, doch gleichzeitig spürte er tief in seiner Brust eine beruhigende Kraft. Ihm war, als würde sein Geist federleicht und als könne sein Herz plötzlich wieder aufatmen.

Japan.

Mit der Entdeckung des Landes hatte Passan auch sich selbst entdeckt. Schon die erste Reise hatte sogleich Ordnung in seine Existenz gebracht.

Passan war 1968 in Katmandu auf die Welt gekommen. Seine dem Chillum zugetanen Eltern hatten ihn im Rausch eines Trips zu Füßen eines Buddhas empfangen. Da sein Erzeuger zu viel Blut verkauft hatte, um sich Opium zu beschaffen, starb er ein Jahr später. Wenige Monate darauf verschwand seine Mutter, ohne eine Adresse zu hinterlassen. Die französische Botschaft in Nepal veranlasste seine Rückführung nach Frankreich und brachte ihn bei der Fürsorge unter.

Fünfzehn Jahre lang war er als Waisenkind in Heimen und bei Pflegefamilien aufgewachsen, hatte gütige Menschen und Ekelpakete kennengelernt und war sowohl guten als auch schlechten Einflüssen ausgesetzt. Die Schule hatte er abgebrochen. Er war auf die schiefe Bahn geraten, hatte Autos geklaut, Papiere gefälscht und Schutzgeld erpresst. Wie durch ein Wunder hatte er ohne größere Probleme mit der Polizei überlebt.

Mit zwanzig war er dann plötzlich aufgewacht. Er hatte die Vorstädte im Westen von Paris verlassen, mit seinem ergaunerten

Geld ein Dienstbotenzimmer im 5. Arrondissement in der Rue Descartes gemietet und sich an der Sorbonne gleich um die Ecke für Jura eingeschrieben.

Drei Jahre lang hatte er sich auf seinen sieben Quadratmetern eingeschlossen, gebüffelt, von Hamburgern ernährt und seine Lektionen mit lauter Stimme und zur Decke gewandtem Gesicht auswendig gelernt. Außerdem hatte er sein Interesse an Kunst, Philosophie und klassischer Musik entdeckt. Diese Zeit wirkte wie eine Entziehungskur, und sein Geld ging dabei komplett drauf. Der Not gehorchend zog er in ein Studentenwohnheim um, wurde aber nie mehr rückfällig.

Nach dem Examen entschied er sich für die Polizeischule, weil er sich auf diese Weise Zügel anlegen konnte, ohne ganz auf den Kitzel der früheren Umgebung verzichten zu müssen – die Nacht, das Adrenalin und die gesellschaftlichen Randzonen.

Einer seiner Ersatzväter, ein Rentner, der früher bei Chausson in Gennevilliers gearbeitet hatte, sagte ihm einmal: »Ein Bulle ist eigentlich ein Gauner, der seinen Beruf verfehlt hat.« Wie wahr!

Passan hatte beschlossen, sein Scheitern in einen Erfolg umzuwandeln. Für seine Berufswahl gab es noch einen anderen Grund: Als Kriminalbeamter hatte er die Möglichkeit, seinem Land zu dienen, dem er etwas zu schulden glaubte. Immerhin hatte der französische Staat ihn gerettet, ernährt und aufgezogen.

Er absolvierte die achtzehnmonatige Ausbildung ohne Zwischenfälle und bekam in jedem Fach die Bestnote. Als es darum ging, sich für die weitere Laufbahn zu entscheiden, wählte er weder einen strategischen Posten im Innenministerium, noch eine vielversprechende Stelle in einer angesehenen Einheit, sondern bewarb sich um einen der im Ausland angebotenen Plätze als Verbindungsoffizier, Ausbilder oder im Nachrichtendienst. Passan, der bislang noch nie im Ausland gewesen war, nahm die Stelle an, die ihn am weitesten wegführte: die eines Assistenten des Verbindungsoffiziers in Tokio.

Mit der Landung in Narita veränderte sich sein Leben von Grund auf.

Japan wurde zur Wahlheimat seiner Erwartungen, seiner Wünsche und seiner Hoffnungen. Jeder Wesenszug der ihm völlig neuartigen Welt rief in ihm eine weitere, bis dahin oft unbewusste Neugier hervor.

Die Kultur erfüllte ihn mit ungeahntem Nachhall. Er fühlte sich zum Japaner geschaffen.

Von Anfang an idealisierte er das Land und vermischte Fiktion mit Realität. Er genoss die außerordentliche Höflichkeit, die Sauberkeit der Straßen, der öffentlichen Anlagen und der Toiletten ebenso wie die raffinierten Speisen. Auch die strengen protokollarischen Regeln waren ihm nicht unangenehm. Neben solchen Alltäglichkeiten lenkte er sein Augenmerk auf längst verschwundene Traditionen wie den Ehrenkodex der Samurai, eine gewisse Faszination für den Freitod und die Schönheit der Frauen in der Ukiyo-e-Malerei.

Alles andere blendete er aus. Den übertriebenen Materialismus, die Technikbesessenheit, die Abstumpfung eines Volkes, das zehn Stunden täglich arbeitete, und ein Gemeinwesen, in dem das Individuum keine Rolle spielte, wollte er nicht wahrhaben. Ebenso verschloss er sich der Ästhetik der Mangas, jener Leidenschaft für große, schwarze Augen, weil ihm selbst nur die Mandelaugen gefielen. Auch den allgemeinen Run auf technische Spielereien, die Pachinko-Hallen, die Sitcoms und die Videospiele, nahm er nicht wahr.

Was Passan vor allem leugnete, war die Dekadenz des Inselstaats. Seit seiner ersten Reise hatte sich die Lage ständig verschlechtert. Auch in Japan machte sich die Wirtschaftskrise bemerkbar. Das Land war chronisch verschuldet, und es gab kaum mehr Arbeitsplätze für Jugendliche. Passan jedoch suchte nach wie vor in den Straßen nach Figuren wie Toshiro Mifune, dem Schwert tragenden Lieblingsschauspieler Kurosawas, und übersah dabei die femininen Androgynen, die Manga-Freaks und die kleinen Angestellten, die in der U-Bahn schliefen. Ganze Generationen hatten nicht etwa die Kraft ihrer Vorfahren geerbt, sondern litten unter einer erdrückenden allgemeinen Müdigkeit. Japan war zu einer Gesellschaft geworden, die sich – infiziert von westlicher Dekadenz – entspannte.

Über die Jahre hinweg bewahrte sich Passan trotz seiner Ehe mit einer äußerst modernen Japanerin diesen Traum eines zeitlosen Japan, aus dem er Ruhe und Gleichgewicht schöpfte. Seltsamerweise hatte er sich nie mit japanischer Kampfkunst beschäftigt, sondern hielt sich lieber an die Verteidigungstechniken, die er auf der Polizeischule gelernt hatte. Auch die Methoden der Zen-Meditation hatte er nie begriffen, sondern sich lediglich eine Welt aus Disziplin und Ästhetik geschaffen, die ihm half, seinen Beruf auszuhalten. Für ihn war Japan eine Art gelobtes Land, wo er sich niederlassen wollte, wenn alle Stricke reißen sollten. Und wenn er nach einer Nacht wie der in Stains Ruhe finden wollte, gab es wenigstens noch die Ekloge von Ifukube und den melancholischen Blick Rentaro Takis.

Bei diesem Gedanken öffnete Passan die Augen und suchte neben seinem Bett nach der Haiku-Sammlung. Beim Durchblättern stieß er auf die Worte, die er jetzt brauchte.

Im Mondschein
Verlass ich mein Boot,
Um in den Himmel einzutauchen.

Auf der Suche nach einem weiteren Gedicht blätterte er noch eine Seite um, doch im nächsten Augenblick war er eingeschlafen.

6

Ungekämmt, zerknittert und noch nicht ganz wach stand Naoko auf der Schwelle zu Passans Räuberhöhle und beobachtete ihren Mann. Was sie sah, war ein Wrack. Allerdings nicht etwa in seiner Eigenschaft als Mann und schon gar nicht als Polizist – Passan war für sie der beste Polizist der Welt –, sondern das Wrack eines

Ehemannes. Auf diesem Gebiet hatte er kläglich versagt. Sie konnte ihm deshalb nicht einmal böse sein, denn sie hatte ebenfalls einen Punkt erreicht, von dem aus es kein Zurück mehr gab.

Immer wieder fragte sie sich, wie es überhaupt so weit hatte kommen können. Das ehemals strahlende Licht war erloschen. Ihre Liebe war verblichen wie Sonnenbräune im Winter, ohne dass sie es bemerkt hatten. Aber woher kam dieser dumpfe Hass, diese irritierende Gleichgültigkeit? Möglicherweise lag es an der Sexualität. Oder besser gesagt: an deren Mangel.

Junge Mädchen in Tokio flüsterten sich gern eine magische Zahl zu. Es gab eine berühmte Umfrage, laut der die Franzosen ausnahmslos mindestens drei- bis viermal in der Woche miteinander schliefen. Eine derartige Frequenz rief bei Japanerinnen, die sich mit der matten Libido ihrer Männer abfinden mussten, neidvolle Begeisterung hervor. Sie hielten Frankreich für ein Eldorado der Romantik und ein erotisches Paradies.

Vor ihrer Übersiedlung nach Paris wusste Naoko noch nicht, wie eitel die Franzosen sein können. Inzwischen aber kannte sie sie nur allzu gut und konnte sich deutlich vorstellen, wie sie sich mit anzüglichem Schmunzeln ihrer imaginären Eroberungen rühmten.

Es war jetzt mindestens zwei Jahre her, dass Passan sie das letzte Mal berührt hatte. So lange war zwischen ihnen nichts mehr geschehen. Mattigkeit wurde zu Gereiztheit, dann zu Hass und schließlich zu einer Art asexueller Distanz, wie sie häufig zwischen Eheleuten vorkommt.

Ihre Freunde hatten dem Niedergang ungläubig zugeschaut. Olive und Naoko, das Traumpaar, die perfekte Liebesgeschichte, eine Verbindung über Grenzen hinweg. Sie galten als beispielhaft, erweckten manchmal den Neid der anderen, gaben aber auch Anlass zu Hoffnung. Doch dann hatten sich unerbittlich die ersten Makel gezeigt. Die Stimmen wurden lauter, man machte sich Vorwürfe, man war abwesend. Und schließlich mussten sie zugeben, dass es nicht mehr ging und dass sie über eine Scheidung nachdachten.

In ihrem Umfeld schob man den Schiffbruch auf die kulturellen Unterschiede. Dabei stimmte eigentlich das genaue Gegenteil: Die Unterschiede waren nicht groß genug gewesen, um sie vor der Langeweile zu bewahren.

Naoko hatte die Entwicklung der Katastrophe verfolgt wie eine Wissenschaftlerin. Über jede Etappe und jedes Detail hatte sie Buch geführt. Als sie sich kennenlernten, hatte sich Passan ihr zugewandt wie eine Sonnenblume der Sonne. Damals war sie sein Herzblut und sein Lebenslicht gewesen. Ihr Stolz kannte keine Grenzen, ihre Zufriedenheit ließ sie aufblühen. Später jedoch begann er, seinen Bedarf anders zu decken. Vielleicht auch nur in sich selbst. Er hatte zu seinem, wie er sich ausdrückte, Grundkonzept zurückgefunden – seiner Polizeiarbeit, seinem Patriotismus und später seinen Kindern. Aber auch, und das wusste Naoko, zu seinen Lastern, der Nacht und der Gewalt. In dieser schwarz-weißen Welt, die nur aus Siegern und Besiegten, aus Verbündeten und Feinden bestand, war kein Platz für sie.

Sie hatte geglaubt, nicht mehr tiefer sinken zu können. Aber sie täuschte sich. Im Lauf der Zeit wurde sie für ihren Ehemann zum Hindernis, zum Hemmnis für seine Freiheit. Was aber hätte er mit seiner Freiheit gemacht? War er nicht schon längst frei? Hätte sie ihn mit diesem Problem konfrontiert, hätte er vermutlich keine Antwort gewusst. Er selbst stellte sich solche Fragen nicht. Er lehnte es sogar ab, das Scheitern ihrer Beziehung zuzugeben, indem er sich weiterhin auf seinen Job und seine Arbeiten im Haus konzentrierte und seine Sorge um die Kinder fast etwas Zwanghaftes bekam. Er tat es mit zusammengebissenen Zähnen, ohne die Notrufe ihres Körpers wahrzunehmen. Ihr gegenüber gab er sich gereizt und manchmal sogar feindlich.

Im Gegenzug war auch sie unnahbar geworden, denn Liebe ernährt sich aus den Gefühlen des anderen. Ohne Übung vertrocknet das Herz. Man verlernt die Fähigkeit des Teilens, und irgendwann schützt man sich, indem man sich in die Einsamkeit zurückzieht.

Lautlos glitt Naoko in Passans Zimmer. Sie hatte ihn immer

auf japanische Art bei seinem Familiennamen genannt. Sie zog die Vorhänge auf, schaltete die Musik aus und räumte das Buch fort. Ihren Ehemann beachtete sie dabei nicht – sie handelte lediglich als Hausfrau.

Als sie wieder nach oben ging und die Küche betrat, erblickte sie die Croissants im Brotkörbchen und den gedeckten Tisch. Unwillkürlich musste sie lächeln. Der Mörderjäger, der selbst schon getötet hatte, war manchmal auch ein Schutzengel.

Sie machte sich einen Kaffee und betrachtete zerstreut die Fotos an der Wand. Wie oft schon hatte sie sie gesehen? Heute nahm sie sie nicht einmal wahr. Vor ihren Augen zeichnete sich etwas ganz anderes ab.

Ihr einsames Schicksal. Ihre heimliche Suche.

Denn Naoko war immer allein gewesen.

7

Naoko Akutagawa war im Zeichen des Hasen geboren und hatte die ganz normale Hölle aller japanischen Kinder durchgestanden. Eine extrem strenge Erziehung: Schläge mit dem Gürtel, eisige Duschen sowie Schlaf- und Nahrungsentzug. Der reinste Horror.

Ihr Vater war Jahrgang 1944 und hatte die gleiche Behandlung erfahren. In Europa hätten manche warnend darauf hingewiesen, dass Gewalt sich fortsetzt und dass ein Kind, das geschlagen wird, später selbst oft seinen Nachwuchs verprügelt. In Japan hingegen ging man schlicht davon aus, dass eine Ohrfeige manchmal Wunder wirkt. Naokos Vater, ein berühmter Geschichtsprofessor in Tokio, war das lebende Beispiel für diese These.

Zum Albtraum des häuslichen Lebens kam derjenige der Schule. Man erwartete von Naoko nicht nur, dass sie Jahrgangsbeste im Gymnasium war; sie musste sich auch gleichzeitig auf die Aufnahme in die Universität vorbereiten – zwei Dinge, die nichts miteinander zu tun hatten. Neben dem täglichen Lernen für die

Schule belegte Naoko Abend-, Wochenend- und Ferienkurse. Jedes Vierteljahr erfolgte die landesweite Einstufung. Dann erfuhr sie, dass sie auf Platz 3220 der Liste stand und somit für bestimmte Universitäten gar nicht erst infrage kam, was nicht gerade einen Motivationsschub bedeutete.

Aber Naoko ließ sich nicht entmutigen. Sie arbeitete wie ein Pferd, ohne sich je einen Tag Ferien oder auch nur eine Stunde Freizeit zu gönnen. Immerhin hatte sie sich obendrein auch noch mit Kampfkunst, Kalligrafie, klassischem Tanz und häuslichen Arbeiten in der Schule zu beschäftigen. Außerdem musste sie Kanji lernen, die alten, aus China stammenden Schriftzeichen, die mehrere Bedeutungen besitzen und jeweils unterschiedlich ausgesprochen werden.

Naoko perfektionierte sich mit eiserner Selbstdisziplin – sowohl geistig als auch körperlich.

Gleichzeitig – und das ist eines der Paradoxa Japans – wurde Naoko von ihrer Mutter geradezu verhätschelt. Bis zum Alter von acht Jahren schlief sie mit ihr zusammen. Noch mit fünfzehn weigerte sie sich, eine Nacht außerhalb des Elternhauses zu verbringen, und mit achtzehn hätte sie keine Entscheidung ohne die Zustimmung von *mama-san* getroffen.

Nach dem Abschluss in einem protestantischen Privatgymnasium in Yokohama schrieb sich Naoko an einer guten Universität in der gleichen Stadt ein. Sie war so viele Jahre täglich von Tokio nach Yokohama gefahren, dass es ihr vorkam, als hätte sie diese Reise längst im Blut – ein genetischer Fingerabdruck, den ihre Kinder eines Tages erben würden und in dem die Namen der Bahnhöfe die Chromosomen ersetzten.

Ihr Notendurchschnitt reichte nicht für ein Medizinstudium, aber Naoko war eigensinnig genug, um Jura abzulehnen – eine Fachrichtung, die ihr Vater befürwortet hätte. Stattdessen entschied sie sich für eine mehrgleisige Ausbildung: Ökonomie, Sprachen und Kunstgeschichte.

Im Jahr 1995 nahm ihr Leben eine ungeahnte Wende. Ein Fotograf sprach sie in der U-Bahn an und wollte Testfotos von ihr machen. Naoko konnte es kaum fassen. Sie war zwanzig Jahre alt, aber noch nie hatte jemand ihre Schönheit erwähnt. Japanische Eltern wären nicht im Traum auf die Idee gekommen, ihrem Kind Komplimente wegen seines Aussehens zu machen. Naoko war wirklich schön. Und nach dem ersten Shooting bekam sie es jeden Tag aufs Neue bestätigt. Bereits bei den ersten Castings verbuchte sie Erfolge und verdiente plötzlich Summen, die ihr unermesslich vorkamen. Trotzdem sagte sie ihren Eltern nichts, sondern widmete sich weiter ihrem Studium. Das Geld legte sie heimlich beiseite. Mit dem Ersparten wollte sie eines Tages dem strengen Vater entkommen. Fliehen, und zwar für immer.

Schnell begriff sie, dass ihre Karriereaussichten als Model im Ausland besser waren, denn ihr Äußeres entsprach nicht den japanischen Kriterien. Den Japanern gefielen Eurasierinnen ohne Lidfalte – Mädchen, die zwar aus dem Land der aufgehenden Sonne stammten, aber einen kleinen Hauch Exotik versprühten.

Mit dreiundzwanzig hatte Naoko ihre Abschlüsse in der Tasche und brach auf – zunächst nach Amerika, dann nach Europa. Sie arbeitete in Deutschland, Italien und Frankreich, wo man ihr perfektes Äußeres zu schätzen wusste. Mit ihrem glatten schwarzen Haar, den hohen Wangenknochen und der kurzen, ganz leicht gebogenen Nase stellte sie genau die Art Japanerin dar, von der Europäer träumten.

Was ihre Augen anging, so erklärte ein Mailänder Fotograf eines Tages, sie seien wie mit einem weichen Pinselschwung gemalt und trotzdem grausam und hart wie ein Messer.

Zwar verstand sie nicht ganz, was er damit meinte, aber es war ihr auch egal. Die Aufträge häuften sich, und der Rubel rollte. Aus rein beruflichen Gründen ließ sie sich schließlich in Paris nieder und verwirklichte dabei einen Lebenstraum – allerdings nicht ihren eigenen, sondern den ihrer Mutter. Oka-san war ihr Leben lang ausgesprochen frankophil gewesen, sah sich am liebsten Filme der Nouvelle Vague an, hörte Adamo und las Flaubert und Balzac. Naoko hatte als Kind ihre Hausaufgaben zu den Klängen von Adamos »Tombe la neige« gemacht, mindestens zwanzigmal *Die Verachtung* von Jean-Luc Godard mit ihrer Mutter ansehen müssen und konnte Apollinaires »Le Pont Mirabeau« Wort für Wort auswendig rezitieren.

Der Kontrast zwischen dem von ihrer Mutter idealisierten Paris und der feindseligen Stadt, in der sie nun lebte, war erschreckend. Sie erkannte nichts wieder, verirrte sich in schmutzigen Straßen und wurde von Taxifahrern abgezockt. Vor allen Dingen aber schockierte sie die Arroganz der Franzosen. Sie machten sich offen über ihren Akzent lustig, halfen ihr nie und fielen ihr laut und unbeherrscht ins Wort – vor allem wenn sie gegen etwas waren. Und Franzosen sind immer gegen irgendetwas.

Im Krankenhaus Sainte-Anne gibt es eine Abteilung, die sich auf Paris shokogun – das Paris-Syndrom – spezialisiert hat. Jedes Jahr fühlen sich etwa hundert Japaner derart enttäuscht von der Stadt, dass sie eine Depression oder eine Paranoia entwickeln. Sie werden in die Klinik eingeliefert, behandelt und nach Hause zurückgebracht. So weit kam es bei Naoko allerdings nie. Dank ihres Vaters hatte sie früh gelernt, mit Widrigkeiten fertigzuwerden, und außerdem lebte sie nicht aus romantischen Gründen in Paris.

Nach zwei Jahren, als ihr Französisch akzeptabel geworden war, hängte sie den ungeliebten Job als Model an den Nagel und widmete sich ihrer eigentlichen Berufung: den Zahlen, denen ihre Liebe gehörte. Zunächst arbeitete sie als Buchprüferin für japanische oder deutsche Firmen, um schließlich in eine große Gesellschaft namens ASSECO einzutreten. Damit war ihre Zukunft endlich gesichert.

Die einzige Schwierigkeit war und blieb der Sex. Naoko lehnte es ab, durch den Einsatz ihres Körpers zum Erfolg zu gelangen. Dieses Vorgehen kannte sie bereits zur Genüge aus der Modebranche, doch in der eher sachlich geprägten Umgebung von Buchprüfungen und Steuerexpertisen war es noch viel schlimmer. Mit ihrer hellen Gesichtshaut und den tintenschwarzen Haaren stellte sie ein Traumbild dar. Trotz ihrer Qualifikationen für den Job forderte ihr Arbeitgeber mehr von ihr. Manchmal lehnte sie rundweg ab, manchmal gab sie vor, auf ihn einzugehen, ohne allerdings nachzugeben. Die Spielchen erschöpften sie, und das Resultat ließ nicht lange auf sich warten. Als ihr Chef begriff, dass er nicht bekommen würde, was er von ihr wollte, kündigte er ihr.

Die ständige Anmache erstreckte sich auch auf andere Lebensbereiche. Eines Tages wurde ihr die Handtasche gestohlen, was in Japan so gut wie nie vorkommt. Naoko erstattete Anzeige. Zwar wurde ihre Gucci nie gefunden, aber anschließend hatte sie die größten Schwierigkeiten, den mit der Aufklärung betrauten Beamten wieder loszuwerden.

Alles änderte sich jedoch, als sie Passan kennenlernte.

Es war eine Liebe auf den ersten Blick, bei der wirklich alles stimmte. Schuld an dieser positiven Wende war Naokos drei Jahre älterer Bruder, der bereits in Paris lebte, als sie ankam. Shigeru, der mit fünfzehn Alkoholiker und mit siebzehn heroinabhängig gewesen war, hatte schon früh von einer Musikerkarriere in Europa geträumt. Nach einigen wilden Jahren in London landete er schließlich in Paris. Danach hörte seine Familie monatelang nichts mehr von ihm. 1997 tauchte er plötzlich clean, fröhlich und mit zehn Kilo mehr auf den Rippen wieder aus der Versenkung auf, sprach akzentfrei Französisch und arbeitete am Institut für orientalische Sprachen in Paris.

Naoko und Shigeru standen sich nie sehr nah. Ihre einzige Gemeinsamkeit waren die schlechten Erinnerungen an ihr Elternhaus. Niemand legt Wert auf den Kontakt mit Menschen, die wissen, wie man mit heruntergelassener Hose bei einer Tracht Prügel aussieht, oder die miterlebt haben, wie man schluchzend und bibbernd an einem Winterabend vor die Haustür verbannt wurde. Trotzdem meldete sich Naoko nach ihrer Ankunft in Paris bei ihrem Bruder. Er half ihr bei der Wohnungssuche, und manchmal gingen sie zusammen essen. Von Zeit zu Zeit holte Naoko ihren Bruder nach dessen Kursen in der Rue de Lille im 7. Arrondissement ab.

Bei einer dieser Gelegenheiten traf sie Passan. Der japanbegeisterte Kriminalbeamte war zweiunddreißig und nahm regelmäßig an Shigerus Sprachkursen teil. An einem 4. November gingen sie zum ersten Mal miteinander aus, und vom ersten Augenblick an war Naoko klar, dass der etwas ungehobelte Polizist genau der Mann war, nach dem sie immer gesucht hatte. Er tendierte weder zur Pseudoromantik der Franzosen, noch glich er den Muskelprotzen, die im Tokioter Viertel Shibuya ihr Unwesen trieben.

Durch die Bekanntschaft mit Passan lernte Naoko viel über sich selbst. Merkwürdigerweise gefiel ihr Passans Begeisterung für das traditionelle Japan. Sie selbst interessierte sich schon lange nicht mehr für die alten Geschichten von Samurai und ihrer Lebensphilosophie Bushidō, obwohl sie im Grunde bedauerte, dass diese Kultur mit dem wirtschaftlichen Aufschwung des Landes und der daraus resultierenden Blutleere seiner Bewohner versunken war.

Mit einem Mal jedoch fand sie alle diese Tugenden in einem robusten Franzosen wieder – einem Athleten mit tiefer Stimme und einem schlecht geschnittenen Anzug, dessen Nähte bei jedem Lachen zu platzen drohten. Auf seine Weise war Passan selbst ein Samurai. Ein Mann, der seinem Staat so treu ergeben war wie die historischen Krieger ihrem Shogun. Seine Worte und sein Wesen enthüllten ihr eine Geradlinigkeit und eine moralische Integrität, die sofort ihr Vertrauen weckten.

Wie lang war das alles her!

Und nun wollten sie sich scheiden lassen. Dann wäre sie zwar ohne Schutz, aber frei. Zu den besten Zeiten des japanischen Films in den 1950er-Jahren gab es angeblich keine Stuntmen. Der Grund dafür lag auf der Hand: Kein Schauspieler hätte sich je geweigert, auch gefährliche Actionszenen zu drehen – aus Angst, sein Gesicht zu verlieren.

Naoko war jetzt bereit, ihr Leben ohne schützendes Netz in Angriff zu nehmen.

Sie warf einen Blick auf die Küchenuhr. Zwanzig vor acht. Die Kinder mussten geweckt werden.

8

»Darf ich das noch essen? Eins von Papas Croissants ist noch übrig!«

»Zu spät. Du hast dir schon die Zähne geputzt.«

Hiroki hatte Französisch gesprochen, Naoko auf Japanisch geantwortet. Sie kniete vor dem Kleinen auf dem Boden der Garderobe und knöpfte ihm die Jacke zu. Naoko legte großen Wert auf die Zweisprachigkeit ihrer Kinder, doch der Einfluss von Schule, Freunden und Fernsehen ließen die Waage so gut wie immer zugunsten des Französischen ausschlagen. Aber mit diesem Verdruss musste sie nun einmal leben.

»Und meine Badesachen?«

Naoko wandte sich zu Shinji um, der beide Daumen unter die Gurte seines Rucksacks geklemmt hatte. Montags gingen die Kinder ins Schwimmbad. Mist! Ohne eine Antwort zu geben, erhob sich Naoko und lief die Treppe hinauf. Dabei stieß sie sich die Hüfte am Geländer. Sie fluchte leise. Plötzlich fiel ihr auf, wie sehr sie dieses eckige, ganz aus Beton bestehende Haus hasste.

Im Kinderzimmer suchte sie hastig die Badesachen zusammen und stopfte sie in eine Tasche. Sie blickte auf die Uhr. Viertel nach acht. Sie hätten längst vor der Schultür stehen müssen. Naoko geriet ins Schwitzen. Erschrocken dachte sie an ihr Make-up. Nun, das würde warten müssen.

Um zwei Minuten nach halb neun hielt sie mit quietschenden Bremsen vor dem Collège Jean-Macé in der Rue Carnot. Sie war gefahren wie eine Irre. Im letzten Augenblick schnappte ihr ein anderer Wagen die letzte Parklücke weg.

»Vollidiot!«, schrie sie.

Shinji steckte seinen Kopf zwischen den Vordersitzen hindurch.

»So etwas darf man nicht sagen, Maman.«

»Entschuldige bitte.«

Sie hielt in der zweiten Reihe, schaltete die Warnblinkanlage ein, zog den Zündschlüssel ab und sprang aus dem Auto, um die hintere Tür zu öffnen. Oh, diese Hitze!

»Hopp, hopp, Kinder, raus mit euch«, sagte sie auf Japanisch.

Mit einem kleinen Jungen an jeder Hand rannte sie zum Schultor. Andere Mütter kamen ebenso schnell angelaufen. In diesem Augenblick entdeckte Naoko das Stäbchen eines Lutschers, das aus Hirokis Brusttasche ragte.

»Was ist denn das?«

»Ein Geschenk von Papa«, erwiderte der kleine Junge trotzig.

»Hast du auch einen bekommen?«, erkundigte sich Naoko bei Shinji.

Keineswegs eingeschüchtert nickte der Junge.

»Her damit«, befahl Naoko und streckte die Hand aus.

Die Kinder gehorchten schmollend. Naoko steckte die Chupa Chups in ihre Tasche.

»Keine Bonbons, keine Lutscher – so lautet die Regel, und das wisst ihr ganz genau.«

»Das solltest du Papa sagen«, brummte Shinji.

Naoko gab beiden einen dicken Kuss und ließ sie laufen. Der Anblick der großen Schulranzen, die auf den schmalen Schultern schwankten, versetzte ihr einen Stich mitten ins Herz. Wieder einmal stellte sie sich die Fragen, die sie Tag und Nacht verfolgten: Sollte sie wirklich alles mit einer Scheidung kaputt machen? Waren die beiden kleinen Schätze es nicht wert, über die Konflikte der Erwachsenen hinwegzusehen? In solchen Augenblicken maß sie ihrem eigenen Leben keinerlei Wichtigkeit bei.

Sie warf die Lutscher in den nächsten Papierkorb, stieg in ihren nagelneuen Fiat 500 und konzentrierte sich auf das bevorstehende Meeting. Sie musste einem Firmenchef die drohende Insolvenz seines Unternehmens ankündigen, die angesichts der Geschäftszahlen nur noch eine Frage von Monaten war. Wie konnte sie ihm die schlechte Nachricht nahebringen? Wie sollte sie sich ausdrücken? Das Japanische ist eine äußerst komplexe Sprache, außer drei unterschiedlichen Alphabeten gibt es hier auch mehrere Höflichkeitsstufen, die beinahe wie verschiedene

Dialekte anmuten. Aber auf Französisch? Beherrschte sie die Sprache gut genug, um nicht mit der Tür ins Haus zu fallen?

Sie fuhr über den Pont de Puteaux. Es begann wieder zu regnen. Als sie den Bois de Boulogne durchquerte, hatte sie mit einem Mal das Gefühl, verfolgt zu werden. Doch ein Blick in den Rückspiegel zeigte nichts Außergewöhnliches. Um diese Uhrzeit war der Verkehr immer sehr dicht, und die Straße war wie üblich stark befahren.

Es ging nur langsam vorwärts. An Gasgeben und Überholen war nicht zu denken. Als der Turm des Hotels Concorde Lafayette in Sicht kam, fühlte Naoko sich sicherer. Erneut schaute sie in den Rückspiegel, ohne allerdings etwas Besonderes zu entdecken. Sie wischte ihre Befürchtungen beiseite und konzentrierte sich erneut auf ihr Meeting. Sie würde den Kunden mit Samthandschuhen anfassen müssen.

Naoko durchquerte die Porte Maillot und fuhr die Avenue de la Grande-Armée hinunter. Beim Anblick des Arc de Triomphe verspürte sie wieder diese Erleichterung. Im Lauf der Jahre hatte sie gelernt, Paris zu lieben. Seinen Schmutz und seine Schönheit, seine Eintönigkeit, seine Pracht, seine Unannehmlichkeiten und seine kleinen altmodischen Brasserien.

Sie wusste, dass sie längst zu dieser Stadt gehörte.

In guten wie in schlechten Zeiten.

9

»Ich verstehe Sie nicht, Hauptkommissar. Von Anfang an haben Sie sich auf diesen Guillard eingeschossen.«

Untersuchungsrichter Ivo Calvini trug den Namen eines Mafioso und sah aus wie ein Bösewicht. Sein langes Gesicht war von tiefen Falten durchpflügt, die Augen mit dem durchdringenden Blick lagen tief in ihren Höhlen, die zusammengepressten Lippen zeigten im rechten Mundwinkel eine kleine verbitterte Falte, die ihm ein schiefes Lächeln zu verleihen schien. Er saß sehr gerade hinter seinem Schreibtisch. Seine Körpersprache signalisierte, dass nicht mit ihm zu verhandeln war.

Passan rutschte unbehaglich auf seinem Stuhl herum.

»Guillard hat mit den beiden ersten Opfern telefoniert.«

Calvini blätterte in der Akte.

»Damit brauchen Sie gar nicht erst wieder anzufangen. Ihr Starrsinn grenzt ja schon fast an Besessenheit. Am 22. Januar gab es einen Anruf bei Audrey Seurat, am 4. März einen bei Karina Bernard. Halten Sie das etwa für Beweise?«

»Guillard ist der einzige Name, der im Umfeld der beiden ersten Opfer auftaucht.«

»Aber nicht bei der dritten Frau.«

»Die hat er vielleicht anders gefunden. Die Frau vergangene Nacht hat er auch nicht kontaktiert, aber …«

Der Untersuchungsrichter hob die Hand, um Passan zu unterbrechen.

»In allen Fällen war es nicht Guillard selbst, der angerufen hat. Das wissen wir zuverlässig. In einem Fall kam der Anruf aus einer seiner Werkstätten, dem Unternehmen Alfieri, das zweite Mal wurde aus seinem Ersatzteillager Fari angerufen. Was Sie Beweise nennen, sind lediglich Anrufe bei Kundinnen, die vermutlich von den jeweiligen Werkstattleitern getätigt wurden.«

Olivier Passan empfand es als ziemlich unnötig, an die Brüchigkeit seiner Indizien erinnert zu werden. Sein Verdacht basierte ohnehin einzig auf seiner Intuition. Er wusste einfach, dass Guillard der Geburtshelfer war. Seitdem er den Inhaber mehrerer Autohäuser im Visier hatte, war ihm nicht ein einziges Mal ein Zweifel an seiner Überzeugung gekommen.

»Ich behaupte ja nicht, dass er sie anrief, um ihnen zu sagen, dass er sie töten wollte. Ich glaube, dass er sie in seinen Werkstätten sozusagen entdeckt hat.«

Calvini blätterte eine Seite um.

»Er hat dort kein Büro. Der Firmensitz befindet sich in den Räumen einer weiteren Werkstatt in Aubervilliers, die …«

Passan beugte sich über den Schreibtisch und wurde lauter.

»Ich habe jetzt fast vier Monate an dieser Akte gesessen. Guillard sucht alle Zweigstellen seines Unternehmens regelmäßig auf und hat dabei die schwangeren Frauen aufgetrieben. Es kann einfach kein Zufall sein.«

»Aber sicher kann es das, und das wissen Sie ebenso gut wie ich. Guillards Werkstätten befinden sich in La Courneuve und in Saint-Denis. Alle drei Opfer wohnten in einer dieser Städte, und zufällig hat unser Mörder dort zugeschlagen. Andere Zusammenhänge gibt es nicht. Sie könnten durchaus auch den Nachtwächter eines Supermarktes in der Gegend verdächtigen. Oder irgendwen anders.«

Passan lehnte sich zurück und knöpfte seine Jacke zu. Ihm war kalt. Das Büro des Untersuchungsrichters verströmte eine gewisse Strenge: Metallmöbel, PVC, ein alters- und farbloser Teppich.

Calvini fuhr fort, Fakten aufzuzählen – oder besser: das Fehlen von Fakten. Passan verzichtete darauf, ihm zu erklären, was Intuition für ihn bedeutete. Ivo Calvini war ein hochintelligenter Mensch, der es in relativ jungen Jahren schon weit gebracht hatte, doch er hatte keine Ahnung vom Außendienst. Für den eiskalten Wunderknaben waren seine Akten so unumstößlich wie eine mathematische Gleichung, aber so etwas wie Einfühlungsvermögen in die Beweggründe der verschiedenen Parteien ging dem hochdiplomierten, hellen Kopf völlig ab.

Passans Vorgesetzter Lefebvre, der Aphorismen liebte, hatte einmal über den Untersuchungsrichter gesagt: »Calvini ist superintelligent, aber ich bin weniger blöd als er.«

Schmunzelnd konzentrierte sich Passan wieder auf die Worte seines Gegenübers.

»Außerdem hat Patrick Guillard für jedes der Verbrechen ein Alibi.«

Passan seufzte. Wie oft hatte er diesen Ausspruch schon gehört?

»Aber wir kennen weder das genaue Datum noch die Zeit, zu der die Morde stattfanden«, konterte er.

»Wir wissen, wann die Frauen verschwunden sind.«

»Richtig. Doch die Alibis von Guillard beruhen ausschließlich auf den Aussagen seiner Angestellten und taugen daher nichts. Guillard ist der Geburtshelfer, daran besteht nicht der geringste Zweifel. Warum reden wir überhaupt? Sie wissen doch, was vergangene Nacht passiert ist – reicht Ihnen das nicht?«

»Ich habe den Bericht über Ihr Vorgehen gelesen. Er spricht nicht gerade zu Ihren Gunsten. Was haben Sie dazu zu sagen?«

Passan verzog das Gesicht. Er hatte nur wenige Stunden geschlafen und beim Aufwachen eine SMS mit einer dringlichen Aufforderung zu einem Gespräch mit Calvini vorgefunden. Nach Dusche und Rasur war er mit eingeschaltetem Martinshorn über die völlig überfüllte Autobahn 86 ins Departement Seine-Saint-Denis, von allen nur kurz 93 genannt, geprescht. Seine Ohren summten noch immer.

Calvini fuhr in etwas versöhnlicherem Ton fort:

»Wir arbeiten jetzt seit mehreren Monaten gemeinsam an diesem Fall. Leider scheint mir, dass der Funke noch nicht wirklich übergesprungen ist.«

»Hier geht es nicht darum, dicke Freunde zu werden.«

Sofort bereute Passan seine Antwort. Calvini hatte ihm die Hand hingehalten, und er hatte hineingespuckt. Der Untersuchungsrichter seufzte und zog einen Stapel eng beschriebener Papiere hervor. Passan begriff, dass es sich um seine eigene Akte handelte. Trotz hochgezogenen Kragens und verschränkter Arme fror er immer noch.

»Anfang Mai hat Patrick Guillard eine Dienstaufsichtsbeschwerde wegen unangemessenen Verhaltens gegen Sie eingereicht.«

»Weil ich ihn beschattet habe.«

»Ja, und zwar Tag und Nacht, drei Wochen lang und ohne dienstlichen Auftrag. Sie haben ihn sogar nur aufgrund von Vermutungen festgenommen und nicht genehmigte Hausdurchsuchungen durchgeführt.«

»Reine Routinebesuche.«

»Bei ihm zu Hause?«

Passan antwortete nicht. Sein rechtes Bein zitterte. Plötzlich fragte er sich, ob ihm die alten Sünden einen Strich durch die Rechnung machen konnten. Zwar hatte er Guillard auf frischer Tat ertappt, aber schließlich war allgemein bekannt, dass das Gesetz die Kriminellen schützte.

»Am 17. Mai wurde verfügt, dass Sie mindestens zweihundert Meter Abstand zu Patrick Guillard halten müssen.«

Passan schwieg.

»Nach diesem Vorfall hatte ich gehofft, dass Sie vielleicht andere Spuren und verdächtige Personen weiterverfolgen würden. Aber da habe ich mich wohl getäuscht.«

Passan blickte auf. Jetzt war es an der Zeit, sein Ass aus dem Ärmel zu schütteln.

»Ich bin auf einen neuen Sachverhalt gestoßen.«

»Nämlich?«

»Das Motiv von Guillard. Warum er diese Frauen tötet und ihre Babys verbrennt.«

Der Untersuchungsrichter runzelte die Stirn, blickte Passan aber erwartungsvoll an.

»Guillard ist eine Frau.«

»Wie bitte?«

»Also, genaugenommen ein Hermaphrodit. Auf seinem Karyotyp befindet sich ein X-Chromosomen-Paar. Vermutlich weisen seine Genitalien Anomalien auf, aber leider kam ich nicht an sein Krankenblatt heran. Scheiß-Datenschutz …«

»Sie haben einen Karyotyp erstellen lassen? Ohne meine Zustimmung?«

Passan rutschte wieder auf seinem Stuhl herum. Er hätte wetten mögen, dass seine Entdeckung wie ein Blitz einschlagen und eventuelle Fragen nach seinem etwas zwielichtigen Vorgehen in den Hintergrund rücken würde. Ein Schuss in den Ofen. Ivo Calvini sprang wütend auf und ging zum Fenster, wo er auf Passans Antwort wartete.

»Auf der dritten Leiche haben wir eine unbekannte DNA gefunden, die ich mit der von Guillard vergleichen wollte«, murmelte Passan schließlich. »Dabei kam zwar nichts heraus, aber das Labor hat bei dieser Gelegenheit den Karyotyp erstellt.«

Calvini schien einen geheimnisvollen Punkt im Regendunst von Saint-Denis zu beobachten. Passan sah, wie sich seine Kiefermuskeln bewegten.

»Wieso sollte diese genetische Besonderheit ein Motiv sein?«

»Weil Guillard ein Psychopath ist«, antwortete Passan, als würde das alles erklären. »Vielleicht geht er davon aus, dass es während der Schwangerschaft seiner Mutter Probleme gegeben hat. Dafür hasst er sie und überträgt seinen Hass auf alle schwangeren Frauen.«

»Und warum verbrennt er die Babys?«

»Das weiß ich nicht. Vielleicht hat er auch etwas gegen sie. Gegen Kinder, die ohne Anomalien ganz klar als Junge oder Mädchen geboren werden – die will er vernichten.«

Calvini wandte sich um.

»Wie kommen Sie auf solchen Psycho-Quatsch?«

»Guillard ist ein Findelkind. Seine Eltern wollten nichts von ihm wissen – wer weiß, warum. Man muss kein Sigmund Freud sein, um den Rest zu erraten. Ich hätte gern in dieser Richtung weiterrecherchiert, aber die zuständigen Sozialbehörden gewähren mir keine Akteneinsicht.«

Calvini kehrte zu seinem Schreibtisch zurück, setzte sich aber nicht, sondern beugte sich zu Passan hinunter.

»Nicht jedes misshandelte Findelkind wird zum Serienmörder.«

Passan schlug mit der flachen Hand auf den Tisch.

»Aber der Kerl hat nicht alle Tassen im Schrank! Punkt!«

»Warum haben Sie ihn letzte Nacht angegriffen?«

»Das war so nicht geplant. Ich suche seit drei Monaten den Ort, wo er seine Morde begeht. Gestern Abend habe ich eine Info bekommen, die mir wichtig erschien. Dieses Lagerhaus in Stains hat Guillard in seinen Büchern unterschlagen. Als ich die Adresse gesehen habe, fiel es mir wie Schuppen von den Augen.

Die drei ersten Leichen wurden in einem Umkreis von weniger als drei Kilometern gefunden. Mir war klar, dass alles dort passiert sein musste.«

»Aber Sie haben niemanden benachrichtigt.«

»Es musste schnell gehen. Leila Moujawad war immerhin seit zwei Tagen verschwunden.«

Calvini setzte sich. Sein Blick wurde immer skeptischer.

»Wer hat Ihnen den Tipp wegen des Lagerhauses gegeben?«

»Die Steuerfahndung.«

»Mit denen haben Sie kooperiert? Ich wüsste nicht, dass ich etwas unterschrieben hätte.«

Passan wischte die Frage mit einer Handbewegung beiseite.

»In Notfällen muss man den Papierkram manchmal hintenanstellen.«

»Hier geht es nicht um Papierkram, Hauptkommissar, sondern um das Gesetz. Ich werde denjenigen ausfindig machen, der Ihnen ohne Genehmigung geholfen hat. Das Resultat war jedenfalls ein unglaubliches Fehlverhalten Ihrerseits – Sie haben um drei Uhr morgens eine Durchsuchung in Privaträumen vorgenommen.«

»Weil ich einen Mörder auf frischer Tat ertappt hatte!«

»Für mich sieht es eher nach Missbrauch der Amtsgewalt aus. Wir haben Guillard im Krankenhaus vernommen. Er sagt, dass er nichts damit zu tun hat und dass er ebenso wie Sie die brennende Leiche in seinem Lagerhaus vorfand.«

»Das ist doch absurd!«

»Angeblich leidet er unter Schlaflosigkeit und fährt manchmal nachts in eine seiner Werkstätten, um an Motoren herumzuschrauben. Er öffnete das Tor und überraschte den Mörder, der natürlich sofort verschwand.«

»Und wie?«

»Es gibt noch einen Hinterausgang.«

Passan biss die Zähne zusammen. Diesen zweiten Ausgang hatte er nicht bemerkt.

»Gab es Einbruchspuren?«

»Nein, aber das besagt gar nichts. Laut unseren Analysen findet sich nirgends auch nur ein Tropfen Blut von Leila Moujawad – weder auf seinen Händen noch an seiner Kleidung.«

Passan hatte plötzlich den puderigen Geruch von Latex in der Nase, wusste aber genau, dass es nur Einbildung war.

»Er trug Chirurgenhandschuhe.«

»Haben Sie gesehen, wie er tötete? Oder verstümmelte? Den Brand legte?«

»Er ist bei unserer Ankunft sofort abgehauen.«

»Sie haben ihn mit der Waffe bedroht.«

Passan wollte antworten, doch es gelang ihm nicht. Seine Kehle war zu trocken.

»Die Polizei von Saint-Denis hat angefangen, die Nachbarn zu befragen«, fuhr der Untersuchungsrichter fort. »Niemand hat gesehen, wie er das Opfer in die Halle brachte. Es gibt keine Zeugen.«

»Ich treibe mich jetzt seit Wochen in den Vorstädten herum. Die Leute dort lassen sich lieber einen Arm abhacken, als mit den Bullen zu reden.«

»Aber ihr Schweigen ist gut für Guillard.«

»Sie wissen sehr genau, dass er der Mörder ist. Ich habe ihn auf frischer Tat ertappt.«

»Das stimmt nicht. Sie haben weder etwas gesehen noch gehört. Unter Eid könnten Sie keine konkrete Aussage machen.«

Passan war kurz davor, zu explodieren. Das Spiel entglitt ihm.

»Wir streiten uns hier um Worte …«

»Nein, wir reden von Fakten. Patrick Guillard will Anzeige gegen Sie erstatten, weil Sie die Auflagen nicht erfüllt haben. Er spricht von Körperverletzung und Tötungsabsicht. Angeblich haben Sie versucht, ihn auf der Nationalstraße umzubringen.«

Jetzt begriff Passan, dass es ihm an den Kragen ging.

»Und was weiter?«

»Vor einer Stunde habe ich seine Freilassung bewilligt. Beten wir zum Himmel, dass er die Medien außen vor lässt. Durch Ihr Vorgehen haben Sie uns gezwungen, ihm außergewöhnlich weit entgegenzukommen.«

»Und ich?«

»Gegen Sie wird ein Disziplinarverfahren eingeleitet. Die Akte liegt bereits bei Ihrem Vorgesetzten.«

»Dann bin ich raus aus dem Fall?«

Der Richter nickte. Sein verzerrter Mund schien Passan zu verhöhnen, doch seine Augen blickten müde, traurig und erschöpft.

»Was dachten Sie denn?«

Mit einer einzigen Handbewegung wischte Passan alles zu Boden, was sich auf dem Schreibtisch befand.

10

»Wo soll es hingehen, Chef?

»Nach Hause.«

Der Chauffeur fuhr los. Guillard machte es sich auf dem ledernen Rücksitz bequem und nahm die Halskrause ab, die man ihm im Krankenhaus umgelegt hatte. Mit diesem Ding sah er aus wie Erich von Stroheim in *Die große Illusion*. Er öffnete den Deckel der Armlehne, wo ein kleines Kühlfach untergebracht war, nahm eine Cola Zero heraus und seufzte zufrieden.

Sein Nacken schmerzte. Außerdem hatte er Muskelkater und verspürte ein Stechen in der Brust. Angesichts der Heftigkeit des Angriffs war er jedoch offenbar ganz glimpflich davongekommen. Als glimpflich konnte man auch die paar Stunden im Krankenhaus von Saint-Denis bezeichnen, die er unter polizeilicher Aufsicht hatte verbringen müssen.

Früh am Morgen hatte man ihm endlich gestattet zu telefonieren. Sein Anwalt brauchte nur zwei Stunden, um alles zu regeln.

Für Guillard war es in diesem Fall von Vorteil, dass sein Feind ihn schon früher belästigt hatte. Das aggressive Verhalten in der vergangenen Nacht tat noch ein Übriges. Sein Feind – in Wirklichkeit war er der Psychopath. Dass er die Leiche allerdings ausgerechnet in Guillards Werkstatt entdeckt hatte, war natürlich eine ziemlich dumme Sache. Auch wenn man ihm den Mord nicht anhängen konnte, bestand jetzt eine gewisse Verbindung zwischen der Werkstatt und der Opferserie, das war nicht zu leugnen. Zunächst einmal aber hatte Guillard alle Zeit der Welt, seine Verteidigung vorzubereiten. Er würde einen seiner Angestellten oder einen Kleinkriminellen aus dem Wohnblock in den Fokus der Aufmerksamkeit rücken.

Abgesehen von der Adresse der Lagerhalle hatte sein Feind nichts Neues vorzuweisen – das wusste er, seit er ihn draußen im Clinch mit den jungen Männern gesehen hatte. Natürlich hatte er sofort reagiert und sich der einzigen Sache entledigt, die eine Verbindung zwischen ihm und der werdenden Mutter hätte nachweisen können. Auf seine Flucht war er nicht sonderlich stolz, aber es ging nun einmal nicht anders. In diesem Moment war nur wichtig gewesen, so viel Distanz wie nur möglich zwischen sich und sein Werk zu bringen. Er musste sich entfernen von dem, was das französische Recht ein »Verbrechen« nennt, um seinen Weg fortsetzen zu können: das Werk des Phönix.

Sein Plan hatte funktioniert. Trotz der eigentlich erdrückenden Fakten hatte der Richter ihn freigelassen. Zwischen seinem Opfer und ihm selbst gab es keine Verbindung. Und damit auch keine Legitimation für die nächtliche Aktion des Kriminalbeamten. Sicher würde man wieder eine Untersuchung anordnen, neue Verhöre und Befragungen durchführen. Aber er hatte nichts zu befürchten; er konnte zu jeder seiner Aktionen während der letzten fünf Tage Rede und Antwort stehen. Und mit Leila Moujawad war er nie zusammengetroffen.

Auf keinen Fall durfte er sich von dem einmal eingeschlagenen Weg abbringen lassen. Er musste den traumatisierten, ganz und gar unschuldigen Eigentümer spielen und Anzeige gegen unbekannt erstatten. Wer hatte bei ihm eingebrochen? Wer hatte dieses unsägliche Gemetzel bei ihm angerichtet? Wie sollte man so etwas erklären? Es wäre nicht einfach, aber er würde es hinbekommen.

Kritisch waren nur die Beweisstücke, die er auf dem Brachgelände hinter dem Clos-Saint-Lazare hatte liegen lassen müssen. Unmöglich, danach zu suchen – er konnte nur beten, dass sie nicht gefunden wurden.

Ein weiteres Problem war die Werkstatt in Stains. Er würde erklären müssen, warum dieses Gebäude in den Büchern der Holding nirgends auftauchte. Und darauf hoffen, dass keine organischen Spuren der anderen Opfer gefunden wurden. Aber eigentlich hatte er immer alles mit Feuer gründlich gereinigt, sodass nichts ihn verraten konnte.

Die einzig wirkliche Bedrohung war und blieb der Feind. Manchmal nannte er ihn auch den »Jäger« oder »Ritter der Finsternis«.

Bei dem Gedanken an den Polizisten wurde Guillard unwillkürlich wieder von einer Welle der Angst überrollt. Hastig trank er einen Schluck Cola. Olivier Passan würde nie aufgeben. Diesem Mann ging es weder um die Ermittlung noch um seinen Job – er war einfach besessen. Eine gegenläufige, negative Kraft, die seinem Projekt diametral entgegenstand.

Welcher Gott hatte ihm ein solches Hindernis in den Weg gestellt? Worin lag der Sinn dieser Prüfung?

Die Autobahnschilder zeigten Nanterre, La Défense und Neuilly-sur-Seine an.

Er liebte diese Autobahn. Die A 86. Die Passage zwischen den Departements 93 und 92, Seine-Saint-Denis und Hauts-de-Seine. Die Strecke seines eigenen Lebens. Von den schmutzigen Wohnsilos in La Courneuve zu den Luxusvillen in Neuilly-sur-Seine. Stufe für Stufe hatte er die soziale Leiter erklommen, um dieses Ziel zu erreichen. Um den Bodensatz hinter sich zu lassen und sich aus dem Elend seiner Herkunft zu erheben. Er hasste die dummen und intoleranten Spießbürger in seinem Umfeld, aber in Neuilly sicherte ihm sein Geld zumindest eine Oase des Friedens. In seiner Villa fühlte er sich wie in einem Elfenbeinturm. Hier hatte er die Freiheit, seinen Schmerz zu lindern und seine Wiedergeburten zu bewältigen.

Erneut musste er an den Jäger denken. Ob er sein Geheimnis

kannte? Wahrscheinlich. Immerhin hatte man ihm im Polizeigewahrsam einen Abstrich für einen DNA-Test entnommen. Schon bei der Erinnerung überkam ihn ein Zittern.

Passan war kein Polizist wie die anderen. Jeder Mann und jede Frau strahlt sowohl männliche als auch weibliche Schwingungen aus. Der dominierende Prozentsatz wird durch das physiologische Geschlecht bestimmt, doch die anderen Schwingungen sind ebenfalls immer vorhanden. Als er Passan jedoch zum ersten Mal zu Gesicht bekam, war er ehrlich verblüfft. Dieser Polizist schien nicht weit entfernt von der absoluten Reinheit zu sein. Er war fast hundertprozentig maskulin. Ein Metall ohne Schlackereste.

Im Gespräch mit Passan hatte er seine Unruhe überwunden und freundlich lächelnd auf jede Frage geantwortet. Der Besuch des Jägers hatte lediglich der Sondierung gedient, und die Spur, die er verfolgte, war wirklich nur Zufall. Eines der Opfer hatte einen Wagen in seinem Autohaus in Saint-Denis gekauft, die zweite Frau hatte ihr Auto in seiner Werkstatt in La Courneuve reparieren lassen. Daran gab es nichts zu deuteln – es war ein zufälliges Zusammentreffen. Daher hatte er auch nicht die geringsten Schwierigkeiten gehabt, dem Polizisten Rede und Antwort zu stehen und dabei überrascht und irritiert zu wirken.

Doch Passan ließ sich nicht täuschen. Er war seinetwegen gekommen, und Guillard ahnte, dass dieser Polizist einen Instinkt besaß, der seinem eigenen ähnelte. Und so begann das Duell. Der weitere Verlauf gab seinen Vermutungen recht. Fortan wurde er verfolgt, gefilzt und verhört. Passan hatte sich auf ihn eingeschossen. Sogar in Polizeigewahrsam hatte er ihn einmal genommen, und zwar Mitte Mai, unmittelbar nach der Opferung der dritten Mutter. Zu seinem Glück gestattete ein neues Gesetz seit April 2011 jedem Verhafteten einen Rechtsbeistand. Sein Anwalt hatte es schnell geschafft, Öl auf die Wogen zu gießen.

Gleich danach hatte er Passan verklagt, gegen ihn ausgesagt und die Nötigung ausführlich beschrieben. Sein Anwalt hatte die sofortige Suspendierung Passans gefordert, dessen Verdienste jedoch zu seinen Gunsten gewertet wurden. Der Kommissar konnte die Ermittlungen weiterführen, durfte sich seinem Hauptverdächtigen jedoch nicht mehr nähern. Dieser galt jetzt nicht nur als unschuldig, sondern auch als unberührbar.

Vielleicht hätte er auf seine Wiedergeburten verzichten sollen, aber dazu war er nicht in der Lage. Für ihn waren sie eine Frage von Leben und Tod. Er war viel vorsichtiger geworden und hatte seine Methode abgewandelt. Das Einzige, was er nicht verändert hatte, war der Ort der Opferung. Und das hätte ihn um Haaresbreite seine Freiheit gekostet.

Er öffnete eine neue Dose. Das kühle Getränk kribbelte in seiner Kehle. Er schloss die Augen und erinnerte sich an ein Bild reinster Sinnlichkeit. Als er mit dem Polizisten zum Fuß des Hangs abgerutscht war, glaubte er, sterben zu müssen. Gleichzeitig jedoch fühlte er sich beschützt. Aus *ihm* war *sie* geworden. Alle Angst schmolz hinweg, um sich in ungeahnte Lust aufzulösen. Sie hatte sich ihm hingegeben, den Feind willkommen geheißen und ihm in unsäglicher Erregung die Arme geöffnet.

»Wir sind da, Chef.«

Bei der Erinnerung waren ihm die Tränen gekommen. Er richtete sich auf und wischte sich über die Augen. Die einfache Bewegung rief einen scharfen Schmerz hervor, der von der unteren Wirbelsäule bis in seinen Nacken zuckte.

Er brauchte ein paar Sekunden, um sich zurechtzufinden. Sie hatten vor dem Gitter zu seiner Einfahrt gehalten. Rechts und links des Bürgersteigs standen hübsche Villen.

»Lassen Sie mich hier aussteigen und fahren Sie in die Werkstatt zurück.«

Sein Chauffeur, der ungefähr so gesprächig war wie ein Fisch, nickte nur. Über das zerschundene Gesicht seines Chefs und die Stunden im Krankenhaus hatte er kein einziges Wort verloren. Insgeheim war Guillard dem Mann dafür dankbar. Er beglückwünschte sich zu diesem Schatten, der ihn täglich herumkutschierte, ohne je eine Frage zu stellen.

Ein wenig schwerfällig stieg er aus dem Auto. Im Geiste stellte er bereits eine Liste der Pflanzen und chinesischen Tinkturen zusammen, die er zur Linderung seiner Schmerzen einnehmen wollte. Schon jahrelang verließ er sich nicht mehr auf die westliche Medizin – mit Ausnahme von Sève de Vie. Während seiner Jugendzeit war sein Körper mit viel zu vielen Arzneimitteln, Wirkstoffen und Medikamenten vollgestopft worden. Indem er darauf verzichtete, bekundete er seine Abwendung von einer Zivilisation, die ihn gebrandmarkt und ausgestoßen hatte.

Die Sonne hatte sich wieder einmal hinter dicken dunklen Wolken verborgen. Der einsetzende Regen überzog das schmale Sträßchen mit einer grauen schmutzigen Lackschicht. Er wanderte an den Villen entlang. Sein Muskelkater stammte nicht nur von den Schlägen. Der Jäger hatte auch die Opferung unterbrochen. Der Prozess der Wiedergeburt war nicht zu Ende geführt worden.

Er fühlte sich ausgehungert und unbefriedigt.

Dagegen gab es nur ein Mittel.

11

Sandrine Dumas parkte vor einer Toreinfahrt. Dabei rammte sie einen Steinklotz, den sie nicht bemerkt hatte. »Scheiße«, schimpfte sie. Leise vor sich hinfluchend stieg sie aus, verzichtete darauf, sich den Schaden anzusehen und bog in die Rue de Ponthieu ein. Ihr Haar war ziemlich zerzaust.

Sie kam wieder einmal zu spät.

Seit zwölf Jahren kannte sie Naoko nun schon, war aber noch nie pünktlich zu ihren Treffen erschienen. Einmal hatte sie versucht, der Freundin das Prinzip des akademischen Viertels zu erklären, doch als sie Naokos verblüfftes Gesicht sah, ließ sie das Thema rasch wieder fallen. Sie erinnerte sich eines Dokumentarfilms über Japanerinnen, die in der Lage waren, acht Stunden lang ohne Unterbrechung Perlen zu sortieren. Das Bild der schwarzen, weit geöffneten Augen, die so präzise arbeiteten wie ein Mikroskop, hatte sich ihr eingeprägt. Die Frauen schienen mit einer Art erstaunter Konzentration zu arbeiten. Der Eindruck wurde noch verstärkt durch die Mongolenfalte, die manchmal den Eindruck leichten Schielens erweckte.

Die Vorstellung, eine leichte Unpünktlichkeit könne ein Ausdruck von Höflichkeit sein, rief bei Naoko einen ähnlichen Gesichtsausdruck hervor.

Im Laufschritt überquerte Sandrine die Avenue Matignon und zwang mehrere Autos zur Vollbremsung. Das wütende Hupen überhörte sie einfach. Immer noch murmelte sie mit leiser Stimme vor sich hin. Warum verlangte Naoko immer solche Dinge von ihr? Ein schnelles Mittagessen ausgerechnet zurzeit der dicksten Staus? Andererseits war sie selbst schuld, denn das Lokal hatte sie vorgeschlagen. Und außerdem begannen ihre nächsten Kurse erst um drei.

Vor dem Restaurant strich sie ihre Kleider glatt, atmete tief durch und betrat den Gastraum. Sandrine schwitzte wie ein Tier – eine der Nebenwirkungen ihrer Behandlung. Sie entdeckte Naoko sofort. Abgesehen von ihrer Grazie besaß die Japanerin eine weitere Eigenschaft, die andere Frauen vor Neid erblassen lassen konnte. Es war eine gewisse unverwüstliche Frische, die selbst die hübschesten Plakatschönheiten wie zerknitterte Makulatur aussehen ließ.

Manchmal brachte Naoko Sandrine japanische Kosmetikprodukte mit, die meist die Aufschrift Bihaku trugen, was ungefähr mit »blasse Schönheit« zu übersetzen war. Naoko konnte man als perfekte Inkarnation von Bihaku bezeichnen. Sie sah aus, als ernähre sie sich ausschließlich von Reis, Milch und Quellwasser. Was übrigens durchaus nicht stimmte: Naoko aß für drei und kannte sämtliche Konditoren von Paris. Manchmal versuchte Sandrine, sie sich dreißig Jahre älter vorzustellen. Aber das funktionierte nicht. Ihr Teint strahlte wie die Sonne, und es war unmöglich, sie sich anders auszumalen.

»Tut mir leid, dass ich zu spät bin«, sagte sie, als sie wieder zu Atem gekommen war.

Naoko antwortete mit einem Lächeln, das sowohl »wie immer« als auch »macht nichts« bedeutete. Sandrine stellte ihre Tasche ab und setzte sich. Als sie ihren Mantel auszog, schlug ihr der eigene Schweißgeruch geradezu erstickend entgegen. Auch das war eine Nebenwirkung der Chemo: Jede Art von Geruch raubte ihr den Atem und verursachte ihr Übelkeit.

»Hast du schon einmal in die Karte geschaut? Angeblich ist das hier der beste Japaner von Paris.«

Naoko schüttelte den Kopf.

»Was?«, rief Sandrine in gespielter Panik. »Ist es etwa kein Japaner?«

»Koreaner.«

»Scheiße. Ich habe einen Artikel in der *Elle* gelesen, der …«

»Vergiss es.«

Es war ein Running Gag zwischen ihnen. Seit Jahren bemühte sich Sandrine, mit Naoko die neuesten japanischen Restaurants zu entdecken, die dann tatsächlich in der Hälfte aller Fälle entweder von Chinesen oder von Koreanern betrieben wurden.

Sandrine schlug die Karte auf. Der kleine Fehlschlag war kein Grund, sich die Laune verderben zu lassen. Sie hatte vor, die Zeit, in der es ihr gut ging, aus vollem Herzen zu genießen. Seit einigen Tagen war ihr Geschmackssinn zurückgekehrt, nachdem sie wochenlang unter Mukositis gelitten hatte.

»Ich nehme Maki Moriawase. Ein paar leckere Sushi sind jetzt genau das Richtige.«

»Aber es sind keine Sushi, sondern Maki. Maki bedeutet soviel wie ›rollen‹.«

Naoko hatte in einem fast überheblichen, ein wenig verbitterten Ton gesprochen. Sandrine war längst klar, dass ihre Freundin einen schlechten Tag hatte.

»Und du?«, erkundigte sie sich ungezwungen. »Was nimmst du?«

»Eine Miso-Suppe wäre schon okay.«

»Sonst nichts?«

Die Japanerin antwortete nicht. Ihre Augen waren so schwarz, dass man unmöglich die Pupille von der Iris unterscheiden konnte.

»Hattest du wieder einmal Krach mit Olive?«

»Ach was. Er vergräbt sich in seinem Keller. Wir haben so gut wie keinen Kontakt. Und heute Abend zieht er ja ohnehin aus.«

Ein Kellner erschien und nahm ihre Bestellung auf.

Nach kurzem Schweigen beschloss Sandrine, dass es Zeit war, zur Sache zu kommen.

»Also jetzt mal raus mit der Sprache: Was ist los?«

»Nicht mehr und nicht weniger als sonst. Ich war heute Morgen schon beim Aufstehen schlecht gelaunt, sonst nichts. Meine Ehe ist ein absoluter Reinfall.«

»Sehr originell.«

»Du verstehst mich nicht. Ich habe den Eindruck, dass Olivier mich nie wirklich geliebt hat.«

»Ich kenne eine Menge Leute, die schrecklich gern auf diese Weise nicht geliebt würden.«

Naoko schüttelte den Kopf.

»Olivier liebt Japan. Er liebt ein Hirngespinst. Eine Idee. Etwas, das nichts mit mir zu tun hat. Außerdem hat er mich schon jahrelang nicht mehr angefasst …«

Sandrine unterdrückte einen Seufzer. Eine Stunde im Stau, um hier Seelentröstung zu betreiben. Aber sie beklagte sich nicht. Sie lauschte der Musik der Worte, die sie wunderschön fand – diesem köstlichen Akzent. Auch nach so vielen Jahren gelang es Naoko immer noch nicht, »r« und »ü« richtig auszusprechen.

»Seine Gefühle für mich waren immer abstrakt«, fuhr Naoko fort. »Anfangs glaubte ich noch, dass sich die Vergötterung eines Tages normalisieren und er die Frau in der Japanerin suchen würde. Aber das genaue Gegenteil war der Fall. Er ist in seine Besessenheit abgetaucht. Nächtelang sieht er sich Samurai-Filme an und liest Schriftsteller, deren Namen mir völlig unbekannt sind. Außerdem hört er altes, auf dem Koto gespieltes Zeug, das in Japan höchstens am Jahresende in den Kaufhäusern gedudelt wird. Würdest du gern mit einem Typen zusammenleben, der das ganze Jahr über ›O Tannenbaum‹ hört?«

Sandrine lächelte, antwortete aber nicht. Der Kellner kam mit einem Teller in Schiffsform, auf dem der rohe Fisch mit rosafarbenem eingelegtem Ingwer und grünen Wasabitupfen angerichtet war. Sie freute sich auf den bevorstehenden Genuss. Seit bei ihr Krebs diagnostiziert worden war, erschien ihr selbst das winzigste Vergnügen wie die letzte Zigarette eines zum Tode Verurteilten.

Naoko ergriff die Schüssel mit ihrer Suppe, blickte starr vor sich auf den Tisch und fuhr fort:

»Momentan steht er auf alte, in den Shochiku-Studios produzierte Musicals. Er hat die CDs im Internet bestellt und hört sie mit dem Kopfhörer stundenlang in Endlosschleife an, ohne auch nur ein Wort zu verstehen. Findest du das nicht ein bisschen krank?«

Sandrine setzte einen mitleidigen Ausdruck auf und nahm sich das nächste Röllchen aus Algen, Thunfisch und Reis. Den Bug des Schiffchens hatte sie bereits leer gegessen.

»Wir sind jetzt zehn Jahre verheiratet, und ich weiß noch immer nicht, ob er begriffen hat, dass ich eine Frau bin. Ich glaube, er sieht in mir vor allem ein Ausstellungsstück in seinem Museum.«

»Aber immerhin das wichtigste Meisterwerk.«

Naoko machte ein skeptisches Gesicht. Sie hatte einen sinnlichen Mund. Im Profil sah man, dass sie ihre Unterlippe ganz leicht vorschob, was ihr eine animalische Grazie verlieh. Sandrine war nie in Japan gewesen, aber sie hatte einmal von einer Stadt namens Nara gehört, wo Hindinnen angeblich frei herumliefen. Sie hatte sich immer vorgestellt, dass Naoko aus Nara stammte.

»Für ihn ist es ein unverhofftes Glück, mit einer Japanerin verheiratet zu sein. Durch mich fühlt er sich von meinem Land akzeptiert. Es gibt dafür ein Wort: Wenn der König einen Mann zum Ritter wählt …«

»Küren.«

»Genau. Er fühlt sich von Japan erkoren. Sogar unsere Söhne sind ein Teil dieses Prozesses. Manchmal habe ich den Eindruck, dass sie ein genetisches Experiment sind – der Versuch, sein Blut mit dem meines Volkes zu vermischen.«

Sandrine hätte Naoko gern erklärt, dass es Schlimmeres im Leben gibt. Wie zum Beispiel bald vierzig zu werden, keinen Mann und kein Kind zu haben, dafür aber Krebs, der einem die Brüste, die Leber und den Uterus zerfrisst.

Aber Naoko schwebte in höheren Sphären.

»Letztendlich ist mein Problem mit Passan das gleiche, das ich eigentlich schon immer mit Frankreich gehabt habe. Hier war ich doch nie etwas anderes als eine Jahrmarktsattraktion. Jeder, der erfährt, woher ich stamme, erklärt mir, wie gern er Sushi isst. Manche falten, wenn sie sich bedanken wollen, die Hände auf der Brust. Das tun aber nur die Thai. Andere wünschen mir im Februar ein gutes neues Jahr – wenn die Chinesen feiern. Ich habe es so satt!«

Sandrine widmete sich dem Achterdeck des Schiffes. Es tat so gut, endlich wieder den Wohlgeschmack und das Jodaroma der Fische, die pikante Würze des Ingwers und die herbe Schwärze der Sojasoße kosten zu können. Sie schmeckten wie zärtliche Liebesbisse.

»Wer mich dann besser kennt«, sagte Naoko leise und immer noch äußerst konzentriert, »der fragt mich, ob es stimmt, dass die Vagina von Japanerinnen enger ist.«

»Und? Ist sie es?«

»Als ich nach Frankreich kam«, fuhr Naoko fort, ohne auf die Frage einzugehen, »dachte ich …«

»Du wolltest sicher Französin werden, oder?«

»Nein. Ich wollte als Mensch akzeptiert werden, nicht als exotische Ausnahmeerscheinung mit einer XS-Vagina.«

Sandrine bemühte sich mit vollem Mund, das Gespräch wieder in die ursprüngliche Bahn zu leiten.

»Und was ist mit dir?«, fragte sie unvermittelt. »Bist du ganz sicher, dass du ihn nicht mehr liebst?«

»Wen?«

»Passan.«

»Das ist längst nicht mehr die Frage.«

»Sondern?«

»Bei uns herrscht Totalausverkauf. Seit zehn Jahren leben wir zusammen, aber ich weiß nicht einmal, ob wir überhaupt gemeinsame Erinnerungen haben. Ich empfinde noch immer eine tiefe Zärtlichkeit für ihn. Und Mitleid. Aber auch Wut. Und …« Sie hielt inne. In ihren Augen standen Tränen. »Ich glaube, es ist wirklich wichtig, dass wir so schnell wie möglich nicht mehr unter einem Dach wohnen. Wir ertragen uns nicht mehr, verstehst du?«

Sandrine nahm sich noch eine der kleinen Köstlichkeiten aus Reis und rohem Fisch, die sie ohne zu kauen hinunterschluckte. Mein Gott, war das gut!

»Also wirklich, diese Lachsdinger …«

Plötzlich stützte Naoko ihre Ellbogen auf den Tisch, als wäre ihr eine Idee gekommen.

»Ich möchte dir ein Geheimnis verraten«, flüsterte sie und beugte sich über den Tisch.

»Super. Ich mag Geheimnisse.«

»Solltest du je nach Japan kommen, wirst du niemals Sushi mit Lachs bekommen.«

»Nicht? Warum nicht?«

»Weil es viel zu schwere Kost ist.«

Sandrine zwinkerte ihr zu und nahm sich ein weiteres Häppchen.

»Du meinst, so ähnlich wie die Franzosen?«

Endlich lächelte Naoko und nahm sich eines der koreanischen Maki.

12

Seit einer Stunde ordnete Passan Vernehmungsprotokolle, Autopsieberichte, Zeugenaussagen und andere Papiere, die im Verlauf der viermonatigen Ermittlungen zu den Morden des Geburtshelfers zusammengekommen waren. Alles in allem mindestens fünf bis sechs Kilo Papier.

Offiziell war er dabei, die Akten zu sichten, ehe er sie an seinen Nachfolger weitergab. In Wirklichkeit jedoch scannte er die wichtigsten Erkenntnisse ein und sicherte sie auf einem USB-Stick. Gleichzeitig druckte er sie aus, weil er sie mit nach Hause nehmen wollte, sozusagen zur Einweihung seiner neuen Unterkunft in Puteaux.

»Du hast ziemliche Scheiße gebaut, Passan«, sagte eine Stimme mit südfranzösischem Akzent.

Es war Polizeidirektor Michel Lefebvre, sein direkter Vorgesetzter. Er war tatsächlich eigens vom Quai des Orfèvres gekommen, um ihm den Kopf zu waschen! Das konnte man fast schon als Privileg ansehen. Passan erwartete den Rüffel bereits seit seinem Bericht, den er noch am späten Vormittag fertiggestellt hatte.

Schweigend fuhr er fort, Papiere in Aktenordner einzuheften, die er anschließend in Kartons auf dem Schreibtisch verstaute. Hinter ihm summte der Drucker. Er hoffte, dass Lefebvre dort nicht herumschnüffeln würde.

»Du hattest nicht einmal ein Interventionsteam dabei. Was glaubst du eigentlich, wer du bist? Der Lonesome Cowboy?«

Endlich hob Passan den Kopf und blickte seinen Vorgesetzten an, der elegant gekleidet wie immer vor ihm stand. Der Mann war über eins neunzig groß und ließ seine Anzüge maßschneidern. Mit seinem nach hinten gegelten, graumelierten Haarschopf, einem Hemd von Forzieri und seiner Milano-Krawatte setzte Lefebvre ganz und gar auf den italienischen Schick. Sein Problem dabei lag, abgesehen von seiner Körpergröße, in seinem Aussehen. Bei seiner vierschrötigen Figur und seinen markanten Landserzügen dachte man eher an General Patton als an Giorgio Armani.

Mit den Jahren hatte Lefebvre Fett angesetzt, aber eine Narbe auf seiner Stirn bewies, dass er nicht immer nur am Schreibtisch gesessen hatte. Passan wusste, dass sein Chef noch eine zweite, sehr viel längere Narbe auf der linken Körperseite besaß. »Die

Echtheit eines Mannes ist wie ein Tattoo: Man entdeckt sie nur im Bett oder im Leichenschauhaus«, hatte Lefebvre einmal gesagt. Er selbst war der fleischgewordene Beweis für seinen eigenen Aphorismus.

Passan widmete sich weiter seinen Akten.

»Wer übernimmt die Ermittlungen?«, erkundigte er sich beiläufig.

»Levy.«

»Levy? Ausgerechnet der übelste Bursche, den die Kripo aufzubieten hat?«

»Er hat viel Erfahrung.«

»Klar. Erfahrung mit Schandtaten!«

Passan kannte Jean-Pierre Levy seit Jahren. Der Mann hatte eigentlich immer Spielschulden und war mit seinen Unterhaltszahlungen ständig in Verzug. Sowohl auf der Rennbahn als auch im Privatleben hatte er nie auf das richtige Pferd gesetzt. Schon mehrmals war er der aktiven und passiven Korruption angeklagt worden, aber die Nachforschungen der Polizeidirektion hatten nie etwas Konkretes ergeben. Trotzdem wussten alle Bescheid. Man munkelte von Amtsmissbrauch, Drogenhandel, Schutzgelderpressung und allerlei dubiosem Handel.

Schwerfällig ging Lefebvre im Zimmer auf und ab, wobei er eine Wolke teuren Parfüms um sich verbreitete. Schließlich baute er sich vor dem Schreibtisch auf und zeigte auf die Kartons.

»Was ist das?«

»Die Ermittlungsakten im Fall des Geburtshelfers.«

»Super. Levys Leute holen sie später ab.«

Passan legte beide Hände auf die aufeinandergestapelten Bündel.

»Das Vieh ist wieder frei, Michel. Es dürfte ganz schön schwierig werden, den Kerl wieder einzufangen.«

»Und wessen Schuld ist das?«

»Diese Nacht hatten wir eine echte Chance. Und wir hätten ihn wirklich an den Hammelbeinen kriegen können, wenn Calvini …«

»Calvini versucht, seinen Arsch zu retten. Vielleicht hätte es funktioniert, wenn irgendwer anders Guillard geschnappt hätte. Aber dass ausgerechnet du es warst, ging gar nicht.«

»Mir wird gleich übel.«

»Nun mal halblang, mein Lieber. Mein Telefon kommt kaum noch zur Ruhe. Unsere Politiker regen sich fürchterlich auf. Das, was du dir diese Nacht geleistet hast, war so ungefähr das Letzte, was sie brauchen konnten. Wir können jetzt nur noch beten, dass Guillard und seine Rechtsverdreher die Schnauze halten und dass die Presse nicht aufmerksam wird.«

»Du brauchst ihnen nur meinen Kopf zu liefern, dann habt ihr Ruhe.«

»Spiel hier nicht den Märtyrer, Passan. Wir decken dich, und das weißt du. Ehrlich gesagt bleibt uns auch keine andere Wahl, und das weißt du ebenfalls. Was ist mit deinen anderen Angelegenheiten?«

Passan musste sich anstrengen, um sich seiner laufenden Ermittlungen zu erinnern. Plötzlich wurde ihm klar, wie sehr alles an ihm vorbeirauschte. Wie sehr er neben sich und neben seiner Arbeit stand. Er ließ ein paar Allgemeinplätze vom Stapel, konnte Lefebvre aber nichts vormachen.

»Wenn du deinen Job behalten willst, musst du dich am Riemen reißen«, polterte sein Boss. »Solltest du weiter alle Welt vor den Kopf stoßen, trägst du bald wieder Uniform und darfst dich als Streifenpolizist im Bois de Boulogne vergnügen, wo du dir von zahnlosen Tunten einen blasen lassen kannst.«

Er wandte sich um und zog den Stecker des Aktenvernichters aus der Steckdose.

»Was machst du da?«

»Ich bewahre dich vor einer Versuchung. Könnte ja immerhin sein, dass du Levy ein paar wichtige Dinge vorenthalten willst.«

»Ich doch nicht! Wenn ich helfen kann, tue ich alles, was in meiner Macht steht.«

»Das ist Humbug, und das weißt du auch. Du bist ja längst dabei, die Akte für dich selbst zu kopieren. Hör in Gottes Namen mit diesem Blödsinn auf, Passan! Wie oft soll ich dir das noch sagen?«

Nachdem Lefebvre gegangen war, schloss Passan die Tür ab und druckte weiter. Unglücklicherweise waren die Wände des neuen Büros aus Glas. Passan fühlte sich wie ein Fisch in einem Aquarium. Ständig war man den Blicken aller anderen ausgesetzt. Aber Passans Chef hatte recht: Noch eine weitere Dummheit, und er wäre weg vom Fenster. Mitten in einer Scheidung war das nicht unbedingt die beste Option. Besser wäre es, er würde klein beigeben und sich so benehmen, wie man es von ihm erwartete. Ein Satz von Nietzsche kam ihm in den Sinn: »Willst du das Leben leicht haben, so bleibe immer bei der Herde.«

Um sich zu motivieren, rief er sich sein Pflichtbewusstsein und seine Vaterlandsliebe in Erinnerung. Recht und Ordnung – so lautete seine Devise. Doch plötzlich klangen die sonst so hehren Worte irgendwie hohl und leer.

Als er sich jedoch über den Drucker beugte und ein paar Zeilen las, spürte er sofort, wie sich etwas in ihm bewegte.

Der Geburtshelfer. Er war es, der ihn antrieb.

Gleich heute Abend würde er jede Aussage noch einmal durcharbeiten. Vielleicht fand sich ja irgendwo ein Bruch – irgendein Detail, das es ihm gestatten würde, von einer anderen Seite her anzugreifen.

Im Grunde aber hätte er sich die Ausdrucke sparen können. Er kannte jede Seite auswendig.

Auf der Vorderseite standen die Fakten der Ermittlung. Die Rückseite jedoch spiegelte eine hektische Episode seines eigenen Lebens wider.

13

Die erste Leiche war auf dem Rasen einer Sozialwohnungssiedlung in Aubervilliers im Nordosten der Stadt gefunden worden. Die schwangere Frau war nackt, ihr Leib brutal aufgeschnitten, und neben ihr lag ein verkohlter Fetus. Auch im Tod verband die Nabelschnur noch beide Körper.

Zunächst war man von massiven und sehr gewalttätigen Ehestreitigkeiten ausgegangen, doch diese Hypothese wurde ziemlich schnell durch die Ermittlungsergebnisse widerlegt. Die im achten Monat schwangere Audrey Seurat war drei Tage zuvor von ihrem Ehemann vermisst gemeldet worden. Der Mann besaß ein wasserfestes Alibi. Man fand weder Anzeichen für einen Liebhaber noch irgendeinen anderen Verdächtigen in der Umgebung des Opfers. Als wahrscheinlichste Erklärung galt eine Entführung mit anschließender Tötung an einem unbekannten Ort. Der Mörder hatte Mutter und Kind in den Park der Wohnsiedlung bringen können, ohne auch nur von einem einzigen Zeugen beobachtet worden zu sein.

Der Staatsanwalt hatte die Kriminalpolizei mit den Ermittlungen beauftragt. Die heikle Aufgabe wurde Hauptkommissar Olivier Passan anvertraut. Passan hatte sofort geahnt, dass dieser Mord zum Fall seines Lebens werden könnte. Doch zunächst einmal musste er den Schock überwinden, den die Bilder vom Fundort bei ihm auslösten – die geradezu obszöne Zurschaustellung des nackten Frauenkörpers, das verkohlte Baby auf dem grünen Rasen, das blutige Fleisch in dem taufrischen Gras …

Aber sehr schnell hatte er sich wieder gefangen. Die unglaubliche Grausamkeit der Verstümmelung, der mysteriöse Tod der Mutter – trotz des aufgeschlitzten Bauchraums war sie laut Gerichtsmedizin an einer Vergiftung gestorben – und das völlige Fehlen von Indizien wie auch von Zeugen zeigten Passan, dass hier ein Mörder mit Nerven wie Stahlseilen am Werk gewesen sein musste. Ein Mensch, der dem Irrsinn verfallen, aber auch hervorragend organisiert war. Und der bei allem Wahnsinn äußerst penibel arbeitete.

Passan hatte sein Team gebrieft. Die Weisung lautete, bei null anzufangen, die Nachbarn zu befragen, die Geschichte des Opfers bis ins Detail zu recherchieren, die letzten Tage der jungen Frau zu rekonstruieren und in den Akten nach ähnlich gelagerten Fällen zu suchen. Die Schwierigkeiten ließen nicht lange auf sich warten. Die Befragung der Nachbarn ergab nicht den geringsten Hinweis. Obwohl die Wohnsiedlung nicht unbedingt zu den Brennpunkten des Departements 93 gehörte, wurden auch hier die Bullen nicht gerade mit offenen Armen empfangen. Was den Fundort anging, war die Ausbeute nicht viel besser. Keine wie auch immer gearteten Abdrücke, keine Spuren organischen Materials, keine Indizien. Und was die archivierten Akten anging, so waren sie samt und sonders auf Mikrofiches verfilmt.

Allerdings besaß die Polizeiwache des Viertels eine Überwachungszentrale, in der alle Videos, Funkgespräche und die Geotargetings der Streifendienste aufgezeichnet wurden. Doch auch hier ergab die Analyse der Angaben kein Ergebnis. Die meisten Kameras waren beschädigt, relevante Sachverhalte existierten nicht, und im gesamten Bezirk war in den Wochen zuvor nichts Verdächtiges registriert worden.

Möglicherweise besaß der Mörder einen eigenen Störsender, der es ihm gestattete, für zehn Minuten alle Satellitenverbindungen im Umkreis von einem Kilometer zu unterbrechen. Dieser Verdacht verstärkte sich bei den weiteren Morden. In sämtlichen Nächten, nach denen man wieder eine Leiche fand, gab es während einiger Minuten am frühen Morgen Probleme mit der Funkübertragung. Die Stunde des Mörders.

Laut Recherche wurden solche GPS-Jammer in Pakistan hergestellt und in Europa unter der Hand verkauft. Die Frage blieb, ob die genaue Kenntnis des Zeitpunkts eines Funklochs in Aubervilliers etwas für die Ermittlungen brachte. Eher nicht. Oder die Tatsache, dass der Mörder in Pakistan hergestelltes Material benutzte? Auch nicht. Das Team hatte die Handelswege der elektronischen Utensilien zurückverfolgt, doch auch das erwies sich als vergebliche Mühe.

Aus der Gerichtsmedizin kamen die Resultate der Blut- und Urinanalysen. Die Frau war an einer Kaliumchloridinjektion gestorben. Man nutzte diese chemische Verbindung, um bei Mehrlingsschwangerschaften die Anzahl der Embryonen zu vermindern. Passan hatte sich höchstpersönlich mit der Spur des KCl beschäftigt. Bei intravenöser Gabe verursacht Kaliumchlorid Kammerflimmern mit anschließendem Herzstillstand. Dabei ist das recht alltägliche Salz nicht nur im menschlichen Körper zu finden, sondern wird auch häufig in der Lebensmittelchemie und zur Düngemittelproduktion verwendet. Als Gift jedoch hat es eher Seltenheitswert.

Das Team hatte bei Kliniklieferanten nachgefragt, Vorräte überprüft und nach möglichen Diebstählen gefahndet. Passans Leute hatten sich mit Chemikern zusammengesetzt, um zu begreifen, wie man aus der Salzverbindung ein Gift herstellen konnte. Sie hatten gelernt, dass Selbstmordkandidaten sich gern für dieses Gift entschieden, weil es sehr wirksam ist. Sie waren der Spur von Amateurchemikern gefolgt. Alles umsonst.

Auch hinsichtlich des Opfers fanden sie sich in einem schwarzen Loch wieder. Weder Audrey Seurat noch ihre Umgebung boten den leisesten Anhaltspunkt für einen Verdacht. Die junge Frau, eine Postangestellte, war seit zwei Jahren verheiratet, ihr Ehemann Sylvain arbeitete als Computeringenieur. Sie stammten beide aus Saint-Denis, lebten in der Siedlung Floréal, hatten gerade erst einen gebrauchten Golf gekauft und ihren Platz in der Entbindungsklinik Delafontaine bereits reserviert. Sylvain hatte bei seiner Firma auch schon Erziehungsurlaub beantragt. Ein kleines Glück, das unversehens zerstört worden war.

Bis Mitte März hatte Passan noch absolut nichts in der Hand. Seine Vorgesetzten übten zunehmend Druck auf ihn aus. Ivo Calvini, der Untersuchungsrichter, rief mindestens einmal am Tag bei ihm an. Lediglich einen Umstand konnte er als positiv verzeichnen: Die Medien hatten sich nicht für den Fall interessiert. Weil sie nicht über alles Bescheid wussten, konnten die Journalisten das spektakuläre Ausmaß des Delikts nicht ermessen.

Passan ließ nicht locker. Akribisch erforschte er, wie Audrey ihre letzten Lebenswochen verbracht hatte. Er befragte ihren Arbeitgeber, ihre Kollegen, ihre Freunde, ihre Familie, den Gynäkologen, den Fitnesstrainer und ihren Friseur. Er suchte sogar die

Werkstatt von Alfieri Automobiles in La Courneuve auf, wo die Seurats ihren Golf gekauft hatten. Er ging davon aus, dass Audrey zu irgendeinem Zeitpunkt ihrem Mörder begegnet sein musste und dass irgendein Detail ihrer Person – Gesicht? Kleider? Schwangerschaft? – die kriminelle Energie des Wahnsinnigen angestachelt hatte. Indem er jedem ihrer Wege nachging, würde er vielleicht ebenfalls die Bahn des Mörders kreuzen.

Er kehrte zu den markanten Punkten zurück. Zur Post von Montfermeil und ihrer Umgebung, wo Audrey verschwunden war, und in die Wohnsiedlung, wo man sie gefunden hatte. Inkognito fuhr er mit dem Vorortzug hin und spazierte zwischen den kleinen Wohneinheiten herum, die man als Antwort der 1960er-Jahre auf die Riesenkästen des Jahrzehnts davor erbaut hatte.

Er ließ sich durch das Viertel treiben und lauschte seinem Pulsschlag. Immer wieder dachte er darüber nach, dass der Mörder einen Grund dafür haben musste, sich ausgerechnet für diese Gegend zu interessieren. Entweder wohnte er selbst dort, oder – und das erschien ihm wahrscheinlicher – er hatte seine Kindheit dort verbracht, und es gab ein traumatisches Erlebnis, das ihn immer wieder dorthin zurückführte.

Es waren reine Vermutungen. Ende März war Passan fast so weit zu glauben, dass man nie mehr etwas von Audrey Seurats Mörder hören würde.

Wenige Tage später wurde die nächste Leiche gefunden …

Das Telefon klingelte. Passan zuckte zusammen, als hätte er einen Elektrozaun berührt.

Er stellte fest, dass er zwischen seinen Aktenordnern auf dem Boden saß. Seine Finger waren tintenfleckig und staubig. Wieder einmal hatte die Ermittlung ihn in sich aufgesaugt wie in ein Magnetfeld.

Es klingelte weiter. Passan sah auf die Uhr. Fünf. Geschlagene zwei Stunden hatte er damit verbracht, Dokumente zu lesen, deren Inhalt er längst auswendig kannte. Bestimmt hatten die Kollegen sich königlich amüsiert, ihn durch die Glaswände so dasitzen zu sehen.

Das Telefon schrillte weiter.

Steif richtete Passan sich auf und tastete nach dem Apparat.

»Hallo?«

»Sie sind da.«

Es war Lefebvre.

»Wer?«

»Die Leute von der Dienstaufsicht. Sie warten in der dritten Etage. Beeil dich.«

Passan legte auf. Er konnte sich eines Lächelns nicht erwehren.

Nach der Gardinenpredigt des Kriminaldirektors nun also die Tretmühle der Dienstaufsicht.

Bei den französischen Behörden war man eben vor jeder Überraschung gefeit.

14

Drei Stunden später flog Yukio Mishima in einen Karton, unmittelbar gefolgt von Yasunari Kawabata und Akira Kurosawa. Zwei Selbstmörder, ein Überlebender. Passan legte Wert darauf, die Porträts in sein Appartement in Puteaux mitzunehmen. Immerhin handelte es sich um außergewöhnliche Künstler, deren tragisches Leben auf mysteriöse Weise ihr Werk bereichert hatte. Für Passan hatte ihr Selbstmord einen ästhetischen Wert. Kawabata, Nobelpreisträger für Literatur, drehte mit über siebzig Jahren in seinem kleinen Büro ganz einfach den Gashahn auf, als hätte er auf diese Weise eine vor Jahren begonnene Arbeit beenden wollen.

Vorsichtig verstaute Passan seine in Seidenpapier verpackte Seladon-Teekanne im Karton. Die Sache mit der Dienstaufsicht war glimpflich abgelaufen. Die Jungs hatten sich einigermaßen verständnisvoll gezeigt. »Es handelt sich allerdings lediglich um ein erstes Gespräch«, hatten sie ihn vorgewarnt. Ob sie ihm so den Weg für ein berufliches Harakiri ebnen wollten?

Der Freitod. Eine der Grundlagen japanischer Kultur, eine Obsession von Passan und ein immer wiederkehrendes Streitthema mit Naoko.

Sie weigerte sich zuzugeben, dass das freiwillige Scheiden aus dem Leben zu ihrer Kultur gehörte, und berief sich – übrigens zu Recht – darauf, dass die Selbstmordrate in Japan nicht höher liege als anderswo. Im Gegenzug zählte Passan berühmte Japaner auf, die ihrem Leben ein Ende gesetzt hatten. Die Schriftsteller Kitamoro Tokotu, Akutagawa Ryonosuke und Ozamu Dazai, die Generäle Maresuke Nogi, Anami Korechika und Sugiyama Hajime, die Verschwörer Yui Shosetsu und Asahi Heigo, die Krieger Minamoto no Yorimase und Asano Naganori samt seinen siebenundvierzig Samurai sowie Saig Takamori. Ganz zu schweigen von den Kamikazefliegern, die ihre Flugzeuge gezielt auf amerikanischen Kreuzern zerschellen ließen, oder den Paaren, die sich lieber von den Felsen von Tojimbo stürzten, als ihre Liebe schwinden zu sehen – eine Vorstellung, die sich vor allem angesichts des eigenen Verfalls aufdrängte.

Passan bewunderte Menschen, die den eigenen Tod nicht fürchteten. Es waren Männer, denen Pflicht und Ehre alles bedeutete und für die die Lebensfreude der glücklichen kleinen Leute nicht zählte. Naoko konnte diese morbide Bewunderung nicht ertragen. Für sie war es nur eine andere Weise, ihr Volk wieder einmal zu stigmatisieren. Immer wieder die alte Leier von der tragischen Kultur, die sich zwischen sexueller Perversion und Freitod bewegte – Klischees, die sie außer sich bringen konnten.

Passan hatte die Diskussion darüber längst aufgegeben. Er zog es vor, seine eigene Theorie zu verfeinern. Für einen Japaner ist seine Existenz vergleichbar mit einem zarten Seidenfragment. Nicht die Menge zählt, sondern die Qualität. Es spielt keine Rolle, ob man mit zwanzig, dreißig oder siebzig Jahren stirbt – wichtig ist nur, dass die Seide ohne Fleck und ohne Riss bleibt. Ein Japaner, der den Freitod wählt, blickt nicht in die Zukunft, denn er glaubt an kein Jenseits. Er blickt zurück. Er schätzt sein Schicksal im Licht einer höheren Sache ein: Shogun, Kaiser, Familie oder Unternehmen. Aus dieser Demut und dem Sinn für Ehre besteht das Gewebe des Seidenstoffs. Man darf darauf weder Schmutz noch Makel erkennen.

Passan zog den Stecker des Wasserkochers heraus und packte das Gerät neben die Teekanne. Er selbst hatte immer nach diesen Vorgaben gelebt. Wenn er je über die Zukunft nachdachte, dann nur, um sich seinen eigenen Grabstein vorzustellen. Würde er die Erinnerung an ein exemplarisches Leben hinterlassen? Würde sein Stück Stoff makellos rein bleiben?

Nein, es war längst missglückt. Er brauchte nur an die beruflichen Winkelzüge, Lügen und Schweinereien zu denken, die er sich im Lauf seines Lebens einfallen lassen musste, um einfach nur den Gesetzen Genüge zu tun. Hinsichtlich Mut und Ehre allerdings hatte er sich nichts vorzuwerfen. Während seiner Zeit beim taktischen Interventionsteam hatte er mit dem Feuer gespielt. Seine Waffe benutzt. Getötet. Er hatte mit dem Geruch von Propergol und heißem Stahl gelebt. Er hatte das Pfeifen von Kugeln erlebt, den Luftzug, mit dem sie vorbeisausten, und den darauffolgenden Adrenalinstoß. Er hatte Angst gehabt, wirkliche Angst, doch er war nie zurückgewichen. Und dafür gab es nur einen einzigen Grund: Die Gefahr zählte nichts im Vergleich zu der Schande, die im Fall des Versagens sein Leben besudelt hätte.

Tatsächlich fürchtete Passan weniger den Tod als das Leben. Sein unvollkommenes, mit Gewissensbissen und Erniedrigung belastetes Leben.

Er nahm ein Bild der Kinder von der Wand und betrachtete es eine Weile. Seit der Geburt von Shinji und Hiroki hatte sich alles verändert. Seither wollte er gerne weiterleben. Er freute sich darauf, sie alles zu lehren, was er wusste, und sie so lange wie möglich zu behüten. Konnte man ein guter Soldat sein, wenn man Kinder hatte?

»Was machst du da?«

Passan blickte auf. Im Halbdunkel stand Naoko. Sie trug noch ihren Regenmantel und hatte ihre Handtasche nicht abgelegt. Er hatte sie nicht kommen hören. Nie hörte er sie kommen. Naoko mit ihrem Federgewicht und den Katzenaugen, die auch im Dunkel sahen.

»Ich packe ein paar Sachen ein, um sie ins Appartement mitzunehmen.«

Sie betrachtete die Porträts im Karton, die über anderen »Schätzen« lagen: kalligrafierte Haikus, Räucherstäbchen, Reproduktionen von Hiroshige und Utamaro.

»Du und deine Leidenschaft für Zombies!«, stellte sie trocken fest.

»Sie waren mutige Ehrenmänner.«

»Du hast mein Land nie wirklich verstanden.«

»Wie kannst du das nach all den Jahren behaupten?«

»Wie kannst du allen Ernstes noch an diesen Blödsinn glauben, nachdem wir zehn Jahre zusammengelebt haben und so oft in Japan waren?«

»Ich verstehe nicht, wo da ein Widerspruch sein soll.«

»Das, was du ›Mut‹ nennst, ist allenfalls eine Art Infiltration. Man hat uns programmiert. Wir wurden durch unsere Erziehung formatiert. Wir sind nicht mutig, wir sind gefügig.«

»Ich glaube, du bist es, die nichts begriffen hat. Die Erziehung beruht schließlich auf den Idealen eines Volkes.«

»Heutzutage ist es unser Ideal, uns von diesem Zeug zu befreien. Und schau mich nicht an, als wäre ich krank im Kopf.«

»Ich kenne deine Krankheit. Sie heißt ›westliche Dekadenz‹. Überspannter Individualismus. Verlust von Glaube, Ideologie und …«

Sie blockte die Tirade mit einer Handbewegung ab, als wische sie einen Staubfaden fort.

»Wir werden uns doch wohl jetzt nicht streiten.«

»Was willst du überhaupt? Dich von mir verabschieden?«, fragte er sarkastisch.

»Ich wollte dich nur daran erinnern, dass die Kinder nichts Süßes essen sollen. Es schadet ihren Zähnen, darüber waren wir uns doch immer einig.«

Passan brauchte eine Sekunde, um den Hinweis zu verstehen. Er sprach von Harakiri, ihr dagegen ging es um die Chupa Chups. Naokos Materialismus und ihr irrationales Festhalten an alltäglichen Kleinigkeiten verblüfften ihn noch immer. Eines Tages hatte er sie gefragt, welche Tugend sie an einem Mann am meisten schätzte. Ihre Antwort war: »Pünktlichkeit.«

»Okay. Aber zwei Lutscher werfen sicher nicht gleich ihre gesamte Erziehung über den Haufen, oder?«

»Ich bin es leid, mich ständig wiederholen zu müssen.«

Passan bückte sich und hob seinen Karton auf.

»War das alles?«

»Nein. Ich wollte dir außerdem das hier zurückgeben«, erklärte sie und legte etwas auf den Stapel Fotos.

Es war ein Dolch mit einem Klingenschutz aus schwarzem Jackfruchtbaumholz. Sein Elfenbeingriff schimmerte makellos im Schein der Lampe. Die Wölbung des lackierten Holzes war geradezu perfekt. Passan erinnerte sich, warum er gerade diesen Dolch ausgesucht hatte: Das Holzfutteral erinnerte ihn an Naokos Haar, das Elfenbein an ihre weiße Haut.

»Behalt ihn. Es ist ein Geschenk.«

»Über diesen Punkt sind wir längst hinaus, Olive. Pack das Ding ein.«

Die hässlichen Worte verursachten ihm einen Schauder.

»Es ist ein Geschenk«, wiederholte er trotzig. »Geschenke nimmt man nicht zurück.«

»Du weißt, was das ist, oder?«

Der Dolch lag schräg auf den unbeweglichen Gesichtern von Kawabata, Mishima und Kurosawa und schien mit ihnen die Klinge zu kreuzen. Herrlich.

»Ein Kaiken«, murmelte er.

»Weißt du, wozu er gebraucht wird?«

»Ich habe es dir selbst gesagt. Du hattest keine Ahnung.«

Verträumt betrachtete er die wertvolle Waffe.

»Mit dieser Art Dolch haben die Frauen der Samurai rituellen Selbstmord begangen. Sie schlitzten sich die Kehle auf, banden sich aber zuvor die Beine zusammen, um in einer schicklichen Haltung zu sterben, und …«

»Willst du, dass ich mich umbringe?«

»Du musst immer alles verderben«, antwortete er mit müder Stimme. »Du lehnst deine eigene Kultur ab. Den Ehrenkodex. Den …«

»Du bist doch krank. Diesen ganzen Mist gibt es doch schon seit Jahrhunderten nicht mehr. Zum Glück!«

Der Karton schien mit jeder Sekunde schwerer zu werden – die Bürde seines vergangenen Lebens, das Gewicht seines überholten Glaubens.

»Und was symbolisiert deiner Ansicht nach das heutige Japan?«, brüllte er Naoko plötzlich an. »Sony, Nintendo und Hello Kitty?«

Naoko lächelte. Passan verstand plötzlich, dass trotz des Kaiken im Karton und seiner 45er im Gürtel sie als Einzige in diesem Raum bewaffnet war.

»Es ist wirklich höchste Zeit, dass du verschwindest.«

Passan ging an ihr vorbei aus dem Zimmer.

»Wir sehen uns beim Anwalt«, sagte er im Hinausgehen.

15

Naoko stand auf dem Rasen, die Augen unverwandt auf das Tor geheftet. Ihr war kalt.

Sie hatte Passan geholfen, die letzten Kartons hinauszutragen. Er war ohne ein Wort und ohne einen Blick davongefahren. Die Luft war kühl. Nur dann und wann wehte ein schwerer, feuchter, fast fieberwarmer Hauch über sie hinweg. Lediglich die Vögel schienen in ihrer Einschätzung der Jahreszeit unbeirrbar zu sein und zwitscherten unsichtbar und beinahe zornig irgendwo in den Bäumen.

Naoko schüttelte sich und ging zurück zum Haus. Vor Angst hatte sie einen dicken Kloß in der Kehle. Sie betrat das Zimmer der Kinder. Eigentlich waren zwei Zimmer für die beiden vorgesehen gewesen, doch Passan hatte nie die Zeit gefunden, sich darum zu kümmern. Naoko gab dem nach seinem Bad noch ganz zerzausten Hiroki und dem ausschließlich auf sein Nintendo konzentrierten Shinji einen Kuss. Die Kinder kümmerten sich nicht weiter um sie, und Naoko fand diese Gleichgültigkeit tröstlich. Es war ein Abend wie jeder andere.

Sie ging in die Küche. Die Seezungen und die Kartoffeln waren bereits fertig, doch sie verspürte keinen Hunger. Sandrines Makis lagen ihr noch im Magen. Die Unterhaltung mit der Freundin kam ihr in den Sinn. Warum hatte sie sich bloß derart über Frankreich im Allgemeinen und Paris im Besonderen aufgeregt? Eigentlich war sie doch schon seit langer Zeit immun gegen den Einwanderungsärger …

Lachend polterten die Jungs herein und setzten sich mit viel Getöse an den Tisch.

Shinji kam sofort zur Sache.

»Warum trennst du dich von Papa?«

Er saß sehr gerade auf seinem Stuhl, als stelle er die Frage vor der ganzen Klasse seiner Lehrerin. Naoko verstand, dass er als Ältester auch im Namen seines Bruders fragte.

Ihr fehlte die Kraft für eine Antwort auf Japanisch.

»Damit wir uns nicht immer streiten.«

»Und was wird mit uns?«

Sie legte ihnen vor und setzte sich dann zwischen sie, um ihren Worten mehr Wärme zu verleihen.

»Natürlich haben wir euch beide so lieb wie immer. Und wir haben euch ja auch schon erklärt, wie es hier weitergeht. Ihr bleibt hier im Haus. Eine Woche mit Mama, eine Woche mit Papa.«

»Dürfen wir Papa einmal in seiner neuen Wohnung besuchen?«, erkundigte sich Hiroki.

Sie fuhr ihm durch die Haare und lächelte.

»Aber natürlich. Ein bisschen ist es ja auch eure Wohnung. Und nun iss.«

Shinji und Hiroki beugten sich über ihre Teller. Die Kinder

waren nicht etwa das Herzstück von Naokos Leben, sondern sie waren das Leben ihres Herzens. Jeder Schlag und sogar die Stille zwischen zwei Schlägen gehörte ausschließlich ihnen.

Shinji, der Achtjährige, war ein kleiner Clown. Er besaß die Energie und den Humor seines Vaters, aber auch eine natürliche Entspanntheit, die weder von Passan noch von Naoko stammte. Seine ethnische Mischung offenbarte sich in einer geheimnisvollen Ironie. Er trug seine asiatischen Gesichtszüge mit einer amüsierten Distanz und Fröhlichkeit, die zu sagen schien: »Vertraue nie dem Schein.«

Der sechsjährige Hiroki war deutlich ernster. Er ging streng mit seinen Gewohnheiten, Stundenplänen und seinem Spielzeug um und erwies sich darin als das Ebenbild seiner Mutter. Körperlich ähnelte er ihr weniger. Sein schwarzes Haar bedeckte einen kugelrunden Kopf, der Naoko irritierte. Japaner sind stolz auf ihr ovales Gesicht, das sie von Chinesen und Koreanern unterscheidet. Über Hirokis kleines Mondgesicht schwebte häufig eine träumerische Zerstreutheit. Oft stolperte der Junge in Gespräche hinein wie jemand, der sich in der Tür geirrt hat. Er verkündete etwas, das nichts mit dem Thema zu tun hatte, wunderte sich und verstummte. Er schien auf einem anderen Planeten zu leben, was ihn aber nur noch sympathischer machte.

Das Abendessen war beendet. Naoko hatte es geschafft, dem Gespräch eine andere Richtung zu geben. Sie sprachen über alles Mögliche: die Schule, Diego, Shinjis Judokurs und das neue Nintendospiel für Hiroki. Ohne dass Naoko es ihnen sagen musste, räumten die Jungen ihr Geschirr in die Spülmaschine und flitzten in den ersten Stock hinauf.

Nachdem sie Hiroki einen Gutenachtkuss gegeben hatte, flüsterte Naoko ihm auf Japanisch zu:

»Morgen komme ich früher nach Hause, und dann baden wir zusammen. Wir waschen uns nach Art der Kokeshi.«

Bei der Erwähnung der japanischen Puppen lächelte der kleine Junge. Er war bereits halb eingeschlafen. In einem Gemisch aus Französisch und Japanisch bat er leise:

»Könntest du die Tür offen lassen?«

»Kein Problem, Herzchen. Und nun schlaf schön.«

Sie küsste ihn noch einmal zwischen Hals und Schulter, ehe sie sich Shinji zuwandte, der sich in ein Micky-Maus-Heft vertieft hatte.

»Lässt du im Flur das Licht an?«, fragte er auf Japanisch, um sie milde zu stimmen.

Lächelnd löscht Naoko die Nachttischlampe.

»Hier scheinen wirklich nur Angsthasen zu wohnen.«

16

Viel später an diesem Abend betrat Passan sein Appartement. Verloren, verstoßen, verfemt.

Ehe er mit seinen japanischen Schätzen im Kofferraum nach Puteaux fuhr, hatte er seinen alten Dämonen nachgegeben. Von La Défense bog er ins 8. Arrondissement mit seinen einschlägigen Adressen ab.

Passan hatte gewisse Gewohnheiten. Bars, Kneipen, Escort-Services. Es handelte sich nicht um alte Freundinnen, wie man es manchmal in Filmen sieht, in denen der Bulle häufig unter den Prostituierten eine Geliebte hat. Passans Adressen enthielten immer Überraschungen. Neue Mädchen, neue Verbindungen. Eigentlich waren die Damen viel zu teuer für ihn, aber ein Polizist kann eben manchmal recht nützlich sein. Passan hatte nichts von einem wohlmeinenden Bullen. Ihn zum Freund zu haben war nicht unbedingt gut, allerdings war es wesentlich schlechter, sich ihn zum Feind zu machen. Und genau dieses Klima von Furcht und Dominanz erregte ihn ganz besonders.

Einige Jahre nach seiner Hochzeit hatte er aufgehört, Naoko körperlich zu begehren. Rasch nahm er seine Junggesellengewohnheiten wieder auf und wurde Stammgast in zwielichtigen Etablissements und bei Luxushuren, die seine niedersten Bedürfnisse befriedigten. Es war ein simples Tauschgeschäft: Er bekam die Zuwendungen gratis und garantierte dafür Schutz.

Woher aber kam diese Neigung, sich mit fetten, vulgären Professionellen zu vergnügen, während ihn zu Hause eine der schönsten Frauen von Paris erwartete? Die Antwort lag in der Frage. Die Frau seiner Träume fickt man nicht auf allen vieren wie ein Hund, und man ejakuliert ihr nicht ins Gesicht, anstatt ihre Lust zu verlängern. Das gilt umso mehr für die Mutter der eigenen Kinder.

Die Mutter und die Hure. Trotz seines Alters und seiner Erfahrung hatte Passan diesen kindlichen Antagonismus nie überwunden. Acht Jahre Psychoanalyse hatten nichts gefruchtet. Tief in seinem Innern blieb es ihm unmöglich, Begierde und Liebe oder Sex und Reinheit in Verbindung zu bringen. Für ihn war die Frau eine Wunde, deren Ränder nicht zusammenwachsen wollten.

Mit Naoko hatte er eine Woge der Erregung erlebt, so frisch und so neu, dass es ihm zunächst nicht vorkam, als besudele er seine Madonna. Als ihn jedoch seine früheren Vorlieben wieder einholten, erschien es ihm völlig natürlich, sich von seiner japanischen Fee abzuwenden. Die Rückkehr zu den Ursprüngen. Frauen mit breiten Hüften, fetten Schenkeln und Hängebrüsten. Erniedrigende Stellungen. Schimpfworte. Ein erleichtertes Bauchgefühl, verbunden mit einer Art düsterer Rache. Wenn er zum Höhepunkt kam, presste er die Zähne zusammen, um das raue, verbitterte Triumphgeheul zu unterdrücken, das weder Sinn noch Zweck hatte.

Für ihn kam es nicht infrage, seine Ehefrau mit solchen Schändlichkeiten in Verbindung zu bringen. Seine persönliche Hölle ging nur ihn allein etwas an.

Das Paradoxe daran war, dass Naoko ihm in seinen Vorstellungen gern gefolgt wäre. Japanerinnen haben eine äußerst freizügige Einstellung zur Sexualität, die absolut nichts mit dem christlich geprägten Schuldbewusstsein gemein hat, das Westler bis heute prägt. Doch Passan erkannte Naoko nicht auf diese Weise. Ihre weiße glatte Haut, ihr muskulöser, perfekt geformter Körper erregten ihn nicht. Sie war für die Anbetung geschaffen, nicht für die Wollust.

Naoko ließ sich nicht täuschen. Jede Frau kennt den sexuellen Biorhythmus ihres Partners. Sie hatte ihm freie Hand gelassen, möglicherweise aufgrund der alten japanischen Tradition, derzufolge der Ehemann seiner Frau die Kinder macht, sein Vergnügen aber bei den Prostituierten sucht. So entstanden das erste Schweigen und der erste Kompromiss. Die Frustration hatte sich zwischen sie geschoben und eine unsichtbare Mauer errichtet, die jede Geste in einen Angriff und jedes Wort in Gift verwandelte. Die Abkehr der Herzen beginnt immer mit einer Abkehr der Körper.

Passan parkte in einer Gasse am Seineufer, hinter der Kirche von Puteaux. Dreimal musste er hin- und herlaufen, um seine Kisten in die Wohnung zu bringen. Nachdem er den letzten Karton mitten im Zimmer abgestellt hatte, betrachtete er seine neue Unterkunft genauer. Dreißig Quadratmeter, Laminatboden, drei weiß gestrichene Wände, eine Fensterwand und eine hinter einem furnierten Tresen verborgene Küche. Anstelle von Möbeln gab es ein Schlafsofa, ein auf zwei Böcke gelegtes Brett, einen Stuhl und einen Fernseher. Das Ganze in einem Haus aus den 1960ern. Nichts, das zu Begeisterungsstürmen verlockte.

Seit Wochen schon zog Passan nach und nach um. Er hatte den Augenblick der endgültigen Trennung bewusst hinausgezögert. Jetzt legte er seine Jacke ab und blieb ein paar Minuten unbeweglich stehen. Mit einem Mal kam ihm die Aussage eines Kamikazepiloten in den Sinn, den der Waffenstillstand gerettet hatte. Als man ihn zu seiner Haltung befragte, hatte er mit zerstreutem Lächeln geantwortet: »Ganz einfach: Wir hatten keine andere Wahl.«

Passan ging als Erstes unter die Dusche und blieb dort eine halbe Stunde, so als hoffe er, damit den Schmutz dieses Abends abzuwaschen. Allerdings räumte er da wohl dem Stadtwasser eine zu große Leistungsfähigkeit ein.

Anschließend streifte er sich einen Slip und ein T-Shirt über, kochte einen Liter Kaffee, heizte die in einem japanischen Feinkostgeschäft erstandenen Bento in der Mikrowelle auf und aß im Stehen die Hühnerspieße, die Käsekugeln und den Reis. Es erinnerte ihn an die Zeit seines Jurastudiums: Vorlesungen, danach Gerichte zum Mitnehmen und Einsamkeit.

Kauend widmete er sich den wenigen Informationsfetzen, die er am späten Nachmittag über die Ermittlungen in Stains in Erfahrung gebracht hatte. Stéphane Rudel, der obduzierende Gerichtsmediziner, hatte bestätigt, dass die Vorgehensweise den anderen Morden entsprach. Die Instrumente, die man im Lagerhaus gefunden hatte, passten auch zu den Verletzungen der früheren Opfer. Passan war neugierig, wie Guillard die Anwesenheit medizinischer Geräte in seiner Mechanikerwerkstatt erklären würde. Auf alles Weitere würde man noch warten müssen. Die toxikologische Analyse war in Arbeit.

Auch Isabelle Zacchary von der Koordinationsstelle der Spurensicherung hatte ihn angerufen. Die Ergebnisse waren gleich null. Man hatte weder Fasern noch Abdrücke gefunden, die einen Zusammenhang zwischen der DNA Guillards und der des Opfers bestätigen konnten. Es schien, als hätte er die Frau nie berührt.

Passan warf die Überreste seiner Mahlzeit in den Müll und blickte auf die Uhr. Fast Mitternacht, doch er war nicht müde. Er stellte die Kaffeekanne, eine Tasse und einen Becher Joghurt neben das Sofa, kauerte sich im Schneidersitz auf den Boden, lehnte sich an die Couch und nahm den ersten Karton mit Archivmaterial in Angriff.

Zum x-ten Mal vertiefte er sich in die Dokumente. Eine halbe Stunde später stellte er fest, dass die Zeilen zu verschwimmen begannen. Er trank einen Schluck Kaffee und schloss die Augen. Rötliche, violett begrenzte Kreise tanzten unter seinen Lidern.

Seine Gedanken wanderten zu der Geschichte seiner Ermittlung zurück.

17

3. April 2011. Die Leiche von Karina Bernard, einunddreißig Jahre alt und im achten Monat schwanger, war ebenso wie die tote Audrey Seurat mitten in einer Wohnsiedlung des Departements 9–3 abgelegt worden. Das Viertel hieß Les Francs-Moisins und lag in Saint-Denis. Die Siedlung galt als sozialer Brennpunkt und war eine der gefährlicheren Gegenden der Stadt.

Passan und sein Team hatten sich sofort an die Arbeit gemacht. Das Szenario entsprach genau dem des ersten Falls. Gleiches Opferprofil und gleiche Vorgehensweise, einschließlich des Funkausfalls wenige Stunden vor dem makaberen Fund. Und wieder keine Anzeichen von Indizien oder Spuren.

Dennoch gab es eine neue Erkenntnis: Anhand von Glaskörperflüssigkeit, die man den Augen der in diesem Fall weniger stark verkohlten Babyleiche entnehmen konnte, wiesen die Toxikologen Spuren von Kaliumchlorid nach. Der Fetus hatte also die gleiche Injektion erhalten wie seine Mutter und war wenigstens nicht bei lebendigem Leib verbrannt. Im Blut der beiden Toten hatte man außerdem ein Anästhetikum gefunden. Wollte der Mörder seine Opfer nicht leiden lassen?

Die Ermittlungen wurden durch ein neu hinzugekommenes Problem deutlich erschwert. Dieses Mal hatten die Medien Wind von der Sache bekommen. Und schon hatten sie ihre Story. Ein Serienmörder! Ein Mörder, der schwangere Frauen tötete! Schnell waren prägnante Namen gefunden: »Der Geburtshelfer« oder »Der Schlächter von 9–3«. Sie hatten die Ermittlungen live begleitet, ihre Teams am Fundort stationiert und berichteten in regelmäßigen Abständen in der Presse, im Fernsehen und im Internet. In der Folge kursierten massenhaft falsche Zeugenaussagen, und angesichts der ständigen Präsenz von Polizisten und Kameras zeigten sich die Bewohner von Francs-Moisins noch verschlossener als sonst.

Passan stand für alle Seiten im Blickpunkt des Interesses. Seine Vorgesetzten riefen an. Ivo Calvini rief an. Der Bürgermeister von Saint-Denis rief an. Journalisten riefen an. Für keinen von ihnen hatte er eine Antwort. Lediglich eine Überzeugung verstärkte sich immer mehr bei ihm: Der Mörder musste aus dem 93. Departement stammen. Und mit ziemlicher Sicherheit hatte er ein traumatisches Erlebnis hinter sich, das möglicherweise mit seiner Geburt zu tun hatte und das er mit seinen in dieser Gegend verstreuten Leichen zu kompensieren versuchte.

Intuition allein brachte Passan jedoch nicht weiter. Was konnte er tun? Die Archive der Entbindungskliniken des Departements durchforsten? Um was zu suchen? Eine verkorkste Entbindung? Ein missgebildetes Kind? Ein nicht angenommenes Kind? Nein, das alles war zu vage.

Stattdessen beschäftigte er sich mit dem sozialen Umfeld von Saint-Denis. Er kannte die Gegend gut, denn er war selbst dort aufgewachsen. Seither hatte sich allerdings viel verändert. Aus den Schlafstädten waren Stätten der Gewalt geworden, wo sich eine zusammengewürfelte Stadtguerilla betätigte und wo man auf beiden Seiten mit harter Munition schoss.

Passan hatte sich vor Ort kundig gemacht und war mit der Polizei Streife gefahren. Er hatte Hausdurchsuchungen im Sturmschritt miterlebt, die unter einem Hagel von Steinen und Molotowcocktails stattfanden. Abgefackelte Autos, vergewaltigte Frauen, die aus dem Fenster sprangen, Türdiebstähle.

Er hatte mit Abgeordneten gesprochen, mit Betreuern und mit Experten. Mit Optimisten, die tolle Projekte planten. Mit Angstmachern, die am liebsten Drohnen, Kameras und scharfe Waffen eingesetzt hätten. Mit Radikalen, die alles abreißen und erheblich teurere Häuser bauen wollten. Frei nach dem Motto: Wenn der Preis erst steigt, krepiert das Gesindel von selbst.

Er hatte sich mit den Verantwortlichen der örtlichen Kollektive und der ansässigen Vereine unterhalten. Dank einer diskreten Vermittlung konnte er Kontakt zu den Bossen der Gangs aufnehmen. Man hatte ihn in ausgebaute Keller eingeladen, wo die Jungs mit M16, Uzis und Handwaffen hantierten, deren Seriennummern entfernt worden waren. Inmitten von Shit-Dünsten, leeren Getränkedosen und gebrauchten Spritzen hatte Passan mit offenen Karten gespielt. Er hatte die Methode des Mörders beschrieben und über die wenigen Indizien gesprochen. Auch seine Befürchtungen hatte er den Typen mitgeteilt. Und alle hatten dem Bleichgesicht mit einem Finger am Abzug zugehört.

Die Warlords wussten zwar ebenfalls nichts, versprachen jedoch, ihre Patrouillen zu verstärken und Keller, Dächer und Brachgelände häufiger zu kontrollieren. Auf keinen Fall wollten sie auf ihrem Gebiet einen Mörder dulden, der seine Leichen in ihrem Viertel entsorgte. Passan hatte an Fritz Langs Film M – *Eine Stadt sucht einen Mörder* denken müssen, in dem ein Kindermörder von der Berliner Unterwelt gestellt und abgeurteilt wird.

Parallel dazu fand das Team bei der mühevollen Kleinarbeit im Fall Karina Bernard ein Detail heraus – ein winziges Detail. Anfang März hatte das Opfer seinen Wagen zur Reparatur in eine Autowerkstatt in Saint-Denis gebracht, die sich Fari nannte. Bei diesem Namen, oder dessen Klang, musste Passan an den Autohändler denken, bei dem Audrey Seurat ihren Golf gekauft hatte. Alfieri Automobile. Im Internet entdeckte er, dass beide Unternehmen der gleichen Gruppe angehörten, die von einem gewissen Patrick Guillard geleitet wurde.

Zufall? Bei der Obduktion waren Spuren einer gekerbten Fessel und unbrennbarer Kautschukfasern auf der Haut des Opfers gefunden worden. Der Gerichtsmediziner hielt sie für Abdrücke eines Zahnriemens. Hinzu kam eine merkwürdige Riffelung auf der Zunge der Toten – der Mörder könnte sie mit Reifenstücken geknebelt haben.

Passan hatte die Herkunft Guillards erforscht, allerdings nichts Besonderes gefunden bis auf die Tatsache, dass der Mann ebenso wie er selbst in Heimen aufgewachsen war. Er war als Kind unbekannter Eltern in Saint-Denis geboren und vermutlich im Waisenhaus oder bei Pflegeeltern groß geworden. Passan bemühte sich bei den zuständigen Behörden um die entsprechende Akte, bekam sie jedoch nicht ausgehändigt. Guillards Spur tauchte erst wieder auf, als der junge Mann mit siebzehn eine Ausbildung als Automechaniker im südfranzösischen Sommières begann.

Passan verfolgte seinen Aufstieg von Werkstatt zu Werkstatt. 1997 eröffnete Guillard seine erste eigene Werkstatt in Montpellier. 1999 reiste er in die Vereinigten Staaten und reparierte Motoren in Arizona und Utah. 2001 folgte die erste Werkstatt in Saint-Denis, Alfieri. Zu diesem Zeitpunkt war Guillard dreißig Jahre alt. 2003 eröffnete er ein Unternehmen namens Fari in La Courneuve. 2007 gründete er das Autohaus Feria auf der Avenue Victor-Hugo in Aubervilliers. Im Übrigen besaß er mehrere für die offizielle technische Überprüfung zugelassene Betriebe und einige Schnellwerkstätten, wo man ohne Termin Öl und Reifen wechseln sowie Windschutzscheiben und Auspuffe einbauen lassen konnte. Sie alle befanden sich im 9–3, genauer gesagt im Westen des Departements: La Courneuve, Saint-Denis, Epinay, Saint-Ouen und Stains – also genau in der Gegend, wo die Leichen gefunden worden waren.

Im Privatleben war Guillard ledig und hatte keine Kinder. Rechtlich war er sein Leben lang nie belangt worden. Ein unbeschriebenes Blatt. Ein Heimzögling, der es dank seiner Leidenschaft für Motoren zu etwas gebracht hatte.

Guillard hatte Passan in seiner Zentrale in Aubervilliers empfangen und ihm das Autohaus gezeigt, dessen Werkstatt und Ausstellungsräume gleich nebenan lagen. Dreitausend Quadratmeter gestrichener Betonboden auf zwei Etagen, die nur für den Verkauf von Fahrzeugen und deren Reparatur gedacht waren. Alles war so sauber, dass man vom Boden hätte essen können. Doch Passan war alles andere als beeindruckt.

Er spürte etwas.

Patrick Guillard gab sich zwar jovial, wirkte aber in gewisser Weise befremdlich. Zunächst äußerlich. Mit seinen vierzig Jahren war er ein zu kurz geratener Athlet, ein kleinwüchsiges Muskelpaket. Er hatte seinen Kopf komplett rasiert, wahrscheinlich, um ein für alle Mal das Problem mit den Geheimratsecken in den Griff zu bekommen. Seine Gesichtszüge erinnerten an die einer

Bulldogge. Tränensäcke, eine stumpfe Nase und dicke, trotzig wirkende Lippen, die möglicherweise auf ferne afrikanische Wurzeln hinwiesen.

Gleichzeitig jedoch mutete der zwergenhafte Koloss auf unterschwellige Weise weiblich an. Hüpfender Gang, spitzes Lachen, zu weiche, etwas schmachtende Handbewegungen. Der Autohausbesitzer erinnerte Passan an Schauspieler im Kabuki-Theater, die Frauenrollen übernehmen – meist sehr verführerische Männer, denen es auch im wahren Leben nicht gelingt, ihre Geziertheit abzulegen.

Natürlich kannte Guillard keines der beiden Opfer. Angeblich hatte er keinen Kontakt zur Kundschaft seiner Werkstätten. Betroffen hatte er zugehört, als Passan ihm den Leidensweg der Frauen schilderte. Dann wurde er wieder heiterer und erklärte, warum seine Firmen immer klanglich ähnliche Namen hatten. Sein Leben lang habe er sich gewünscht, einmal bei Ferrari arbeiten zu dürfen, erzählte er. »Inzwischen bin ich realistischer geworden, aber die Silben haben mir Glück gebracht.«

Eigentlich hätte Passan Verständnis für seinen Gastgeber empfinden müssen, der ein Heimkind war wie er selbst auch. Aber hinter den wohlgesetzten Worten spürte er vages Raunen. Irgendetwas war da im Busch.

Er hatte Guillard nicht mehr aus den Augen gelassen Zusammen mit seinem Team hatte er eine regelrechte Treibjagd veranstaltet. Er hatte ein Überwachungsfahrzeug organisiert, das eigentlich anderweitig gebraucht wurde, und selbst die meisten Nachtwachen übernommen. Angesichts seines Privatlebens gab es dabei keine Probleme. Tagsüber bemühte er sich, das Leben des Autohändlers anhand der Akten zu analysieren, nachts beobachtete er den Mann vor Ort.

Nie war seine Überzeugung ins Wanken geraten, obwohl nichts zusammenpasste. Für jeden Mord konnte Patrick Guillard ein solides Alibi nachweisen; außerdem passte das Profil des Mörders nicht auf ihn. Zum Beispiel vergötterte er Kinder und machte den Kleinen in den Wohnsiedlungen neben seinen Werkstätten häufig Geschenke. Unmöglich, sich ihn als Babymörder vorzustellen. Aber warum hatte er dann weder Frau noch Kind? War er vielleicht homosexuell?

Ende April nahm Passan vier Tage Urlaub und reiste nach Montpellier, um sich die berufliche Vergangenheit des Geschäftsmannes näher anzusehen. Er suchte die Werkstatt auf, wo Guillard seine Lehre gemacht hatte. Alle erinnerten sich gern an den jungen Mann. Ein stets freundlicher, eifriger und sehr begabter Junge. Sein Arbeitgeber wusste zwar, dass Guillard in 9–3 aufgewachsen war, berichtete aber auch, dass er nie gern darüber gesprochen hatte. Unangenehme Erinnerungen?

Weder Beschattung noch überraschende Hausdurchsuchungen, weder abgehörte Telefone noch das Einhacken in Guillards Computer oder die Überprüfung seiner Konten hatten etwas Brauchbares ergeben. Das Einzige, was Passan erreichte, war, dass Guillard seine Anwälte einschaltete. Passans Vorgesetzte wurden alarmiert. Man stellte ihn zur Rede. Die Klage wurde zwar abgewendet, doch Kommissar Passan durfte sich seinem Verdächtigen nicht mehr nähern.

Am 11. Mai 2011 fand man die dritte Leiche.

Rachida Nesaoui, vierundzwanzig Jahre alt, war in der 29. Schwangerschaftswoche. Der Mörder hatte sie entkleidet und ihr den Bauch aufgeschlitzt. Die Leiche wurde auf einem Brachgelände gleich neben der Wohnsiedlung La Forestière in Clichy-sous-Bois entdeckt, einer Gegend mit hoher Arbeitslosenquote und großen sozialen Problemen.

Passan sah es als logische Folge an: Kaum hatte die Überwachung nachgelassen, als der Geburtshelfer wieder zuschlug. Für Passan kam dieser Umstand einem Geständnis gleich. Guillard musste der Mörder sein. Zwar war die Beweislage mehr als dürftig, doch am nächsten Morgen hatte Passan ihn gleich um sechs Uhr früh in seiner Villa in Neuilly-sur-Seine festgenommen und in Handschellen abgeführt.

Man durchsuchte den Autohändler, nahm seine Fingerabdrücke und eine Speichelprobe. Guillard lehnte es strikt ab, sich zu entkleiden. Passan bestand nicht weiter darauf, nahm ihn aber mehrere Stunden in die Mangel. Die ganze Palette kam zum Einsatz: Gewalt, Drohungen, Beschimpfungen, dazwischen ruhige Pausen, in denen er sich freundschaftlich gab. Das Verhör endete damit, dass Guillards Anwalt sich einschaltete und seinen Mandanten im Handumdrehen frei bekam.

In der Zwischenzeit hatte Fifi die Telefonrechnungen der Werkstätten unter die Lupe genommen. Rachida Nesaoui tauchte nirgends auf. Die junge Frau besaß nicht einmal einen Führerschein. Hatte es schon bei den beiden ersten Opfern nur eine sehr kümmerliche Verbindung zu Guillard gegeben, so fand sich hier überhaupt keine.

Dieses Mal aber verklagte Guillard den Kriminalbeamten. Ende Mai kam es zur Verhandlung, in der festgestellt wurde, dass Passans Vorgehen illegal war. Die Aktenlage gegenüber Guillard gäbe nichts her, und Passans Verbissenheit habe keinerlei Grundlage. Wegen Amtsmissbrauchs und Gewaltanwendung wurde er zu einer Geldstrafe von 2000 Euro verurteilt. Der Richter hatte sich auf Passans bisherige Unbescholtenheit im Amt berufen und auf die von der Anklage geforderte zweijährige Bewährungsstrafe verzichtet. Auch eine Suspendierung wurde nicht ausgesprochen.

Mit unbewegter Miene hatte Passan das Urteil angenommen. Seine Gedanken waren weit weg. Kurz zuvor hatte er erfahren, dass am dritten Leichenfundort eine unbekannte DNA gefunden worden war. Seit der Verhaftung verfügte man aber auch über den genetischen Fingerabdruck Guillards. Zwar hatte der Anwalt die sofortige Vernichtung aller Beweismittel gefordert, doch wenn er sich beeilte, konnte er noch einen Vergleich in Auftrag geben.

Im Laufschritt hatte er den Gerichtssaal verlassen und war zum Gerichtsmedizinischen Institut Jean-Verdier in Bondy gefahren, wo die Speichelprobe zwischen eingefrorenen Proben anderer verdächtiger Personen und eingesiegelten Höschen vergewaltigter Frauen lag. Er brachte sie ins Polizeilabor und bat einen Experten, die beiden DNAs miteinander zu vergleichen. Die ganze Angelegenheit dauerte nur wenige Stunden, führte aber zu einer weiteren Enttäuschung: Die beiden Proben hatten nichts miteinander zu tun.

Trotzdem kam bei diesem Fiasko eine neue Entdeckung zutage. Der genetische Fingerabdruck Guillards bewies eine geschlechtliche Anomalie.

Dem Autohändler war es zwar gelungen, seine weibliche Seite weitestgehend zu verbergen und mit der Masse zu verschmelzen, doch was genau ging in seinem Kopf vor? War er ein Mann oder eine Frau? Oder beides?

Passan konnte sich die körperlichen und seelischen Qualen nur allzu gut vorstellen, die Guillard im Waisenhaus, bei Pflegeeltern und in Lehrlingsheimen hatte erdulden müssen. Die Ängste vor dem Duschen, vor Arztbesuchen und in Umkleidekabinen. Er kannte das alles aus eigener Anschauung und wusste, dass Außenseiter weiß Gott nichts zu lachen hatten. Wenn Guillard tatsächlich im 9–3 aufgewachsen war, gab es für ihn sicher mehr als nur einen Grund, sich an diesem Ort finsterster Erinnerungen rächen zu wollen.

Von der Justiz verurteilt und bei seinen Vorgesetzten in Ungnade gefallen, beschloss Passan, die Ermittlungen auf eigene Faust fortzusetzen. Er nahm Kontakt zu den Krankenhäusern von Saint-Denis, La Courneuve und den angrenzenden Gemeinden auf, um etwas über den Patienten Guillard herauszufinden. Vergeblich. Die Schweigepflicht bildete ein solides Bollwerk, und an eine Ausnahmegenehmigung war unter den derzeitigen Umständen nicht zu denken.

Auch die Jugendbehörde verweigerte ihm jegliche Auskunft. Den Autohändler durfte er nicht mehr überwachen noch sich ihm überhaupt nähern. Bei den Ermittlungen im dritten Mordfall ergaben sich natürlich ebenso wenige Anhaltspunkte wie bei den beiden vorigen. Das gesamte Departement geriet in Panik. Schwangere Frauen trauten sich nicht mehr auf die Straße. Die merkwürdigsten Gerüchte machten die Runde: Der Mörder sei ein Polizist, oder die Regierung habe die Verbrechen angeordnet, um den Bewohnern der Viertel einen Schrecken einzujagen und sie aus den Wohnsiedlungen zu vertreiben. Die Medien gossen Öl ins Feuer, indem sie ausführlich über die Angst in den Siedlungen und den Mangel an greifbaren Resultaten berichteten.

Und während dieses ganzen Chaos war dann noch am 18. Juni Leila Moujawad verschwunden.

Passan fühlte sich fast überrumpelt. In seinem Starrsinn, Guillard dingfest zu machen, hatte er beinahe vergessen, dass der Mörder – wer auch immer es sein mochte – erneut zuschlagen konnte. Sein erster Impuls war, zu Guillard zu gehen und aus ihm herauszuprügeln, wo er sein Opfer gefangen hielt. Aber ihm waren die Hände gebunden, und Prügel kamen erst recht nicht infrage.

Ihm blieb nichts als die klassische Vorgehensweise: verstärkte Streifenfahrten, Vernehmung der Nachbarn, Aufrufe an Zeugen, sich zu melden. Alle erwarteten bereits, dass man auch Leila tot auffinden würde.

Und genau zu diesem Zeitpunkt erhielt Passan den brisanten Hinweis. Einige Wochen zuvor hatte er einen Kollegen von der Steuerfahndung dazu gebracht, sich in die Computer der Finanzbehörden einzuhacken und alles Wissenswerte über die Holding von Patrick Guillard abzufragen. Eigentlich hatte er schon nicht mehr mit einer Überraschung gerechnet, doch tatsächlich fand der Computerfreak in der Holding ein Serviceunternehmen namens PALF, dessen Arbeitsbereich alles andere als klar definiert war. »Untersuchung, Instandhaltung und Reparatur von Kraftfahrzeugen«, hieß es in den Unterlagen. Die Niederlassung war auf Jersey angemeldet, verschickte Rechnungen an die anderen Werkstätten der Gruppe und kassierte deutlich überhöhte Gewinne, die sie an eine Immobiliengesellschaft mit Sitz auf den Kanalinseln weiterleitete. Mit anderen Worten: Guillard stellte innerhalb seiner eigenen Gesellschaften falsche Rechnungen aus. Diese Entdeckung erwies sich als Glücksfall für Passan, denn die Immobiliengesellschaft auf Jersey besaß ein Lagerhaus in Stains, das in Guillards Büchern nirgends auftauchte. Ein Versteck? Ein Refugium?

Passan hatte diesen Hinweis am Sonntag, den 19. Juni, um

halb zwölf Uhr abends erhalten. Er machte sich gar nicht erst die Mühe, jemanden zu informieren, denn niemand würde vor der gesetzlich vorgeschriebenen Zeit um sechs Uhr früh tätig werden. Außerdem war man vorsichtig geworden, wenn Passan eine wie auch immer geartete Aktivität gegen Guillard plante.

Er durfte keine Zeit verlieren. Ein Anruf bei Fifi, dann fuhren sie gemeinsam zu dem Lagerhaus in eine Gegend, wo niemand sie kannte.

Was dann folgte, war das schlimmste Fehlverhalten seiner Karriere.

18

Passan rieb sich die Augen, ehe er sie öffnete.

Nichts Neues im Schein der LED-Lampe.

Sein Magen schmerzte, seine Gliedmaßen waren verkrampft, seine Wirbelsäule tat weh.

Es war zwar bereits zwei Uhr, doch er fühlte sich noch immer nicht müde. Ein Griff in eine andere Kiste förderte die Fotos von den Leichenfundorten zutage. Passan füllte seinen Kaffeebecher, ehe er sich dem visuellen Albtraum widmete.

Audrey Seurat. Karina Bernard. Rachida Nesaoui. Immer das gleiche Bild und immer die gleiche Art, wie die Leiche zurückgelassen wurde. Die toten weißen Körper lagen in schwarzem Lehm oder auf grünen Rasenflächen und waren mittels einer im Feuer verhärteten Schnur mit ihrem verkohlten Baby verbunden.

Passan hatte die Bilder mindestens schon tausendmal angeschaut; inzwischen berührten sie ihn kaum noch. In dieser Nacht erinnerten sie ihn vor allem an das Gemetzel des Vortags. An den Ärger mit den Schaulustigen. An Guillard auf der Schwelle seines Lagerhauses. Wieder eine Leiche. Wieder ein Feuer. Drinnen im Lagerhaus. Er dachte an den Mörder, der sich seiner Schläge erwehrte. Und er sah sich wieder, wie er Guillard auf der Fahrbahn festhielt, während der Sattelschlepper heranbrauste.

Das Hupen des Lkws weckte ihn.

Ein Schluck Kaffee. Ein Detail meldete sich tief im Innern seines Bewusstseins, doch er konnte es nicht genau ausmachen.

Etwas sehr Wichtiges.

Wie lief es ab? Patrick Guillard steht auf der Schwelle seines Lagerhauses. Schwarzer Regenmantel. Weißer Schädel. Lichtreflexe auf seinem verstörten Gesicht.

Wie sah er aus? Er trägt hellblaue, mit Blut befleckte Handschuhe.

Passan ließ ein paar Minuten vorbeiziehen.

Stopp. Guillard wehrt sich auf der nassen Fahrbahn.

Nahaufnahme. Seine Hände sind nackt.

Sofort griff Passan zum Telefon. Er tippte eine Kurzwahlnummer.

»Hallo?«

Fifis Stimme klang schläfrig.

»Ich bin es. Ich weiß jetzt, wie wir Guillard stellen können.«

»Hä?«

Passan hörte das Rascheln von Bettzeug und gestand seinem Kollegen ein paar Sekunden zu, um seine Gedanken auf die Reihe zu bringen.

»Als der Kerl abgehauen ist«, fuhr er schließlich fort, »trug er Chirurgenhandschuhe. Als ich ihn auf der Nationalstraße schnappte, hatte er sie nicht mehr. Er muss sie im Gelände fortgeworfen haben.«

»Ja und?«

Die Stimme des jungen Kommissars war klarer geworden. Er schien sich gefangen zu haben.

»Diese Handschuhe sind das fehlende Verbindungsstück. An der Außenseite klebt das Blut des Opfers, innen finden wir die DNA von Guillard, weil sich mit dem Schweiß kleine Hautpartikel abgeschilfert haben. Diese Handschuhe sind seine Eintrittskarte in den Knast!«

Erneut raschelte das Bettzeug, dann hörte Passan das Klacken eines Feuerzeugs.

»Okay«, sagte der Punker, nachdem er einen tiefen Zug inhaliert hatte. »Und was nun?«

»Wir suchen das Gelände ab.«

»Wann?«

»Jetzt. Ich hole dich ab.«

19

»Aufstehen, ihr Monster!«

Naoko öffnete die Vorhänge einen Spalt, um Licht ins Zimmer zu lassen. Sie hatte nur wenige Stunden geschlafen. Bereits im Morgengrauen lag sie wieder wach und lauschte dem Regen. In der Dunkelheit und mit dem leisen Rauschen im Hintergrund fühlte sie sich fast wie in Tokio. Auf ihrer Insel regnete es so häufig, wie eine Frau weint.

Geduldig hatte sie gewartet, bis es Zeit wurde, die Kinder zu wecken, und dabei über viele Dinge nachgedacht. Mussten sie die Villa wirklich verkaufen? War die Idee der abwechselnden Aufsicht über die Kinder wirklich gut? Sie beschloss, darüber noch einmal mit Passan zu reden. Am besten gleich heute.

Naoko beugte sich über Shinji und überhäufte ihn mit kleinen Küssen. Wenn sie ihre Söhne so schlafen sah, kostete es sie große Überwindung, die beiden aus ihrem Schlummer zu reißen. Ständig kämpfte sie gegen ihren natürlichen Hang zu Zärtlichkeit und Sanftmut. Um das Gleichgewicht zu wahren, musste sie dann ihre Autorität umso demonstrativer zur Schau stellen.

»Aufstehen, Herzchen«, flüsterte sie auf Japanisch.

Sie trat ans Bett von Hiroki, dem das Aufwachen leichter fiel. Das Kind schüttelte sich. Naoko tat sich nicht leicht damit, Gefühle auszudrücken. Die gewalttätige Art ihres Vaters hatte etwas in ihr zerbrochen. Sie war ungeschickt darin, Zuneigung zu zeigen.

»Raus mit dir, Shinji«, sagte sie zu dem Älteren, der sich noch immer nicht geregt hatte.

Sie öffnete die Vorhänge ganz und kehrte zu ihm zurück, entschlossen, ihn aus dem Bett zu ziehen. Doch dann blieb sie abrupt stehen. Neben Shinjis Kopfkissen lag ein Chupa Chup.

Mit einem Kribbeln auf der Haut schüttelte sie den Jungen.

»Aufwachen!«

Shinji öffnete ein Auge.

»Wer hat dir das gegeben?«, fragte sie ihn auf Französisch und schwenkte den Lutscher.

»Keine Ahnung.«

Intuitiv wandte sie sich Hiroki zu. Er saß auf dem Bett und hielt einen Chupa in der Hand.

Sie entriss ihm die Süßigkeit und schrie:

»Wer hat euch die Dinger gegeben? Und wann?«

Das Schweigen des sichtbar verblüfften Jungen war ihr Antwort genug. Hiroki hatte diesen Lutscher ebenfalls gerade erst gefunden. Passan. Er musste während der Nacht ins Haus geschlichen sein und die Geschenke in die Betten gelegt haben.

Sie stürzte sich auf Shinji, der endlich aufstand.

»Papa war da, nicht wahr?«

Sie schüttelte seinen Arm.

»War das Papa?«

»Du tust mir weh!«

»Antworte!«

Shinji rieb sich die Augen.

»Ich weiß es doch nicht.«

»Zieh dich an.«

Naoko öffnete den Schrank und suchte die Kleider heraus.

Zunächst einmal musste sie sich fassen.

Ihn keinesfalls sofort anrufen.

Und vor allen Dingen die Kinder in Ruhe lassen.

Sie kehrte zu Shinji zurück, der immer noch ganz schlaftrunken war, und zwang sich, ihn ohne Hast anzuziehen. Hiroki war bereits beim Zähneputzen. Naoko schloss den Gürtel des Jungen und schickte ihn ebenfalls ins Bad.

Sie erhob sich und fühlte sich plötzlich unendlich matt. Am

liebsten hätte sie sich auf ihr Bett geworfen und losgeheult. Glücklicherweise war sie noch so zornig, dass sie durchhielt.

Passan würde noch früh genug sein Fett abbekommen.

20

Drei Stunden wateten sie bereits im Matsch herum. Drei Stunden, in denen immer wieder Schauer niedergegangen waren.

Auf ein trübes Morgengrauen folgte milchige Helligkeit mit grauen Regenschleiern. In einer Hinsicht kam ihnen das triste Wetter zugute: Niemand traute sich nach draußen. Nirgends war jemand zu sehen, weder auf der Baustelle noch im Brachgelände. Le-Clos-Saint-Lazare weigerte sich, wach zu werden.

Allerdings befürchtete Passan, dass der Regen die Spuren auf den Handschuhen zerstören könnte. Falls sie die Beweisstücke überhaupt fänden.

Bis jetzt hatten sie umsonst gesucht. Passan und Fifi waren vom Tor der Lagerhalle gestartet, hatten die Baustelle durchquert und waren über das Brachgelände in Richtung der Nationalstraße gelaufen. Mit Hilfsmitteln, die sie an Ort und Stelle gefunden hatten – ein Bügelschloss für Passan und eine Radioantenne für Fifi – wühlten sie in der Erde, durchkämmten Grasbüschel und schoben Abfall beiseite.

Trotz der kühlen Witterung schwitzte Passan in seinem Regenmantel wie ein Stier. Immer wieder blickte er rückwärts in Richtung der schlangenförmig gebogenen Festungswälle der Siedlung, wo jederzeit eine Reihe kapuzenverhüllter Köpfe auftauchen konnte. Die Banden kehrten gern um diese Zeit mit den ersten Vorortzügen von ihren nächtlichen Spritztouren zurück, und häufig kam es gerade in der Morgendämmerung zu den wüstesten Schlägereien. Im Übrigen hatte er auch keine Lust, einer Streife der Stadtpolizei in die Arme laufen, denn hier war er alles andere als willkommen.

Er sah auf die Uhr. Zehn nach acht. Bald mussten sie sich im

Büro blicken lassen. Wieder einmal ein Reinfall. Passan war ohnehin nicht allzu optimistisch gewesen. Vielleicht war Guillard inzwischen zurückgekehrt und hatte die Handschuhe geholt, oder der Wind hatte sie wer weiß wohin geweht. Vielleicht waren auch Kinder dagewesen, hatten sie gefunden und irgendwo weggeworfen. Zwar war das Gelände mit rot-weißem Band abgesperrt, aber auf solche Kleinigkeiten achtete man in dieser Gegend hier nicht. Eher im Gegenteil.

»Können wir mal Pause machen?«

Passan nickte. Fifi zündete sich einen Joint an und bot Passan aus purer Höflichkeit einen Zug an, obwohl er wusste, dass sein Boss kein Dope anrührte. Nie. Dann hockte er sich auf einen verrosteten Kühlschrank, zog einen silbernen Flachmann aus der Tasche und hielt ihn Passan hin, der abermals ablehnte.

Fifi nahm einen kurzen Schluck.

»Vielleicht solltest du es dabei belassen«, riet Passan. »Das wird langsam grenzwertig.«

Fifi lachte auf. »Das sagt der Richtige!«

»Was willst du damit sagen?«

»Auch wenn du dich noch so straight gibst – du gehst schwer auf dem Zahnfleisch.«

»Kapier ich nicht.«

»In dieser Geburtshelfer-Sache hast du doch nichts mehr zu melden.«

Passan setzte sich auf die Überreste eines Mofas ohne Reifen, das tief im Boden steckte.

»Ich will den Fall zu Ende bringen, das ist alles.«

»Alles? Du bist dabei, den Kerl zu lynchen, scherst dich nicht um Richtersprüche und suchst in aller Herrgottsfrühe nach Latexhandschuhen.«

»Die sind aus Nitril.«

»Was auch immer. Und das alles in diesem Ödland hier und außerdem absolut illegal. Kündige lieber, dann geht es schneller.«

Passan zog den Kopf unter seiner Kapuze zwischen die Schultern. Nieselregen klebte auf seiner Haut.

»Wenn du erst einmal deinen Job los bist«, fuhr Fifi fort, »wie willst du dann Unterhalt zahlen?«

»Ich brauche keinen Unterhalt zu zahlen.«

»Wer's glaubt.«

»Naoko verdient mehr als ich. Wir behalten das gemeinsame Sorgerecht und wechseln uns mit der Kinderbetreuung ab.«

Fifi nickte, trank noch einen Schluck und stieß einen unendlich zufriedenen Seufzer aus.

»Das ist genau wie die Sache mit eurer Bude«, fuhr er mit heiserer Stimme fort. »Wollt ihr das Ding wirklich zusammen behalten? Das ist vielleicht mal eine Schnapsidee! Stammt von Naoko, oder?«

»Quatsch! Wie kommst du darauf?«

Fifi zog so gierig an seinem Joint, das die Glut sein Gesicht beleuchtete.

»Keine Ahnung. Sie hat doch immer so komische Ideen.«

Passan, der freihändig auf seinem Mofawrack saß, beugte sich über den Lenker.

»Worauf willst du hinaus?«

»Japaner sind anders, das weiß schließlich jeder. Du hast mir selbst immer gesagt, dass Naoko – na ja – irgendwie besonders ist.«

»Das soll ich gesagt haben?« Passan gab sich überrascht. »Hast du vielleicht ein Beispiel parat?«

»Sie ist superstreng mit den Kiddies.«

»Nicht superstreng. Sie legt Wert auf Disziplin, und zwar zum Nutzen der Kinder.«

Fifi gönnte sich noch einen Schluck und zog an seiner Tüte.

»Du durftest nicht einmal bei der Geburt dabei sein!«, trumpfte er schließlich auf.

Auf diesen Angriff war Passan nicht vorbereitet.

»Weil sie lieber zu Hause in Japan entbinden wollte«, gab er nach einer Schrecksekunde zu, »damit die Kinder die japanische Staatsanghörigkeit haben. Ich konnte mit dieser Entscheidung leben.«

Fifi ging noch einen Schritt weiter.

»Aber sie hat dich nicht mitgenommen.«

Passan errötete und bereute, dass er Fifi dieses Geheimnis anvertraut hatte.

»Sie wollte bei ihrer Familie sein«, brummte er. »Sie sagte, eine Entbindung sei eine sehr intime Angelegenheit, bei der sie ihre Mutter brauche. Ich hätte sie wegen der Arbeit ohnehin nicht begleiten können.«

Fifi antwortete nicht, sondern steckte sich einen frischen Joint an. Gleich spuckt er Feuer, dachte Passan. Man hörte nichts als das ferne Rauschen der Reifen auf der regennassen Nationalstraße. Passan erinnerte sich, wie er versteckt in einem Überwachungsfahrzeug gesessen hatte, als ihn Naoko mit rauer, erschöpfter Stimme über die Geburt ihres ersten Sohnes informierte. Mehr als zehntausend Kilometer entfernt.

»Es war ihre Entscheidung«, wiederholte er. »Und ich respektiere sie.«

Fifi breitete die Arme aus.

»Wie schon gesagt – sie ist eben komisch.«

Mit einem Satz sprang Passan vom Mofa und auf seinen Kollegen zu, der hastig zurückwich.

»Warum nervst du mich überhaupt mit diesem Zeug? Es ist längst aus und vorbei und …«

Das Klingeln seines Handys schnitt ihm das Wort ab.

»Hallo?«

»Was soll dieser Mist mit den Lutschern?«

Naoko. Ohne Gruß, ohne langes Vorgeplänkel.

»Warst du letzte Nacht im Haus?«

»Nein. Ich …«

»Hör auf, mich für blöd zu verkaufen. Wir waren uns einig. Diese Woche bin ich zuständig, und du hast in der Villa nichts zu suchen.«

Passan verstand nichts mehr. Er versuchte ihr eine Erklärung zu entlocken.

»Immer mit der Ruhe. Was genau wirfst du mir eigentlich vor?«

»Ich werfe dir vor, dass du dich mitten in der Nacht wie ein Dieb ins Haus schleichst und Lutscher in die Betten unserer Kinder legst. Dass du aus mir unerfindlichen Gründen den Weihnachtsmann spielst und dich nicht an unsere Absprachen hältst. Dass du …«

Passan hörte schon längst nicht mehr zu. Jemand war in die Villa eingedrungen. In das Zimmer seiner Söhne. Eine Warnung. Eine Drohung. Eine Provokation.

Aber wer?

Langsam drang Naokos Stimme wieder in sein Bewusstsein.

»Es ist so wichtig für die Kinder. Sie brauchen die Orientierung.«

»Verstehe.«

Er hörte, wie sie seufzte. Sekunden verstrichen. Als er eben nachfragen wollte, fuhr sie fort:

»Würdest du bitte an meinem Arbeitsplatz vorbeikommen?«

»Wann?«

»Heute.«

»Warum?«

»Um mir deine Schlüssel auszuhändigen. Wir machen weiter mit dem wöchentlichen Wechsel, aber nur mit einem Schlüssel.«

»Das ist doch lächerlich. Es ist …«

»Ich erwarte dich noch vor der Mittagspause.«

Naoko legte auf. Passan betrachtete sein Telefon. Er konnte es immer noch nicht fassen, dass ein Fremder in seinem Haus gewesen war und sich seinen Kindern genähert hatte. Sein Magen schmerzte.

Fifi sang halblaut mit ironischer Stimme »Ma préference« von Julien Clerc:

»Il faut me croire, moi seul je sais quand elle a froid. Son regard …«

Er hatte gerade noch Zeit, dem Bügelschloss auszuweichen, das Passan nach ihm warf.

21

Knapp eine Stunde später stand Passan in der riesigen Eingangshalle des Büroturms, in dem Naoko arbeitete. Marmorböden, Säulen, hohe Decken. Er fühlte sich hier immer wie in einer Kathedrale. Zwar gab es keine bunten Glasfenster, aber riesige Durchblicke, die sich auf die anderen Türme und ihre eindrucksvollen Spiegelungen öffneten. Ein Gebäude, das dem Gott des Profits geweiht war.

Passan ging schneller. Seine Schritte erschienen ihm unglaublich laut. Die Gesellschaft, für die Naoko arbeitete, belegte zwei Etagen des Geschäftsgebäudes: ein Wirtschaftsprüfungsunternehmen, das in dem Ruf stand, die Bilanzen seiner Kunden mit geradezu chirurgischer Präzision zu analysieren. Ungeschönte Berichte, die zu entweder rettenden oder todbringenden Maßnahmen führten, je nach Standpunkt. Filialschließungen. Kündigungen. Verschärfte Zielvorgaben.

Die Räume aus Stahl, Glas und Resonanzen kamen ihm unendlich kalt und erdrückend vor. Ganz zu schweigen von Naoko. Mit verschränkten Armen stand sie inmitten einer Sitzgruppe, die sich mit ihrem leuchtenden Rot wie ein Rettungsboot in einem mineralischen Ozean ausnahm.

Er sah gleich, dass sie schlechte Laune hatte. An solchen Tagen wirkte ihr Gesicht wie eine Maske – oval, poliert, ohne jeden Makel und völlig ausdruckslos.

Sie warf einen missbilligenden Blick auf seine Erscheinung: unrasiert, bis auf die Haut durchnässt, die Kleider zerknittert. Wortlos streckte sie ihm ihre offene Handfläche entgegen.

Passan tat, als verstünde er nicht. Naoko trug ein pastellfarbenes Kleid, dessen Falten sich um ihren schlanken Körper schmiegten und ihm eine gewisse Aura verliehen. Sie hielt den Kopf ein wenig vorgebeugt, was ihre zielstrebige Hartnäckigkeit betonte. Ihre Stirn war so glatt und weiß wie Porzellan.

»Deine Schlüssel«, kommandierte sie. Wie ein Polizist, der einem Dieb befiehlt, seine Taschen zu leeren.

»Das ist doch absurd«, wehrte er sich, zog aber den Schlüsselbund aus der Tasche.

»Absurd ist höchstens, sich die Zuneigung der Kinder mit Lutschern erkaufen zu wollen.«

Passan legte die Schlüssel in ihre Hand, die sich sogleich schloss. Naoko hatte eine Eigenart: Bei der geringsten Gefühlsregung begann sie zu zittern. Ihre Finger flatterten, ihre Lippen bebten. Schon früher hatte Passan sich gefragt, warum man den Japanern Gleichmut nachsagte. Nie hatte er einen so leidenschaftlichen und sensiblen Menschen wie Naoko getroffen. Ihre Nerven waren gespannt wie die Saiten eines Koto.

»Hast du vor, das alleinige Sorgerecht zu beantragen? Ist es das?«

»Das ist doch ausgemachter Blödsinn.«

»Was führst du dann im Schilde?«

»Nichts. Wirklich gar nichts.«

Sie schwiegen sich an. Die Geräusche der riesigen Halle brachen sich an der hohen Decke wie das leise Murmeln von Kirchgängern vor dem Gottesdienst.

»Diese Lutscher«, wagte Passan sich schließlich vor, »wann hast du sie gefunden?«

»Heute Morgen in ihren Betten. Ich …«

Naoko brach ab. Sie wurde blass.

»Warst du das etwa nicht?«

Passan senkte die Augen.

»Doch, ich war es.«

»Das ist wirklich bedauerlich. Begreifst du denn nicht, dass wir uns an die Regeln halten müssen? Jeder ist eine Woche lang zuständig. Wenn wir das nicht durchhalten, schaffen wir es nie.«

Passan antwortete nicht. Naoko hatte noch eine weitere Besonderheit, die sich bei Stress deutlich verstärkte: Sie blinzelte erheblich schneller als jede Europäerin. Manchmal verlieh ihr dies ein lebhaftes, geradezu schelmisches Aussehen, manchmal aber wirkte sie damit besonders verletzlich. Als fürchte sie sich vor der brutalen Wirklichkeit und sei von der Härte der Welt geblendet.

»Okay«, nickte er schließlich. »Ich rufe dich heute Abend an.«

Naoko drehte sich um und ging zu den Aufzügen.

»Nicht nötig.«

22

Auf dem Stadtring gab Passan Gas.

In seiner gesamten Jugend hatte er die Gegend um La Défense mit dem Mofa erobert und miterlebt, wie das Viertel an Gestalt gewann. La Grande Arche. Die Türme von EDF und CBX, die Exaltis-Blocks, Coeur Défense. Pfeile aus Glas. Spiegelnde Gipfel. Durchsichtige Quader. All das war aus dem Asphalt gewachsen und hatte die Erdkruste wie eine gigantische, prächtige Eruption durchbrochen. Die Tektonik des Kapitals.

Jemand war in sein Haus eingedrungen. Hatte das Refugium seiner Frau und seiner Kinder entweiht. Wie aber war das möglich? Nun, in Wahrheit war es gar nicht so schwierig. Trotz seiner Erfahrung mit Verbrechen aller Art hatte Passan sich immer geweigert, spezielle Sicherheitsschlösser, Panzertüren und eine Alarmanlage einzubauen. Sein Aberglaube wog für ihn stärker: »Wer das Unglück fürchtet, zieht es erst an.«

Eine ziemlich dämliche Maxime, doch er konnte sich nicht davon lösen.

Naoko war das genaue Gegenteil. Von geradezu krankhafter Ängstlichkeit besessen, überprüfte sie jedes Schloss mindestens dreimal, warf ständig furchtsame Blicke über ihre Schulter und drückte in einer Menschenmenge ihre Handtasche fest an sich. Trotzdem hatte sie nie eine ernsthafte Sicherungsmaßnahme zum Schutz der Villa durchsetzen können.

Jeden Abend überprüfte sie, ob alles abgeschlossen war. Hätte jemand die Schlösser aufgebrochen, hätte sie es mit Sicherheit bemerkt. Ein weiteres Rätsel war Diego. Das Maskottchen des Hauses war zwar nicht gerade der geborene Wachhund, aber nie hätte er einen Fremden in Shinjis und Hirokis Zimmer gelassen, ohne zu bellen.

Passan versuchte sich das Profil des Eindringlings vorzustellen. Er musste ein gewiefter Einbrecher sein, ein echter Profi. Alle Namen, die ihm einfielen, wurden schnell von einem einzigen hinweggefegt. Patrick Guillard.

Tief in ihm verfestigte sich die Überzeugung, dass der Geburtshelfer in sein Haus eingedrungen war. Möglicherweise war das eine Warnung: Wenn Passan ihn nicht in Ruhe ließ, würde er andere Saiten aufziehen.

Er erreichte die Rue des Trois-Fontanot. Nein, die These war nicht haltbar. Niemals hätte Guillard ein derartiges Risiko auf sich genommen. Für ihn war es doch viel einfacher, das verkannte Opfer zu spielen und ansonsten die Mühlen des Gesetzes mahlen zu lassen. Warum sollte er seinen Status als unschuldiger Märtyrer gefährden?

Eine Liste meiner Feinde aufstellen. Typen, die er weichgekocht hatte, die aber noch nicht verhaftet worden waren. Verurteilte Verbrecher, die er hinter Gitter gebracht hatte und die ihre Strafe abgesessen hatten. Kriminelle, die dank seiner Mithilfe noch im Gefängnis schmorten, aber draußen Komplizen hatten.

Oder war es doch Guillard gewesen?

Ein äußerst zwiespältiges Gefühl keimte in ihm auf. Einerseits machte ihm die Vorstellung Angst, man könne seinen Söhnen auch nur ein Härchen krümmen, gleichzeitig aber empfand er eine düstere Befriedigung: Endlich wagte sich dieser Mistkerl aus der Reserve!

Passan parkte ein und schaltete den Motor ab. Er war wohl verrückt, oder? Konnte es sein, dass ihm sein Status als Polizist wichtiger war als seine Kinder? Trotz der Bedrohung, die über seiner Familie hing, verspürte er die erregte Anspannung eines Kriegers. Guillard war dabei, den Fehler zu begehen, auf den Passan seit Monaten wartete.

Während er seinen Wagen abschloss, wurde ihm klar, dass er in Wahrheit in der Klemme saß. Er hätte in seiner Villa nachforschen, Einbruchspuren und Fingerabdrücke sichern und die Nachbarschaft befragen müssen, doch nichts davon konnte er tun. Allenfalls hätte er Naoko die Situation erklären können, aber das kam nicht infrage.

Passan ging zum Aufzug. Der Eindringling hatte bestimmt Vorsichtsmaßnahmen ergriffen und keine Spuren hinterlassen. Im Augenblick blieb Passan nichts anderes übrig, als vorzubeugen und die Zielgruppe rund um die Uhr zu überwachen. Seine eigene Familie.

23

»Ich will, dass in meinem Viertel Tag und Nacht Streife gefahren wird. Vor meine Haustür muss ein Überwachungsfahrzeug. Ein paar Jungs sollen sich rund um die Uhr an Guillards Rockzipfel heften. Ein Zivilfahrzeug soll am Ende der Sackgasse postiert werden, wo er wohnt. Wir beordern Streifen vor jede seiner Werkstätten. Dauerbeschattung. Wenn der Kerl auch nur hustet, muss mein Handy klingeln.«

Passan rannte im Sturmschritt den Flur entlang, Fifi folgte eher zögernd.

»Wir haben nicht die nötigen Mittel, Olive, und das weißt du.«

»Ich rufe den Richter an.«

»Nicht nötig. Guillard wird schon überwacht.«

Passan blieb abrupt stehen.

»Von wem?«

»Vom Interventionsteam. Albuy und Malençon.«

Passan kannte die beiden. Harte Burschen, die wussten, was bei einem Einsatz gefragt war und die man öfter in Kevlarweste und Helm als in Zivil antraf.

»Wer hat den Auftrag gegeben? Levy?«

»Nein, Calvini.« Fifi grinste so breit, dass man all seine gelben Zähne sah. »Der Mann ist pfiffiger, als du denkst. Und er braucht deine Ausraster nicht, um Guillard im Auge zu behalten.«

»Ich traue dem Braten nicht«, murrte Passan. »Unsere Jungs sollen auf jeden Fall dranbleiben, kapiert?«

»Ich glaube, du bist derjenige, der nicht kapiert. Du kannst nicht mehr einfach über die Leute verfügen.«

Passan lachte auf und lief weiter.

»Weil man mir den Fall entzogen hat? Das ist mir so was von egal! Wir rechnen die Jungs und das Material einfach über einen anderen Fall ab. Scheiße, dir muss ich doch wohl nicht erklären, wie das läuft.«

Er erreichte sein Büro und drückte die Klinke. Die Tür war verschlossen. Nervös zerrte er den Schlüssel hervor. Er passte nicht ins Schloss. Erst bei näherem Hinsehen stellte er fest, dass das Schloss ausgetauscht worden war. Sogar Ölspuren waren noch auf dem Zylinder zu sehen.

»Was soll dieser Mist?«

»Das versuche ich dir schon die ganze Zeit beizubringen. Ab heute sitzt du im dritten Stock. Statistische Erfassung.«

»Was für Statistiken?«

»Alle Delikte müssen nach Kategorien aufgelistet werden. Es geht um Verbrechenshäufigkeit und Entwicklung der Kriminalität im 92. Departement innerhalb der letzten sechs Monate.«

»Das geht doch mit jedem Computer.«

»Man zählt auf deine Fachkompetenz.«

»Ich bin doch kein Streifenpolizist!«

Fifi zog einen Umschlag aus der Tasche.

»Hier ist deine offizielle Versetzung. Du wirst von der Kripo abgestellt, diesen Bericht für den Innenminister zu erarbeiten. Sondermaßnahme.« Seine Stimme nahm einen ironischen Klang an. »Du bist sozusagen befördert worden.«

»Und unsere laufenden Fälle?«

»Übernimmt Reza.«

»Reza vom Quai des Orfèvres?«

»Ja, wir werden dorthin zurückverlegt.«

»Ohne mich?«

Fifi gab keine Antwort. Nach der Niederlage jetzt also die Katastrophe. Passan fuhr sich mit den Händen durch das Haar.

»Scheiße«, presste er hervor.

»Du sagst es! Aber solange die Sache mit dieser bewussten Nacht nicht geregelt ist, solltest du dich möglichst bedeckt halten. Vergrab dich in den Zahlen und sieh zu, dass man dich vergisst.«

»Und die Überwachung bei mir zu Hause?«

»Das Einzige, was du im Moment tun kannst, ist, bei der Polizeiwache deines Viertels Anzeige zu erstatten. Aber ganz ehrlich – ich glaube kaum, dass du mit deiner Chupa-Chups-Geschichte viel bewegen wirst.«

Passan nickte mit zusammengebissenen Zähnen.

Der dritte Stock sah genau aus wie die anderen: gleicher Teppich, gleiche Beleuchtung, gleiche Klimaanlage. Allerdings bestanden die Wände hier oben nicht aus Glas. Zumindest konnte er hier mal eine kleine Siesta machen oder sich einen runterholen.

Fifi schloss die Tür des Büros mit der Nummer 314 auf, trat einen Schritt zur Seite und reichte Passan den Schlüssel. Passan betrachtete sein neues Reich. Ein Sonnenstrahl lugte durch die Wolken und beschien die triste Umgebung. Der Raum war deckenhoch mit Akten vollgestopft. Ordner standen auf dem Boden und versperrten die Schranktüren, auf dem Schreibtisch stapelten sich gelbe, eselsohrige, zerfaserte Bündel.

»Wozu brauche ich denn diesen alten Krempel?«

»Damit du einen Vergleich zu den Vorjahren hast.«

Passan trat einen Schritt vor. Staubwolken stoben auf und tanzten im Sonnenlicht.

Fifi stand auf der Schwelle und beobachtete ihn grinsend. Passan glaubte schon, der Junge mache sich über ihn lustig, doch dann zog Fifi ein Post-it aus der Tasche.

»Keine Sorge, nicht alles heute ist scheiße.«

»Was ist das?«

»Die Entdeckung des Tages.«

Passan griff nach dem Zettel und las: »Nicolas Vernant«. Fragend blickte er Fifi an.

»Ich habe heute Morgen mit einem Kumpel von der Koordinationsstelle gegen Menschenhandel Kaffee getrunken. Sie bereiten gerade einen Großeinsatz vor. Gegen einen Pädophilenring, den sie seit Monaten im Internet überwachen.«

»Und dieser Typ da steht auf der Liste?«

»Er hat innerhalb eines Jahres fast dreitausendmal die schlimmsten Webseiten dieser Art besucht. Sein Nickname lautet Sadko.«

»Und?«

»Er arbeitet bei der Jugendbehörde in Nanterre.«

Passan begriff sofort. Es ging darum, den Kerl zu warnen und mit ihm zu verhandeln. Die Löschung seines Namens gegen die Akte von Patrick Guillard. Was natürlich ein reiner Bluff wäre. Erstens besaß er nicht die Befugnis, einen solchen Deal durchzuführen, und zweitens würde er nie im Leben einen Pädophilen laufen lassen. Aber wer wusste das schon? Dieses Schwein ganz sicher nicht.

»Wann geht es los?«

»Am Freitag. Du hast also bis Ende der Woche Zeit, ihm die Akte aus dem Kreuz zu leiern. Das Büro ist übrigens im Rathaus von Nanterre, keinen Kilometer von hier entfernt.«

»Ich weiß.«

Er ließ den Zettel mit dem Namen in die Tasche gleiten und bedankte sich mit einem Kopfnicken bei Fifi. Der junge Mann verschwand. Passan schloss die Tür und hob das Telefon ab.

Ein Mistkerl, den er unter Druck setzen musste. Ein Deal mit einem Pädophilen, um an die Akte eines mutmaßlichen Mörders zu kommen. Die Herkunft des Monsters in greifbarer Nähe. Vielleicht fand sich ja etwas, womit man ihn überführen, anklagen und in den Knast bringen konnte.

Das waren gute Nachrichten. Allerdings nur für einen Bullen.

Beamtensolidarität.

Diese Karte hatte Passan bei Nicolas Vernant ausgespielt. Er hatte ihn in seinem Büro angerufen, sich vorgestellt und ihm alles vor den Latz geknallt: die Überwachung im Internet, den geplanten Einsatz am nächsten Freitag, seinen Namen auf der Liste. Er behauptete, er wolle Vernant das Schlimmste ersparen. Seine Festnahme verhindern. Einen Skandal bei den französischen Behörden vermeiden.

Vernant hatte protestiert, aber Passan hatte wie zufällig den Namen Sadko fallen lassen, ehe er sagte: »Lieber nicht am Telefon.« Sie hatten sich nach Feierabend um sechs Uhr in einer Kneipe verabredet, die Passan gut kannte und die gleich hinter dem pyramidenförmigen Rathaus von Nanterre lag. Sie hieß *Chris' Belle*. Vernant war keine Zeit zum Antworten geblieben, denn Passan hatte bereits aufgelegt.

Den Rest des Tages hatte er die Akten durchforstet. Allerdings nicht für statistische Zwecke, sondern um herauszufinden, wer von den von ihm eingebuchteten Kandidaten in letzter Zeit entlassen worden war. Per Telefon, Internet und Aktenstudium hatte er die jeweiligen Prozesse und Unterlagen über Berufungen überprüft, ebenso wie vorzeitige Entlassungen, Aufenthaltsorte und Alibis seiner möglichen Feinde. Er hatte Kontakt zu Kollegen, Spitzeln und alten Bekannten aufgenommen, um sich über Leute zu erkundigen, die ihm vielleicht böse waren. Nach vierzehn Jahren bei der Polizei ergab sich da eine stattliche Anzahl.

Aber Konkretes hatte er nicht gefunden. Das stundenlange Staubschlucken hatte nicht zu einer ernst zu nehmenden Liste verdächtiger Personen geführt, sondern lediglich hässliche Erinnerungen in ihm wachgerufen.

Was sein Haus anging, so hatte er nur erreichen können, dass die zuständige Wache in Suresnes ab und zu eine Streife vorbeischickte. Immerhin besser als gar nichts. Er hatte weder Anzeige erstatten noch irgendetwas unterschreiben müssen. Die Polizisten taten ihm den Gefallen aus Kollegialität. Bisher waren weder Naoko noch die Kinder nach Hause gekommen. Für die Überwachung am Abend hatte Passan sich etwas einfallen lassen.

Halb sechs. Passan befand sich auf dem Weg zum Treffpunkt und fuhr die Avenue Joliot-Curie in Nanterre hinauf. Vor dem Rathaus, das an eine Maya-Pyramide erinnerte, parkte er in der Hochgarage und überquerte die Rue du 8 Mai 1945 gleich gegenüber. Hier kannte er sich bestens aus, denn diesen Weg hatte er früher immer genommen, wenn er die Schule schwänzte.

Jahre später war er noch einmal hier gewesen, nachdem Richard Durn bei seinem Amoklauf am 27. März 2002 acht Ratsmitglieder erschossen und neunzehn weitere verletzt hatte. Am Tatort hatte er sich gefragt, ob er mit dem Amokläufer in derselben Klasse gewesen war. Sie waren beide Jahrgang 1968 und hatten mit Sicherheit die gleichen Stühle in den gleichen Klassenzimmern des Lycée Joliot-Curie direkt gegenüber dem Rathaus gedrückt.

Ein Glück, dass er selbst dem Irrsinn und einer kriminellen Karriere entkommen war!

Das *Chris' Belle* hatte sich nicht verändert. Es sah aus wie eine Grotte aus Plexiglas, die sich unter ein Stockwerk aus geriffeltem Beton duckte. Passan glaubte sich zu erinnern, dass der Name aus der Zusammenfassung der Vornamen der beiden Kinder des Wirts entstanden war: Christian und Isabelle.

Er betrat die Brasserie. Auch innen war noch alles wie früher. Nachgemachtes Holz, nachgemachtes Leder, nachgemachter Marmor. Selbst das trübe Licht wirkte irgendwie nachgemacht.

Seinen Kandidaten, der sich in einer Nische verkrochen hatte, erkannte er sofort. Der Mann war dürr wie eine Hopfenstange, hatte einen spitzen Schädel und hielt sich sehr gerade hinter seinem Glas Bier. Passan wurde dafür bezahlt, sich niemals von Äußerlichkeiten beeinflussen zu lassen, doch dieser Kerl passte tatsächlich zu dem, was man ihm vorwarf. Unter einer fettigen Haarmähne glänzte seine fahle Haut im trüben Licht des Gastraums. Ein Perverser.

Passan ließ sich ihm gegenüber ohne große Umstände auf einen Stuhl fallen. Dass der andere zusammenzuckte, war ihm Bestätigung genug, den Dreckskerl tatsächlich gefunden zu haben. Er zog ein zusammengefaltetes Papierbündel aus der Tasche. Irgendeine Akte, die er zufällig aus dem Archivstapel in seinem neuen Büro herausgegriffen hatte.

»Du weißt, was das hier ist?«

»Nein ... nein.«

»Eine Liste der Verbindungen zu einer ziemlich ekelhaften Website.«

Ängstlich musterte Vernant den Stapel.

»Also ... ich verstehe nicht ...«

»Ach, du verstehst nicht?« Passan lehnte sich über den Tisch und senkte die Stimme: »Dein Nickname taucht in dieser Liste mehr als tausendmal auf. Wir haben sogar Beweise, dass du die Seite von deinem Büro aus aufgerufen hast. Soll ich dir die Daten und Zeiten vorlesen?«

Der Kerl wurde bleich. Passan musste ihm nur noch den Gnadenstoß versetzen.

»Das dürfte bei deiner Dienststelle ziemlich viel Staub aufwirbeln, nicht wahr?«

Der Typ kauerte auf seinem Stuhl und mühte sich, Haltung zu bewahren. Er streckte die Hand nach dem Papierstapel aus. Passan ergriff sein Handgelenk und verdrehte es so heftig, dass dem Mann ein schmerzliches Stöhnen entfuhr.

»Immer schön langsam. Wir sind uns schließlich noch nicht einig.«

Er ließ los. Sofort verschwand die Hand unter dem Tisch. Vernant hatte Tränen in den Augen.

»Was darf ich Ihnen bringen?«

Neben Passan war ein Kellner aufgetaucht.

»Nichts. Vielen Dank«, erklärte Passan, ohne die Augen von seinem Opfer zu wenden.

»Tut mir leid, aber Sie müssen hier etwas zu sich nehmen.«

Passan hob den Kopf und sah sich einem vierschrötigen, etwa

vierzig Jahre alten Burschen gegenüber, der ihn aggressiv anstarrte. Vermutlich war das Christian, der Sohn des Hauses.

Er zog seine Dienstmarke hervor.

»Ach ja? Muss ich?«

Hastig verkrümelte sich der Kellner. Vernant schrumpfte auf seinem Stuhl zusammen. Mit jeder Minute wirkte er ein bisschen verlorener und ängstlicher. Er hatte begriffen, dass er für die Beamtensolidarität auch etwas bieten musste.

»Für Leute wie dich gibt es genau zwei Möglichkeiten«, fuhr Passan mit kalter Wut in der Stimme fort. »Die sanfte und die harte Tour.«

Vernant versuchte zu schlucken. Sein Adamsapfel hüpfte vergeblich auf und ab.

»Die sanfte Tour wäre, jetzt gleich mit dir ein stilles Eckchen aufzusuchen und dir die Eier zwischen zwei Backsteinen zu zerquetschen. Meine persönliche Alternative zu einer chemischen Kastration.«

Vernant schwieg. Passan stellte sich vor, wie er unter dem Tisch die Hände so heftig gegeneinanderrieb, dass seine Haut glühte.

»Und die harte Tour?«, flüsterte der Mann schließlich kleinlaut.

»Oh, wir lassen einfach der Justiz ihren Lauf. Mit dem, was wir über dich in der Hand haben, und dem, was ich noch persönlich hinzufügen werde, sind dir ein paar Jährchen sicher.«

»Sie ...«

»Im Knast kriegen Schweine wie du eine Spezialbehandlung. Sie dauert länger als meine Backsteinmethode und ist viel schmerzhafter, aber das Resultat ist dasselbe, das darfst du mir glauben. Immerhin darfst du deine Eier behalten. In einem Glas, so wie die Eunuchen im chinesischen Kaiserreich.«

»Sind Sie wirklich Polizist?«

Passan musste lächeln.

»Polizisten wie mich gibt es wie Sand am Meer, Schweinebacke. Glücklicherweise. Sonst würden nämlich Arschlöcher wie du frei herumlaufen und sich an Kindern vergreifen.«

»Was wollen Sie von mir?«

»Hast du was zu schreiben?«

Vernant reichte ihm einen Stift.

»Gib mir deine Hand.«

Vernant erwartete offenbar, dass sein Gegenüber ihm den Fingernagel umdrehte. Doch Passan begnügte sich damit, Guillards Namen in seine Handfläche zu schreiben.

»Die Mutter hat anonym entbunden. Geboren ist er am 17. Juli 1971 in Saint-Denis. Ich will seine Akte. Und zwar morgen Mittag. Hier.«

»Unmöglich. Zu vertraulichen Akten habe ich keinen Zugang.«

Passan schwenkte seine Papiere.

»Weißt du, was wirklich unmöglich ist? Deinen Namen aus dieser Liste hier zu entfernen.«

Vernant betrachtete seine Handfläche.

»Ein ziemlicher Allerweltsname.«

»17. Juli 1971. Saint-Denis. Du wirst ihn schon finden. Ich vertraue dir.«

Passan stopfte die gefalteten Blätter in die Tasche und spuckte in Vernants Bier.

»Morgen Mittag hier. Enttäusche mich nicht.«

Als er die Kneipe verließ, spürte er das Gewicht seiner Jacke auf seinen verschwitzten Schultern und fragte sich, ob er nicht allmählich über das Alter für solche Dummheiten hinaus war. Andererseits fand er, dass er seine Rolle als brutaler Bulle noch immer recht überzeugend rüberbringen konnte. In seinem Metier war das eine Art Versicherung für die Zukunft.

Kurz nach sechs. Die zweite Runde begann.

25

»It's quarter to three, there's no one in the place
Except you and me …
Make it one for my baby
And one more for the road …«

Naoko hatte die spanische DVD im Internet als einzig verfügbare Version von *The Sky's the Limit* gefunden – einem recht unbekannten Film mit Fred Astaire aus dem Jahr 1943. So wie ihre Mutter Godard, Truffaut und Resnais liebte, war Naoko ein Fan von klassischem Ballett und Stepptanz. Passan wäre es lieber gewesen, wenn sie sich für die Filme von Mizoguchi und Kabuki-Theater begeistert hätte. Andere Leute nahmen an, sie vergöttere die japanischen Idole oder vielleicht die moderne Tanzform des Butoh. Aber nein, ihr Geschmack war westlich geprägt – und altmodisch. Ballett war ihr Ein und Alles. *Gisèle. Coppelia. Schwanensee.* Die Namen aller großen Tänzerinnen und Choreografen kannte sie auswendig. Während ihrer gesamten Jugendzeit in Tokio hatte ihr Herz für den Pas de Deux geschlagen, und sie hatte sich geschworen, wenigstens einmal im Leben die für sie geradezu mythischen Orte Opéra Garnier und Bolschoitheater aufzusuchen.

Vor allen Dingen aber liebte sie amerikanische Musicals aus den 1930er- bis 1950er-Jahren. Sehr gern sah sie sich auch Filme von Stanley Donen mit Audrey Hepburn an – zum Beispiel *West Side Story* oder *The Sound of Music*. Alles andere interessierte sie nicht.

Es war zehn Uhr. Naoko fühlte sich richtig wohl. Die Kinder schliefen. Sie hatte ein heißes Bad genommen und war noch immer von dieser wohltuenden Wärme erfüllt. Endlich konnte sie sich entspannen!

Sie saß im Bett, hatte ein Holztablett mit Spargelsuppe und geröstetem grünen Tee auf ihre rote Decke gestellt und aß und trank genüsslich, ohne die Augen vom Bildschirm zu wenden.

Im Lauf des Tages war ihr Zorn abgeflaut. Trotzdem tröstete sie die Vorstellung, dass sich Passans Schlüssel in ihrer Handtasche befanden. So konnte er sich wenigstens nicht mehr in ihr Leben einmischen.

Plötzlich griff sie nach der Fernbedienung und hielt den Film an. Sie hatte ein seltsames Poltern gehört, das nicht zu den üblichen Geräuschen der Villa passte. Sofort dachte sie an Diego. Wo steckte der Hund?

Naoko lauschte. Alles war wieder ruhig. Sie musste an die Innereien des Hauses denken. Kanalisationsrohre, Kabel, Lüftungsschächte. Der Architekt hatte alle Systeme in Hohlräumen in den Mauern untergebracht. Nirgends waren Blenden oder Drähte zu sehen, was Naoko nicht unbedingt gefiel. Es war, als besäße dieses Haus eine Art verstecktes Eigenleben.

Sie stand auf und bewegte sich leise und wachsam auf die Tür zu. Im Flur herrschte tiefe Stille. Sie wagte sich einige Schritte in die Dunkelheit vor, ohne Licht zu machen. Immer noch absolute Ruhe. Naokos nackte Füße waren eiskalt.

Als Erstes ging sie zu den Kindern hinauf. Beide schliefen friedlich im gestirnten Halbdunkel des Nachtlichts.

Was genau hatte sie eigentlich gehört? Schläge? Schritte? Jemand schien im Haus zu sein.

Sie warf einen prüfenden Blick in die Wandschränke und kehrte in den Flur zurück, wo sie einen Aufschrei unterdrücken musste. Wie aus dem Nichts stand Diego vor ihr und hechelte. Naoko lachte auf. Am liebsten hätte sie den Hund umarmt. Das Tier schien absolut entspannt zu sein. Mit Diego auf den Fersen lief sie die Treppe hinunter. Lackierte Betonböden, Vorhangwände, so gut wie keine Möbel. Mit ihren klaren Linien erinnerte die Villa an traditionelle japanische Häuser, allerdings in einer schwereren und solideren Bauweise, die kein Erdbeben zu fürchten brauchte.

Naoko ging durch Wohn- und Esszimmer. Hier war alles wie immer. Sie wandte sich dem Untergeschoss zu. Passans Höhle. Ein Unbehagen erfüllte sie, so als hätte ihr Ex eine Art Groll hinterlassen. Hastig stieg sie wieder ins Erdgeschoss hinauf und ging in die Küche. Obwohl Diego bei ihr war, schaffte sie es nicht, ihre Ängste abzuschütteln.

Im Dunkeln lehnte sie sich an die Arbeitsfläche und atmete tief durch. Der Kühlschrank. Ihr war nach einem kühlen, süßen Fruchtsaft. Und dann ab ins Bett. Noch mit der Hand auf dem Griff entdeckte sie draußen Passans Auto.

Sofort flammte ihre Wut wieder auf. Naoko lief zur Eingangstür, schloss auf und rannte über den Rasen. Sie spürte ihre Fersen auf dem feuchten Boden. Ihre Gedanken rasten. Wie sie diesen Mann doch hasste! Seine Dickköpfigkeit, seine Bockigkeit, sein Polizistengehabe. Er hatte nichts verstanden, und er würde nie verstehen.

Zornig drückte sie auf die Fernbedienung. Das Tor glitt zurück. Ohne auf den nassen Asphalt unter ihren nackten Füßen zu achten, trat sie auf die Straße hinaus.

»Was hast du hier zu suchen?«, schrie sie.

Passan ließ die Scheibe herunter.

»Ich wollte mich nur vergewissern, dass alles in Ordnung ist.«

Auf dem Beifahrersitz sah sie eine Thermosflasche und einen Roman von Tanizaki. Leise erklang eine mit einer Shakuhachi-Flöte gespielte Melodie. Genau das, was ein drittklassiger Japaner so brauchte. Am liebsten hätte sie ihn umgebracht.

»Hast du denn immer noch nicht kapiert? Das ist meine Woche! Du hast kein Recht, dich hier herumzutreiben. Ich werde meinen Anwalt informieren.«

Passan hob die Augenbrauen.

»Deinen Anwalt? Waren wir uns nicht einig, denselben zu nehmen?«

Naoko verschränkte die Arme.

»Ich habe meine Meinung geändert.«

»Dann trennen wir uns also nicht mehr gütlich?«

»Verschwinde, oder ich rufe die Bullen.«

»Der ist echt gut!«

Passan wollte die Tür öffnen, doch Naoko trat dagegen.

»Wir leben nicht mehr zusammen!«, schrie sie. »Willst du das nicht endlich begreifen? Ich brauche dich nicht mehr!«

Passan zeigte auf das Haus.

»Ich habe gesehen, dass du Licht im Untergeschoss gemacht hast. Irgendwelche Probleme?«

Seine Befehlsstimme. Seine Ruhe. Naoko versetzte der Tür einen weiteren Tritt.

»Verschwinde!«

Er hob beschwichtigend die Hand und ließ den Motor an.

»Schon gut. Immer mit der Ruhe.«

Daraufhin rastete Naoko erst recht aus. Mit den Fäusten bearbeitete sie das Autodach.

»Verschwinde! Hau endlich ab!«

Passan legte einen Kavalierstart hin. Naoko hatte gerade noch Zeit, zur Seite zu springen.

Plötzlich bekam sie keine Luft mehr. Ihre Hand fuhr an die Kehle, und völlig unerwartet musste sie sich übergeben. Die Säure brannte in ihrem Mund. Mit tränenden Augen ging sie in die Knie.

Doch schon wenige Sekunden später war der Spuk vorbei. Sie fühlte sich erleichtert, denn nun hatte sie die Wut, die sie seit dem Morgen mit sich herumtrug, endlich ausgespuckt.

Schwankend überquerte sie den Rasen. Diego erwartete sie bereits. Im Licht der Straßenlaternen sah sein Fell fast silbern aus. Naoko dachte, er sei durch die Hundeklappe in der Küche gekommen, doch dann entdeckte sie die nur angelehnte Tür. Vor lauter Wut hatte sie offenbar nicht daran gedacht, hinter sich abzuschließen. Sie streichelte den Hund, der sich freute, als hätten sie sich jahrelang nicht gesehen.

»Schon gut, Diego«, murmelte sie. »Schon gut. Beruhige dich.«

Sie fühlte sich kribblig, aber gleichzeitig auch müde und leer. Heute würde sie endlich einmal wieder ruhig schlafen können.

In der Küche spülte sie sich den Mund aus. Dabei kam ihr der Gedanke von vorhin wieder in den Sinn: ein Glas Fruchtsaft.

Sie öffnete den Kühlschrank und fuhr mit einem Schrei zurück.

Vor ihr lag ein mindestens sechs Monate alter Fetus und lachte sie mit seinem toten Mund an.

26

Passan hatte darauf bestanden, dass alle – Polizisten und Spurensicherung ebenso wie der Gerichtsmediziner – die Schuhe auszogen. Niemand durfte mit dreckigem Schuhwerk durch seine Villa trampeln. Nicht einmal mit Überschuhen. Die gesamte Kavallerie hatte er zusammengetrommelt: die Bereitschaft aus der Wache von Suresnes, die Männer seines eigenen Teams, Stéphane Rudel vom Gerichtsmedizinischen Institut in Garches, Zacchary und ihre Leute. Es gab keinen Grund mehr, Naoko zu schonen, denn jetzt war sie es, die in vorderster Linie stand.

Passan marschierte auf der Rasenfläche hin und her und beobachtete seine zukünftige Exfrau aus einigem Abstand. Wenn er ehrlich war, fürchtete er eine weitere Schimpftirade. Als ob alles, was in dieser Nacht geschehen war, seine Schuld wäre. Und im Grunde genommen entsprach das ja sogar der Wahrheit.

Nie war sie ihm schöner erschienen als hier und jetzt im zuckenden Schein des Blaulichts. Sie hielt sich sehr gerade und hatte ihre zitternden Schultern mit den Armen umschlungen. Um sie herum steckten Polizisten die Sicherheitszone ab. Die weiß verputzte Hausfassade hinter ihr wirkte im Schein der rotierenden Lichter wie eine gigantische Kinoleinwand.

»Das ist kein Fetus.«

Stéphane Rudel zog seinen Schutzanzug aus. Unter der Hülle aus Papier trug er ein Poloshirt von Lacoste, Jeans und Bootsschuhe mit weißen Sohlen. Er sah aus, als wäre er auf dem Weg zu seinem Segelboot.

»Wie bitte?«, hakte Passan nach. »Was hast du da gesagt?«

»Es ist ein Affenkadaver«, berichtete Rudel, während er den

Schutzanzug in seiner Aktentasche verstaute. »Möglicherweise ein Kapuziner- oder ein Seidenäffchen – irgendwas in dieser Art jedenfalls.«

Passan rieb sich die Stirn. Drinnen in der Küche wurde fotografiert. Überall wimmelte es von Technikern der Spurensicherung. In seiner Küche.

»Ich weiß, wie Affen aussehen.«

»Der im Kühlschrank war gehäutet.«

Passan betrachtete Rudels Gesicht, als wäre es ein seltenes Pergament, auf dem eine unglaubliche Wahrheit stand.

»Könntest du ihn obduzieren?«

»Mit Affen kenne ich mich nicht aus.«

»Dann ruf einen Tierarzt dazu. Du kriegst das schon hin.«

»Schick den Kadaver ins Institut für Rechtsmedizin«, knurrte der Arzt. »Ich werde sehen, was ich tun kann.«

Mit diesen Worten stapfte er in die Nacht davon, ohne sich zu verabschieden. Auch Naoko war verschwunden. Wahrscheinlich um nach den Kindern zu sehen. Passan lief noch ein paar Schritte und versuchte, sich zu konzentrieren. »Ein Affe. In gewisser Weise war das eine verdammt interessante Spur. Sie mussten Tierhandlungen abklappern und …«

Auf der anderen Straßenseite hingen die Nachbarn in den Fenstern. Verdammte Scheiße! Alles, was er hatte verhindern wollen, stürmte jetzt geballt auf ihn ein. Die klare, gezielte Bedrohung. Die Notsituation. Jede Menge Gründe, um in Panik zu geraten. Hier ging es nicht mehr um die Launen eines verrückten Bullen, sondern darum, »die Sicherheit eines Beschwerdeführers zu gewährleisten«. Das einzig Positive war, dass ihm jetzt niemand mehr eine Dauerüberwachung seines Hauses verweigern würde.

Und noch etwas anderes wurde ihm bewusst: Ganz gleich, ob es sich um einen Fetus oder einen enthäuteten Affen handelte – die Anspielung auf eine Geburt war unverkennbar. Und damit war klar, wer dafür verantwortlich zeichnete: der Geburtshelfer.

Als Passan das Haus betrat, traf er im Vorraum auf Zacchary, die noch die weiße Kombi mit Kapuze trug und eben ihre Schuhe wieder anzog.

»Schon irgendwelche Vermutungen?«

»Dazu ist es noch zu früh. Auf den ersten Blick nichts Bemerkenswertes. Keine Einbruchspuren, keine Fingerabdrücke. Aber meine Leute machen weiter.«

Passan erwartete kein Wunder. Wer es schaffte, in das Haus eines Bullen einzudringen, während es überwacht wurde, konnte kein blutiger Amateur sein.

»Du wirst mir die Küche Millimeter für Millimeter untersuchen«, raunzte er sie an. »Und die anderen Räume ebenfalls.«

Die Koordinatorin zuckte die Schultern.

»Was denn?«, brüllte Passan.

»Nichts. Träum weiter«, sagte sie und wandte sich mit ihren silbernen Koffern zur Tür. Passan drehte sich um. Hinter ihm stand Naoko. Sie hatte ihre Fassung wiedergewonnen.

»Ist dir nicht kalt?«

Naoko schüttelte den Kopf. Passan trat einen Schritt näher.

»Schlafen die Kinder?«

Sie nickte halb ungläubig, halb erleichtert.

»Keine Ahnung, wie sie das machen. Ich habe die Fensterläden geschlossen. Denkst du wirklich, dass sie aus dem Haus müssen?«

»Unbedingt. Die Spurensicherung muss das Haus komplett auf den Kopf stellen. Hast du Sandrine erreicht?«

»Sie ist schon auf dem Weg. Kannst du mir erklären, was hier los ist?«

Passan konnte ihr nicht in die Augen blicken.

»Der Gerichtsmediziner ist sich ganz sicher, dass es kein Fetus war.«

»Was dann?«

»Ein Affe. Ein Kapuziner- oder ein Seidenäffchen.«

Naoko lachte nervös auf.

»Hört sich an wie ein schlechter Scherz.«

»Der Kadaver wurde gehäutet. Bei der Obduktion kommt ein Veterinärmediziner dazu. Morgen wissen wir mehr.«

»Du hast mir nicht geantwortet: Was ist hier los?«

»Gar nichts.«

Sie versetzte ihm einen Schlag auf den Arm.

»Hör auf, mich für dumm zu verkaufen. Hat es mit deiner Arbeit zu tun? Ist es vielleicht eine Warnung?«

»Es ist noch zu früh, um dazu etwas zu sagen«, wich Passan aus.

»Wer könnte uns so etwas antun?«

»Ich habe da so meinen Verdacht. Aber zunächst muss ich noch etwas überprüfen.«

Naoko fiel etwas ein.

»Diese Lutscher – das warst du nicht, oder?«

»Nein, das war ich nicht.«

»Idiot!«

»Ich wollte dich nicht beunruhigen.«

Naoko ging ein paar Schritte über den Rasen, der im Rhythmus des Blaulichts sichtbar wurde und wieder verschwand. Die gesamte Umgebung wirkte bizarr. Sie strich sich das Haar aus dem Gesicht und unterdrückte ihre Tränen.

»Du hast mir immer alles vorenthalten und machst jetzt genauso weiter. Scheiß Polizeiarbeit.«

»Doch nur, um dich zu schützen.«

Ihr Schluchzen wurde zu einem kurzen Auflachen.

»Na, das ist dir ja wirklich geglückt.«

»Ich habe keine Ahnung, was dieser Mist hier bedeuten soll. Auf jeden Fall muss ich hierher zurückkommen.«

Naoko fuhr zurück, als hätte sie eine Schlange berührt.

»Auf gar keinen Fall.«

»Nur so lang, bis wir das Ding hier geregelt haben.«

»Wie schon gesagt: auf keinen Fall! Wir fangen nicht noch einmal von vorn an.«

»Dann nimm die Kinder und zieh aus.«

»Bestimmt nicht. Du machst es dir ganz schön einfach.«

Passan schüttelte den Kopf, doch im Grunde freute er sich über ihre Entschlossenheit. Sie waren wirklich vom gleichen Schrot und Korn.

»Okay, dann lass mich meine Zeit vorziehen.«

»Was meinst du?«

»Wir wechseln uns schon morgen ab, und ich bleibe für den Rest der Woche da.«

Naoko biss sich auf die Unterlippe.

»Und was sollen wir den Kindern sagen?«

»Da wird uns schon etwas einfallen. Wichtig ist, dass ich hier bin und reagieren kann, falls es wieder ein Problem gibt.«

Naoko gab keine Antwort, doch ihr Schweigen war eine Zustimmung.

Plötzlich hob sie den Kopf und sagte:

»Da ist ja Sandrine.«

27

Vorsichtig fuhr sie über den verwaisten Boulevard Périphérique. Die beiden Kinder saßen auf der Rückbank. Hiroki war schon wieder eingeschlafen, Shinji starrte mit weit geöffneten Augen in die Nacht. Lichtreflexe strichen über sein Gesicht wie stumme Gespenster. Sandrine beobachtete die Kinder im Rückspiegel, ohne die Augen von der Straße zu wenden.

Zwei blasse Gesichter, zwei schwarze seidige Haarkappen. In den Kindern fand sie Naokos geheimnisvolle Schönheit wieder. Eine Reinheit, die auf dieser Seite der Erdkugel unbekannt war. Welchem Gen entstammte sie? Was war ihre Quelle? Wie war sie entstanden? Sandrines Gedanken schweiften ab. Wie Shinji fühlte sie sich hypnotisiert in dieser von Lichtern punktierten Nacht, deren Reflexe ihr gleichzeitig verschwommen und ungeheuer klar erschienen.

Sandrine dachte nicht an das mit Entsetzen gemischte Phlegma von Naoko und Olive. Auch nicht an die Polizisten, die überall in der Villa herumliefen. Sie stellte lediglich fest, dass wieder einmal ein Anruf genügt hatte, um sie dazu zu bringen, sich hastig anzuziehen, in ihren Twingo zu springen und quer durch Paris nach Suresnes zu fahren. Innerhalb einer knappen halben Stunde stand sie Gewehr bei Fuß, bot ihre Hilfe an, holte die Kinder ab und überließ ihre Schulter jedem, der sich daran ausweinen wollte.

In der Hektik allerdings hatte niemand sie bemerkt. Fast zehn Minuten stand sie auf dem Rasen und beobachtete das Paar, das sich gerade seine große Szene lieferte.

Ein gehäuteter Affenkadaver im Kühlschrank. Ein Eindringling im Haus. Eine kaum verhüllte Todesbotschaft. Klar, da konnte man durchaus in Panik geraten. Aber hatte vielleicht irgendwer danach gefragt, wie es ihr selbst ging? Ob es weitere Metastasen gab? Ob die Anzahl ihrer Thrombozyten im freien Fall war?

Natürlich hatte sich niemand erkundigt. Weil niemand Bescheid wusste.

Beim Ausbruch der Krankheit war sie der Überzeugung gewesen, dass es ihr gelingen würde, nicht darüber zu reden. Irgendwann jedoch wurde ihr klar, dass der Egoismus und die Gleichgültigkeit der anderen sie zur Diskretion verurteilten. Hätten sie es jedoch gewusst und sie aus diesem Grund nicht gerufen, wäre das ihr Ende gewesen …

Die erste Geschwulst unter ihrer linken Brust war im Februar während einer Routineuntersuchung beim Betriebsarzt entdeckt worden. Damals war ihr der Ernst der Lage noch gar nicht richtig bewusst geworden. Spätere Untersuchungen ergaben Metastasenbildung in der Leber und in der Gebärmutter. Noch immer begriff sie nicht wirklich. Sie fühlte sich nicht krank. Erst bei der ersten Chemo wurde ihr klar, was mit ihr geschah. Das Wort »Chemotherapie« ist ein Alarmsignal, das jeder versteht. Und doch erkannte man ihre Krebserkrankung ausschließlich an der Art der Behandlung. Sicher würde sie gesund werden, ehe sich andere Anzeichen zeigten.

Alles hatte sich jedoch verändert, als die Nebenwirkungen eintraten. Man hatte sie gewarnt, dass sie sehr müde werden würde. Doch »müde« war nicht das richtige Wort. Unter dem Einfluss des Medikaments hatte sie sich buchstäblich aufgelöst. Wie in einem Albtraum war sie zusammengeschmolzen, hatte sich in eine Art stumpfsinnige Pfütze verwandelt.

Dann begann das Erbrechen. Seit vier Monaten stopfte sie sich bei der geringsten Übelkeit mit Primperan und Vogalene voll. Nach Angaben der Ärzte zog das wiederum weitere Übelkeit nach sich. Und so weiter. Wenn man die Hitzewallungen dazurechnete, hätte man glauben können, sie wäre schwanger.

Schwanger mit dem Tod.

Danach folgten die von den Ärzten dezent als »Verdauungsprobleme« bezeichneten Schwierigkeiten. Sandrine hatte keine Ahnung, ob es eine Folge des Krebses, der Chemo oder der Medikamente war, doch ihre Verdauung geriet völlig durcheinander. Manchmal kam sie kaum schnell genug zur Toilette, manchmal mühte sie sich entsetzlich ab.

Weitere Unannehmlichkeiten tauchten auf. Sandrine ertrug keine Kälte mehr. Es ging so weit, dass sie Handschuhe tragen musste, wenn sie Lebensmittel aus dem Kühlschrank nahm. Sie verlor ihren Geschmackssinn. Jedenfalls war es so, dass sie essen konnte, was sie wollte – es schmeckte immer irgendwie metallisch. Die Ärzte hatten versucht, ihr das Phänomen zu erklären. Es handelte sich um eine bestimmte Art von Schleimhautentzündung, teils im Mund, teils im Verdauungsapparat, aber auch in der Vaginalschleimhaut. Hätte sie noch Verkehr gehabt, hätte sie jetzt keine Lust mehr verspürt.

Manchmal gab es aber auch Situationen, wo die Sinneseindrücke sie mit aller Macht überrollten. Dann geriet ihr Geruchssinn aus dem Gleichgewicht und wurde beängstigend scharf. Zu solchen Zeiten war sie in der Lage, die einzige Zigarettenkippe in einem ganzen Müllbehälter oder das Parfüm der Kollegin im Nebenzimmer zu riechen. Sie betätigte die Wasserspülung fünfmal hintereinander, weil sie den Geruch ihres Urins nicht ertrug. Ihr eigener Schweiß machte sie geradezu verrückt und führte wiederum zu Übelkeit.

Rechts tauchte die Porte du Pré-Saint-Gervais auf. Sandrine riss sich aus ihren finsteren Gedanken los und bog ab. Noch wenige Ampeln, dann erreichte sie das Viertel, in dem sie wohnte. Die Avenue Faidherbe mit ihren Lichtern. Der kleine hässliche Wohnblock. Fünf Stockwerke Tristesse. Resopal und Arbeitslosenunterstützung. Kein Zweifel: Sie war zu Hause.

Sie parkte, öffnete die hinteren Türen und weckte die beiden kleinen Jungen mit sanfter Stimme.

»Kommt, meine Süßen. Wir sind da.«

Sie nahm Hiroki auf den Arm und lehnte seinen Kopf gegen ihre Schulter. Der Kopf des Jungen war überraschend schwer, seine Beine schlangen sich reflexartig um ihre Taille. Sandrine schloss den Wagen ab. Shinji tappte mit schwankenden, fast mechanisch wirkenden Schritten voraus – halb Fährtensucher, halb Mondsüchtiger.

Sie tippte ihren Code ein. Das Licht im Flur ging an, der Aufzug kam. Nur noch ein paar Sekunden, dann würden die Jungs in ihrem Zimmer liegen und schlafen. Sie selbst würde sich mit dem Schlafsofa im Wohnzimmer begnügen. Die Kinder kannten sich hier gut aus, denn sie hatten schon oft bei Sandrine übernachtet. Wie alle unverheirateten Frauen spielte Sandrine gern die Mama auf Zeit. Sie war nicht hässlich. Was war da schiefgelaufen? Warum hatte sie jede Haltestelle ihres Lebens verfehlt? Und die Endstation näherte sich bereits, obwohl in ihrem Leben nichts oder fast nichts passiert war.

Mit einem Griff riss sie sich die Perücke vom Kopf und musste lachen, als sie ihren kahlen, spitzen Schädel im Spiegel sah.

TEIL 2:
KAMPF

28

Zehn Uhr früh. Boulevard Périphérique, Porte Maillot.

Passan saß am Steuer seines Subaru und schlängelte sich mit jaulender Sirene zwischen den Autos hindurch. Erst eine Stunde zuvor war er aus einem grässlichen Albtraum aufgeschreckt. Ein gehäuteter Fetus kam aus Naokos Bauch. Sie lächelte ihn an und flüsterte ihm japanische Worte zu.

Passan hatte eine ganze Weile gebraucht, ehe er sich zurechtfand. Dusche. Kaffee. Anzug. Muskelkater peinigte ihn in allen Gliedern. Er fühlte sich so müde, dass ihm fast schlecht war. Und dann die Angst.

In der Freud'schen Traumdeutung heißt es, dass auch ein Albtraum die Erfüllung eines verdrängten Wunsches ist. Passan hielt den Österreicher zwar für ein Genie, aber manchmal übertrieb er ja doch. Die blutigen Fetzen, glänzenden Muskeln und riesigen Augen, die Naoko in seinem Traum zwischen ihren Beinen hervorpresste, hatten weiß Gott nichts mit einem verdrängten Wunsch zu tun.

Porte de Champerret. Passan lenkte den Wagen auf den Seitenstreifen und fuhr an der Fahrzeugschlange vorbei.

Nachdem er sein Haus noch einmal akribisch in Augenschein genommen und das Terrain dann seinen Leuten überlassen hatte, war er nach Puteaux in seine Höhle zurückgekehrt. Naoko blieb in der geschändeten Villa. Seit dem Morgen wurde die Schule der Kinder von der Polizei überwacht.

Der Anblick seiner Frau vor der Toreinfahrt des Hauses hatte in Passan ein zwiespältiges Gefühl zurückgelassen. Eine bohrende Frage machte ihm zu schaffen. Liebte er Naoko etwa noch?

Sicher nicht. Trotzdem, man konnte sich seine Gefühle nicht aussuchen. Seit langer Zeit war sie ein Teil von ihm. Sie war seine Familie.

Porte de Clichy.

Da er als Waise aufgewachsen war, hatte er sich immer nur auf sich selbst verlassen. Er hatte die Muskeln seines Körpers gestählt und sein Gehirn trainiert. Er hatte sich Regeln, Rahmenbedingungen und Werte verordnet. Als er Naoko begegnete, musste er lernen, diese Festung zu teilen. Zwar wusste die Japanerin genau, was sie wollte, blieb aber bei aller Zielstrebigkeit zerbrechlich und verletzbar. Passan hatte viel Zeit gebraucht, bis er sie in seine Überlebensstrategie eingliedern konnte. Dann aber waren sie nach und nach als Paar zu einer regelrechten Kriegsmaschine geworden.

Porte de Clignancourt.

Nach der Geburt der Kinder hatte er ganz von vorn anfangen müssen. Sich aufteilen. Angreifbar werden. Er war Shinji. Er war Hiroki. Trotz aller Bemühungen wurde er wieder zu einem furchtsamen, schutzlosen Wesen. Wie alle Eltern lebte er nun in ständiger Anspannung. Er wachte nachts wegen Kleinigkeiten auf. Er fühlte sich hilflos, wenn Hiroki die Treppe hinunterfiel oder Shinji ein Diktat verpatzte. Einer von seinen Jungs schluchzte hinter einer verschlossenen Tür – und er konnte nichts tun!

Porte de la Chapelle.

Und nun war der Albtraum Wirklichkeit geworden. Ehe Passan zu Bett ging, hatte er noch mit allen einschlägigen Stellen telefoniert, um sicherzugehen, dass niemand aus dem Gefängnis ausgebrochen war und es auch sonst keine ungewöhnlichen Vorfälle gab. Natürlich! Im Grunde brauchte er eigentlich keine weitere Spur.

Das Verbrechen trug eine deutliche Handschrift. Dieser Fetus war ganz typisch für Guillard.

Porte d'Aubervilliers.

Passan nahm die Ausfahrt und schlängelte sich durch das renovierte Viertel, in dem nichts mehr an die Industriebrache und

Fabrikruinen vergangener Zeiten erinnerte. Hier war eine riesige Einkaufsstadt nach amerikanischem Vorbild entstanden: das Millénaire, wo sich eingerüstete Baustellen neben brandneuen Gebäuden erhoben. Auch wenn es noch immer nicht ganz fertig war, hatte man den Eindruck, dass man hier ein eigenes Reich betrat, das sich ganz dem Konsum und der Freizeit verschrieben hatte.

Es regnete wieder. Passan konnte kaum etwas sehen. Die Sirene hatte er abgeschaltet; Lärm herrschte hier ohnehin genug. An fast jeder Ecke stand ein Umleitungsschild. Eine breite Straße folgte der Straßenbahnlinie, an der noch gebaut wurde, breite Plätze und Baustellenschächte wechselten sich ab. Passan irrte durch das Labyrinth.

Dem Navi zufolge befand er sich nur wenige Meter von seinem Ziel entfernt. Nachdem Naoko zur Arbeit gegangen war, hatte Passan zunächst kurz in der Villa vorbeigeschaut, um seine Sachen hinzubringen und Werkzeug zu holen. Immer noch flatterte Absperrband rings um seinen Garten. Die Polizisten, die zur Bewachung abkommandiert waren, wunderten sich nicht über sein Auftauchen. Schließlich wohnte er hier.

Avenue Victor Hugo. Passan fuhr scharf links, überquerte die Fahrbahn in Gegenrichtung, zwang alle entgegenkommenden Fahrzeuge zum Bremsen und brauste auf den Parkplatz der Firma Feria, wo er mit kreischenden Reifen zum Stehen kam. Sein mit dem Matsch von Stains bespritzter Subaru spiegelte sich in dem Schaufenster, in dem die hochglanzpolierten, chromblitzenden Neufahrzeuge ausgestellt waren. Passan zog den Zündschlüssel, sprang aus dem Wagen, ging nach hinten und öffnete den Kofferraum.

Er zögerte nur kurz, ehe er nach der Axt griff. Schon seit Jahren folgte er seiner persönlichen Maxime: »Die beste Idee ist immer die schlimmste.« Er war nicht hier, um Hand an Guillard zu legen, sondern um sich an ein paar Motorhauben und Windschutzscheiben schadlos zu halten. Auf dem Weg zum Showroom entdeckte er hinter der Scheibe Verkäufer in Anzug und Krawatte, die ihn längst erkannt hatten und begriffen, was passieren würde.

Passan hob die Axt mit beiden Händen und wollte gerade zuschlagen, als sich zwei starke Arme um ihn schlangen und er einen stählernen Lauf in seinem Nacken spürte. Jemand drehte seine Hände auf den Rücken und hielt sie fest. In seiner Wut hatte Passan die Kollegen vergessen, die zur Überwachung Guillards eingesetzt waren.

Eine Sekunde später lag er mit dem Gesicht in einer Pfütze. Er wurde entwaffnet, und eine Stimme brüllte ihm ins linke Ohr:

»Immer mit der Ruhe, Passan. Scheiße, wenn du so weitermachst, lege ich dir Handschellen an. Ehrlich!«

Passan hob den Kopf und brüllte in Richtung Werkstatt:

»Komm da raus, Arschloch! Ich glaube, wir haben uns einiges zu sagen.«

Schweigen. Im Showroom bewegte sich nichts. Nur das Rauschen des Straßenverkehrs war hinter ihnen zu hören.

Passan versuchte den Kopf zu drehen und sagte zu seinen Bewachern:

»Schon gut. Ihr könnt mich loslassen. Alles okay.«

»Bist du sicher?«

»Klar doch«, zischte er. »Lasst mich aufstehen.«

Die Polizisten traten zurück. Passan war von Kopf bis Fuß klatschnass. Er warf den beiden Bewachern – Albuy und Malençon – einen prüfenden Blick zu. Der erste sah aus wie ein Gigolo. Er trug einen eng sitzenden Anzug von Arnys und verbarg seine Augen trotz des Regens hinter einer Ray Ban Wayfarer. Der andere stand im Surferlook vor ihm. Ausgebeulte Shorts, ein ärmelloses Shirt mit dem Bild der Red Hot Chili Peppers und ziemlich ausgelatschte Vans. Der eine hatte eine Glock 17 9 mm Para im Gürtel, der andere eine Sig P226 Blackwater.

»Spinnst du oder was?«, schimpfte Albuy. »Hast du nicht schon genug Ärger?«

Passan blickte an sich hinunter und stellte fest, dass man ihm seine Beretta bereits abgenommen hatte. Die Axt war fast zwei Meter weit weggeflogen. Plötzlich erfüllte ihn eine Vorahnung. Sein Blick wanderte unwillkürlich zur regennassen Schaufensterscheibe. Ein Schatten war im Hintergrund aufgetaucht. Das Vieh war dort – im Schutz der gehärteten Glasscheibe. Unbeweglich stand er da. Seine Bodybuilderfigur steckte in einem schwarzen Stoffanzug.

Passan packte die Axt und schmetterte sie mit aller Gewalt gegen die Scheibe. Die Schneide prallte mit solcher Wucht zurück, dass es ihm den Stiel aus den Händen riss. Die beiden Polizisten stürzten sich auf ihn.

»Wenn du meiner Familie noch einmal zu nah kommst, bringe ich dich eigenhändig um«, brüllte Passan außer sich. »Ich würde dir die Eier abreißen, wenn du welche hättest.«

»Verdammt, Passan, beruhige dich.«

Einer der Polizisten hielt ihn am Kragen fest, als wolle er seinen Kopf ins Jackett drücken.

»Ich schwöre dir, wir nehmen dich mit.«

Passan spürte einen Eisengeschmack auf den Lippen. Im Handgemenge hatte er einen Schlag auf den Mund abbekommen, und seine Lippe war aufgeplatzt. Er spuckte das Blut aus und schrie:

»Dieses Schwein ist diese Nacht bei mir im Haus gewesen.«

»Diese Nacht? Unmöglich. Wir waren die ganze Zeit hier und haben aufgepasst.«

Passan betrachtete den Bullen im Sonntagsanzug. Regen strömte über sein Gesicht, an dem die nassen Haare klebten. Sein schicker Anzug knatterte wie ein zerrissenes Segel in den Windböen.

»Ein Typ wie der schafft es spielend, euch auszutricksen.«

»Für wie blöd hältst du uns? Ich schwöre dir, in dem Fall kannst du Guillard wirklich nichts anhängen.«

Passan drehte sich um. Sein Feind war verschwunden. Die beiden Polizisten lockerten ihren Griff. Er musterte sie erneut. Sie waren hart, zäh und absolut vertrauenswürdig.

»Schützt ihr ihn oder überwacht ihr ihn?«

»Wir sind für die allgemeine Sicherheit zuständig«, meinte Albuy grinsend.

Die Atmosphäre entspannte sich. Passan massierte sich die Schläfen.

Und wenn er sich nun tatsächlich geirrt hatte?

Eine Polizeisirene näherte sich. Um das Maß vollzumachen, hatten die Verkäufer von Feria die Polizei gerufen.

29

Guillard hatte sich in einen toten Winkel des Verkaufsraums geflüchtet, sich nicht mehr bewegt und nur seinem Herzschlag gelauscht, der allmählich wieder zu einem normalen Rhythmus fand. Jetzt beobachtete er, was sich draußen abspielte. Seine Angestellten erklärten den herbeigerufenen Polizisten von der Wache in Aubervilliers, was passiert war. Passan und die beiden Beschatter verteidigten sich gestenreich. Die Szene wirkte äußerst komisch und hätte gut in einen Stummfilm gepasst.

Aber die Leute da draußen regten sich ganz umsonst auf. Er würde ganz sicher keine Anzeige erstatten. Der Kampf spielte sich längst nicht mehr auf diesem Niveau ab.

Irgendwann stieg sein Feind in sein Auto und brauste mit quietschenden Reifen davon.

Wieder überfiel ihn das krampfhafte Zittern. Er musste sich wohl oder übel der peinlichen Wahrheit stellen: Als er den Bullen mit seiner Axt auf sich zustürmen sah, hatte ihn eine panische Angst gepackt.

»Alles in Ordnung, Monsieur?«

Einer seiner Verkäufer stand zwei Meter vor ihm. Der Mann war von Kopf bis Fuß mit gefräßigen Termiten bedeckt, an der Stelle der Augenlider befanden sich schwarze Insektenflügel, und um seinen Kopf herum summte es bedrohlich. Guillard fuhr sich mit der Hand über das Gesicht, um die Halluzination zu vertreiben, und rückte seinen Krawattenknoten zurecht. Auch eine Antwort. Der Angestellte hakte nicht weiter nach und verschwand.

Viel zu hastig lief Guillard durch den Showroom. Seine Nasenflügel weiteten sich. Er genoss den beruhigenden Duft von Treibstoff, Gummi und Leder, der in der Luft hing. Dieser Verkaufsraum war sein Heiligtum. Lackierter Zementboden, polierte Karossen, starke Motoren – die glänzende Welt eines zukunftsorientierten Geistes. So sah er sich selbst. Als visionären Halbgott, als industriellen Demiurg.

Er erreichte das Großraumbüro. Hinter den durchsichtigen Wänden steckte die Belegschaft die Köpfe zusammen, als er vorbeikam. Bereits bestehende Vorurteile hatten neue Nahrung erhalten. Die Besuche des Polizisten, die Beschattung, die Festnahme, die Gerüchte. Seit zwei Tagen schon standen erneut zwei Kerle vor der Niederlassung herum. Und jetzt dieser Angriff.

Ehe er sein Büro betrat, lächelte er in den Raum. Hier verdächtigte ihn niemand. Oder – um bei der Wahrheit zu bleiben: Hier wagte niemand, ihn zu verdächtigen. Im Übrigen hatten die Vorfälle keinerlei Einfluss auf die Umsatzzahlen in seinen Werkstätten gehabt, die sich nach wie vor hervorragend am Markt behaupteten.

Leise schloss er die Tür hinter sich. Das Zittern wollte einfach nicht aufhören. Sein nasses Hemd klebte wie eine zweite Haut auf seinen gewölbten Brustmuskeln. Eine neuerliche Krise kündigte sich an. Seine Identität, die er in jahrelanger Arbeit mühsam gefestigt hatte, drohte zu zersplittern.

Er hängte ein Bild von der Wand ab. Dahinter befand sich der Safe. Nachdem er den Code eingegeben hatte, griff er tief in den Hohlraum und schob Umschläge mit Bargeld und wichtige Dokumente beiseite, bis er den Schnellhefter fand.

Er wollte sich gerade setzen, als sich seine Gesichtsmuskeln verkrampften und zu einem stummen Schrei erstarrten. Schweißtropfen perlten über seine Stirn. Seine Muskeln fühlten sich wie gelähmt an. Panik stieg in ihm auf. Guillard ließ die Akte fallen und schleppte sich in das angrenzende Bad, wo er eine Ampulle Testoviron aus dem Schrank über dem Waschbecken nahm. Er zerriss die Verpackung einer Spritze und zog das Medikament auf. Zweihundert Milligramm. Die Dosierung war absurd hoch, zumal er sich die gleiche Menge schon zwei Tage zuvor injiziert hatte. Seine Finger zitterten. Das bevorstehende Lustgefühl machte sich in seinem Unterleib bemerkbar. Dieser unglaubliche, niemals zu stillende Hunger.

Er stach sich die Nadel in den Oberschenkel. Nach einem kurzen Brennen durchflutete eine Woge der Lust seinen ganzen Körper.

Sein Brennstoff. Sein Lebenssaft.

Er schloss die Augen. Ein Gefühl der Befreiung erfüllte ihn. Er sah die Szenen seiner Verdammnis vor sich, doch in seinem jetzigen Zustand wirkten sie leicht und unbeschwert. Seine Jugendjahre im Krankenhaus. Bluttests. Urinproben. Testosterongaben, auch heute noch und für immer. Das Mittel machte ihn gleichzeitig stark und verrückt und half ihm, sich männlich und göttlich zu fühlen. Im Lauf der Zeit hatten die Hormone seinen Organismus vergewaltigt und nach und nach sein Blut ersetzt.

Seine Ärzte hatten ihm ins Gewissen geredet, unbedingt die Dosierung einzuhalten. Wenn in den Bodybuilding-Studios männliche Hormone missbraucht wurden, waren Männer gestorben oder impotent geworden.

Aber was scherte ihn das?

Er war bereits tot und impotent zur Welt gekommen.

Guillard ließ sich auf den Boden gleiten und spürte, wie die zweite Welle anrollte. Nach der Wärme war es nun die Kraft. Am liebsten hätte er jetzt schwere Gewichte gestemmt oder auf irgendwen eingeprügelt.

Zwischen zwei Krämpfen drehte er den Kaltwasserhahn der Dusche auf und kauerte sich komplett bekleidet unter den Strahl. Auf dem Boden der Duschkabine zusammengerollt wartete er darauf, dass das eisige Wasser sein Fieber besänftigte.

Die Minuten vergingen unendlich langsam. Schließlich entkleidete er sich unter dem Duschstrahl. Noch immer hatte er beim Ausziehen das Gefühl, sich Pflaster abzureißen.

Dann trocknete er sich ab, nahm einen weißen Bademantel aus seinem Schrank, zog ihn über und kehrte zurück in sein Büro.

Nachdem er die Jalousien heruntergelassen hatte, knipste er ein Nachtlicht an und entzündete Räucherstäbchen. Er war überzeugt, dass ihr herber Geruch die Luft reinigte. Seiner Meinung nach absorbierte der Rauch die schädlichen Zellen und aggressiven Moleküle, die ihn in eine männliche und eine weibliche Seite spalteten.

Bewusst langsam setzte er sich an seinen Schreibtisch. Er fühlte sich als Priester seiner eigenen Religion. Dann öffnete er die Akte. Da wären wir also …

Bis zu seiner Volljährigkeit hatte er warten müssen, um seine medizinische Akte einsehen zu dürfen. Es war ein Schock gewesen – allerdings ein heilsamer.

Die Exaktheit der wissenschaftlichen Bezeichnungen hatte ihm gutgetan. Er, der in vollkommener Ungewissheit aufgewachsen war, liebte Namen, die direkt aus einem medizinischen Wörterbuch stammten, ihn wie eine Panzerung umgaben und ihm eine Lebensgrundlage und eine Identität boten. Sein persönliches Ruhmesblatt.

Im Jahr 1971 war bei ihm Kryptorchismus diagnostiziert worden, worauf 1974 eine Genitoplastik folgte. 1984 stellte man einen weiblichen Karyotyp fest. 1985 erfolgte die nächste Genitoplastik, 1986 begann man mit der Hormonersatztherapie. Mehrere wissenschaftliche Artikel hatten sich mit seiner Fehlbildung beschäftigt. Er galt als Schulbeispiel eines echten Hermaphroditen, der auf kein Geschlecht wirklich festgelegt war. Man sprach von »ovotestikulärer Störung der Geschlechtsentwicklung«. Er selbst sah sich als Hybridwesen an. Der Ausdruck gefiel ihm, weil er ihn an die Hebriden im Westen Schottlands oder die Neuen Hebriden im Südpazifik erinnerte. Er empfand sich als Bewohner eines unbekannten Kontinents oder als Elbenwesen aus Mittelerde – in Anlehnung an die Welt des *Herrn der Ringe*.

Guillard klappte den Ordner zu und widmete sich einer anderen Akte. Hier hatte er Polizeiberichte und Zeitungsausschnitte gesammelt, in denen es nicht mehr um medizinische Besonderheiten, sondern um die Rubrik »Vermischtes« ging.

1988. In einer kleinen Kneipe in Saint-Gely-du-Fesc nahe Montpellier beschimpft ihn ein Betrunkener als »Schwuchtel« oder »Warmer Bruder«. An den genauen Ausdruck kann er sich nicht erinnern. Er stürzt sich auf den Kerl und zertrümmert eine Bierflasche auf seinem Gesicht. Man überwältigt ihn, als er das zweite Auge seines Opfers mit den Scherben bearbeitet.

Während seines Aufenthalts in La Colombière, der psychiatrischen Klinik von Montpellier, macht er sich einige Erkenntnisse zu eigen. Erstens: Er muss bei den Anabolika kürzertreten. Zweitens: Seine Geschlechtsumwandlung ist nicht vollständig. Er hat sich den Kopf rasiert, seine Muskeln trainiert und seine Stimmlage verändert. Durch das Testosteron sind seine Finger dicker und seine Kieferknochen breiter geworden. Aber die Weiblichkeit ist ihm noch immer anzusehen, als scheine sie durch seine Haut. Sogar ein Säufer konnte die feminine Seite auf dem Grund seines Wesens erkennen. Drittens: Er liebt die Gewalt. Sie ist die einzige Regung, die ihn beruhigt.

Er begreift, dass er in dieser feindlichen Umgebung vorsichtig sein muss. Er muss die Welt täuschen. Seine Begierden vertuschen. Und versuchen, Profit aus seiner Andersartigkeit zu ziehen. Er braucht nur seine Krankenakte zu zeigen, um sein Umfeld zu besänftigen. Richter zeigen sich gnädig, Pfleger und Ärzte reagieren verständnisvoll.

Entgegen üblicher Annahmen scheint es tatsächlich mitleidige Anwandlungen gegenüber Monstern zu geben.

Nach der Entlassung aus La Colombière landet er in einer Sackgasse. Sein Abitur will er nicht machen, weil er nicht vorhat, in einem Büro zu versauern. Eine Ausbildung in einem technischen Beruf ist auch nichts für ihn, denn er möchte sich nicht versklaven lassen. Sein Betreuer vom Pflege- und Erziehungsdienst erfährt, dass er es meisterhaft versteht, Mofas zu frisieren oder ein kaputtes Auto wieder fahrtüchtig zu machen. Dem Mann gelingt es, seinen Schützling als Lehrling in einer Werkstatt bei Sommières unterzubringen. Unter den Motorhauben von Coupés und Limousinen entwickelt sich das Elbenwesen. Guillard repariert die Mechanik von Autos und bringt dabei seine eigene in Ordnung. Er liebt es, Motoren auseinanderzunehmen und wieder zusammenzusetzen. Zu verstehen, wie sie funktionieren. Die Kraft von Maschinen und das Vibrieren von Ventilen unter den Händen zu spüren. Das ist seine Wissenschaft. Ein neutrales, gleichzeitig kaltes und heißes Betätigungsfeld, wo er sich verlieren und vergessen kann.

Tatsächlich lässt seine Besessenheit nicht nach, doch geht er jetzt im Verborgenen vor.

Die anderen erkennen nur sein Feuer.

1989. Er bekommt staatliche Zuschüsse zu seinem Lehrlingsgehalt, weigert sich jedoch, in einem Lehrlingswohnheim zu leben. Lieber nächtigt er in der Werkstatt, in der Nähe seiner geliebten Motoren. Er besucht Abendkurse, in denen er die Grundlagen des Ingenieurswesens erlernt. Seine Hormonspritzen erhält er jetzt in einem regelmäßigen Rhythmus. Und das Tüpfelchen auf dem i: Dank der allgemeinen Amnestie nach der Wiederwahl von François Mitterand im Jahre 1988 wird sein Vorstrafenregister komplett gelöscht.

1991. Ortswechsel. Ein alternder Mechaniker in Béziers stellt ihn ein. Alle sind begeistert von ihm. Er kann mit Motoren umgehen, weiß aber auch, wie man die Kundschaft bei der Stange hält. Zwei Jahre später setzt sich der Mechanikermeister zur Ruhe und bietet ihm die Werkstatt zu extrem günstigen Konditionen zum Kauf an. Guillard ist inzwischen zweiundzwanzig. Seine Leidenschaft lässt nicht nach. Er repariert, erneuert und ersetzt. In seinem Leben gibt es weder eine Frau noch einen Mann – nur Karossen, Kolben und Pferdestärken. Er trägt ein rotes Bandana, eine getönte Brille und einen blauen Overall, der seine Muskeln kaschiert. Ironischerweise suchen alle Machos der Umgebung ausgerechnet seine Werkstatt auf – Autonarren, die kaum in der Lage sind, über ihren Schwanz hinauszublicken und Frauen nicht für würdig erachten, die Ledersitze ihrer Flitzer zu verunreinigen.

Von Zeit zu Zeit gibt er seinen Dämonen nach. Niemand weiß

davon. Niemand spürt etwas. Sogar er selbst schafft es, seine nächtlichen Ausflüge zu verdrängen.

1997. Man bietet ihm die Geschäftsführung einer Niederlassung für deutsche Marken in Montpellier an. Er verzichtet auf das Bandana und ändert seine Bekleidungsgewohnheiten. Schwarzer Armani-Anzug, Stiefeletten von Weston, Hemden von Paul Smith mit steifem Kragen. Er hat seine Stimme, seine Haltung und seine Gesten so gut unter Kontrolle, dass er eine neuerliche Verwandlung nicht fürchtet.

Er ist jetzt sechsundzwanzig Jahre alt und hat eine bemerkenswerte Karriere hinter sich. Inzwischen wohnt er in einer weitläufigen Wohnung mitten im Viertel L'Écusson. Seine Kunden laden ihn zum Essen ein. Er geht bei der High Society von Montpellier ein und aus. Alles ist eitel Freude und Sonnenschein. Alles – außer ihm selbst.

Tief in seinem Innern sieht es finster aus. Nichts läuft, wie es sollte. Jeden Abend zieht er Frauenkleider an. Nachts geht er manchmal als Krankenschwester verkleidet in die Kliniken der Umgebung, und manchmal schreitet er auch zur Tat. Die Artikel in den Lokalzeitungen legen Zeugnis dafür ab, dass seine Albträume durchaus Wirklichkeit sind.

Das Elbenwesen ist immer überhitzt. Sein Leben ist so antiseptisch wie ein Chirurgenmesser, frisch aus dem Sterilisiergerät. Eine scharfe Klinge ohne Makel, die umso besser verletzen kann.

1999. Er liquidiert seine gesamte Habe, löst seine Kredite ab und reist nach Amerika. Texas. Utah. Colorado. Arizona. Er kehrt zum blauen Overall und den Motoren zurück. Er fühlt sich frei. Er ist glücklich. Er fühlt sich wohl in diesem Land, das allen Einwanderern offen steht, auch wenn sie, wie er, von einem anderen Stern stammen.

Aber das Feuer ist immer noch da. Unmittelbar neben seinem Herzen. Zeitungsausschnitte in englischer Sprache berichten von seinen Ausflügen in die amerikanischen Wüsten. Die Geschlechter, die sich in seinem Innern aneinanderreiben, sind wie zwei Stahlscheiben, die einander mit zehntausend Umdrehungen pro

Minute berühren. Nur in der Glut kann er sich selbst verwirklichen. Sein Schicksal ist das Feuer.

2001. Der Mechanikermeister kehrt nach Frankreich zurück. Und zwar nicht irgendwohin, sondern ins 9–3. Ist es Heimweh nach den Stätten seiner Kindheit? Nein, dieses Gefühl kennt er nicht. Die einzigen ihm bekannten Empfindungen sind die Lust an der Zerstörung und der Schrei nach Blut. Immer noch besitzt er die gewissermaßen ererbte Goldgrube in Südfrankreich, sein Lebenslauf hat sich um zwei Jahre Erfahrung in den USA und die gründliche Kenntnis modernster Technologien erweitert. Er kauft eine Werkstatt in Saint-Denis und eröffnet seine erste eigene Firma: Alfieri.

Er ist dreißig Jahre alt. Der verlorene Sohn ist zurück, und es ist an der Zeit, abzurechnen.

Guillard blickte auf und stellte fest, dass er bereits länger als zwei Stunden seine Vergangenheit durchforstete. Seine schweißnassen Finger waren mit Druckerschwärze befleckt, die Zeilen der Artikel teilweise nicht mehr lesbar. Er fühlte sich ruhiger. Die Erinnerung an seinen Werdegang hatte ihm wie jedes Mal Hoffnung und Trost gespendet. Auf diese Weise hatte er sich bis zur letzten Stufe entwickelt – jener Stufe, wo er den Schlüssel seines Schicksals gefunden hatte.

Den Weg des Phönix.

30

Naoko hatte sich immer dagegen gesträubt, die Erfahrungen eines Polizisten zu teilen und sich mit dieser Welt der Gewalt und des Lasters auseinanderzusetzen. Doch in zehn Jahren war nichts wirklich Gravierendes geschehen. Jetzt aber, da sie gerade dabei waren, sich zu trennen, zeichnete sich die befürchtete Katastrophe tatsächlich ab. So etwas nannte man wohl Ironie des Schicksals.

Sie saß auf einer Bank am Canal de l'Ourcq in der Nähe der

Porte de la Villette. Zwar schien die Sonne, aber sie sah noch so kränklich und matt aus, als wäre sie gerade erst aus ihrem Winterversteck gekrochen. Naoko wartete auf Sandrine, um mit ihr die Mittagspause zu verbringen. Sie brauchte jemanden, dem sie ihr Herz ausschütten konnte – und mit wem sonst hätte sie reden sollen?

Die ganze Nacht hindurch hatte sie kein Auge zugetan. Mutterseelenallein in der Villa, lediglich bewacht von zwei Polizisten vor der Tür, hatte sie eingeigelt in ihrem Zimmer den Morgen abgewartet. Immer wieder musste sie an das entsetzliche Tier in ihrem Kühlschrank denken. Was hatte es zu bedeuten? Wer wollte sich auf diese Weise rächen?

Passan hatte sich wie immer bedeckt gehalten. Aber vielleicht wusste er selbst nicht, was da ablief. Naoko hatte sich alle möglichen Szenarien ausgemalt. Ein frisch aus dem Gefängnis entlassener Drogenboss, der den Affen mit einer Heroinspritze getötet und ihn als Todesbotschaft in den Kühlschrank gelegt hatte. Ein Serienmörder, ein verrückter Tierpräparator, hatte sich mit dem Plan in ihr Haus geschlichen, sie und ihre Kinder auszustopfen. Oder ein abgehalfterter Arzt, der die unmöglichsten Schönheitsoperationen durchführte und bereits mehrere Frauen auf dem Gewissen hatte, kam her, um sie zu entstellen …

Die Kanalufer oberhalb des schwarzen Wassers waren menschenleer. Von Zeit zu Zeit kam ein Jogger vorbei, der verzweifelt seinem Traum von ewiger Jugend nachlief, ohne ihn je erreichen zu können. In einiger Entfernung schimmerte die Kuppel der Géode wie eine riesenhafte Discokugel. Das Industrie- und Wissenschaftsmuseum ragte in den Himmel wie eine Kultstätte, die ein Geheimnis beherbergte.

Unwillkürlich musste Naoko an die frühen Werke von Giorgio de Chirico denken, die sie schon fasziniert hatten, als sie als Kind mit ihren Eltern New York besuchte. In einem Reiseführer hatte sie gelesen, dass der Maler die Einsamkeit des Menschen, das Rätsel seiner Träume und die Metaphysik des Nichts darzustellen versuchte. Sie hatte es nicht verstanden. In ihrem Land gab es keine Einsamkeit. Außer am Neujahrstag war es so gut wie unmöglich, in Tokio oder Osaka eine leere Straße zu finden. Und selbst dann gab es immer noch die Geister. Naoko war zwar weder Buddhistin noch Shintoistin, doch sie glaubte fest daran, dass die Welt von unsichtbaren Kräften bevölkert wurde. Von Gottheiten, die ein Raster jenseits der Realität erschaffen hatten und dem Universum so seinen Zusammenhalt sicherten.

Trotz des Sonnenscheins fror sie. Wieder sah sie die toten Augen und die kleinen Zähne in dem Gesicht des bräunlichen Kadavers vor sich. Das Bild hatte sich ihr eingebrannt.

In Wahrheit wunderte sie sich nicht einmal. Sie verdiente diese Strafe. Sie hatte ein Glück gestohlen, das ihr nicht zustand. Ihr Vater hatte sie gewarnt: Die Heirat mit einem Gaijin war gegen die Natur. Auch ihre Mutter hatte sie gewarnt, allerdings aus anderen Gründen. Diese Heirat entsprach nicht ihrer Natur. Als ihre Ehe scheiterte, war Naoko fast erleichtert gewesen. Das Urteil, das sie längst erwartet hatte, wurde endlich gefällt. Unrecht Gut gedeihet nicht.

»Hallo!«

Sandrine kam näher und fuchtelte nervös mit den Händen. Sie wurde von Tag zu Tag nachlässiger. Zu einer indischen Tunika trug sie eine viel zu weite Jeans mit einem breiten Umschlag. Ihre Haut wirkte trotz der auffälligen Schminke fahl. Das ungepflegte Haar steckte unter einem Strohhut, und hinter dem Ohr klemmte eine Blüte. Ihr offenkundiger Wunsch, exzentrisch zu wirken, wurde sicher von ihren Schülern heimlich belächelt. Mit diesem Versuch eines Hippie Revival hatte Sandrine sich zur Vogelscheuche gemacht.

Naoko stand auf. Ihre Freundin begrüßte sie mit vier Küssen auf die Wangen. Naoko hasste diese Form der Begrüßung. Sandrine roch nach Moschus und Schweiß. Ihre Bewegungen wirkten fast beunruhigend linkisch und sprunghaft. Trotzdem fühlte Naoko sich jetzt sicherer. Diese merkwürdige Frau war ihr Schutzengel.

Schon dreimal hatte sie seit dem Morgen bei ihr angerufen.

Zunächst, um sich zu vergewissern, dass die Kinder gut geschlafen hatten. Später, um sicherzugehen, dass sie wohlbehalten in der Schule angekommen waren. Und zuletzt, um ihrer Freundin eine »Krisensitzung« vorzuschlagen.

»Lieb von dir, dass du mir so weit entgegengekommen bist«, sagte Sandrine und rückte ihren Hut zurecht.

»So ein Unsinn. Immerhin opferst du mir deine Zeit, was ich total süß von dir finde.«

Die Freundin lächelte wie ein Feuerwehrmann, der gerade durch die Flammen springt. Danken Sie mir nicht, ich tue hier nur meine Pflicht.

»Gibt es etwas Neues?«

Naoko wies auf das menschenleere Ufer.

»Laufen wir ein Stück?«

Schweigend hakten sie sich unter und gingen einige Schritte. Schließlich berichtete Naoko von ihrem unguten Gefühl und ihren Ängsten.

»Keine Sorge«, versuchte Sandrine sie zu beruhigen, »Olive wird die Sache schon regeln.«

»Aber er sagt mir nichts«, entgegnete Naoko mit gesenktem Kopf. »Er hat mir noch nie etwas gesagt.«

»Weil du nie etwas wissen wolltest. Du bist diejenige, die ihm verboten hat, von seiner Arbeit zu sprechen.«

Naoko musste lächeln. Sandrine kannte ihre Geschichte in- und auswendig. Und sie hatte recht: Die Mauer des Schweigens hatte Naoko selbst errichtet.

»Diese Schweinerei hat ganz sicher mit seinem Job zu tun«, fuhr Sandrine fort. »Aber er wird den Verantwortlichen schon finden. Du solltest allerdings keinesfalls in der Villa bleiben.«

»Ist bereits in die Wege geleitet. Passan löst mich heute schon ab.«

»Er löst dich ab?«

»Bei den Kindern.«

Sandrine wirkte enttäuscht.

»Bleiben die beiden heute Abend nicht bei mir?«

»Nein. Zumindest darin sind wir uns einig. Wir lassen uns auf keinen Fall unterkriegen.«

»Schläfst du dann bei mir?«

Ohne zu wissen warum, log Naoko.

»Nein, vielen Dank. Ich habe in der Nähe meines Büros ein Hotel gefunden, was ganz gut ist, denn ich muss im Augenblick superfrüh anfangen.«

»Mit anderen Worten, der Krieg mit Olive geht weiter.«

»Ganz richtig. Wie es aussieht, läuft es auf einen Kampf hinaus.«

Sie waren an der Fußgängerbrücke angekommen, die über den Kanal zur Cité des Sciences führte.

»Wollen wir eine Kleinigkeit essen?«, schlug Sandrine hoffnungsvoll vor.

»Nein. Ich habe keinen Hunger. Aber wenn du unbedingt willst, können wir ...«

»Vergiss es«, erwiderte Sandrine mit einem gezwungenen Lächeln.

Die beiden Freundinnen setzten ihren Weg fort. Immer noch war keine Menschenseele zu sehen. Im milchigen Sonnenlicht bildeten die weißen Steine der Kaimauern einen lebhaften Kontrast zur Schwärze des Wassers..

»Hat er denn keinen Verdacht?«

»Wie schon gesagt – er erzählt mir nichts. Im Übrigen reden wir schon monatelang nicht mehr miteinander. Und das hat sich seit gestern nicht geändert.«

Fast unmerklich schob Sandrine die Freundin immer weiter in Richtung des Wassers. Schon oft hatte Naoko bemerkt, dass Sandrine sich bei gemeinsamen Spaziergängen an ihren Arm hängte und wie ein Krebs schräg lief.

»Du solltest ihm vertrauen. Immerhin ist er Polizist. Es ist sein Job.«

»Ja eben.«

»Eben was?«

Naoko zögerte, ehe sie weitersprach. Während der ganzen

Nacht hatte sie sich bemüht, ihren bösen Verdacht zu verscheuchen. Das schlimmste Szenario von allen, doch sehr viel wahrscheinlicher als die anderen.

»Und wenn er es selbst war?«

Sandrine blieb abrupt stehen.

»Was, er?«, fragte sie ungläubig.

»Vielleicht versucht er mir Angst einzujagen?«

»Sag mal, spinnst du?«

»Es gibt keine Einbruchspuren. Der Hund hat nicht gebellt. Der Eindringling muss also jemand sein, den er kennt.«

»Aber warum sollte Olive das tun?«

»Keine Ahnung. Um uns wieder zusammenzubringen. Um uns zu zwingen, gemeinsam gegen einen imaginären Feind vorzugehen.«

»Will er sich denn nicht mehr scheiden lassen?«

Naoko antwortete nicht. Nie hatte Passan auch nur den geringsten Zweifel daran gelassen, dass auch er für die Trennung war. Vielleicht hatte sie gerade ihr eigenes Dilemma ausgedrückt? Sie wusste wirklich nicht mehr, was sie denken sollte.

»Du spinnst wirklich«, schimpfte Sandrine. »Man könnte meinen, du kennst Olive überhaupt nicht.«

Naoko ging weiter, erleichtert darüber, dass sie ihre Befürchtungen endlich einmal hatte laut aussprechen können. Und zumindest ein paar Sekunden lang glaubte sie selbst nicht mehr daran. Doch dann meldete sich der bohrende Zweifel wieder zurück.

»Er ist ein Bulle«, ereiferte sie sich. »Alles, was er kennt, sind Gewalt und Machtspielchen.«

»Ja und?«

»Manchmal frage ich mich, ob er nach den vielen Jahren auf der Straße vielleicht verrückt geworden ist. Ich … ich …«

Sie brach in Tränen aus. Die Anspannung der vergangenen Nacht brach sich endlich Bahn. Sandrine nahm sie in die Arme.

»Hör mal, Kleine, leider muss ich dir mitteilen, dass du dabei bist, komplett überzuschnappen.«

Naoko wand sich aus der Umarmung und trocknete ihre Tränen. Sie gingen weiter am Ufer entlang. Alles ekelte sie an: der helle Stein, das dunkle Wasser und die schräge Gangart Sandrines. Plötzlich sehnte sie sich nur noch danach, zu schlafen und zu vergessen.

»Manchmal frage ich mich …«, murmelte sie. »Ihr wart doch zusammen, als ich ihn kennenlernte, oder?«

»Nein. Es war längst vorbei.«

»Wie war er denn bei dir?«

»Es war nur ein heißer Flirt. Nichts Ernstes. Du bist die Liebe seines Lebens.«

Naoko schüttelte den Kopf.

»Nicht mehr. Es ist endgültig aus.«

»Schon klar. Trotzdem müsst ihr in dieser schwierigen Lage zusammenhalten.«

Naoko schniefte, zog ein Taschentuch hervor und lächelte. Die manchmal etwas durchgeknallte Sandrine mit ihren unkoordinierten Bewegungen besaß einen gesunden Menschenverstand, der Naoko abging. Als Japanerin hätte sie kühl und reserviert sein müssen, doch sie verfiel sofort in Panik, wenn ihr Leben einmal aus dem Ruder lief.

Dieses Mal war sie es, die Sandrine in die Arme nahm. Der Moschusduft ihrer Freundin tröstete sie.

»Was täte ich bloß ohne dich?«

31

Seit zwei Stunden studierte Passan die Akte, welche die Jugendbehörde über Patrick Guillard angelegt hatte. Mittags war er ins *Chris' Belle* zurückgekehrt, wo ihm Vernant die Unterlagen übergab. Nach hastigem Durchblättern war Passan im Laufschritt davongeeilt, dicht gefolgt von Vernant, der sein Versprechen bestätigt haben wollte. Alles, was er jedoch bekam, war ein Fausthieb in die Lebergegend.

Passan hatte sich in Nanterre in seinem Büro eingeschlossen. Nachdem er die Klimaanlage so kühl wie möglich eingestellt hatte, war er in Guillards Geschichte eingetaucht.

In der Zwischenzeit hatte Isabelle Zacchary angerufen, um ihm die Befunde der Lagerhalle in Stains durchzugeben. Nichts wies auf Guillard hin. Zwar fanden sich seine Fingerabdrücke überall, allerdings weder auf der Leiche noch auf den chirurgischen Instrumenten, die der Mörder benutzt hatte. Auch auf seiner Kleidung gab es keine biologischen Spuren des Opfers. Eine Verbindung Guillards mit der Bluttat war nicht nachweisbar. Außerdem hatte die Spurensicherung in der Lagerhalle weder eine Spritze noch Kaliumchlorid finden können. Passan sagte nichts dazu. Seiner Ansicht nach hatte der Dreckskerl alle Hilfsmittel zusammen mit dem Baby verbrannt.

Was die angebliche Flucht eines anderen Mannes durch die Hintertür anging, so war sie nicht zu widerlegen. Tatsächlich gab es einen zweiten Ausgang, der nicht verschlossen war und nur Guillards Fingerabdrücke aufwies. Würde dieser Umstand reichen, um den Mann zu überführen? Natürlich nicht. Während er Zacchary zuhörte, dachte Passan wieder an die Nitril-Handschuhe. Sie erschienen ihm als der einzige Beweis, durch den Mörder und Opfer einander zuzuordnen waren.

Er würde noch einmal auf die Brache zurückkehren und suchen müssen.

Von Levy hatte er nichts gehört, erwartete jedoch auch nichts von dieser Seite. Selbst wenn neue Spuren entdeckt worden wären, würde man ihn sicher als Allerletzten benachrichtigen. Er befand sich sozusagen in Quarantäne und wusste auch, warum. Solange er sich weiterhin im Umfeld von Guillard herumtrieb, würde man sehr vorsichtig agieren. Der Freispruch im Fall von O. J. Simpson erfolgte unter anderem auch aufgrund der Tatsache, dass einer der ermittelnden Detectives in einem Telefonat mehr als vierzigmal das Wort »Neger« verwendet hatte. Allein dieser Umstand hatte genügt, die schwerwiegenden Beweise gegen den Footballspieler in ein falsches Licht zu rücken. Wenn

Levy also glaubwürdig bleiben wollte, musste er Passan auf Distanz halten.

Die Akte Guillard erwies sich als ergiebiger. Gleich nach den ersten Zeilen fand sich Passan auf vertrautem Terrain wieder. Erzieher. Heimkinder. Pflegeeltern. Adoptiveltern. Ein Vokabular, das Passan mehr als geläufig war. Zwar hatte er noch nie wirkliches Mitgefühl für seinen Hauptverdächtigen empfunden, doch die Lektüre seiner Akte machte ihm unmissverständlich klar, dass sie beide aus dem gleichen Sumpf stammten.

Schon auf der ersten Seite entdeckte Passan etwas Erstaunliches: Guillard war im Krankenhaus Sainte-Marie in Aubervilliers zur Welt gekommen. Üblich ist es, bei anonymen Entbindungen als Geburtsort die Gemeinde einzutragen, in deren Einzugsbereich das Krankenhaus liegt. In der Zivilstandsurkunde von Guillard jedoch stand Saint-Denis als Geburtsort. Hatte der Standesbeamte hier bewusst eine Fährte vertuscht, oder handelte es sich einfach nur um einen Irrtum?

Jedenfalls musste Passan nun wieder bei null anfangen. Das Krankenhaus aufsuchen. Die Register durchforsten. Eine Mutter ohne Namen und ohne Gesicht zu identifizieren versuchen. Und dabei hoffen, dass sich niemand obendrein den Spaß gemacht hatte, auch noch das Geburtsdatum zu fälschen.

Und noch eine Besonderheit fiel ihm auf. In aller Regel bekommt ein anonym zur Welt gebrachtes Kind drei Vornamen, wobei der dritte Name als Nachname gilt. Woher also stammte der Name Guillard? Hatte der Standesbeamte seiner Fantasie freien Lauf gelassen? Das würde er wohl nie erfahren.

Laut Gesetz hat die Mutter sechzig Tage Zeit, ihren Entschluss zu widerrufen. Sie hat außerdem das Recht, einen Brief zu hinterlassen, den das Kind in einem einsichtsfähigen Alter im Beisein seines Vormunds lesen darf. Guillards Mutter hatte weder ihren Entschluss revidiert noch etwas hinterlassen. Nach Ablauf der Frist wird das Kind zur Adoption freigegeben, doch für Patrick hatte sich nie jemand interessiert. Wie in allen anderen Bereichen hüten sich auch adoptionswillige Paare vor »Ausschussware«.

An dieser Stelle fand sich wieder eine Gemeinsamkeit. Auch Passan war nie adoptiert worden, allerdings aus einem anderen Grund: Er war keine Vollwaise. Seine Junkie-Mutter lebte noch irgendwo in weiter Ferne. Mal meditierte sie in einem Ashram in Sikkim, dann wieder lebte sie in einer Kommune in Auroville nördlich von Pondicherry. Irgendwann machte sie in Shangri-La an der tibetischen Grenze einen Entzug, später ging sie nach Kalkutta und wurde Schülerin eines hinduistischen Lehrmeisters, welcher der Göttin Kali Opfer brachte. Ungläubig las Passan ihre seltenen Briefe. Er stellte sich vor, dass sie in Blut und Blumen herumwatete, während neben ihr eine Ziege mit durchschnittener Kehle lag. Als sie sich den goldenen Schuss setzte, war Passan mit zwanzig Jahren zu alt, um noch in eine Familie aufgenommen zu werden.

Wie Guillard hatte auch er seine Wochenenden in leeren Heimen und seine Ferien in Jugendlagern verbracht und war zwischen Richtern und Erziehern hin- und hergereicht worden. Er hatte den sinn- und ziellosen Hunger nach Liebe kennengelernt, der einem mit der Zeit das Herz austrocknete. Diese Sehnsucht nach Zärtlichkeit, die schließlich die Seele verhärtet.

Der kleine Guillard war nirgendwo lange geblieben. Statt einer Erziehung ließ man ihm eine Reihe von Zwischenlösungen angedeihen. Zwar enthielt die Akte die Namen und Adressen der verschiedenen Erzieher, aber Passan wusste, dass niemand ihm Auskunft geben würde. Der einzige Trumpf war ein reiner Zufallstreffer. 1984 war Guillard in das Heim Jules-Guesde in Bagnolet übergesiedelt, in dem auch Passan mehrere Jahre gelebt hatte. Zunächst überlegte er, dort anzurufen, doch dann fand er es doch besser, persönlich hinzufahren.

Ehe er losfuhr, versuchte er noch, telefonisch Kontakt zu einigen anderen Heimen aufzunehmen. Doch die Mühe war umsonst. Entweder geriet er an sehr junge Betreuer, die tatsächlich nichts wussten, oder an alte Erzieher, die sich angeblich nicht mehr erinnern konnten. Das Gleiche galt für die Familien. Nur in einem Fall gelang es ihm, mit einer gewissen Janine Lestaix zu reden, die sich 1982 in Clichy-sous-Bois um Guillard gekümmert hatte. Die Frau drückte sich dermaßen fehlerhaft aus, dass Passan sie für nicht ganz zurechnungsfähig hielt.

Mehrmals während des Gesprächs nannte sie ihr Pflegekind versehentlich Patricia anstatt Patrick. Als Passan sie darauf aufmerksam machte, wollte sie sofort ihren Anwalt einschalten.

Patrick oder Patricia? Die Intersexualität des Kindes hatte sich offenbar mit der Pubertät verstärkt. Möglicherweise war Guillard irgendwann operiert worden, doch Passan wusste nur allzu gut, dass es kaum möglich sein würde, an die Krankenakte heranzukommen. Aber diese Recherche würde wohl auch noch auf ihn zukommen.

Er rief Fifi an.

»Immer noch im Haus?«

»Wir packen gerade.«

»Könntest du für eine Minute zu mir hochkommen?«

Während er auf Fifi wartete, überlegte Passan. Als Guillard zu den Stätten seiner Kindheit zurückkehrte, hatte er da seine Akte eingesehen? Hatte er nachgeforscht und seine Eltern ausfindig gemacht?

»Na, Alter?«

Passan blickte auf. Fifi betrat das Büro, tat so, als müsse er husten und wedelte mit der Hand herum, als könne er vor lauter Staub nichts sehen.

»Gibt es schon etwas Neues?«, erkundigte sich Passan.

»Fehlanzeige.«

Die Beweisaufnahme in der Villa hatte keine Anhaltspunkte ergeben, ebenso wenig wie die Spurensuche. Die Obduktion des Tierkadavers war noch nicht abgeschlossen.

»Wer kümmert sich darum?«

»Ein Tiermediziner. Ich gebe dir Adresse und Telefonnummer.«

»Woher stammt der Affe?«

»Wir sind dabei, sämtliche Zoohandlungen zu überprüfen. Heutzutage kannst du dir allerdings im Internet einen Orang-Utan kaufen, ohne dass ein Hahn danach kräht.«

»Habt ihr beim Zoll nachgefragt?«

»Die Anfrage läuft. Aber Reza macht uns ziemlichen Druck wegen der anderen Fälle.«

Passan reichte Fifi die Fotokopien.

»Was ist das?«

»Auszüge aus der Akte Guillard.«

»Welcher Akte?«

»Die von der Jugendbehörde.«

»Dann hat mein Plan also funktioniert?«

»Ganz super. Ich weiß jetzt, wo Guillard überall untergebracht war. Als Einstieg solltest du vielleicht in das Krankenhaus gehen, wo er geboren ist. Vielleicht findest du ja Vater oder Mutter.«

»Passan, wir haben im Augenblick keine Zeit …«

Passan stand auf und griff nach seiner Jacke.

»Das bist du mir schuldig, kapiert?«

Fifi nickte. Passan hatte Fifi mehrfach gedeckt, wenn wieder einmal etwas schiefging – wenn er nicht rechtzeitig zum Dienst erschienen war, sich betrunken oder vollgekifft hatte. Auch bei tätlichen Beleidigungen und Fifis obskurem Drogenhandel innerhalb der Behörde, bei dem der Junge regelmäßig den aktuellen Marktpreis deutlich unterbot, hatte Passan als Puffer zwischen den Vorgesetzten und seinem Partner hergehalten.

An der Tür wandte Passan sich noch einmal um.

»Ruf mich an, sobald du etwas weißt.«

»Wo gehst du hin?«

»Ich mache eine kleine Wallfahrt.«

32

Die Fahrt würde eine halbe Stunde dauern. Auf dem Weg zum Heim Jules-Guesde stellte er sich ein paar wichtige Fragen. Welchem Ziel diente diese neuerliche Ermittlung im Fall Guillard? Er wusste doch nicht einmal sicher, ob es wirklich der Autohändler gewesen war, der in der vergangenen Nacht sein Haus heimgesucht hatte. Ganz zu schweigen davon, dass die Informationen über Guillards Herkunft absolut nichts über seine Schuld aussagten.

Trotzdem: Er musste etwas unternehmen. Reden. Handeln. Er konnte nicht wie ein Gefangener in seinem staubigen Büro herumhocken.

Zunächst hatte er die Schule seiner Söhne angerufen, doch dort war alles in Ordnung. Danach hatte er mit ihrer Babysitterin Gaia telefoniert, die sie wie immer um halb fünf von der Schule abholen würde. Anschließend hatte er mit Pascal Jaffré und Jean-Marc Lestrade gesprochen, die sich bereit erklärten, ab sechs Uhr abends Passans Villa zu überwachen. Er selbst wollte ebenfalls zu dieser Zeit heimkommen, um mit seinen Jungs einen völlig normalen Abend zu verbringen. Das war der schwierigste Teil des Unternehmens.

Passan fuhr an der Porte de Bagnolet ab und nahm die Avenue Gambetta in Richtung Rue Floréal. Die Straßen wurden enger. Ihm war, als pressten sie seine Brust zusammen. Waren das etwa Emotionen? Er hatte jetzt wirklich keine Zeit für Gefühlsduseleien.

Passan parkte unter den Platanen, welche die Straße säumten. Seit dem Mittag schien die Sonne. Endlich machte der Juni seinem Namen Ehre. Die Schatten der Bäume zitterten auf dem Asphalt. Zwischen den Blättern blitzten Sonnenstrahlen hindurch. Der Sommer war da. Er spürte es am Beben der Luft, am Geruch verbrannten Gummis und am Vogelgezwitscher, das den Verkehrslärm übertönte.

Als Passan an der Pforte des Heims klingelte, war er plötzlich nicht mehr der gestresste Kriminalbeamte. Eine seltsame Melancholie hatte ihn übermannt.

Das Tor öffnete sich mit einem Klicken. Niemand kam ihm entgegen. Er durchquerte den Park. Nichts hier passte zu seinen Erinnerungen. Rasenflächen, Gebäude und Alleen erschienen ihm viel kleiner als früher. Als Kind waren ihm die Grünflächen wie die weite Prärie und die Ziegelbauten wie Festungsmauern vorgekommen. Nun stand er vor kleinen zweigeschossigen Wohngebäuden, zwischen denen sich kleine Beete befanden.

Als er die Allee entlangging, wich er, wie damals als Kind, den Schatten der Maronenbäume aus. Zu seiner Zeit hatte Guesde bis zu sechshundert Zöglinge beherbergt. Heute verteilten sich etwa hundert Kinder auf Krippe, Grund- und Hauptschule sowie das Gymnasium. Nur eines war geblieben: das bittere Schicksal.

In den 1970er-Jahren hatte man das Heim »Diebesschule« genannt. Die Zöglinge fuhren grüppchenweise mit der Linie 3 zwischen Pont-de-Levallois und Gallieni hin und her und klauten Brieftaschen. Eine ganze Meute kleiner Langfinger. Genau genommen waren diese Touren Passans erste Station auf dem Weg zum Polizisten gewesen. Er erinnerte sich, dass schließlich ein Unfall den Raubzügen Einhalt geboten hatte. In einem U-Bahnhof wollte Zigeuner-Dido die Handtasche einer Frau einfach nicht loslassen. Der Handgriff war in dem Augenblick abgerissen, als der Zug heranrollte. Der Junge hatte nur überlebt, weil sein Körper und der Kopf zusammen kürzer waren als ein Meter dreiundvierzig – so weit liegen die Schienen auseinander. Er verlor aber beide Beine.

In der Eingangshalle des ersten Gebäudes war es kühl und dunkel. Fliesen wie ein Schachbrett. Gebohnerte Treppen. Chlorgeschwängerte Stille. Er befand sich in der Verwaltung, die zu seinen Zeiten ein Synonym für Ärger und Strafe gewesen war. Niemand zeigte sich. Passan klopfte an mehrere Türen, ehe er endlich eine Sekretärin fand.

»Ich möchte bitte mit Monique Lamy sprechen.«

»Worum geht es?«

Er hielt ihr den Pfingstrosenstrauß unter die Nase, den er unterwegs gekauft hatte.

»Ich bin ein ehemaliger Zögling.«

Ohne große Begeisterung griff die Frau zum Telefon.

Monique. Passans Geheimwaffe. Sie arbeitete seit undenklichen Zeiten als Betreuerin und war sein einziger Kontakt zu seiner Vergangenheit. In dreißig Jahren hatte er sie zweimal gesehen. Sie hatte es sich nicht nehmen lassen, nach seiner bestandenen Prüfung 1993 an der Abschlussfeier der Polizeischule teilzunehmen, ehe er nach Japan abgereist war. Zehn Jahre später hatte sie sich an ihn gewandt, als ein Junge aus der Einrichtung wegen schweren Diebstahls und Körperverletzung festgenommen worden war. Eingedenk der guten alten Zeiten hatte Passan damals das Nötige unternommen. Und das war alles gewesen. Aber jedes Jahr am Muttertag schickte er ihr einen Blumenstrauß.

Schritte im Flur. Passan blickte auf. Monique wirkte zeitlos. Eine liebevolle Großmutter im Hippiestil – buntes Kleid, Bergstiefel, grauer Haarknoten –, die schon als junges Mädchen wie einer Reklame für Marmelade entsprungen wirkte. Ihre tiefe Stimme klang ruhig wie eine einzeln angespielte Saite.

Passan überreichte ihr die Pfingstrosen und erklärte ihr ohne Umschweife den Grund für seinen Besuch.

»Dann kommst du also als Bulle?«, lächelte sie und schnupperte an den Blüten.

»Sagt dir der Name etwas?«

»Patrick? Aber sicher.«

»Erinnerst du dich an ihn?«

»Ich erinnere mich an jeden von euch.«

Die Verallgemeinerung gefiel Passan zwar nicht, aber Monique war ein bisschen wie Jesus – sie betrachtete alle als ihre Kinder. Nachdem sie den Blumenstrauß der Sekretärin anvertraut hatte, lud sie Passan zu einem Spaziergang durch den Garten ein. Im Schatten eines Baumes, dessen Blätter im lauen Wind flirrten, setzten sie sich auf eine Bank. Von der anderen Seite der Gebäude drang Lärm zu ihnen herüber. Wahrscheinlich war die Schule aus.

»Gibt es Ärger?«

»Tut mir leid, Monique, aber nicht einmal dir darf ich etwas sagen.«

Wieder lächelte sie. Passan musste an einen von eisiger Strömung und strahlenden Sommern glatt polierten Bachkiesel denken. Sie zog ein Päckchen Tabak aus der Tasche. Samson. Den Geruch nach sonnenwarmem Heu hatte Passan nie vergessen.

»Patrick war zwei Jahre bei uns«, begann Monique, nachdem sie sich eine Zigarette gedreht und angezündet hatte. »Seit 1984, wenn ich mich recht erinnere. Er war nicht glücklich. Er konnte sich nicht einfügen.«

»Lag es an seiner Anomalie?«

»Ach, davon weißt du?«

»Es steht in seiner Akte«, antwortete er ausweichend.

Sie inhalierte zwei Züge, ehe sie fortfuhr.

»Während seiner Zeit hier wurde er operiert. Er war fast zwei Monate im Krankenhaus.«

»Und was genau wurde operiert?«

»Das hat niemand je erfahren. Die Ärzte waren ausgesprochen diskret.«

Passan stellte sich eine Kastration mit dem Skalpell vor und Eierstöcke, die mit der Kneifzange herausgerissen wurden.

»Half ihm denn nie jemand bei seiner Toilette?«

»Er war damals etwa zwölf und wollte um keinen Preis, dass man ihm zusah.«

»Aber er war schon ein Junge?«

Monique machte eine ungewisse Handbewegung.

»Sagen wir mal, es war das Erziehungsgeschlecht.«

»Das was?«

»Ein schreckliches Wort. Es bedeutet, dass man sich bei seiner Geburt entscheiden musste. Entschieden haben die Ärzte, die Behörden und die Erzieher. Wir mussten uns der einmal getroffenen Entscheidung fügen.«

»Und was glaubst du? Zu welcher Seite tendierte er?«

»Er gab sich als Junge und stellte sich gegen alles und jedes. Er trieb sehr viel Sport, und zwar immer allein. Er wurde auch mit Testosteron behandelt. Seine Muskeln entwickelten sich, aber …«

»Aber?«

»In gewisser Weise blieb er weiblich. Zum Beispiel was seine

Bewegungen, seine Stimme und sein Verhalten anging. Die anderen Jungs machten sich über ihn lustig und nannten ihn ›Schwuli‹.«

»Wie war er? Ich meine im ganz normalen Alltag?«

»Wild. Aggressiv. Er hat ein paarmal die Mensa auseinandergenommen. Die Krisen traten fast immer nach den Injektionen ein. Die anderen machten ihm das Leben zur Hölle. Er hatte keinen einzigen Freund. Niemand, der ihm zur Seite stand. Am besten ging es ihm, wenn man ihn vergaß.«

»Konntet ihr ihn nicht schützen?«

»Es ist unmöglich, die Kinder rund um die Uhr zu überwachen. Und einem Prügelknaben gönnt man keine Atempause.«

»Kannst du dich an Einzelheiten erinnern?«

»Ich wurde einmal Zeugin einer Szene, die ich am liebsten vergessen würde.«

»Erzähle. Ich bin gegen so etwas immun.«

»Sie haben ihm im Hof aufgelauert, ihm Hose und Unterhose ausgezogen und ihn geschlagen. Ich hatte die größte Mühe, sie zu bremsen.«

Man hatte Guillard »an den Pranger« gestellt. Ein Klassiker. Auch für Passan war dies trotz vieler schrecklicher Erfahrungen die schlimmste Erinnerung seines Lebens geblieben.

»Egal«, meinte Monique. »Er hat das inzwischen sicher längst vergessen. Die Zeit heilt viele Wunden.«

»Bist du da ganz sicher?«

»Ehrlich gesagt passierte ihm so etwas immer wieder.«

Passan ging nicht weiter darauf ein. Kinder im Heim sind nicht schlechter oder besser als andere, aber ihre Verlassenheit, ihre Einsamkeit und ihre Traumata verstärken ihre Grausamkeit. Als würden sie bereits in der Schule beginnen, sich am Leben zu rächen.

»Schließlich«, fuhr Monique fort, »einigten sich die Verantwortlichen, dass es für den Jungen besser wäre, ihn irgendwo im Süden unterzubringen. Wir waren alle erleichtert, denn zum Schluss wurde er gemeingefährlich.«

»Inwiefern?«

»Es war ihm gelungen, beim Zahnarzt eine Kürette zu stehlen. Eines Tages versuchte er einem anderen Jungen das Auge auszustechen. Ein anderes Mal hat er Feuer in einem der Schlafsäle gelegt.«

Schon damals hatte Guillard also dieses Faible für Flammen. Allerdings genügte diese Erkenntnis nicht, um ihm die Scheiterhaufen im 9–3 zur Last zu legen.

»Man könnte denken, ein solches Kind sei anlehnungsbedürftig«, fuhr Monique fort, während sie die ausgedrückte Kippe in die Tasche steckte. »Man hält es für ein unschuldiges Opfer seiner grausamen Kameraden. Aber Patrick hatte den Teufel im Leib. Er quälte das Geflügel in unserem Hühnerhof. Er war selbst jemand, der Schwächeren das Leben zur Hölle machte. Tief in seinem Innern war ein unergründliches Übel verborgen. Er interessierte sich für nichts und tat nie etwas für die Schule. Das ganze Kind war eine personifizierte Verweigerung.«

Sie überlegte einen Augenblick, ehe sie nachdenklich fortfuhr:

»Allerdings erinnere ich mich da an ein ganz bestimmtes Buch …«

»Welches Buch?«

Monique stand auf.

»Ich glaube, wir haben es immer noch.«

Hastig ging sie davon. Passan warf einen Blick auf die Uhr. Halb sechs. Er durfte nicht mehr allzu lange bleiben. Ein Blick auf sein Handy zeigte ihm, dass Naoko angerufen hatte. Schon zum fünften Mal an diesem Tag. Sie wollte wissen, ob es Fortschritte bei den Ermittlungen ergeben hatte, ob er pünktlich bei den Kindern sein könne und ob die Polizei in der Rue Cluseret Wachen postiert hätte.

Der Kies knirschte. Monique kam zurück. Ohne sich zu setzen, hielt sie ihm ein Buch vor die Nase, das er sofort erkannte: *Fünfzehn Legenden aus der Mythologie*, erschienen bei Gautier-Languereau.

»Er hat es immer mit sich herumgeschleppt«, berichtete die Erzieherin. »Als er das Heim verließ, hätte er es gern mitgenommen, aber wir haben ziemlich strenge Vorschriften, was das Inventar angeht. Ich hätte es ihm überlassen, aber ich war gerade auf einer Dienstreise in Nordfrankreich. Nachschicken konnte ich es nicht, weil wir nicht wissen dürfen, wo unsere Zöglinge im Anschluss untergebracht werden.«

Vorsichtig blätterte Passan in dem Buch herum. Das dicke Papier und die Illustrationen von Georges Pichard gefielen ihm. Trotz der langen Zeit waren die Seiten noch schneeweiß. Der Schutzumschlag zeigte einen bärtigen Athleten, der geradewegs aus den Filmstudios von Cinecittà zu stammen schien, vor einem Schiff im Hintergrund. Vermutlich Odysseus oder Jason.

Passan spürte einen Kloß in der Kehle. Auch er hatte ganze Nachmittage damit verbracht, diese Legenden zu verschlingen. Er sah sich wieder mit einer Tüte Pfefferminzbonbons hoch oben auf einem Baum sitzen, wo er ungestört in die fantastischen Geschichten eintauchen konnte.

»Darf ich es behalten?«

»Kein Problem.«

Passan stand nun ebenfalls auf.

»Danke, Monique.«

»Willst du schon gehen? Wir könnten zusammen noch etwas trinken.«

»Vielen Dank, aber ich muss heim. Ich bin heute Abend allein mit den Kindern.«

»Wie geht es den beiden?« In jeder Mail fragte sie nach ihnen. »Hast du ein paar Fotos neueren Datums dabei?«

Zwar hatte Passan sein ganzes iPhone voll damit, doch er zog es vor, zu einer Notlüge zu greifen. Seine harte Schale war bereits ziemlich angekratzt. Nicht gerade die beste Voraussetzung für fröhliches Familienleben.

»Leider nein.«

Er gab Monique einen Kuss und verabschiedete sich mit einer weiteren Lüge:

»Ich komme bald wieder.«

»Sicher«, antwortete sie leichthin. »Viel konnte ich dir ja nicht gerade sagen. Hilft es dir denn wenigstens weiter?«

Er betrachtete das Buch, antwortete aber nicht.

»Wir tun hier wirklich unser Möglichstes«, fuhr sie fort. »Aber vieles ist schon im Vorfeld festgelegt.«

Sie brach ab. Der warme Wind wirbelte goldenen Staub auf.

»Denke immer daran, Olivier«, nahm sie schließlich den Faden wieder auf. »Alles ist festgelegt, und zwar seit allerfrühester Kindheit. Das gilt für ihn, für dich und für euch alle.«

33

Guillard stand hinter den Fahrzeugen der E- und S-Klasse verborgen und beobachtete die merkwürdigen Vorgänge, die sich auf dem Parkplatz vor der Niederlassung abspielten. Ein Mann mit grauer Schirmmütze war in einer äußerst noblen schwarzen Audi-Limousine vom Typ A6 vorgefahren, auf deren Dach sich ein Blaulicht drehte. Der Mann stieg aus, ging zu den beiden Wachposten und forderte sie mit einer Handbewegung auf, zu verschwinden. Die beiden Typen gehorchten sofort und ohne Widerrede. Nun stand der Mann auf dem Parkplatz und zündete sich eine Zigarette an, als hätte er die Ablösung der Überwachung übernommen.

Wer mochte wohl dieser Bulle sein? Ein neuer Ermittler? Ein von Passan beauftragter Berufskiller? Nein, das war nun wirklich übertrieben. So schlimm ging es bei der französischen Polizei nicht zu. Trotzdem schrillten bei Guillard alle Alarmglocken. Immerhin war sechs Uhr längst durch. Er hatte seine Angestellten schon vor einiger Zeit nach Hause geschickt und befand sich allein in der Niederlassung.

Schweißperlen rannen über seinen Rücken. Nicht der Schweiß der Fitnessstudios, sondern der aus der Kindheit, wenn er im dunklen Schlafsaal lag und sich vor den Angriffen der anderen fürchtete. Er dachte an seinen Chauffeur und an die Waffe, die er versteckt in seinem Safe aufbewahrte, doch er bewegte sich nicht. Als hätte der Neuankömmling ihn hypnotisiert.

Der Mann lehnte noch immer ruhig an seinem Auto und rauchte. Er war untersetzt und wirkte von Kopf bis Fuß grau. Das viereckige, ausdruckslose Gesicht erinnerte an einen Hohlblockstein. Er hielt sich leicht gebeugt und trug gebrauchte Militärklamotten, die ein wenig zu reichlich für ihn waren. Ein Raubtier der Großstadt, das aus Abgasen, Schmutz und Staub eine Art Unverwundbarkeit erhielt. Er schien um die fünfzig zu sein, streifte also grob gerechnet schon etwa dreißig Jahre durch die Straßen.

Endlich warf der Kerl seine Kippe weg und kam langsam auf Guillard zu. Selbst auf diese Entfernung spürte sein intuitives Ich – sein weiblicher Teil –, dass der Mann gefährlich war.

Hastig griff er nach der Fernbedienung, mit der er die Gitter hinunterlassen konnte, doch es war zu spät. Sein Besucher hatte ihn entdeckt und fragte mit einer Geste, ob er hereinkommen dürfe. Widerstrebend schloss Guillard die Eingangstür auf. Der Fremde betrat den Showroom wie ein verspäteter Kunde.

Die beiden Männer musterten einander. Die Stille der großen Halle mit den vielen Wagen hatte etwas Sakrales. Der lackierte Betonboden glänzte unter den letzten Sonnenstrahlen.

»Jean-Pierre Levy«, stellte sich der graue Mann vor. »Ich bin Hauptkommissar bei der Pariser Kriminalpolizei und leite die Ermittlungen im Mordfall Leila Moujawad.«

Guillard griff nach der Visitenkarte, die ihm der Graue hinhielt, und betrachtete sie einige Sekunden lang. Seine Finger hinterließen Schweißspuren auf dem Karton. Er musste daran denken, dass die anderen Kinder ihn früher »Nacktschnecke« gerufen hatten.

Wortlos steckte er die Karte schließlich ein. In gewisser Weise fühlte er sich erleichtert. Tief in seinem Innern hatte er tatsächlich geglaubt, dass sein Feind fähig war, ihm einen Killer zu schicken. Jeder Mensch fürchtete einen Todesengel. Seiner hieß Olivier Passan.

»Ich darf doch hier rauchen, oder?«, fragte Levy.

Der Händler antwortete nicht. Levy zündete sich eine Zigarette an. Guillard konnte seine Kaltblütigkeit geradezu körperlich spüren. Die Dreistigkeit war eine Folge seiner natürlichen Stärke – aber da war auch noch etwas anderes.

»Was wollen Sie von mir?«, fragte er.

»Bullen beantworten keine Fragen – sie stellen sie.«

»Nun, dann schießen Sie mal los.«

»Wir kommt es, dass Sie hier in einem teuren Anzug herumlaufen und nicht im Knast sitzen?«

Der Phönix entspannte sich. Er hatte einen gezielteren Angriff erwartet. Etwas Konkreteres. Der Bulle bluffte nur.

»Ganz einfach: Weil ich unschuldig bin.«

»Nein. Es liegt daran, dass der zuständige Ermittler Mist gebaut hat. Er war weder in der Lage, Indizien sicherzustellen, noch hat er richtig gehandelt, als er dich auf frischer Tat ertappte. Ich kenne Passan sehr gut. Er ist ein intelligenter und hartnäckiger Ermittler, nur leider etwas zu impulsiv. Damit hat er dir geholfen, den Kopf aus der Schlinge zu ziehen, Arschloch.«

Guillard zitterte, als er geduzt und beleidigt wurde.

»Und Sie? Sind Sie anders?«

»Ich spiele das Scheißspiel mit. Darin kenne ich mich gut aus.«

»Will heißen?«

Die Hitze kehrte zurück. Die Hitze und das Brennen. Doch vor den Augen dieses Mannes durfte er keinesfalls einen Anfall bekommen.

»Dass du überhaupt noch hier herumstolzierst, liegt nur daran, dass bisher keine Verbindung zwischen dir und deinem letzten Opfer Leila Moujawad gefunden wurde.«

»Ich rufe jetzt meinen Anwalt an.«

Er wollte ins Büro, aber Levy versperrte ihm den Weg.

»Du wirst schön hierbleiben und mir zuhören, Arschloch. Du und ich, wir wissen beide, dass es diese Verbindung gibt.«

Guillards Körpersäfte schienen zu kochen. Er fühlte sich völlig überhitzt.

»Sie besteht aus einem Paar Handschuhen der Marke Steritex, beidhändig benutzbar und hypoallergen«, fuhr Levy fort. »An der Außenseite klebt das Blut des Opfers, innen finden sich organische Spuren des Mörders. Abgeschilferte, mit Schweiß verklebte Hautzellen. Auf der einen Seite die DNA des Opfers, auf der anderen die des Mörders. Soll ich weitermachen?«

Guillard war es, als vermindere der eben eingesteckte Schlag die Gefahr einer neuerlichen Krise. Die innere Anspannung schien sich sozusagen zu verflüssigen und davonzufließen. Er sagte sich, dass alle Krieger fielen, weil sie einen Irrtum begangen hatten. Ihm erging es ebenso, obwohl er göttlicher Natur war.

»In Stains sind Bullen nicht sonderlich beliebt«, fuhr der Graue fort. »Ich bin dieser Tage einmal allein hingefahren, aber ich wurde sofort erkannt. Ein Kanake hat mich angesprochen. Er hat einen Sohn, der sich Tag für Tag auf dem Brachgelände herumtreibt, wo Passan dich geschnappt hat. Der Junge hatte ein Paar Handschuhe gefunden, und nun wollte er wissen, ob mich das interessiert und ob ich bereit wäre, dafür zu löhnen.«

Levy zündete sich eine neue Zigarette mit der alten an und warf die Kippe auf den Boden, ohne sie zu löschen. Er inhalierte langsam und genüsslich.

»Ja, und?«

»Na ja, ich habe bezahlt, habe die Handschuhe einsiegeln und in zwei unterschiedlichen Labors untersuchen lassen, und zwar in Bordeaux und in Straßburg. In einem Labor die Außenseite, im anderen die Innenseite. Die Resultate kamen heute Morgen. Wenn wir die zusammenbringen, wanderst du in den Knast, mein Kleiner!«

»Was wollen Sie eigentlich von mir?«

»500000 Euro bar auf die Kralle. Morgen. Die Zeit darfst du dir aussuchen.«

»So viel Geld habe ich nicht.«

»In meinem Auto liegen deine Gewinn- und Verlustrechnungen der letzten fünf Jahre, deine Kontoauszüge und die Übersichten über deine Geldanlagen und deine Lebensversicherungen.«

Guillard lachte nervös auf. Sein Gesicht glühte wie ein Backstein. Er zog das Ziertuch aus der Brusttasche und wischte sich über die Stirn. Er hasste diese Geste. So etwas taten nur Fettwänste. Und Schwächlinge.

»Du lachst?«, höhnte Levy. »Nun, das wird dir schon noch vergehen. Wenn ich die beiden Handschuhe in ein drittes Labor schicke, bist du fällig.«

Guillard fühlte sich plötzlich besser. Zwar hatte er einen Kampf verloren, aber sein Gegner hatte eine Achillesferse: das Geld.

»Wie kann ich Kontakt zu Ihnen aufnehmen?«

Levy reichte ihm ein Handy.

»Du benutzt das hier. Es ist nur eine Nummer eingespeichert, nämlich die eines anderen Telefons, das ich lediglich zu diesem Zweck benutze. Sobald du die Kohle zusammenhast, rufst du mich an.«

»Bringen Sie dann die Handschuhe mit?«

»Ich will noch heute Abend von dir hören. Spätestens morgen früh.«

Levy drückte seine letzte Zigarette auf der funkelnden Karosserie einer S-Klasse aus und drehte sich um.

Dieser Bulle war ein Geschenk des Himmels. Dass Guillard die Handschuhe verloren hatte, war der erste Fehler, den er seit dem Beginn seiner Wiedergeburten begangen hatte. In Passans Händen hätte das Beweisstück fatale Folgen für ihn haben können.

Die beiden Beschatter kehrten auf den Parkplatz zurück. Levy wechselte einige Worte mit ihnen, ehe er in sein Auto stieg und davonfuhr. Die Aufpasser warfen einen misstrauischen Blick in Richtung der Niederlassung und nahmen ihre Plätze wieder ein.

Guillard betätigte die Fernbedienung. Langsam senkten sich die Eisengitter und tauchten ihn in Dunkelheit.

Ein Satz von Arthur Rimbaud fiel ihm ein: »Das wahre Leben ist anderswo. Wir sind nicht auf der Welt …«

34

Er konnte einfach nicht widerstehen.

Während er im Feierabendverkehr feststeckte, hatte Passan einen Anruf von Stéphane Rudel bekommen. Der Gerichtsmediziner hatte ihm mitgeteilt, dass der von ihm beauftragte Veterinärmediziner – ein Spezialist für Cebus apella oder Gehaubte Kapuziner, also genau die Spezies, die sie interessierte – die Obduktion des Affen beendet hatte.

Er konnte einfach nicht widerstehen.

Philippe Vandernoot hatte seine Praxis in Levallois-Perret. Passan war gerade an der Porte de Clichy vorbeigefahren. Sofort programmierte er sein Navi auf die Adresse der Praxis um und machte sich auf den Weg in die Rue Paul Vaillant Couturier. Laut Software würde er für diese Strecke zwanzig Minuten brauchen. Wenn er die Sirene einsetzte, konnte er die Zeit um die Hälfte verringern. Passan bog an der Porte de Champerret ab und drückte das Gaspedal durch.

Er nutzte Busspuren, fuhr in verkehrter Richtung durch Einbahnstraßen und über Bürgersteige. So schaffte er es in weniger als acht Minuten zu seinem Ziel. Unterwegs war es ihm gelungen, Gaia zu erreichen und ihr mitzuteilen, dass er »ein wenig« später käme. Auch die beiden Polizisten, die sein Haus bewachen sollten, hatte er angerufen. Jaffré und Lestrade waren bereits auf ihrem Posten. Es gab keinerlei Auffälligkeiten, die Rue Cluseret war absolut friedlich.

Naoko hatte ihm eine SMS geschickt. Sie wollte wissen, ob er tatsächlich zu Hause war. Mist. Passan schaltete das Handy aus und steckte es in die Tasche.

Die Tierarztpraxis kam in Sicht. Von außen sah das Gebäude aus wie ein Labor oder eine Zeitarbeitsagentur. Hohe Fenster, farblose Sichtblenden. Ein Schild mit grauen Buchstaben: »Vandernoot. Chirurgische Kleintierpraxis.« Passan parkte vor einer Ausfahrt und betrat das Haus.

Das Wartezimmer war leer. An den Wänden hingen Poster

mit Bildern von Haustieren. Ein niedriger Tisch brach fast unter einschlägigen Zeitschriften zusammen: Der Hund, Ein Herz für Tiere, Du und das Tier, Reiterrevue … Ein merkwürdiger Geruch nach Zoo und Äther hing in der Luft. Rechts befand sich eine Anmeldung mit einer Klingel.

Eine lange Minute später erschien ein Mann in einem grünlichen Kittel. Vandernoot war klein und gedrungen, etwa sechzig Jahre alt und hatte einen langen, dünnen Hals, der überhaupt nicht zu seinem Körperbau passen wollte. Sein Kopf baumelte nach vorn wie der einer Schildkröte. Auf der Nase saß eine schmale, mit einer Kette um den Hals befestigte Lesebrille. Seine grauen Augen lagen tief in den Höhlen und erinnerten an Muscheln in ihren Schalen.

»Sind Sie der Polizist?«

Passan hatte Rudel gebeten, den Tierarzt über sein Kommen zu informieren.

»Olivier Passan, Hauptkommissar bei der Kriminalpolizei«, stellte Passan sich vor. »Ich möchte den Autopsiebericht des Kapuzineraffen abholen. Und Ihre persönliche Meinung darüber hören.«

»Kommen Sie bitte mit.«

Sie betraten einen überheizten Raum, dessen Ausstattung an die letzte Szene eines Horrorfilms erinnerte. An den Wänden hingen unzählige Käfige. Hinter den Gittern tummelten sich Affen, die kaum einen Laut von sich gaben und die eingetretenen Menschen mit durchdringenden Blicken beäugten. Der Tisch in der Mitte des Raums war zugedeckt. Auf dem Boden lagen Haare, Blut und Sägespäne.

Das Schlimmste war der Geruch. Es stank nach Exkrementen, Blut, rohem Fleisch und Hundeschweiß.

»Ich lade Sie lieber nicht ein, Platz zu nehmen.«

Passan fragte sich, wie jemand sein Haustier diesem Doktor Frankenstein anvertrauen konnte. Vandernoot riss das Tuch fort, das über den Untersuchungstisch gedeckt war. Da lag sie, die entsetzliche Kreatur, immer noch in ihrer Embryonenhaltung. Weiße

Fäden kamen aus Bauch und Schädel: Der Arzt hatte sie nach der Autopsie wieder zusammengenäht. Das Gehirn hatte der Arzt in ein Glas gelegt. Andere Behälter enthielten die restlichen Organe, die in einer rötlichen Flüssigkeit schwammen.

»Was können Sie mir über dieses Ding da sagen?«

»Ein Männchen, etwa fünf Jahre alt. Keine Auffälligkeiten.«

»Wir reden hier über einen enthäuteten Affen, den man in einem Kühlschrank gefunden hat.«

»Das ist nur der Kontext. Was die Verstümmelung angeht, so war hier wohl ein Profi am Werk. Der Affe wurde nach allen Regeln der Kunst gehäutet.«

»Also ein Tierarzt?«

»Ein Tierarzt, Metzger oder Jäger.«

Nichts davon passte zu Guillard.

»Wie wurde das Tier getötet?«

»Schwer zu sagen, Ich gehe von einer tödlichen Injektion aus.«

»Keine Verletzungen?«

»Nichts. Zunächst dachte ich, man hätte ihm das Genick gebrochen, aber seine Wirbel sind in Ordnung.«

»Haben Sie ihn auf Gift untersucht?«

»Wenn Sie so etwas wollen, müssen Sie mir einen Schrieb vom Staatsanwalt bringen …«

»Schon gut, vergessen Sie es.«

Passan hatte noch immer keine Anzeige erstattet. Rechtlich gesehen existierte der Vorfall in seiner Villa also gar nicht.

»Das Tier ist im Übrigen schon so lange tot, dass möglicherweise gar nichts mehr nachweisbar wäre.«

»Ich finde eigentlich, dass es ziemlich frisch aussieht.«

»Gut ausgedrückt. Es war nämlich eingefroren. Darauf gibt es untrügliche Hinweise wie zum Beispiel eine Zersetzung von Organen. Außerdem sind einige Adern geplatzt.«

»Sie meinen also …«

»Dass das Tier schon vor Monaten oder vielleicht sogar Jahren getötet wurde. Der genaue Zeitpunkt ist nicht mehr feststellbar. Sicher ist nur, dass es aufgetaut wurde, ehe es im Kühlschrank landete.«

»Kann man solche Tiere kaufen? Ich meine: tiefgefroren?«

Bei dieser Vorstellung musste Vandernoot lachen. Er zündete sich ein Zigarillo an. Davidoff.

»Aus Afrika werden manchmal gefrorene Exemplare nach Europa exportiert. Allerdings haben diese Affen noch ihr Fell und werden auch nicht mit einer Giftspritze getötet. Aber der Cebus apella stammt aus Südamerika und wird meines Wissens auch nicht gegessen.«

Passan dachte nach. Der Eindringling hatte einen Gehaubten Kapuziner besorgt, und zwar vermutlich ein lebendes Exemplar. Er hatte dem Affen irgendetwas Tödliches injiziert und ihn gehäutet und eingefroren, während er auf den richtigen Zeitpunkt für seine Tat wartete. Die Vorgehensweise erforderte sowohl Fachwissen als auch besonderes Werkzeug. Dass es sich bei dem Täter um Guillard handelte, wurde immer unwahrscheinlicher. Vor allem die Inszenierung ließ auf eine lange Vorbereitung schließen.

»Wo findet man in Frankreich Kapuzineraffen?«

»Da gibt es mehrere Möglichkeiten. Oft werden sie als Haustiere gehalten. Allerdings wage ich zu bezweifeln, dass unser Exemplar auf dem offiziellen Weg erworben wurde.«

»Wieso?«

»Weil dieser Affe hier weder gekennzeichnet noch tätowiert ist.«

»Na ja, man hat ihm schließlich das Fell über die Ohren gezogen.«

»Tätowierungen befinden sich meistens in der Innenseite der Ohrmuschel. Zumindest wird es bei den zu medizinischen Zwecken eingesetzten Tieren so gemacht.«

»Bitte?«

Vandernoot zog an seinem Zigarillo.

»Vor einigen Jahren hat man angefangen, Kapuzineraffen als Therapietiere einzusetzen. Um Querschnittsgelähmten bei der

Bewältigung ihres Tagesablaufs zu helfen. Allerdings ist man inzwischen wieder davon abgekommen. Es war zu teuer.«

Passan erinnerte sich. Affen, die Schwerbehinderten halfen. Vergleichbar den Blindenhunden.

»Ich habe an diesem Projekt teilgenommen«, fuhr der Tierarzt fort. »Wir haben mit Belgiern und Kanadiern zusammengearbeitet.«

»Haben Sie Kapuziner dressiert?«

»Ja, zusammen mit einigen Kollegen.«

»Und was ist aus Ihren ›Schülern‹ geworden?«

Der Mann versetzte den Käfigen einen Tritt. Es schepperte. Die Tiere begannen zu kreischen.

»Die sind alle noch hier, die Mistviecher.«

Erneut trat Vandernoot gegen die Eisenstangen. Sofort hörte der Lärm auf. Passan bückte sich und betrachtete die zierlichen Kreaturen mit ihren großen Augen und der schwarzen Mähne. Von einem solchen Tier den Kaffee gemacht zu bekommen wäre ihm nicht besonders angenehm gewesen.

»Warum behalten Sie sie?«

»Ich dressiere sie auf eigene Faust weiter. Ich finde sie witzig.«

»Haben Sie vor, mit ihnen im Zirkus aufzutreten?«

»Warten Sie, ich zeige es Ihnen.«

Vandernoot öffnete einen der Käfige. Eine schwarze Pelzkugel sprang in seine Arme. Das Tier hatte ein glänzendes Fell. Wie ein Nager. Schnell, geschickt und geschmeidig schlug es Purzelbäume auf der Stelle. Sein langer, pelziger Schwanz glänzte im Licht der Neonlampen wie ein Muskel aus Seide.

Vandernoot setzte das Tier ans Ende des Tisches neben seinen enthäuteten Artgenossen. Er konnte den Affen problemlos mit einer Hand tragen. Der Kapuziner war nicht größer als dreißig Zentimeter. Passan musste an Joli Coeur denken, den schlauen Affen im Roman *Heimatlos* von Hector Malot.

»Darf ich Ihnen Cocotte vorstellen?«

Trotz des pelzigen Köpfchens ähnelte das Weibchen mit seinen abstehenden Ohren und dem rosigen Mund einem Menschenbaby. Einem wenige Monate alten, behaarten Kind. Das Tier fixierte Passan mit seinen großen schwarzen Augen in einer Mischung aus höchster Aufmerksamkeit und völligem Desinteresse.

Der Tierarzt zog die Schachtel Davidoff aus der Tasche und bot dem Tier mit einer ironischen Verbeugung ein Zigarillo an. Der Affe nahm es und steckte es sich sofort in den Mund. Vandernoot gab ihm Feuer.

Cocotte rauchte in langen Zügen. Rauchringe stiegen zwischen ihren spitzen Zähnen und aus ihren winzigen Nasenlöchern auf. Vandernoot lachte schallend. Passan schüttelte den Kopf. Er fand das Schauspiel bedrückend.

Inzwischen war es fast sieben. Er musste los. Heim. Und zwar schnell.

»Was halten Sie von dem Kerl, der das Tier in den Kühlschrank gesteckt hat?«, fragte er, um zum Ende zu kommen.

»Ein Witzbold.«

»Das ist aber ein ziemlich aggressiver Scherz, finden Sie nicht?«

Der Tierarzt zuckte die Schultern, nahm Cocotte das Zigarillo fort und schüttete einige Tropfen Grenadinesirup in ein Schälchen. Das Äffchen schleckte die süße Flüssigkeit eifrig aus und schlüpfte freiwillig wieder in seinen Käfig.

Vandernoot drückte die Kippe aus und wandte sich an Passan.

»Möchten Sie noch mehr sehen? Ich habe Affen, die Karten spielen können.«

Passan lehnte lächelnd ab und verließ die Praxis. Hier war nichts für ihn zu holen. Er rannte zu seinem Subaru. Den Verkehrslärm und den säuerlichen Gestank der Straße nahm er kaum wahr. Um diese Uhrzeit war Levallois brechend voll: Scharen von Menschen verließen ihre Arbeitsstätten in den gläsernen Blocks der Rue Anatole France und drängten sich in Richtung des Pont de Levallois.

Passan schaltete sein Handy ein. Naoko hatte eine weitere SMS hinterlassen, die er löschte, ohne sie zu lesen. Als er in sein Auto stieg, klingelte das Telefon. Sofort dachte er an Naoko, doch es war Fifi.

»Das Krankenhaus Sainte-Marie in Aubervilliers ist samt allen Archiven abgebrannt.«

»Alles weg?«

»Alles.«

»Und wann war das?«

»2001.«

In dem Jahr, als Guillard ins 9–3 zurückkehrte.

»Ein Unfall?«

»Man geht von Brandstiftung aus, hat aber keine Beweise sicherstellen können.«

Passan überlegte. Da war der fehlgeschlagene Versuch des jungen Guillard, Feuer im Schlafsaal von Jules-Guesde zu legen. Dann der Brand in Sainte-Marie. Und die verkohlten Säuglinge.

»Such nach der Hebamme, den Krankenschwestern und den Ärzten, die zu Guillards Zeit in der Klinik arbeiteten.«

»Olive, wir haben auch noch anderes zu tun …«

»Du verhörst sie und findest heraus, wer die Mutter war.«

»Niemand wird sich erinnern.«

»An ein Kind mit verkümmerten Sexualorganen, weder Junge noch Mädchen, dessen Mutter anonym entbunden hat? Alle werden sich erinnern. Identifiziere die Mutter und finde sie.«

»Ist das alles?«

»Nein. In der Akte, die ich dir gegeben habe, steht alles über Guillards Jugend. Finde heraus, ob es im Lauf der Zeit noch öfter in seiner Umgebung gebrannt hat.«

»Hältst du ihn für einen Pyromanen?«

»Tu es und ruf mich dann zurück.«

35

»Es ist nun wirklich kein Verbrechen, nicht wie ein Geistesgestörter zu rasen.«

Passan war stinkwütend. Er war um halb acht zu Hause gewesen, ohne sich noch einmal bei Naoko zu melden. Daraufhin hatte sie sich direkt an Gaia gewandt und erfahren, dass Passan um sieben noch nicht bei den Kindern gewesen war. Als er Naoko schließlich von der Villa aus anrief, bekam er richtig Ärger.

Statt sich sofort an den Abendbrottisch zu setzen, hatte er zunächst auf den Klavierübungen bestanden, um den Abend wie alle anderen ablaufen zu lassen. Allerdings war er so nervös, dass Shinji es spürte und unsicherer spielte als sonst.

»Mist! Machst du das absichtlich?«

Shinji wiederholte den ersten Satz von Mozarts Sonata facile in C-Dur. Jedes Mal stolperte er an derselben Stelle, einer Folge von Läufen, die vom Haupt- zum Seitensatz überleiten. Passan saß mit grimmigem Gesicht neben ihm und wippte im Takt. Inzwischen fürchtete er die kritische Passage fast selbst.

Die Klavierübungen liefen eigentlich niemals glatt. Die Kinder waren anschließend verstört, und Passan selbst fühlte sich leer und traurig, weil er wieder einmal die Menschen zum Weinen gebracht hatte, die er am meisten auf der ganzen Welt liebte. Trotzdem legte er großen Wert darauf, dass seine Kinder gute Pianisten wurden. Er selbst hatte sich in seinen Pflegefamilien zumindest die Grundzüge des Klavierspiels aneignen können.

Wieder kamen die Läufe und mit ihnen wieder die falschen Noten. Wütend schlug Passan mit der flachen Hand auf die Seite des Klaviers und sprang auf. Shinji brach ab. Die Luft knisterte geradezu. Diego verschwand hinter dem Sofa.

Verärgert durchmaß Passan mit großen Schritten das Zimmer. In Hemdsärmeln und mit der 45er im Gürtel wirkte er eher wie ein Polizist beim Verhör als wie ein liebevoller Vater.

»Verdammt noch mal«, brüllte er, »vor drei Tagen konntest du es doch noch!«

Shinji kauerte mit gesenktem Kopf auf dem Klavierhocker und blieb stumm. Aus dem oberen Stock drangen die näselnden Geräusche eines Videospiels. Hiroki versuchte sich abzulenken, während er darauf wartete, ebenfalls an die Reihe zu kommen. Passan wollte seinem Sohn gerade befehlen, noch einmal von vorn anzufangen, als er feststellte, dass Shinjis Füße den Boden nicht berührten. Nur ein winziges Detail, doch plötzlich wurde ihm klar, wie verletzlich das Kind und wie ungleich der Kampf war.

Seine Wut verrauchte auf der Stelle. Er zauste dem Kleinen die Haare und gab ihm einen dicken Kuss.

»Schon gut, wir machen jetzt einfach Schluss. In zehn Minuten gibt es Abendbrot.«

»Und Hiroki?«

»Das sehen wir dann morgen.«

Der Junge sprang vom Hocker. Auch wenn sein Bruder ungeschoren davongekommen war, würde er lieber keine Diskussion riskieren. Mit dem Hund auf den Fersen flüchtete er die Treppe hinauf.

Passan seufzte und ging zum Fenster. Unten auf der Straße standen Jaffré und Lestrade auf ihren Posten. Mit Jaffré hatte Passan schon früher zusammengearbeitet. Der Kollege war 2001 bei einem Einsatz in Cachan dabei gewesen. Ein Polizist war ums Leben gekommen, aber keiner der Ganoven hatte überlebt. An diesem Tag hatten Passan und Jaffré zum ersten Mal im Leben getötet.

Lestrade hingegen ähnelte eher Fifi. Er war ein meisterlicher Sportschütze, der immer so aussah, als käme er gerade von einer Raveparty – oder aus dem Knast.

Die Polizisten erblickten ihn und winkten. Um Mitternacht sollten Fifi und Mazoyer – ebenfalls ein harter Bursche – die beiden ablösen.

Zehn nach acht. Passan ging in die Küche.

Gegenüber dem von Naoko seit langer Zeit eingeführten Stundenplan war er deutlich im Verzug. Eigentlich sollten die Kinder spätestens um acht Uhr mit geputzten Zähnen im Bett liegen, nachdem sie ihre Schultaschen für den folgenden Tag gepackt hatten. Passan setzte Wasser für Spaghetti Carbonara auf – das einzige Gericht, das er kochen konnte. Obwohl es schon so spät war, hatte er es abgelehnt, das Kindermädchen kochen zu lassen.

Er briet Speckwürfel in einer Pfanne knusprig, während die Nudeln kochten. Das richtige Timing hatte er im Blut. Bis die Nudeln *al dente* waren, hatten die Speckwürfel den richtigen Bräunungsgrad. Gleichzeitig bereitete er die Sauce vor: Sahne, Eier, Muskatnuss. Sein Geheimnis war, dass er einen Schuss Olivenöl zu den bratenden Speckwürfeln gab. Das Öl sorgte für eine hübsche Bräune und würzte gleichzeitig die Sahne, sobald er alles vermischte. Jedes Mal servierte er sein Meisterwerk mit demselben Scherz: »Papa ist der beste Koch der Welt.« Die ganze Familie stimmte dem zu.

Das Abendessen verlief heiter. Von Gewissensbissen geplagt, spielte Passan den Clown. Die Grissini, die er zu den Nudeln servierte, mussten als Vampir- oder Walrosszähne und als Marsmännchenantennen herhalten. Shinji und Hiroki lachten schallend.

Während er seine Kinder amüsierte, bewunderte Passan ihre Schönheit. Wahrscheinlich geht es allen Eltern so, aber bei diesen beiden kam die gelungene Mischung hinzu. Die Sinfonien von Akira Ifukube oder Teizo Matsumura vereinten den fernen Osten und den Westen. Bei seinen Söhnen hatte Passan das gleiche Gefühl: Die Gene des Ostens und des Westens waren in ihnen eine zärtliche Liebesbeziehung eingegangen.

Gemeinsam putzten sie sich die Zähne und packten die Schultaschen. Dann bekam jedes der Kinder eine Geschichte erzählt. Nachdem er beiden einen Gutenachtkuss gegeben hatte, ließ Passan das Flurlicht an und die Tür angelehnt. Das Nachtlicht warf Sterne an die Zimmerdecke.

Für ihn begann jetzt erst die Arbeit.

36

Auf dem Dach fing er an. Keine besonderen Vorkommnisse. Er pfiff nach Diego, der an der Brüstung entlangtrottete, und stieg die Treppe hinunter. Erster Stock. Er trat in jedes Zimmer. Das der Kinder, die inzwischen schliefen. Das stumme, leere Zimmer von Naoko. Beide Bäder. Während er sämtliche Schränke durchsuchte, machte er kein Licht, sondern begnügte sich damit, die Kleider zu betasten. Ecken und Böden blieben im Halbdunkel. Als er Naokos Kleider und Blusen berührte, verspürte er keine Sehnsucht, sondern eher eine unbestimmte Abscheu und das seltsame Gefühl, ein Tabu zu brechen.

Erdgeschoss. Auch hier war alles in Ordnung. Passan war glücklich, wieder in seinem Haus sein zu dürfen. Zwischen diesen Mauern herrschte eine klare Reinheit ohne Pathos und Dramatik, in der er sich wohlfühlte und die ihn tröstete. Er dachte an ein Zitat des Wieners Adolf Loos, einem Vordenker der Architektur des 20. Jahrhunderts: »Der moderne Mensch, der Mensch mit den modernen Nerven, braucht das Ornament nicht, er verabscheut es.«

Wohnzimmer. Esszimmer. Nichts. Passan betrat die Küche und blieb vor dem Kühlschrank stehen. Er musste sich zwingen, ihn zu öffnen und eine Cola Zero herauszunehmen, obwohl Gaia ihn geleert, gründlich gereinigt und neu gefüllt hatte. Immer noch fragte er sich, wer für die ekelhafte Tat verantwortlich war. Wirklich Guillard? Nach einer Runde durch das Untergeschoss stellte er zufrieden fest, dass alles völlig normal war, und ertappte sich bei der Hoffnung, dass der Vorfall eine Warnung ohne Folgen sein könnte. Vielleicht wirklich nur ein makaberer Scherz?

Er schickte Naoko eine SMS. »Alles in Ordnung«, schrieb er und setzte nach kurzem Zögern hinzu: »Kuss.«

Danach trat er in die kühle, feuchte Nacht hinaus, überquerte den Rasen und ging zu seinen Männern, die jenseits des weißen Zauns Wache schoben.

»'n Abend, Mädels. Alles paletti?«

»Tote Hose.«

Jaffré war schwarz und trug sein Haar in Zöpfchen, die am Schädel zu kleben schienen. Seine Bundfaltenhose aus Jeansstoff mit orangefarbenen Nähten schien geradewegs aus der Heißmangel zu kommen. Lestrades Haut war übersät mit Piercings und Tatoos. Seine ausgefranste Jeans war über den Knien abgeschnitten, und sein T-Shirt zeigte ein Bild von MC5, einer Gruppe, die in den 1960er-Jahren ziemlich ruppigen Rock spielte.

»Eine Runde alle zwanzig Minuten, okay?«

»Aye, aye, Sir.«

»Überprüft die Kennzeichen aller Autos«, fuhr Passan fort. »Schaut in die Strafregister. Wo habt ihr eure schusssicheren Westen?«

»Wäre das nicht ein bisschen zu viel des Guten?«

»Dieser Eindringling ist sicher nicht gerade ein Chorknabe.«

Die beiden Kollegen nickten ohne Überzeugung.

»Um Mitternacht werdet ihr von Fifi und Mazoyer abgelöst und dürft vögeln gehen.«

Er nickte ihnen zu und ging wieder ins Haus. Sein Handy meldete sich. Eine Sekunde lang hoffte er auf einen Anruf von Naoko.

»Ich habe Guillards Eltern aufgetrieben«, verkündete Fifi.

»Und wo?«

»Auf dem Friedhof. Beide sind bei lebendigem Leib verbrannt.«

»Weiter.«

»Die Mutter hieß Marie-Claude Ferrari.«

Ferrari. Wie der berühmte Autokonstrukteur, dessen Silben sich in allen Autohäusern Guillards wiederholten. Angeblich eingedenk seines Jugendtraums, eines Tages einmal für die rote Marke zu arbeiten. Doch er hatte gelogen. Die Namen bezogen sich mit Sicherheit auf seine Mutter. Als Provokation. Als könne er so seiner unwürdigen Mutter ins Gesicht spucken.

»Sie hatte einen Frisiersalon in Livry-Gargan. Es war nicht einmal schwierig, sie zu finden, weil sich die Hebamme der Klinik daran erinnerte, dass …«

»Wie genau ist sie gestorben?«

»Im Juli 2001 ist sie unter ungeklärten Umständen in ihrem Wohnzimmer verbrannt.«

Schon wieder das Jahr von Guillards Rückkehr. Nachdem er

seine Geburtsklinik zerstört hatte, war es der eigenen Mutter an den Kragen gegangen. Guillard, der Pyromane. Guillard, der Muttermörder.

»Hast du das Datum?«

»Am 17. Juli. Guillards Geburtstag. Er muss es gewesen sein, da bin ich ganz sicher. Zwar haben die Ermittlungen keinen Anhaltspunkt gegeben, klar ist aber, dass der Brand absichtlich gelegt wurde.«

»War ihr Ehemann bei ihr?«

»Du hast ja keine Ahnung. Guillards biologischer Vater heißt Marc Campanez und hat Marie-Claude seit mehr als vierzig Jahren nicht gesehen. Er ist tausend Kilometer weiter weg und zwei Monate später gestorben.«

»Wie hast du ihn gefunden?«

»Über die Hebamme. Sie erinnerte sich an Marie-Claude, die ständig herumheulte, weil Campanez sie wegen des missgebildeten Kindes verlassen hatte.«

Guillards Zorn. Passan konnte ihm folgen wie einer Fackel in der Dunkelheit. Er selbst hatte auch seiner Vergangenheit nachforschen müssen. Er hatte ähnliche Umstände entdeckt und erfahren, dass seine Eltern ihn nicht haben wollten.

»Haben wir die Hebamme schon verhört?«

»Sie hat nichts darüber gesagt.«

»Und wie ist Campanez gestorben?«

»Nach seiner Pensionierung hat er sich im Hinterland von Sète niedergelassen. Seine Leiche wurde in einem Pinienwald gefunden – in seinem ausgebrannten Auto. Klar ist, dass es Mord war, denn die Autositze waren mit Benzin getränkt. Dem Obduktionsbericht zufolge wurde er erstickt. Die Polizei hatte mehrere Spuren, aber alle sind im Sand verlaufen.«

»Wieso mehrere Spuren?«

»Weil Campanez einmal selbst Bulle im 9–3 war. Der Gedanke an einen Racheakt lag nah. Aber mangels Ergebnis wurde die Akte irgendwann geschlossen.«

Guillard. Kind eines Polizisten. Niemandes Kind. Passan

konnte die Hitze der Brandherde und das Knattern der Feuergarben fast körperlich spüren. Er sah, wie der alte Mann unter den Pinien am Mittelmeer verbrannte und wie die Leiche der Mutter sich krümmte, während Kunsthaar und Haarspray in Flammen aufgingen.

»Sonst noch was?«

»Ich bin erst seit zwei Stunden dran!«

»Kümmere dich weiter um die Eltern. Ich brauche so viele Informationen wie möglich über sie. Ich will Fotos sehen und wissen, woher sie stammen. Bist du bei der anderen Sache auch weitergekommen?«

»Welcher anderen Sache?«

»Brandstiftung in den Gegenden, wo Guillard gewohnt hat.«

»Dazu hatte ich noch keine Zeit.«

»Dann machst du es eben jetzt.«

»Es ist zehn Uhr abends!«

»Ruf die Feuerwehr an. Die örtliche Polizei. Die Versicherungen. Orte und Daten kennst du – der Rest ist keine Hexerei.«

»Von wegen. Außerdem soll ich um Mitternacht bei dir übernehmen.«

»Vergiss es. Mazoyer und ich schaffen das schon.«

Passan hatte jetzt ein klares Bild vor Augen: ein Jugendlicher, der seine Schule oder sein Wohnhaus anzündete, weil er selbst in einer nicht klar definierten Haut gefangen war und darin brannte.

»Bei dir alles okay?«, fragte Fifi.

»Alles in Ordnung.«

»Dann versuch wenigstens ein paar Stunden zu schlafen.«

Passan bedankte sich bei Fifi und beendete das Gespräch. Dabei fiel ihm auf, dass er ziemlich unangenehm roch. Schweiß und Angst. Und der Affe. Die nächtlichen Düfte seines Gartens konnten nicht dagegenhalten.

37

Er hätte wie üblich im Untergeschoss duschen können, zog es aber vor, in der Nähe der Kinder zu bleiben, und benutzte Naokos Bad in der ersten Etage.

Nachdem er Diego vor dem Kinderzimmer abgelegt hatte, wagte er sich ins Zimmer seiner Ehefrau. Fünf Jahre lang hatten sie dieses Zimmer geteilt, aber später war es zu Naokos Reich geworden. Seither wirkte es deutlich japanischer als früher, obwohl sie weder Grafiken an die Wand noch Kimonos in den Schrank gehängt hatte. Sie doch nicht.

Es war viel subtiler.

Rote Bettdecke. Dunkelgoldene Kissen. Orangefarbener Teppich. Naoko liebte Farben und empfand den Pariser Dresscode – Man trägt Schwarz! – als Affront gegen das Leben, als finstere Unterdrückung, die sich negativ auf Menschen und ihre gute Laune auswirkte. Die lebhaften Farben ihres Zimmers bildeten eine geheimnisvolle Verbindung zum Fernen Osten. Auch die Ordnung und die Zurückhaltung erinnerten an Japan. Eine undefinierbare Harmonie, in der kein Quadratmillimeter vernachlässigt oder gar vergessen wurde. Eine Art höflicher Respekt gegenüber dem Raum und den Dingen.

Passan setzte sich auf den Futon und öffnete ohne darüber nachzudenken die Nachttischschublade. Dort lag der Kaiken in seinem Futteral aus schwarzem Jackfruchtbaumholz. Es wunderte ihn nicht, dass Naoko den Dolch dagelassen hatte, denn sie hatte dieses Geschenk nie gemocht. Für sie war der Kaiken ein Symbol für die Gewalt und den Fanatismus des alten Japan.

Erstaunlicher fand er es, dass sie ihre »Schlafschachtel« nicht mitgenommen hatte, in der sie alle Utensilien für einen guten Schlaf aufbewahrte – eine Augenmaske, wie man sie im Flugzeug bekam, Oropax, einen Feuchtigkeitsmesser (bei weniger als 40 Prozent Luftfeuchtigkeit konnte sie nicht schlafen), einen Kompass (das Bett musste immer nach Osten ausgerichtet sein) und Augentropfen.

Die Schachtel und ihr Inhalt waren kennzeichnend für einen der markantesten Charakterzüge Naokos: ihr beständiges Streben nach Wohlbefinden. Naoko bemühte sich mit fast wissenschaftlicher Akribie, gut zu schlafen, gut zu essen oder gut zu atmen. Niemals trennte sie sich von ihrem Luftbefeuchter, weil die Pariser Luft angeblich zu trocken war. Sie aß die merkwürdigsten Dinge wie Algen, Körner und geleeartige Produkte, die ihr Verdauungssystem im Gleichgewicht halten sollten. Sie hatte sich sogar eine Uhr gekauft, die ihren Kreislauf aufzeichnete und sie weckte, wenn ihr täglicher Biorhythmus in der ruhigsten Phase war. Das alles hatte weder mit Egoismus und erst recht nichts mit Bequemlichkeit zu tun, sondern es ging darum, im Einklang mit der Welt zu leben. Auf eine recht paradoxe Weise lauschte Naoko voller Bescheidenheit in sich selbst hinein, um die Gesetze der Natur zu respektieren. Sie wollte auf möglichst diskrete Art mit dem Universum verschmelzen.

Passan checkte sein Handy. Keine SMS. Dieser einsame Abend taugte nichts. Er stand auf und ging ins Bad. Naokos Tempel. Der Raum war aufgeteilt in einen gekachelten Bereich mit Waschbecken und einer moderne Dusche, während sich im hinteren, ganz mit Holz getäfelten Bereich ein Zuber mit hohen Wänden und eine weitere Dusche befand, die man auf einem Schemel aus Zedernholz sitzend benutzte.

Passan betrachtete die Bürsten, die auf einem Regal aufgereiht lagen. Kitagawa Utamaro, der größte Maler des 17. Jahrhunderts, betonte die Schwärze der Haare, indem er sie mit einer zweiten Schicht Tusche übermalte. Naokos Haar war seiner Zeichnungen durchaus würdig. Ihr Haar war von einem so tiefen Schwarz, dass man hätte glauben können, die Natur habe mit ihrem Pinsel zweimal darübergestrichen.

Auch ihre Pflegeprodukte und Cremes hatte sie dagelassen. Sie standen ordentlich aufgereiht im Bad. Passan fuhr mit den Fingern sanft ihre Konturen nach. Um ihre Freundinnen neidisch zu machen, behauptete Passan immer, Naoko sei zu hundert Prozent natürlich. Tatsächlich hatte er nie jemanden erlebt, der so viele Cremes, Lotionen, Serums und Gels benutzte. Es grenzte fast an einen Kult.

Ihn selbst faszinierte das. Für ihn war Naoko der Gipfel der Kultiviertheit. Eine Art selbst entworfenes Kunstwerk. Oft musste er an den Beginn des Films *Utamaro und seine fünf Frauen* von Kenji Mizoguchi denken, eine Biografie des Malers. Weiß geschminkte, in schwere Kimonos gekleidete Frauen mit hochgetürmten Frisuren schreiten feierlich unter Sonnenschirmen aus geöltem Papier, die von Sklaven gehalten werden. Ein Schauspiel von bestürzender Schönheit.

Aber das war noch nicht alles.

In regelmäßigen Abständen führten sie seltsame Tanzschritte durch. Mit ihrem rechten Fuß zeichneten sie langsam einen Kreisbogen auf den Boden, beugten dabei das linke Bein und ließen ihre fast zwanzig Zentimeter hohen Getas aus Holz sehen. Anschließend hielten sie einen Moment inne, ehe sie einen weiteren Kreis zogen. Weibliche Zirkel, die geheimnisvolle Kurven zeichneten – geradezu feenhaft.

Überwältigt hatte Passan Naoko die Bilder vorgeführt, um von ihr zu erfahren, wer diese himmlischen Prinzessinnen waren und um welche Tradition es hier ging.

»Das sind Nutten«, hatte Naoko etwas zerstreut geantwortet. »Oiran aus dem Yoshiwara-Viertel.«

Passan hatte das schweigend hingenommen, dachte aber später: In einem Land, wo die Kurtisanen vornehmer sind als jede westliche Prinzessin, wo man das weibliche Genital mit »da unten« bezeichnet und von einem bisexuellen Menschen sagt, er habe »zwei Schwerter« – in einem solchen Land lässt es sich bestimmt gut lieben.

Er zog sich aus, legte seine Waffe auf den Waschbeckenrand und trat unter die Dusche. Genüsslich schloss er die Augen. Für einen kurzen Augenblick fühlte er sich richtig wohl. Er sang sogar mit leiser Stimme vor sich hin. Doch das prasselnde Wasser isolierte ihn vom Rest des Hauses, und das gefiel ihm nicht. Er seifte sich ein und beschloss, sich zu beeilen. Anschließend würde er sich auf einer Matratze vor dem Kinderzimmer ausstrecken.

Diego würde sich sicher gern neben ihn legen.

Zwei Wachhunde, die den Schlaf der Kinder hüteten.

Plötzlich öffnete er die Augen. Der Wasserdampf war rötlich. Überall auf seiner Brust fanden sich rote Spritzer. Zu seinen Füßen blubberte eine bräunliche Brühe. Er hob den Kopf und stellte fest, dass lange Blutspuren über die Wandfliesen liefen.

Er musste sich verletzt haben. Lieber Himmel! Überall war Blut. Immer noch unter dem Duschstrahl tastete er sich ab, musterte seinen Körper und fasste sich zwischen die Beine. Nichts. Und doch war es wirklich Blut, das über die Wände lief und ekelerregend in der Duschwanne schäumte.

Er drehte das Wasser ab, rempelte an die Duschabtrennung und stieg schließlich zitternd aus dem Becken. Seine Brust, sein Schambein und seine Schenkel waren rot. Um sich aufzurichten, musste er sich am Waschbecken festhalten.

Er griff nach seiner Waffe, lud und entsicherte sie mit einer Bewegung.

Die Kinder!

Mit der Waffe in der Hand rannte er auf den Flur. Vorsichtig öffnete er die Tür. Diego rückte widerwillig ein Stück zur Seite. Er begriff nicht, was los war.

Die Kinder schliefen friedlich in ihren Betten.

Triefend kehrte Passan ins Bad zurück und sicherte die Waffe wieder. Entsetzt musterte er sich im Spiegel. Im rosigen Dunst sah er aus wie eine Rinderhälfte, die an einem Haken hängt.

Er suchte nach seinem Handy, drückte eine Kurzwahltaste und ließ sich an der Wand entlang auf den Boden gleiten. Das Blut auf seinem Körper gerann bereits, und seine Haut spannte unangenehm.

»Hallo?«

»Fifi? Ich bin es«, meldete Passan sich leise. »Du musst kommen. Sofort.«

»Aber du hast doch gesagt …«

»Ruf auch die Spurensicherung. Die Zacchary höchstpersönlich mit ihrem gesamten Team.«

»Was zum Teufel ist denn bei dir los?«

»Alle in Zivilfahrzeugen. Keine Uniformen, kein Blaulicht. Und schon gar keine Sirene. Kapiert?«

Er legte auf und lehnte sich gegen die Mauer. Dabei fiel ihm auf, dass er sich die ganze Zeit vor- und rückwärts bewegte wie ein Moslem beim Rezitieren der Suren. Entsetzen brandete immer wieder in ihm auf.

Er warf einen furchtsamen Blick auf die Duschkabine.

Sie sah aus wie eine klaffende Wunde.

38

»Der Trick ist ganz einfach.«

»Pst, nicht so laut. Meine Kinder schlafen nebenan.«

Das Bad war gerammelt voll. Passan war in eine Jeans geschlüpft und hatte sich die 45er hinten in den Gürtel gesteckt. Isabelle Zacchary kauerte in der Kabine. In der Feuchtigkeit schmiegte sich der Overall eng an ihren Körper, doch dafür hatte jetzt niemand Sinn. Zwei Techniker der Spurensicherung machten sich oberhalb des Waschbeckens zu schaffen. Auch sie waren im Overall und trugen Gesichtsmasken, Kopfhauben, Chirurgenhandschuhe und Überschuhe.

Fifi stand schwitzend und verdattert auf der Schwelle. Die beiden Wachposten hinter ihm wirkten wie vom Donner gerührt. Auch Mazoyer war inzwischen angekommen, obwohl er nicht mehr gebraucht wurde.

»Dein Freund hat Blut in kleinen Röhrchen eingefroren«, erklärte Zacchary. »Auf diese Weise kamen dünne Stängelchen zustande, die er da oben deponiert hat. Da, wo die Fliesen enden.«

Im Bad herrschte eine Bullenhitze. Es roch ziemlich unpassend nach Zedernholz.

»Als du die Dusche angedreht hast, wurde es warm, und

das Blut hat sich verflüssigt. Es dürfte sich etwa um zwei Liter handeln.«

Wie betäubt lauschte Passan den Erklärungen. Seine Lider schmerzten, als habe er stundenlang in einen Hochofen gestarrt. Der Feind bewies eine Dreistigkeit, die alles in den Schatten stellte, was er bisher erlebt hatte – und das war weiß Gott nicht wenig.

»Ist es Affenblut?«

»Nein, es ist menschlichen Ursprungs«, meldete sich einer der beiden Techniker. Er hielt ein Reagenzglas mit einer Masse in dunkler Pflaumenfarbe in der Hand.

»Die Reaktionen lassen keinen Zweifel.«

Passan trat näher. Trotz der Wärme klumpte das Blut immer noch auf seiner Haut zusammen und zerrte an seiner Behaarung. Er spürte, wie sich sein Herz zusammenzog.

»Hast du schon die Blutgruppe?«, fragte Zacchary.

»Gleich.«

Der zweite Techniker hantierte mit Phiolen herum. Seine Gesichtsmaske verlieh ihm das Aussehen eines mittelalterlichen Kriegers.

Sekunden vergingen und verwandelten sich in Schweißtropfen.

»Da haben wir es«, triumphierte der Maskenmann schließlich. »AB. Ziemlich selten.«

Passan rannte so plötzlich in den Flur hinaus, dass er Fifi und die anderen Polizisten anrempelte.

Fifi packte ihn am Arm.

»Was ist denn los?«

»Meine Kinder haben die gleiche Blutgruppe.«

Erneut öffnete er leise die Tür zum Kinderzimmer. Unwillkürlich hielt er den Atem an. Zunächst sah er nichts, doch dann gewöhnten sich seine Augen an das Halbdunkel.

Er trat an Shinjis Bett, kniete sich hin und richtete das schlafende Kind vorsichtig auf. Zwar hatte er den Kleinen schon wenige Minuten zuvor untersucht, doch dieses Mal konzentrierte er seine Aufmerksamkeit auf Handgelenke und Unterarme. Langsam arbeitete er sich bis zu den Schultern vor.

Und plötzlich sah er es. Das Kind hatte winzige Einstichstellen in den Armbeugen. Die drehenden Sterne des Nachtlichts ließen die Markierungen verschwinden und wieder auftauchen. Passan krümmte sich zusammen, verbarg den Kopf in den Händen und biss sich auf die Lippen, um nicht zu schreien.

Lautlos näherte er sich Hiroki, schob die Ärmel zurück, bog die Arme des Kleinen auseinander und entdeckte auch bei ihm Einstichlöcher. Er spürte, wie sein Herz zu Eis wurde. Wer war hier eingedrungen und hatte das Blut seiner Kinder gestohlen? Wann? Wie? Und warum hatten weder er noch Naoko etwas von diesen Besuchen gemerkt?

Er küsste das Kind und ließ seinen Kopf sanft auf das Kissen zurückgleiten. Mühsam richtete er sich auf, ging auf Zehenspitzen rückwärts und schloss lautlos die Tür hinter sich.

»Und?«, wollte Fifi wissen.

Passan versetzte der Wand im Flur einen wütenden Faustschlag.

39

»Sie müssen sich ausziehen.«

»Was?«

»Ich sage kein Wort, solange Sie nicht nackt sind.«

»Was ist denn das für ein Schwachsinn?«

»Ich habe die Idee aus einem Film, und sie erscheint mir wirklich gut.«

»Glaubst du etwa, ich hätte irgendwo ein Mikrofon versteckt?«

Jean-Pierre Levy hatte Guillard von Anfang an geduzt, Guillard selbst hielt sich jedoch an die Höflichkeitsform. Diese Art der Anrede hatte seines Erachtens mehr Stil.

»Ziehen Sie sich aus.«

»Vergiss es. Wenn du die Kohle nicht in fünf Sekunden rausrückst, mache ich die Biege. Aber dann hast du morgen früh meine Jungs auf dem Hals. Hier wird nach meinen Regeln gespielt, Arschloch.«

Guillard lächelte. Der Bulle log. Da Guillard hochklassige Autos mit starken Motoren verkaufte, bestand seine Kundschaft hauptsächlich aus Männern. Unter diesen Machos befanden sich auch einige Polizeibeamte, mit denen er herzliche, zeitweise sogar freundschaftliche Beziehungen pflegte. Ein paar Telefonate, bei denen er sich vorgeblich nach Levys Liquidität erkundigte, hatten genügt. Zunächst blieben die Herren eher reserviert – Loyalitätspflicht –, doch schließlich lösten sich die Zungen. Jean-Pierre Levy war berüchtigt für seine Eskapaden. Er spielte, hatte Schulden und war zweimal geschieden – ein Bulle, der dem vermeintlich großen Glück hinterherjagte. Die Vorgesetzten warteten nur noch auf die richtige Gelegenheit, ihm das Handwerk zu legen.

Wie war es nur möglich, dass man seine Akte einem Kerl in derartiger Bedrängnis anvertraut hatte? Das würde wohl für immer das Geheimnis des französischen Amtsschimmels bleiben. Aber Guillard beklagte sich nicht. Bei jedem anderen Ermittler hätten ihn die Handschuhe sofort hinter Schloss und Riegel gebracht.

»Kennen Sie die Pascalsche Wette?«

»Her mit der Kohle, verdammt noch mal!«

»Wenn Sie jetzt gehen, ohne mir das zu verkaufen, was ich erwerben will, habe ich verloren. Wenn ich Ihnen jedoch das Geld gebe, Sie mich aber getäuscht haben, hätte ich ebenfalls verloren. Also seien Sie vernünftig und ziehen Sie sich aus. In zehn Minuten ist alles vorbei.«

Die Sekunden schlichen dahin. Guillard regte sich nicht und sagte keinen Ton mehr. Die beste Methode, den Willen des anderen zu brechen. Um zwei Uhr früh hatte er Levy angerufen und ihm diesen Treffpunkt vorgeschlagen: die Kuppe des Mont d'Avron in Neuilly-Plaisance, einen der wenigen hoch gelegenen Orte im 93. Departement. Das bewaldete Hochplateau öffnete sich wie ein Halbkreis zur Ebene von Saint-Denis.

Der Polizist war vermutlich sofort zum Park gefahren, um sich ein Bild vom Übergabeort zu machen. Guillard selbst kam erst gegen fünf Uhr und parkte sein Auto ein Stück entfernt. Rasch machte er Levy aus, der sich in der Nähe des Gitterzauns versteckt hielt. Gegen halb sieben schließlich verließen beide Kontrahenten ihre Schlupflöcher. Guillard schloss das Tor auf – er besaß einen Schlüssel – und führte Levy zu einem versteckten Pfad. Vor acht Uhr kam hier niemand vorbei – weder Jogger noch Spaziergänger. Ein geradezu idealer Ort für eine Übergabe.

Guillard blickte auf seine Uhr. Eine Minute war vergangen. Wort- und reglos.

Irgendwann fluchte Levy leise und begann sich zu entkleiden. Guillard wandte ihm dezent den Rücken zu und ging ein paar Schritte. Es war kühl. Der Wind raschelte zwischen Blättern, Brombeerranken und Disteln. Die weit auseinanderstehenden Bäume verliehen dem Ort einen Hauch von afrikanischer Savanne.

Nur Sekunden später hatte sich Levy seiner Schuhe, seiner Drillichweste und seiner Hose entledigt und den Holster mit der Waffe abgelegt.

Guillard widmete sich wieder der Landschaftsbetrachtung. Die ersten Sonnenstrahlen durchbrachen eine blutig rote Morgendämmerung. Das Tal verschwand unter einer Dunstglocke aus Abgasen, die wie ein von kleinen Wellen geriffeltes Meer aussah.

Und dann geschah das Wunder. Der Grüne Strahl der Vorstadt.

Für wenige Sekunden verschwand die Tristesse der Städte im 9–3. Man sah keine Hässlichkeit, kein Elend und keine Unordnung mehr – nur noch eine spiegelnde Ebene, die sich glänzend wie ein kampfbereiter Schild unter ihnen erstreckte.

In diesem Augenblick – und nur in diesem – waren alle Hoffnungen erlaubt.

»So.«

Levy hatte nur seine Unterhose anbehalten. Er war nicht

dick, aber schlaff. Ungefähr so dynamisch wie ein geplatzter Reifen. Kahlköpfig, behaarte graue Haut, bartlos.

»Wo ist die Kohle?«

Guillard antwortete nicht sofort. Sollte der Kerl ruhig noch ein bisschen schmoren.

»Haben Sie die Dinge bei sich, von denen Sie mir erzählt haben?«

»Zuerst die Kohle.«

»Aber natürlich. Einen Augenblick bitte.«

Guillard kehrte zu dem Baum zurück, unter dem er seine Aktentasche abgestellt hatte. Als er den Stamm erreichte, warf er einen kurzen Blick auf Levy. Der Polizist hatte sich seiner abgelegten Waffe genähert. Guillard wusste, dass Levy nicht schießen würde, ehe er nicht sicher war, dass er das Geld wirklich mitgebracht hatte.

Er kehrte zu dem fast nackten Mann zurück. Trockenes Gras knisterte unter seinen Schritten.

»Setz die Tasche ab und öffne sie. Aber schön langsam.«

Levy sprach im Befehlston, als hielte er seinen Gegner mit angelegter Waffe in Schach. Guillard gönnte ihm die Illusion. Vögel sangen verborgen im Grün. Er fühlte sich seltsam entspannt. Nach Levys Besuch hatte er kurz durchkalkuliert, wie viel eine halbe Million in 500-Euro-Scheinen wiegen würde, und kam auf etwa ein Kilo.

Mit einer Hand ließ er die Verschlüsse des Aktenkoffers aufschnappen.

»Zurück!«, befahl Levy.

Er näherte sich seiner Beute, ohne Guillard aus den Augen zu lassen, kniete sich ins Gras und warf einen kurzen Blick in die Ledertasche. Als er sich erhob, war es bereits zu spät. Eine Spritze steckte bis zum Heft in seinem Nacken. Zwar versuchte er noch, einen Schwinger zu landen, doch er sah nur noch den Himmel. Es war vorbei.

Dreißig Milliliter Imagene. Die Wirkung trat sofort ein.

Der Polizist sackte im Gras zusammen. Sein Bezwinger warf

einen Blick in die Runde. Niemand zu sehen. Er warf einen Blick auf die Uhr: Es war zwanzig vor sieben. Somit blieben ihm etwa anderthalb Stunden, um seinen Plan durchzuführen.

Seinen Gefangenen wegschaffen.

Ihn aufwecken und zum Reden bringen.

Den chemischen Eingriff vorbereiten.

Und schließlich auf dem Weg nach Hause zurückkehren, den er schon morgens benutzt hatte.

40

Dreißig Minuten später fuhr Guillard in die Box einer Tiefgarage in Rosny-sous-Bois. Da hier eine immer wieder verschobene Asbestsanierung durchgeführt werden sollte, waren die Gebäude verlassen. Die Besitzer waren entschädigt und die Fahrzeuge entfernt worden. Was blieb, war dieser vergiftete unterirdische Raum, den noch nicht einmal die Ganoven aufsuchten – aus Angst vor gesundheitlichen Schäden.

Guillard hatte ausschließlich Nebenstraßen benutzt und dabei Dienststellen der Polizei, Wohnblocks und andere häufig überwachte Brennpunkte gemieden. Das 9–3 war sein Territorium, in dem er sich mit geschlossenen Augen zurechtfand. Niemand würde ihn in diesem Labyrinth je verfolgen oder gar fassen können.

Er fesselte den Polizisten an einen Metallstuhl, dessen Beine er selbst am Boden festgeschweißt hatte. Dann verabreichte er ihm eine weitere Spritze, um ihn aufzuwecken. Während er darauf wartete, dass sein Opfer das Bewusstsein wiedererlangte, drehte er die Klimaanlage auf. So richtig schön warm sollte es werden. Das Dröhnen der Ventilatoren zusammen mit den schwarzen Mauern und der niedrigen Decke ließ an ein Unterseeboot denken, das auf Tauchfahrt zum glühenden Erdkern war.

»Was ist hier los?«, lallte Levy.

Guillard antwortete nicht, sondern kümmerte sich um die

Temperaturregler. Für diese Phase seines Plans war die Nacktheit seines Gegners überaus wichtig.

»Was hast du mit mir gemacht?«

Levy hatte soeben die Infusionsnadel in seinem linken Arm entdeckt.

»WAS HAST DU MIT MIR GEMACHT, ARSCHLOCH?«

Langsam ging Guillard auf den Polizisten zu und wies mit dem Kopf auf die Spritzenpumpe, die auf einer Werkbank in der Halle stand. Levy konnte sie zwar nicht sehen, hörte aber das Surren des Motors.

»Das ist eine Salzlösung«, schrie Guillard, um den Lärm der Maschinen zu übertönen. »Damit Sie wieder munter werden.«

»Du hältst dich wohl für einen Quacksalber.«

»Ich habe die Hälfte meines Lebens im Krankenhaus verbracht. Ich bin ebenso Arzt, wie Knastbrüder Rechtsanwälte und Irre Psychiater sind. Reine Berufskrankheit.«

Levy veränderte plötzlich sein Verhalten. Als ginge er davon aus, dass sein Gegenüber verrückt war. Er begann zu lachen.

»Du fickst mich nicht in den Arsch, Schwuli.«

»Dazu kennen wir uns nicht gut genug.«

Guillard trat an die Werkbank, öffnete einen Erste-Hilfe-Kasten, der einen kleinen Sterilisator enthielt, und streifte sich Nitril-Handschuhe über. Nur die vertrug er, auf Latex reagierte er allergisch. Er öffnete den Sterilisator, aus dem ihm eine Dampfwolke entgegenschlug, und entnahm ihm eine weitere Spritze. Anschließend wählte er eine in Plastik verpackte Phiole, zerriss die Hülle und drückte die Nadel durch den Gummipfropfen.

Der Polizist, der die Vorbereitungen nicht sehen konnte, zuckte bei jedem Geräusch zusammen.

»Was machst du da?«

»Wo sind die Handschuhe?«

»Was willst du mir antun, Arschloch?«

»Die Handschuhe.«

Bullen sind hart im Nehmen. Man muss nur herausfinden, wo die Grenze ist. Guillard baute sich vor Levy auf und fuhr fort, seine Spritze aufzuziehen. Levy wand sich wie eine gefangene Schlange und schüttelte verzweifelt den Kopf.

In aller Ruhe ließ Guillard einige Tropfen aus der Spitze austreten, um Luftblasen zu vermeiden.

»Mit Spritzen kenne ich mich gut aus«, erklärte er mit lauter Stimme. »Ich muss mir regelmäßig Testosteron injizieren.«

Levy schluchzte. Jetzt begann auch Guillard, sein Opfer zu duzen. In der von Hass und Angst geprägten Hitze entstand plötzlich eine gewisse Nähe.

»Wo sind die Handschuhe, Levy? Zwing mich nicht, zum Äußersten zu greifen.«

»Du kannst mich mal«, brüllte Levy.

Guillard träufelte Desinfektionslösung auf einen Wattebausch und strich damit über die Armbeuge seines Gefangenen.

»Du siehst, ich tue alles, um dir ein Weiterleben zu ermöglichen.«

Er beugte sich hinunter. Der säuerliche Geruch von Levys Angstschweiß schlug ihm entgegen. Der Prozess hatte begonnen.

»Schwefel«, flüsterte er Levy ins Ohr. »Der Schmerz wird sich ziemlich rasch in deinem Körper ausbreiten. Du bist noch nicht alt, was in diesem Fall wohl kein Vorteil ist. Mit dem Schmerz ist es wie mit Krebs. Er nährt sich von der Kraft seines Opfers.«

»Nein!«

»Wo sind die Handschuhe?«

»NEIN!«

»Die Handschuhe.«

Guillard drückte auf den Kolben.

»Sie sind in einem Banksafe.«

»Welche Bank?«

»HSBC. Avenue Jean Jaurès Nummer 47. Im 19. Arrondissement.«

»Wie lautet die Safenummer?«

»12B345«

»Bist du Kunde dieser Bank?«

»Nicht in dieser Filiale.«

»Kennt man dich dort?«

»Ich war nur einmal dort. Um den Safe anzumieten.«

»Wann?«

»Gestern Abend, nachdem ich die Handschuhe abgeholt hatte.«

In Gedanken spielte Guillard seine Möglichkeiten durch. Rein körperlich sah er dem Kripomann nicht einmal unähnlich. Mit seinem Ausweis konnte es klappen. Er zog die Nadel heraus und entspannte sich. Levys Kleidung hatte er mitgebracht, um sie zu verbrennen, sobald alles vorüber war. Mit einem Griff in die Jackentasche förderte er die Brieftasche zutage. Das Foto auf dem Ausweis war zwar mindestens zehn Jahre alt, doch Levy war damals schon kahlköpfig gewesen. Es konnte also funktionieren. Auch die Unterschrift auf der Kreditkarte war nicht schwer nachzumachen.

Er räumte seine Utensilien fort und trat zu Levy. Die Hitze wurde unerträglich. Levys Schließmuskel hatte nachgegeben. Guillard genoss den Fäkaliengeruch, der sich schnell im ganzen Raum ausbreitete. Bei dieser erstickenden Hitze würde sich der Erpresser buchstäblich in seinen eigenen Hinterlassenschaften auflösen.

Mit einer knappen Bewegung hob er das Rollgitter um etwa einen Meter.

»Wo willst du hin?«, jammerte Levy.

»Deine Informationen überprüfen.«

»Bleib …«

Guillard löschte das Licht. Den Erste-Hilfe-Koffer und Levys Klamotten nahm er mit. Die Handschuhe trug er immer noch. In der Dunkelheit schien sich das Dröhnen der Klimaanlage noch zu verstärken.

»In ein paar Stunden bin ich zurück«, rief er. »Wenn ich die Handschuhe dann habe, können wir über deine Zukunft nachdenken. Wenn nicht – nun, dann wird mir schon etwas einfallen.«

»Warum ist es hier so heiß?«

»Du musst schwitzen, um das Betäubungsmittel auszuscheiden.«

»BLEIB HIER!«

»Spar dir deine Kräfte. In dieser Tiefgarage hat seit drei Jahren kein Auto mehr gestanden. Bis gleich.«

Guillard ließ das Rollgitter herunter und ging mit schnellen Schritten zu seinem Auto. Halb acht. Alles ging glatt. Ihm blieb eine halbe Stunde, um Neuilly zu erreichen, am Boulevard d'Inkermann zu parken, hinten durch die Gärten zu laufen und den Geheimweg nach Hause zu nehmen, den er immer benutzte.

Er drehte den Zündschlüssel und regulierte die Temperatur so weit wie möglich nach unten. Die kühle Luft tat unendlich gut. Er genoss sie einige Zeit mit geschlossenen Augen, ehe er mit quietschenden Reifen losraste. Nach einer schönen Dusche würde er zu Hause bis neun Uhr warten, unter den aufmerksamen Blicken seiner Aufpasser in seine E-Klasse steigen und sich von seinem Chauffeur wegbringen lassen.

Der Beginn eines neuen Tages.

Überrascht registrierte er, wie entspannt er sich fühlte. Im Grunde war diese Sache mit Levy nichts als ein Kollateralschaden. Das Einzige, was wirklich zählte, war der Kampf gegen den Feind.

Die Konfrontation. Aber auch die Annäherung.

41

»Ist gestern Nacht alles in Ordnung gewesen?«

»Alles bestens.«

»Sind die Kinder pünktlich im Bett gewesen?«

»Ja, klar.«

»Deine Stimme klingt komisch.«

»Ich bin ziemlich spät dran.«

»Ich habe dich eben schon einmal angerufen, weil ich mit ihnen sprechen wollte.«

»Du weißt ja, wie es morgens hier abläuft.«

Naoko schwieg. Sie kannte das Morgenritual der Kinder mit dem Frühstück und dem hastigen Aufbruch zur Schule. Daher konnte es sie eigentlich nicht wundern, dass Passan keine Zeit für einen Rückruf gehabt hatte.

»Ist wirklich alles in Ordnung?«, hakte sie noch einmal nach.

»Klar, wenn ich es doch sage. Aber ich muss Schluss machen, sonst komme ich zu spät.«

Er legte auf. Verwirrt betrachtete Naoko ihr Telefon. Sie machte sich Vorwürfe, weil sie ihn so mit Fragen bestürmt hatte, obwohl doch gerade sie größten Wert auf streng getrennte Bereiche legte. Doch in dieser Situation war das eigentlich kein Wunder.

Naoko wühlte in der Tasche, die sie eilig am Vortag gepackt hatte. Irgendetwas stimmte nicht. Passans Stimme hatte nicht aufrichtig geklungen. Es mochte paradox für einen Polizisten sein, aber Passan konnte nicht lügen.

Verärgert entschied sie sich für ein hellblaues Kleid. Der Stoff war ein wenig zerknittert, doch als Nomadin würde sie sich wohl an so etwas gewöhnen müssen.

Naoko hatte sich ein Zimmer in einem Hotel namens *Madrid* genommen, das in der gleichnamigen Avenue nicht weit von La Défense entfernt lag. Nach einer beruhigenden SMS von Passan war sie zwar zu Bett gegangen, konnte jedoch nicht einschlafen. Also stand sie wieder auf, nahm eine Schlaftablette und legte sich erneut hin, als müsse sie eine ungeliebte Pflicht erfüllen. Ein paar Stunden hatte sie vor sich hingedöst.

Im Gegensatz zu Passan litt Naoko niemals unter Albträumen. Noch nicht einmal unter konfusen oder beunruhigenden Träumen. Sie träumte lediglich harmlose Dinge. Von Ampeln, die niemals auf Grün schalteten, oder dass sie Gebäck einkaufte und plötzlich nur Fisch in ihrer Tasche vorfand. Hausfrauenträume eben. Die letzte Nacht hatte da keine Ausnahme gebildet.

Der Albtraum kam erst, als sie aufwachte. Sie musste an ihre Kinder denken. An den gehäuteten Affen im Kühlschrank. An die Bedrohung, die über ihrem Heim lag.

Neun Uhr. In einer halben Stunde fand das erste Meeting statt. Naoko betrachtete sich im Badezimmerspiegel. Ihr Make-up wirkte nervös und streng wie eine fiebrige Schrift. Aber damit mussten sich ihre Kunden abfinden. Angesichts der Zahlen, die sie ihnen präsentieren würde, würde das vermutlich ihre geringste Sorge sein.

Sie ließ den Aufzug links liegen und stöckelte mit klappernden Absätzen die Treppe hinunter. Die ganze Nacht hindurch war ihr Argwohn gegenüber Passan wie ein Leitmotiv immer wieder zurückgekehrt. Manchmal erschien ihr die Vorstellung geradezu absurd, dann wiederum hielt sie sich vor Augen, dass man einen Menschen nie ganz und gar kannte. So viele Anzeichen wiesen darauf hin, dass Passan im Lauf der Jahre immer weiter in Gewalt, Unausgeglichenheit und möglicherweise sogar in eine psychische Störung abgedriftet war. Seine Wutanfälle. Die Liebe zu den Kindern, die ihn nur zeitweilig, aber dann gleich exzessiv übermannte. Die Streitigkeiten mit ihr, wenn seine Klagen wie Eiter aus ihm hervorquollen – manchmal war es, als reinige er eine tief sitzende Wunde. Sein sardonisches Lachen, wenn er fernsah. Seine vulgäre Ausdrucksweise, wenn er mit Kollegen telefonierte.

In solchen Momenten holte die Wirklichkeit sie wieder ein. Sie lebte mit einem Mann, der andere Menschen getötet hatte. Die Hände, die ihre Kinder trugen und sie selbst streichelten, hatten Knochen gebrochen, den Abzug einer Waffe gedrückt und Kontakt mit Tod und Laster gehabt.

Selbst seine Leidenschaft für Japan war zu einer tödlichen Besessenheit geworden. Er sprach nur noch von Seppuku, von Regeln der Ehre, die Zerstörung legitimierten, und von Selbsttötung – kurz, von all dem Mist, der ihr zuwider war, weil er sie an ihren Vater erinnerte.

Aber ließ sich daraus schließen, dass er verrückt war? Nein. Im Übrigen war sie ziemlich sicher, dass die Vorfälle mit einer seiner Ermittlungen zu tun hatten. Und dass er den Schuldigen kannte. Wahrscheinlich handelte es sich hier um einen finsteren Rachefeldzug, über dessen Hintergründe er nicht reden wollte.

Der Verkehr auf der Avenue Charles de Gaulle lief flüssig. Naoko fuhr weiter bis zum Stadtring. Es gab noch ein weiteres Problem, dem sie sich an diesem düsteren Morgen stellen musste. Am Vortag hatte sie nach Feierabend einen Termin mit ihrem Anwalt Michel Rhim gehabt und ihm von dem gehäuteten Affen erzählt. Schlimmer noch: Sie hatte sogar ihren Verdacht gegenüber Passan erwähnt. Rhim hatte geradezu triumphiert, von psychiatrischen Gutachten und Persönlichkeitsprüfung gesprochen und ihr einen totalen Sieg prophezeit. Alleiniges Sorgerecht, Zugewinnausgleich, Unterhalt. Naoko hatte ihm erklärt, dass sie das alles nicht wolle, doch der Anwalt ließ sich nicht beirren. Sie musste ihm das Versprechen abnehmen, dass er jeden seiner Schritte mit ihr abstimmen würde.

Auf dem Parkplatz stellte sie den Motor ab und kreuzte die Arme auf dem Lenkrad. Obwohl der Tag kaum begonnen hatte, fühlte sie sich schon völlig erschöpft. Ihre Arbeit in diesem riesigen Büroturm, die Angst vor dem Eindringling in der Villa, die Auseinandersetzung mit Passan – alles erschien ihr plötzlich unerträglich.

Sie richtete sich auf. Und plötzlich kam ihr eine Eingebung.

Sie würde nach Tokio zurückkehren. Für immer.

Es war in zwölf Jahren das erste Mal, dass sie daran dachte.

Doch rasch verwarf sie die Möglichkeit wieder. Ihr Leben spielte sich hier ab. Ihre Familie. Ihr Haus. Ihr Beruf. Die Rückkehr nach Japan käme einer Flucht gleich. Einer Flucht vor dem Unbekannten, der sie bedrängte. Vor ihrer Scheidung. Vor Passan. Nie und nimmer würde ihr Stolz so etwas zulassen. Wenn man schon ins Ausland ging, dann kehrte man nicht ohne Arbeit und ohne Ehemann, aber dafür mit zwei Kindern zurück. Außerdem wäre sie gar nicht mehr in der Lage, den Rückwärtsgang einzulegen und sich wieder den Regeln und Pflichten ihres Landes zu beugen, nachdem sie die Freiheiten Europas kennengelernt hatte.

Die Japaner kennen eine Metapher, um dieses Phänomen zu beschreiben. Sie vergleichen sich mit Bonsais, die von ihren winzigen Schalen gleichzeitig begrenzt und gehalten werden. Sobald man sie in der freien Natur auspflanzt, breiten sie sich aus und lassen sich nie wieder in ihre Schale zurückverpflanzen.

Mit resoluten Schritten überquerte Naoko den leeren Parkplatz. Sie musste ihrem Schicksal die Stirn bieten. Hier und jetzt. Auch wenn sie dabei unterging.

Vor dem Aufzug blickte sie noch tiefer in ihre Seele und rührte an die gefährlichste Schicht. In ihrem tiefsten Innern akzeptierte sie ihren Absturz. Was konnte sie anderes erwarten?

Sie hatte gelogen. Sie hatte Dinge verschleiert. Ihre gesamte Existenz war nichts als ein Kartenhaus, das eines Tages zusammenbrechen musste.

Die chromblitzenden Türen glitten auseinander. Mit leerem Blick betrat Naoko den Aufzug.

42

»Was hältst du davon?«

»Es sieht wirklich aus wie die Einstichstellen einer Blutentnahme.«

»Wie viele?«

»Das lässt sich kaum feststellen. Die winzigen Verletzungen bleiben nur sehr kurz sichtbar. Ich kann allenfalls mit Sicherheit sagen, dass die letzten nicht älter als höchstens vierundzwanzig Stunden sind. Laut Zacchary waren in deiner Dusche etwa zwei Liter. Wenn man von etwa zweihundert Milliliter bei jeder Entnahme ausgeht, kommt durchaus einiges zusammen.«

Passan überlegte. Die Aussage des Arztes bedeutete, dass die letzte Entnahme in der Affennacht stattgefunden haben musste. Das hieß auch, dass der Eindringling schon seit Wochen unbehelligt bei ihnen ein- und ausging. Eine schreckliche Vorstellung!

Um sieben Uhr früh hatte er Stéphane Rudel aus dem Bett geklingelt. Der Gerichtsmediziner war kurz vor Schulbeginn erschienen, hatte die Kinder wortlos untersucht und bei einem

Kaffee auf Passans Rückkehr gewartet, um ihm seine Diagnose mitzuteilen. Nun saßen die Männer einander am Küchentisch gegenüber.

»Aber hat der Einstich sie nicht geweckt?«, wollte Passan wissen.

»Nicht unbedingt. Möglicherweise wurde ein anästhetisierendes Gel verwendet.«

Passan griff nach der Kanne und füllte die Becher.

»Und wie sieht es mit ihrer Gesundheit aus?«

»Kein Problem. Den beiden geht es blendend.«

»Führt die Blutentnahme nicht zu einer Schwächung?«

»Nein. Die meisten Blutbestandteile regenerieren sich sehr schnell.«

»Was ist mit dem Infektionsrisiko?«

»Wie meinst du das?«

»Es könnte ja sein, dass die Spritzen nicht desinfiziert waren.«

»Das können wir untersuchen, wenn du möchtest. Allerdings müssten wir dafür wieder …«

»Schon passiert.«

Isabelle Zacchary hatte bereits alle notwendigen Untersuchungen in die Wege geleitet. Im Grunde ging Passan nicht davon aus, dass der ungebetene Gast den Kindern etwas eingeflößt oder die Blutentnahme unter unhygienischen Bedingungen durchgeführt hatte. Alles deutete darauf hin, dass hier ein gut organisierter Profi am Werk gewesen war.

Dieser neuerliche Angriff hatte Passans Haltung allerdings grundlegend verändert. Er durfte sich auf keinen Fall mehr von seinem Zorn hinreißen lassen und Guillard bedrohen oder in seiner Werkstatt alles kurz und klein schlagen. Die Ereignisse der vergangenen Nacht bewiesen, dass er es mit einem fähigen und schlagkräftigen Gegner zu tun hatte.

»Muss man Mediziner sein, um Blut abzunehmen?«

»Ach was! Das kann jede Krankenschwester.«

Monique Lamy, die Erzieherin aus dem Jules-Guesde, hatte von einer Testosteronbehandlung in Guillards Jugend gesprochen. Seither hatte der Mann vermutlich Hunderte von Injektionen über sich ergehen lassen müssen und führte sie inzwischen zweifellos selbst durch.

»Kannst du mir mal sagen, was hier eigentlich los ist?«, fragte Rudel schließlich.

»Das wüsste ich selbst gern.«

Der Gerichtsmediziner stand auf, zog sich die Schuhe an und verschwand wie der Landarzt in einem Western von John Ford.

Passan räumte den Tisch ab. Inzwischen hatte er auch Albuy und Malençon angerufen, die Guillard rund um die Uhr beschatteten. Angeblich war Guillard die ganze Nacht zu Hause gewesen. Doch das hatte nichts zu bedeuten. Der Schweinehund war gewitzt genug, selbst ausgebuffte Bullen zu täuschen. Nur eins war ganz sicher: Komplizen hatte er keine.

Diego kam schwanzwedelnd in die Küche. Auch der Hund gab Passan Rätsel auf. Wie war es möglich, dass der treue Vierbeiner mehrmals hintereinander einen Fremden ins Haus gelassen hatte, ohne auch nur einmal anzuschlagen? Richtete sich sein Verdacht etwa doch gegen den Falschen?

Es klingelte. Isabelle Zacchary und ihr Team standen vor der Tür. Sie waren in Zivilfahrzeugen gekommen und hatten ihre Overalls noch nicht angelegt. Nichts verriet den Grund ihres Besuchs – außer vielleicht die Plastikköfferchen, die sie mitbrachten.

»Was genau erwartest du von uns?«, fragte Zacchary.

»Das gesamte Programm.«

»Wir haben noch nicht einmal die Ergebnisse vom letzten Mal. Findest du es in Ordnung, den Steuerzahler für deine Ängste bezahlen zu lassen?«

»Ich kann ein anderes Team anfordern.«

Zacchary lächelte.

»Reg dich nicht auf, Dicker. Wir machen das schon für dich.«

43

Eine halbe Stunde später stand Super Mario auf der Matte.

Im Zivilleben war der Mann Spezialist für Heimkinosysteme. Im 18. Arrondissement besaß er einen Laden, in dem man alles Notwendige erstehen konnte, um aus seinem Wohnzimmer einen Hightech-Kinosaal zu machen. Unter dem Ladentisch verkaufte er außerdem Abhörgeräte, Überwachungskameras, Alarmanlagen und die neueste Spyware – Technologien, die das Herz von Voyeuren, eifersüchtigen Ehemännern und paranoiden Hausbesitzern höher schlagen ließen.

Als Passan noch auf der Wache des 10. Arrondissements in der Rue Louis Blanc Dienst tat, hatte er Super Mario einmal wegen Voyeurismus verhaftet. Angeblich hatte der Technikfreak Bilder aus Umkleidekabinen in Bekleidungsgeschäften und im Schwimmbad sowie aus Damentoiletten ins Netz gestellt. Der Elektroniker, der mit richtigem Namen Michel Girard hieß, hatte seine Unschuld beteuert und behauptet, nur das Material geliefert zu haben. Passan überprüfte die Aussage, fand heraus, dass der Mann recht hatte, und löschte seinen Namen aus sämtlichen Akten. Als Gegenleistung dafür durfte er Girard zu jeder Tages- und Nachtzeit anrufen und wann immer er wollte um die Installation einer Abhöranlage bitten, die er selbstverständlich kostenlos zur Verfügung gestellt bekam.

»Ich habe vorsichtshalber alles mitgebracht«, sagte Girard und setzte seine beiden Koffer ab. »Was genau brauchst du?«

»Komm rein. Ich erkläre es dir.«

Girard wurde von allen nur Super Mario genannt, obwohl er eigentlich kein Klempner war. Aber mit seinem Schnurrbart und seiner roten Kappe kultivierte er die Ähnlichkeit mit dem Helden aus den Videospielen. Allerdings war er ein Mario der ersten Generation. Mit seinen sechzig Jahren hatte er viele Falten, tief liegende Augen und eine Kartoffelnase, die so grobporig war wie ein Bimsstein.

Die beiden setzten sich in die Küche, wo die Spurensicherung bereits fertig war. Passan schloss die Tür, schenkte Super Mario einen Kaffee ein und teilte ihm das Nötige mit, ohne allzu viele Einzelheiten zu verraten.

»Ich will alles sehen und alles hören können. Und zwar rund um die Uhr.«

»Ist schon so gut wie passiert.«

»Und zwar überall, außer auf dem Klo und in den Bädern.«

Girard zwinkerte ihm vertraulich zu.

»Nicht in den Bädern? Ganz sicher nicht?«

»Schnauze. Ich bin immerhin hier zu Hause.«

Der Elektronikfachmann verzog kurz das Gesicht, als wäre er beleidigt.

»Wohin kommt die Steuerkonsole?«

»Auf den niedrigen Wohnzimmertisch.«

»Und die Monitore?«

»Auch, und zwar alle.«

Passans Handy klingelte. Fifi. Passan wies Super Mario an, mit seiner Arbeit zu beginnen, und ging in den Garten hinaus.

»Was gibt's?«, fragte er den Kollegen statt einer Begrüßung.

»Ich kann nicht kommen.«

»Wieso?«

»Wir haben hier zu tun.«

»Wo?«

»Am Quai des Orfèvres. Das Team ist zurückverlegt worden, das weißt du ja. Und jetzt haben wir zwei Tötungsdelikte im 10. Arrondissement am Hals. Reza macht ziemlichen Druck.«

»Und was ist mit meinem Druck?«

»Ich verstehe dich wirklich, Olive, aber …«

»Bist du mit der anderen Sache weitergekommen?«

»Ich habe dir eine Mail auf dein iPhone geschickt. Alles, was ich über Guillards Eltern herausgefunden habe.«

»Und die Kapuzineraffen?«

»Das läuft noch. Allerdings weiß ich nicht, ob ich Zeit …«

»Was ist mit den Brandstiftungen?«

»Darauf habe ich Serchaux angesetzt. Er hat die ganze Nacht

gearbeitet. Ich warte jeden Augenblick auf Nachricht von ihm. Scheiße, Olive, was glaubst du denn? Dass wir ganz Südfrankreich innerhalb von zwei Stunden auf den Kopf stellen?«

Passan beruhigte sich. Immerhin grenzte es fast an ein Wunder, dass Fifi ohne Hilfsmittel, ohne rechtliche Grundlage und obendrein noch mit einem neuen Vorgesetzten schon so weit gekommen war.

»Und bei Levy?«

»Tut sich nichts.«

»Was sagt der Richter?«

»Nix. Wenn wir etwas wissen wollen, können wir ebenso gut die Zeitung kaufen.«

»Versuch trotzdem, so viel wie möglich herauszubekommen.«

»Ich tue, was ich kann.«

Passan legte auf und checkte seine Mails. Fifi hatte ihm mehrere Seiten Text geschickt. Im Nachhinein tat es Passan leid, dass er ihn angeschnauzt hatte. Er holte seinen Laptop und setzte sich damit ins Auto.

Marie-Claude Ferrari war immer Frisörin gewesen. Zunächst angestellt, später machte sie einen eigenen Salon in Livry-Gargan auf. Sie war dreimal verheiratet, ebenso oft geschieden und hatte, abgesehen von Guillard, zwei Söhne von zwei verschiedenen Ehemännern. Einer lebte in Carcassonne, der andere in der Nähe von Paris. Über beide gab es nichts Besonderes zu berichten. Was bedeutete, dass Guillard sie in seinen Rachefeldzug nicht einbezogen hatte.

Die Mutter hatte stets ein mehr oder weniger ausschweifendes Nomadenleben geführt. Ein Jahr vor ihrem Tod war sie mit einem zwanzig Jahre jüngeren Portugiesen zusammengezogen, der schwarz auf Baustellen arbeitete und auch als Dealer kein unbeschriebenes Blatt war. Sicher konnte man da ein paar Leute befragen, aber Passan betrachtete sie lediglich als zweite Wahl.

Als Anhang hatte Fifi Bilder der Frisörin aus der Zeit kurz vor ihrem Tod beigefügt. Im Jahr 2000 war sie eine kleine wohlgenährte Frau mit kurz geschnittenem orangefarbenem Haar, die entweder ausgeschnittene Bustiers und Miniröcke trug, die eben den Po bedeckten, oder im Trainingsanzug und schicken Adidas herumlief. Mit ihren sechzig Jahren stellte sie noch ihr Skorpion-Tattoo zur Schau. Na toll.

Marc Campanez stammte aus ähnlichen illustren Verhältnissen, allerdings in der Beamtenversion. Nichts Ungewöhnliches – abgesehen von einigen Abmahnungen wegen Alkoholmissbrauchs. Beruflich spielte sich sein Leben in La Courneuve und Saint-Denis ab und ging zu Ende, wie es begonnen hatte – absolut bedeutungslos. Mit zweiundfünfzig Jahren war er in den Ruhestand verabschiedet worden und nach Sète gezogen.

Es gab nur ein Gebiet, auf dem dieser Bulle mehr als Mittelmaß zeigte: Er war ein wahrer Meister im Anbaggern von Frauen.

Zu seiner Zeit galt er als absoluter Anmacher. Fifi hatte einiges über ihn gesammelt. Der Playboy hatte nur einmal geheiratet und sich erst zwanzig Jahre und drei legitime Kinder später wieder scheiden lassen. Eventuelle uneheliche Kinder tauchten natürlich nirgends auf.

Auf den Fotos sah Campanez aus wie ein Zuhälter. Kurz geschnittenes, krauses Haar, mit Selbstbräuner nachgedunkelte Haut, offenes Hemd über Brusttoupet mit Goldkettchen. Wie zum Teufel brachte ein solcher Typ es fertig, die Damenwelt zu bezirzen?

Guillard konnte solchen Eltern kaum nachgeweint haben. Vermutlich hatte es ihm ganz im Gegenteil sogar Spaß gemacht, sie zu töten und auf diese Weise eine Mittelmäßigkeit zu vernichten, die sich erdreistet hatte, ihn abzulehnen.

Passan klappte seinen Laptop zu. Aus unerfindlichen Gründen war er jetzt mehr denn je davon überzeugt, dass der Autoverkäufer der Eindringling war. Und dass er vorhatte, sein Haus, seine Familie und sein Leben in Flammen aufgehen zu lassen.

Er bekam Magenkrämpfe. Eine Lexotanil hätte ihm jetzt gutgetan, und er kannte Naokos Versteck. Aber bisher hatte er seine eherne Regel, niemals Drogen zu nehmen, erst ein einziges Mal verletzt. Damals, als er sich in einer tiefen Depression befand.

Action statt Pillen, lautete seine Devise.

44

In der Niederlassung von Aubervilliers war keine Bewegung auszumachen.

Allerdings konnte Passan auch so gut wie nichts sehen. Grelles Sonnenlicht spiegelte sich auf den Scheiben, sodass man keinen Blick in die Räume erhaschen konnte.

Sein Wagen stand auf dem Parkplatz auf der gegenüberliegenden Seite der Avenue Victor Hugo. Mit geschlossenen Fenstern und voll aufgedrehter Klimaanlage.

Hundert Meter von ihm entfernt gingen Albuy und Malençon neben ihrem Fahrzeug auf und ab. Ein Stück näher lehnte Guillards Chauffeur an der E-Klasse seines Chefs und rauchte eine Zigarette. Passan selbst blieb unentdeckt. Er hielt sich wohlweislich im Gegenlicht auf.

Ohne sein Ziel aus den Augen zu lassen, blätterte er in den *Fünfzehn Legenden aus der Mythologie*, dem Lieblingsbuch Guillards in Jules-Guesde. »Prometheus in Ketten«, »Der Kampf um das goldene Vlies«, »Die Wiedergeburt des Phönix«, »Der Seher mit den schwarzen Füßen« … Die Schwarz-Weiß-Zeichnungen besaßen eine ganz besondere Kraft. Der Zeichner schien es darauf angelegt zu haben, die Nerven des Lesers blank zu legen.

Sicher war, dass Guillard seine mörderischen Gelüste auf eine dieser Geschichten gründete. Das von seinen Kameraden verlachte einsame, unglückliche und bösartige Zwitterwesen, das mit Vögeln und Regenwürmern redete, hatte sich mithilfe dieser Seiten eine Identität geschaffen.

Passan dachte an Guillards Hang zur Pyromanie und verweilte bei Prometheus, der den Menschen das Feuer gebracht hatte. Doch dieser Bezug passte nicht. Der Titan war ein Verlierer und wurde von Zeus zu einer ewigen Strafe verdammt. Hermaphroditos? Die Geschichte erzählte lediglich vom Schicksal eines Bisexuellen. Hier gab es weder Feuer noch Zerstörung. Der Phönix hingegen konnte passen. Der mythische Vogel hatte kein Geschlecht. Er war weder männlich noch weiblich und pflanzte sich fort, indem er in seinem Nest verbrannte und einsam und selbstbestimmt aus der Glut wiedergeboren wurde. Ob die Opferungen der Babys ein Symbol dafür sein sollten?

Passan blickte auf. Unter der sommerlichen Sonne wurden die Staus immer dichter. Trotz der geschlossenen Scheiben spürte er die erstickende Kraft des sich verändernden Viertels. Alles wirkte hier amerikanisch – eine Fußgängerzone ohne Fußgänger, deren angekündigte »warme Menschlichkeit« sowohl Wärme als auch Menschen vermissen ließ. Dafür spien die umgebenden Straßen eine unendliche Flut von Autos, Abgasen, Lärm und Gestank aus. Nagelneue rote Wohnhäuser ragten aus dem Chaos empor. Und doch würden auch sie in wenigen Jahren schmutzig und heruntergekommen sein und einen Teil dieser Hölle bilden.

Mit einem Mal schimpfte Passan sich einen Idioten. Er war hier, um Guillard zu überwachen und festzustellen, ob der Mann sich irgendwie heimlich vom Acker machen konnte. Und doch hatte er sich auf dieselbe Seite gestellt wie die beiden Beschatter. Wenn der Autohändler sich davonstehlen wollte, würde er sicher einen anderen, nur ihm allein bekannten Weg benutzen.

Passan ließ den Wagen an und fuhr einmal um den Block. Als er zum zweiten Mal rechts abbog, fiel ihm die Einfahrt zu einer Tiefgarage auf. In diesem Augenblick schoss ein Mercedes der A-Klasse aus ihr heraus und fuhr in entgegengesetzte Richtung zur Porte d'Aubervilliers davon. Trotz der spiegelnden Windschutzscheibe konnte Passan einen Mann mit Schirmmütze und grauer Jacke erkennen. Guillard? Passan konnte kaum glauben, dass er wirklich so viel Glück gehabt hatte. Aber vielleicht war es ja das Gesetz der Diffusion, der gleichmäßigen Verteilung, das hier zum Tragen kam. Bislang hatte er in diesem Fall nur Pech gehabt. Es wurde allmählich Zeit, dass sich das änderte.

Passan wendete, zwang mehrere Autos zu einer Vollbremsung und gab Gas. Eine Minute später folgte er dem Mercedes über den nördlichen Boulevard Périphérique. Als er näher kam, sah er den Fahrer deutlicher. Im Nacken unter der Kappe klebte ein großes Pflaster. Guillard! Passan ließ zwei Autos überholen und glich seine Geschwindigkeit an. Ein Schild kündigte die Ausfahrt Porte de la Chapelle an. Wollte Guillard etwa zum Flughafen und für immer verschwinden?

Doch der kleine Mercedes fuhr an der Ausfahrt zur A 1 vorbei. Was hatte der Mann vor?

Einen Kilometer weiter ordnete sich der Wagen in die Ausfahrt zur Porte de Clignancourt ein. Passan bemühte sich, Guillard trotz vieler Kreuzungen, einem Gewirr breiter Straßen und den Buden des Flohmarkts auf den Fersen zu bleiben. Schließlich parkte Guillard am Boulevard d'Ornano in der Nähe der Passage du Mont-Cenis. Passan überholte ihn, als er ausstieg. Ein Schauder überlief ihn. Er hatte seinen Mörder bei der Flucht erwischt. Und dieses Mal würde er sicher nicht locker lassen.

In diesem Augenblick verschwand der andere in der Menschenmenge. Passan unterdrückte einen Fluch, hielt in der nächsten Ausfahrt an und sprang aus seinem Subaru. Guillard war nirgends zu sehen.

Plötzlich entdeckte Passan ihn wieder. Er trug jetzt eine formlose, ziemlich abgetragene Drillichjacke, während man ihn sonst nur in Anzügen von Brioni oder Zegna sah. Kurz darauf verschwand er in einer Metrostation. Passan klappte die Sonnenblende mit der Aufschrift »Polizei« herunter und zog den Zündschlüssel ab. Im Laufschritt überquerte er den Boulevard d'Ornano und tauchte ebenfalls in die Metrostation ab. Schalter. Automatiktüren. Akustische Zeichen. Hier unten hielten sich nur wenige Leute auf, doch Guillard war nicht dabei. Die Station war die Endhaltestelle der Linie 4. Somit gab es nur eine mögliche Fahrtrichtung: Porte d'Orléans.

Passan kaufte eine Fahrkarte, ging durch die Automatiktür und stieg die Treppe hinunter. Da stand Guillard. Hände in den Taschen, als könne er kein Wässerchen trüben. Passan hielt sich im Hintergrund. Sein Jagdfieber wuchs. Er genoss diesen kühlen Ort, an dem es leicht nach verbranntem Gummi roch. An die Wand gelehnt betrachtete er die gefliesten Gewölbe und stellte sich vor, wie viele Tonnen Erde über ihm lasten mochten.

Ein anschwellendes Donnern ertönte. Der Zug kam. Guillard stieg ein. Passan wartete die Sirene ab und sprang dann im letzten Augenblick in den hintersten Wagen. Er stand zwischen den anderen Passagieren und bemühte sich, zur Ruhe zu kommen und alle drängenden Fragen von sich wegzuschieben.

Simplon. Die Türen öffneten sich. Der Bahnsteig. Kein Guillard. Passan nutzte die Gelegenheit, um in den nächsten Wagen zu steigen.

Mercadet-Poissonniers. Immer noch nichts. Der nächste Wagen.

Château-Rouge. Der Mörder ließ sich nicht blicken. Hier zwängten sich wahre Massen in den Zug. Eine bunt gekleidete Menschenmenge, die Klientel aus der Rue Myrah. Passan wich zurück. Er umklammerte die Haltestange und sah mit wachsendem Unbehagen zu, wie die U-Bahn immer voller wurde. Sein Herz pochte. Wo wollte dieses verdammte Arschloch hin?

Barbès-Rochechouart. Menschen stiegen aus, Menschen stiegen ein. Fast alle zeigten den für Pendler typischen trübsinnigen Gesichtsausdruck. Gefügig und müde. Die Sirene ertönte. Der Mann mit der grauen Kappe sprang auf den Bahnsteig. Passan hatte gerade noch Zeit, sich durch die Tür zu zwängen. Er fragte sich, ob dieser überstürzte Ausstieg geplant gewesen war. Fühlte Guillard sich verfolgt? Der Autohändler reihte sich in die Masse ein, die sich in Richtung der Linie 2 drängte.

Passan beschleunigte seinen Schritt. Guillard schob sich mit der Menschenmenge an der gefliesten Wand entlang – kleinwüchsig, mit dickem Hintern und gesenktem Gesicht unter dem Schirm seiner Kappe. Wieder einmal fiel Passan etwas auf, das er schon früher festgestellt hatte: Guillards jungenhafter hüpfender Gang stand in scharfem Kontrast zu seinem durchtrainierten Körper. Er watschelte ein wenig, und seine Schultern wiegten sich im Takt. Mit hängenden Armen ließ er seine Muskeln spielen.

Treppen. Gänge. Guillard wandte sich nach links zum Bahnsteig in Richtung Nation. Passan folgte ihm. Insgeheim wiederholte er immer wieder die Worte: Jetzt bist du dran. Ein Luftzug fuhr durch das Gewölbe. Die Metro fuhr ein. Guillard stieg in den vorletzten Wagen, Passan in den Wagen dahinter. Sirene. Die Türen schlossen sich. Passan warf einen Blick in das nächste Abteil, konnte aber vor lauter Köpfen nichts sehen. Der Zug setzte sich in Bewegung.

Plötzlich wurde es hell. Geblendet hob Passan die Hand vor die Augen. Erst mit einiger Verspätung fiel ihm ein, dass die Linie hier oberirdisch fuhr. Ihn schwindelte. Die Mittagssonne brannte auf die Scheiben. Im Rhythmus der Bögen des Viadukts glitten Schatten über die Gesichter. Seine Hand klebte an der Haltestange. Er empfand eine Mischung aus Genuss und Furcht. Als wäre er mit seiner Beute allein auf der Welt. Gesetzlos.

La Chapelle. Drängelei. Unmöglich, auch nur in die Nähe der Tür zu kommen. Passan stellte sich auf die Zehenspitzen und spähte auf den Bahnsteig hinaus.

»ENTSCHULDIGUNG!«

Da war er. Guillard wurde von den Menschenmassen auf dem Bahnsteig vorwärtsgeschwemmt. Unsanft drängte sich Passan zwischen Leibern hindurch und schaffte es im letzten Moment aus der Bahn. Guillard war bereits auf dem Weg zum Ausgang. Die graue Kappe verlor sich zwischen den Köpfen der Leute, die sämtlich die Treppe hinunterstrebten. Passan boxte sich rücksichtslos durch. Er kam seiner Beute näher und erreichte den Boulevard de la Chapelle. Guillard schlängelte sich zwischen Autos hindurch auf die andere Straßenseite, wo sich ceylonesische Lebensmittelläden, pakistanische Basare und indische Restaurants befanden.

Passan rannte los. Irgendetwas stimmte nicht.

Der Mann vor ihm hatte nicht diesen hüpfenden Gang und auch kein Pflaster im Nacken. Noch ein Meter. Passan, der bereits ahnte, dass er seinem Gegner auf den Leim gegangen war, packte den Mann an der Schulter und blickte in das wie gemeißelt wirkende Gesicht eines Obdachlosen, der unter seiner Jacke einen Blaumann und ein verwaschenes Hawaiihemd trug. Guillard hatte ihm seine Verkleidung aufgeschwatzt. Der Penner hielt noch den 50-Euro-Schein in der Hand, den er soeben verdient hatte.

Passan stellte dem Kerl, der ihn zahnlos angrinste, keine Fragen. Er trat einen Schritt zurück und stöhnte laut auf.

Über dem Brausen des Verkehrs entfernte sich das Pfeifen der oberirdischen Metro.

45

Irgendwie musste er den Zug wieder erreichen. Sollte er seine Polizeimarke zücken und ein Auto beschlagnahmen? Eigentlich hatte er schon genug Probleme mit seinen Vorgesetzten. Aber es gab eine andere Lösung. Nach vier Jahren auf der Wache in der Rue Louis Blanc kannte er das Viertel mit sämtlichen Straßen, Ethnien und Netzwerken wie seine Westentasche. So wusste er zum Beispiel, dass die Linie 2 eine weite Kurve um die Place Stalingrad beschreibt. Wenn er also die Rue Louis Blanc hinunterlief, die von der Place de la Chapelle schräg auf die Place du Colonel Fabien trifft, hatte er eine reelle Chance, den Zug zwei Stationen weiter wieder zu erreichen. Allerdings musste er dafür einen Zahn zulegen.

Passan rannte zur Place da la Chapelle, wo er rechts gegen die Fahrtrichtung abbog. Geschäfte und Passanten huschten vorüber. Die Blätter der Platanen brachen Sonnenstrahlen in tausend flirrende Lichtfragmente.

An der Kreuzung Rue Perdonnet warf Passan einen Blick nach links und konnte gerade noch sehen, wie der Zug hinter den Häusern verschwand. Und weiter! Zweite Kreuzung. Eine Brücke oberhalb des Gleisgewirrs des Gare du Nord. Die Metrotrasse verlief jetzt nicht mehr so nah. Etwa hundertfünfzig Meter zu seiner Linken. Aber er hatte aufgeholt, denn er sah bereits einige der weiß-grünen Wagen. Mit gesenktem Kopf konzentrierte er sich auf seinen Atem.

Die Bäume rückten näher, die Giebel schienen nach vorne zu

kippen, und die Fassaden wurden dunkler. Ihm war, als durchquere er ein Unterholz. Dritte Kreuzung. Rue du Château Landon. Kinder kamen aus der Schule. Über ihren Köpfen zeichneten sich die Bögen der Metrotrasse ab. Wieder ein Stück weiter entfernt. Den Zug sah er nicht. Hatte er etwa seinen Vorsprung eingebüßt? Schwitzend beschleunigte er weiter. Der Schülerlotse, der die Kinder begleitete, blickte ihm fragend nach.

Rhythmus. Jeder Herzschlag schnitt wie mit einem Messer in seine Kehle. Sein Fieber war zur Höllenglut geworden. Die roten Einbahnstraßenschilder schienen zu pulsieren wie Warnleuchten. Zwei Straßenzüge öffneten sich wie eine Schere: die Rue du Faubourg Saint-Martin und die Rue Lafayette. Die eisernen Bögen befanden sich mittlerweile in einer Entfernung von fast dreihundert Metern. Winzig und unerreichbar. Und hoffnungslos leer. Passan blieb stehen. Seitenstiche machten ihm zu schaffen. Eine unsägliche Müdigkeit überwältigte ihn.

Er war nicht schnell genug gelaufen. Der Zug hatte ihn abgehängt. Mit den Händen auf den Oberschenkeln stand er gebeugt und mühsam atmend auf der Straße. Plötzlich hob er den Kopf. Nein! Das Gegenteil war der Fall. Er hatte sich einen Vorsprung erlaufen. Der Zug musste natürlich an der Station Stalingrad anhalten. Aber genau hier lag auch der Schwachpunkt seines Plans. Guillard konnte ebenso gut hier wie auch an der folgenden Station Jaurès aussteigen. Gut war nur, dass die Haltestellen ihm gestatteten, als Erster an der Station Colonel-Fabien anzukommen.

Er startete wieder durch und suchte erneut seinen Rhythmus. Die Seitenstiche waren noch immer da, doch er ignorierte sie einfach. Als Kind hatte er mit einem Trick gearbeitet: Er lief so regelmäßig wie möglich weiter, ohne auf die Schmerzen zu achten. Und irgendwann löste sich die Qual in der Gleichgültigkeit auf.

Passan verlangsamte seinen Schritt, als er die Polizeiwache des 10. Arrondissements passierte. Gruppen von Polizisten standen auf dem Bürgersteig herum. Blaulicht warf unruhig zuckende Leuchtzeichen in die graue Straße. Aber Passan hatte jetzt keine

Zeit für Erklärungen. Ein einzelner auf der Straße rennender Mann würde jedoch mit Sicherheit die Aufmerksamkeit seiner Kollegen erregen. Gruß- und blicklos schlenderte er an den Polizisten vorbei und wusste, dass er für sie unsichtbar war.

Fünfzig Meter weiter beschleunigte er wieder seinen Schritt und lief schließlich erneut so schnell er konnte. Er sah sein Spiegelbild in den Glaswänden des paritätischen Arbeitsschiedsausschusses vorüberflitzen. War er noch in der Zeit? Er überquerte den Canal de Saint-Martin.

Das Bogengerüst der Metro kam jetzt wieder näher. Die weite Kurve endete hier. Und was noch besser war: Der Zug näherte sich. Passan konnte sein Pfeifen in der warmen Luft hören.

Wieder gab er Gas. Die Straße erschien ihm wie zwischen Licht und Schatten zerstückelt. Nur noch zweihundert Meter. Er fixierte den großen hitzeflimmernden Platz, der vor ihm lag. Ihm war, als verschlinge er Meter für Meter, um ein wenig Luft zu bekommen. Von links kam ein kreischendes Geräusch. Die Wagen der Metro tauchten wieder unter die Erde ab. Der oberirdische Teil war hier zu Ende. Passan rannte weiter, nahm immer gleich zwei Stufen auf einmal, strauchelte, fing sich wieder – und stand vor den Automatiktüren.

Unsanft schob er einen Fahrgast beiseite, der gerade sein Ticket abstempelte, und sprang über das Drehkreuz. Richtung Nation. Die nächste Treppe. Der Sirenenton brach sich unter dem Gewölbe. Die Türen schlossen sich. Mit den Schultern blockierte er den Mechanismus, wand sich zwischen den Gummilippen hindurch und schaffte es gerade noch in den Wagen.

Die Fahrgäste betrachteten ihn mit bestürzter Miene. Er lächelte flüchtig in die Runde, wischte sich das Gesicht ab und stellte fest, dass er sich im gleichen Wagen befand, den er an der Station Chapelle verlassen hatte. Guillard war im nächsten Wagen gewesen. Vielleicht hatte er Passans Heldenstück ja sogar mitbekommen.

Passan ging zum Ende des Waggons und warf einen Blick in den Nachbarwagen. Er versuchte jetzt nicht mehr, sich zu verstecken. Aber Guillard war nicht mehr da. Passan konnte es kaum fassen. Die Metro wurde langsamer. Belleville.

Mit einem unterdrückten Fluch verließ er den Waggon und betrat den nächsten. Kein Guillard. Wütend sprang er wieder auf den Bahnsteig und zwängte sich beim Ton der Sirene in den dritten Wagen. Auch hier kein Guillard.

Das Miststück musste an den Stationen Stalingrad oder Jaurès ausgestiegen sein.

Mit einem Mal wurde Passan ganz ruhig. Im allerletzten Moment sprang er aus dem Wagen und ließ sich auf dem Bahnsteig in einen der Sitze sinken. Ihm war sterbensübel. Das Blut pulsierte in seinen Schläfen. Alles tat ihm weh. Er fühlte sich, als hätte er heftige Prügel bezogen.

Die Metro fuhr los. Es wurde still auf dem Bahnsteig.

Erst jetzt bemerkte Passan, dass sein Handy klingelte.

»Hallo?«

»Fifi hier. Wo bist du? Alle Welt sucht dich.«

Passan hob den Kopf und erblickte das Schild mit der Aufschrift »Belleville«.

»Nirgends.«

»Ich warte in Nanterre auf dich. Beeil dich. Serchaux hat ein paar interessante Informationen für dich, und ich habe mit den Feuerwehren Kontakt aufgenommen. Überall da, wo Guillard gewohnt hat.«

Erst mit Verzögerung wurde Passan klar, worum es Fifi ging.

»Und? Hast du Fälle von Brandstiftung gefunden?«

»Der Lebenslauf dieses Kerls ist das reinste Feuerwerk.«

46

An der Avenue Jean Jaurès ging Guillard in einen Basar und kaufte sich eine neue Kappe und eine Tuchjacke – beides in Grau. Nur langsam fand er seine Ruhe wieder. Nie hätte er gedacht, dass der Ritter der Finsternis solche Risiken auf sich nehmen würde. Und das trotz des Richterspruchs. Trotz der Niederlage in Stains. Trotz des Skandals am Vortag. Dass Passan ihn verfolgt hatte, erschien Guillard wie ein Vorzeichen. Der offene Kampf war nur noch eine Frage von Stunden. Passan konnte nicht mehr lockerlassen – das würde seine Kräfte übersteigen.

Er selbst lebte nur noch für die Konfrontation. Leichten Schrittes lief er über die sonnenhelle Straße. Seinen Feind in die Irre zu führen war nicht sonderlich schwer gewesen. Nachdem er den ersten Schreck überwunden hatte, meldete sich sein kühler Kopf zurück. Kaltblütig hatte er eine äußerst simple Strategie angewandt.

Vor sich erblickte er das Emblem der HSBC. Die lange schwarze Glasscheibe bildete einen Kontrast zu dem Schmutz der Bürgersteige und dem lärmenden Verkehr. Guillard musste an seine eigenen Autohäuser denken, deren dunkle, saubere Fronten sich über das Chaos der Stadt erhoben. Oasen der Ordnung und der Strenge.

Durch die Sicherheitsschleuse betrat er eine riesige nüchterne Halle. Da die Klimaanlage auf Hochtouren lief, fröstelte ihn, und er brauchte ein paar Sekunden, bis sein Stoffwechsel wieder im Lot war. An vielen Schaltern standen zahllose Menschen an. Die Größe der Filiale war ein Vorteil: Niemand würde sich hier an Jean-Pierre Levy erinnern.

Guillard stellte sich in einer Schlange an. Er war guter Laune, für seine Verhältnisse jedenfalls. Alles entwickelte sich zu seinen Gunsten. Sein Sieg über Passan befriedigte ihn. Berauschte ihn gewissermaßen.

Endlich war er an der Reihe. Der junge Bankangestellte, der dem Aussehen nach von den Antillen stammte, griff nach dem Formular, das Guillard ausgefüllt hatte, überflog es und verglich die Unterschriften. Anschließend betrachtete er das Foto auf dem Personalausweis und hob den Blick.

»Würden Sie bitte Kappe und Sonnenbrille ablegen, Monsieur?«, bat er freundlich.

»Nein.«

Um seine Weigerung zu begründen, legte Guillard Levys Polizeimarke auf den Tresen. Der junge Mann blickte sich hilfesuchend um.

»Warten Sie bitte einen Augenblick«, stammelte er schließlich und verschwand.

Aus einem der Büros trat ein Mann auf Guillard zu. Guillard starrte den Beamten unverwandt an.

»Gibt es ein Problem, Monsieur?«, fragte der Banker mit öliger Stimme.

»Diese Frage sollten Sie Ihrem Kollegen stellen.«

Der Mann lächelte. »Nicht mehr nötig. Das Problem ist bereits geregelt.« Er hielt Levys Marke in der Hand wie einen Diamanten aus den Kronjuwelen.

»Ich begleite Sie in den Saferaum«, sagte er und gab ihm auch den Personalausweis zurück.

Guillard folgte dem Angestellten. Den jungen Mann, der noch an seiner Demütigung zu knabbern hatte, würdigte er keines Blickes, obwohl er sich insgeheim mit ihm solidarisch fühlte. Guillard empfand grundsätzlich eine Art natürliches Mitgefühl für Unterprivilegierte. Er wusste, dass er dem jungen Mann einen Gefallen erwiesen hatte. Mit jeder Demütigung wurde man widerstandsfähiger. Der Junge sollte ihm eigentlich dankbar sein.

Im Untergeschoss, einer Art Höhle aus Stahl und Beton, war es noch kälter. Ihre Schritte hallten wider wie in einer Kirche. Guillard stellte sich vor, wie die Besucher andächtig ihre Hände um Geldscheinbündel falteten, fasziniert ihren Schmuck betrachteten und angesichts ihrer Aktien und Anleihen leise Gebete murmelten.

Ihm selbst war Geld nie wichtig gewesen. Wahrscheinlich hatte er deswegen so viel davon verdient. Er hatte gearbeitet, weil sein Beruf ihm Spaß machte. Alles andere war Dreingabe.

Sie erreichten den Saferaum. Der Banker schloss das Gitter auf. Die Wände waren von oben bis unten voller Schließfächer. Vor Levys Safe blieben sie stehen. Der Bankangestellte öffnete das eine Schloss, Guillard mit seinem Schlüssel das andere. Der

Raum erinnerte an ein Kolumbarium. Die nummerierten Fächer hätten ebenso gut Urnen enthalten können. Und in gewisser Weise war es ja auch so: Hier wurde die Asche vieler Träume und ganzer Leben unter Verschluss aufbewahrt.

»Entschuldigen Sie.«

Der Bankangestellte hob die Stahlkassette eigenhändig aus dem Fach, überreichte sie respektvoll seinem Kunden. Anschließend führte er ihn in eine einfache, nur mit einem Tisch und einem Stuhl möblierte Kammer und ließ ihn allein.

Levy hatte die Wahrheit gesagt. Da waren die in zwei unterschiedliche Plastiktüten eingesiegelten Handschuhe, ebenso wie die Resultate aus den Labors in Bordeaux und Straßburg. Guillard überprüfte die Papiere. Es handelte sich tatsächlich um Originaldokumente. Wahrscheinlich existierten die Ergebnisse auch in digitalisierter Form, aber niemand würde je auf die Idee kommen, sie zu vergleichen.

Guillard sichtete den weiteren Inhalt der Kassette. Sie war prall gefüllt mit Geldscheinbündeln im Wert von mehreren Tausend Euro, einigen Goldbarren, Uhren und Schmuck. Levy schien in diesem Schließfach sein gesamtes Hab und Gut aufzubewahren. Vermutlich hatte er vor, möglichst bald das Land zu verlassen. Auch eine Waffe war dabei, eine mit Laser-Zielmarkierer und Schalldämpfer ausgerüstete Sig Pro SP 2009. Genau das Richtige, falls vor der Abreise noch offene Rechnungen zu begleichen waren.

Guillard nahm die eingesiegelten Handschuhe an sich und steckte die gefalteten Ergebnisberichte hinten in seinen Gürtel. Sonst rührte er nichts an. Noch einen Augenblick verharrte er stehend vor der Kassette, betrachtete die Überreste des armseligen Lebens von Levy und verspürte eine gewisse Trauer. Levy hatte seine Tage damit verbracht, Bösewichte zu verfolgen. Doch der Kampf gegen seine eigenen Dämonen war offenbar viel schwieriger gewesen.

Plötzlich sah er sich selbst an Levys Stelle, gefangen in dem verschlossenen Raum. Empfand er nicht dieselbe Verzweiflung?

Hastig setzte er sich wieder, weil er eine Krise befürchtete. Aber nein – es war einfach nur diese Trauer. Trotz des Mythos, den er um sich aufgebaut hatte, war die Verzweiflung sein ständiger Begleiter geblieben.

Und immer suchten ihn die gleichen Erinnerungen heim, damals wie heute.

»Ist alles in Ordnung, Monsieur?«

Erst jetzt wurde Guillard bewusst, dass er weinte. Wahrscheinlich hatte der Bankangestellte sein Schluchzen gehört. Guillard wischte sich die Augen und versuchte sich zu fassen. Sekunden vergingen. Als er die Tür öffnete, hatte er sich wieder im Griff. Kappe, Sonnenbrille und verschlossenes Gesicht. Der Banker nahm ihm ehrerbietig die Kassette aus der Hand. Guillard wartete, bis »sein« Safe wieder verschlossen war, ehe er sich auf den Weg nach oben machte.

Die Sonne draußen blendete. Trotz seiner Verspätung beschloss er, zu Fuß bis zur Porte de Pantin zu gehen. In dieser Gegend war Paris alles andere als eine Stadt des Lichts. Alles war hässlich. Ungepflegte Häuser, Ramschgeschäfte, Firmenschilder in scheußlichen Farben. Armselige Sonderangebote für Leute, die jeden Cent umdrehen mussten. Aber gerade in dieser Hässlichkeit und Armut fühlte Guillard sich wohl. Sie bildeten den Humus, aus dem er entstanden war.

Als er an die Handschuhe in seiner Tasche dachte, überkam ihn eine gewisse Erleichterung. Nun musste er nicht mehr befürchten, enttarnt zu werden. Im Gegenteil. Er konnte stolz auf sein Werk sein. Und er ganz allein würde darüber entscheiden, wann und wie er sich offenbarte.

Wo aber sollte er sie vernichten? Es musste ein besonderer Ort sein. Ein heiliger Ort. Diesen Handschuhen kam eine besondere Bedeutung zu. Nicht als Beweisstück, sondern eher als gleichzeitig schmerzliche und lustvolle Erinnerung. Ein Beweis für seine Nachlässigkeit – noch immer hatte er vor Augen, wie er über das Brachgelände geflohen war –, aber auch das Letzte, was von seiner engsten Begegnung mit dem Feind geblieben war. ER hatte die Prügel des »Jägers« eingesteckt. SIE jedoch hatte die Schläge vergöttert, die ihr wie eine Umarmung erschienen.

Als ein Taxi vorüberfuhr, hob Guillard die Hand. Der Wagen hielt an.

»Zum Parc de la Butte du Chapeau-Rouge.«

»Wo soll das denn sein?«

Verärgert atmete er tief durch.

»Fahren Sie zur Porte de Pantin. Von dort auf die äußeren Boulevards. Boulevard d'Algerie. Ich sage Ihnen, wie Sie hinkommen.«

47

Er ließ sich vor dem Brunnen des Parks am Boulevard d'Algérie absetzen. Auf der anderen Seite des Torgitters stellte eine nackte Frau ihre imposanten Formen oberhalb von gestaffelten Wasserbecken zu Schau, die wie flüssige Terrassen wirkten. Die Statue war die Replik einer Bildhauerarbeit, die für die »kleine« Weltausstellung 1937 geschaffen worden war.

Guillard bezahlte das Taxi und ging am Gitter entlang zum Eingang. Der Park war menschenleer. An den Hängen standen seltene Gewächse: Gingkos, Mammutbäume, Gleditschien und Trauer-Schnurbäume. Das Parkgelände war ganz im Monumentalstil der 1930er-Jahre gestaltet – weite Flächen, symmetrische Linien und breite Treppen. Die Ordnung und die Strenge beruhigten Guillards Nerven. Die Linienführung der Anlage hatte etwas Faschistisches und Stalinistisches an sich, das ihm gefiel.

Er kehrte zu der kolossalen und doch zerbrechlich wirkenden Eva zurück. Insgeheim identifizierte er sich mit den weiblichen Statuen dieser Epoche. Breite Schultern, kleine Brüste, massige Füße – in diesen primitiven, eher assyrisch als griechisch anmutenden Formen erkannte er sich wieder. Außerdem erinnerten ihn die Skulpturen an die Titanen, die in der griechischen Mythologie getötet oder verjagt worden waren, um

Platz für die den Menschen näherstehenden olympischen Götter zu schaffen.

Als er noch in die »Diebesschule« ging, war er mittwochs immer mit seinem Lieblingsbuch hierhergekommen. Er verschlang die griechischen Sagen, weil er unbewusst nach einer Rechtfertigung für seine Existenz suchte. Die Schule war für ihn die Hölle gewesen. Er wurde geschlagen. Man urinierte in sein Essen. Er wurde vergewaltigt. Trotzdem erinnerte er sich nur noch an die einsamen Nachmittage in diesem Park. Und hier stellte er sich sein Leben wie ein von vielen Jahrhunderten blank gescheuertes Relief aus Granit vor.

Natürlich hatte er sich kundig gemacht. Er hatte die Geschichte des Hermaphroditos gelesen, des Sohnes von Hermes und Aphrodite, in den sich die Nymphe Salmakis verliebt hatte. Er hatte sich über die frühen Androgynen informiert, die von Aristophanes in Platons *Gastmahl* erwähnt werden. Ebenso über Kainis, Tochter des Königs der Lapithen, die sich nach einem Schäferstündchen mit Poseidon als Liebesgabe erbat, ein Mann werden zu dürfen. Und dann war er auf den Phönix gestoßen.

Zunächst hatte er sich in diesem Vogel des Feuers nicht wiedererkannt. Erst nach seiner zweiten Operation und den Testosteronspritzen hatte er begriffen. Nach jeder Injektion brannte sein ganzer Körper, und er wurde wiedergeboren. Er war der Phönix. Weder Mann noch Frau. Oder beides. Autonom und unsterblich. Der Vogel hatte keinen Schöpfer, kein Geschlecht und zeugte sich selbst durch die Flammen, die sowohl sein Grab als auch seine Wiege waren. Er brauchte niemanden. Er war alles.

Später las er weitere Bücher und erhielt die Bestätigung. Er war der Erbe des roten Vogels, der in Griechenland aus seiner Asche wiedergeboren wurde, aber auch der des ägyptischen Phönix, des großen Adlers mit den Feuerfedern. Der des Simurgh der persischen Mythologie, des Nan Fang Zhu Que der chinesischen Kosmogonie, des indianischen Donnervogels und des Minka-Vogels der Aborigines. Alle diese Raubvögel aus den unterschiedlichsten Kulturen bildeten seinen Stammbaum.

Guillard blickte sich um. Keine Menschenseele. Mit dem Rücken zum Verkehrslärm kniete er nieder, zog die Handschuhe aus der Tasche und beträufelte sie mit Spiritus aus einer Flasche, die er mitgebracht hatte. Sein Zippo besorgte den Rest. Innerhalb weniger Sekunden hatten sich die beiden Beweisstücke in zwei fasrige schwärzliche Fetzen verwandelt.

Auch die Laborberichte verbrannte er. Dann schloss er die Augen und sandte seiner Gottheit ein Gebet.

»Ich wurde im Zeichen des Ekels und der Verleugnung geboren. Aufgewachsen bin ich in einem Strom von Beleidigungen und Unrat. Es war die Not, die zu meiner Größe geführt hat – genau wie Christus. Das Martyrium hat mich erschaffen und mich über mich hinauswachsen lassen. Ich bin die Einheit. Ich bin das Feuer und der Friede, der Tod und das Heil.«

Er verstreute die Asche im Wasser und erhob sich. Genau in diesem Augenblick verdunkelte eine Wolke die Sonne. Das Licht verschwand. Alles wurde dumpf und silbrig, wie bei einem aufziehenden Gewitter. Guillard hörte keinen Verkehrslärm mehr. Stattdessen vernahm er die Deklamationen eines antiken Chors. Er spürte die Elektrizität in der Luft. Seine Fingerspitzen kribbelten.

Er blickte auf die Uhr. Schon eins. Er würde das Mittagessen mit dem Personal versäumen.

Schulterzuckend tat er das Problem ab. Das alles spielte keine Rolle mehr. Sein Rachefeldzug neigte sich seinem Ende zu.

48

Als Passan im zweiten Stock aus dem Aufzug stieg, wartete Fifi bereits auf ihn.

»Das musst du dir unbedingt anschauen«, sagte er und reichte Passan ein zusammengefaltetes Papier.

Es war eine Karte vom Südosten Frankreichs. Provence, Languedoc-Roussillon und Rhône-Alpes. Die Orte, wo Guillard gelebt hatte, waren grün eingekreist. Und dann gab es noch rote Kreise, die vermutlich Brandherde kennzeichneten. Die Kreise schnitten sich und bildeten Gruppen. Es sah aus wie Mengenlehre.

Fifi deutete auf eine der Gruppen.

»1987 wurde Guillard in einem Heim bei Le Vigan untergebracht.«

»Les Hameaux.«

»Richtig. Sechs Monate später zerstörte ein absichtlich gelegter Brand fünfhundert Hektar Wald zwischen Le Vigan und Saint-Hipployte-du-Fort. Der Täter wurde nie gefunden und der Fall irgendwann zu den Akten gelegt.«

Fifis Finger wanderte weiter.

»1989 macht Guillard in der Nähe von Sommières eine Lehre bei der Werkstatt Lagarde. Ende August bricht im Süden von Ganges ein Feuer aus, bei dem mehrere Hundert Hektar Vegetation verbrennen. Auch ein Campingplatz fällt den Flammen zum Opfer. Wie durch ein Wunder gibt es keine Toten. Die Ermittlungen enden erfolglos, aber Brandstiftung ist nicht auszuschließen.«

Gleißendes Sonnenlicht fiel durch die Fenster herein. Passan schwitzte in seinen schmutzigen Kleidern. Sein Anzug hätte eine Reinigung gebraucht, er selbst eine schöne kühle Dusche.

»1990«, fuhr Fifi fort. »Wieder ein Brand, dieses Mal zwischen Quissac und Nîmes. Der Wind facht die Feuersbrunst noch an. Tausend Hektar werden ein Raub der Flammen. Die Feuerwehr braucht zwei Tage, ehe sie den Brand unter Kontrolle hat. Hunderte von Helfern sind im Einsatz. Zum Schluss findet man drei Opfer. Auch hier gibt es keinen Täter, doch die Experten sind sich einig, dass es Brandstiftung war. Übrigens kaum dreißig Kilometer von Sommières entfernt.«

Passan betrachtete die Karte mit den Kreisen. Eine mathematische Darstellung von Guillards Irrsinn. Trotzdem ließ sich nach wie vor nicht ausschließen, dass es sich um Zufälle handelte.

Fifi schien seine Gedanken zu lesen.

»Willst du noch mehr? 1991 verschwindet Guillard nach Béziers.«

»Die Werkstatt Soccart.«

»Im folgenden Jahr bricht ein Feuer in der Clinique des Champs im Stadtzentrum aus. Keine Toten. Die Ermittlungen verlaufen wie üblich im Sande.«

Passan wollte etwas sagen, doch Fifi war jetzt richtig in Fahrt.

»1997 leitet Guillard die Werkstatt des Roches in Montpellier. Sechs Monate später brennt die Entbindungsklinik Notre-Dame-du-Salut im Viertel Mosson. Auch hier schlittert man an einer Katastrophe vorbei. Offenbar hat es Guillard jetzt auf Krankenhäuser abgesehen.«

Passan bewegte sich einen Schritt in den Schatten. Guillards Wut und Zerstörungswille richteten sich also jetzt gegen Orte, wo Kinder geboren wurden. Der Grund dafür lag auf der Hand.

Fifi faltete seine Karte wieder zusammen.

»Das Tollste kommt aber noch. 1999 verkauft Guillard seinen gesamten Besitz und siedelt in die Vereinigten Staaten über. Er arbeitet in mehreren Bundesstaaten. Im Jahr 2000 lebt er in Salt Lake City in Utah. Im gleichen Jahr brennt die Entbindungsklinik des Universitätskrankenhauses nieder. Ein halbes Jahr später bricht ein Feuer in einem Vorort von Tucson in Arizona aus, wohin Guillard gerade gezogen ist.«

Passan erinnerte sich an eine Mordserie in Deutschland in den 1980er-Jahren. Als man die Reisen des Hauptverdächtigen genauer untersuchte, fand man heraus, dass in Los Angeles ähnliche Morde begangen worden waren, während der Mann sich dort aufhielt. Diese Überschneidung hatte ausgereicht, ihn zu verurteilen. Konnte man Guillard aber anhand der Brände wirklich noch dingfest machen? Das alles war viel zu lange her.

Und noch etwas fiel Passan auf: die intime Beziehung Guillards zum Feuer. Der Autohändler hatte vermutlich nie im Leben Sex gehabt. Er konnte weder eine Erektion bekommen noch ejakulieren, aber auch zu einem weiblichen Orgasmus war er nicht fähig. Ihm blieb nichts als die verhängnisvolle Affinität zu den Flammen, die zerstören, reinigen und verwandeln konnten.

»Hat sich nie jemand um die Zusammenhänge zwischen all diesen Bränden gekümmert?«

»Über eine Entfernung von Tausenden Kilometern? Um die Stecknadel zu finden, braucht man erst einmal einen Heuhaufen.«

Als er die ersten Brände legte, hatte Guillard vermutlich seine Macht entdeckt. Viele Hektar verbrannte Erde. Dörfer, die evakuiert werden mussten. Später schlug er dann präziser zu. Und indem er Entbindungskliniken ins Visier nahm, wollte er die gesamte Menschheit in ihrer Entwicklung treffen.

Die Konsequenzen dieser Überlegungen waren erschreckend: Guillard plante vermutlich, Passans Haus samt seiner Familie abzufackeln. Und nichts und niemand konnte ihn daran hindern. Schon gar nicht Passan selbst, den Guillard an diesem Nachmittag wie einen blutigen Anfänger an der Nase herumgeführt hatte.

»Gute Arbeit«, lobte er Fifi.

»Bedank dich bei Serchaux.«

»Ist seit Guillards Rückkehr ins 9–3 schon etwas passiert?«

»Darum kümmern wir uns gerade. Wie schon gesagt – auf unserem Schreibtisch liegen noch ein paar andere Sachen.«

»Weiß man schon etwas über die Spuren bei mir zu Hause?«

»Null. Zacchary hat mir die ersten Ergebnisse zukommen lassen. Überall sind die gleichen Fingerabdrücke. Vor allem eure. Jetzt warten wir noch auf die DNA-Analysen des organischen Materials, aber …«

»Und die Vernehmung der Nachbarn?«

»Hat auch nichts ergeben. Niemand hat etwas Auffälliges bemerkt.«

Passan nickte. Trotz mangelnder Resultate empfand er die Arbeit seiner Kollegen als tröstlich. Man hatte ihn nicht vergessen.

»Wir haben auch noch einmal die Familie von Marc Campanez kontaktiert. Seine Kinder waren einigermaßen überrascht darüber, dass wir uns noch einmal mit dem Tod ihres Vaters befassen. Keiner von ihnen wurde bedroht oder bedrängt. Auch den Macker von Marie-Claude haben wir noch einmal befragt. Er ist zwar nicht ganz klar im Kopf, hat aber sicher nichts mit der Sache zu tun.«

»Gibt es neue Erkenntnisse zu den Handschuhen?«

»Ich habe Levys Team Bescheid gesagt. Offenbar haben sie die Gegend noch einmal auf den Kopf gestellt, allerdings ohne Ergebnis.«

»Und wie weit ist Levy?«

»Keine Ahnung.«

Fifi trat einen Schritt zurück und schien erst jetzt zu bemerken, in welchem Zustand Passan war.

»Was ist denn mit dir los? Du siehst aus, als wärst du irgendwie unter die Räder gekommen.«

»Ich habe eine Spur verfolgt, die sich allerdings als Sackgasse erwiesen hat.«

»Was für eine Spur?«

»Vergiss es.«

»Du bist ja nicht gerade mitteilsam.«

Passan ging nicht auf den Vorwurf ein. Er spürte, dass Fifi noch etwas in petto hatte.

»Und du? Hast du mir vielleicht noch etwas anderes zu sagen?«

»Habe ich. Es gibt da ein Problem.«

»Welcher Art?«

»Du wirst oben erwartet.«

»Die Dienstaufsicht?«

»Nein. Ein Psychiater.«

»Auf Anordnung von ganz oben?«

»Nein.«

»Hat etwa Guillards Anwalt …«

»Auch nicht.«

»Schluss mit den Ratespielchen!«

»Er kommt von Naokos Anwalt, einem gewissen Rhim.« Fifi zögerte. »Im Zuge eures Scheidungsverfahrens hat er ein psychiatrisches Gutachten angefordert und …«

»WIE BITTE?«

»Anscheinend ist so etwas gängige Praxis.«

Passan konnte sich nur mit Mühe beherrschen.

»Der Typ ist sehr jung«, versuchte ihn Fifi zu beschwichtigen. »Und eigentlich ganz nett.«

»Wo ist er?«, erkundigte sich Passan mit schneidender Stimme.

»Beruhige dich. Er hat gesagt, dass es sich heute nur um eine Vorbesprechung handelt. Er …«

»WO IST ER?«

»Jetzt beruhige dich doch, verdammt. Er wartet oben im Konferenzraum.«

49

Fifi hatte recht gehabt: Der Psychiater wirkte nicht unsympathisch. Er war um die dreißig und sah in seinem braven Anzug aus wie ein Student bei der mündlichen Prüfung. Blondschopf, Hornbrille, gewinnendes Lächeln. Gleichzeitig wirkten seine Gesichtszüge sehr beherrscht. Er schien nichts dem Zufall zu überlassen. Passan vermutete, dass der Typ in dreißig Jahren noch ganz genauso aussehen würde.

Um dem jungen Mann nicht gleich die Fresse zu polieren, hatte er sich die Zeit genommen, sein Gesicht im Waschraum unter den kalten Wasserstrahl zu halten, seine Krawatte zu richten, seinen Anzug glatt zu streichen und seine Wut hinunterzuschlucken. Jetzt konnte es losgehen.

Der Psychiater, der in dem großen Konferenzraum ein wenig verloren wirkte, kam Passan mit ausgestreckter Hand entgegen.

»David Duclos. Vielen Dank, dass Sie mich empfangen, Hauptkommissar. Ihr Kollege hat Ihnen sicher bereits mitgeteilt, dass es sich nur um ein Vorgespräch handelt.«

Passan lächelte.

»Ich habe alle Zeit der Welt. Meinetwegen können wir sofort zur Befragung übergehen.«

Duclos lachte.

»Es handelt sich keineswegs um eine Befragung. Lediglich um ein Gespräch, das …«

»Herr Doktor, ich bin seit zwanzig Jahren Polizist. Ich habe schon psychiatrische Gutachten über Kinderschänder gelesen, als Sie noch nicht wussten, ob Sie Jura oder Medizin studieren sollten. Kommen wir also zur Sache.«

Der Psychiater breitete die Arme aus, als wolle er sagen: »Wie Sie meinen.«

Sie setzten sich an den langen lackierten Holztisch.

»Möchten Sie vielleicht etwas trinken?«, fragte Passan und stellte damit klar, dass er den anderen als Gast betrachtete.

»Nein, vielen Dank.«

Passan griff zum Telefon, rief eine der Sekretärinnen im zweiten Stock an und bat sie so freundlich wie möglich, ihm einen Kaffee zu bringen. Und zwar nicht die Katzenpisse aus der Maschine, sondern das köstliche Gebräu, das sie mit ihrer kleinen italienischen Espressokanne herstellte.

Im Grunde war er nicht unglücklich über diese Pause. Zwar schmerzte ihn Naokos Verrat in tiefster Seele, aber den Grünschnabel zu verschaukeln würde ihm eine gewisse Entspannung verschaffen. Nachdem er die Überzeugung gewonnen hatte, dass Guillard noch längst nicht am Ende war, verspürte er wenig Lust, sofort wieder in den Albtraum einzutauchen.

»Vielleicht wiederhole ich mich ja«, meinte Duclos, »aber Sie sind keineswegs verpflichtet, heute auf irgendwelche Fragen zu antworten.«

»Warum haben Sie Ihren Besuch nicht angekündigt?«

»Ich habe heute Morgen angerufen, aber Sie waren nicht da.«

»Wenn ein solches Gutachten zu erstellen ist, schickt man in aller Regel einen Brief. Und zwar einige Tage im Voraus.«

»Der Anwalt Ihrer Ehefrau arbeitet – sagen wir – sehr effizient. Er war es, der den Vorgang beschleunigen wollte.«

»Um mich unvorbereitet zu treffen?«

Duclos begnügte sich mit einem Lächeln. Er zog eine ziemlich dicke Akte aus seinem Köfferchen. Passan zuckte zusammen. Dieser Kerl – oder vielleicht auch Naokos Anwalt – schien ihm schon ziemlich lange auf den Fersen zu sein. Er fragte sich, was in einer solchen Akte stehen mochte, denn was sich in seinem Berufsleben abspielte, war eigentlich streng geheim.

»Weiß meine Frau Bescheid, oder hat ihr Anwalt selbst die Initiative ergriffen?«

Wieder lächelte der Psychiater. Passan kannte diesen Gesichtsausdruck nur allzu gut. Er bedeutete: »Ich stelle hier die Fragen.« Er selbst benutzte diesen Satz jeden Tag bei Verhören.

Der Psychiater legte sein Handy mitten auf den Tisch.

»Sind Sie einverstanden, dass ich unser Gespräch aufzeichne?«

Passan nickte stumm. Die Akte enthielt mehrere vollgepackte Schnellhefter. Der erste Umschlag trug die Initialen der Polizeipräfektur. Mit anderen Worten: Man hatte Duclos Zugang zum Archiv gewährt. Aber wieso? Und wer war dafür verantwortlich?

»Ich habe mir Ihren Werdegang angeschaut. Wirklich beeindruckend!«

»Sparen Sie sich das Süßholzraspeln.«

»Ich meine es ernst. Sie sind ein Held, wie es heute nur noch wenige gibt.«

Passan schwieg. Sein Gegenüber tat weiter so, als lese er Lebenslauf, Personalberichte und Presseausschnitte. Die Techniken des Psychiaters ähnelten denen der Polizei. Man versuchte das Misstrauen des Befragten zu zerstreuen, um besser angreifen zu können.

Und schon ging es los.

»Um das zu erreichen, mussten Sie einen langen Weg zurücklegen.«

»Spielen Sie etwa auf meine Jugendsünden an?«

Duclos rückte seine Brille zurecht und öffnete den zweiten Hefter. Passan erschrak. Es waren Auszüge aus seiner Akte bei der Jugendbehörde. Wie hatte dieser Anfänger es fertiggebracht, an die Dokumente zu kommen? Unter dem Tisch ballte er die Fäuste. Bloß jetzt nicht ausrasten.

»Heimaufenthalte. Pflegefamilien. Systematische Beobachtung. Als Jugendlicher hatten sie häufig Probleme mit der Justiz.«

»Inzwischen gab es eine Amnestie.«

Duclos blickte ihn über seine Brille hinweg an.

»In meiner Sparte gibt es keine Amnestie.«

Ein Satz, der zur Einschüchterung gedacht war. Ein Satz für Bullen. Passan überlegte, ob der junge Mann tatsächlich von Naokos Anwalt geschickt worden war. Er hatte ihn weder nach einem Ausweis noch nach einer Vollmacht gefragt. Sollte er es nachträglich tun? Bei dem Gedanken überkam ihn eine unendliche Müdigkeit. Lieber ließ er sich aushorchen.

Ein Klopfen an der Tür: Sein Kaffee wurde gebracht. Passan stürzte ihn so schnell hinunter, dass er sich die Zunge verbrühte.

»Nach dieser etwas … bewegten Zeit studierten Sie Jura und gingen zur Polizei«, fuhr der Psychiater fort. »Sie verhielten sich mustergültig.«

»Geht es hier um ein Gutachten oder eine Psychoanalyse?«

»Wie erklären Sie sich diesen Sinneswandel?«

»Sagen wir, ich hatte meinen Weg gefunden.«

Duclos notierte etwas auf seinen Block. Nicht etwa ein Wort, sondern eher ein Zeichen, ein Gekrakel.

Der dritte Hefter. Selbst von hinten erkannte Passan, was es war: seine »Schulzeugnisse«. So nannte er selbst die Ansammlung von Bewertungen, ärztlichen und psychiatrischen Gutachten und Beurteilungen, die seine Vorgesetzten jeweils zu unterzeichnen hatten. Die Polizei funktionierte ähnlich wie eine Schule – mit Noten, Einschätzungen und Punktevergabe. Ein System, das er hasste.

»Während Ihrer Zeit beim Einsatzkommando haben Sie mehrfach Ihre Waffe benutzt.«

»Ich habe während eines Einsatzes zwei Männer niedergeschossen. Das wollten Sie doch hören, oder?«

»Was haben Sie in diesem Augenblick gespürt?«

Passan lachte auf.

»Sie kommen ein paar Tage zu spät, mein Lieber. Die Sache ist zehn Jahre her. Danach habe ich alle möglichen Tests, Befragungen und Bewertungen über mich ergehen lassen müssen, die übrigens samt und sonders vor Ihrer Nase liegen. Man hat mich sogar zur Beerdigung eines dieser Arschlöcher geschickt, um mich auf die Probe zu stellen. O ja, ich bin auf meine Kosten gekommen. Aber ich habe es überlebt. Und verdaut.«

Der Psychiater blieb ungerührt. Je mehr er fragte, desto sicherer wurde er.

»Trotzdem – was haben Sie in diesem Augenblick gespürt?«

Passan lehnte sich über den Tisch.

»Mit meinem Diensteid habe ich mich verpflichtet, derartige Situationen zu meistern. Berufsrisiko, *capisce*? Ich mache meinen Job. Punkt. Das ist alles.«

Gleichmütig schrieb sich der Psychiater noch etwas auf, ehe er auf Passans Waffe im Gürtel deutete.

»Tragen Sie die immer?«

»Wie Sie sehen.«

»Aber bei der Kriminalpolizei ist das nicht die Regel.«

»Jedem das Seine.«

»Was ist das für ein Kaliber?«

Mit einer raschen Bewegung zog Passan die Waffe und legte sie auf den Tisch. Die Px4 Storm SD machte trotz ihres Polymerüberzugs ein bedrohliches Geräusch. Ein Ding wie aus einer anderen Welt, wo alles schwerer wog.

»Beretta. Kaliber 45. Eine der leistungsfähigsten auf dem Markt. Die trug auch Leonardo di Caprio in *Inception*.«

Passan sah, wie sein Gegenüber schluckte. Der Mann räusperte sich und fuhr fort:

»Verleiht Ihnen die Waffe ein Gefühl der Macht?«

»Wollen Sie mir jetzt etwas über Phallussymbole erzählen?«

»Neigen Sie zur Gewalt?«

»In meinem Job geht es um Gewalt, und ich habe ihn gewählt, um diese Gewalt zu bekämpfen. Nicht etwa, weil ich sie gut finde. Außerhalb meiner Arbeit habe ich nie die Hand gegen jemanden erhoben.«

Erneut schrieb sich der Arzt etwas auf. Als spiele er bei einem Quiz mit. Passan entdeckte, dass sogar seine Arztrezepte in der Akte lagen. Wie weit war dieser Grünschnabel in sein Leben vorgedrungen? Und wer hatte ihm die vertraulichen Dokumente geliefert? Plötzlich begriff er, und es wollte ihn schier zerreißen: Naoko! Die Papiere stammten aus ihren persönlichen Ordnern. Wie konnte sie ihrem Anwalt nur derartige Munition liefern?

»Ich sehe hier, dass Sie eine Zeit lang mit Antidepressiva behandelt wurden.«

»Ja und?«

»Warum?«

»Ich befand mich in einem luftleeren Raum«, erklärte Passan mit rauer Stimme.

»Hatte dieses Gefühl mit den Gewalttaten zu tun, die Sie begehen mussten?«

»Nein. Schauen Sie sich die Daten an. Da besteht kein Zusammenhang. Es war 1998.«

»Das Unterbewusstsein hält sich nicht an Daten. Sie …«

Passan hob die Hand.

»Behalten Sie Ihr Psychiatergeschwafel für sich!«

Duclos lehnte sich zurück, hielt aber seinem Blick stand.

»Warum brauchten Sie dieses Medikament?«

»Ich weiß es nicht«, knurrte Passan. »Ich habe es einfach nicht mehr ausgehalten.«

»In Ihrem Job?«

»In meinem Job. Und in meinem Leben. Ich fühlte mich nicht mehr in der Lage, das alles zu ertragen. Ein Tiefpunkt. Das passiert vielen Menschen.«

Seine Verteidigung klang armselig.

»Sie haben acht Jahre lang Psychoanalyse gemacht.«

»Richtig.«

»Und wie fühlen Sie sich heute?«

»Ich habe vor fünf Jahren damit aufgehört. Mir geht es gut.«

Duclos schwieg, aber sein Schweigen bedeutete: »Jedem seine Illusion.« Im Gegensatz zu Allgemeinmedizinern bemühten sich Psychologen offenbar immer, ihre Patienten zu überzeugen, dass sie durchaus nicht gesund waren und es auch nie sein würden. Was wiederum ihre Daseinsberechtigung infrage stellte.

In diesem Augenblick jedoch stellte sich Passan nur eine einzige Frage: Warum hatte Naoko ihm das angetan? Wollte sie das alleinige Sorgerecht für die Kinder? Oder etwa das Haus? Die plausibelste Antwort allerdings war auch die schrecklichste: Sie hatte Angst vor ihm. Regelrechte Angst. Angst vor seiner Gewalttätigkeit. Angst vor seiner gepeinigten Seele. Vor seinen unberechenbaren Reaktionen. Sie wollte sicherstellen, dass er in der Lage war, sich um die Kinder zu kümmern.

Bei diesem Gedanken schnürte sich seine Kehle zusammen. Für sie war er einfach nur ein verprellter Mörder, der nichts in der Welt der gesunden und normalen Menschen zu suchen hatte.

»Machen Sie weiter, Herr Doktor.«

Der nächste Schnellhefter. Alles war sorgfältig zusammengestellt. Ansteigend, wie ein Crescendo. Verblüfft erkannte Passan die Akte Patrick Guillard. Und zwar nicht die des Verdächtigen, sondern die des Anklägers.

»Ein Mann, den Sie verdächtigen, hat Sie zweimal angezeigt.«

»Ich verdächtige ihn nicht nur, er ist schuldig.«

»Aber er befindet sich in Freiheit.«

»Nicht mehr lange.«

Duclos überflog die zusammengehefteten Papiere. Gerichtsunterlagen, das Unterlassungsurteil, die Anklage. Naokos Anwalt hatte offenbar gute Beziehungen. Eine Hoffnung keimte in Passan auf: Vielleicht war es ja doch nicht sie gewesen, die ihm die Unterlagen besorgt hatte.

»Er bezichtigt Sie der Nötigung und behauptet, Sie hätten ihn töten wollen.«

»Er lügt. Die Ermittlungen gehen weiter.«

»Ohne Sie. Der Fall wurde Ihnen entzogen.«

»Wenn Sie schon alle Antworten wissen, warum stellen Sie mir eigentlich Fragen?«, erkundigte sich Passan, der unruhig auf seinem Stuhl herumrutschte.

»Haben Sie in letzter Zeit Drohungen erhalten? Gab es Vorkommnisse in Ihrem Haus?«

Passan brachte es nicht fertig, seine Überraschung zu verbergen. Offenbar hatte Naoko auch dies ihrem Anwalt anvertraut.

»Was hat das mit meiner Scheidung zu tun?«

»Will sich jemand an Ihnen rächen?«

Passan beugte sich über den Tisch. Die Waffe lag noch immer zwischen ihnen. Der Lauf war auf den Psychiater gerichtet.

»Worauf wollen Sie hinaus?«

»Könnte es die Rache von jemandem sein, den Sie brutal behandelt oder versehentlich festgenommen haben?«

Die Fragen des Arztes folgten jetzt immer schneller aufeinander. Der Mann hatte Angst, aber er wich nicht zurück. Er hatte schon ganz andere Dinge erlebt. Passan hing in den Seilen. Während er sich noch auf den nächsten Angriff vorbereitete, erhielt er einen unerwarteten Schlag in die Magengrube.

»Die Bedrohungen könnten wieder zu einer Annäherung zwischen Ihnen und Ihrer Frau führen.«

»Wie bitte?«

Der Psychiater nahm die Brille ab und rieb sich die Augen. Er schwitzte, genau wie Passan. Die Klimaanlage schien den beiden Kontrahenten nicht zu helfen.

»Sie wollen sich nicht wirklich scheiden lassen. Die Drohungen könnten Ihrer Rolle in der Paarbeziehung einen neuen Sinn verleihen. Den eines Beschützers.«

Passan krallte sich an den Tisch. Er hatte den Eindruck, als versinke sein Stuhl in den Boden.

»Wollen Sie mich etwa beschuldigen, das ganze Durcheinander selbst arrangiert zu haben?«

»Die Idee stammt nicht von mir.«

»Wer hat dir diesen Floh ins Ohr gesetzt?«

Duclos sackte bleich auf seinem Stuhl zusammen. Passan sprang auf den Konferenztisch, griff nach seiner Waffe und warf sich auf den Psychiater. Sie rollten auf den Boden.

Er hielt die Pistole an den Hals des Arztes.

»Wer hat das behauptet, Arschloch? WER?«

»Der Anwalt Ihrer Frau. Sie war es, die …«

Passan lud.

»MISTKERL!«

Weiter kam er nicht. Vom Lärm alarmiert warfen sich Fifi und noch ein paar andere Kollegen auf ihn und entwaffneten ihn.

50

Jean-Pierre Levy hing unbeweglich auf seinem Stuhl. Nicht einmal das grelle Licht ließ ihn zusammenzucken. Sein Zustand war keine Folge der Infusion, sondern die der Dunkelheit und Hitze. Noch immer pustete der Ventilator glühend heiße Luft in den Raum.

Guillard näherte sich. Levy triefte vor Schweiß. Sein ganzer Körper glänzte wie eine Rüstung. Der Phönix lächelte nur und überprüfte die Spritzenpumpe. Fast anderthalb Liter Flüssigkeit befanden sich bereits im Organismus des Polizisten, und Levy hatte etwa die Hälfte davon wieder ausgeschwitzt. Er war bereit.

Mit wenigen Handgriffen entkleidete sich Guillard und legte sein Gewand an. Der Stoff war leicht und fühlte sich angenehm an. Einen Spiegel brauchte er nicht. Er wusste, dass er mit seinem kahlrasierten Schädel und der orangefarbenen Robe wie ein buddhistischer Mönch aussah.

Er rüttelte Levy, der nach und nach wieder zur Besinnung kam und zu begreifen versuchte, warum er an einen Eisenstuhl gefesselt in einer Betonzelle aufwachte. Als er den Mann entdeckte, der reglos vor ihm stand, lachte er laut auf.

»Lach nicht«, sagte der Phönix. »In antiken Zeiten kleideten sich priesterliche Wahrsager immer wie Frauen. Sie waren Mittler zwischen Göttern und Menschen und zwischen Männern und Frauen. Sie symbolisierten den Ursprung der Welt, also die Vereinigung des männlichen Himmels mit der weiblichen Erde.«

»Armer Irrer! Hast du die Handschuhe?«

Der Phönix sog den sauren, schwefligen Schweißgeruch des Polizisten ein, den der Luftstrom des Ventilators zu ihm trug.

»Normalerweise wagen sich Polizisten nur sehr vorsichtig in den Dschungel des Verbrechens vor«, schrie er, um das Geräusch der Anlage zu übertönen. »Nie verlassen sie den geraden Weg und das Licht. Du aber hast die Linie überschritten, Levy. Mit deinem Erpressungsversuch hast du dich auf mein Territorium begeben – an einen Ort, wo deine Gesetze keine Gültigkeit mehr haben.«

Levy zappelte auf seinem an den Boden geschweißten Stuhl herum.

»Keine Ahnung, was du da salbaderst, du Spinner. Hast du die Handschuhe, ja oder nein?«

Guillard trat einen Schritt auf seinen Gefangenen zu. Der Luftzug spielte in den Falten seines Gewandes.

»In antiken Zeiten gab es gewisse Widersprüchlichkeiten. So verehrten die Griechen doppelte Gottheiten, die gleichzeitig weiblich und männlich waren und sich allein fortpflanzen konnten.«

Levys Gesichtsausdruck veränderte sich. Entsetzen breitete sich unter dem Schweißfilm aus.

»Wirst du mich töten?«

»Trotzdem lehnte man den Hermaphroditismus bei Menschen ab. Ein Kind, das als Zwitter geboren wurde, ertränkte man entweder sofort, oder man stellte es bis zu seinem Tod zur Schau. Niemand wollte sich mit seinem Blut besudeln. Damals galt diese Missbildung als Zeichen für den Zorn der Götter.«

Mit diesen Worten beugte er sich nach vorn und riss die Infusionsnadel aus Levys Arm.

»Ich muss dir sagen: Sie hatten recht. Ich bin der Zorn Gottes.«

Levy schien plötzlich zu begreifen, dass diese Offenbarungen sein Todesurteil bedeuteten.

»Bitte, mach mich los«, stammelte er. »Hast du die Handschuhe gefunden? Lass mich gehen. Ich werde bestimmt nichts sagen. Ich habe längst alles vergessen.«

»Ich will dir noch eine letzte Wahrheit verraten, Levy, damit du nicht als Unwissender stirbst. Im antiken Griechenland praktizierten die Priester Anasyrma: Als Frauen verkleidet hoben sie ihre Gewänder und präsentierten ihre Geschlechtsorgane. Sie waren Männer und Frauen zugleich und die vereinigten Kräfte des Ursprungs der Welt.«

Er hob die safranfarbene Robe und enthüllte seine verkümmerten Geschlechtsorgane.

»NEIN!«

»Da machst du Augen, was, Levy?«

»Ich habe nichts gesehen, ich habe gar nichts gesehen.«

»Dann schau hin. Ich brauche mich nicht zu verkleiden. Ich bin von Natur aus sowohl Mann als auch Frau, doch in Wirklichkeit bin ich weder das eine noch das andere. Ich bin über das Geschlecht erhaben. Ich bin der Phönix!«

»Nein«, stöhnte Levy.

Guillard ließ das Gewand sinken und griff zur Spiritusflasche, in der noch einige Tropfen übrig waren.

»Ich habe dir Schwefel injiziert«, fuhr er fort. »Du hast stark geschwitzt. Beim Kontakt mit dem schwefligen Schweiß haben die Bakterien in deinen Talgdrüsen Schwefelwasserstoff produziert. Verstehst du?«

Levy brüllte, als könne er die Worte seines Peinigers so übertönen. Seine angstvoll aufgerissenen Augen traten fast aus den Höhlen.

»Dein Schweiß ist jetzt brennbar. ›Levy, die menschliche Bombe‹.«

Der Phönix trat einen Schritt zurück und nahm sein Zippo in die Hand. Das gute alte Zippo. Es hatte bei den Entbindungskliniken gute Dienste geleistet. Und auch bei seinen Eltern.

»NEIN!«

Der Phönix öffnete den Verschluss der Flasche und ließ das Rädchen mit dem Daumen schnappen. Ein Funke genügte. Aus dem Flaschenhals schoss eine bläuliche Stichflamme.

»NEIN!«

Der Phönix warf die Flasche zwischen Levys Beine. Sein Genital und die Schenkel fingen sofort Feuer. Bald übertönte das Prasseln der Flammen die Schreie des Polizisten. Levy wand sich auf dem Stuhl, konnte aber seine Fesseln nicht lösen – feuerfeste Bindegurte, die besten auf dem Markt.

Minuten vergingen. Der Rauch, der aus den Flammen aufstieg, wurde von dem bis zum Anschlag aufgedrehten Ventilationssystem abgesaugt. Guillard empfand kein Mitleid mit dem Polizisten. Das Brandopfer würde sein Karma ins Gleichgewicht bringen und für eine Reinkarnation in einem besseren Körper sorgen.

Besorgt war er um sich selbst.

Er stand vor dem Feuer und spürte nichts mehr. Weder Heiterkeit noch Erleichterung. Die Flammen hatten ihre beruhigende Wirkung verloren. Aber hatten sie ihn überhaupt je beruhigt? Sie schenkten ihm Macht und Erregung, doch niemals Frieden. Er erinnerte sich seiner Unzufriedenheit nach der Auslöschung seiner Eltern. Selbst die Brandopfer im 9–3 hatten nur begrenzt gewirkt. Die Wiedergeburt erfolgte jedes Mal weniger kraftvoll und weniger gewaltig.

Levy hatte aufgehört zu brennen. Er hing verdreht, mit entstelltem Gesicht und verkrümmten Händen auf seinem Stuhl. Seine Haltung erinnerte an die versteinerten Leichen in Pompeji.

Guillard schaltete die Klimaanlage ab und zog sein mit winzigen schwarzen Partikeln übersätes Gewand aus. Völlig nackt begann er aufzuräumen. Eine unermessliche Mattigkeit überkam ihn. Die Anzeichen häuften sich. Für ihn gab es keine Lösung mehr. Nur der letzte Flug würde ihm Frieden bringen.

Mit Schutzhandschuhen zerrte er den toten Levy zur anderen Seite des Raums und öffnete die Klappe, die ursprünglich für Ölwechsel vorgesehen war. Der bittere, beißende Geruch der Säure reizte seine Kehle. Er sah sein Spiegelbild auf der schillernden Oberfläche des Beckens. Ein bleicher Schatten, der von schwarzen, Verderben bringenden Spuren durchzogen wurde.

Seine Sicherheit kehrte zurück.

Heute Abend würde der Ritter der Finsternis wieder seinen Spuren folgen und seine kleinsten Bewegungen beobachten. Und genau dann wurde es Zeit, zu handeln.

Mit dem Fuß rollte er die Leiche vorwärts und sprang rechtzeitig zurück, um keine Spritzer abzubekommen. Während ein ekelerregender Dunst aus der Grube aufstieg und den Geruch nach verbranntem Fleisch noch verstärkte, schloss er die Augen und breitete die Arme aus.

Die endgültige Wiedergeburt würde an diesem Abend stattfinden.

51

Man hatte Passan in eine Ausnüchterungszelle im Keller der Zentraldirektion der Kripo in der Rue des Trois Fontanot gebracht. Ihm war nicht klar, ob man damit ihn vor den anderen oder die anderen vor ihm und seinen Tobsuchtsanfällen schützen wollte. Aus den benachbarten Zellen drangen Schreie und eine Art Grunzen zu ihm herüber – die Geräusche von Säufern im Delirium, angeblich Unschuldigen, die sich lautstark über die Ungerechtigkeit beschwerten, und Geistesgestörten, die auf ihre Überführung in die Psychiatrie warteten.

Passan kauerte auf der an der Wand angebrachten Bank. Man hatte ihm Schuhe und Gürtel abgenommen. Sein Gehirn fühlte sich an wie in Watte verpackt. Man hatte ihm ein Beruhigungsmittel gespritzt, sodass er sich matt und wie in einem merkwürdigen Schwebezustand fühlte. Leider konnte er trotzdem nicht all das vergessen, was ihn seit Tagen antrieb.

Er musste hier raus.

Seine Gedanken kreisten um Guillard. Wo war der Mistkerl heute Mittag hingegangen? Was hatte er vorgehabt? Passan wollte einen Blick auf seine Uhr werfen, aber auch die hatte man ihm abgenommen.

Er musste Guillard unbedingt auf den Fersen bleiben. Und bevor der Kerl ihm erneut entwischte, musste er ihm eine Kugel in den Kopf jagen.

Das Schloss klirrte. Passan sprang auf die Füße.

»Setz dich.«

Fifi trat in den Raum, schloss die Tür und lehnte sich dagegen.

»Setz dich endlich.«

Passan ließ sich auf die Bank sinken und raffte seine Anzugjacke um sich herum, als befinde er sich auf einem Schiff in stürmischer See. Getrockneter Schweiß spannte seine Haut.

»Du musst zum Staatsanwalt.«

»Nicht zum Richter?«

»Duclos wird dich nicht verklagen. Da hast du noch mal Schwein gehabt, Alter. Allerdings dürfte der Bericht ziemlich gesalzen ausfallen.«

Passan verbarg das Gesicht in den Händen. Er würde das Sorgerecht für die Kinder verlieren. Man würde ihn entlassen. Er würde …

Er blickte auf.

»Hat jemand Naoko Bescheid gesagt?«

»Wir nicht. Aber keine Sorge, sie wird es erfahren. Da vertraue ich voll und ganz auf ihren Anwalt. Ich habe ein paar Erkundigungen eingezogen – der Kerl muss ein ziemlicher Widerling sein. Er hat überall seine Leute sitzen, vor allem bei uns. Ich frage mich, wo Naoko den aufgegabelt hat.«

Passan rieb sich die Schultern. Womöglich verdankte Duclos den Großteil seiner Informationen ja doch den Verbindungen des Anwalts. Vielleicht hatte Naoko ihn ja doch nicht ganz und gar verraten.

»Was hast du heute Morgen gemacht?«

»Nichts.«

»Du warst vor Guillards Haustür.«

»Nein.«

»Das war keine Frage, sondern eine Feststellung. Albuy und Malençon haben dich auf dem Parkplatz vor der Niederlassung gesehen.«

Passan zog es vor zu schweigen.

»Was hast du gesehen?«, hakte Fifi nach.

Um keinen Preis würde Passan von seinem missglückten Abenteuer berichten. Stumm blickte er vor sich auf den Boden und fragte sich, weshalb Fifi ihn derart löcherte. Offenbar war etwas geschehen. Etwas, das mit ihm oder mit Guillard zu tun hatte.

»Was ist los?«, fragte er schließlich.

Fifi trug ein weites T-Shirt, auf dem Peter Tosh, der Gott des Reggae, in einer Cannabiswolke davonflog.

»Levy ist verschwunden.«

»Verschwunden?«

»Er ist heute Morgen nicht ins Büro gekommen. Er geht nicht an sein Handy. Und sein Auto ist auch weg.«

Für Levys Verschwinden konnte es tausend Gründe geben. Zum Beispiel ein heftiger Kater. Oder eine ordentliche Abreibung von seinen Gläubigern. Womöglich hatte jemand ihn nach einer seiner Gaunereien einfach umgelegt. Oder er war ins Ausland geflohen.

»Wann habt ihr das letzte Mal von ihm gehört?«

»Gestern Abend. Er war bei Guillard.«

»Ganz allein?«

»Mehr als das – er hat unsere beiden Jungs während der Unterredung in die Kneipe geschickt.«

»Und wo war das?«

»Im Autohaus in Aubervilliers.«

»Wie lange war er bei Guillard?«

»Eine halbe Stunde. Anschließend sind Albuy und Malençon zurückgekommen, und Levy ist weggefahren. Seither haben wir nichts mehr von ihm gehört.«

»Und Guillard?«

»Ist in aller Gemütsruhe heimgefahren.«

Was konnte das bedeuten? Vielleicht hatte Levy etwas herausgefunden und wollte Guillard zum Reden bringen. Was vielleicht schlecht für ihn ausgegangen war. Gab es eine Verbindung zu

Guillards Ausflug am Mittag? Nein, diese Idee war nun wirklich zu abenteuerlich.

Eines allerdings war sicher: Sollte Levy versucht haben, Guillard auszutricksen, dann war er vermutlich jetzt tot.

»Denkst du dasselbe wie ich?«

Passan antwortete nicht. Die Mauern seiner Zelle erschienen ihm mit einem Mal viel enger und viel bedrohlicher.

Fifi klopfte gegen die Tür. Im Hinausgehen sagte er:

»Wir kümmern uns. Und halte dich beim Staatsanwalt lieber bedeckt, Olive. Sonst kommst du hier so schnell nicht raus.«

52

Um sieben Uhr abends stand Naoko ein wenig versteckt in der Nähe des Hauses und wartete auf Passan. Sie wollte die Kinder lieber nicht sehen, denn es würde ihr danach zu schwerfallen, sich von ihnen zu trennen. Dort, wo sie stand, hörte sie nur das fröhliche Lachen, das aus dem Badezimmer drang. Und auch das tat schon weh.

Sie hatte sich hinter Passans Lieblingsplatz verschanzt – seinem Zen-Garten. Er lag im Schatten einer Thunbergs-Kiefer mit waagrechten Ästen und eines Ahorns, dessen Blätter sich im Herbst blutrot färbten. Passan hatte die Bäume sofort nach den Kauf des Hauses pflanzen lassen, noch ehe er mit dem Umbau begann. Nach der Geburt der Jungen war noch je eine japanische Kiefer hinzugekommen und natürlich auch ein Kirschbaum. In der Mitte des Zen-Gartens befand sich sorgfältig geharkter grauer Kies. Ein Stück weiter rechts hatte Passan hinter ein paar Felsen einen von Schilf und Farn umgebenen winzigen Teich angelegt, über den sich eine Weide neigte. Kam man näher, sah man die Teichrosen – Sinnbild der Ruhe und des Friedens. Ein winziger Wasserfall benetzte ein paar Steine.

Naoko hatte ihm nie verraten, dass sein Garten aus japanischer Sichtweise nicht ganz den Regeln entsprach. Der Tradition gemäß musste das »Steinmeer« im Nordosten liegen, was hier nicht der Fall war. Dennoch berührte sie der Anblick, weil in diesem Garten eine ganz andere Seite von Passan sichtbar wurde. Die Anordnung von Büschen, Felsen, Moosen und dem in Wellenlinien geharkten Kies verrieten Hingabe und Geduld.

Nachdem man sie über die katastrophale Unterredung mit dem Psychiater informiert hatte, war sie sofort zur Villa gefahren. Anteilnahme war nicht ihr stärkster Charakterzug, aber in diesem Fall fühlte sie sich ganz allein schuld an der Misere. Im Gespräch mit ihrem Anwalt hatte sie ihm ihren Verdacht verraten, an den sie eigentlich gar nicht wirklich geglaubt hatte. Rhim hatte Morgenluft gewittert und den Coup gelandet, ohne vorher mit ihr darüber zu sprechen.

Das Tor glitt auf. Passan und Fifi erschienen – der eine in einem ziemlich mitgenommenen Anzug, der andere im Outfit einer Postrock-Vogelscheuche. Sie wirkten so blass und struppig, als hätten sie die Nacht durchgemacht. Ein Stück weiter hinten erkannte Naoko die Jungs vom Personenschutz. In was für einer Welt lebte sie?

Fifi hob die Hand zum Gruß und verschwand im Haus. Passan kam mit ernster Miene auf sie zu. Kein Lächeln. Er wirkte um zehn Jahre gealtert. Seine Wangen waren hohl unter einem ungepflegten Drei-Tage-Bart.

»Bist du gekommen, um die Kinder zu holen?«, fragte er misstrauisch.

Sein ganzes Wesen strahlte eine verhaltene Gewalt, aber auch eine unendliche Müdigkeit und eine Verletzlichkeit aus, die Naoko berührten.

»Natürlich nicht. Diese Woche bist du an der Reihe. Daran ändert sich nichts.«

»Ich bin also an der Reihe. Manchmal frage ich mich, was für dich am wichtigsten ist – Sturheit, Stolz oder Prinzipientreue.«

»Dann hältst du mich also für eine Japanerin?«

Seine schlechte Laune löste sich in einem Lachen. Er fuhr sich mit der Hand durch die Haare.

»Genau das meine ich. Gehen wir ein Stück?«

»Nicht dass wir auf deinen Wegen herumtrampeln.«

»Schon gut. Darüber sind wir hinaus.«

Sie spazierten unter dem grünen Dach der Thunbergs-Kiefer. Ihnen war, als beträten sie eine andere Dimension. Der dämmrige Halbschatten überzog alles mit einem grünlichen Schimmer. Es war ein sanftes und tröstliches, aber auch trauriges Grün, das zwischen Hell und Dunkel flirrte. Lichtflecke bewegten sich wie auf dem Grund eines Aquariums. Naoko schloss die Augen und atmete die feuchten Düfte ein. Sie befand sich nicht mehr in einem Garten, sondern in ihrer Kindheit.

»Ich wollte mich bei dir entschuldigen«, sagte sie leise.

»Das sieht dir aber überhaupt nicht ähnlich.«

»Mein Anwalt hat mich nicht einmal informiert. Er glaubt, wir befinden uns im Krieg.«

»Aber das alles ist doch nicht auf dem Mist deines Anwalts oder des Psychiaters gewachsen.«

Naoko schüttelte langsam den Kopf. Sie fühlte sich zu erschöpft, um ihm zu widersprechen.

»Hör zu, es ist meine Schuld. Ich habe irgendetwas dahergeredet, und mein Anwalt hat es benutzt und dir diesen Psychiater auf den Hals gehetzt.«

»Wer hat ihm meine Arztrezepte gegeben?«

»Welche Rezepte?«

»Die von damals, als ich die Depression hatte.«

Erst mit Verzögerung wurde Naoko klar, dass Rhim und der Arzt tatsächlich eine volle Breitseite gegen Passan gefahren und in den tiefsten Tiefen seiner Vergangenheit herumgewühlt hatten.

»Dafür kann ich nichts«, verteidigte sie sich. »Damals waren wir noch nicht einmal zusammen. Vielleicht haben sie die Kliniken angerufen – keine Ahnung. Mein Anwalt glaubt offenbar, er müsse in den Kampf ziehen.«

»Du nicht?«

»Nein. Wir sind uns einig, dass wir uns scheiden lassen wollen, aber wir sollten uns wenigstens nicht um die Modalitäten streiten.«

»Ich war es nicht, der auf zwei Anwälten bestanden hat.«

»Ich dachte, damit würde alles klarer.«

»Wie man heute gesehen hat.«

»Es ist noch nicht zu spät für einen Rückzieher.«

»Wie meinst du das?«

»Wir suchen uns einen neuen gemeinsamen Anwalt und vergessen das Gutachten und all den anderen Mist.«

»Hätten wir den ersten behalten, hätten wir uns einiges sparen können.«

»Ich zahle ihn aus meiner Tasche.«

Schweigend sahen sie sich an. Sie streckte ihm die Hand hin, doch er ließ eine gute Weile verstreichen, ehe er sie ergriff. Während der ganzen Zeit fixierte er einen unsichtbaren Punkt irgendwo am Teich, als könne er durch den Schilfgürtel hindurchsehen.

»Mal sehen«, murmelte er schließlich und ging weiter.

Naoko lief hinter ihm her. Die letzten Sonnenstrahlen durchdrangen die Wolken und blitzten durch die Büsche. Mit einem Mal glitzerten tausend kleine Silberkügelchen auf den Moosen. Flechten, die normalerweise ein bläuliches Grün zeigten, wurden plötzlich zartlila. Es war lange her, dass Naoko den Zen-Garten als so schön erlebt hatte. Wirklich nicht übel, dachte sie.

»Bekommst du jetzt Ärger im Job?«

»Schlimmer als jetzt kann es kaum noch kommen.«

Sie hatten den Teich erreicht, dessen dunkelgrüne Oberfläche an die gewaltige Farbtiefe eines Kirchenfensters denken ließ. In einiger Entfernung war leises Vogelzwitschern zu hören.

»Und der Fall?«

»Welcher Fall?«

Passan wirkte verloren. Als hätte er alles verdrängt.

»Der Affe im Kühlschrank.«

»Darauf habe ich die Kollegen angesetzt. Keine Sorge.«

»Und hier im Viertel? Hat jemand etwas gesehen?«

»Niemand.«

»Ist gestern Nacht etwas passiert?«

»Nein.«

Naoko spürte, wie ihr Zorn zurückkehrte. Passan log. Zumindest sagte er nicht alles.

»Keine Sorge«, wiederholte er, als wolle er weiteren Fragen vorbeugen. »Ich glaube, der Kerl rührt sich nicht mehr. Aber schnappen werde ich ihn in jedem Fall. Versprochen.«

Naoko zweifelte keine Sekunde an seinen Worten. Er war der beste Jäger überhaupt. Aber was würde er noch alles unternehmen müssen, um sein Ziel zu erreichen? Und was würde bis dahin noch geschehen? Sie erschauerte, wusste aber nicht, was sie sagen sollte. Passan war ein Mann der Tat. Worte hatten für ihn wenig Bedeutung.

Inzwischen war es dunkel geworden. In den wie Brunnenschalen geformten Mizubashi-Steinen plätscherte das Wasser, als würde es leise lachen. Am Ende des Gartens ragte der Bambuszaun auf, der die Grundstücksmauer verbarg. Mehr als alles andere erinnerte er Naoko an den Garten ihrer Eltern, der zwischen den Nachbargrundstücken eingepfercht war. In Japan sind Häuser und Grundstücke oft ineinander verschachtelt. Naoko war in diesem Gewirr aufgewachsen, wo Leere ein Fremdwort ist und kaum existiert. Außer vielleicht in der Meditation.

Sie gingen weiter den geschlängelten Pfad entlang. Naoko sprach nicht mehr. Die Stille schmolz in ihrem Mund wie ein Eiswürfel. Ein Teil ihres Gehirns nahm selbst kleinste Details wahr. Das Lachen des Wassers. Den Duft der Pflanzen. Die rote Rinde der schräg wachsenden Kiefern. Eigentlich fehlten nur die Krähen. Ihr Herz wurde schwer.

»Erinnerst du dich noch, wie du einmal versucht hast, Japanisch zu lernen?«, fragte sie unvermittelt.

Passan lachte auf. Er war nicht überrascht, denn er hing den gleichen Gedanken nach.

»Und du, wie du versucht hast, das ›r‹ richtig auszusprechen?«

Nun lachte auch Naoko.

»Das habe ich schon lang aufgegeben.«

Nach einiger Zeit fügte sie nüchtern hinzu:

»Ich glaube, wir haben uns nicht sehr viel weiterentwickelt.«

Sie verließen den Schatten der Kiefern und standen vor der Villa. In der hereinbrechenden Dunkelheit wirkte sie so einfach wie eine Kinderzeichnung. Weißer Würfel auf grüner Wiese. Naoko warf Passan einen forschenden Blick zu. Auf seinem Gesicht spiegelte sich eine Art Zärtlichkeit. Sie spürte, dass ihnen beiden plötzlich seltsam befangen zumute war. Es war ein Gefühl, für das es kein Wort gab. Ein Gefühl, das mit den Dingen zu tun hatte, die sie miteinander durchgemacht hatten und für die sie sich jetzt aus unerklärlichen Gründen schämten. Vielleicht fühlten sie sich ihrer auch einfach nicht mehr würdig.

»Möchtest du die Kinder begrüßen?«, fragte Passan, um sein Unbehagen zu überspielen.

»Lieber nicht. Ich gehe jetzt besser. Wir sollten uns an die Regeln halten.«

»Natürlich«, stimmte er zu.

Naoko zeigte auf die hell erleuchteten Fenster.

»Verbringt Fifi den Abend mit euch?«

»Wir müssen noch arbeiten, sobald die Jungs im Bett liegen.«

»Woran?«

»Ach, nur Papierkram für den Job.« Er blickte auf die Uhr. »Ich muss mich jetzt ums Abendessen kümmern. Soll ich dich hinausbegleiten?«

»Nicht nötig. Ruf mich bitte morgen früh an.«

Sie wandte sich zum Tor. Ihre Unruhe war vergessen. Sie hatte den Eindruck, nach einer langen, unsicheren Irrfahrt durch einen Traum endlich wieder festen Boden unter den Füßen zu spüren.

Trotzdem kamen die bitteren Erinnerungen nur allzu schnell zurück. In den letzten Jahren mit Passan hatte sie versucht, sich an jede Einzelheit und jede Geste zu klammern. Ein Essen zu zweit im Restaurant hatte damals ausgereicht, um sie für Wochen positiv zu stimmen. Ein Lächeln oder ein freundlicher Blick hatten ihren Tag sofort verschönt. Doch später hatte er ihr nicht einmal mehr diese kleinen Aufmerksamkeiten gegönnt. Und wenn es zufällig doch einmal vorkam, war sie es gewesen, die ungeschickt darauf reagierte. In ihrer Gier nach Liebe biss sie in die Hand, die ihr Nahrung reichte.

Naoko suchte in ihrer Tasche nach der Fernbedienung. Sie weinte nicht. Offenbar gehörten sogar ihre Tränen einer anderen Zeit an.

53

Seine Ultima Ratio besaß ein NightForce-Zielfernrohr mit Leuchtabsehen. Auf diese Entfernung brauchte er es eigentlich nicht, die Vergrößerung konnte sich sogar als hinderlich herausstellen. Doch die hoch technisierte Ausrüstung gab ihm eine gewisse Sicherheit. Aber würde er das Equipment auch benutzen? Solche Fragen stellte Passan sich eigentlich nicht mehr. Die letzten Ereignisse hatten ihm gezeigt, dass jede Planung sinnlos war.

Seit einer Stunde saß er in schwarzer Kleidung auf einem Baum und beobachtete die etwa hundertfünfzig Meter entfernte Terrasse durch sein Nachtsichtfernrohr. Das wenige, tausendfach verstärkte Restlicht tauchte alles in ein gespenstisches Grün. Fast wie bei einem Einsatz in Afghanistan. Tatsächlich aber befand sich Passan inmitten einer harmlosen Wohnsiedlung mit kleinen Gärten.

Den Finger am Abzug, verharrte er in schussbereiter Stellung. Auch das gab ihm Sicherheit. Die Waffen stammten aus seinem persönlichen Bestand, denn seine Dienstwaffe hatte man ihm weggenommen. Außer der Glock 17 im Anschlag trug er noch eine Sig SP 2022 am Knöchel und ein Eickhornmesser im Gürtel. Er hatte weder Handy noch Navi oder Ballistikrechner dabei – nichts, was mit moderner Technik auffindbar wäre.

Passan hatte beschlossen, Guillard als Gegner im kriegerischen Sinn zu sehen. Er musste sich also auf einen gut ausgerüsteten, erfahrenen, gefährlichen und überdurchschnittlich intelligenten Feind einstellen.

Es war halb zwölf. Auf der Terrasse herrschte Ruhe, ebenso wie im Innern des Hauses. Guillard hielt sich daheim auf und war noch wach. Als würde er auf etwas lauern. Instinktiv schien er zu wissen, dass sich in dieser Nacht alles entscheiden würde.

Nach dem verstörenden Gespräch mit Naoko hatte Passan sofort das Abendbrot zubereitet, ohne die Klavierstunde auch nur zu erwähnen. Anschließend hatte er die beiden Jungen zu Bett gebracht und sie unter der Obhut von Fifi zurückgelassen, der im Wohnzimmer vor den Monitoren saß. Die Kameras liefen, die Mikrofone waren eingeschaltet. Draußen vor dem Haus patrouillierten Polizisten.

Die Villa war zur uneinnehmbaren Festung geworden. Zumindest hoffte Passan das.

Gegen halb zehn hatte er seine Vorbereitungen beendet. Fifi verzog das Gesicht, als er die Sporttasche und die Pistolenschutzhülle entdeckte.

»Wo willst du eigentlich hin?«

»Zerbrich dir mal nicht den Kopf.«

»Den zerbreche ich mir aber, sobald du aus meinem Blickfeld verschwindest.«

»Pass auf die Kinder auf. Mehr brauchst du nicht zu tun.«

Um zehn war er in Neuilly-sur-Seine angekommen. Es war dunkel und still. Auf einem Parkplatz am Square de Chezy hatte er sich umgezogen und anschließend seine erste Runde gedreht.

Guillards Stadtpalais befand sich am Ende einer mit Villen und eleganten Wohnhäusern gesäumten Sackgasse. Mit seinem Generalschlüssel hatte Passan das erste Gitter geöffnet und war in der Deckung der geparkten Autos vorwärtsgeschlichen. Die beiden Wachposten der Polizei standen im Licht einer Straßenlaterne, rauchten und schienen sich entsetzlich zu langweilen. Ganz gleich, was geschehen würde: Passan hatte beschlossen, ohne sie auszukommen. Inzwischen wusste er, mit welchem Trick

Guillard seine Beschatter an der Nase herumführte. Eigentlich war es erstaunlich einfach: Er benutzte einen anderen Ausgang. In Aubervilliers war der Autohändler über den Parkplatz hinter dem Gebäude entwischt. Sein Haus musste über einen ähnlichen Hinterausgang verfügen.

Auf der Suche nach einem guten Ausblick war Passan um die Villa herumgegangen und hatte sich in Gärten, Höfe und auf Terrassen vorgewagt. Schließlich fand er einen Maronenbaum, der die Begrenzungsmauer überragte. Von den belaubten Ästen aus hatte er eine perfekte Sicht auf Guillards Haus.

Das Gebäude war zweigeschossig. Als Passan es vor einigen Wochen durchsuchte, hatte ihm die Ausstattung gut gefallen. Weiße Wände. Große Fenster ohne Balustrade oder Balkon. Karge, mit wenigen Designermöbeln ausgestattete Räume. Auf der Teakholz-Terrasse standen Gartenmöbel und ein großer weißer Sonnenschirm. Alles sah aus wie in einem Hochglanzmagazin. Passan ahnte, dass Guillard die Innenausstattung einem Profi überlassen hatte, weil er sich mit Dekoration kaum auskannte. Ihm waren andere Dinge wichtig. Er lebte in einer Welt aus Angst und Finsternis, die nichts mit der Wirklichkeit zu tun hatte. Ebenso gut hätte er in der Bude eines Schrotthändlers oder in einer Gefängniszelle wohnen können.

Ein weiterer Blick durch den Feldstecher. Immer noch nichts. Im Schlafzimmer, dessen Fenster sich rechts befand, brannte nach wie vor Licht. Allerdings waren die hellen Stoffvorhänge zugezogen. Ob der Wettlauf am Mittag das Tier in Guillard besänftigt hatte? Wohl eher nicht. Der Hass auf Passan und die Gier nach Rache – möglicherweise aber auch die Lust am Morden – würden ihn früher oder später hinaustreiben. Wie einen Vampir, den es nach Blut dürstete. Oder ein Raubtier auf der Suche nach frischem Fleisch.

Fast Mitternacht. Allmählich begannen Passans Knochen zu schmerzen. Wieder einmal stellte er sich die brennende Frage: Würde er Guillard in dieser Nacht exekutieren? Ohne Beweise? Ohne Prozess? Und was käme danach? Würde er sich je wieder im Spiegel anschauen können? Was würde Naoko denken, die ihn ohnehin schon für einen tollwütigen Hund hielt?

Naoko.

Das Gespräch im Garten hatte ihn tief erschüttert. Noch nie hatte er die japanische Atmosphäre seines Gartens so stark empfunden. Als hätte seine Frau ihm endlich den Schlüssel überlassen, der die Tore des Zen-Gartens öffnete. Inmitten goldener Moose und duftender Kiefern hatte er plötzlich das Gefühl gehabt, wieder in Japan zu sein. Fand sich zurückkatapultiert in die Zeit, als sie einander auf der Terrasse des Tempels Kiyomizu-dera oberhalb von Kyoto fotografiert hatten.

Naoko war gekommen, um sich zu entschuldigen. Aber wie üblich hatte sie nicht einmal einen kleinen Teil dessen ausgesprochen, was sie wirklich dachte. Er war ihr deswegen nicht böse. Auf dem Grund ihres Schweigens fand sich immer noch ein anderes Schweigen. Eine dunkle Tiefe, die sich nie enthüllte. Dieses Geheimnis hatte sie auch am heutigen Abend begleitet, als sie gemeinsam durch den Garten wanderten.

Zu Beginn ihrer Beziehung hatte Passan im Scherz zu ihr gesagt: »Am meisten an Ihnen liebe ich Ihren Esprit.« Das war natürlich eine Lüge gewesen. Angesichts einer so augenfälligen Schönheit denkt kein Mann an geistvolle Gespräche.

Sie jedoch hatte ihm geantwortet: »Das ist nicht gut. Mein Geist ist finster.« Erst viel später hatte sie ihm gestanden, dass sie sich mit dieser Antwort interessant machen wollte.

Und doch hatten beide, ohne es zu ahnen, die Wahrheit gesagt. Naokos Geist war wirklich dunkel. Manchmal schien er jegliches Licht zu absorbieren wie ein schwarzes Loch. Und genau diese Finsternis hatte Passan leidenschaftlich an ihr geliebt. Ebenso wie er es liebte, sich in ihren Haaren von der Farbe seidigen Todes zu verlieren.

Plötzlich zuckte er zusammen. Eine Gestalt war über die Terrasse gehuscht – so verstohlen, dass er es beinahe für eine Sinnestäuschung gehalten hätte. Im Haus hatte sich nichts bewegt. Die Fenster im Obergeschoss waren immer noch erleuchtet, und Passan hatte weder ein Fenster noch eine Tür klappern hören.

Er zückte den Feldstecher und beobachtete den Garten. Tatsächlich! Ein Schatten verschwand zwischen den Bäumen und kletterte eine Begrenzungsmauer hinauf. Als er ganz oben war, huschte ein Mondstrahl über seinen Rücken. Es war wirklich Guillard. Ganz in Schwarz. Wie ein Soldat im Einsatz. Wie Passan selbst.

Guillard rollte sich über die Mauer und verschwand auf der anderen Seite. Zwanzig Meter weiter tauchte er im begrünten Hof eines Wohnhauses wieder auf. Passan erkannte seine hüpfende Gangart. Der Geburtshelfer auf dem Weg ins Reich der Nacht.

Der Polizist nahm ihn ins Visier, doch sein Finger berührte den Abzug nicht.

Nein – dazu war er nicht hier. Er war gekommen, um sein Wild zu verfolgen und zu erfahren, was es vorhatte.

Er richtete sich auf und steckte die Waffe ein. Mit ausgestrecktem Bein tastete er nach der Mauerzinne. Wie ein Mondsüchtiger lief er rasch und leise über die Mauer. Als er wieder aufblickte, war Guillard verschwunden. Rasch ließ Passan sich hinabgleiten und rannte los.

54

Seit fast einer halben Stunde schon verfolgte er Guillard. Sie befanden sich auf der A 86. Sorgfältig achtete Passan darauf, dass sich immer einige Autos zwischen ihnen befanden. Scheinwerfer, Straßenlampen und Hinweisschilder zerfetzten die Nacht. Doch die über ihnen lastende Dunkelheit erwies sich als stärker. Passan hatte den Eindruck, in schwarzes kompaktes Magma einzudringen.

Guillard manövrierte seinen Wagen über die verwirrende Vielfalt der Fahrstreifen. Am Boulevard d'Inkermann verließ er schließlich die Autobahn und fuhr auf einen Parkplatz. Mit einer Fernbedienung erweckte er einen dunkel glänzenden Mercedes der S-Klasse zum Leben. Das Auto sah aus wie ein Leichenwagen.

Passan, der so etwas geahnt hatte, parkte seinen Subaru in der Nähe. Er hatte gerade noch Zeit, seine Ausrüstung im Kofferraum zu verstauen, als es auch schon weiterging. Guillard fuhr gemächlich und beachtete die Geschwindigkeitsbegrenzungen. Sogar auf diese Entfernung konnte Passan die Ruhe und Kaltblütigkeit seines Gegners spüren. Wenn es dieses Mal zur Konfrontation kam, würde der Autohändler nicht panisch reagieren. Da war sich Passan sicher.

Nanterre. Gennevilliers. Der Geburtshelfer fuhr in seine Jagdgründe – ins 93. Departement. Seltsamerweise benutzte er nicht den Boulevard Périphérique, sondern zog es vor, die Seine zu überqueren und in einem weiten Bogen Richtung Westen zu fahren. Passan bemühte sich, in möglichst gleichbleibendem Abstand zu folgen. Die geruhsame Fahrweise zerrte an seinen Nerven.

Er konzentrierte sich auf die Straße. Die weite Ebene der Vorstadt war hier allenfalls zu erahnen. Unsichtbare Fabriken stießen helle, fast silbrige Rauchwolken aus, die eigenartige Zeichen in den dunklen Himmel kringelten.

Guillard verließ die Ringautobahn und folgte dem D 986, der direkt nach Saint-Denis führte. Erneut überquerten sie die Seine. Plötzlich gab Guillard Gas. Er verließ die Hauptstraße und tauchte in ein Gewirr kleiner Sträßchen ein. Passan folgte ihm, fragte sich aber, ob der Autohändler ihn entdeckt hatte.

Bogenlampen huschten über seinen Kopf hinweg. Guillard bog ab, gab Gas und bog erneut ab. Aber er raste nicht blindlings davon wie jemand, der einen Verfolger abzuhängen versucht. Ganz präzise folgte er einem bestimmten Weg.

Passan bemühte sich nach wie vor um einen gewissen Abstand. Noch wollte er nicht entdeckt werden. Ihm blieb keine Zeit mehr, Straßenschilder zu lesen oder sich zu orientieren. Mit einem Mal durchzuckte ihn der Gedanke, Guillard könne ihn mitten zwischen den feindselig wirkenden Wohnsilos abhängen und verschwinden.

Sie fuhren an Reihenhaussiedlungen aus Kalkstein und kleinen Geschäften entlang. Alle Fensterläden waren geschlossen wie eiserne Augenlider. Verwaltungsviertel warteten mit modernen und doch schon längst überholten Gebäuden auf.

Als Nächstes kamen die geraden, leeren Straßen, die zu Lagerhäusern, Fabriken und Hangars führten. Guillard hatte auf hundert Stundenkilometer beschleunigt. Ampeln beachtete er jetzt nicht mehr. Passan folgte ihm mit ausgeschalteten Scheinwerfern. Die Straßenlaternen sorgten für ausreichend Helligkeit.

Wieder veränderte sich die Umgebung. Unbebautes Gelände. Industriebrachen. Guillard bog nach links ab und verschwand in einer Staubwolke. Hier war die Straße nicht mehr asphaltiert. Hastig schlug Passan das Lenkrad ein, geriet ins Schleudern, fing sich wieder. Er behielt seine Geschwindigkeit bei, obwohl er so gut wie nichts mehr sehen konnte.

Plötzlich trat er heftig auf die Bremse. Um Haaresbreite wäre er mit dem Mercedes zusammengestoßen, der weiß vor Staub quer auf dem Weg stand. Passan stieg aus, ließ den Motor des Subaru aber laufen. Mit der Glock in beiden Händen näherte er sich langsam Guillards Fahrzeug. Tausend Möglichkeiten schwirrten ihm durch den Kopf. Hatte Guillard die Kontrolle über seinen Wagen verloren? War er gegen ein Hindernis geprallt? Oder ohnmächtig geworden?

Die Tür des Mercedes stand weit offen. Der Innenraum war leer.

Langsam legten sich die Staubwolken ringsum. Passan erkannte eine Umzäunung, hinter der ein Gebäudekomplex lag, der entfernt an das Centre Pompidou erinnerte. Nur mit mehr Eisen, Feuer und Rauch. Ein ungeheures Hämmern war zu hören. Ein Pulsieren, das aus der Erde zu quellen und unmittelbar in jeden Nerv einzudringen schien. Passan begriff, dass der Kampf verlagert wurde.

Guillard ging bereits auf das hell erleuchtete Ungetüm zu.

Passan steckte die Waffe ein und machte sich daran, das Gitter zu erklimmen. Als er auf der anderen Seite ankam, hatte die riesenhafte Anlage mit ihren Rampen, Schornsteinen und Silos Guillard verschlungen.

Passan ging über den dröhnenden Boden auf die Fabrik zu. Trotz seiner Eile musste er vorsichtig sein. Überall waren Brombeerranken, Müll und Schlaglöcher, die ihm den Weg versperrten.

Guillard war nirgends zu sehen.

Ein metallisches Kreischen näherte sich zu seiner Linken. Es war ein Zug – eine Reihe leerer Förderwagen, die über die mit Gras überwucherten Gleise holperten. Passan ließ ihn vorbei und rannte weiter. Das Werk war nur noch hundert Meter entfernt. Flammen züngelten in den Nachthimmel. Die Schornsteine sahen aus wie rauchende Ruinen. Die an den Türmen und Tanks angebrachten Lichter schienen Signale ins All auszusenden. Und über allem hing dieser ununterbrochen dröhnende Rhythmus: bom-bom-bom-bom ...

Plötzlich tauchte Guillard auf einer Treppe auf, die sich spiralförmig an einem der Silos hinaufschlängelte. Mit seinem schwarzen Anzug und dem bleichen Schädel sah er aus wie ein Priester auf dem Weg zur Kanzel. Selbst auf diese Entfernung fiel Passan eine Einzelheit auf: Guillard trug Nitril-Handschuhe.

Passan zog die Waffe aus dem Gürtel und lud. Guillard führte ihn offenbar zum nächsten Tatort.

Er fand eine angelehnte Gittertür, die in ein verwirrendes Röhrensystem führte, das ihn an riesenhafte Wurzeln denken ließ. Er irrte zwischen den Leitungen hindurch. Ein scharfer Gestank reizte seine Schleimhäute. Er zog seine Kapuzenmaske über das Gesicht und lief weiter. Schließlich entdeckte er Stufen am Fuß eines Silos. Er griff nach dem Handlauf und hastete hinauf. Seine Schritte ließen die Stufen im Takt mit dem Herzen der Maschine erzittern. Nachdem er den Zylinder einmal umrundet hatte, wusste er noch immer nicht, ob er sich auf der richtigen Treppe befand.

Wie eine Antwort auf seine Unsicherheit tauchte Guillard

plötzlich zwei Etagen über ihm auf. Passan rannte weiter. Er erstickte fast unter der Wolle seiner Kapuze.

Nach der nächsten Runde schaute er wieder nach oben, sah aber zunächst niemanden. Erst auf den zweiten Blick entdeckte er Guillard, der über einen Metallsteg lief. Wieder eine Runde. Außer Atem und mit brennender Lunge erreichte er ebenfalls den Laufgang.

Er rollte seine Kapuzenmaske hoch, um wenigstens einmal durchzuatmen. Aber das machte alles nur noch schlimmer. Die Luft war das reinste Gift. Rasch zog er den Strickstoff wieder über das Gesicht.

Auf dem nächsten Laufsteg stand Guillard.

Kahlköpfig, im Maokragen, bedeckt mit weißem Staub.

Er schien auf Passan zu warten.

Unwillkürlich hob Passan seine Waffe. Doch die Erscheinung war schon wieder verschwunden. Passan sprang auf den nächsten Steg, an dessen Ende es mehrere Möglichkeiten gab. Er wandte sich nach rechts, schlängelte sich zwischen einem Wald aus Rohren hindurch und kletterte über Leitungen mit großen Handrädern, die wie die Steuer eines Schiffes aussahen.

Eine halb geöffnete Tür. Die Wand reflektierte zuckende Flammen.

»Nein«, stöhnte Passan. »NEIN!«

Kam er zu spät? Hatte Guillard das nächste Opfer schon getötet? Er stieß die Tür auf und blieb überrascht stehen.

In einer von Rohren durchzogenen Halle saß Guillard völlig nackt und bewegungslos im Schneidersitz in einer Benzinpfütze. Er brannte lichterloh. Sein Schädel war von einem flammenden Heiligenschein umgeben. Seine Haut glühte rot und schwarz, warf Blasen und zerplatzte. Passan musste an das berühmte Bild des Bonzen denken, der sich 1963 in Saigon geopfert hatte.

Er steckte die Waffe ein und rannte auf das Feuer zu. Verzweifelt suchte er nach etwas zum Löschen. Hastig zog er seine Jacke aus und schlug mit aller Macht auf den brennenden Körper ein. Die Rauchentwicklung wurde stärker, doch die Flammen ließen nach. Ohne auf den Schmerz zu achten, zerrte er den Mörder aus der Glut. Doch Guillard brannte weiter.

Wie von Sinnen schlug Passan mit seiner Jacke auf Guillard ein, bis es ihm irgendwann gelang, das Feuer einigermaßen zu löschen. Er fiel auf die Knie. Versuchte es mit einer Herzmassage. Er verbrannte sich jedoch nur die Finger an dem rauchenden Körper. Wieder griff er nach der Weste, wickelte sie sich um die Hände und probierte es erneut.

Ohne nachzudenken, trommelte er mit beiden Händen auf Guillards Brustbein ein. Der Mann sollte leben! Musste leben! Plötzlich setzte sich der Geburtshelfer auf und griff nach Passans Hals, als wolle er ihn umarmen. Und dann hustete er. Feuer schoss aus seinem Mund. Ein weißer Schleier explodierte vor Passans Augen. Sein Gesicht brannte.

Er konnte nicht einmal mehr schreien. Ihm war, als tauche er in einen See aus glühender Lava. Blendende Blasen fraßen sich in seinen Kopf. Der Schmerz war unerträglich wie ein riesiges Gebiss, das sein Gesicht zermalmte.

Mit dem letzten Aufflackern seines Bewusstseins wurde ihm klar, dass Guillard Benzin im Mund behalten und es wie ein Feuerspucker auf seinen Feind gespien hatte.

Die Falle des Mannes, der auch eine Frau war.

Ein Feuerkuss.

55

»Wie konntest du mir das nur antun?«, schrie Naoko.

Passan verstand sie kaum. Mit der Wut verstärkte sich ihr Akzent. Aber sicher lag es auch an den Morphinen, die man ihm gespritzt hatte, und an den Bandagen, die um seinen Kopf gewickelt waren. Doch er war immer noch bei Bewusstsein und konnte sehen, wie sie vor seinem Metallbett hin- und herlief.

Falls er auf Mitleid gehofft hatte, so sah er sich jetzt eines Besseren belehrt.

»Immer hast du mich nur angelogen! Wolltest mich wohl für blöd verkaufen!«

Er bewegte sich nicht. Sein Gesicht war mit einem analgetischen Gelverband bedeckt. Nachdem er Guillards Feuerkuss erstickt hatte, war er ohnmächtig geworden. Aufgewacht war er in einem Krankenwagen. Der Brand hatte Feueralarm ausgelöst, und die Wachleute der Fabrik waren nur wenige Sekunden nach dem Ereignis an Ort und Stelle gewesen. Patrick Guillard jedoch konnten sie nicht mehr helfen.

Passan wurde umgehend ins Krankenhaus Max Fourestier nach Nanterre gebracht, wo die Ärzte ihm erklärten, dass seine Verbrennungen nur oberflächlich seien. Trotzdem müsse er achtundvierzig Stunden zur Beobachtung in der Klinik bleiben. Passan hatte nicht reagiert. Er fühlte sich wie gar gekocht.

Jetzt lag er mit einer Infusionsnadel im Arm in einem grünlichen Papierhemd auf seinem Krankenhausbett, den Kopf eingewickelt wie eine Mumie, und sah der aufgeregt umherlaufenden Naoko zu. Die blasse Morgendämmerung drang durch die Jalousien des schäbigen Krankenzimmers. Es war fast sechs Uhr früh.

»Du paranoider Mistkerl!«

Fassungslos verfolgte Passan die absurde Szene. Es war wie im Kino. Als hätte man Naoko eine Rolle zugewiesen, bei der sie sich im Text irrte. Statt sich um die Wunden ihres heldenhaften Ehemannes zu kümmern, beleidigte sie ihn.

Wie durch einen Nebel hindurch stellte Passan irgendwann fest, dass die schwarzhaarige Furie schwieg. Aber nach wie vor wanderte sie auf und ab, rang die Hände und wurde von Krämpfen geschüttelt, als behandele man sie mit einem Defibrillator.

»Herzlichen Dank für deine Unterstützung.«

»Meine Unterstützung?«, wiederholte sie. Im Halbdunkel sah sie sehr blass aus.

Wieder setzte sie sich in Bewegung. Klar, er verdiente diesen Rüffel. Es war nicht etwa der Anruf mitten in der Nacht gewesen, der Naoko derart aufgebracht hatte. Auch nicht die Tatsache, dass man ihren Mann aus einer Fabrik retten musste, wo er sich neben einem verbannten Zwitterwesen krümmte. Schuld war Fifi.

Er hatte sie in ihrem Hotel abgeholt und sich in Erklärungsversuchen verhaspelt. Dabei kamen irgendwann die Blutentnahmen zur Sprache. Als Naoko schließlich begriff, dass jemand mehrere Nächte hintereinander in die Villa eingedrungen war, um den Kindern Blut abzunehmen, explodierte sie. Ihr nachträgliches Entsetzen entlud sie nun bei Passan.

Irgendwann hob er die Hand und bat um eine Verschnaufpause, weil er auch einmal etwas sagen wollte.

»Ich glaube, ich habe verstanden. Geh jetzt besser ins Hotel zurück und ruhe dich aus.«

Seine Stimme klang wie ein Reibeisen.

»Mich ausruhen? Bist du bescheuert oder was?«

»Versuch es zumindest. Du bist heute Abend zu Hause mit den Kindern an der Reihe.«

Konsterniert schüttelte sie den Kopf.

»An der Reihe! Du tickst doch wirklich nicht ganz richtig.«

Plötzlich schien ihr etwas einzufallen. Sie stürzte sich auf den Spind und wühlte in Passans verrußter Kleidung herum. Allein durch diese Bewegung verbreitete sich sofort ein ekelerregender Geruch nach angesengtem Stoff im Zimmer.

Triumphierend wandte sie sich um und hielt seinen Schlüsselbund hoch.

»Du setzt keinen Fuß mehr in dieses Haus.«

Wenn Naoko begann, sich mit häuslichen Dingen zu beschäftigen, war sie wirklich am Ende mit den Nerven. Manchmal hatte Passan den Eindruck gehabt, dass eine Ladung Wäsche oder das Abtauen der Tiefkühltruhe sie davor bewahrte, Hand an sich zu legen und Seppuku zu begehen.

»Könntest du Fifi bitten, herzukommen?«, bat er mit heiserer Stimme.

Naoko zögerte. Die Wut wich aus ihren Zügen. Ihr bleiches, fast gelbliches Gesicht sah aus wie eine geschnitzte japanische Holzmaske.

»Schwörst du mir, dass jetzt alles vorbei ist?«, fragte sie leise. »Haben die Kinder nichts mehr zu befürchten?«

»Ich schwöre.«

Er sah, wie ihre Lippen zitterten.

»Versuch zu schlafen«, murmelte sie und hob ihre Handtasche vom Boden auf.

Dass Passan ausgerechnet in dieses Krankenhaus gebracht worden war, entbehrte nicht einer gewissen Ironie. Tatsächlich kannte er dieses Haus sehr gut. Damals hatte es noch La Maison de Nanterre geheißen und war die medizinische Anlaufstation für die Ärmsten der Armen im Pariser Westen gewesen.

In diesem Etablissement mussten die Heim- und Pflegekinder jedes Jahr ihre Pflichtuntersuchung über sich ergehen lassen. Passan erinnerte sich noch lebhaft der gekachelten Säle, der Steinbögen und der offenen Galerie. Immer war es kalt gewesen. Die Kinder hatten bis ins Mark gefroren, wenn sie nur mit einem Slip bekleidet darauf warteten, dass sie an die Reihe kamen. Auch die Dauergäste der Einrichtung konnte Passan nie vergessen. Die zahnlosen, irren Gesichter, die sich die Nasen an den Fensterscheiben plattdrückten und wie die Wilden masturbierten.

Fifi erschien. Er wirkte ziemlich durcheinander. Passan bemerkte seine erweiterten Pupillen und fragte sich, ob sein Partner nicht doch wieder zum Heroin gegriffen hatte, so wie andere Leute unter Stress wieder zu rauchen anfangen.

»Wie geht's?«, erkundigte sich Fifi nervös.

»So lala.«

»Naoko meinte, du willst mich sehen.«

»Du musst mir einen Gefallen tun. Besorge uns ein Überwachungsfahrzeug.«

»Wozu?«

»Pack die ganzen Monitore hinein. Ich möchte nicht, dass Naoko die Bildschirme sieht. Ruf Super Mario an, der erledigt das.«

Trotz des Rauchverbots im Krankenhaus hielt Fifi eine brennende Zigarette zwischen den Fingern.

»Das verstehe ich nicht. Stellen wir die Überwachung jetzt nicht ein?«

»Ich brauche endgültige Sicherheit.«

»War der Besucher in deinem Haus denn nicht Guillard?«

»Ich weiß es einfach nicht. Als ich ihn da im Schneidersitz habe brennen sehen, wurde mir klar, dass er einfach nur nicht mehr konnte. Er hatte seinen ungeheuerlichen Körper satt, seinen Irrsinn, der ihn zum Mörder hat werden lassen, und auch die Angst, dass ich ihn früher oder später erwischen würde. Er wollte nur noch sterben. Und mich mit in den Tod reißen. Es wäre ihm nie in den Sinn gekommen, Naoko zu erschrecken. Und auch meine Söhne interessierten ihn nicht. Irgendwo hat diese Sache einen gewaltigen Haken.«

Fifi antwortete nicht. Offenbar fiel es ihm schwer, die neuen Informationen zu verdauen.

»Es gibt auch noch andere Unstimmigkeiten«, fuhr Passan mit seiner Glaspapierstimme fort. »Zum Beispiel die Daten. Die Blutentnahmen bei den Kindern haben vor mehreren Wochen angefangen. Lang vor dem Vorfall in Stains.«

»Schon klar. Aber Guillard hatte vielleicht schon früher Rachegedanken.«

»Aber das hätte nicht zu seiner vorsichtigen Art gepasst. Außerdem hatte er damals gerade Leila Moujawad in seine Gewalt gebracht und mit Sicherheit ganz andere Dinge im Kopf.«

»Also?«

»Wir setzen die Überwachung fort.«

»Solltest du nicht lieber umziehen?«

»Wenn jemand anders hinter dieser Sache steckt, hat es sicher nichts mit der Adresse zu tun. Gibt es etwas Neues von Levy?«

»Nichts. Entweder ist er längst über alle Berge, oder er betrachtet die Radieschen von unten.«

»Kannst du den Überwachungswagen besorgen?«

Fifi fuhr sich mit der Hand über das Gesicht und inhalierte einen tiefen Zug. Seine Akne leuchtete feuerrot in den ersten Sonnenstrahlen, und seine Augen glänzten wie im Fieber.

»Das kriege ich schon irgendwie hin«, meinte er schließlich, öffnete das Fenster und schnipste die Kippe hinaus.

»Naoko darf nichts davon erfahren. Kann ich mich auf dich verlassen?«

»Das ist doch idiotisch. Ich bringe sie gleich heim. Dann sieht sie das Zeug doch.«

»Sag ihr, dass alles noch im Lauf des Vormittags abgebaut wird. Ab sofort findet die Überwachung außerhalb des Hauses statt, kapiert?«

Fifi nickte. Er wirkte nicht sonderlich überzeugt.

»Lass auch die Kamera in ihrem Zimmer abbauen. Ich möchte nicht, dass die Jungs meine Frau nackt sehen.«

»Sonst noch was?«

»Ja. Ich will zwei Bullen vor der Schule und zwei Typen, die Naoko beschatten – mit anderen Worten: Wir brauchen Verstärkung.«

»Ich kapiere es immer noch nicht. Machen wir wirklich weiter?«

»Ich darf nicht das geringste Risiko eingehen. Kann ich auf dich zählen?«

Fifi beugte sich über Passans Bett und drückte ihm die Schulter.

56

Fahrstreifen flogen vorbei. Straßen, Autobahnkreuze, Hängebrücken. Die leere Landschaft ließ an ein absurdes, unnützes Straßennetz denken, das nirgends hinführte und niemandem diente. Die aufgehende Sonne strahlte nicht, sondern glühte stumpf und verlieh den dünnen Schleierwolken einen braunen Tabakton. In der Ferne sah man weiße Häuser, ganze Ozeane verschwommener Wohnstätten und Wälder von Türmen, die sich wie brennende Bäume in den rötlichen Himmel reckten.

In Japan schienen Autobahnen immer einen Wald zu durchschneiden, sich durch Grüngebiete zu fressen und die Natur zu stören. Hier jedoch war das pflanzliche Leben schon lange tot. Die wenigen Bäume, die kleinen Rasenflächen und die kargen Gehölze erschienen eher wie Eindringlinge, die eigentlich gar nicht zur Landschaft gehörten.

Naoko bereute ihr Verhalten. Zumindest hatte ihr Auftritt die Situation keineswegs verbessert. Der Vater ihrer Kinder war soeben noch einmal mit dem Leben davongekommen, und ihr war nichts Besseres eingefallen, als ihn anzuschnauzen wie einen halbwüchsigen Bengel, den man bei einer Lüge ertappt. Sie hatte wirklich überreagiert.

Sie sah Passan vor sich. Sein schwarzes verschwollenes Gesicht unter den Bandagen. In Wirklichkeit hatte sein Zustand sie sehr traurig gemacht. Gleichzeitig war ihr ihre Hilflosigkeit schmerzlich bewusst geworden. Aber Angriff war nun mal die beste Verteidigung.

»Er hat mir gesagt, dass vielleicht ein Ermittlungsverfahren gegen ihn eingeleitet wird. Stimmt das?«, erkundigte sie sich plötzlich bei Fifi.

»Das ist in solchen Fällen ganz normal. Du brauchst dir keine Sorgen zu machen. Alles wird gut gehen.«

Naoko schluckte ihre Tränen hinunter. Ständig versuchte man sie zu beruhigen, behandelte sie wie ein unmündiges Kind und erzählte ihr irgendwelchen Mist!

»Seid ihr sicher, dass das der Kerl war, der es auf unser Haus abgesehen hatte?«

»Ganz sicher.«

Fifi log nicht besser als Passan. Beide glaubten offenbar nicht, dass die Gefahr vorüber war. Sie konnten nicht bestätigen, dass es sich bei dem in dieser Nacht verbrannten Mann um den Eindringling handelte. Aber statt ihre Befürchtungen mit ihr zu besprechen, blufften sie immer weiter.

»Dann wird es also in Zukunft nie mehr Probleme bei uns geben?«, hakte sie nach.

Fifi wich der Frage mit einem Lachen aus.

»Kommt darauf an, was du unter Problemen verstehst.«

»Gehäutete Affen in meinem Kühlschrank. Vampire, die das Blut meiner Kinder saugen.«

»Das ist alles mit Guillard gestorben und begraben.«

Es hatte keinen Sinn.

»Warum hat er mir das alles verheimlicht?«

»Er hat alles nur für dich getan. Immer.«

Sie lachte freudlos auf.

»Ich will dieses Leben nicht mehr.«

Dieses Leben. Der Plan war eigentlich nicht schlecht gewesen. Passan handelte im Namen der Gerechtigkeit. Er verhaftete Bösewichte, schützte die Gesellschaft und verteidigte die Werte der Republik. Aus der Berufung jedoch war ein Beruf geworden, und der Beruf wurde schließlich zur Droge. Das Gute war nur noch ein abstrakter Wert, das Böse eine alltägliche Realität.

»Ich nehme die Ringstraße. Ist das okay?«

Naoko nickte schweigend.

Sie fuhren am Viertel La Défense vorbei. Eine Wüste aus Schiefer, Quarz und anderen Mineralien. Fossilien einer längst vergangenen Ära.

Naoko blickte auf die Uhr. Fast sieben. In ihrer Verzweiflung hatte sie wieder einmal Sandrine angerufen. Gestern Nacht waren die Kinder von Gaia und einem bewaffneten, versoffenen und bekifften Polizisten gehütet worden. Sie hatten ihren Vater gesehen, der sich darauf vorbereitete, einen Mann zu töten. Und wenn sie nun aufwachten, würden sie erstaunt feststellen, dass sie sich in der Obhut Sandrines befanden. Sah so etwa ein stabiles Familienleben aus?

Eins aber wusste sie ganz genau: Ganz gleich, welches Risiko auf sie zukam – sie würde keinesfalls umziehen.

Auch wenn es nicht Guillard gewesen war, der ihnen aufgelauert hatte. Auch wenn die Möglichkeit bestand, dass die Bedrohung anhielt. Nein, sie würde sich nicht aus dem Staub machen. Sie würde dem Aggressor die Stirn bieten. Zusammen mit den Kindern. Und ganz bestimmt mit ein paar Polizisten in der Hinterhand. Naoko war ganz sicher, dass Passan trotz seiner Versprechungen die Überwachung des Hauses nicht aufgeben würde.

Und doch konnte sie sich der Versuchung nicht ganz entziehen. Sollte sie nicht doch nach Tokio zurückkehren? Mit den Kindern? Dort würde sie Tausende von Kilometern von der Gewalt entfernt sein.

Tränen traten ihr in die Augen. Kaum dass sie noch die Landschaft erkennen konnte. Alles erschien ihr trüb und verschwommen. Nein. Das war nicht die richtige Lösung.

Eine Flucht nach Tokio hieße, ihre eigene Büchse der Pandora wieder zu öffnen.

Der Wagen hielt. Naoko verscheuchte ihre Überlegungen wie einen bösen Traum. Durch ihre Tränen hindurch sah sie die Toreinfahrt der Villa.

»Wir sind da«, verkündete Fifi. »Endstation.« Er meinte es nicht ironisch.

TEIL 3:
TOD

57

»In den Siebzigerjahren gab Stevie Wonder einmal eine Pressekonferenz, bei der ihn ein begeisterter Journalist fragte, ob es nicht schrecklich sei, blind geboren zu werden. Stevie Wonder zögerte einen Augenblick und meinte dann: ›Es hätte schließlich schlimmer kommen können. Stellen Sie sich einmal vor, ich wäre als Schwarzer geboren.‹«

Passan versuchte zu lächeln, gab es aber sofort wieder auf. Schon der Versuch tat entsetzlich weh. Er hatte das Gefühl, dass seine Haut unter den mit Xylocain getränkten Bandagen zu platzen drohte.

Es war drei Uhr nachmittags. Unter der Wirkung der Morphine hatte er den ganzen Vormittag geschlafen. Mittags wurden die Verbände gewechselt, worauf die Wunden wieder zu brennen anfingen wie Flammen unter einem Dampfkessel. Eine weitere Spritze, erneutes Koma. Als er aufwachte, saß Fifi an seinem Bett.

Der junge Mann hatte sich wirklich ins Zeug gelegt. Er hatte ein Überwachungsfahrzeug organisiert. Mit Super Marios Hilfe hatte er die Kamera aus Naokos Zimmer entfernt und die Monitore in den Lieferwagen gebracht, der nicht weit von der Villa entfernt in der Rue Cluseret parkte. Zwei Polizisten kümmerten sich um die Überwachung, zwei andere liefen Streife im Viertel. Lefebvre hatte Fifi unterstützt. Die Vorzeichen hatten sich verändert: Passans Wünsche waren der Kripo jetzt Befehl.

Fifi saß mit einer brennenden Zigarette an Passans Bett und erzählte Anekdoten. Wenn es um Musik ging, konnte er stundenlang Geschichten, Berichte und Zitate zum Besten geben.

»Weißt du, wie Keith Richards über die Musiker von heute denkt?«

»Keine Ahnung.«

»Er sagte einmal: ›Wo sind die Typen, die uns lächerlich machen sollten? Ich sehe nur Kahlköpfe an Turntables.‹«

Passan zog eine Grimasse.

»Glaubst du ernsthaft, damit könntest du meine Laune verbessern?«

»Ich will dich nur auf andere Gedanken bringen.«

Passan nickte. Er hatte das Gefühl, unter seinem Verband zu ersticken. Das Gel klebte an seiner Haut, die Schmerzmittel betäubten seine Nerven. In seinem Zimmer wechselten sich düstere Schatten mit blendend hellen Lichtfetzen ab, die in sein Blickfeld schnitten wie Glasscherben.

Als er versuchsweise die Augen schloss, wurde es noch schlimmer. Entweder sah er Guillards brennendes Gesicht vor sich oder schwefeläugige Dämonen, die langsam in sein Gehirn eindrangen. Hastig verscheuchte er die Visionen, öffnete die Augen und zwang sich, über Fifis neueste Nachrichten nachzudenken.

Guillards Leiche war in die Gerichtsmedizin nach Paris überführt worden. Der Staatsanwalt und Richter Calvini hatten eine Hausdurchsuchung in Neuilly angeordnet, bei der man nichts gefunden hatte – was Passan durchaus nicht verwunderte. Als Nächstes plante man, jede einzelne Werkstatt und vor allem die Büros der Holding zu durchsuchen. Aber auch da gab Passan sich keiner Illusion hin.

Ironischerweise gründete sich die posthume Anklage gegen Guillard nicht etwa auf den Mord an vier Frauen, sondern auf die versuchte Tötung eines hohen Polizeibeamten. Außerdem stützte sich die Staatsanwaltschaft momentan ausschließlich auf Passans Zeugenaussage. Mit anderen Worten – klar war noch gar nichts. Was zum Beispiel hatte Passan in Guillards unmittelbarer Umgebung zu suchen gehabt? Immerhin durfte er sich dem Autohändler höchstens auf zweihundert Meter nähern. Hatten sie sich verabredet? Hatte Passan Guillard herbestellt? War es überhaupt möglich, dass der schwerstverletzte, sterbende Autohändler noch Benzin in Passans Gesicht speien konnte?

Fest stand, dass die Fabrikhalle, in der man Guillard und Passan gefunden hatte, keinerlei brennbare Substanzen enthielt. Die Sache musste also geplant gewesen sein. Aber wer hatte die Falle gestellt? Im Augenblick tendierte man noch zu Passans Version – seine Verbrennungen wurden für glaubwürdig gehalten.

Hier stand das Wort des Überlebenden gegen das Schweigen des Toten.

Was den ungebetenen Besucher in der Villa anging, so gab es nichts Neues zu vermelden. Die Nachforschungen zum Handel mit Kapuzineraffen hatten nichts ergeben. Zur Technik von Blutentnahmen oder zur Möglichkeit, dass ein »Blutdieb« schon einmal an einem anderen Ort zugeschlagen hätte, ebenfalls nicht. Auch die Spurensuche im Haus hatte keine Ergebnisse gebracht. Hinsichtlich der DNA-Analysen wäre Passan jede Wette eingegangen, dass man außer den Spuren seiner eigenen Familie höchstens noch die des Kindermädchens Gaia finden würde.

»Habe ich dir mal erzählt, dass ich Joe Strummer, dem Gitarristen von *Clash*, über den Fuß gefahren bin?«

Passan schaltete auf Durchzug. Fifi redete weiter, aber sein Chef hörte nicht mehr zu.

Gegen eins, zwischen zwei Schlafphasen, hatte er mit Naoko telefoniert. Sie hatte die Kinder zur Schule gebracht und war zur Arbeit gegangen wie jeden Tag. Dass zwei Polizisten sie beschatteten und dass die Villa noch immer überwacht wurde, wusste sie nicht. Passan hielt ihr gegenüber an der offiziellen Version fest: Der Schuldige war tot, und es bestand keine Bedrohung mehr.

Mit einer gewissen Verspätung bemerkte er, dass Fifi aufgestanden war.

»Gehst du?«

»Ich komme heute Abend noch mal vorbei. Soll ich den Fernseher einschalten?«

Schlecht gelaunt lehnte Passan ab. Bei so viel mitfühlender Anteilnahme fühlte er sich noch elender.

»Was Neues von Levy?«, fragte er noch rasch nach.

»Immer noch nichts. Das Ermittlungsverfahren ist inzwischen eingeleitet. In den nächsten Tagen werden seine Bankkonten überprüft, um herauszufinden, ob er sich vielleicht abgesetzt hat.«

»Wenn es so wäre, hätte er sicher Vorsichtsmaßnahmen ergriffen.«

»Niemand ist unfehlbar.«

»Und wenn er tot ist?«

»Wird seine Leiche sicher irgendwann und irgendwo auftauchen. Im Augenblick überprüfen wir eine Liste seiner Feinde.«

»Da habt ihr ja einiges zu tun!«

Fifi tippte sich mit zwei Fingern an die Schläfe und verschwand. Passan blieb allein im Zimmer zurück. Es gab absolut nichts, womit er die Zeit totschlagen konnte. Nur Nachdenken. Er schloss die Augen. Sofort bombardierten Lichtblitze seinen Kopf. Wie bei einem Luftangriff.

Ein Geräusch weckte ihn. Sekundenlang wusste er nicht, wo er war und was er da hörte. Er brauchte einige Zeit, ehe er das dämmrige Krankenzimmer erkannte. Es war schon später Nachmittag, offenbar hatte er einige Stunden geschlafen. Und dann begriff er, woher das trillernde Geräusch kam – von einem Handy, das er nicht kannte. Sein eigenes Mobiltelefon war in der Fabrik verbrannt, doch Fifi hatte ihm ein neues besorgt.

Es lag mit erleuchtetem Display auf dem Nachttisch.

»Hallo?«

»Ich bin es, Fifi. Es gibt Neuigkeiten von Levy.«

»Habt ihr ihn gefunden?«

»Mehr oder weniger. Er war an seinem Schließfach in einer Zweigstelle der HSBC in der Avenue Jean-Jaurès im 19. Arrondissement. Und zwar gestern Mittag.«

Passan begann unter seinem Verband zu schwitzen.

»Um wie viel Uhr genau?«

»11.37 Uhr.«

Trotz der wütenden Schmerzen und trotz der Betäubungsmittel begriff Passan sofort. Das also war die Verfolgungsjagd gewesen! Guillard war entweder an der Station Stalingrad oder an der Station Jaurès ausgestiegen. Levy und Guillard sahen sich entfernt ähnlich. Eine Täuschung war also durchaus möglich.

»Ist ganz sicher, dass es Levy war?«

»Genau darum geht es. Zeugen in der Zweigstelle haben ausgesagt, dass der Kerl sich ein wenig merkwürdig benahm. Er trug eine Kappe und eine Sonnenbrille und hat sich standhaft geweigert, sie abzulegen.«

Kein Zweifel. Das war Guillard.

»Und was hat er in der Bank gemacht?«

»Er hat sich sein Schließfach öffnen lassen.«

»Obwohl es sich möglicherweise um einen Betrüger handelte, der nicht einmal sein Gesicht zeigen wollte?«

»Der Typ wirkte wohl total selbstsicher. Außerdem hat er eine Polizeimarke vorgelegt.«

»Und weiter?«

»Nichts. Er hat sich vom Acker gemacht, und das war's. Aber wenn es Levy war, dann …«

»Es war Guillard.«

»Guillard?«, fragte Fifi völlig baff. »Wieso Guillard?«

»Das werde ich dir bei Gelegenheit erklären.«

Levy hatte also offenbar ein Beweisstück gefunden, das er sich bezahlen lassen wollte. Doch er hatte seinen Geschäftspartner unterschätzt. Guillard hatte ihn vermutlich zum Reden gebracht, ihn getötet und war zur Bank gegangen, um das Beweisstück in seinen Besitz zu bringen.

Aber was konnte es sein? Ein Dokument?

Die Handschuhe! Irgendwie war Levy an die Handschuhe aus Stains gekommen!

»Hey, Olive! Bist du noch da?«

»Hör gut zu«, erklärte Passan mit fester Stimme. »Du setzt dich sofort mit den drei Labors in Verbindung, die regelmäßig für uns arbeiten. Bordeaux. Nantes. Straßburg. Finde raus, ob Levy in den letzten Tagen eine Analyse in Auftrag gegeben hat.«

»In welcher Angelegenheit?«

»Egal. Wichtig ist nur, was er hat untersuchen lassen.«

»Und wonach suchen wir?«

»Nach Nitril-Handschuhen.«

»Willst du etwa sagen …«

»Levy hat sie irgendwie in die Finger bekommen. Statt einer offiziellen Untersuchung hat er sich nur bestätigen lassen, dass sich auf der einen Seite der Handschuhe die DNA des Opfers, auf der anderen die von Guillard befindet. Anschließend hat er die Beweise kassiert und versucht, mit Guillard zu verhandeln. Guillard hat ihn getötet und die Handschuhe geholt.«

»Aus Levys Schließfach?«

Passan machte sich nicht die Mühe, auf Fifis Frage zu antworten.

»Kümmere dich um die Labors. Lass sämtliche Safes von Guillard öffnen – er hat bestimmt mehrere. Überzeuge Calvini. Und ruf die Jungs von der Wache in Stains dazu.«

»Warum?«

»Um herauszukriegen, wie Levy die Handschuhe gefunden hat. Wir müssen wieder von vorn anfangen. Die Nachbarschaft muss noch einmal befragt werden.«

»Das wird ziemlich heiß.«

Passan antwortete nicht mehr. Trotz der Neuigkeiten über Levy und der damit verbundenen kurzzeitigen Erregung hatte das Morphin wieder gesiegt. Passan war tief und fest eingeschlafen.

58

19 Uhr. Nach den Stunden vor der Klasse und einer langweiligen Lehrerkonferenz konnte Sandrine Dumas die Schule endlich verlassen. Von der Porte de la Villette hatte sie fast eine Stunde bis zur Porte Maillot gebraucht. Danach musste sie noch die Avenue Charles de Gaulle hinunter bis nach Nanterre. Immer wieder war ihr schlecht geworden. Sie schwitzte so stark, dass sie ihr Kleid

fast auswringen konnte, und die Haut unter ihrer Perücke juckte entsetzlich. Aber sie hatte alles hingenommen, weil es nun einmal ihr Lebensmotto war, anderen zu helfen. Mehr konnte man nicht geben, wenn der Tod unmittelbar bevorstand …

Heute Abend ging es um Olive. Schon seit Jahren waren sie keine Freunde mehr, und manchmal wurden sie sogar zu Feinden, wenn Sandrine Partei für Naoko ergriff. Aber sie kannte Passans Geheimnis. Ein Geheimnis, von dem sonst niemand wusste und über das auch Olivier niemals sprach.

1998 war er ganz brutal abgestürzt. Während er zwei Diebe über ein Hausdach in der Rue des Petites Écuries verfolgte, hatte er sie angerufen, weil er sich plötzlich nicht mehr bewegen konnte. Entsetzt und wie gelähmt klammerte er sich an eine Zinküberdachung und hatte nur noch einen Gedanken: zu springen.

Sie war sofort gekommen, hatte über die Dienstbotenzimmer Kontakt mit ihm aufgenommen und es fertiggebracht, ihn wieder ins Haus zu holen. Passan konnte zu diesem Zeitpunkt schon nicht mehr sprechen. Sandrine hörte lediglich ein Geräusch, das ihr ganz besonders entsetzlich erschien: Er knirschte mit den Zähnen.

Damals hatte sie zwei Dinge begriffen.

Erstens: Er hatte sich an sie gewandt, weil es niemand anderen gab.

Sie hatten sich auf ziemlich banale Weise kennengelernt. Ein Jahr zuvor war Sandrine beim Verlassen einer Disco im 10. Arrondissement überfallen worden. Passan hatte ihre Anzeige aufgenommen. Sie waren miteinander ausgegangen, fanden aber nicht viele Gemeinsamkeiten. Trotzdem trafen sie sich weiter. Als gute Freunde. Sandrine wurde zu Passans Vertrauter, der er alles sagen konnte, mit der er aber sonst nichts anzufangen wusste. Sie hatte sich damit begnügt.

Und zweitens: Die Panikattacke war nicht etwa Ausdruck einer schlechten Phase, sondern das erste Anzeichen einer schweren Depression. Sie hatte ihn mit zu sich nach Hause genommen, und er wurde vom Amtsarzt der Polizei krankgeschrieben. Offiziell litt Passan an einer Herzinsuffizienz, weshalb er endlose Untersuchungen über sich ergehen lassen musste. Sandrine hatte entdeckt, dass Passan heimlich Betablocker nahm, um bei diesen Untersuchungen auch wirklich einen zu niedrigen Blutdruck zu haben. Nie im Leben hätte er zugeben können, dass er unter Depressionen litt.

Monatelang hatte sie sich um ihn gekümmert, für ihn gekocht, auf ihn aufgepasst und ihn überwacht. Sie hatte seine Dienstwaffe versteckt. Sie hatte ihn getröstet, wenn er Angstzustände bekam oder sich plötzlich nicht mehr bewegen konnte. Alle dachten, sie wären ein Paar, was aber nur teilweise stimmte. Ihre Beziehung war die einer Krankenschwester und eines Patienten.

Nach und nach war er zu seiner Arbeit zurückgekehrt. Immer noch bekam er in Tunnels Platzangst, weinte manchmal auf der Toilette und schloss sich in seinem Büro ein. Manchmal war es sogar noch schlimmer – wenn er nämlich Oberwasser bekam, hyperaktiv wurde und seine Aggressionen nicht mehr kontrollieren konnte. Dann verschwand er nachts und kam am nächsten Morgen mit glasigem Blick, Blut an der Kleidung und ohne die geringste Erinnerung zurück. Sandrine bekam es mit der Angst zu tun. Dieser bärenstarke, mit einer Polizeiwaffe und einer Dienstmarke ausgestattete Mann konnte zu einer ernsthaften Gefahr für die Stadt werden. Nach solchen Eskapaden verfiel er häufig wieder in seine übliche Lethargie, und sie musste ihn mit Babybrei füttern.

Sie hatte ausreichend Zeit gehabt, über seinen Fall nachzudenken. Ihr – nicht besonders originelles – Fazit lautete, dass er sich seit seiner Geburt immer zu viel zumutete. Er war allein aufgewachsen, hatte sich allein durchgebissen und es allein zu etwas gebracht. Das, was wie eine starke Persönlichkeit wirkte, war in Wirklichkeit nichts anderes als eine ununterbrochene Ausbeutung seiner eigenen Kraft. Jetzt war die Quelle erschöpft, und außer beängstigenden Rückständen wie Angst im Dunkeln, Furcht vor dem Tod und innerer Einsamkeit – die Passan selbst für überwunden hielt – war nichts übrig geblieben.

Zu genau dem gleichen Ergebnis kamen die Psychiater der Klinik Sainte-Anne, in die Passan im Januar 1999 als Notfall eingeliefert wurde. Er war am Ende. Ganz unten angekommen. Zweifellos hatte irgendein Vorfall den schlimmen Absturz ausgelöst. Um ihn zu identifizieren und um gegen weitere Vorkommnisse dieser Art gewappnet zu sein, musste Passan zu sich selbst finden. Nur eine Therapie konnte ihm dabei helfen.

Antidepressiva. Angstlöser. Psychoanalyse. Nach und nach hatte Passan die Antikörper seiner Seele reaktiviert und entgiftet. Was seinen Job anging, so konnte er sein Gesicht wahren. Niemand erfuhr je von seiner wirklichen Erkrankung. Im Privatleben waren Sandrine und Passan als gute Freunde auseinandergegangen. Später hatte Passan dann den Grund für seine Wiedergeburt gefunden: Naoko.

Endlich erreichte Sandrine den Parkplatz des Krankenhauses. Sie betrat das Gebäude. Im Aufzug stellte sie fest, wie durchgeschwitzt sie war. Und dann dieser Geruch … Mist, sie hatte ihr Parfüm vergessen. Doch dann zuckte sie die Schultern. Das alles war längst Vergangenheit.

Der Flur war überhitzt. Es roch nach Äther und Urin. Sandrines Besuche in Sainte-Anne hatten sie endgültig von ihrer Krankenhaus-Phobie geheilt. Inzwischen hätte sie problemlos selbst in einem Leichenschauhaus übernachten können.

Sie klopfte an Passans Tür. Keine Antwort. Mit der Hand auf der Klinke spähte sie ins Zimmer.

»Hallo!«

Er war kaum zu erkennen. Ein Teil seiner Haare war verbrannt, sein Schädel verpflastert, und im Gesicht wechselte sich grünliche Gaze mit weißen Bandagen ab. Sie verzichtete auf einen Begrüßungskuss und setzte sich neben das Bett, ohne den Mantel abzulegen. Sofort empfand sie das Schweigen als belastend. Wenn man Leute zu gut kennt, weiß man oft nichts mit ihnen zu reden.

»Brauchst du vielleicht irgendetwas?«, erkundigte sie sich schließlich.

Er schüttelte den Kopf.

»Tut dir etwas weh?«

»Geht so.«

»Bleibst du lang hier im Krankenhaus?«

»Nur noch einen Tag. Danach nehmen sie mir die Bandagen ab. Hoffe ich zumindest.«

Seine Stimme schien so verbrannt zu sein wie sein Gesicht.

»Ich muss dauernd an Naoko denken«, flüsterte er.

»Na prima«, versuchte sie zu scherzen.

»Gestern, ehe das alles hier passiert ist, haben wir uns in unserem Garten getroffen.«

»Deinem berühmten Zen-Garten?«

Ihr Tonfall blieb ironisch, doch Passan schien es nicht zu bemerken. Es war, als spräche er mit sich selbst.

»Ich fand sie wirklich schön.«

»Na, das ist vielleicht mal eine Erkenntnis!«

Er wandte ihr den Kopf zu.

»Ich meine …« Die Bandagen erschwerten ihm das Atmen. »Es war wie ein altes Stück im Radio. Etwas, das du immer wieder gehört hast, bis du es plötzlich leid warst. Und dann, eines Tages, sitzt du im Auto und kriegst wieder eine Gänsehaut.«

»Und jetzt?«, erkundigte sich Sandrine irritiert. »Lasst ihr euch nicht mehr scheiden?«

Langsam bewegte Passan seine Hand. Sandrine bereute ihren scharfen Tonfall.

»Im Gegenteil«, murmelte er. »Aber es war einfach schön, noch einmal die Frau wiederzusehen, die ich einmal geliebt habe, und nicht die Fremde, die seit Jahren mein Leben teilt.«

Wieder wurde es still im Zimmer.

»Wenn du nach Japan fährst«, fuhr Passan fort, »wirst du ständig zwischen zwei Extremen hin- und hergerissen. Manchmal glaubst du, du bist auf dem Mars, und dann wieder – nur Sekunden später – schenkt dir ein einziger Satz das Gefühl großer Nähe.«

»Worauf willst du hinaus?«

»Ich habe diese Schwankungen zehn Jahre lang mit Naoko erlebt.«

»Aber gerade das macht ihren Charme aus.«

Er brummte etwas vor sich hin, ehe seine Aussprache deutlicher wurde.

»Es ist mindestens zwei Jahre her, dass ich sie zum letzten Mal geküsst habe. Es kam mir vor, als hätte ich meine Hand geküsst.«

Sandrine beugte sich zu ihm hinunter und redete ihm gut zu wie ein Pfarrer im Beichtstuhl.

»Warum wühlst du all diese Dinge jetzt auf? Ganz ehrlich – es gibt Wichtigeres. Du solltest dich ausruhen und …«

Sie brach ab. Passans Gesicht hatte sich plötzlich völlig entspannt. Sein Kinn ruhte auf seiner Brust. Er war eingeschlafen. Sandrine erschrak, denn er sah aus wie ein Toter. Sie griff nach ihrer Handtasche, stand auf und blieb eine Weile neben dem Bett stehen. Sie empfand weder Mitleid noch Zuneigung.

Eins aber war ihr jetzt klar geworden: Passan bildete kein Hindernis mehr für ihren Plan.

59

»Papa hat uns den Fernseher aber ins Zimmer gestellt!«

»Papa macht, was er für richtig hält, aber wenn ich da bin, steht der Fernseher im Wohnzimmer. Und im Schlafzimmer wird geschlafen.«

Naoko fand nicht die Kraft, mit ihren Söhnen Japanisch zu sprechen. Sie deckte Hiroki zu. Der Kleine lächelte schon wieder.

Shinji tauchte an der Badezimmertür auf.

»Geht es Papa besser?«

»Es geht ihm prima.«

»Gehen wir ihn morgen besuchen?«

»Nein, er kommt her. Er wird morgen aus dem Krankenhaus entlassen.«

Shinji nickte mit der Zahnbürste im Mund. Naoko folgte ihm mit Blicken – eine kleine Gestalt im blauen Frotteeschlafanzug, die sich vor dem mit Fröschen und Seerosen bedruckten Duschvorhang die Zähne putzte. Immer wieder empfand sie das gleiche Entzücken. Manchmal konnte sie es gar nicht fassen, dass ihr wider alle Erwartung etwas so Erstaunliches gelungen war. Ein wahres Wunder.

»Komm jetzt schlafen!«, rief sie, ihre Gefühle unterdrückend.

Shinji hüpfte ins Bett. Naoko überhäufte ihn mit Küssen. Sie hatte sich mit den Kindern geeinigt, dass sie heute nicht die übliche Gutenachtgeschichte vorgelesen bekamen, sondern stattdessen fünfzehn Minuten fernsehen durften. Eigentlich war Naoko gegen das Fernsehen. Auch für Videospiele und Internet hatte sie nichts übrig. Sie fand, dass diese Medien die Fantasie verkümmern ließen. Heute Abend jedoch fühlte sie sich erschöpft und nicht in der Lage, jedem der beiden eine eigene Geschichte vorzulesen.

Sie knipste die Deckenbeleuchtung aus.

»Lass bitte die Tür offen!«

»Und meine Lampe an!«

Insgeheim war Naoko den Kindern dankbar, dass sie sich genau wie an jedem anderen Abend verhielten.

»Alles klar!«

Sie warf ihnen noch eine Kusshand zu, ehe sie in ihr eigenes Zimmer ging. Diego war schon wieder verschwunden. In den letzten Tagen hatte er sich nicht gerade als besonders nützlich erwiesen. Sie ließ sich ein Bad ein. Tausend Gedanken schwirrten ihr durch den Kopf. War es möglich, dass es sich bei dem Eindringling nicht um Guillard handelte? Dass es jemand war, den sie alle sehr gut kannten? Der Duft nach feuchten Zedern tat ihr gut. Er war wie eine Liebkosung.

Sie steckte ihr Haar zu einem Knoten auf, setzte sich auf den Schemel und rubbelte ihre Haut energisch mit einem *tenogui*, einem kleinen weißen Handtuch, und normalem Duschgel. Dabei benutzte sie kaum Wasser. Trockenreinigung. Als sie fertig war, duschte sie sich ab. Erst nachdem sie sorgfältig gereinigt und gepeelt war, tauchte sie in den Wasserdampf und das glühend heiße Badewasser ein. Fünfundvierzig Grad – genau die richtige Temperatur.

Immer wenn sie in Tokio war, begleitete sie ihre Mutter zu den heißen Quellen der Umgebung, den Onsen. Nach dem Bad hüllten sie sich in leichte Yukatas und kosteten nach Tang schmeckende, große Austern und Tempura aus ausgebackenen rosigen Crevetten, die wie knusprige Seesterne aussahen. Dabei dachte sie manchmal, dass Japaner eigentlich auch nur eine Art Meeressäuger waren.

Sie schloss die Augen. Dieses Bad war wie ein Gebet.

Plötzlich hörte sie Geräusche. Ihr Herz setzte kurz aus. Trotz des heißen Bades bekam sie kalte Füße. Es gelang ihr, aus der Wanne zu steigen, ohne dass man etwas hörte. Sie nahm sich nicht die Zeit, sich abzutrocknen, sondern streifte nur hastig ein T-Shirt und eine Jeans über.

Wieder hörte sie etwas. Wie kleine eilige Schläge. Kaum vernehmlich. Naoko konnte es nicht fassen. Die Bedrohung war wieder da.

Und dieses Mal schien es kein Einzeltäter zu sein. Sie huschte in ihr Zimmer und sah sich um. Sie brauchte eine Waffe. Etwas, womit sie sich und ihre Kinder verteidigen konnte. In der Nachttischschublade lag der Kaiken.

Die Geräusche näherten sich.

Sie kamen von der Treppe. Hier konnte sie den Eindringlingen den Weg abschneiden. Auf keinen Fall durften sie das Kinderzimmer erreichen. Im Geiste sah sie sich schon sterben, aber ihr Tod wäre der Preis für das Leben der Kinder. Der Gedanke verlieh ihr einen ungeheuren Mut.

Mit gezücktem Kaiken schlich sie vorwärts. Die Schritte auf der anderen Seite der Wand waren immer noch zu hören. Mit angehaltenem Atem öffnete sie die Tür, sprang hinaus und stach mit der scharfen Klinge blindlings in die Dunkelheit. Jemand brachte sie zu Fall.

Zwei Männer hielten sie mit vorgehaltener Waffe in Schach. Naoko brauchte ein paar Sekunden, ehe sie sie erkannte: Fifi und ein anderer Polizist, ein Schwarzer mit Dreadlocks, den sie schon öfter vor dem Tor gesehen hatte.

»Alles in Ordnung?«, erkundigte Fifi sich leise.

Naoko ließ den Dolch fallen, konnte sich aber nicht aufrichten. Ihre Beine schienen sie nicht mehr tragen zu wollen.

»Was ist denn hier los?«

»Wir haben ein technisches Problem. Eine der Kameras funktioniert nicht.«

»Eine Kamera?«

Allmählich kam Naokos Gehirn wieder in Gang. Klar, das Haus wurde noch immer videoüberwacht. Passan glaubte also nicht, dass Guillard der nächtliche Besucher gewesen war.

Aber ihr hatte natürlich wieder niemand Bescheid gesagt.

»Welche Kamera?«, wiederholte sie.

»Die im Kinderzimmer.«

Naoko sprang sofort auf und rannte los. Ohne das geringste Zögern riss sie die Tür des Kinderzimmers auf.

Ihr Herz setzte aus. Sie bekam keine Luft mehr. Ihr Gehirn streikte.

Als sie sah, was geschehen war, versteinerte etwas in ihr.

60

In dem Polizeiwagen, der mit Höchstgeschwindigkeit in Richtung Pont de Suresnes fuhr, riss sich Passan wütend die Bandagen vom Gesicht. Es kam ihm vor, als schlüpfe er endlich wieder in seine wahre Haut – die Haut eines Polizisten.

Die Nachrichten der vergangenen Nacht hatte ihn nicht verwundert.

Guillard war nicht der Vampir. Er war es nie gewesen. Der Eindringling setzte seinen Feldzug fort, und Passan musste wieder bei null anfangen. Eigentlich hätte er niedergeschlagen sein müssen.

Verzweifelt. Zumindest schockiert. Doch das Gegenteil war der Fall. Die Neuigkeiten der letzten Nacht elektrisierten ihn geradezu. Er spürte weder seine Verbrennungen noch die Auswirkungen des Morphins. Das in seinem Körper zirkulierende Adrenalin hielt alle seine Sinne in Alarmbereitschaft. In gewisser Weise war es nur der Kampf, der ihn am Leben erhielt.

»Schalte die Sirene aus.«

Das Einsatzfahrzeug erreichte Passans Wohnviertel. Es war fast Mitternacht. Die Straßen von Suresnes lagen wie ausgestorben da. Ein leichter Nieselregen stob über den Asphalt. Eine Art Straßenreinigung. Aber gegen den Schmutz, der über den Höhenlagen des Mont-Valérien niederging, konnte auch der Himmel nichts ausrichten.

In der Rue Cluseret hielt der Fahrer. Die Transporter waren bereits da. Außerdem ein Krankenwagen und die Autos der Spurensicherung. Blaulicht, Polizisten in Regenmänteln, fluoreszierendes Absperrband. Passans Familie lebte wie in einem Hochsicherheitstrakt. Oder vielleicht doch eher in einer Gefahrenzone, wo die Polizei immer zu spät eintraf?

Jemand klopfte gegen die Scheibe. Fifi steckte den Kopf ins Auto. Sein Gesicht war weißer als die Scheinwerfer. Passan stieg aus, musste sich aber sofort anlehnen, weil ihm schwindelig wurde. Die Schmerzmittel …

»Geht es dir nicht gut?«

»Ich will die Kinder sehen.«

»Warte.«

»Ich will sie sehen!«, brüllte Passan.

Er stürzte zum Tor, doch Fifi versperrte ihm den Weg.

»Nun warte doch erst mal. Sie sind okay. Mach dir keinen Kopf.«

»Und Naoko?«

»Allen geht es gut. Aber ich muss dir etwas zeigen.«

Passan warf ihm einen fragenden Blick zu.

»Komm mit zum Lieferwagen.«

Fügsam folgte Passan seinem Partner. Der Bürgersteig schien

unter seinen Schritten zu schwanken. Ein paar Meter entfernt erblickte er das Überwachungsfahrzeug, das äußerlich wie der Lieferwagen einer Baufirma aussah. Die Scheiben des alten Kastens waren grau eingetönt, sodass man hinausspähen konnte, ohne selbst gesehen zu werden. Das Ding stank auf einen Kilometer Entfernung nach Polizei.

Fifi klopfte an die Hecktür, die sofort geöffnet wurde. Es war Jaffré, der sie hereinbat. Ein penetranter Geruch nach Schweiß, Urin und Hamburgern raubte Passan fast den Atem.

»Ich kann dir erklären, was los ist«, begann Fifi.

Passan hörte ihm nicht zu. Er starrte wie gebannt auf die Monitore. Die Kameras zeichneten immer noch auf. Naoko saß in Wohnzimmer und hielt die völlig verängstigten Kinder in den Armen. Polizisten durchsuchten das Zimmer. Männer in weißen Overalls machten sich im Hintergrund zu schaffen. Auch auf den anderen Bildschirmen – denen von Küche, Esszimmer, Flur und Untergeschoss – wuselten Techniker von der Spurensicherung herum. Alle wirkten höchst angespannt. Nur ein einziger Monitor zeigte kein Bild.

»Um Viertel nach zehn sind wir eine rauchen gegangen«, erklärte Fifi.

»Ist niemand im Auto geblieben?«

Fifi trat von einem Fuß auf den anderen.

»Mein Gott, seit drei Stunden war überhaupt nichts passiert.«

»Weiter.«

»Als wir zurückkamen, haben wir sofort festgestellt, dass etwas nicht stimmte. Eine der Kameras funktionierte nicht mehr.«

Passan fixierte den schwarzen Bildschirm.

»Es war die im Kinderzimmer. Wir sind natürlich sofort ins Haus gestürmt.«

»Habt ihr Naoko Bescheid gesagt? Sie vorher angerufen?«

»Dazu war keine Zeit. Wir gingen rein und haben uns auf die Etagen verteilt.«

»Und?«

»Ich und Jaffré haben uns das Kinderzimmer vorgenommen.

Die Jungs schliefen, aber der Hund war tot. Sein Kadaver lag zwischen den beiden Betten.«

Passan wandte den Blick noch immer nicht von dem erloschenen Monitor ab.

»Und dann?«, fragte er.

»Naoko hat die Kinder geweckt.«

»Was habt ihr ihnen gesagt?«

»Gar nichts. Naoko hat kein Licht gemacht. Wir haben sie ins Wohnzimmer getragen, ohne dass sie Diego zu Gesicht bekamen.«

»Wie konnte das passieren?«

Fifi tippte auf einer Computertastatur herum. Der Bildschirm flammte auf, zeigte aber nur silbrige Streifen.

»Wir haben uns geirrt«, fuhr er fort. »Die Kamera war nicht ausgeschaltet worden. Jemand hat etwas darübergedeckt. Wenn wir die Sequenz rückwärts laufen lassen, bekommen wir diese Bilder hier.«

Jetzt war das Kinderzimmer zu sehen. Die Sterne von Hirokis Nachtlicht drehten sich an den Wänden. Das Objektiv war so eingestellt, wie es für Sicherheitskameras üblich ist – schräg nach unten auf die beiden Betten, den Eingang zum Bad und die Zimmertür gerichtet. Fifi betätigte den Schnellvorlauf.

In der nächsten Einstellung schliefen die beiden Kinder immer noch friedlich. Außer den drehenden Sternen sah man keine Bewegung.

Plötzlich erschien auf der Schwelle zum Bad eine Gestalt, die etwas hinter sich her zerrte. Es war eine Frau. Nur ihr gekrümmter Rücken war erkennbar. Sie trug ein dunkles Gewand, das ihr bis zu den Füßen reichte. Es war ein blutgetränkter Kimono. Die Gestalt wandte sich nicht um. Sie trippelte rückwärts mit den kleinen Schritten einer alten Frau.

Passan musste unwillkürlich an Gespensterfilme denken.

Die Gestalt im Kinderzimmer bewegte sich unendlich langsam auf die Mitte des Raums zu. Die Last, die sie hinter sich herschleppte, hinterließ einen dunklen Streifen auf dem Boden. Die

Szene wirkte unglaublich gruselig. Kurz darauf erkannte man, was die Frau durch das Zimmer schleifte: den aufgeschlitzten Hund, dessen Eingeweide als ekelhaftes S auf dem Fußboden liegen blieben.

»Sie hat ihn im Bad getötet«, flüsterte Fifi mit erstickter Stimme. »Wir wissen zwar nicht genau, um welche Uhrzeit, aber mit Sicherheit nach halb neun, als die Kinder schon im Bett waren.«

»Sieht man sie auf den anderen Monitoren?«

»Nein.«

»Wie kam sie in das Bad der Kinder?«

»Keine Ahnung. Unbegreiflich.«

»Und Naoko?«

»Was soll mit Naoko sein?«

»War sie die ganze Zeit in ihrem Zimmer?«

»Eher nicht. Aber in ihrem Zimmer ist keine Kamera mehr.«

Die Gestalt auf dem Bildschirm richtete sich auf und drehte sich zum Objektiv um. Die Muster auf der Seide und die Blutflecke flossen ineinander, als ob die verstümmelten Organe des Hundes auf der Oberfläche des Stoffs zu atmen begonnen hätten. Der traditionelle Gürtel, der Obi, war dunkelrot wie eine klaffende Wunde.

Absurderweise fiel Passan in diesem Augenblick nur ein, dass ein solcher Kimono mindestens 10000 Euro kostete. Immer schon hatte er davon geträumt, Naoko ein solches Kleidungsstück zu schenken.

Die Gestalt trug eine No-Maske. Zwei mit dem Messer geschnitzte Schlitzaugen in gelblichem Holz. Ein roter, präzise umrandeter Mund. Ein Lächeln, das wie eine Wunde aussieht und kleine grausame Zähne entblößt.

Passan hatte Bücher über das japanische No-Theater gelesen. Zu dieser Kunstform gehören 138 unterschiedliche Masken, von denen jede ein eigenes Gefühl ausdrücken soll. Was mochte diese hier wohl bedeuten?

Die Gestalt betrachtete einige Sekunden lang das Objektiv

und neigte den Kopf zur Seite. Blut lief an ihren Schultern hinunter. Plötzlich spannte sie den Arm an und warf etwas genau auf die Optik.

»Sie hat ein Stück vom Hund auf die Kamera geworfen«, erklärte Fifi.

»Welches Stück?«

»Seine Genitalien.«

»Hat Naoko das gesehen?«

»Nein. Hätte ich es ihr zeigen sollen?«

Passan gab keine Antwort. Er fixierte den schwarzen Bildschirm, als erwarte er etwas. Eine Erklärung. Eine Rechtfertigung. Einen Zusammenhang.

Aber natürlich geschah nichts.

»Ich muss mir das Kinderzimmer anschauen«, flüsterte er schließlich.

61

Der Rasen glänzte blau. Die Blaulichter warfen groteske Schatten auf die Fassade der Villa. Passan musste an ein Open-Air-Kino denken. Eine ausverkaufte Vorstellung. Bei jedem Notruf schienen mehr Polizisten zu kommen.

Im Innern des Hauses traten sie sich fast auf die Füße. Fifi und Passan zogen Überschuhe an und gingen durch die Küche. Ohne das Wohnzimmer zu betreten, wandten sie sich sofort zur Treppe in den ersten Stock. Bedrücktes Schweigen begleitete sie. Wo immer Passan vorüberkam, senkte man den Blick. Seine Verbrennungen stigmatisierten ihn. In den Augen der Kollegen war er mit einem Fluch belastet.

Die blendenden Scheinwerfer der Spurensicherung tauchten das Kinderzimmer in gleißendes Licht. Passan hielt sich nicht mit Kleinigkeiten auf. Er beachtete keinen der Techniker, die sich in dem Raum zu schaffen machten. Er begrüßte weder Zacchary in ihrem Overall noch den schlecht gelaunten Rudel, der er es leid war, ständig wegen Tierkadavern aus dem Schlaf gerissen zu werden.

Langsam ging er vorwärts. In seinen Ohren dröhnte es, als bekäme er keine Luft. Wie ein immer stärker werdender Druck. *Ich versinke tiefer und tiefer in einen Abgrund.*

Schließlich gelang es ihm, sich auf Diegos Kadaver zu konzentrieren, der in einer Lache aus geronnenem Blut mitten im Zimmer auf seiner linken Flanke lag. Aus seinem klaffenden Leib quollen verknotet und verdreht die Organe hervor. Bei jedem Blitzlicht der Fotografen schienen sie einen Satz zu machen, um sofort wieder zu dem zu werden, was sie eigentlich waren: blutige Überreste, die bereits erste Verwesungsmerkmale zeigten.

Wie versteinert stand Passan vor der Hundeleiche. Er fühlte sich so leer, als hätte man auch ihm Herz und Eingeweide herausgerissen. Langsam kniete er nieder und streichelte mechanisch den Hals des Hundes. Obwohl er keine Handschuhe trug, griff niemand ein.

Eigentlich hatte er immer geglaubt, Diego nicht besonders zu mögen. Seine Zuneigung hatte sich auf die Kinder und früher auch auf Naoko konzentriert. Es erschien ihm abwegig, ein haariges, nur begrenzt mit Intelligenz gesegnetes Tier zu lieben. Nun aber, da der Hund tot war, stellte er fest, dass er sich getäuscht hatte. In Wirklichkeit hatte er diesen immer fröhlichen und gutmütigen Hausgenossen und seine tröstliche Art zutiefst geliebt. Diego war zu einem Symbol geworden. Ein ruhender Pol, dessen Zuneigung nie Ermüdungserscheinungen oder Gewöhnung zeigte.

Als Passan sich erhob, fuhr ihm blitzartig der Gedanke durch den Kopf, dass es sie alle nach und nach erwischen würde. Naoko. Die Kinder. Ihn selbst. Das Blutbad hatte erst begonnen. Er sah den Gerichtsmediziner an, der missmutig seine Instrumente wegräumte.

»Kannst du schon etwas sagen?«

Rudel ließ die Verschlüsse seines Arztkoffers zuschnappen.

»Man hat ihm den Bauch aufgeschlitzt und die Därme herausgeholt. Die Genitalien und die Zunge wurden abgeschnitten und die Augen herausgerissen. Profiarbeit, als wäre da ein Jäger oder Metzger am Werk gewesen.«

»Warum hat er sich nicht gewehrt?«

»Woher soll ich das wissen? Vielleicht wurde er betäubt. An den Pfoten sind auch Spuren von Fesseln.«

»Ist das alles?«

»Hör mal, ich bin kein Tierarzt.«

»Streng dich wenigstens ein bisschen an.«

Rudel baute sich mit der Tasche in der Hand vor Passan auf. Der Polizist war ihm dankbar, dass der Arzt ihn nicht wie einen entstellten Kranken behandelte. Ihm weder die Hand auf die Schulter legte noch einen mitleidigen Ton anschlug.

»Der Täter hat vermutlich ein Messer mit einer gebogenen Klinge benutzt. Wir müssen das natürlich noch überprüfen, aber die Verletzungen …«

»So etwas wie einen Säbel?«

»Wenn, dann ein kleiner. An einigen Stellen kann man die Abdrücke des Griffs erkennen.«

»Wie lang ungefähr?«

»Die Klinge? Ungefähr zwanzig Zentimeter.«

»Wie lang wird es dauern, bis du mehr weißt?«

»Keine Ahnung. Ich muss erst einen Tierarzt finden.«

»Ruf mich an.«

Der Arzt verschwand. Passan ging um die Blutlache herum zum Bad der Kinder. Die Wände waren von oben bis unten besudelt. An den Seiten der Badewanne klebten Blut, Fleisch, Hautfetzen und Haare.

Passan blieb an der Tür stehen. Kleine Einzelheiten drückten ihm fast das Herz ab: die blutbespritzten Zahnbürsten der Kinder, das mit Blut befleckte Badespielzeug, die bräunlichen Schlieren auf den Kacheln.

Er wich zurück und erblickte sich plötzlich im Spiegel. Endlich einmal eine eher angenehme Überraschung! Er sah zwar etwas mitgenommen, aber durchaus nicht schrecklich entstellt aus. Entlang seiner rechten Schläfe zog sich eine rote Schrunde. Die

Haare auf dieser Seite waren bis zur Mitte des Schädels abgesengt. Auf der rechten Wange hatten sich Blasen gebildet. Auch seine Oberlippe war geschwollen und im Mundwinkel dunkel verkrustet.

Alles in allem war er noch einmal glimpflich davongekommen. Angesichts seines Spiegelbildes empfand er einen schwachen Trost und fühlte sich bereit, Naoko und den Kindern gegenüberzutreten. Zumindest würde er ihnen in dieser Schreckensnacht nicht noch mehr Furcht einjagen.

62

Das Wohnzimmer sah aus wie einer der Container, in denen nach Naturkatastrophen Flüchtlinge untergebracht werden. Hier allerdings gab es nur drei Flüchtlinge: Shinji, Hiroki und Naoko. Zunächst sah Passan sie nur von hinten. Sie kuschelten sich auf dem Sofa alle in dieselbe Decke. Naoko hatte ihr Haar hochgesteckt. Der Anblick der drei weißen, von einer kleinen schwarzen Kuppel überragten Nacken berührte Passan noch tiefer als der Kadaver seines Hundes oder die Spuren des Gemetzels im Bad. Diese drei seidigen Köpfe waren der Inhalt seines Lebens – und er schaffte es nicht einmal, sie zu beschützen.

Er ging um das Sofa herum und trat auf sie zu. Die Kinder freuten sich sichtlich.

»Papa!«

Ohne die geringste Ablehnung und ohne zu zögern. Auch wenn er ziemlich mitgenommen aussah, war und blieb er für sie ihr Vater. Als er seine Söhne in die Arme schloss, erhaschte er einen Blick Naokos. Auf ihrer persönlichen Richter-Skala erreichten sie die höchsten Ausschläge.

Shinji rückte ein Stück von ihm ab und betrachtete ihn genauer.

»Warum hast du keinen Verband?«

»Weil es mir schon viel besser geht.«

»Musst du nicht mehr im Krankenhaus bleiben?«, erkundigte sich Hiroki.

»Nein. Aber ich muss noch Medizin einnehmen.«

Shinji ging zu den ernsten Dingen über.

»Papa, Diego ist tot.«

»Ich weiß, Liebes. Ich denke, wir sollten ihn im Garten begraben. Mit ganz vielen Blumen.«

Er konnte den Blick nicht von Naoko wenden. Sie war sehr blass. Zwar hatte sie Tränen in den Augen, doch ihre Angst und ihre Wut waren stärker als die Trauer. In gewisser Weise ähnelte sie der Maske auf dem Monitor. Es war nicht der Ausdruck, sondern das Material. Sie sah aus wie aus lackiertem Holz geschnitzt. Nur dass die gelbliche Patina nicht aufgemalt war. Die Farbe der Angst.

Passan setzte seine Söhne ab, die sofort wieder unter die Fittiche ihrer Mutter schlüpften. Naoko war wie eine Löwin, die ihre Jungen beschützte.

»Wir müssen reden«, sagte Passan.

»Sandrine ist auf dem Weg. Die Kinder werden bei ihr weiterschlafen.«

Passan nickte und wandte sich an Fifi.

»Könntest du sie in der Zwischenzeit in Naokos Zimmer bringen? Und bleib bei ihnen.«

Nach etlichen Küssen folgten die beiden Kinder brav dem jungen Polizisten nach oben. So wie sie sich die Augen rieben, würden sie sicher schnell wieder einschlafen.

Es wurde still im Wohnzimmer. Naoko saß auf dem Sofa. Hinter ihr standen Jaffré und Lestrade, an der Tür wachten zwei weitere Polizisten. Zwar hätte Passan sie bitten können, den Raum zu verlassen, aber er wollte es Naoko nicht zu einfach machen. Immer noch hatte er die Gestalt im blutigen Kimono vor Augen.

»Es gibt da ein paar Dinge, die du nicht weißt«, begann er.

»Was du nicht sagst!«

»Das Haus wird immer noch überwacht.«

»Aber du hast mich nicht eingeweiht.«

Passan steckte die Hände in die Taschen und begann, auf und ab zugehen.

»Ich wollte dich nicht beunruhigen.«

»Idiot«, murmelte Naoko leise.

»Nach neun konnte niemand mehr die Villa betreten oder verlassen. Überall sind Kameras und Bewegungsmelder installiert. Verstehst du?«

Naoko antwortete nicht. Und ob sie verstand. Ihre Lippen zitterten. Ihre Augenlider flatterten wie die Flügel eines geblendeten Schmetterlings.

Passan stellte sich vor sie hin. Das würde ein schwieriges Verhör werden.

»Alle Räume werden überwacht – mit Ausnahme deines Zimmers und der Bäder.«

»Worauf willst du hinaus?«, schrie sie plötzlich auf. »Verdächtigst du mich etwa, unseren Hund getötet zu haben? Und dann auch noch im Kinderzimmer?«

Er beobachtete sie. Ihre Schönheit bildete eine Art Trennwand zwischen ihr und ihm.

»Wir haben Bilder des Eindringlings. Es handelt sich um eine Frau. Sie trug einen Kimono und eine No-Maske.«

Naoko zuckte zusammen. Die Überraschung war nicht gespielt, dessen war Passan sich sicher. Nach fünfzehn Jahren Verhörpraxis und vor allem zehn Jahren Ehe hatte man einen Blick dafür.

»Ich habe nie einen Kimono besessen«, flüsterte sie. »Das weißt du sehr gut.«

»Du hättest dir einen kaufen können.«

»Jeder andere aber auch.«

»Wie schon gesagt: Niemand konnte unbemerkt das Haus betreten.«

Sie umschlang ihre Schultern mit den Armen, schluchzte und zitterte krampfhaft. Passan hätte nicht sagen können, ob ihr kalt war oder ob sie vor Fieber glühte. Jaffré und Lestrade wandten sich ab.

Auch Passan fühlte sich nicht wohl in seiner Haut. Mit einem Mal schämte er sich, die Frau zu demütigen, die jahrelang sein Leben geteilt hatte. Eigentlich spielte er ihr gegenüber nur seine Stellung aus. Denn im Grunde wusste er gar nichts. Es gab keinen Hinweis. Und in tiefster Seele war ihm klar, dass Naoko keine Schuld traf. Plötzlich fragte er sich, ob er sich nicht gerade für etwas ganz anderes an ihr rächte. Für etwas, das er tief in seinem Innern begraben hatte. Etwas, das nichts mit Diegos Tod zu tun hatte und das ihm vielleicht nicht einmal bewusst war.

Dennoch griff er noch einmal an.

»Wo ist der Kaiken?«

Naoko zuckte zusammen. Die Überraschung ließ ihre Tränen versiegen.

»Der Kaiken? Ich weiß es nicht. Ich glaube, im Flur.«

»Im Flur?«

»Ich habe ihn aus der Schublade genommen, als ich Schritte im Haus hörte. Dann traf ich auf Fifi und seinen Kollegen und habe ihn fallen lassen.«

Immer noch mit den Händen in den Hosentaschen wandte sich Passan an Jaffré.

»Geh ihn suchen. Er muss analysiert werden.«

Naoko stürzte sich auf Passan und schlug ihm ins Gesicht.

»ARSCHLOCH. DAS WERDE ICH DIR NIE UND NIMMER VERZEIHEN!«

Der Schmerz war so stark, dass Passan fast das Bewusstsein verlor. Er lehnte sich an die Wand und schützte sein Gesicht mit beiden Händen. Die Polizisten packten Naoko und zwangen sie, sich wieder hinzusetzen. Sie schrie, schlug um sich und enthüllte ihre wahre Natur: eine Katze, die auch zweitausend Jahre japanischer Benimmtradition nicht hatten zähmen können.

Passan hatte den Eindruck, dass sein Gesicht wieder in Flammen stand.

»Ruft Rudel zurück«, presste er mühsam hervor. »Sie hat einen Nervenzusammenbruch. Er soll ihr etwas geben.«

Ohne sich noch einmal umzusehen, verließ er den Raum. Er

flüchtete vor den unflätigen Ausdrücken, die Naoko ihm nachschleuderte. Mit unsicheren Schritten stieg er die Treppe hinunter in sein ehemaliges Refugium, weil er sich erinnerte, im Bad noch Medikamente zu haben. Tastend suchte er nach dem Karton mit der Aufschrift »Hausapotheke«, nahm eine Tube Biafine heraus, setzte sich auf den Boden und verteilte die Emulsion vorsichtig auf seinem Gesicht.

Trotz des Schmerzes geriet er ins Nachdenken. Naoko war verrückt. Hysterisch. Aber hatte er sich nicht eben selbst wie ein Tier benommen? Im Dunkeln wartete er, bis das Medikament wirkte. Über seinem Kopf waren dumpfe Schritte und Geräusche eines Kampfes zu hören. Naoko, die Verrückte, wurde weggebracht.

Als es wieder ruhig geworden war, stand er auf und suchte nach seiner schwarzen Strickmütze, die er nicht mehr absetzen wollte, bis seine unfreiwillige Punkerfrisur nachgewachsen war. Anschließend ging er mühsam nach oben, verließ das Haus und stellte sich unter die offene Galerie. Der Regen hatte aufgehört, was er schade fand. Am liebsten hätte er sich jetzt mit Haut und Haaren durchnässen und erfrischen lassen.

»Hallo.«

Sandrine trug den schlafenden Hiroki. Hinter ihr führte Fifi den kaum viel wacheren Shinji an der Hand. Immer noch flitzten die Blaulichtstrahlen über den Rasen. Ein milchiges Blau, das wie ein lebendiges Herz zuckte und lange Schattenfinger auf das Gras warf. Passan drückte jedem seiner Söhne einen Kuss auf den Kopf.

»Ich kümmere mich schon um sie«, flüsterte Sandrine. »Mach dir keine Sorgen. Morgen gehe ich mit ihnen reiten.«

Er zwang sich zu einem Lächeln.

»Danke. Danke für alles.«

Plötzlich kamen ihm die grausigen Bilder auf dem Monitor wieder in den Sinn. Ein Detail fiel ihm ein. Die Gestalt hatte ihren Kimono auf besondere Weise geschlossen: Sie hatte den rechten Schoß über den linken gelegt. In Japan jedoch ist es üblich, die Schöße andersherum übereinanderzulegen, weil es auf diese

Weise ein Zeichen für das Leben ist. Die Hundemörderin aber hatte den Kragen so getragen, wie es sich nur für Leichen geziemt.

Es gab zwei Möglichkeiten. Entweder sie hatte keine Ahnung von japanischen Bräuchen. Oder sie sah sich als Todesengel.

63

»Wie geht es dir?«

»Ganz gut. Ich habe gestern eine Spritze bekommen und acht Stunden fest geschlafen.«

»In der Villa?«

»Ja, in meinem Zimmer. Um das Haus waren Polizisten postiert.«

»Wo bist du jetzt?«

»Auf dem Weg zu dir. Ich habe deine Nachricht bekommen.«

Sandrine unterdrückte einen erleichterten Seufzer. Sie stand in einem Nebenhof des Gymnasiums. Es war zehn nach zehn – Pausenzeit. Am frühen Morgen hatte sie Naoko eine SMS geschickt und ihr vorgeschlagen, zu ihr zu ziehen, bis in Suresnes definitiv keine Gefahr mehr drohte. Über das Wochenende würde es sicher gehen, und ab Montag konnten sie vielleicht eine dauerhaftere Lösung ins Auge fassen.

»Wo sind die Kinder?«

»Ich habe sie heute Morgen zum Reitstall gebracht.«

»Super! Wie stecken sie die Sache weg?«

»Absolut problemlos.«

»Haben sie noch mal von Diego gesprochen?«

»Nein.«

Zwei Polizisten hatten Sandrine und die Kinder zum Reitstall gebracht und machten sich einen Spaß daraus, auf dem Boulevard Périphérique das Martinshorn einzuschalten. Die Jungen waren hingerissen. Ein Polizist war bei Shinji und Hiroki geblieben, der andere hatte Sandrine zur Schule begleitet. Immer in Höchstgeschwindigkeit.

Als das Lehrpersonal sie staunend mit Blaulicht und Martinshorn vorfahren sah, gluckste sie vor Vergnügen. Auf neugierige Fragen hin hatte sie eine geheimnisvolle Miene aufgesetzt und gesagt: »Tut mir leid, aber ich darf nicht darüber sprechen …« Von wegen unbeschriebenes Blatt! Sie nahm an einem echten Krimi teil.

»Du bist ein Engel«, erklärte Naoko. »Ich wüsste nicht, was wir ohne dich tun sollten.«

Sandrine spürte die Verlegenheit in ihrer Stimme. Naoko hasste es, Gefühle zu zeigen. Aber auch sie selbst war aufgeregt. Noch konnte sie das Glück kaum fassen, das da auf sie zukam. Ihre Freundin würde bei ihr wohnen. Wenigstens für ein paar Tage, aber vielleicht ja auch länger.

»Die Schlüssel liegen unter der Fußmatte«, sagte sie hastig, um bloß keine Ergriffenheit aufkommen zu lassen.

»Es ist wirklich nur vorläufig«, entschuldigte sich Naoko. »Ich suche mir eine Wohnung. Ich …«

»Immer mit der Ruhe. Du bekommst das Zimmer ganz hinten. Es ist das Arbeitszimmer, das ich ohnehin nie benutze. Die Kinder habe ich in meinem Zimmer untergebracht. Du schläfst gleich nebenan. Ach übrigens: Der Aufzug ist außer Betrieb.«

Sandrine sprach zu schnell – ein Zeichen, dass sie nervös war. In der letzten Nacht hatte sie nicht geschlafen, sondern sich jede Einzelheit genau durch den Kopf gehen lassen, während sie gleichzeitig die Wohnung gründlich putzte. Zwischen drei und fünf Uhr morgens.

»Ich weiß gar nicht, wie ich dir danken soll.«

»Indem du wieder ganz fit wirst. Ihr bleibt, solange es notwendig ist.«

»Ich warne dich«, lachte Naoko, »mit den Jungs wird das eine ziemlich sportliche Angelegenheit.«

»Das kriegen wir schon hin. Mach dir keine Gedanken. Ich muss jetzt zurück in die Klasse, habe aber in einer Stunde frei. Wir treffen uns und holen die Kinder zusammen ab. Also, das letzte Zimmer ganz hinten. Bis später.«

Sandrine legte auf, blieb unbeweglich mitten im Schulhof stehen und schloss die Augen. Endlich. Sie hatte es geschafft. Sie kamen zusammen. Zum ersten Mal in ihrem Leben hatte etwas funktioniert. Ironischerweise vermutlich auch zum letzten Mal.

An diesem Morgen hatte sie die Resultate ihrer letzten Untersuchung bekommen. Ihre Blutplättchen befanden sich im freien Fall, außerdem hatten sich neue Metastasen gebildet. Sie brauchte die Zusammenfassung am Ende der Seite gar nicht erst zu lesen. Sie hatte das vierte Stadium erreicht. Auf einer Skala von vier.

Sie öffnete die Augen. Die hohen Fassaden des Lycée Arthur Honegger umgaben sie. In diesem Gymnasium lehrte sie seit fast zwanzig Jahren. Die Fenster sahen aus, als gehörten sie zu einer Fabrik. Die Mauern bestanden aus Ziegeln und erinnerten an die Wohnhäuser in den Randbezirken des Pariser Stadtzentrums. Wie diese Wohnblocks gehörte übrigens auch das Gymnasium der Stadt Paris. Genau genommen hatte Sandrine ihr Leben lang immer irgendwie am Rand gelebt – ganz wörtlich genommen.

In einer der Ecken des Schulhofs gab es ein rundes, verglastes Treppenhaus, das die sieben Etagen des Gebäudes miteinander verband. Sandrine erkannte in diesem durchsichtigen Turm eine Metapher für ihr Leben. Immer war sie hinauf- und hinabgestiegen und hatte dabei nach draußen geschaut, ohne jemals einen Punkt außerhalb zu erreichen. Innerhalb dieser roten Mauern hatte sie gelebt, geträumt und geatmet. Ein Ziegelstein wie viele andere auch, gefangen und anonym.

Das Geschrei der Schüler kam näher. Sie sammelten sich im Schulhof. Wie hatte sie diese Nichtsnutze nur all die Jahre hindurch ertragen? Eine einigermaßen fügsame, aber unsympathische Meute. Eine Truppe ohne Plan und ohne Herz, die faul und egoistisch aufwuchs und nur an ihren Komfort und ihre Bequemlichkeit dachte. Die Kinder der anderen. Was hätte sie wohl anders gemacht, wenn sie selbst Kinder gehabt hätte?

Sie wandte sich zur Tür.

Nur noch eine Stunde, dann hatte sie frei.

Nur noch eine Stunde, dann begann das wahre, wenn auch kurze Leben.

64

»Das Ding ist absolut koscher«, erklärte Fifi. »Die Spurensicherung hat weder Blut noch irgendwelche anderen Flüssigkeiten gefunden. Es ist nie benutzt worden.«

Passan betrachtete den Kaiken in seiner versiegelten Plastikhülle. Er hatte ihn vor vielen Jahren bei einem Antiquitätenhändler im Tokioter Viertel Asakusa gefunden und erinnerte sich noch lebhaft der vielen Formulare, die er hatte ausfüllen müssen, um den kleinen Dolch aus dem 19. Jahrhundert durch den Zoll zu bekommen. Außerdem musste er daran denken, wie ihm der Verkäufer geraten hatte, die Klinge mit einem speziellen Stein zu polieren und sie mit Nelkenöl zu schärfen. Naoko hatte die Waffe niemals angerührt.

Fifi sprach weiter, doch Passan hörte nicht zu.

Hatte er seine Frau je wirklich gekannt? Eine ausgesprochen mitteilsame Japanerin ist immer noch einsilbiger als die diskreteste Pariserin. Sie zieht niemanden ins Vertrauen und gibt nie persönliche Dinge preis. Absolutes Stillschweigen. Nun gehörte Naoko noch nicht einmal zu dieser Kategorie. Sie vergrub sich wirklich in der tiefsten Tiefe ihrer Geheimnisse.

Einen Überblick über ihre Vergangenheit hatte er nur bekommen können, indem er einzelne Informationen zusammensetzte, die sie manchmal im Abstand von über einem Jahr von sich gab. Innerhalb von zehn Jahren vervollständigte sich das Puzzle einigermaßen.

Aber Naoko hütete nicht nur ihre Geheimnisse, sie war auch voller Widersprüche – wie ein Kompass mit instabilem Magnetfeld.

So warf sie den Franzosen vor, ständig nach staatlicher Unterstützung zu schreien, doch sie selbst hätte nie und nimmer auch nur auf einen einzigen Euro verzichtet, der ihr laut Gesetz zustand. Sie war ausgesprochen prüde, lief aber ohne Scheu nackt herum und träumte davon, einmal als Tabledancer aufzutreten. Ihre Bescheidenheit und Höflichkeit waren zwar grenzenlos, doch im Grunde verachtete sie ihre Mitmenschen. Sie machte sich über Passan und seine Begeisterung für das alte Japan lustig, doch sie ertrug es nicht, wenn jemand anders als sie selbst die Traditionen kritisierte. Ihre Sauberkeit war schon Manie, aber gleichzeitig hatte Passan nie einen unordentlicheren Menschen erlebt. Zwar fand sie die Pariser grob und vulgär (im Japanischen existieren nur sehr wenige Flüche), sie selbst jedoch kannte jede Beleidigung, die das französische Wörterbuch zu bieten hat, und benutzte sie bei der kleinsten Gelegenheit.

Alles, was Passan über sie wusste, verdankte er seinem Instinkt. Er spürte, ob Naoko gerührt, glücklich oder ärgerlich war. Wie eine Antenne empfing er ihre Emotionen, ohne deren genauen Grund zu kennen. Fifi hatte recht, wenn er sich an Julien Clercs Chanson »Ma préference« erinnert fühlte: Passan war wirklich der Einzige, der Naoko kannte, sofern man eine wilde, geheimnisvolle Kreatur überhaupt kennen kann.

In der Nacht war er ins Krankenhaus zurückgekehrt und hatte sich mit ausreichend schmerzstillendem Gel, Desinfektionsmitteln und starken Schmerzmitteln versorgt, ehe er sein Büro aufsuchte. Die Ermittlungen gingen weiter, und er war der einzige Chef an Bord. Rasch hatte er geduscht – an Rasieren war nicht zu denken – und seine Mütze wieder aufgesetzt. Bis zum Morgengrauen hatte er das Video als Endlosschleife abgespielt. Die Frau im dunklen, mit violetten Chrysanthemen bestickten Kimono, die Diegos Überreste hinter sich herschleppte. Ihre weiße schlitzäugige Maske mit dem roten Mund. Die jähe Geste, mit der sie die Kamera außer Gefecht setzte. Und das alles unmittelbar neben den schlafenden Kindern.

Die Mörderin musste Japanerin sein. Es war weder der Kimono noch die Maske, die Passan zu dieser Überzeugung veranlassten. Verkleiden konnte sich jeder. Es waren die Gestik und ihre Art, auf die Kamera zuzugehen. Kleine Schritte, große Geheimnisse … Nach mehrmaligem Ansehen der Bilder war ihm noch ein drittes Indiz aufgefallen. Oberhalb der Maske konnte man den Haaransatz erkennen: ein glänzendes Schwarz, das er gut kannte.

Weitere wichtige Einzelheiten waren der Preis des Kimonos und der Maske. Sollte er die asiatischen Antiquitätenhändler aufsuchen? Es wäre kein Problem; er kannte sie alle.

Passan schob diese Gedanken beiseite, nahm den Kaiken und steckte ihn in die Jackentasche.

»Nimmst du ihn mit?«, fragte Fifi entgeistert. »Er ist ein Beweisstück.«

»Was willst du denn damit beweisen? Du hast eben selbst gesagt, dass es keine Spuren gibt. Er ist ein Geschenk, und er liegt mir am Herzen.«

»Mag schon sein. Trotzdem könnte er uns helfen.«

»Wobei?«

»Laut Rudel ähnelt die Waffe, mit der euer Hund getötet wurde, diesem Messer. Wir wollen versuchen, alle Messer dieses Typs aufzufinden. Angesichts des japanischen Kontexts ist der Kaiken immerhin ein Hinweis.«

Passan, der an seinem Schreibtisch saß, machte eine Bewegung, die so viel bedeutete wie: »Vergiss es.« Er fühlte sich erschöpft, doch die Müdigkeit versetzte seine Nerven in Alarmbereitschaft.

»Hat Rudel einen Tierarzt gefunden?«, erkundigte er sich.

»Hat er. Sie haben den ganzen Vormittag zusammen gearbeitet.«

»Gibt es schon Ergebnisse?«

»Die werden dir nicht gefallen.«

Passans Blick blieb an seinem Computer hängen. Die No-Maske sah ihn mit ihrem Ausdruck versteinerter Grausamkeit an.

»Die Frau hat zunächst seinen Bauch geöffnet und anschließend Muskeln und Sehnen zerschnitten, um die Organe herauszulösen.«

»Was mag sie sein? Jägerin?«

»Möglicherweise auch Veterinärin oder Ärztin.«

Japanische Wurzeln. Medizinische Kenntnisse. Know-how in Sachen Einbruch. Psychologie eines Gespenstes. Das alles fügte sich nicht zusammen und schien allenfalls einem schlechten Traum zu entspringen.

»Es gibt da noch etwas«, fuhr Fifi zögernd fort.

»Nämlich?«

»Sie hat das getan, während der Hund noch lebte. Er lebte und war gefesselt.«

»Unmöglich«, gab Passan zurück. »Er hätte einen Riesenterror veranstaltet und die ganze Bude geweckt.«

»Der Tierarzt sagt, dass sie ihm zunächst die Stimmbänder durchgeschnitten hat.«

Passan war fix und fertig. Er schluckte schwer.

»Diego wog über sechzig Kilo«, wandte er ein. »Er hätte sich doch sicher gewehrt und Lärm gemacht.«

»Möglicherweise hat sie ihn zuvor betäubt. Auf jeden Fall hat sie ihm die Pfoten zusammengebunden. Die Toxizitätsanalysen laufen, aber Ergebnisse haben wir noch nicht.«

Passans Blick kehrte zum Monitor zurück. No-Masken werden nach Gesichtsausdruck einordnet. Diese hier stellte je nach Neigung eine lachende oder eine traurige Frau dar.

»Hat Zacchary Spuren oder Fingerabdrücke gefunden?«

»Nichts, was der Rede wert wäre.«

»Wie konnte die Frau ins Haus gelangen, ohne dass ihr sie gesehen habt?«

»Das muss uns wohl irgendwie durchgegangen sein.«

Fifi stellte seinen Laptop auf den Schreibtisch und klappte ihn auf.

»Schau dir das einmal an.«

Er ließ die Bilder aus dem Kinderzimmer im Zeitraffer ablaufen. Weder Shinji noch Hiroki waren zu sehen. Schwaches

Dämmerlicht erhellte das Zimmer. Es war deutlich vor dem Drama.

Mit einem Klick kehrte Fifi zur normalen Geschwindigkeit zurück.

Plötzlich sah man Naoko von hinten. Sie durchquerte das Zimmer und betrat das Bad. Sie trug eines der leichten, schnörkellos geschnittenen Kleider, in denen sie meist zur Arbeit ging. Dieses hier war Passan allerdings unbekannt. In der Hand trug sie eine Sporttasche.

»Was siehst du?«, fragte Fifi.

»Naoko, die ins Bad geht.«

Fifi tippte auf die Leertaste und hielt das Bild an.

»Achte auf die Uhrzeit.«

»20.11 Uhr. Ja und?«

Fifi verkleinerte die Darstellung und öffnete ein neues Fenster, in dem die Kameraaufzeichnungen aus der Küche in Originalgeschwindigkeit abliefen. Naoko stand vor der Arbeitsfläche, bereitete einen Salat vor und nahm einen dampfenden Topf vom Herd.

Passan verstand nichts mehr. Auf diesen Bildern trug Naoko ein Kleid, das er kannte. Am Tisch saßen Shinji und Hiroki und stritten sich um einen NDS.

Fifi zeigte auf den Zeitpunkt der Aufzeichnung: 20.11 Uhr. Passan begriff.

»Für wenige Sekunden gab es in der Villa zwei Naokos in zwei verschiedenen Räumen auf zwei verschiedenen Etagen. Diejenige aus dem Bad ist die Schlächterin. Ich habe keine Ahnung, wie sie hineingekommen ist, aber sie hat einfach gewartet, bis alle im Bett waren, und …«

Passan stellte sich die Situation vor. Seine Kinder putzten sich wie jeden Abend die Zähne vor dem Duschvorhang mit den Fröschen und den Seerosen. Ein Schauder überlief ihn vom Nacken bis zum Scheitel.

Die Frau hatte hinter dem Duschvorhang gewartet, bis die Bahn frei war.

Er stand auf und griff nach seiner Jacke.

»Wo willst du hin?«

»Ich muss mit Naoko reden. Sie ist zu Sandrine gefahren. Ich muss mich bei ihr entschuldigen, verstehst du?«

Fifi fand keine Zeit für eine Antwort. Passan rannte bereits durch den Flur.

65

Das Haus, in dem Sandrine wohnte, gehörte zu einem kleinen Wohnblock in Le Pré-Saint-Gervais, der sich an die Nordflanke des Hügels von Belleville lehnte. Die Gebäude waren im typischen Stil der 1950er-Jahre schnell hochgezogen worden, um der Wohnungsnot zu begegnen und die Stadt zu modernisieren. Nach ihrer Ankunft in Frankreich hatte Naoko sich für die Pariser Stadtplanung im 20. Jahrhundert interessiert und konnte ein Gebäude auf den ersten Blick datieren. Sie wusste, dass die Häuser nach den ursprünglichen Plänen im Grünen hätten stehen sollen, doch niemand hatte den sprunghaften Anstieg des Autoverkehrs vorhergesehen. Aus Wäldern waren längst Parkplätze geworden, und die Gebäude trugen die Patina von CO_2. Heute war von den hehren Ideen nichts als kleine farblose Wohnblocks mit vier oder fünf Etagen, bröckelnden Fassaden und schwärzlichen Balkonen geblieben.

Sandrines Wohnung bildete keine Ausnahme. An den Fenstern trocknete Wäsche. Der Anstrich platzte von den Wänden. Hinter grauen Gardinen spielten sich freudlose, eintönige Schicksale ab. Und doch empfand Naoko diesen Anblick als frischen, klaren Luftzug, wo sie endlich durchatmen und ihren Albtraum vergessen konnte.

Sie stellte ihr Auto auf einem der Parkplätze ab und rollte ihren Koffer zum Haus. Es war ein Rimowa – eines der leichtesten und beweglichsten Gepäckstücke auf dem Markt. Naoko hatte alle Modelle getestet. Sie war unschlagbar, wenn es um praktische

Dinge des täglichen Lebens ging. Wäre sie in Paris oder Florenz geboren worden, wäre sie vielleicht empfänglicher für Malerei, Bildhauerei und Kunst im Allgemeinen gewesen. Aber sie stammte aus Tokio, wo Anpassung, Effektivität und Technologie oberste Priorität besaßen. Sie entsprang einem Mausklick, nicht einem Pinselstrich.

Naoko tippte den Code ein, erinnerte sich, dass der Aufzug nicht funktionierte, und schleppte den Koffer die Stufen hinauf. Er war nicht besonders schwer, denn sie hatte wirklich nur das Allernötigste eingepackt. Sandrine wohnte im zweiten Stock. Das Treppenhaus war nach oben offen. Auch das gehörte zu den Ideen der 1950er-Jahre, die sich rasch als untauglich erwiesen hatten. Mit der Zeit war aus dem geplanten Lichthof eine unkontrollierte Müllhalde geworden. Der Handlauf der Treppe war verrostet, die Stufen waren schartig.

Naoko erreichte den außen gelegenen Laufgang, der zu Sandrines Wohnung führte. Die Schlüssel lagen am vorgesehenen Ort. Noch nie hatte sie die Wohnung bei Tageslicht gesehen. Zwar hatte sie manchmal mit Sandrine hier gegessen, aber immer nur abends.

Naoko fühlte sich angenehm überrascht. Alles war ordentlich aufgeräumt und roch frisch nach Reinigungsmitteln. Mit Fenstern hatte der Architekt durchaus nicht gegeizt. Die Wohnung war ringsum sehr hell, doch das stellte auch schon den einzigen Luxus dar. Ansonsten gab es nur Rigipswände, furnierte Türen und Laminatböden.

Naoko sah sich genauer um. Sandrine hatte die siebzig Quadratmeter eingerichtet wie ein Loft. Weiße Wände, New Yorker Lampen und wenig Mobiliar.

Naoko betrat das Zimmer, in dem die Kinder schliefen. Beim Anblick der Plüschtiere im Bett schnürte sich ihr Herz zusammen. Sandrines Bett stand gleich nebenan. Naoko erinnerte sich ihres unguten Gefühls zwei Tage zuvor. Instinktiv hatte sie es vorgezogen, ins Hotel zu gehen, statt bei ihrer Freundin zu schlafen. Aber warum?

Am Ende des Flurs befand sich das Arbeitszimmer, das Sandrine für sie vorgesehen hatte. Einen Futon hatte sie bereits ausgebreitet. Naoko begann ihre Kleider in den Schrank zu hängen, doch schnell gingen ihr die Bügel aus. In den Schränken nebenan entdeckte sie die Kleidung der Kinder, aber auch hier war kein Bügel mehr frei. Schließlich schob sie alle Anstandsregeln beiseite und ging in Sandrines Zimmer, um sich dort einen zu besorgen. An einer Wand stand ein großer Schrank, die anderen Wände waren kahl. Kein Bild, kein Poster, kein Schmuck. Sandrine lebte tatsächlich wie eine Nonne. Eigentlich fehlte nur das Kruzifix über dem Bett.

Naoko öffnete die erste Tür und entdeckte eine Reihe von Vintage-Kleidern. Scheußliche, geblümte oder sehr bunte Teile, die geradewegs aus Woodstock zu stammen schienen. Auch hier gab es keinen freien Kleiderbügel. Sie rüttelte an den anderen Türen, doch die waren verschlossen. Dabei fiel ihr etwas auf. Im Scharnier war ein Stück Stoff eingeklemmt, und zwar handelte es sich nicht etwa um irgendeinen x-beliebigen Stoff, sondern um bemalte Seide. Selbst anhand dieses kleinen Stücks war die hervorragende Qualität gut zu erkennen. Während ihrer gesamten Kindheit hatte Naoko ihre Mutter Kimonos tragen sehen. Mit teurer Seide kannte sie sich bestens aus.

Was aber hatte eine solche Kostbarkeit in Sandrines Schrank zu suchen? Es musste ein Stück sein, das mehrere Tausend Euro gekostet hatte und einen ähnlich teuren Obi benötigte. Naoko war sich nicht einmal sicher, ob man so etwas in Paris überhaupt kaufen konnte.

Erneut versuchte sie, die Türen zu öffnen, aber es gelang ihr nicht. Schließlich ging sie ins Bad und kam mit einer Schere zurück. Ohne besondere Vorsichtsmaßnahmen ließ sie die Klinge in den Spalt zwischen den Türen gleiten und hebelte das Schloss aus. Die Schranktür glitt zur Seite.

Angesichts des Inhalts blieb ihr der Mund offen stehen. Kimonos – nichts als Kimonos. Ein ganzer Schrank voll. Weiße Iris und grüner Bambus, rosa Päonien und blauer Himmel, Kirschblüten und Mondschein … Daneben hingen Obis. Schwere Seide, veilchenfarben, lackgrün und herbstrot. Am meisten schockierte sie zunächst, dass die Kimonos auf Bügeln hingen. In Japan faltete man sie und bewahrte sie zwischen Seidenpapier auf.

Und dann fiel ihr plötzlich die nächtliche Besucherin ein. Nein! Unmöglich! Naokos Blick wanderte in den hinteren Teil des Schranks, wo Sandrine Getas aus Holz und die weißen Socken namens Tabi aufbewahrte, bei denen der große Zeh abgenäht ist. In den oberen Regalen lagen Kanzashi, zu hohen Aufsteckfrisuren frisierte Nylonperücken, deren Haar von goldenen Spangen gehalten wurde.

Naoko schlug sich die Hand vor den Mund, als sie hinter sich plötzlich eine Stimme hörte:

»Es ist nicht so, wie du denkst …«

Naoko schrie auf und wandte sich um. Immer noch hielt sie die Schere in der Hand. Sandrine stand auf der Schwelle. Sie sah ziemlich zerrupft aus, und das Haar hing ihr wild ins Gesicht. Ihr zu dick aufgetragenes Make-up war verschmiert.

»Keinen Schritt näher«, schrie Naoko und fuchtelte mit der Schere.

Sandrine hörte nicht auf sie. Sie zitterte noch heftiger als Naoko.

»Es ist nicht so, wie du denkst«, sagte sie mit ruhiger Stimme. »Leg bitte die Schere weg.«

»Du warst das also, ja? Du willst wohl wieder mit Olivier zusammenkommen?«

Sandrine lachte auf. Trotz ihrer Erschöpfung wirkte sie fahrig und erregt.

»Olive hat nicht alle Tassen im Schrank und ist ein Grobian«, erklärte sie geringschätzig. »Du kennst ihn längst nicht so gut wie ich. Außerdem – was hättest du denn dagegen? Lasst ihr euch nicht gerade scheiden?«

Sie sah aus wie ein trauriger Clown. Ihre Schminke zeigte Risse wie vertrocknete Erde. Zu schwarzes Kajal, zu viel Puder, zu roter Mund. Und in diesem Augenblick erst entdeckte Naoko, dass Sandrine eine Perücke trug. Wieso hatte sie das noch nie bemerkt?

Sandrine bewegte sich immer noch vorwärts. Naoko wich zurück.

»Du bist diejenige, die ich bewundere«, flüsterte Sandrine mit seltsamer Stimme. »Ich liebe dich …«

Sie streckte ihren Arm zum Schrank aus und streichelte über die Kimonos.

»Jeden Abend verwandle ich mich in dich und werde zur Japanerin.«

»Was redest du da?«

»Du und ich, wir werden zusammen leben und uns gemeinsam um Shinji und Hiroki kümmern. Ich möchte in deiner Nähe sterben. Ich will so werden wie du, ehe es mit mir zu Ende geht.«

»Warum hast du Diego getötet? Warum hast du das Blut meiner Kinder genommen?«

Erneut lachte Sandrine auf und ging einen Schritt vorwärts. Immer noch schwenkte Naoko die Schere. Sie war so nervös, dass sie sich beinahe selbst verletzt hätte.

Mit einer Handbewegung riss sich Sandrine die Perücke herunter und enthüllte ihren kahlen Schädel.

»Sieh mich doch an«, murmelte sie. »Die Verwandlung hat bereits begonnen.«

»Was ist los mit dir?«

»Krebs, meine Hübsche. Ich habe gerade meine letzte Chemo beendet. Es gibt keine Hoffnung mehr. Ein oder zwei Monate noch, dann ist es vorbei.«

Sie gluckste. Mit wiegendem Kopf verfolgte sie ihre fixe Idee.

»Wir werden die verbleibende Zeit gemeinsam verbringen. Ich möchte mich den Riten eines Landes widmen. Japan wird mich vor dem Tod schützen. Ich habe viel darüber gelesen. Die Kami, die Götter, sind dort. Sie erwarten mich. Sie …«

»ACHTUNG!«, schrie Naoko entsetzt.

Sandrine beendete den Satz nicht.

Ein Schwert hatte ihre Taille mit einem Schlag durchtrennt.

Als Naoko Sandrines Torso schwanken sah wie den einer Schaufensterpuppe, wurde ihr plötzlich alles klar.

Aus Sandrines Mund und Nase quoll Blut. Der Oberkörper kippte gegen den Kleiderschrank. Aus dem durchtrennten Becken sprudelte Blut wie aus einem Geysir.

Als das Schwert zum zweiten Mal durch die Luft pfiff, sprang Naoko durch das geschlossene Fenster.

66

Passan schloss gerade seinen Wagen ab, als er Glas zersplittern hörte. Suchend blickte er sich um, begriff aber nicht sofort. Das, was er sah, konnte nur ein Traum sein. Eine Gestalt flog durch ein Fenster der zweiten Etage. Sie flog wirklich und bewegte Arme und Beine wie in Zeitlupe. Wie angewurzelt stand Passan mit dem Schlüssel in der Hand da und starrte auf das unglaubliche Schauspiel.

Die Gestalt stürzte auf ein vor dem Haus geparktes Auto. Erst jetzt wich seine Lähmung, und Passan konnte reagieren. Es war das Haus, in dem Sandrine wohnte, und die Gestalt war Naoko. Er rannte los und erreichte das zerbeulte Auto in dem Augenblick, als Naoko abzurutschen drohte.

Mit ausgestreckten Armen bremste er ihren Sturz und ließ sie vorsichtig zu Boden gleiten.

»Naoko«, flüsterte er.

Sie riss die Augen weit auf, als schrecke sie aus einem tiefen Schlaf hoch.

»Sandrine«, kam es über ihre Lippen. Über ihr Gesicht zog sich eine rote Spur. Ihr Kleid war mit Blut befleckt. Passan schaute sofort nach, fand aber keine Verletzung.

»Sie ist tot«, flüsterte Naoko mit kaum wahrnehmbarer Stimme.

Als er ihren Rücken stützen und ihr aufhelfen wollte, spürte er eine klebrige Wärme. Er rollte sie auf die Seite und sah, dass der

Stoff ihres Kleides durchtrennt war. Mit zitternden Fingern zerrte er den Schlitz auseinander. Von Naokos Wirbelsäule bis zu Hüfte zog sich eine hauchdünne, oberflächliche Schnittwunde.

»Was ist geschehen?«, presste er hervor.

»Schnell! Sie ist da oben!«

Schon hatte er sein Handy in der Hand und wählte die Nummer des Rettungsdienstes. Das Rufzeichen schrillte. Niemand meldete sich. Er hob den Kopf. Auf dem Parkplatz hatte sich bereits eine neugierige Menge versammelt. Passanten, Anwohner. Alles Zeugen.

»Zurück!«

Endlich meldete sich die Zentrale. Hastig erläuterte Passan die Situation und nannte seinen Namen, seinen Dienstgrad und die Adresse. Dann klappte er das Telefon zu und stand auf.

»Zurück, zum Donnerwetter!«

Die Leute wichen erschrocken zurück. Erst in diesem Moment erkannte Passan, dass er aus einem Reflex heraus seine 45er gezogen hatte.

»Polizei!«, donnerte er. »Ein Arzt ist auf dem Weg. Niemand rührt sie an!«

Er stürmte ins Haus, durchquerte die Eingangshalle, las die Worte »Außer Betrieb« auf den Aufzugtüren und rannte zum Treppenhaus. Er nahm immer zwei Stufen auf einmal. Seine Gliedmaßen gehorchten ihm nur zögernd. Die Schmerzmittel! Trübes Licht fiel durch den Lichtschacht der Treppe.

Außengang. Offene Tür. Flur. Ein Zimmer, ein weiteres. Ganz hinten schließlich entdeckte er ein Szenario, das seine schlimmsten Albträume in den Schatten stellte. Sandrines in zwei Hälften zerteilter Körper. Büste und Unterleib lagen in entgegengesetzten Richtungen in einer grotesken Stellung. Passan konnte sich nicht erklären, warum Sandrine plötzlich kahlköpfig war. In der entferntesten Zimmerecke lag eine Perücke. Mit Blut hatte der Mörder etwas auf die Schranktüren geschrieben.

Japanische Schriftzeichen. Von oben nach unten.

Passan war nicht in der Lage, sie zu lesen, begriff aber endlich, dass die ganze Geschichte nichts mit Guillard zu tun haben konnte. Und auch mit sonst niemandem, den er irgendwann einmal festgenommen hatte.

Die grausamen Angriffe wendeten sich gegen Naoko.

In Sekundenbruchteilen führte er sich die Situation vor Augen. Sandrine und Naoko werden von dem Gewalttäter überrascht. Sandrine überlebt den Angriff nicht, Naoko kann sich durch das Fenster retten. Ehe er flieht, schreibt der Mörder seinen blutigen Nachruf.

Auf dem Boden lag ein mit Blut besudelter Kimono. Hatte der Täter damit seine Waffe abgewischt?

Um in Sandrines Wohnung zu gelangen, hatte Passan die Treppe benutzen müssen, weil der Aufzug außer Betrieb war. Also war der Mörder entweder in die oberen Etagen geflohen, oder er befand sich noch in der Wohnung. Mit der Waffe in der Hand lief Passan durch alle Zimmer. Niemand. Als er ins Treppenhaus hinauskam, fand er sich einer wahren Menschenmauer gegenüber. Nachbarn lungerten auf den Fluren herum, andere liefen hinunter, um zu sehen, was passiert war.

Passan steckte seine Waffe ein und beugte sich über das Geländer. Rufe und Geräusche waren zu hören. Er sah Hände auf dem Handlauf. Der Lichtschacht war zum Auge des Zyklons geworden.

Er rannte die Treppe hinunter und schob Mieter beiseite, die von Etage zu Etage miteinander redeten. Suchend blickte er in Gesichter. Erst mit einiger Verspätung erinnerte er sich, was Naoko gesagt hatte: »Sie ist da oben.« Aber von wem hatte sie gesprochen? Von Sandrine? Vom Mörder?

Unten waren inzwischen der Notarzt und ein Einsatzfahrzeug der Polizei eingetroffen. Naoko lag mit einer Halskrause unter einer Rettungsdecke. Passan wandte sich an die beiden Sanitäter, die Vorbereitungen trafen, sie auf eine bereitstehende Trage zu heben. Ein dritter Mann, vermutlich der Notarzt, untersuchte sie noch.

»Hat sie viel abbekommen?«, fragte Passan.

»Wer sind Sie?«, gab der Arzt zurück, ohne aufzublicken.

»Der Ehemann.«

Der Arzt antwortete nicht, sondern winkte nur den Sanitätern, die Naoko mit einer einzigen Bewegung auf eine Trage hoben.

Passan packte den Arzt am Kragen und drehte ihn gewaltsam zu sich um.

»Was ist los?«

Der Notarzt zuckte mit keiner Wimper. Er hatte schon Schlimmeres erlebt.

»Beruhigen Sie sich. Ihre Verletzung ist nicht gefährlich, aber sie hat ziemlich viel Blut verloren.«

Passan schob ihn beiseite und folgte mit Blicken Naoko, die zum Krankenwagen getragen wurde. Mit ihrer Halskrause und der Rettungsdecke erinnerte sie ihn an Patrick Guillard nach der missglückten Verfolgungsjagd in Stains.

»Wo wird sie hingebracht?«

»Keine Ahnung.«

»Wollen Sie mich verarschen?«

»Wir müssen erst feststellen, wo ein Bett frei ist. Wenn Sie Näheres wissen wollen, rufen Sie in einer halben Stunde die Zentrale an.«

Passan beließ es dabei. Es war ein ganz normaler Vorgang, den er schon tausendmal miterlebt hatte. Dass es sich bei dem Opfer zufällig um seine Frau handelte, änderte nichts daran. Er eilte zum Krankenwagen, um ihr noch ein paar Worte zu sagen, doch die Türen waren bereits verschlossen.

Mit eingeschaltetem Blaulicht und jaulender Sirene startete das Gefährt. Der Anblick drückte Passan fast das Herz ab. Bloß jetzt nicht aus den Latschen kippen! Der Mörder oder die Mörderin musste noch irgendwo in der Nähe sein. Im Laufschritt kehrte er zurück zu den Polizisten, die sich bemühten, der Neugierigen Herr zu werden.

»Niemand verlässt dieses Haus«, rief er und fuchtelte mit seiner Dienstmarke herum. »Der gesamte Wohnblock wird zum Sicherheitsgebiet erklärt.«

Die Polizisten nickten, ohne zu ahnen, mit wem sie es zu tun hatten. Bei der Polizei grüßte man jeden, der irgendwie die drei Farben zeigte; jeder andere erntete nur Misstrauen.

»Ihr kommt mit«, befahl er zwei jungen Männern, die unter ihrer Dienstmütze schwitzten. »Ich will niemanden mehr auf der Treppe sehen. Alle bleiben in ihrer Wohnung.«

Er wandte sich an den Beamten mit dem höchsten Dienstgrad.

»Sie kümmern sich um Verstärkung und informieren den Staatsanwalt und die Kripo.«

Die jungen Beamten taten wie geheißen. Wer nicht im Haus wohnte, musste verschwinden, alle anderen wurden in ihre Wohnungen geschickt. Allmählich sah man wieder klarer. Türen schlugen. Die Treppenabsätze leerten sich. Passan sah auf allen Etagen nach dem Rechten. Das entsetzliche Bild der zweigeteilten Sandrine wich ihm nicht aus dem Kopf. Konnte so etwas wirklich das Werk einer Frau sein?

Ja. Es war möglich. Während er in den zweiten Stock hinaufstieg, hätte sie sich in den oberen Etagen verbergen können, und als er sich um die Leiche kümmerte, konnte sie in aller Gemütsruhe das Haus verlassen. Oder sie hatte sich in einem der Zimmer versteckt, ehe sie floh. In diesem Fall jedoch hätten die Gaffer vor dem Haus sie gesehen. Also musste sie noch hier sein. Irgendwo zwischen diesen Wänden.

Er stieg bis ins fünfte Stockwerk hinauf und verließ sich dabei auf sein inneres Sonargerät zum Aufspüren negativer Wellen. Kein Verdächtiger weit und breit. Im Treppenhaus war es still geworden. Er suchte und fand die Leiter, die auf das Flachdach führte.

Er öffnete die Luke und hievte sich auf das Dach. Es war flach wie ein mit Schornsteinen und Belüftungskästen gespicktes Basketballfeld. In großen Pfützen spiegelte sich der Himmel. In der Ferne konnte er das Pariser Becken erkennen, das vom Boulevard Périphérique begrenzt wurde. Über der Stadt hing eine dunstige Hitzeglocke, was in diesem ausgesprochen verregneten Juni eher verwunderlich war. Der Anblick erinnerte Passan daran, dass er einst unter Schwindel und Höhenangst gelitten hatte und jeder Abgrund ihn magisch anzog. Doch diese Zeiten waren vorbei, was ihm unwillkürlich eine gewisse Zufriedenheit entlockte. Inzwischen waren seine Dämonen wieder sehr real. Sie töteten mit scharfen Waffen und hinterließen Schriftzeichen auf Schränken.

Mit allen Sinnen in Alarmbereitschaft zog er seine Pistole und schlich sich an die Betonblöcke heran. Dabei murmelte er immer wieder die Worte »Sandrine ist tot … Sandrine ist tot …«, als müsse er sich erst noch überzeugen, dass es wirklich so war.

Versteckte sich die Mörderin vielleicht hinter einem der Schornsteine? Mit der Glock in beiden Händen huschte er vorwärts. Trotz aller Vorsichtsmaßnahmen knirschte hier und da ein Steinchen unter seiner Sohle. Er umrundete den ersten Schornstein. Niemand. Einen zweiten. Gleiches Ergebnis. Und so ging es weiter. Ein Blick auf die Uhr zeigte ihm, dass seit Naokos Sturz eine halbe Stunde verstrichen war.

Der Mörder oder die Mörderin konnte längst über alle Berge sein.

Auf der Leiter kam ihm plötzlich eine Idee. Er versuchte die Aufzugtür in der fünften Etage zu öffnen. Sie war blockiert. Genau wie im vierten und dritten Stockwerk. Im zweiten und ersten Geschoss ebenso. Trotzdem versuchte er es auch noch im Erdgeschoss, wo das Schild »Außer Betrieb« hing.

Die Tür ließ sich öffnen und gab den Blick auf die im Halbdunkel liegende Kabine frei.

»Scheiße!«, fluchte Passan dumpf. Während der Panik nach der Entdeckung der Leiche hatte die Mörderin sich hier ganz einfach verstecken können.

Niemand hatte daran gedacht, hier nach ihr zu suchen.

67

Jetzt war alles umgekehrt. Nun war es Passan, der vor Naokos Bett hin und her lief. Das Krankenhaus war ein anderes – Naoko lag in der Kinderklinik Robert-Debré – doch das Zimmer erschien ihm ebenso wenig einladend und genauso schlecht ausgestattet wie seines in Nanterre. Wie er selbst zwei Tage zuvor hatte auch Naoko das Privileg, allein zu liegen. Ansonsten war es dasselbe wie bei ihm: trist gestrichene Wände, übler Geruch und ungesunde Hitze.

Um vier Uhr nachmittags fuhr Fifi zum Reitstall und holte Shinji und Hiroki ab. Nach Suresnes konnte er sie nicht bringen, ebenso wenig zu Sandrine. Sie aßen bei McDonald's und flüchteten sich anschließend in ein Kino wie in einen Bunker. Die Vorstellung endete um sechs, danach würde man weitersehen.

Seit Minuten schon wiederholte Passan die gleichen Fragen, ohne auf Naokos Schwäche zu achten. Das Nähen ihrer Wunde hatte fast eine Stunde gedauert, und jetzt war sie mit Codeinpräparaten vollgepumpt.

»Gib Ruhe«, murmelte sie. »Du nervst.«

»Es ist ein wahres Wunder, dass du so glimpflich davongekommen bist.«

»Alles ist bestens. Frag den Arzt. Es ist nur ein Kratzer.«

»Ein Kratzer? Man hat dich mit einem Schwert verletzt.«

»Die Klinge hat nur meine Haut angeritzt. Und das Auto hat meinen Sturz abgefedert. Ich werde wohl ein paar dicke blaue Flecken bekommen, aber das war's auch schon.«

Passan nickte heftig.

»Wirklich ein Wunder«, murmelte er.

Naoko lag unbeweglich in ihrem Bett. Wie eine Sphinx. In ihrer Armbeuge steckte eine Infusionsnadel.

»Was genau hast du gesehen?«, bohrte er hartnäckig weiter.

»Das habe ich dir doch schon zum x-ten Mal gesagt: nichts.«

»Aber du hast gesehen, wer Sandrine getötet hat, oder?«

Naoko versuchte eine Geste, doch ihre Hand fiel schlaff auf die Decke zurück.

»Ich habe eine Gestalt gesehen. Ganz in Schwarz. Sie stand hinter Sandrine. Und dann war da nur noch Blut. Alles war rot. Ich konnte mich gerade noch aus dem Fenster werfen.«

»Erinnerst du dich wirklich an gar nichts mehr? Nicht an das kleinste Detail?«

»Ich glaube, dass es eine Frau war.«

»Eine Japanerin?«

»Wenn ich mir vor Augen halte, wie sie mit dem Katana umgegangen ist – ja. Sie hat Sandrine mit einer einzigen Bewegung getötet.« Ihre Stimme wurde leiser. »Arme Sandrine. Sie und ihre Kimonos.«

Sie schluchzte auf. Passan jedoch hatte keine Zeit für Mitleid. Naoko und er waren die Nächsten auf der Liste, dessen war er sicher. Eine Liste auf japanische Art. Die No-Maske. Der Kimono. Und jetzt auch noch der Katana. Die Mörderin war den alten Traditionen zugetan. Denen, die Passan selbst so sehr verehrte.

»Wusstest du, dass sie Krebs hatte?«

»Wer?«

»Sandrine. Und zwar im Endstadium. Sie hätte nur noch ein paar Monate zu leben gehabt.«

Nein, davon hatte er nichts geahnt. Und als müsse er sich dafür entschuldigen, erwiderte Passan:

»Die Obduktion braucht noch einige Zeit.«

»Klar, man braucht ja nur die Rechtsmedizin, um mehr über das Leben der Leute zu erfahren.«

»Sehr witzig!«

Naoko richtete sich in ihrem Bett auf.

»Verstehst du denn nicht, was passiert ist? Wir mit unserem blöden Dauerstreit, unserer Scheidung und unserem gemeinsamen Sorgerecht – wie haben den Blick für das Wesentliche verloren. Wir haben uns so auf unser eigenes kleines Elend konzentriert, dass wir gar nicht gemerkt haben, dass unsere beste Freundin langsam dahinstarb.«

»Ich finde unser Elend gar nicht so klein«, entgegnete Passan.

Naoko fuhr wie hypnotisiert fort, als spräche sie mit sich selbst:

»Als ich die Kimonos im Schrank gesehen habe, dachte ich, sie würde hinter den Angriffen gegen uns stecken. Natürlich war es absurd, aber im ersten Moment …«

»Und was genau wollte sie?«

»Ich weiß es nicht. Es ging ihr um Japan. Sie wollte die letzten Wochen mit mir und den Kindern verbringen. Sie sprach auch von Kami …«

»Ist sie Shintoistin gewesen?«

»Wenn ich dir doch sage, dass ich es nicht weiß! Wer ahnt schon, was sich im Kopf von todgeweihten Menschen abspielt.« Naoko senkte die Stimme. »Vielleicht fand sie Trost in fernöstlicher Mystik und der Gelassenheit des Zen … So ein Quatsch! Japan ist wirklich Gift!«

Zwar schockierte dieser letzte Satz Passan, doch er verstand, was Naoko meinte. Japan übernahm für den Westen eine Art Ventilfunktion. Anstatt die eigenen Probleme selbst zu lösen, zog man es vor, von einem asiatischen Garten Eden zu träumen, einem von Frieden und Heiterkeit durchfluteten japanischen Ideal. Davon konnte er ja selbst ein Lied singen.

»Lass uns über die Mörderin sprechen«, sagte er mit fester Stimme. »Du musst sie gesehen haben. Was hatte sie an?«

»Etwas Schwarzes. Glaube ich zumindest. Aber genau weiß ich es nicht.«

»Wie alt?«

»Du kotzt mich an. Das Ganze hat gerade mal eine Sekunde gedauert. Ich musste mitansehen, wie Sandrine in zwei Stücke zerschnitten wurde. Ich hatte Blut in den Augen. Ich … ich habe mich umgedreht und bin gesprungen. Ich …«

Ihre Stimme versagte. Sie schluchzte einmal auf. In ihren Augen standen Tränen. Eine Europäerin hätte in dieser Situation vermutlich Rotz und Wasser geheult.

Passan ließ sich erweichen und trat ans Bett.

»Du musst dich jetzt ausruhen. Morgen sehen wir weiter. Wir

haben uns von Anfang an geirrt, verstehst du? Ich war immer der Meinung, dass sich die Angriffe gegen mich richteten. Ich dachte an Guillard oder irgendeinen anderen Abschaum. Aber so, wie es jetzt aussieht, hat das alles mit dir zu tun. Und zwar schon die ganze Zeit. Diese Geschichte hat einen japanischen Hintergrund.«

Naoko riss die Augen auf.

»Allein die Tatsache, dass ein verrückter Krimineller sich als Japaner verkleidet, heißt doch noch lange nicht …«

Passan kramte sein iPhone aus der Tasche und zeigte ihr das Foto, das er am Tatort gemacht hatte.

»Das hier stand auf dem Schrank. Was heißt es?«

Naoko fuhr zurück. Passan bemerkte, dass sie heftig schluckte. Ihre Kehle bebte. Ihre Haut schimmerte nicht mehr weiß, sondern gelblich, wie geronnen. Wieder einmal erinnerte sie ihn an die Masken des No-Theaters.

»Sag es mir«, forderte er sie auf.

Sie biss sich auf die Lippen und warf ihm einen mörderischen Blick zu. Wie immer berührte ihn die Schönheit ihrer mongolischen Lidfalte bis ins Innerste – diese schräge Linie, die den Eindruck leichten Schielens hervorrief. Ihr Blick war ein Oxymoron. Er vereinigte Gegensätze. Er war wild und gleichzeitig sanft – von einer Zärtlichkeit, die durch die winzige Abweichung der Pupillen entstand, die alles linderte, die Augen beschwichtigte und das Herz streichelte …

»›Es gehört mir‹«, flüsterte Naoko.

»›Es gehört mir‹? Was denn?«

»Im Japanischen gibt es in solchen Sätzen keine genauer definierten Personalpronomen. Es könnte auch heißen: ›Sie gehören mir‹.«

»Sind die Buchstaben Kanji oder Hiragana?«

»Sowohl als auch.«

»Und die anderen sind nicht dabei?«

»Katakana? Nein. Der Satz enthält keine Fremdwörter.«

Die Japaner hatten ein drittes Alphabet entwickelt, um ausländisch klingende Silben und Namen schreiben zu können – was viel über die Mentalität des Landes aussagte.

»Und die Formulierung? Ist sie respektvoll, neutral oder brutal?«

»Brutal.«

»Gibt es irgendein Detail, das auf den Schreiber schließen ließe?«

»Nein.«

Passan platzte der Kragen.

»Was meint das Weib, verdammt?«

Naoko senkte die Augen. Ihre Wimpern flatterten.

»Ich weiß es nicht«, sagte sie mit matter Stimme. »Vielleicht die Kimonos? Sie schienen besonders ausgefallen zu sein. Möglicherweise hat Sandrine sie gestohlen und …«

»Willst du mich verarschen?«

Naoko sah ihn an, ohne zu antworten. Ihre Augen zeigten keine Regung. Weder Furcht noch Wut. Passan dachte an die angebliche Gelassenheit der Asiaten. Und an seine eigene Dummheit. Zehn Jahre Zusammenleben, um immer noch bei Allgemeinplätzen zu landen. Er hatte wirklich nichts gelernt. Er würde wohl nie begreifen.

»›Es gehört mir‹«, wiederholte er, als kaue er auf dem Satz herum. »Was mag das nur bedeuten? Könnte es mit deiner Vergangenheit zu tun haben? Vielleicht mit deinen Eltern? Oder mit deinen früheren Freunden?«

»Sag mal, spinnst du?«

»Es muss einen Schlüssel geben. Denk nach. Im Augenblick sehe ich nur diese eine Möglichkeit.«

»Du bist doch übergeschnappt! Wir reden hier über jemanden, der unseren Hund umgebracht und Sandrine auf dem Gewissen hat. Jemanden, der irrsinnig genug ist, mitten in Paris ein traditionelles Kampfschwert zu benutzen. Tut mir leid, aber mit solchen Leuten kann ich nicht dienen.«

Fast widerwillig nickte Passan. Die Hypothese hielt einer genaueren Betrachtung nicht stand. Erneut gab er sich sanft, setzte sich an den Bettrand und wagte sogar, nach ihrer Hand zu greifen. Naoko überließ sie ihm widerstandslos. Ein schlechtes Zeichen …

»Ich gehe zurück nach Tokio«, erklärte sie plötzlich mit fester Stimme.

»Gute Idee. Dort kannst du dich ausruhen. Du …«

»Nein. Ich kehre für immer zurück. Ich bin es endgültig leid.«

Passan wurde klar, dass er im Unterbewusstsein diesen Satz schon lange befürchtet hatte.

»Und … die Kinder?«, stammelte er.

»Darüber müssen wir noch reden. Zunächst einmal kommen sie mit mir.«

Am liebsten hätte er wie ein echter Polizist geantwortet: »Du darfst im Augenblick das Land nicht verlassen, weil du Hauptzeugin in einer Mordsache bist.« Oder wie ein bornierter Ehemann: »Darüber werden sich unsere Anwälte unterhalten.« Stattdessen flüsterte er tröstend:

»Ruh dich erst einmal aus. Wir reden morgen weiter.«

»Wo schlaft ihr?«

Die Frage traf Passan unvorbereitet. Über dieses Problem hatte er noch nicht nachgedacht.

»Im Hotel«, gab er mechanisch zurück. »Mach dir keine Sorgen.«

Er musste sich konzentrieren, um ruhig zu antworten und eine gewisse Logik in seine Gedanken zu bringen. Auf seiner Seele lastete ein schwerer, düsterer Druck. Tokio. Die Kinder. Die ursprüngliche Angst …

Aber zunächst musste er diesen Fall lösen. Anschließend würde er sie daran hindern, fortzugehen.

Ein Albtraum nach dem anderen.

»Ich lasse dich jetzt in Ruhe«, flüsterte er. »Du musst ziemlich erledigt sein.«

Er stand auf und nahm ihre Hand, um einen Kuss darauf zu drücken. Als er sich nach vorn beugte, hatte er den Eindruck, dass das Fallbeil einer Guillotine über seinem Nacken schwebte.

68

»Kommissar Passan?«

Eine Frau in einem langen hellgrünen Hemd und gleichfarbiger Hose kam auf ihn zu. Ihre Gesichtsfarbe unterschied sich kaum von ihrer Bluse. Ein spitzes Gesicht, das von zwei hervortretenden Augen dominiert wurde. Blonde Locken kringelten sich auf ihrer Stirn wie aus der Erde gerissene Wurzeln.

»Brigitte Devèze. Ich bin die Ärztin, die Ihre Frau behandelt.«

Passan schüttelte ihr die Hand.

»Ich habe schon nach Ihnen gesucht«, log er.

»Keine Sorge«, hakte sie sofort ein. »Die Verletzung ist nicht gefährlich.«

»Hat der Sturz nichts hinterlassen?«

»Die Karosserie des Autos hat ihren Fall gebremst. Sie hat wirklich großes Glück gehabt.«

Passan dankte der Ärztin mit einem Lächeln und blickte auf die Uhr. Halb sieben. Die Vorstellung im Kino musste längst vorbei sein. Er musste Fifi anrufen. Ein Hotel finden. Den Kindern ein halbwegs normales Leben vorgaukeln.

»Was ist eigentlich genau passiert?«, erkundigte sich die Ärztin mit einem besorgten Blick auf sein verbranntes Gesicht. »Die Verletzung sah aus, als wäre sie durch eine Klinge oder etwas Ähnliches verursacht worden. Ich habe Ihrer Frau diese Frage auch schon gestellt, aber ihre Antwort erschien mir nicht ganz eindeutig.«

Beinahe hätte Passan wieder wie ein echter Polizist geantwortet: »Ich stelle hier die Fragen.« Doch stattdessen lächelte er.

»Die Ermittlungen laufen noch«, wich er aus. »Ich weiß auch nicht mehr als Sie.« Wieder sah er auf die Uhr. »Tut mir leid, aber ich muss dringend zu meinen Kindern.«

Ohne sich aufhalten zu lassen, hastete er durch die Flügeltür zur Treppe. Draußen wählte er Fifis Nummer.

»Alles okay?«

»Soweit.«

»Was habt ihr euch angesehen?«

»*Kung Fu Panda 2.*«

»Und? War er gut?«, fragte Passan zerstreut.

»Ziemlich lärmig.«

Und das von Fifi, der Neometal, Hardcore und Indus liebte!

»Wie geht es Naoko?«

»Den Umständen entsprechend gut. Schon was Neues von Sandrine?«

»Noch nicht. Zacchary hat alle Hände voll zu tun.«

»War der Staatsanwalt schon da?«

»Ich glaube schon.«

»Und wer kümmert sich um die Ermittlungen? Die Pariser Kripozentrale?«

»Bis jetzt ist noch nichts klar. Im Augenblick kümmert sich die Mordkommission von Saint-Denis um die Beweisaufnahme.«

»Aber das ist unsere Angelegenheit, verdammt!«

»Beruhige dich. Erstens bist du in der Zentrale Persona non grata, und zweitens müsstest du eigentlich noch im Krankenhaus liegen. Du kannst nichts anderes tun, als auf der Wache in Pantin Anzeige gegen unbekannt zu erstatten.«

Fifi hatte recht. Trotzdem konnte Passan den Staatsanwalt und Lefebvre anrufen und ein wenig Dampf machen. Vielleicht brachte er es ja fertig, dass man den Fall wieder ihm zuteilte.

»Calvini will dich sehen«, fuhr Fifi fort.

»Warum?«

»Keine Ahnung. Gleich morgen früh.«

»Am Sonntag?«

»Er wartet zu Hause auf dich. Ich schicke dir die Adresse gleich per SMS.«

Passan stand vor seinem Auto. Die Einladung ließ nichts Gutes ahnen.

»Irgendwas Neues von Guillard?«

»Keinen Schimmer.«

»Versuch etwas herauszubekommen. Und von Levy?«

»Absolut nichts. Der Kerl scheint sich in Luft aufgelöst zu haben.«

Man musste also mit dem Schlimmsten rechnen.

»Was macht ihr gerade?«

»Eis essen.«

»Wo?«

»Montparnasse.«

Passan erinnerte sich an ein Schutzprogramm für einen Zeugen aus Albanien. Während des Prozesses war der Mann im Hotel Méridien in der Avenue du Commandant Mouchotte gleich hinter dem Gare Montparnasse untergebracht worden. Das Hotel gehörte inzwischen zur Pullman-Kette, war jedoch vermutlich nicht sehr verändert oder umgebaut worden. Passan kannte alle Zugänge, Ausgänge und die Aufteilung der Etagen. In diesem Hotel konnte er mit wenigen Polizisten die Sicherheit der Kinder gewährleisten.

Er gab Fifi die Adresse und verabredete sich mit ihm für eine halbe Stunde später.

Als er in seinem Auto saß, überwältigte ihn plötzlich die Angst. Naokos Drohung, nach Tokio zurückzukehren, machte ihm zu schaffen. Immer hatte sie geschworen, dass sie Paris als ihre Heimat betrachtete und selbst im Trennungsfall bleiben würde. Bullshit! Auch die Kinder besaßen japanische Pässe. Mit anderen Worten: Naoko konnte problemlos von heute auf morgen das Land verlassen und ihre Söhne mitnehmen.

Natürlich hatte er sich informiert. In einem solchen Fall konnte Naoko zwar wegen Kindesentführung und unerlaubten Verlassens des Landes belangt werden. Allerdings gab es zwischen Frankreich und Japan kein Auslieferungsabkommen. So oder so war Passan der Gelackmeierte.

Aber stand ihr Entschluss wirklich fest? Hatten die Vorfälle in der Villa zu ihrer Entscheidung geführt? Oder doch eher seine Vorwürfe gegen sie? Auf dem Weg zur Porte de Maillot sah er ununterbrochen ihr verschlossenes Gesicht vor sich, umrahmt von tintenschwarzem Haar. Er kannte diesen maskenhaften Ausdruck nur allzu gut. Schon zu Beginn ihrer Ehe hatte sie ihm so zu verstehen gegeben, dass sie ihm böse war. Und wenn er später am Abend versuchte, sich ihr zu nähern, wandte sie ihm den Rücken zu.

Passan suchte nach Argumenten, die gegen ihren Entschluss sprachen. Naoko hatte hier ihren Beruf, ihre Geldanlagen und ihr Haus. Ihr ganzes Leben spielte sich in Frankreich ab. Außerdem hielt sie es für einen großen Vorteil, dass die Kinder zweisprachig aufwuchsen. Würde sie das alles wirklich wegwerfen und wieder ganz von vorn anfangen?

Sicher setzte Naoko keine übertriebenen Hoffnungen in Passans krisengeschüttelte Heimat. Aber für Japan galt das Gleiche. Die Reisfelder von Honshu erschienen ihr ganz bestimmt nicht grüner als die Wiesen Frankreichs. Nach ihren letzten Erfahrungen allerdings – einem gehäuteten Affen im Kühlschrank, einem Vampir, der ihren Kindern Blut abgesaugt hatte, einem ausgeweideten Hund und einer in zwei Stücke zerteilten Freundin – würde ihr wohl jede Müllhalde ansprechender erscheinen als der Mont-Valérien.

69

Nur unter großen Schwierigkeiten gelang es Naoko, sich aufzurichten und ihre Beine aus dem Bett gleiten zu lassen. Jede Bewegung war eine Herausforderung. Mit angehaltenem Atem zog sie langsam die Infusionsnadel aus ihrem Arm. Schließlich ließ sie sich vorwärtsgleiten, bis ihre Füße den Boden erreichten, und richtete sich auf. Einige Sekunden lang verharrte sie so, bemüht, ihr Gleichgewicht zu halten.

Es klappte. Sie konnte laufen. Passan hatte ihr saubere Kleidung mitgebracht. Sie suchte im Schrank, bis sie das Passende fand, zog ein Höschen an, streifte ein leichtes Kleid über und schlüpfte in ein Paar offene Sandalen. Die Lokalanästhesie wirkte noch: Sie spürte keinerlei Schmerz. Passan hatte nicht nur an ihren blassblauen Regenmantel, sondern auch an ihre Handtasche gedacht. Perfekt.

Naoko spähte in den Flur hinaus. Keine Menschenseele war zu sehen. Sie trat aus dem Zimmer und schloss leise die Tür hinter sich. Mit der Handtasche über der Schulter schlich sie an den Wänden entlang, fand aber nach und nach wieder zu einer sicheren Gangart. Es war Samstagnachmittag, und sie sah aus wie eine x-beliebige Besucherin.

Ein paar Stunden früher hatte man sie auf ihrer Trage endlos in der Notaufnahme warten lassen, weil kein Zimmer verfügbar war. Oder kein Arzt. Sie hatte nicht hingehört. Unter dem Einfluss von Beruhigungsmitteln verspürte sie kaum Schmerzen, hatte geduldig gewartet, ihre Umgebung beobachtet und alle Hinweisschilder gelesen.

Der sechste Sinn der Ausländerin. Weil sie immer auf der Hut sein musste, hatte sie angesichts von Hinweisen einen Scharfsinn entwickelt, der weit über den jedes Franzosen hinausging. Wenn sie ein öffentliches Gebäude betrat – sei es Post, Rathaus oder Klinik –, registrierte sie sofort jedes Hinweisschild. Wenn sie einen Vertrag unterschreiben musste, las sie akribisch jeden einzelnen Paragrafen und auch das versteckteste Kleingedruckte.

Die Klinik Robert-Debré war auf seltene Kinderkrankheiten spezialisiert. Naoko vermutete, dass es in einem hauptsächlich mit Kindern und Jugendlichen belegten Krankenhaus mehrere Aufenthalts- und Freizeiträume gab. Als Shinji wegen einer Blinddarmoperation im Necker-Klinikum gelegen hatte, war sie mit ihm in einem großen Raum voller Gesellschaftsspiele, Bücher und Computer gewesen. Und wenn es Computer gab, gab es mit Sicherheit auch Internet.

Mit dem Aufzug fuhr sie in die erste Etage und machte sich auf die Suche. Mehr denn je sah sie aus wie eine Mutter auf der Suche nach ihrem Kind. Nur ihre Gangart passte nicht ganz. Sie erinnerte eher an den Rückzug der japanischen Armee von der Insel Okinawa.

Am Ende des Flurs befand sich ein Raum namens »Blauer

Himmel«. »Kein Zutritt für Erwachsene«, warnte ein Zettel an der Tür. Eine Aufsicht war nicht zu entdecken. Bemalte Wände, Tischfußballgeräte, Musikinstrumente. Die Clubmitglieder trugen zum Teil Jeans und T-Shirt, die weniger Glücklichen waren im Pyjama und zogen ein Infusionsgestell hinter sich her

Naoko sah Kinder, die auf Tastaturen herumtippten, als hinge ihr Leben davon ab. Keiner der Computer war frei. Sie trat zu einem schlaksigen Jungen, der sich auf Facebook angemeldet hatte.

Höflich fragte sie ihn, ob sie kurz seinen Computer benutzen dürfe. Der Junge schenkte ihr ein strahlendes Lächeln, in dem man schon den Mann erkennen konnte, der er eines Tages sein würde. Naoko musste daran denken, dass auch Shinji und Hiroki eines Tages Jugendliche sein würden, ebenso sorglos und unwiderstehlich.

Als Erstes loggte sie sich auf einer Seite ein, auf der sie japanische Schriftzeichen benutzen konnte. Der Jugendliche – er maß mindestens einen Meter fünfundneunzig – blieb neben ihr stehen.

»Ist das Japanisch?«, fragte er erstaunt, als handele es sich um die Elbensprache aus *Der Herr der Ringe*.

Sie nickte, bereute aber bereits, sich auf das Gespräch eingelassen zu haben. Sobald Passan im Krankenhaus nach ihr forschte, würde er auf diesen Teenager stoßen, der sich sicher an sie erinnerte. Anschließend müsste er nur noch die Festplatten überprüfen.

Sie meldete sich bei Facebook an und tippte einen fast vergessenen Namen ein. Das Foto einer Frau erschien. Sie schien gleichzeitig zu lächeln und zu schmollen. Nein, sie hatte sich nicht verändert. Mit ein paar Klicks stellte Naoko fest, dass sie trotz allem auf Facebook noch mit dieser Frau befreundet war. Plötzlich schob sich das freundliche Gesicht vor ihrem inneren Auge über das blutbespritzte Gesicht des Vortags. Naoko erbebte.

Sie rief die Nachrichten ab und fand ein einziges Wort. Eines nur.

»Alles okay?«, fragte der Jugendliche beunruhigt.

»Klar. Warum?«

»Sie sind ganz blass.«

»Mit mir ist alles in Ordnung«, lächelte sie ihn an. »Darf ich den Computer noch ein paar Minuten benutzen?«

Der Junge gestikulierte mit seinen langgliedrigen Fingern. »Wissen Sie, wir haben hier alle Zeit der Welt.«

Naoko traute sich nicht zu fragen, weswegen er hier behandelt wurde. Sie ging auf die Website von Japan Airlines, entschied sich aber vorsichtshalber für die japanische Version.

Dort buchte sie einen Flug für den nächsten Tag um 11.40 Uhr, tippte die Namen der Passagiere und ihre Kreditkartennummer ein. Nicht die ihrer Visa-Card, sondern die ihrer geheimen American Express, die sie für den Fall einer überstürzten Abreise immer behalten hatte. Im Grunde hatte sie hier ständig wie eine Kriminelle gelebt – jederzeit bereit, auf Nimmerwiedersehen zu verschwinden.

Die Reservierungen wurden sofort bestätigt. Wieder schob sich ein Bild über die Ziffern und Daten: die mit Sandrines Blut geschriebenen Schriftzeichen.

Naoko war die Einzige, die den Sinn der Botschaft verstand. Und nur sie allein konnte darauf antworten.

70

Passan und seine Söhne betraten die Lobby des Hotels Pullman um halb acht abends. Ihre Leibwache setzte sich aus Fifi, Jaffré und Lestrade zusammen – drei bewaffneten Polizisten, die sich ihre Sporen als Babysitter verdienten und dafür ihre Freizeit opferten.

Wieder musste Passan an den Albaner denken, den er vor Jahren hier versteckt hatte. Ganz abwegig war der Vergleich nicht. Sie befanden sich in exakt der gleichen Situation. Schutzlose Menschen, die einer großen Gefahr ausgesetzt waren. Schon oft waren ihm ähnlich gelagerte Fälle begegnet: Zeugen, Opfer, unschuldige Verdächtige. Ganz normale Leute, denen das Schicksal übel mitspielte. Und nun gehörte er selbst dazu.

Fifi kümmerte sich um das Einchecken, Jaffré und Lestrade trugen das Gepäck ins Zimmer. Sie hatten eine Junior-Suite genommen, um als Gruppe zusammenbleiben zu können. Der stellvertretende Staatsanwalt hatte die Kostenübernahme unterzeichnet. Selbst außergewöhnliche Auslagen würden vom Staat bezahlt. Fast wie im Zeugenschutzprogramm.

Shinji und Hiroki erkundeten ihre neue Bleibe und freuten sich wie die Schneekönige. Zwar hatte Passan ihnen zu erklären versucht, dass ihre Mama krank war, aber das hatte die beiden kaum gestört. Schon früher war ihm dieses Verhalten aufgefallen: Solange ein Elternteil bei ihnen war, zeigten die Kinder keine Anzeichen von Unruhe. Jetzt war eben er an der Reihe und galt trotz seines verbrannten Gesichts als zuverlässige Vertrauensperson.

Während die beiden anderen Polizisten im Aufenthaltsbereich ihr Lager für die Nacht aufschlugen, verband Fifi die Spielkonsole mit dem Fernseher. Passan verzog sich ins Bad, um eine neue Schicht Biafine aufzutragen. Fifi hatte ihm unter der Hand starke Beruhigungsmittel besorgt. Zugelassene Medikamente waren seiner Ansicht nach nur etwas für Weicheier; seine Pillen wirkten deutlich besser. Zwar glaubte Passan seinem Partner aufs Wort – schließlich hatte er einschlägige Erfahrungen –, doch er zögerte noch.

Er öffnete die Tür einen Spaltbreit und rief hinaus:

»Hauen mich die Dinger ganz sicher nicht aus den Latschen?«

»Da besteht nicht das geringste Risiko«, antwortete Fifi und kam ins Bad. »Das Zeug nimmt man am Morgen nach einem Ecstasy-Rausch. Früher haben wir die Nachwirkungen mit Heroin bekämpft, aber die moderne Chemie macht ständig Fortschritte.«

»Na, das tröstet mich jetzt aber!«

Fifi lachte und schluckte selbst eine Pille, um Passan Mut zu machen.

»Okay«, meinte Passan und schloss die Tür. »Hast du die Kripo angerufen?«

»Im Augenblick ist immer noch die Mordkommission in Saint-Denis verantwortlich. Der Staatsanwalt wird wohl schnellstens einen Richter berufen.«

»Sobald du seinen Namen weißt, gibst du Bescheid. Hast du Kontakt zu den Kollegen aus 9–3 aufgenommen?«

»Die Vernehmung der Nachbarn in Pré-Saint-Gervais läuft. Niemand hat etwas gesehen oder gehört. Ansonsten gibt es keine Spuren von der Dame, absolut nichts.«

Passan musste an die düstere Aufzugkabine denken. Kein Zweifel: Die Mörderin hatte sich dort versteckt und war im allgemeinen Aufruhr geflohen – um irgendwann erneut zuzuschlagen.

Fifi zog ein durchsichtiges Plastiktütchen aus der Tasche.

»Darf ich?«, fragte er und zeigte auf das Kokain.

»Natürlich nicht. Was glaubst du, wo wir hier sind? Außerdem bist du im Dienst, und meine Kinder spielen gleich nebenan.«

»Klar doch«, lachte Fifi. »Wo hatte ich nur meinen Kopf?«

»Du wirst heute mit dem Bier aus der Minibar vorliebnehmen müssen. Gibt es bei mir zu Hause etwas Neues?«

»Nichts. Die Vernehmung der Nachbarn hat nichts ergeben. Die Spurensuche auch nicht. Ganz ehrlich, manchmal habe ich den Verdacht, wir haben es mit einem Phantom zu tun.«

Passan nahm die Mütze ab, kratzte sich den Kopf und strich sich schließlich über die verbliebenen Haare, als wolle er Ordnung in seine Gedanken bringen.

»Hast du irgendwelche Informationen über Sandrine gefunden?«

»Ich kann mich wirklich nicht um alles kümmern. Entweder du engagierst ein Kindermädchen, oder …«

Passan brachte ihn mit einer Geste zum Schweigen.

»Du kannst heute Abend vom Zimmer aus arbeiten.«

»Bleibst du etwa nicht hier?«

Passan wich der Frage aus.

»Du solltest dich auch um die Katanas kümmern.«

»Um die was?«

»Japanische Kampfschwerter. Ruf alle Antiquariate, Restauratoren und Kendo-Klubs an.«

»Heute noch?«

»Du kriegst das schon hin. Erkundige dich auch beim Zoll, ob kürzlich etwas in der Art eingeführt wurde.«

Fifi setzte sich auf den Rand der Badewanne. Bei ihm schien die Pille zu wirken. Passan hätte gern das Gleiche von sich gesagt, doch der Schmerz war immer noch sehr präsent.

»Darf ich dich daran erinnern, dass wir mit diesem Fall nichts zu tun haben«, wandte Fifi mit erschöpfter Stimme ein. »Uns fehlen die Befugnisse.«

»Es wäre nicht das erste Mal.«

»Was sagt eigentlich Naoko?«

»Nichts.«

»Klar.«

Passan ging nicht auf die Anspielung ein. Es war halb neun, als ihm noch eine letzte Frage einfiel:

»Ich hatte dich gebeten, nachzuforschen, ob Levy DNS-Analysen in Auftrag gegeben hat.«

»Mist, das hätte ich bei diesem Trubel hier beinahe vergessen.«

»Hast du etwas herausgefunden?«

Fifi nestelte ein Heft aus seiner Revolvertasche.

»Kann man wohl sagen. Levy hat am 21. Juni einen Handschuh nach Bordeaux geschickt und einen anderen am gleichen Tag nach Straßburg. Am nächsten Abend hatte er sie samt Resultat wieder zurück. Auf jeden Fall waren es die Handschuhe von Guillard. Aber warum hat Levy sie getrennt?«

»Weil er als Einziger die Möglichkeit haben wollte, die Ergebnisse zu vergleichen. Er hat versucht, die Handschuhe und die Resultate an Guillard zu verkaufen.«

»Glaubst du, er hat sich mit der Kohle vom Acker gemacht?«

»Er ist tot.«

Passan öffnete die Tür und verließ das Bad. Fifi sauste hinter ihm her. Shinji und Hiroki saßen vor ihrem Videospiel und lachten lauthals unter den amüsierten Blicken von Lestrade und Jaffré. Passan holte zwei Schlafanzüge und die Zahnbürsten aus der Reisetasche, ging mit den Kindern ins Bad und zog sie ungeachtet ihrer Proteste aus.

Anschließend rief er Naoko an. Ihre Stimme klang kühl und unergründlich. Auch die Kinder wollten mit ihr sprechen. Sie beschrieben ihre Hotelsuite und erzählten von den Süßigkeiten in der Minibar, ehe sie zu ihrem Spiel zurückkehrten.

»Für das Abendessen ruft ihr den Roomservice an«, wies Passan seinen Partner an.

»Was hast du vor?«

»Ich muss noch etwas erledigen.«

Fifi baute sich vor ihm auf.

»Nachdem du mir das letzte Mal diese Auskunft gegeben hast, haben wir dich Stunden später als flambierte Banane aufgefunden. Also, wo willst du hin?«

Passan zwang sich zu einem Lächeln. Die Creme und die Medikamente zeigten endlich Wirkung. Vielleicht war es ja auch Fifis Wunderpille.

»Ich gehe nach Hause.«

»Warum?«

»Um mich zu verabschieden.«

Er duschte, zog sich um und gab den beiden Kindern einen Kuss. Das Abendessen war bereits gebracht worden: Riesenhamburger und Berge von Fritten. Naokos Erziehungsprinzipien galten hier nicht, und trotz des allgemeinen Durcheinanders war schließlich Samstagabend.

Passan verabschiedete sich von seinen Männern und versprach, noch in der Nacht wiederzukommen. Fifi erinnerte ihn daran, dass er am nächsten Morgen beim Richter vorstellig werden musste.

Auf dem Weg zum Aufzug dachte Passan, dass das einzige Phantom in dieser Geschichte er selbst war.

71

Vor dem Tor der Villa hatte die Polizei ein Kreuz aus Absperrband gespannt. Passan riss es ab und betätigte die Fernbedienung. Sein Entschluss stand fest: Sie würden das Haus verkaufen, die Kredite ablösen und den Rest auf den Namen der Kinder anlegen. Eine sichere Anlage, die im Lauf der Jahre eine gute Rendite bringen würde.

Er ging über den Rasen, ohne seinen Garten eines Blickes zu würdigen. Die Scheinwerfer am Fuß der Bäume flammten auf. Er duckte sich unter den Absperrbändern hindurch, streifte Latexhandschuhe über und drehte den Schlüssel im Schloss. Wie ein Dieb.

Drinnen knipste er in jedem Zimmer die Beleuchtung an. Keinesfalls wollte er sich von der Dunkelheit anstecken lassen. Er ging von Raum zu Raum und hob zerstreut hier ein Kissen und da eine Teppichecke. Er suchte nichts Bestimmtes. Das hatten Zaccharys Jungs längst erledigt und nichts gefunden. Er wollte nur zum letzten Mal Kontakt mit allen Gegenständen, den Wänden und dem ganzen Haus aufnehmen.

Im ersten Stock blieb er vor dem Kinderzimmer stehen. Von der Schwelle aus betrachtete er den dunklen Fleck zwischen den beiden Betten. Er dachte an Diego, der dem Eindringling nie misstraut und nie gebellt hatte. Aber warum? Etwa weil die Frau Japanerin war? Der arme Hund, man konnte ihn wirklich allzu leicht täuschen.

Schließlich betrat er Naokos Zimmer. Hier schaltete er kein Licht ein. Schon im Lauf des Tages war er in diesem Raum gewesen und hatte ein paar Sachen für sie geholt. Jetzt wollte er nur noch die Umgebung in sich aufnehmen. Die Schränke aus lackiertem Holz, den Futon, die rote Decke, den Nachttisch. Alles befand sich an seinem Platz. Mit dem Gesicht zum Fenster setzte er sich auf das Bett.

Etwas Hartes bohrte sich in seine Leiste. Er wühlte in seiner Jackentasche und förderte den Kaiken zutage. Nachdem er die versiegelte Tüte geöffnet hatte, betrachtete er die Waffe im Licht der Gartenbeleuchtung. Ein gebogenes, schlankes Futteral aus schwarzem Holz und ein weiß glänzender, fast phosphoreszierender Griff aus Elfenbein. Er dachte an ein Gedicht von José María de Heredia, in dem ein gepanzerter Samurai als »schwarzes Krustentier« beschrieben wurde. Auch er hatte den Eindruck, ein Tier mit hartem Panzer und scharfer Intelligenz in Händen zu halten.

Seine Vorstellungen von Japan erschienen ihm mit einem Mal lächerlich. Ehefrauen von Samurai, die sich die Kehle durchschnitten. Kurtisanen, die sich als Zeichen der Treue zu ihrem Liebhaber den kleinen Finger abschnitten. Verheiratete Frauen, die sich ihre Zähne mit Gerbsäure verbrannten, um einen absolut schwarzen Mund zu haben und so ihre weiße Haut hervorzuheben. Und er hatte von diesen Todesarten, Verstümmelungen und Opfern geträumt!

Heute war die Gewalt ganz nah herangekommen – und er verstand die Welt nicht mehr. Einen Augenblick lang überkam ihn die Lust, den Kaiken einfach in den Müll zu werfen. Aber dann legte er ihn doch lieber wieder in Naokos Nachttischschublade.

Ein Geschenk wirft man nicht weg.

Passan stand auf und ging ins Untergeschoss. Hier konnte er wenigstens arbeiten. Nachdem er die Abgründe Guillards hinter sich gelassen hatte, tat sich nun ein neuer Schlund vor ihm auf, der viel bedrohlicher und unermesslich tief war.

»ES GEHÖRT MIR.«

Was hatte die Mörderin mitteilen wollen? Hatte Naoko ihr etwas Wertvolles gestohlen? Informationen vielleicht? Oder wies der Satz auf die Familie hin? Auf einen Ex? Nein – das alles passte nicht. Naoko hatte Japan als sehr junge Frau verlassen und kehrte nur von Zeit zu Zeit zu kurzen Familienbesuchen zurück. Immer wieder hatte sie betont, dass sie ihren Schritt nicht bereute und alle Brücken hinter sich abgebrochen hätte.

Plötzlich kam Passan der Gedanke, dass sie vielleicht vor etwas geflohen war.

Er knipste die Lampe an, setzte sich an seinen provisorischen

Schreibtisch und dachte weiter nach. Es gab noch eine Möglichkeit: seine eigenen Spuren in Japan.

Aber was konnte es sein? Er hatte an kleineren Fällen mitgearbeitet und flüchtende Betrüger, versteckte Geldhaie, zahlungsunwillige Ehemänner, Markenpiraten und Hardwareschmuggler verfolgt. Er hatte keine Freundschaften geschlossen, keine engeren Beziehungen zu Japanern gepflegt und war auch anderen Ausländern aus dem Weg gegangen, weil er fürchtete, sie könnten ihm die Butter vom Brot nehmen. Er empfand Japan als sein persönliches Paradies, in dem er sich lieber allein aufhielt.

Blieben die Frauen. Aber auch auf diesem Gebiet gab es keine besonderen Vorkommnisse. Sie schwirrten durch seine Träume und nährten seine Fantasien, ohne dass er je ein Abenteuer gehabt hätte. Jeden Abend widmete er sich mit Hingabe japanischen Pornos, in denen Frauen die Opfer und Männer die Schinder waren. Tagsüber verliebte er sich ungefähr jede Stunde einmal neu, je nachdem, was für Damen vorüberkamen. Er lebte eine virtuelle Art der Liebe, bei der er dennoch immer seiner persönliche Zweiteilung treu blieb: Es gab die Hure, und es gab die Madonna.

Gegen elf tauchte er aus seinen Gedanken auf. Es war Zeit, eine Grabrede für Sandrine zu schreiben.

Passan war der festen Überzeugung, dass seine beste Freundin trotz der Kimonos und Obis nichts mit den Verbrechen zu tun hatte. Sie war ein Kollateralschaden gewesen, was wiederum bedeutete, dass der Anschlag in Le Pré-Saint-Gervais Naoko gegolten hatte. Trotzdem musste er ein paar Fragen zu der Toten stellen, und wenn es auch nur dazu diente, sein Gewissen zu beruhigen. Anfangen könnte er damit, ihre E-Mails und ihr Facebook-Konto zu durchsuchen, was ihm allerdings nicht besonders lag. Er arbeitet lieber auf herkömmliche Weise.

Er griff zum Hörer seines Festnetztelefons und durchsuchte sein Adressbuch. Als Sandrine noch lebte, hatte er so gut wie nie an sie gedacht. Sie gehörte zu einer Lebensphase, die er gern unter den Tisch kehrte. Die Zeit seiner Rückkehr aus Japan. Die Arbeit in der Rue Louis Blanc. Seine Depression.

»Hallo?«

Passan hatte die Nummer von Nathalie gewählt, Sandrines jüngerer Schwester, die er flüchtig kannte. Nachdem er ihr sein Beileid ausgesprochen hatte, fragte er sie nach der Krankheit ihrer Schwester. Nathalie war noch immer wie vor den Kopf geschlagen. Die Familie hatte gewusst, dass Sandrine bald sterben würde – aber nicht durch ein Schwert. Mit wenigen Worten schilderte sie Passan das rasend schnelle Fortschreiten der Krebserkrankung. Im Februar hatte man bei einer Routinekontrolle einen Tumor in der linken Brust gefunden. Eine genauere Untersuchung ergab, dass sich bereits Metastasen in der Leber und im Uterus gebildet hatten. Es war längst zu spät für eine Operation. Die erste Chemotherapie hatte für einen kurzen Aufschub gesorgt. Dann erlitt Sandrine einen Rückfall und bekam kurz darauf die zweite Chemo. Das war im Mai. Mitte Juni stand fest, dass ihr nicht mehr zu helfen war.

Aus Höflichkeit erkundigte sich Passan nach dem Zeitpunkt der Beisetzung und erfuhr, dass Sandrine am kommenden Dienstag auf dem Friedhof von Pantin beerdigt werden sollte. Ein wenig abrupt leitete Passan zu Sandrines Privatleben über. Nathalie antwortete, sie wisse von keinem Liebhaber. Ihre Schwester hätte ein geregeltes, zurückhaltendes und eher freudloses Leben gelebt. Eine alte Jungfer. Das Wort wurde zwar nicht ausgesprochen, aber es klang in jedem Satz mit. Am liebsten hätte Passan noch eine Frage zur wahren Natur von Sandrines Sexualität gestellt, doch das wagte er nicht.

Er versuchte es mit einem anderen Thema: Sandrines Leidenschaft für Japan. Davon hatte ihre Schwester noch nie gehört. Und schon gar nicht von kostspieligen Kimonos und Nylonperücken.

Passan bedankte sich bei Nathalie und versprach, zur Beerdigung zu kommen, obwohl er jetzt schon wusste, dass er es nicht tun würde. Er hasste Beerdigungen.

An einem Samstagabend gegen Mitternacht sind die Recherchemöglichkeiten eher dünn gesät. Trotzdem rief er Jean-Pierre

Jost von der Steuerfahndung an, der maßgeblich an der Entdeckung von Guillards Holding beteiligt gewesen war. Jost, der gerade mit seiner Familie vor dem Fernseher saß, ließ seinem Ärger freien Lauf. Calvini hatte ihn identifiziert und ihm kräftig den Kopf gewaschen, weil er Informationen an Unbefugte weitergegeben hatte.

Passan berichtete, wie die Geschichte zu Ende gegangen war, und erzählte von seinen Verbrennungen. Daraufhin beruhigte sich Jost. Passan nahm diesen Stimmungsumschwung sofort zum Anlass, ihn um einen weiteren Gefallen zu bitten.

»Es geht um Leben und Tod«, erklärte er.

»Für wen?«

»Für mich. Meine Frau. Meine Kinder.«

Jost räusperte sich, schrieb sich aber die genaue Adresse und alle Daten von Sandrine Dumas auf.

»Ich rufe zurück.«

Passan brühte sich einen starken Kaffee auf. Das leere Haus bedrückte ihn. Trotz der brennenden Lichter kam es ihm düster vor. Eine Einöde aus Beton. Das Refugium einer vergangenen Epoche.

Mit der Tasse in der Hand wollte er sich gerade wieder an seinen Schreibtisch setzen, als sein Handy klingelte. Jost rief schon zurück. Für einen Spezialisten seines Kalibers stellte es keine große Herausforderung dar, die Konten einer gewissen Sandrine Dumas zu überprüfen. Die Ergebnisse waren entsprechend. Sie spiegelten das triste Leben einer Vierzigerin wider, die ihr Dasein zwischen ihrer Wohnung und der Schule fristete. Es gab nur einen einzigen Ausreißer: Ende April hatte Sandrine einen Kredit in Höhe von 20000 Euro aufgenommen.

Ein weiteres markantes Ereignis hatte unmittelbar mit dem ersten zu tun. In einer Boutique auf der Île de la Cité hatte Sandrine für 14000 Euro Kimonos und für weitere 3000 Euro Obis erstanden. Vor dem großen Abschied hatte sie sich noch einmal etwas gegönnt …

Passan dankte Jost und überließ ihn wieder dem Fernsehprogramm. Die Neuigkeiten brachten keine Klarheit in die Ereignisse, untermauerten aber das, was Naoko berichtet hatte. Passan empfand Trauer um seine langjährige Bekannte. Kurz vor ihrem Tod war Sandrine in Liebe zu ihrer japanischen Freundin entbrannt. Das Gefühl war vermutlich schon länger vorhanden, hatte sich aber mit der fortschreitenden Krankheit zur Leidenschaft verstärkt. Die todgeweihte Frau hatte auf ein Wunder gehofft: Sie wollte Naoko nah sein und Trost in den religiösen Mythen des Inselreichs finden.

Bei dieser Überlegung musste Passan wieder an Naoko denken. Immer noch erschien es ihm am wahrscheinlichsten, dass seine Frau ein Geheimnis vor ihm hatte. Bei Naoko war wirklich alles möglich. Ihre undurchdringliche Persönlichkeit und ihr unnachgiebiger Egoismus äußerten sich in so vielen Dingen. Da waren die Entbindungen in Japan. Die eifersüchtige Verwaltung ihres Geldes – sie hatten nie ein gemeinsames Konto besessen. Ihre Manie, mit den Kindern Japanisch zu sprechen, durch die er sich ausgeschlossen fühlte. Und jetzt ihre Absicht, mit Shinji und Hiroki nach Japan zurückzukehren.

Wie hatte er nur zehn Jahre mit ihr verbringen können? So viele Gegensätze und am Schluss eine Sackgasse.

Seine Wut flackerte wieder auf wie eine Flamme in der Dunkelheit. Um sie nicht erlöschen zu lassen, ließ er alles Revue passieren, was er an Naoko hasste. Ihren Tee zu jeder Tages- und Nachtzeit. Ihre Art, die Tasse bis zum Rand zu füllen. Ihre Leidenschaft für Schönheitsprodukte, die sich auf den Regalen ansammelten. Ihre Angewohnheit, ständig irgendwelche Kleinigkeiten zu verschenken, was eher ein Anzeichen für Pedanterie als für Großzügigkeit war. Ihre stundenlangen Badeorgien. Ihre dauernde Gurgelei, sobald sie zu Hause ankam. Ihr holpriger Akzent, den er manchmal unerträglich fand. Ihre Angewohnheit, jeden Satz mit »Nein« zu beginnen. Der Rückgriff aufs Englische, wenn ihr ein französisches Wort nicht einfiel. Und vor allem ihre schwarzen, schrägen undurchdringlichen Augen, die nichts offenbarten, aber alles an sich rissen.

Auf die Dauer war Naoko zu einer Krankheit geworden, zu einer Lepra, die sein Ideal, seine idealisierte Ansicht von Japan zerfraß. Mit geballten Fäusten schloss Passan die Augen, um sie in den Flammen seines Zorns verbrennen zu sehen.

Doch das genaue Gegenteil geschah.

Plötzlich erinnerte er sich des tiefen Einvernehmens, das sie immer vereint hatte. Passan mochte die Art, wie Naoko ihrer Liebe Ausdruck verlieh. Keine Überschwänglichkeiten, keine ständigen Liebesbezeugungen (in Japan sagt niemand »Ich liebe dich«), aber auch keine Vorwürfe wie »Immer legst du als Erster auf« und ähnliche Nickeligkeiten, die er nie gut hatte ertragen können.

Passan musste an einen Satz von Pierre Reverdy denken, den Jean Cocteau in seinem Drehbuch zu Robert Bressons Film *Die Damen vom Bois de Boulogne* verwendet hatte: »Es gibt keine Liebe, sondern nur Liebesbeweise.« Passan erhob diesen Satz zu seiner persönlichen Maxime, weil er seiner Meinung nach eine tiefe Wahrheit ausdrückte: In der Liebe zählen nur die Taten. Worte kosten schließlich nichts.

Naoko allerdings benutzte so selten Worte, dass sie von selbst zu Taten wurden. Wenn sie ihm – was höchstens ein- oder zweimal vorgekommen war – mit ihrem bezaubernden Akzent nachts ein »Ich liebe dich« ins Ohr geflüstert hatte, war es ihm vorgekommen, als schaue er mitten in der Wüste unter einem Sternenhimmel in das Wasser eines Brunnens.

Es waren diese Worte gewesen, die seinem Leben einen Sinn gegeben hatten.

72

»Guillard hat alles zugegeben.«

»Wie das?«

»Er hat mir ein Bekenntnisschreiben geschickt.«

Passan stand vor Ivo Calvinis Haus und sah den Richter überrascht an. Zwar lagen seine Augen noch immer tief in ihren Höhlen und wirkten fiebrig, aber sein schreiend blauer Trainingsanzug und seine makellos weißen Turnschuhe ließen ihn fast komisch erscheinen. Auch sein Haus war erstaunlich bodenständig – ein Kalksteinbau mitten in Saint-Denis, der wie ein Bergarbeiterhäuschen aussah. Untersuchungsrichter Calvini, Absolvent der ENA – einer der angesehensten Eliteschulen für Verwaltung –, war auch nur ein kleiner Vorstadtbewohner.

»Wie haben Sie es erhalten?«, erkundigte sich Passan.

»Ganz normal mit der Post. Eine Abrechnung *post mortem* sozusagen.«

Der Beamte bewies tatsächlich Humor. Auch das war Passan neu. Aber auch die gesamte Situation war irgendwie eine Besonderheit: Immerhin hatte ihn der Richter an einem Sonntagmorgen um neun Uhr zu sich nach Hause bestellt. So etwas hatte es noch nie gegeben.

»Kommen Sie doch bitte herein.«

Calvini trat einen Schritt zur Seite, um Passan in den Garten zu lassen. Nachdem sie eine Rasenfläche überquert hatten, wies Calvini auf eine Gruppe schmiedeeiserner Gartenmöbel, die unter einer großen Eiche standen.

»Warten Sie bitte hier. Heute ist es ja nicht sehr kalt. Ich hole den Brief. Möchten Sie einen Kaffee?«

Passan nickte.

Seit dem Vortag hatte er nichts gegessen oder getrunken und war mit dem Gefühl sehnsüchtiger Verliebtheit in einen komatösen, traumlosen Schlaf gefallen. Um fünf Uhr morgens war er aufgewacht und höchst verblüfft über seinen Leichtsinn. Seine Kinder befanden sich in Gefahr. Seine Frau lag im Krankenhaus. Eine mit einem Katana bewaffnete Mörderin machte Paris unsicher. Und was tat er? Er schlief. Schnell war er zum Hotel Pullman Montparnasse gefahren, um seine Kinder zu sehen, und hatte leise ein paar Worte mit Fifi gewechselt. Jaffré und Lestrade schnarchten auf den Sofas.

»Kannst du dich heute um die Kinder kümmern?«

»Klar doch. Schließlich ist das mein Job.«

»Was habt ihr heute vor?«

»Entweder Aquaboulevard oder Foire du Trône. Ich weiß es noch nicht genau.«

Mehr gab es nicht zu sagen. Weder über die vergangene Nacht noch über den kommenden Tag. Es war Sonntag, und die Ermittlungen mussten während der nächsten vierundzwanzig Stunden ruhen. Im Übrigen waren es nicht ihre Ermittlungen …

Auf den Gartenmöbeln glitzerten Tautropfen. Passan wischte einen Stuhl ab und setzte sich. Hier war es auffallend still, man hörte weder Autos, noch roch man Abgase. Dafür erklang ein vielfältiges Vogelkonzert. Hob man jedoch den Kopf, wusste man sofort, wo man sich befand. Jenseits der Begrenzungsmauer ragten hohe Wohn- und Bürotürme in den Himmel. Das Haus des Richters lag nur wenige Hundert Meter von der Wohnsiedlung Francs-Moisins entfernt. Der Beamte lebte mitten im Jagdgebiet des Geburtshelfers.

Calvini kam mit dem Brief, einer Kaffeekanne, Zucker und Tassen zurück in den Garten. Er war so dürr wie ein Skelett, doch selbst in seinem scheußlichen Trainingsanzug strahlte er eine gewisse Noblesse aus.

Er setzte sich neben den Kommissar und legte alles Mitgebrachte auf dem Tisch ab. Ein paar Sekunden lang musterte er Passans verbranntes Gesicht. Nicht ohne Bewunderung, aber auch mit einer gewissen Betretenheit.

Passan fühlte sich unbehaglich.

»Wohnen Sie schon lange hier?«, fragte er, um seinen Gastgeber abzulenken.

Der Beamte setzte sein berühmtes schiefes Lächeln auf.

»Können Sie sich mich in einem gutbürgerlichen Haus im 17. Arrondissement vorstellen?«

»Durchaus.«

»Nun, ich bin Richter im 9–3 und lebe in meinem Bezirk. Ich bin wie diese Architekten, die sich darauf versteifen, in ihren eigenen Hühnerkäfigen zu wohnen. Zucker?«

»Nein danke.«

»Und Sie? Wo wohnen Sie?«

Calvini füllte Passans Becher. Der Duft des frischen Kaffees mischte sich mit dem Geruch der feuchten Erde.

»Ehrlich gesagt weiß ich das nicht mehr so genau«, begann Passan zögernd. »Ich besitze eine Villa in Suresnes, aber … Es ist ziemlich kompliziert.«

Calvini fragte nicht weiter, sondern schob den in einer Plastikhülle verwahrten Brief über den Tisch.

»Hier ist die Beichte von Guillard. Wir haben sie gestern Morgen erhalten, und ich muss sagen, sie ist einigermaßen … beeindruckend. Das hier ist selbstverständlich eine Kopie.«

Unter der durchsichtigen Hülle erkannte Passan mehrere mit Kugelschreiber beschriebene Seiten. Es war eine kleine rundliche Kinderschrift. Die Schrift eines Menschen, der nicht lange zur Schule gegangen ist.

»Und was steht ungefähr drin?«

»Dass Sie recht hatten. Und zwar auf der ganzen Linie. Guillard war der Geburtshelfer. Er wurde als echter Zwitter geboren. Mit dreizehn machte man ihn operativ zu einem Jungen. Durch die folgende Testosteronbehandlung und seine Wut wurde er gewalttätig. Er hat angefangen, Geburtskliniken anzuzünden und …«

Mit einer Handbewegung schnitt Passan dem Richter das Wort ab.

»Ich habe nie aufgehört, gegen Guillard zu ermitteln, und kenne seine Geschichte in- und auswendig. Aber wer gibt Ihnen die Gewissheit, dass er wirklich der Geburtshelfer war?«

»Er beschreibt hier Einzelheiten der Morde, die niemand außer ihm, Ihnen und mir wissen kann.«

Passan überflog die Seiten, empfand aber nicht die geringste Befriedigung. Er hatte den Eindruck, eine Art Friedensvertrag in der Hand zu halten. Oder eher einen brüchigen Waffenstillstand, der nur bis zur nächsten Mordserie eines Verrückten hielt.

»Die letzten Seiten sind ziemlich verwirrend«, fuhr Calvini fort. »Da faselt er von Orakeln und antiken Wahrheiten. Außerdem steht da, dass er Sie …«

»Er hielt mich für seinen gefährlichsten Feind.«

»Nicht nur das. Es gibt da einige Seiten, die Ihnen vielleicht peinlich sein könnten. Wie es aussieht, war sein weiblicher Teil in Sie verliebt.«

Auch das hatte Passan gespürt, aber es hatte ihn nicht gestört. Im engen Zusammenleben mit dem Bösen hatte er sich an derlei Dinge gewöhnt, und sie hatten ihn in gewisser Weise sogar gestärkt.

»Hat er von Levy geschrieben?«

»Er gibt zu, ihn getötet zu haben, ohne allerdings näher darauf einzugehen. Er schildert es eher als Unfall. Wissen Sie Näheres darüber?«

Passan berichtete über die Handschuhe. Calvini nahm einen Schluck Kaffee.

»Ich werde den Vorfall überprüfen. Sollten Sie recht haben, dürfte es schwer werden, Hauptkommissar Levy mit allen Ehren zu begraben.«

Passan begann zu frieren. Die Brandwunden im Gesicht machten ihm wieder zu schaffen. Vor lauter Wut darüber, dass er eingeschlafen war, hatte er am Morgen keine Tablette genommen. Sein Zwei-Tage-Bart juckte, doch er durfte sich auf keinen Fall kratzen.

»Am Schluss kündigt Guillard seinen Selbstmord an. Mit diesem Geständnis sind Sie aus dem Schneider.«

»Wurde ich etwa verdächtigt?«

»Eigentlich von allen.«

»Und was genau soll ich verbrochen haben?«

»Ihn ins Feuer gestoßen haben.«

»Und mich selbst auch?«

»Nun, im Handgemenge … Aber Guillard bekennt in seinem Brief, dass er mit Ihnen zusammen verbrennen wollte. Übrigens schreibt er über Sie, als weilten Sie schon nicht mehr unter den Lebenden. Er war sicher, dass er Sie mit in den Tod nehmen würde.«

»Hat er den Brief noch an andere Stellen geschickt?«

»Offenbar wissen die Medien noch nichts. Gott sei Dank. Wir haben also noch die Möglichkeit, die Sache einigermaßen präsentabel hinzubiegen.«

Guillard scheute die Öffentlichkeit und wollte sicher nicht berühmt werden. Er misstraute der Welt. Für ihn zählte nur ein einziger Mensch: Passan. Wäre er davon ausgegangen, dass Passan das Brandopfer überlebte, hätte er den Brief sicher an ihn geschickt.

»Dann bin ich also … rehabilitiert?«

»Ab sofort. Sie übernehmen ab heute wieder Ihren Posten.«

»Dann überlassen Sie mir doch bitte den Fall Sandrine Dumas.«

»Geht leider nicht. Dafür bin ich nicht zuständig.«

»Wer ist es dann?«

»Das ist noch nicht bekannt. Der Staatsanwalt muss erst noch entscheiden.«

»Versuchen Sie wenigstens, zu meinen Gunsten zu intervenieren.«

»Das würde nichts nutzen. Nach einem Ermittlungstag wird ein Team nicht mehr verändert. Im Übrigen sind Sie sehr nah betroffen und damit befangen.«

»Man isst nicht da, wo man scheißt, nicht wahr?«

Passan bereute seinen vulgären Ausbruch sofort. Calvini hatte recht. Es war zu spät.

»Werden Sie erst einmal wieder gesund«, meinte Calvini. »Sie sehen schrecklich aus und zittern wie Espenlaub. Sie gehören ins Krankenhaus. Im Übrigen sind da noch ein paar Dinge, die trotz Ihrer Heldentaten nicht unter den Teppich gekehrt werden dürfen.«

»Was meinen Sie?«

Der Richter zog eine Schachtel Marlboro aus der Tasche und bot Passan eine Zigarette an. Passan lehnte ab.

»Sie haben ein paar ziemliche Dummheiten begangen. Zum Beispiel sind Sie hinter Guillard her gewesen, obwohl Ihnen das gerichtlich untersagt war.«

»Aber inzwischen ist doch klar, dass er schuldig war!«

»Gesetz ist nun einmal Gesetz. Außerdem haben Sie einen Psychiater mit einer Waffe angegriffen.«

»Er hat mich nicht verklagt.«

Calvini blies einen Rauchkringel in die Luft.

»Sie sind gewalttätig und unkontrollierbar. Für Sie wäre es das Beste, wenn Sie vorläufig in Vergessenheit gerieten. Auf der ganzen Linie. Ich habe auch von Ihren privaten Problemen gehört.«

Passan überlief ein Schauder.

»Wenn Sie ein Geheimnis für sich behalten wollen, dürfen Sie nicht die Polizei rufen.«

»Ich habe die Polizei nicht gerufen.«

»Genau da liegt Ihr Irrtum. Sie wollten die Sache als Einzelgänger in Angriff nehmen. Was haben Sie damit gewonnen? Man kann den Mord an Ihrer besten Freundin nicht mit einer Affäre in Verbindung bringen, die nicht existiert. Der zuständige Richter wird eine Hausdurchsuchung bei Ihnen anordnen, um Klarheit zu bekommen.«

Passan schlug mit der Faust auf den Tisch.

»Wollen Sie mich fertigmachen?«

»Ich will Ihnen nur helfen. Vielleicht können Sie mit dem Team zusammenarbeiten, das …«

»Nein! Das ist meine Ermittlung. Es geht um meine Familie. Und ich will allein arbeiten.«

Calvini lächelte. Passan war aufgesprungen. Für ihn war die Unterredung zu Ende. Auch der Richter erhob sich. Er war ebenso groß wie Passan.

»Hören Sie auf, sich wie ein kleiner Junge zu benehmen. Denken Sie nach und rufen Sie mich morgen an.« Er reichte Passan den Brief. »Und vergessen Sie das hier nicht.«

Als Passan die von Guillard mit viel Geduld niedergeschriebenen Zeilen sah, fiel ihm etwas ein.

»Da er gewusst hat, dass er sterben würde – hat er auch ein Testament gemacht?«

»Natürlich. Ich habe bereits mit dem Notar gesprochen. Guillard hat mit seinem Autohandel ein Riesenvermögen verdient.«

»Aber er hat keine Familie? Wer erbt denn?«

»Er hat alles einem Waisenhaus in Bagnolet vermacht.«

»Jules-Guesde?«

»Kennen Sie es?«

»Ich habe einen Teil meiner Kindheit dort verbracht.«

Calvini hob die Augenbrauen, als hätte man ihm eine Frage gestellt und gleichzeitig die Antwort gegeben. Passan bedankte sich und ging.

Als er den Kiesweg entlanglief, dachte er über die letzte Enthüllung nach. Wohin führte die Summe aller Schmerzen? Zu einer letzten menschlichen Geste. Gab es eine Erinnerung, die Guillard dazu veranlasst hatte? Oder war es eine Sache – etwa die *Fünfzehn Legenden aus der Mythologie*, die ihm einen teuflischen Schlüssel zum Überleben geliefert hatten?

Calvini öffnete das Tor per Fernbedienung. Passan verließ den Garten, ohne sich noch einmal umzudrehen. Er erinnerte sich an eine Einsicht, die er der Diebesschule verdankte: Guillards persönliche Grausamkeit war lediglich eine Antwort auf die allgemeine Grausamkeit. War es vielleicht der gleiche Beweggrund, der Sandrines Mörderin antrieb?

73

Passan hatte einen Strauß Rosen gekauft, sich eine Krawatte umgebunden und war jetzt bereit für die Friedensverhandlungen.

Bereits in der Eingangshalle der Klinik Robert-Debré musste er sich auf Diskussionen einlassen, denn Besuche waren eigentlich erst ab 14 Uhr erlaubt. Er zwang sich, höflich zu bleiben, ging den Leuten um den Bart und zeigte nicht einmal seine Dienstmarke vor. Schließlich ließ man ihn hinein.

Als er das leere Zimmer in der zweiten Etage betrat, bohrte sich jede Einzelheit in seine Augen.

Die abgezogene Matratze.

Das leere Infusionsgestell.

Das Fußende ohne Krankenblatt.

Er stürzte zum Schrank und öffnete ihn. Leer. Langsam wich er zurück und ließ seinen Strauß fallen.

Dann rief er Fifi an.

»Sind die Kinder da?«

»Nein, Naoko hat sie abgeholt. Sie meinte, es wäre mit dir abgesprochen …«

»Wann war das?«

»Ich würde sagen, so gegen halb neun.«

Passan blickte auf die Uhr. Es war fast elf.

»Hör zu«, sagte er mit tonloser Stimme, »ruf in Roissy an und lass alle Flüge nach Japan stoppen.«

»Glaubst du etwa …«

»Die Maschinen sollen ausnahmslos am Boden bleiben. Und dann überprüfst du, ob Naoko an Bord ist.«

»Dazu fehlt uns die Befugnis!«

»Ich regle das mit dem Staatsanwalt. Immerhin ist Naoko eine Hauptzeugin in einem Mordfall. Mach voran. Der Papierkram kann warten.«

»Bist du dir ganz sicher?«

»Sie will mit den Kindern abhauen, kapierst du das nicht?«

Er legte auf, ohne Fifis Antwort abzuwarten, und stürmte aus dem Zimmer. Hinter ihm blieben nur die zerfledderten Rosen zurück.

»Herr Kommissar!«

Passan drehte sich um. Die Ärztin vom Vortag. Sie stand am Ende des Flurs. Er drehte sich um und stapfte zielstrebig auf sie zu. Dabei sah er etwa so sanft aus wie ein aufgebrachter Stier.

Die Ärztin verschränkte die Arme und blieb seelenruhig stehen.

»Haben Sie meiner Frau erlaubt, die Klinik zu verlassen?«, brüllte er sie an.

»Immer mit der Ruhe. Ich sagte Ihnen ja bereits gestern, dass ihr Zustand nicht besorgniserregend ist. Nach einer Nacht unter Beobachtung konnte sie gehen. Im Übrigen hat sie selbst um Entlassung gebeten. Sie schien es ziemlich eilig zu haben.«

»Sind Sie denn von allen guten Geistern verlassen?«, schrie Passan und zerrte an seiner Krawatte. »Sie wurde tätlich angegriffen.«

Die Ärztin zuckte mit keiner Wimper. Möglicherweise war sie an allerlei Krisen gewöhnt – schließlich musste sie dann und wann sogar dem Tod selbst die Stirn bieten.

»Es gehört keineswegs zu unseren Pflichten, unsere Patienten zu schützen. Wir behandeln sie, und damit basta. Und wenn Sie sich hier wie ein Grobian aufführen, ändern Sie daran sicher nichts.«

»Blöde Kuh!«, schnauzte Passan, drehte sich auf dem Absatz um und spurtete den Flur entlang. Jetzt ging es in erster Linie darum, die verlorene Zeit aufzuholen. Er musste nach Roissy fahren, und zwar schnell. Er musste alle Flüge nach Tokio überprüfen. JAL. All Nippon Airways. Air France. Natürlich auch die Flüge mit Transfer. Cathay Pacific. China Airlines. Alle asiatischen Fluggesellschaften. Und dann musste er Naoko aus der Kabine holen – sie nötigenfalls an den Haaren herauszerren – und die Kinder wieder unter seine Fittiche nehmen.

»Herr Kommissar!«

Passan unterdrückte einen Fluch und wandte sich erneut um. Dieses Mal war es die Ärztin, die auf ihn zukam. Ihre müden Züge und die hervortretenden Augen verrieten nicht die geringste Emotion.

»Es gibt da etwas, worüber ich unbedingt mit Ihnen reden muss …«

»Dazu ist jetzt keine Zeit!«

»Mir ist gestern eine Ihrer Bemerkungen aufgefallen«, fuhr sie fort, ohne seinen Einwand zu beachten.

»Was denn? Was soll ich gesagt haben?«

»Sie sprachen von Ihren Kindern.«

Dass sie Shinji und Hiroki erwähnte, überraschte ihn.

»Ja und?«

»Stammen diese Kinder aus einer früheren Ehe?«

»Unsinn! Was soll denn das?«

»Haben Sie sie adoptiert?«

»Warum wollen Sie das wissen? Nun reden Sie schon, verdammt noch mal!«

Zum ersten Mal schien die Ärztin zu zögern. Ihre hellen Augen musterten einen Punkt vor ihren Fußspitzen.

Passan trat einen Schritt auf sie zu.

»Entweder haben Sie jetzt zu viel oder nicht genug verraten.«

»Wenn Sie nicht Bescheid wissen, sollte ich vielleicht nicht ...«

Passan ballte die Fäuste. Die Ärztin rührte sich nicht von der Stelle.

»Raus damit!«, stieß er hervor.

»Hören Sie, ich habe mich um alle Untersuchungen Ihrer Frau gekümmert. Blutanalyse, MRT, Scans ... Und wenn ich mir einer Sache wirklich hundertprozentig sicher bin, dann ist es die, dass sie nie im Leben ein Kind geboren hat.«

»WAS?«

Die Ärztin machte eine hilflose Handbewegung.

»Sie kann keine Kinder bekommen, weil sie unter einer angeborenen Fehlbildung leidet. Es nennt sich Mayer-Rokitansky-Küster-Hauser-Syndrom, kurz MRKHS.«

Passan hatte den Eindruck, am Rand eines glühenden Vulkankraters entlangzubalancieren. Trotzdem bewegte er sich vorwärts. Die Ärztin wich zurück.

»Was heißt das genau?«

»Sie hat keinen Uterus.«

Passan musste sich an die Wand lehnen, um nicht in Ohnmacht zu fallen.

74

»Der JAL-Flug ist vor zwanzig Minuten gestartet, und Naoko und die Kinder sind an Bord. Leider ist nichts mehr zu machen. Nicht einmal beim Zoll können sie mehr aufgehalten werden, weil es kein Abkommen mit Japan …«

Passan brauste mit Höchstgeschwindigkeit in Richtung Place de la République. Fifis Stimme am anderen Ende der Leitung schien ihm unendlich weit entfernt. Sein Puls lag bei hundertzwanzig. Sein Atem ging unregelmäßig.

Trotzdem fuhr er sicher und zielstrebig. Auch wenn privat nichts von ihm übrig geblieben war – weder Ehemann noch Vater noch Mann –, so würde er doch immer noch Polizist bleiben.

»Hast du den Staatsanwalt informiert?«, fragte er kalt.

»Das wolltest du doch machen, oder?«

»Gut, dann halten wir uns erst mal bedeckt.«

»Keine internationale Fahndung?«

»Wie du schon selbst festgestellt hast: Es würde nichts nützen. Ich muss jetzt erst einmal meine eigene Sache in Ordnung bringen.«

Passan fuhr an der Polizeiwache Rue du Louvre vorbei in den Tunnel des Halles.

»Was ist los?«, erkundigte sich Fifi mit einer Stimme, die zwischen Angst und Neugier schwankte.

Passan überhörte die Frage.

»Überprüfe alle Anrufe von Naokos Handy. Und auch die von den Handys in den Nachbarzimmern der Klinik.«

»Warum denn das?«

»Naoko ist nicht von gestern. Sie weiß ganz genau, dass wir ihr Telefon abhören. Kümmere dich auch um die Telefonnummern der Krankenschwestern und der öffentlichen Apparate im Krankenhaus. Und finde heraus, ob es dort Computer mit Internetanschluss gibt. Wir brauchen alles, was eine Verbindung nach draußen gewährleistet.«

»Und was genau suchst du?«

Passan kehrte ins Sonnenlicht zurück. Eine Ohrfeige aus Licht. Die Rue Turbigo war fast leer. Sonntag eben. Für alle außer ihm. Er war nun nicht mehr weit von seinem Ziel entfernt.

»Sie hat die Flüge vom Krankenhaus aus reserviert«, antwortete er schließlich.

»Ja und? Wir wissen doch, welchen Flug sie genommen hat.«

»Ich bin mir ziemlich sicher, dass sie außerdem noch jemand anderen kontaktiert hat.«

»Und wen?«

»Unseren Mörder.«

»Will heißen?«

»Dass die ganze Sache mit ihrer Vergangenheit zusammenhängt. Beeil dich und ruf mich wieder an.«

Vor der Nummer 136 hielt Passan an. Mechanisch musterte er sich im Rückspiegel. Durch den Schock oder die Angst kam ihm sein Gesicht magerer vor als sonst. Umso größer wirkten seine Augen. Seine Haut schmerzte extrem. Passan schluckte eine von Fifis Wunderpillen. Etwas anderes schien nicht mehr zu helfen.

Er ging zum Tor. Hier brauchte er keinen Code, sondern seinen Universalschlüssel. Er war schon einmal bei Isabelle Zacchary gewesen, nachdem er einen Mörder dank einer DNA-Analyse dingfest gemacht hatte. Ein kleines Fest unter Kollegen. Lauwarmer Champagner, ein Scheißkerl hinter Gittern und ein unschuldiges Opfer.

Er erinnerte sich an eine geräumige Wohnung. Überall lag Spielzeug herum, und er hatte zum ersten Mal den Eindruck, die echte Zacchary zu sehen. Sie war verheiratet, Mutter von drei Kindern und hatte eigentlich anderes zu tun, als Fasern aus einem blutgetränkten Teppich zu klauben oder Speichelreste zu analysieren.

Passan verschmähte den Aufzug. Hastig stieg er die Stufen in den dritten Stock hinauf. Schon auf der Schwelle roch es nach Toast und Rührei. Es war kurz nach eins: die beste Zeit für einen sonntäglichen Brunch. Düfte von Bagels, Frischkäse und Räucherlachs stiegen ihm in die Nase. Wie lange schon hatte er kein Familienfrühstück mehr erlebt?

Er machte sich nach Art der Bullen bemerkbar – abwechselnd Klingeln und Klopfen –, bis endlich jemand öffnete. Isabelle Zaccharys zorniges Gesicht erschien. Als sie Passan erkannte, erstarrte sie. Zum ersten Mal sah sie seine Verbrennungen aus der Nähe. Sie versuchte es mit Humor.

»Hast du dich endlich entschlossen, mich zu entführen?«

Passan antwortete nicht. Sein Ausdruck sagte mehr als tausend Worte. Zacchary runzelte die Stirn. Ihr grau meliertes Haar war zu einem Knoten zusammengefasst, der ihr ein altmodisch russisches Aussehen verlieh.

»Was ist los?«

»Ich brauche deine Hilfe.«

»Komm rein. Wir können in mein Arbeitszimmer gehen. Ich …«

»Nein, komm du raus in den Flur.«

Mit wenigen Worten erläuterte Passan ihr seine Situation. Erst während seines Berichtes wurde ihm selbst die erschreckende Logik der Ereignisse klar – eine Logik, deren erstes Opfer er selbst gewesen war. Es ging um einen Betrug, der zehntausend Kilometer entfernt begonnen hatte und auch dort wieder enden würde.

»Und was willst du von mir?«

»Hast du noch die Blutproben von Shinji und Hiroki? Die aus der Dusche?«

»Natürlich. Die Ermittlung ist noch nicht abgeschlossen.«

Passan steckte die Hand in die Tasche und zog ein etikettiertes Röhrchen hervor.

»Hier ist Blut von Naoko. Ich habe es von der Ärztin in der Klinik bekommen.«

»Ja und?«

»Du nimmst mir Blut ab, und dann vergleichen wir alle vier DNA.«

Zacchary blickte ihn erstaunt an. Frauen sind eher selten zu Scherzen über Mutterschaft aufgelegt.

»Wozu soll das gut sein? Du kennst doch deine Antwort, oder?«

»Ich will es schwarz auf weiß haben. Können wir die Tests jetzt sofort machen?«

»Hat das nicht Zeit bis Montag?«

Passan schwieg.

Zacchary lächelte ihn resigniert an.

»Komm rein. Ich muss telefonieren.«

75

Das Labor für Genanalysen befand sich in Charenton. Passan fuhr die Kais des rechten Seineufers entlang in Richtung der nach Osten führenden Autobahn. Am Himmel ballten sich jetzt dicke schwarze Regenwolken. Ein Gewitter war im Anzug.

Passan hatte erwartet, dass Zacchary ihn mit Fragen bombardieren würde, doch während der Fahrt wechselten sie kaum ein Wort. Tausend Überlegungen schwirrten ihm durch den Kopf. Wie war Naokos Verhalten einzuordnen? Verrat? Täuschung? Betrug? Kein Ausdruck erschien ihm hart genug. Und vor allem begriff er den Grund nicht. Warum hatte sie ihm nicht vertraut? Jede andere Frau hätte ihm die Wahrheit gesagt. Gemeinsam hätten sie die Entscheidung getroffen, ein Kind zu adoptieren. Dazu wären sie auch bis nach Japan gereist …

Endlich verstand er, warum sie nie gewollt hatte, dass er sie zum Frauenarzt begleitete und warum er bei den Ultraschalluntersuchungen nicht dabei sein durfte. Ganz zu schweigen von den angeblichen Entbindungen in Tokio. Scheiß Asiatin!

Aber auch andere Fragen quälten ihn. Wie war es möglich, dass sie zweimal vor seiner Nase eine Schwangerschaft vorgetäuscht hatte? Er hatte doch gesehen, wie ihr Leib sich wölbte, auch wenn Naoko ihn nie gebeten hatte, die Hand auf ihren Bauch zu legen. Er hatte gesehen, wie ihre Brüste voller und ihre Hüften breiter wurden. Und wie hatte sie die Adoption hinbekommen? Hätte sie nicht seine Unterschrift gebraucht? Gab es im Vorfeld keine Auskunftsverpflichtung? Oder Absprachen? Nun, er würde sich informieren. Er würde sie ausquetschen. Er würde die Verschwörung bis ins kleinste Detail aufdecken.

»Kommst du jetzt?«

Sie hatten ihr Ziel erreicht. Er war Zaccharys Anweisungen reflexartig gefolgt. Die halbe Stunde Fahrt war ihm vorgekommen wie wenige Sekunden, und er hatte sogar geparkt, ohne es zu bemerken.

»Der Laborchef hat sich selbst bemüht«, sagte Isabelle, während sie die Tür öffnete. »Er wohnt gleich nebenan.«

»Warum tut er das?«

»Vielleicht wegen meiner schönen Augen.«

Sie durchquerten einen Hof und erreichten ein unscheinbares Gebäude. Der Laborchef erwartete sie bereits. Passan bewegte sich vorwärts wie ein zum Tod Verurteilter auf dem Weg zur Guillotine. Seine Umgebung nahm er kaum wahr. Er wünschte sich nur noch, dass alles möglichst bald vorüber wäre. Dass er seinen Kopf aufs Schafott legen dürfte.

Das Labor war ein in halbhohe Zellen aufgeteilter großer Raum. Ein konstantes Summen war zu hören: Die keimfreien Räume wurden ständig unter Druck gehalten, damit keine Bakterien eindringen konnten.

Durch kleine Luken sah man Labortische voller Flaschen und Kanülen. Passan erkannte Zentrifugen, Brutschränke und an Mikroskope angeschlossene Computer. Eigentlich fehlten nur die Techniker in den weißen Overalls, die normalerweise hier arbeiteten.

»Wo können wir rein?«, fragte Zacchary.

»Gleich hier rechts«, antwortete der Wissenschaftler und streifte sich sterile Kleidung über.

Wortlos reichte Zacchary Passan Overall, Überschuhe, Papierhaube und Latexhandschuhe. Auch sie selbst hatte sich bereits in eine Art Astronautin verwandelt.

In der Zelle verblüffte ihn die blendende Helligkeit der Deckenbeleuchtung. Gehorsam rollte er seinen Ärmel hoch. Der Arzt nahm ihm Blut ab und erklärte ihm, dass es zwei Möglichkeiten der Genanalyse gab: eine schnelle und eine, die länger dauerte, wobei die erste etwas weniger genau war. Passan war dieser Umstand bekannt. Er selbst hatte mehrfach Mörder mithilfe der ersten Methode festgenommen, um dann auf die Bestätigung durch die zweite zu warten. In seinem Fall allerdings genügte die kurze Variante.

Der Arzt und Zacchary verschwanden hinter einer Milchglasscheibe. Passan saß allein mit einem Pflaster in der Armbeuge an einem Resopaltisch. Absurderweise fiel ihm ausgerechnet jetzt ein, dass man Blutspendern üblicherweise ein Frühstück anbot. Allein schon bei dem Gedanken an Essen knurrte sein Magen.

Als sein Handy klingelte, verhedderte er sich zunächst in seinem Overall, schaffte es aber noch rechtzeitig, das Gespräch anzunehmen.

Fifi.

»Du hattest recht«, begann er ohne Einleitung. »Naoko hat ihr Handy nicht benutzt.«

»Hat sie im Krankenhaus telefoniert?«

»Sie hat sich gestern Abend um zehn nach sechs von einem Aufenthaltsraum für Jugendliche aus ins Internet eingeloggt. Zweimal. Alles auf Japanisch.«

»Dann müssen wir die Nachrichten eben übersetzen lassen.«

Fifi lachte.

»Ich habe die Korrespondenz bereits meinem Jiu-Jitsu-Lehrer vorgelegt. Er ist Japaner. Eigentlich ist es ein wahres Wunder, dass ich ihn überhaupt erreicht habe. Sonntags meditiert er nämlich, und …«

»Ja und?«

»Die erste war eine Verbindung zu JAL, wo sie die Flüge gebucht hat.«

»Und die andere?«

»Eine Nachricht an eine gewisse Yamada Ayumi. Oder Ayumi

Yamada, wenn wir die Namen in der bei uns üblichen Reihenfolge nennen.«

Passan hatte diesen Namen noch nie gehört.

»Und was hat sie geschrieben?«, fragte er mit zitternder Stimme.

»Nur ein Wort. Ein Begriffszeichen.«

»Hat dein Lehrer es übersetzen können?«

»Es lautet: Utajima. ›Insel der Gedichte‹. Er glaubt, dass es sich um den Namen eines Ortes handelt. Und du, wo bist du?«

Passan sah sich in der sterilen Umgebung um.

»Das erkläre ich dir später. Ich rufe dich an.«

Er spürte, dass jemand hinter ihm stand. Isabelle Zacchary zog sich die Haube vom Haar.

»Weißt du, Passan, mein Leben ist ein ziemliches Durcheinander. Aber neben deinem nimmt es sich wie ein kitschiger Heimatfilm aus.«

»Spar dir deine Scherze. Was sagt die Analyse?«

Zacchary warf vier frisch ausgedruckte Diagramme auf den Tisch.

»Shinji und Hiroki sind deine Söhne. Und auch die von Naoko. Da gibt es keinerlei Zweifel.«

»Willst du mich verarschen? Ich habe dir doch gesagt, dass Naoko steril ist.«

Zacchary bedachte ihn mit einem pfiffigen Lächeln.

»Nein, Olive, das hast du nicht gesagt. Du hast mir erzählt, dass sie keinen Uterus hat. Das ist etwas ganz anderes.«

»Jetzt verstehe ich gar nichts mehr.«

»Naoko kann ihre Kinder zwar nicht austragen, was sie aber durchaus nicht daran hindert, welche zu haben. Steril ist sie nicht.«

Passan stützte seine Ellbogen auf den Tisch und vergrub das Gesicht zwischen den Händen. Wie ein Boxer, der in den Seilen hängt. Oder ein Mönch im Gebet. Sein Gehirn war wie eine schwarze Tafel, zu der er die Kreide verloren hatte.

»Es gibt eine Lösung für dein Dilemma«, fuhr Isabelle fort.

Er sah sie fragend an.

»Eine Leihmutterschaft.«

Die keimfreie Luft des Labors schien plötzlich dünner zu werden, als hätte Passan den Gipfel eines hohen Berges erreicht.

Plötzlich passte alles zusammen.

Der Affe im Kühlschrank, der wie ein Fetus aussah. Das Blut der Kinder in der Duschkabine. Die Schriftzeichen auf dem Schrank, die sowohl »es gehört mir« als auch »sie gehören mir« bedeuten konnte.

Isabelle Zacchary hatte recht. Naoko hatte sich zweimal einer Leihmutter bedient.

Und es war diese Mutter, die ihre Kinder zurückhaben wollte.

76

»Schau mal, auf Kanal fünf sind Spiele. Du brauchst nur die Fernbedienung zu drücken.«

Naoko sprach Japanisch mit Shinji. Vielleicht würde sie nie wieder auf Französisch mit ihm reden. Hiroki saß auf der anderen Gangseite und widmete sich hingebungsvoll einem Ausmalbuch, das die Flugbegleiterin ihm samt Farbstiften zur Verfügung gestellt hatte. Naoko hatte ein Glas Champagner bekommen. Sie ließen es sich gut gehen. Zumindest auf dieser Reise. Naoko hatte nicht geknausert und drei Plätze in der Business-Klasse gebucht, was sie ein mittleres Vermögen kostete. Ein guter Teil ihrer persönlichen Ersparnisse war dabei draufgegangen.

Aber das war ihr gleich. Ersparnisse sind etwas für Leute, die noch eine Zukunft vor sich haben.

Der Airbus A 300 der JAL flog jetzt auf einer Höhe von etwa vierzigtausend Fuß. Bis zum Start hatte Naoko kaum zu atmen gewagt. Sie wusste, dass Passan an diesem Morgen ins Krankenhaus kommen und ihr Verschwinden bemerken würde. Ihr war auch klar, dass er sich sofort mit Fifi in Verbindung setzen und nachfragen würde, ob sie die Kinder mitgenommen hatte. Anschließend würde er natürlich am Rad drehen, sämtliche Flüge in Richtung Japan stoppen lassen und sie durch die Flughafenpolizei nötigenfalls gewaltsam aus dem Flugzeug holen lassen.

Obwohl es sich um seine eigene Frau handelte. Oder gerade deshalb?

Aber dank eines Wunders, das sie sich kaum erklären konnte, war es ihr gelungen, den Kopf aus der Schlinge zu ziehen. Die Maschinerie war wohl nicht schnell genug angesprungen.

Im Zweiten Weltkrieg zogen japanische Soldaten mit einer um den Hals gehängten Dose in die Schlacht. Das Behältnis war dazu gedacht, ihre Asche aufzunehmen, falls sie im Kampf fielen. Naoko fühlte sich wie einer dieser Soldaten. Sie war an der Front gefallen und kehrte mit der Asche ihrer Träume, ihrer Pläne und ihres Glücks zurück in ihre Heimat.

Passan war sie vielleicht entkommen, aber vor sich selbst konnte sie nicht fliehen. Ihr Leben lang hatte sie sich bemüht, ihre Wurzeln zu verleugnen. Ihr Land. Ihren Vater. Ihre Unvollkommenheit. Ihr Leben lang war sie am Meer entlanggelaufen, damit die Wellen ihre Spuren auslöschten – doch jetzt war es damit vorbei.

Sie wurde mit Gewalt zu ihren Ursprüngen zurückgezerrt.

Seit sie nach Frankreich gezogen war, betrachtete sie sich als freie und unabhängige Weltbürgerin. Doch sie hatte sich geirrt. Obwohl sie im selbst gewählten Exil lebte und sich in ihrem Geschmack und ihren Vorstellungen dem Westen zugewandt hatte, war sie tief in ihrem Innern Japanerin geblieben. Zum Teufel mit der Metapher vom Bonsai und dem Wachstum in der Schale! Seit Jahren schon wuchs und entfaltete sie sich frei, doch der Rahmen war immer noch da. Er befand sich unter der Rinde des Baumes, in ihrem Fleisch, in ihrem Blut.

Ein katholisch erzogenes französisches Mädchen wird sich immer an den Tag ihrer Erstkommunion erinnern. Eine Stunde Langeweile, Weihrauchdüfte, helle Kerzen und der nichtssagende Geschmack der Hostie. Naoko hingegen erinnerte sich des Talkums auf ihren Schultern, als man der Siebenjährigen für die Zeremonie des Shichi-go-san zum zweiten Mal einen Kimono anlegte – beim ersten Mal war sie drei Jahre alt gewesen. Sie wusste, dass Tanka-Gedichte aus einunddreißig Silben im Rhythmus 5–7–5–7–7 bestehen müssen. Und sie hatte nie vergessen, dass man Bambussprossen im Mai erntete, wie sie es jedes Jahr mit ihren Eltern und ihrem Bruder im heimischen Gemüsegarten zu tun pflegte. Sie hatte gelernt, dass man, bevor man Besuch empfing, den Teegarten gießen musste, damit die frischen Düfte die Gäste willkommen hießen. Jede Geste und jede Aufmerksamkeit ihrer Eltern hatte in ihrem Herzen eine nicht einlösbare Schuld eingegraben – das On. Selbst ihre spontansten Gedanken schienen davon infiziert zu sein. Wenn sie in Paris aus dem Haus gegangen war, hatte sie sich manchmal bei dem Gedanken ertappt, dass ziemlich viele Gaijin in den Straßen unterwegs waren …

Ganz gleich, was sie tat – es waren die Silben der alten Poesie, die den Rhythmus ihres Blutes bestimmten. Der Gedanke an Wasser, das erwachte, sobald man an der Tür klingelte, und an eine Schuld, die ihr das Herz abdrückte, wenn sie an ihre Eltern dachte.

Ehe sie nach Europa übersiedelt war, hatte sie sich durchaus für ihre Kultur begeistert. Passan hätte gelacht – oder geweint? –, wenn er gewusst hätte, dass sie bereits vor ihrem fünfzehnten Lebensjahr mehrmals *Die Geschichte vom Prinzen Genji* gelesen hatte – ein mehr als zweitausend Seiten starkes, herausragendes Werk der japanischen Kultur, ein Roman, der von einer Hofdame am Kaiserhof in der Heian-Zeit im 11. Jahrhundert verfasst worden war. Es hätte ihn überrascht zu erfahren, dass sie im Rahmen eines Kurses in Kunstgeschichte eine Abhandlung über Yamanako Sadao geschrieben hatte, einen Regisseur, von dem er vermutlich nicht einmal den Namen kannte und der mit nur dreißig Jahren in der Mandschurei im Kampf gefallen war.

Sicher wäre er auch sehr verblüfft gewesen, wenn jemand ihm mitgeteilt hätte, dass sie eine wahre Expertin im Kenjutsu war. Von ihrem elften Lebensjahr bis zur Volljährigkeit hatte sie die »Kunst des Schwertes« praktiziert, und zwar unter den wachsamen Augen ihres Vaters, der überzeugt war, von einer Samurai-Linie abzustammen.

Weil er es wünschte, aber auch weil sie anders sein wollte – ihre Generation legte keinen großen Wert mehr auf die Vergangenheit –, hatte sie sich während all dieser Jahre mit der Kultur ihres Landes, seinen Traditionen und seiner Poesie beschäftigt. Im Geiste hatte sie in früheren Jahrhunderten gelebt. In einer wilden, herrlichen und mitleidlosen Zeit. In einer Zeit, in der Geishas ihren Kopf zum Schlafen auf Lackbänkchen legten, um ihre aufwendigen Turmfrisuren nicht zu zerstören. In einer Zeit, in der man im Frühling Kirschbäume entwurzelte, um sie in den Höfen der Kurtisanen wieder einzupflanzen. In einer noch gar nicht so fernen Zeit, als sich besiegte Soldaten nach ihrer Rückkehr fragen lassen mussten, wieso sie noch lebten, obwohl ihr Befehlshaber gefallen war.

Mit achtzehn hatte sie schließlich all diesen Dingen den Rücken gekehrt. Den Kampfschwertern, den Traditionen und auch ihrem Vater. Nicht weil sie sich auflehnen wollte, sondern weil sie den Feind besiegt glaubte.

Sie fühlte sich frei und selbstständig. Und diesen Sieg verdankte sie einer einzigen Person.

Ihrem Schatten, ihrem Alter Ego, ihrer Freundin. Einem Engel namens Ayumi.

77

Wie alle kleinen Mädchen ihres Alters hatte Naoko ihre Kindheit ganz unten im sozialen Gefüge verbracht. Ihre Eltern, ihre Lehrer, jeder noch so geringe alte Mensch und jedes männliche Wesen – selbst ein männlicher Säugling – waren ihr sozial überlegen.

Tatsächlich wurde ihr nie wirklich klar, ob es überhaupt ein Wesen gab, das sich unter ihr befand.

Ihr Betragen gründete sich auf ihrem gesellschaftlichen Rang und bestand aus Pflichten und Unterwerfung. Sie durfte sich nur sehr verhalten äußern und wuchs innerhalb eines unentwirrbaren Netzes aus Regeln, Zwängen und Verpflichtungen auf. Sie sprach nicht, sie entschuldigte sich. Sie wurde nicht größer, sie wich zurück.

Bis ihr eines Tages Ayumi begegnete.

Dieses junge Mädchen kümmerte sich nicht um irgendwelche Hierarchien, sondern ignorierte einfach alles, was mit sozialer Rangordnung zu tun hatte. Und sie pfiff auf Sitte und Anstand.

Ayumi war stumm. Nicht taub, sondern nur stumm. Dieses Handicap jedoch verhalf ihr zu einer außergewöhnlichen Macht. Selbst in Japan geht man großmütig mit Unruhestiftern um, wenn sie behindert sind. Außerdem verlieh ihr Schweigen ihrem Aufbegehren eine besondere Kraft. Ihre Wut war unterschwellig, erdhaft und – fürchterlich.

Ayumi sagte zwar nichts, machte aber einen betäubenden Lärm.

Wie Naoko stammte auch sie aus einer gutbürgerlichen Familie. Die Lebenswege der Mädchen waren von Anfang an vorgezeichnet. Sie hatten einen nützlichen Beruf zu erlernen – möglichst im Bereich Recht, Medizin oder Finanzen. Mit dem ersten Kind jedoch würden sie aufhören zu arbeiten und sich ganz ihrer Nachkommenschaft widmen. Natürlich wurde erwartet, dass sie sich in eine der »Schulen für gute Ehefrauen« einschrieben, wo man sie die Kunst des richtigen Tischdeckens, alle Regeln des Protokolls, die Herstellung von Blumengestecken, Gartengestaltung und die Teezeremonie lehrte. Seit dem Ende der 1980er-Jahre kamen solche Kurse wieder in Mode, nachdem man sie zuvor eine Zeit lang vernachlässigt hatte.

Was die Ehe anging, so gab es mehrere Möglichkeiten. Falls die Eltern sich für die klassische Variante entschieden, würden die jungen Frauen eine Omiai, eine arrangierte Ehe, eingehen. Es war auch möglich, eine Nakodo zu Hilfe zu rufen, eine Nachbarin oder Freundin der Familie, die einen interessanten und interessierten jungen Mann kannte und die beiden Parteien in Kontakt brachte. Und dann gab es noch Kennenlern-Clubs und Heiratsvermittlungen in sehr unterschiedlichen Qualitäten: kostenpflichtige und kostenlose Agenturen, Institute, die eine Vorauswahl trafen, und solche, an die sich jedermann wenden konnte.

Weder Naoko noch Ayumi hatten mit solchen Gebräuchen viel am Hut. Sie lachten gern über eine in Japan wohlbekannte Anekdote: Eine junge Ehefrau, die ihren Mann nur ein einziges Mal vor der Hochzeit getroffen und dabei die ganze Zeit züchtig zu Boden geblickt hatte, wandte sich am Hochzeitstag dem falschen Mann zu. Sie hatten andere Zukunftspläne. Sie wollten die Welt erobern, autonom bleiben, die soziale Leiter erklimmen und ihre Herkunft hinter sich lassen. Sie hatten keine Lust, sich den Ansichten der Familie und den Interessen des Clans zu fügen. Sie hatten auch keine Ambitionen, irgendwann als Heimchen am Herd zu verkümmern. Ihnen schwebte ein vernünftiges Studium und ein guter Job vor – und dann nichts wie weg in eine moderne Zukunft.

Die Situation stellte sich für die beiden heranwachsenden Mädchen nicht unbedingt gleich dar. Naoko wurde von der väterlichen Autorität schier erdrückt und würde sich frühestens nach einem Vorzeige-Studium emanzipieren können. Ayumi hingegen lebte allein bei ihrem Vater und hatte erheblich mehr Freiheiten. Der Vater war Witwer und hatte nie daran gedacht, sich wieder zu verheiraten. Er widmete sein Leben ganz und gar seiner stummen Tochter. Ihre Beziehung war sehr eng und in gewisser Weise geheimnisvoll.

Ayumi war insgesamt rebellischer und hatte Naoko in dieser Hinsicht so gut wie alles beigebracht. Zunächst lehrte sie sie die Gebärdensprache, damit sie schneller miteinander kommunizieren konnten. Anschließend erklärte sie der Freundin, dass die wahre Revolte nicht darin bestand, auf den Druck eines Gegners zu reagieren, sondern darin, den Gegner ganz einfach zu übersehen. Sich so zu verhalten, als existiere er gar nicht. Nur so würde man frei und konnte seine eigenen Wünsche entdecken.

Die beiden jungen Mädchen hatten sich im Hyoho Niten-

Ichi-Ryu kennengelernt, einer Kenjutsu-Schule, welche die Kampfkunst des legendären Samurai Miyamoto Musashi aus dem 17. Jahrhundert lehrte. Die Übungshalle befand sich auf der Insel Kyushu. Naoko und Ayumi übten regelmäßig mit einigen anderen Schülern in Tokio, fuhren aber auch häufig zu ihrem Lehrmeister auf die Insel. Und manchmal nahmen sie an Meisterkursen auf der kleinen, vor Nagasaki gelegenen Insel Utajima teil.

Unter Ayumis Einfluss hatte Naoko allmählich aufgehört, den Niten-Ichi-Ryu zu hassen, zu dem ihr Vater sie geschickt hatte. Sie begann die Vorzüge der an Musashi angelehnten Kampfkunst zu erkennen, die ihre besonderen Regeln besitzt. Man muss keine bestimmte Kleidung tragen. Jeder kann kommen, wann er es für richtig hält. Die Form des Kampfes unterscheidet sich stark von der Härte und dem Pomp anderer Kriegskünste. Ihr Lehrmeister besaß nicht einmal ein richtiges Schwert: Ihm genügte ein alter Bokken aus Holz, um den »Weg des Atems« durchzuführen.

Naoko bewunderte den alten Mann, den Erben des größten Samurai aller Zeiten, der auf der Straße mit seiner Baseballkappe und seinem ausgeleierten Trainingsanzug wie ein ganz normaler Bürger aussah. Sie erinnerte sich, dass seine Konzentration und seine Gesten gegen Ende seines Lebens so präzise wurden wie nie zuvor und dass seine Lippen vor einem Angriff stumme Worte zu formen schienen. Lange hatte sie sich gefragt, was er aussprechen mochte, bis sie eines Tages entdeckte, dass der alte Mann lediglich sein Gebiss zurechtrückte. Dieses Detail hatte ihr endlich das Wichtigste klargemacht: Musashis Kampfkunst lehrte Ehrlichkeit. Sie führte zu einem Selbstfindungsprozess, dessen Ziel es war, sich selbst in seiner wahren Gestalt zu akzeptieren.

Ayumi hatte diese Absicht begriffen, ehe Naoko so weit war. Sie erklärte der Freundin, dass das Schwert ihnen nicht dazu diente, stark zu sein, sondern frei zu werden.

Ayumi war nicht schön. Sie hatte die schmalen Augen einer Mongolin und das runde Gesicht einer Chinesin. Sie erinnerte an Otafuku, eine pausbäckige Göttin, die für Fruchtbarkeit stand. Welche Ironie … Hinzu kam, dass sie einen Pony trug, der sie wie einen schmollenden Pudel aussehen ließ. Sie wirkte wenig feminin, hatte ein barsches Benehmen, hielt sich niemals gerade und marschierte mit gesenktem Kopf verbissen vorwärts.

Und doch war sie diejenige, die gefiel. Die Jungen ihres Alters waren Bohnenstangen mit orangefarbenen Haaren, die sich kaum für Mädchen und noch weniger für Sex interessierten und ihr Leben nur durch den Filter von Videospielen, Mode und Drogen wahrnahmen. Sie waren selbstzufrieden, völlig passiv und hielten sich für originell. Ayumi stieß sie vor den Kopf, und die »Sojas« ließen es sich gefallen. Sie verströmte eine Sinnlichkeit und eine Verwegenheit, die diese Jungen gleichzeitig anzog und erschreckte.

Die beiden Freundinnen trieben sich in Shibuya, Omotesando und Harajuku herum. Sie aßen Okonomiyaki, mit allem Möglichen gefüllte Fladen, die vor ihren Augen zubereitet wurden. Sie kümmerten sich um ihre Tamagotchi, ihre kleinen virtuellen Haustiere. Sie packten ihre Hard-Rock-Café-T-Shirts in die Waschmaschine, bis sie wie eine zweite Haut saßen. Sie peppten ihre Schuluniformen so weit auf, wie es eben noch möglich war, ohne ganz und gar aus der Norm zu fallen. Die blauen Röcke und weißen Söckchen blieben. Sie schrieben Tagebuch, masturbierten gemeinsam und tranken Sake. Sogar ziemlich viel. Ayumi hatte einen wirklich guten Zug.

Und dann passierte die Katastrophe. Mit siebzehn hatte Naoko noch immer keine Monatsregel. Ihre Mutter suchte schließlich mit ihr einen Arzt auf, bei dem sie allerlei Untersuchungen über sich ergehen lassen musste. Heraus kam, dass das junge Mädchen an einer angeborenen Fehlbildung litt: Sie verfügte zwar über Eierstöcke und Eileiter, hatte jedoch keinen Uterus. Häufig haben Patientinnen mit dem Mayer-Rokitansky-Küster-Hauser-Syndrom auch keine Vagina, das aber war bei Naoko nicht der Fall. Und daher hatte auch niemand die Anomalie bemerkt.

Das junge Mädchen hatte als Erstes Ayumi angerufen. Die Freundinnen verfügten über ein ausgeklügeltes, auf Geräuschen basierendes System, einer Art Morsealphabet, um auf Entfernung kommunizieren zu können. Ayumi hatte sich sofort mit dem Fall beschäftigt. Ihr Vater war Gynäkologe, und die Familienbibliothek strotzte von einschlägigen Werken. Ayumi stellte fest, dass Naoko auch ohne Uterus eine Familie gründen konnte, denn sie war schließlich fruchtbar. Sie musste sich nur eine Leihmutter besorgen.

Die beiden Mädchen sprachen sich ab. Ayumi schwor Naoko, dass sie ihre Kinder austragen würde. Naoko weinte vor Dankbarkeit und schloss ihre Freundin fest in die Arme, aber tief im Innern hatte sie längst beschlossen, niemals Mutter zu werden. Sie tendierte eher zur Geschäftsfrau, zur Kriegerin, zur Eroberin. Alles andere war ihr egal.

1995 traf sie dann den Fotografen in der U-Bahn. Shootings folgten, später Castings und schließlich Verträge. Naoko wurde Model, was Ayumi ganz und gar nicht gefiel. Sie fand, dass die Mode ein Job für Dummchen war. Naoko stimmte ihr da sogar zu, doch ihre ersten Jobs brachten ihr viel Geld und damit Unabhängigkeit.

Durch ihre Arbeit entfernten sie sich voneinander. Naokos Status veränderte sich vollkommen. Von der unscheinbaren Freundin wurde sie zu einer oft fotografierten, begehrenswerten Frau. Sie brauchte ihre aufmüpfige Komplizin nicht mehr, um Männer in ihren Bann zu ziehen. Schon im folgenden Jahr verloren sich die Freundinnen aus den Augen, was bei Naoko zu einer Art dumpfen Erleichterung führte. Im Grunde hatte sie sich durch Ayumis stumme Einflussnahme immer häufiger belastet gefühlt. Manchmal hatte sie ihr sogar ein wenig Angst eingejagt.

Naoko begann, weite Reisen zu unternehmen. Mailand. Paris. New York. Und dann traf sie Passan.

Es war Liebe auf den ersten Blick. Sie zogen zusammen und heirateten. Zur Hochzeit hatte sie einige Freundinnen aus Japan eingeladen, nicht aber Ayumi. Jahre vergingen. Je größer der Abstand wurde, desto negativer kam ihr die Verbindung zu Ayumi vor. Fast wie ein Fluch.

Doch sie täuschte sich. Der Fluch war ihr Gebrechen.

Naoko musste feststellen, dass es in Frankreich zur Liebe gehörte, Kinder zu bekommen. Passan hätte am liebsten eine ganze Fußballmannschaft gehabt. Er träumte davon, den Osten und den Westen zu vereinen. Wie immer wirkte er gleichzeitig verstiegen, naiv und rührend – gerade so, wie sie ihn liebte.

Und so hatte sie in ihrem kleinen bockigen Japanerinnenkopf den schlechtesten aller Entschlüsse gefasst – nämlich, ihm nicht die Wahrheit zu sagen. Eine Frau, die kein Kind austragen kann, ist keine wirkliche Frau. Sie wollte lügen bis zum bitteren Ende. Irgendwann flog sie nach Japan zurück und traf sich mit Ayumi. Die stumme Freundin war inzwischen fünfundzwanzig Jahre alt, studierte Gynäkologie und kannte das Problem in allen Einzelheiten. Wäre Naoko gewitzter gewesen, hätte sie begriffen, dass Ayumi sie bereits erwartete.

Die angehende Frauenärztin kannte nicht nur die Techniken, sondern auch das internationale Recht. Nur wenige Länder lassen Leihmutterschaft zu. Sie entschieden sich für Kalifornien. Naoko musste sich Sperma von ihrem Ehemann beschaffen und es einfrieren. Ayumi erklärte ihr ganz genau, wie sie vorzugehen hatte. Später würden sie sich in Los Angeles zur Entnahme der Eizellen und zur IVF treffen. Mit der Verpflanzung von zwei befruchteten Eizellen standen die Chancen für eine Schwangerschaft nicht schlecht. Ayumi würde unter Naokos Namen zu jeder Untersuchung und jeder Vorsorge gehen und auch unter ihrem Namen entbinden. Danach genügte es, das Kind in Tokio anzumelden und die Anmeldung bei der französischen Botschaft vorzulegen. Naoko würde mit ihrem beglaubigten japanischen Baby heimkehren.

Ayumi hatte wirklich an alles gedacht. Sie setzte Naoko per Laparoskopie einen anatomisch geformten Beutel unter die Bauchdecke, den sie alle zwei bis drei Wochen mit einem physiologischen Serum füllen musste, um den Eindruck einer Schwangerschaft zu erwecken. Die Idee hatte Naoko zunächst befremdet, aber der Vorgang war recht einfach. Die Injektion ging durch den

Bauchnabel vonstatten. Nach wenigen Wochen begann sich ihr Bauch zu runden. Ayumi hatte ihr auch Utrogestan besorgt, ein Progesteronpräparat, das dafür sorgte, dass ihre Brüste anschwollen und sie an Gewicht zunahm. Sie hatte ihr sogar den Urin einer schwangeren Frau zukommen lassen, damit sie einen positiven Schwangerschaftstest zustande brachte.

Das letzte Hindernis war Passan selbst. Er musste dazu gebracht werden, in Frankreich zu bleiben, während seine Frau zur Entbindung nach Tokio reiste. Aber Naoko wusste, dass sie das schaffen konnte. Er würde ihre Entscheidung respektieren, so wie immer. Vermutlich würde er es fast normal finden, von diesem heiligen Moment ausgeschlossen zu werden. Eine japanische Sitte …

Und so kam Shinji auf die Welt.

Passan hatte die Kränkung verdaut, begann jedoch, einen unterschwelligen Groll gegen Naoko zu hegen. War der Verrat der Anfang vom Ende ihrer Ehe gewesen? Hinzu kamen die üblichen Ermüdungserscheinungen, eine zunehmende Gewöhnung und der ungestillte Hunger ihrer Körper.

Als Naoko zwei Jahre später Hiroki »empfing«, hatte Passan aufbegehrt. Er wollte nicht noch einmal ausgeschlossen werden. Sie hatten sich angeschrien, geheult und einander bedroht. Aber schließlich gab Passan auch dieses Mal nach, und Naoko war nach Japan geflogen. Seine Nachgiebigkeit zerriss ihr fast das Herz. Passan liebte sie so sehr, dass er auch diese Zumutung akzeptierte.

Als sie mit Hiroki nach Paris zurückkehrte, begriff sie, dass es mit Passan vorbei war. Ein Verrat zu viel. Der verlassene Junge, der Abgeschobene, der ihr das Wertvollste geschenkt hatte, was er besaß – nämlich sein Vertrauen –, hatte seinen früheren Lebenswandel wieder aufgenommen.

Von diesem Tag an gab es zwischen ihm und ihr nur noch die Kinder.

Sie hatte sich daraufhin immer mehr verschlossen. Und sie hatte den Kontakt zu Ayumi abgebrochen. Sie hatte ihre Schuld, ihr On, unter den Teppich gekehrt. Schließlich empfand sie sogar

Hass auf ihre Komplizin, die es ihr ermöglicht hatte, Mutter zu werden. Insgeheim aber warf sie ihr vor, ihre Ehe zerstört zu haben.

Als Ayumi ihr im Februar in einem Brief den Tod ihres Vaters mitteilte, hatte Naoko mit einigen nichtssagenden Beileidsbekundungen geantwortet und sich entschuldigt, dass sie nicht zur Beisetzung kommen könne. Ein fataler Fehler. Sie hatte nicht verstanden, dass der Brief ihrer Freundin ein Hilferuf war. Sie hatte auch ihre psychischen Probleme nicht gespürt. Ayumi bewegte sich am Rand des Wahnsinns. Und nachdem sie ihren Vater verloren hatte, wandte sie sich ihrer anderen Familie zu.

»SIE GEHÖREN MIR.«

Ayumi war zu einem blanken Schwert geworden. Inzwischen verstand Naoko ihren Zorn und ihre Entschlossenheit.

Allerdings schien Ayumi nicht zu begreifen, dass Naoko die gleichen Gefühle hegte.

Auch sie war eine blanke Klinge.

78

Das Wetter ist mein Verbündeter.

Passan fühlte sich eins mit der Apokalypse, die über der Stadt niederging. Eine Sintflut, die offenbar nie enden würde. Schmutzig graue Wolken jagten über den Himmel, kaum zu erahnen hinter dem Regen, der sich über Straßen, in Krägen und in die Seelen ergoss.

Fifi fuhr mit Höchstgeschwindigkeit. Die Reflexe des Blaulichts zersplitterten wie Glas im strömenden Regen. Passan konnte nicht einmal erkennen, ob die Sirene eingeschaltet war, denn der Lärm des Gewitters übertönte alles. Als sie die Höhen des Mont-Valérien erreichten, sandte er ein Stoßgebet zum Himmel, die Wassermassen mögen alle Spuren der Schändung von der Villa abwaschen und seine und Naokos Sünden tilgen. Noch hatte er die Hoffnung nicht aufgegeben.

Und zwar nicht nur, was die Lösung des Falls anging. Er hoffte auch für seine Kinder, sein Haus und vielleicht sogar seine Ehe …

»Ich brauche höchstens fünf Minuten«, sagte er, als sie das Haus erreichten.

Er sprang aus dem Wagen und wurde sofort in das Unwetter eingesogen. Per Fernbedienung öffnete er das Tor und flitzte quer über den Rasen. Doch als er triefend vor der Haustür stand, machte er sich sogar die Mühe, seine Schuhe auszuziehen.

Sofort ging er ins Untergeschoss. Eigentlich hätte er seinen Koffer auch in seinem Appartement in Puteaux packen können, aber ihm war sein Heim lieber. Außerdem befanden sich sein Pass und eine Schuhschachtel mit persönlichen Aufzeichnungen noch in der Villa.

Er suchte die Jahre heraus, die ihn interessierten, und steckte die Papiere in seine Jackentasche. Anschließend stopfte er ein paar Kleidungstücke und einen Kulturbeutel in eine Sporttasche. Hier ging es nicht um Eleganz oder faltenlose Hemden.

Es roch nach feuchter Wäsche und nassem Asphalt. Ein Geruch, der ihm von seiner Polizeiarbeit mehr als vertraut war. Und er liebte ihn.

Als Passan ins Erdgeschoss hinaufstieg, fiel ihm das Echo im Haus auf. Die Regentropfen schienen überall gleichzeitig aufzutreffen. Flüssige Schatten waberten umher wie Gespenster aus Grundwasser. Noch nie war ihm sein Haus so sehr wie ein Heiligtum erschienen.

Er stand schon wieder an der Tür, als ihm noch etwas einfiel. Kurz entschlossen stellte er seine Tasche ab, rannte die Treppe hinauf, wobei er immer vier Stufen gleichzeitig nahm, ging in Naokos Zimmer und öffnete die Nachttischschublade.

Der Kaiken war nicht mehr da.

79

Fifi brauste mit eingeschalteter Sirene über die Standspur. Passans Flugzeug sollte um 20 Uhr starten. Im letzten Moment hatte er noch einen Platz bei der ANA ergattert.

In der Apotheke des Flughafens konnte er sich noch einmal mit Medikamenten eindecken. Danach hatte er während des zwölfstündigen Fluges Zeit, seine Wunden zu lecken und sich seine Aufzeichnungen noch einmal zu Gemüte zu führen.

Vor dem Terminal 1 am Flughafen Charles de Gaulle hatte er den Eindruck, als öffne sich ein großer Vorhang aus grauem Schlamm vor seinem Exodus. Passagiere drängten sich in den gigantischen Rundbau. Regenschirme verdrehten sich im Sturm. Caddies rollten durch aufspritzende Pfützen.

Passan legte sein Holster ab und reichte Fifi die Dienstwaffe. Sein Partner drückte ihm ein paar Seiten in die Hand, die er eben erst aus dem Internet ausgedruckt hatte.

»Hier ist die Dokumentation, um die du mich gebeten hast.«

Passan griff nach dem Bündel, rollte es zusammen und verstaute es in seiner Jackentasche. Anschließend gab Fifi ihm noch einen prall gefüllten Umschlag.

»Ein persönlicher Vorrat von Doktor Fifi.«

»Willst du, dass ich gleich beim Zoll wieder rausgefischt werde?«

»Wenn sie dich mit dem Gesicht durchlassen, kann dir nichts mehr passieren.«

Passan klopfte ihm grinsend die Schulter.

»Wir bleiben aber in Kontakt?«, meinte Fifi plötzlich ganz ernst.

»Natürlich.«

»Sollen wir Naokos Handy überwachen?«

»Das wird nicht nötig sein. Sie wird es nicht benutzen, weil sie dort mit einem japanischen Handy telefoniert.«

Naoko würde sich eher beide Hände abhacken lassen, als in Tokio mit ihrem französischen Handy zu telefonieren. Ihre praktische Veranlagung und ihr Überlebenswille verboten es ihr.

Passan öffnete die Wagentür.

»Bist du ganz sicher, dass du das Richtige tust?«, fragte Fifi.

»Du hast doch selbst gesagt, dass es so ist wie in dem Lied: ›Nur ich weiß, wann sie friert …‹«

Er griff nach seiner Tasche auf dem Rücksitz und verließ den Wagen, ohne sich noch einmal umzudrehen.

Eine Stunde später hatte er seinen Platz in der Economyklasse des Direktfluges NH 206 nach Tokio eingenommen. Bequem wäre zu viel Lob für den Sitz gewesen, aber immerhin saß er am Fenster, und seine Verbrennungen gönnten ihm eine Verschnaufpause. Er hatte die Mütze tief ins Gesicht gezogen. In seiner derzeitigen Lage erwartete er gar nichts mehr.

Schon vor dem Start widmete er sich Fifis Papieren, einer kompletten Zusammenstellung aller wissenswerten Einzelheiten über Leihmutterschaft. Es ging um die einzelnen Etappen wie die In-Vitro-Fertilisation und das Einpflanzen des Embryos, die Länder, in denen Leihmutterschaft gestattet war, wie etwa die USA, Kanada und Indien, und was man bei der Suche nach einer Leihmutter beachten musste.

Passan war sich sicher, dass Naoko den Eingriff in den USA hatte durchführen lassen. Irgendwo an der Westküste, so nah wie möglich an Japan. Sie war schon immer von den Staaten fasziniert gewesen und sah sie als Eldorado für Einwanderer. Ihm selbst erschien diese Ansicht naiv, aber er verstand und respektierte sie. Im Laufe der Lektüre tauchten gewisse technische Details auf, die ihn innehalten ließen. Naoko hatte auf irgendeine Weise sein Sperma gesammelt. Aber wie? Sie hatten nie Präservative benutzt.

Nach und nach wurde ihm das Ausmaß ihrer Lüge bewusst. Alles, was sie hatte verbergen und verdrehen müssen. Arztbesuche. Untersuchungen, Reisen. Genau genommen hatte sie sich nie wirklich versteckt, ihn aber über die wahre Natur ihrer Handlungen getäuscht. Während all dieser Jahre hatte Naoko ein Doppelleben geführt.

Er holte die Kalenderblätter mit seinen Aufzeichnungen aus

der Tasche. 2003. 2005. Die Jahre, in denen seine Kinder auf die Welt gekommen waren. Nachdem Passan hinter ihr Geheimnis gekommen war, erhielten Naokos Reisedaten einen ganz anderen Sinn. Etwa neun Monate vor ihren angeblichen Entbindungen hatte sie jeweils Japan besucht. Jedes Mal hatten sie sich am Vorabend der Abreise geliebt, weil Naoko behauptete, es würde ihr Glück bringen.

In Wirklichkeit hatte sie Sperma gesammelt.

Von Japan aus hatte sie eine Klinik aufgesucht, wo ihre Eizellen im Reagenzglas befruchtet wurden und man einen oder mehrere Embryonen in den Uterus der Leihmutter einsetzte.

Ayumi Yamada. Passan blickte von seiner Lektüre auf und dachte nach. Wer war diese Frau? Eine ihr bis dahin unbekannte Kandidatin? Eine Freundin? Eine Verwandte? War sie Japanerin oder Amerikanerin? Eine nach Amerika emigrierte Japanerin?

Sollte diese Frau aber tatsächlich die Mörderin sein, dann gab es etwas, das nicht passte: Naoko, die immer die personifizierte Vorsicht war, hätte eine solch delikate Mission niemals einer instabilen oder bedrohlichen Persönlichkeit anvertraut. Und eine Psychose bekam man nicht von einem Tag auf den anderen. Sollte Naoko die Leihmutter gekannt haben, wieso hatte sie die Anzeichen ihres vielleicht latenten Wahns nicht wahrgenommen?

Passan vertiefte sich wieder in seine Aufzeichnungen. Acht Monate später war Naoko erneut nach Japan gereist, um dort angeblich zu entbinden. Wo mochte sie sich mit der anderen Frau getroffen haben? Natürlich in Tokio. Ein Geburtsort war nicht so leicht zu fälschen. Hier aber taten sich weitere Fragen auf. Wie hatte Ayumi Yamada die Kinder zur Welt bringen und sie unter dem Namen Passan anmelden können? Hatte sie sich als Naoko ausgegeben? Was immer die beiden Komplizinnen ausgeheckt hatten – er würde es herausfinden.

Beide Male war Naoko einen Monat später mit glänzenden Augen und einem Baby im Arm zurückgekehrt.

Was rätselhaft blieb, waren Naokos sichtbare Schwangerschaftssymptome. Fifi hatte nichts über Produkte finden können, die auf künstliche Weise eine Schwangerschaft vortäuschten oder den Leib anschwellen ließen. Doch eigentlich spielte das auch keine Rolle. Das Resultat lag auf der Hand. Naoko hatte wirklich alles getan, um ihn zu täuschen – einschließlich der positiven Schwangerschaftstests.

Das Flugzeug startete mit dröhnenden Düsen. Die Sicherheitshinweise waren viel zu laut und trotzdem kaum verständlich. Passan schloss seinen Ordner. Eigentlich hätte er außer sich sein müssen. Doch er fühlte sich nur erschöpft, fiebrig und abgestumpft.

Er blickte sich um. Der Flieger war voller Japaner. Umso besser. Ihre natürliche Diskretion würde sie davon abhalten, ständig sein verbranntes Gesicht anzustarren. Und in Tokio würde es vermutlich ebenso weitergehen.

Mit einem Mal kehrten die Schmerzen zurück. Seine Haut fühlte sich an wie die Schale einer heißen Marone. Er wartete, bis die Zeichen über den Sitzen erloschen, ehe er zur Toilette ging und eine neue Schicht Biafine auflegte. Außerdem schluckte er zwei von Fifis Tabletten. Lieber wollte er schlafen, als zwölf Stunden lang von einem endlosen Gedankenkarussell gepeinigt zu werden.

Als er wieder auf seinem Platz saß, schloss er die Augen, um seine Überlegungen ein letztes Mal Revue passieren zu lassen. Doch stattdessen kamen Erinnerungen. Überraschenderweise waren es glückliche Erinnerungen an Zeiten, in denen er und Naoko alles geteilt hatten. Zeiten der Unbekümmertheit und des Einverständnisses.

Und jedes Mal tauchte dasselbe Detail vor ihm auf.

Naokos Lachen.

Als Japanerin hatte sie die Eigenheit, ihr Lachen zurückzuhalten. Die Äußerungen ihrer Freude reduzierten sich auf einen Hauch, einen leisen Anflug auf ihren Lippen. Sobald ihnen ein kurzer Laut entschlüpfte, verbarg sie ihr Gesicht sogleich hinter ihrer Hand. Und doch hatte sie manchmal – sehr selten – wirklich gelacht. Es war ihm vorgekommen wie sprühende Funken und zärtliches Gurren; ein Ausbruch von Sinnlichkeit, der ihre makellosen Zähne enthüllte. Umso verwunderlicher war es, dass ihr dieses Lachen ausgerechnet in völlig unerwarteten Situationen entschlüpfte. Einmal geschah es in einem Schwimmbad mit viel zu kaltem Wasser. Ein anderes Mal bei einem Karaoke-Abend im Tokioter Viertel Shibuya. Oder als Passan beinahe vom neuen Hund ihrer Eltern gebissen worden wäre. Dann war es, als ob die Porzellanglasur ihres Gesichtes zerbröckelte und eine ganz besondere, neue Textur enthüllte. Freudenpartikel schwebten durch die Luft, als puste man in eine Puderdose. Manchmal musste Passan an das Magnesiumpulver denken, das Turner benutzten, um der Schwerkraft ein Schnippchen zu schlagen. Und eigentlich war es genau das: Naoko löste sich auf und flog davon wie eine Wolke aus Talkum. In solchen Momenten war er sich ganz sicher gewesen, dass ihre Seele unendlich klar und rein war.

Aber da hatte er wohl ziemlich danebengelegen …

Und doch verstand er sie. Sie hatte ihm nichts gesagt, weil in ihren Augen eine Frau ohne Uterus keine richtige Frau war. Eine wahrhaft japanische Entscheidung. Lüge oder Selbsttötung. Er würde Naoko auf einem Weg begegnen, auf dem er sie nie zu treffen geglaubt hätte. Dem Weg der japanischen Traditionen, wo es nur um harte und reine Ehre ging. Wieder einmal sah er ihren unbeweglichen Blick vor sich, wie schwarzer Lack, nicht zu entziffern und dennoch von der seltsamen Klarheit eines Geheimnisses.

Er konnte jetzt nur noch eines tun: ihr zu Hilfe eilen.

Utajima. Ayumi Yamada. Ein Ort und eine Gegnerin. Man musste kein Genie sein, um zu erraten, dass es sich hier um ein Rendezvous handelte. Ein tödliches Rendezvous.

Naoko flog heim, um mit dieser Frau abzurechnen.

Es handelte sich um eine Geschichte von Blut und Hass. Eine Geschichte, wie Polizisten sie liebten.

Und selbst zehntausend Kilometer von zu Hause entfernt würde er damit fertigwerden.

80

15 Uhr Ortszeit am nächsten Tag.

Als Passan aus dem Flugzeug stieg, fühlte er sich fast wie zu Hause. Das regennasse Rollfeld verschwamm mit dem niedrigen farblosen Himmel. Die Pariser Sintflut setzte sich hier fort. Eigentlich eine logische Antwort des Schicksals. Schließlich war Passan nach Japan gekommen, um hier das zu vollenden, was er in Frankreich begonnen hatte.

Die eintönige Umgebung erinnerte ihn an seinen Zustand. Im Flugzeug war er in einen tiefen, traumlosen Schlaf gesunken. Erst wenige Minuten vor der Landung kam er wieder zu sich, ohne auch nur das Geringste von dem Flug mitbekommen zu haben. Aber zumindest fühlte sein Körper sich ausgeruht an.

Er folgte den anderen Fluggästen und fand sich in einer großen Halle wieder, die aufgeteilt war wie ein zweisprachiges Buch: Japanisch auf der einen und Englisch auf der anderen Seite. Ansonsten sah es in Narita aus wie auf allen anderen Flughäfen der Welt. Betonkonstruktionen, indirektes Licht und kalte, glänzende Materialien. Bis auf einen Unterschied, den er immer wieder mit der gleichen Überraschung und der gleichen Unbefangenheit registrierte: Hier gab es fast ausschließlich Japaner.

Flache Gesichter, die lächelten, aber gleichzeitig verschlossen wirkten. Wieder empfand Passan die Erregung und die Begeisterung, die ihn schon 1994 gepackt hatten, als er seinen Fuß zum ersten Mal auf den Boden des Inselreichs setzte. Fast war es, als würde er die Menschen und das Land wiedererkennen.

Da er seine Tasche als Handgepäck eingecheckt hatte, konnte er direkt zum Ausgang gehen. Noch vor dem Abflug, gegen 17 Uhr Pariser Zeit, als es in Tokio Mitternacht war, hatte er Naokos Bruder Shigeru angerufen. Sein Schwager konnte ihn durch den Moloch dieser Stadt führen und wusste vielleicht Näheres. Passan hatte sich sehr klar ausgedrückt. Shigeru konnte sich als Mitwisser eines Komplotts nicht einfach aus dem Staub machen, sondern schuldete ihm Hilfe und Unterstützung.

Passan passierte den Zoll und betrat die Ankunftshalle. Shigeru erwartete ihn bereits. In den Büchern und Filmen der Gaijin werden Japaner immer emotionslos dargestellt oder sie lächeln ununterbrochen. Sie halten sich sehr gerade, ihre Arme hängen am Körper herab, und sie sind ständig bereit, jeden mit einer automatenhaften Verbeugung zu begrüßen. Shigeru passte nicht in dieses Muster. Er war etwa vierzig Jahre alt und wirkte sehr entspannt. Seit er die Musik, den Alkohol und die Drogen hinter sich gelassen hatte, arbeitete er als Lehrer für Englisch und Französisch.

Passan winkte ihm ohne ein Lächeln zu. Auch wenn er Naoko vielleicht verzeihen konnte, würde er doch immer ihrer Familie schwere Vorwürfe machen. Sie hatten ihm von Anfang an misstraut. Ihm, dem Gaijin.

»Hallo, Shigeru.«

»Olivier-san.«

Sie verbeugten sich und schüttelten einander gleichzeitig die Hand. Passan hatte sich in Gegenwart seines Schwagers noch nie richtig wohlgefühlt. Doch um der Wahrheit die Ehre zu geben: Wenn er einem Japaner männlichen Geschlechts begegnete, war ihm stets unbehaglich zumute. Grundsätzlich verspürte er eine Art von Rivalität, wusste aber nicht, ob dieses Gefühl begründet war oder ob es sich dabei um seine persönliche Paranoia handelte.

Shigeru hieß ihn auf typisch japanische Art willkommen: Er verlor kein Wort über Passans verbranntes Gesicht oder über seine Mütze, die wie ein über den Kopf gezogener Socken aussah.

»Sind sie da?«, erkundigte sich Passan mit einer gewissen Unruhe.

»Shinji und Hiroki befinden sich bei meinen Eltern.«

»Und deine Schwester?«

»Ist schon weitergereist.«

»Wohin?«

»Keine Ahnung.«

Jetzt geht es los mit den Lügen, dachte Passan. Er musterte seinen Schwager. Shigeru gab sich als Dandy mit langem Haar und ergrauendem Spitzbart, coolen Klamotten und Regenschirm unter dem Arm. Eine Brille mit runden Gläsern verriet den Intellektuellen. Sein dichtes, hoch angesetztes Haar verlieh ihm ein stolzes Aussehen.

»Du hast mir etwas zu sagen, nicht wahr?«

Shigeru griff nach Passans Tasche.

»Wir nehmen den Express. In einer Stunde sind wir in Tokio.«

Erste Ausflucht. Passan hielt die Zeit noch nicht für gekommen, ihn in die Mangel zu nehmen. Doch er war entschlossen, hier von Anfang an den harten, methodisch arbeitenden Polizisten herauszukehren. Diplomatie schien ihm fehl am Platz.

»Ich möchte die Kinder sehen.«

»Wir sind auf dem Weg. Meine Eltern erwarten uns.«

»Glaubst du, ich bin ihnen willkommen?«, fragte Passan in einem Anflug von Unsicherheit.

Shigeru lachte auf.

»So wie immer.«

Die Antwort war schon mehr als pervers. *Ruhig Blut.* Passan folgte seinem Führer zum Ausgang.

Für einen französischen Ermittler war Japan nun mal ein ungünstiges Pflaster.

81

Schon im Zubringer bemerkte Passan, dass etwas nicht stimmte. Der Zug war nur schwach beleuchtet, und es herrschten Treibhaustemperaturen, weil die Klimaanlage nicht funktionierte. Das allerdings bedeutete, dass man das System bewusst abgeschaltet hatte, denn in Japan ging nie etwas kaputt.

Fukushima. Passan fiel ein, dass infolge des Tsunami nach dem großen Erdbeben strengere Maßnahmen hinsichtlich der Stromversorgung beschlossen worden waren.

Die Passagiere hingegen boten ein vertrautes Bild. Begeisterte Backpacker aus Amerika oder Australien. Gleichmütige

Geschäftsreisende, die sich auf ihre Rollkoffer stützten. Japanische Flugbegleiterinnen in dunkelblauen Uniformen, die hinter vorgehaltener Hand kicherten. Einige Passagiere lasen, doch ihre Bücher waren alle auf dieselbe Weise verdeckt, als ob alle sich in das gleiche Werk vertieft hätten – vielleicht Lebensweisheiten oder philosophische Richtlinien, die es den Menschen ermöglichten, immer in die gleiche Richtung vorwärtszustreben. Manche waren auch eingenickt. Eine der großen Stärken der Japaner ist es, zu jeder Zeit an jedem beliebigen Ort schlafen zu können. Eine Frau schnarchte mit offenem Mund. Ein Anzugträger schlummerte im Stehen. Sein magerer Körper passte sich den Stößen des Zuges an wie ein erdbebensicheres Gebäude.

Mit der flachen Hand wischte Passan über die beschlagene Scheibe. Eine weite, dicht bebaute Ebene löste sich in der Ferne in einen flüssigen Horizont auf. Gedrungene Häuser belegten auch noch den kleinsten freien Platz bis dicht an den Schienenstrang. Über dem Einheitsgrau erhoben sich dicht an dicht unzählige Satellitenschüsseln auf vom Regen lackierten Dächern und Vordächern aus Blech. Der Anblick erinnerte an eine japanische Tuschezeichnung in verschiedenen Graustufen.

Im Juni herrscht in Japan Regenzeit, die Tsuyu oder Nyubai genannt wird. Sie zeichnet sich aus durch wochenlangen, unablässigen Niederschlag in den Varianten Nieseln, Dunst, Sprüh- oder Platzregen. Es ist gleichzeitig erstickend warm und extrem schwül. Eine Monsunzeit jenseits der Tropen. Eine Sintflut ohne Noah. Da bleibt nichts anderes übrig, als auf den richtigen Sommer zu warten.

Chiba. Funabashi. Takasago. Tokio Station. Passan und Shigeru schwiegen während der ganzen Fahrt. Unmöglich, hier im Zug Klartext zu reden. Endlich erreichte der Express das Stadtzentrum. Wie eine lange Nadel, die mitten in ein Organ sticht.

In Shibuya stiegen sie aus.

»Ich besorge uns ein Taxi«, sagte Shigeru.

Shibuya ist eines der modernsten Stadtviertel Tokios. Bunte Neonreklamen, Glasfassaden, Hightech-Läden und auf Kawaii getrimmte junge Mädchen. An diesem Tag jedoch verschwanden Türme, Autos, Schilder und Regenschirme in der Sintflut. Der Regen übertönte sogar den Verkehrslärm, das Pfeifen der Stadtbahn, die Musik aus den Geschäften und das Stimmengewirr der Passanten.

»Warte hier!«, rief Shigeru.

Passan stellte sich unter das Vordach eines Handyladens. Auch hier sah man deutlich die Folgen der Stromrationierung. Schaufenster, die sonst von Tausenden Lichtern erhellt worden waren, lagen im Halbdunkel. Normalerweise grell beleuchtete Getränkeautomaten blieben düster, und einige Geschäfte hatten sogar geschlossen. Tokio musste sich erst wieder erholen.

Passan atmete tief die japanische Luft ein. Er sah nichts als Regenschirme – kuppelartig große, sonnenschirmbunte und durchsichtige. Darunter hasteten eilige Angestellte, Mädchen in Miniröcken und Netzstrümpfen, Hausfrauen mit griesgrämigen Gesichtern und »Sojas« – magere junge Männer mit gelben Haaren und Krokostiefeln, die ihre Seelen in einem Labyrinth aus Pillen und Computerschaltkreisen verloren hatten.

»Olivier-san!«

Shigeru hatte ein Taxi gefunden. Passan durchbrach die Menschenmenge und schlüpfte in den Wagen. Weiße Handschuhe, Wäschereigeruch, Automatiktüren: Japanische Taxen waren das völlige Kontrastprogramm zu den Pariser Droschken.

Atemlos presste er seine Reisetasche an die Brust. Wie jedes Mal war er auf Hilfe angewiesen, anders ging es einfach nicht. Er verstand kein einziges japanisches Schriftzeichen und konnte sich nicht orientieren. Außerdem wusste er, dass die meisten Straßen weder Namen noch Hausnummern besaßen.

Die Fahrt dauerte etwa zwanzig Minuten. Naokos Eltern wohnten in Hiroo, dem Wohnviertel, in dem sich auch die französische Botschaft befand. Passans Magen knurrte, und ihm war schwindelig. Dennoch fühlte er sich wie im siebten Himmel. Merkwürdigerweise empfand er in Tokio, einer mehr als dreißig Millionen Einwohner zählenden Megametropole, immer einen wohltätigen Frieden. Ganz gleich, wo er sich aufhielt und wie viele Menschen um ihn herum waren, trotz des Wahnsinnsverkehrs, der unzähligen Hängebrücken und der verwirrenden Schriftzeichen überkam ihn hier ein Gefühl von Ordnung und Heiterkeit.

Das Taxi hielt an. Passan überließ es Shigeru zu zahlen, denn er hatte kein Geld umgetauscht. Ein weiterer Schwachpunkt.

Der Regen hatte ein wenig nachgelassen, doch es war immer noch schwülwarm. Die Umgebung sah hier anders aus. Straßen, die auf menschliche Maße zugeschnitten waren, glänzten leer und still im Regen. Ein Stück weiter stiegen die Dämpfe eines öffentlichen Bades auf. Das leuchtende Grün eines Baseballfeldes. Über ihren Köpfen zerteilte ein dichtes Netz aus Kabeln und elektrischen Leitungen den Himmel von Tokio. Lange hatte Passan sich gefragt, warum man im Paradies der Hochtechnologie hinsichtlich der Energieversorgung auf Wildwestniveau samt Telegrafenstangen geblieben war. Doch die Antwort darauf war einfach: In einem Land, in dem die Erde so oft bebte, konnte man keine unterirdischen Kabel verlegen, weil es sonst beim geringsten Erdstoß zu Kurzschlüssen kommen würde.

Vor einem grün gestrichenen Eisentor hielten sie an.

Das Haus der Familie.

82

Naokos Eltern lebten in einer modernen Villa ohne besondere Merkmale. Grauer Zement, braune Dachziegel, sachliche Linien. Die einzige Besonderheit befand sich hinter dem Haus – ein fast fünfhundert Quadratmeter großer Gemüsegarten, der in der Enge Japans einen ungeheuren Luxus darstellte.

Passan und Shigeru zogen die Schuhe aus und betraten das Haus, ohne vorher zu läuten. Shigeru machte sich nicht einmal die Mühe, das traditionelle »Tadaima« (Ich bin da) zu rufen. Das Haus schien leer. Es herrschte eine Bullenhitze. Normalerweise fror man hier wie in einem Kühlschrank, doch heute drehte sich lediglich ein Ventilator an der Wohnzimmerdecke. Erst jetzt bemerkte Passan seine nasse Kleidung und seine klebrige Haut, die hier mit Sicherheit nicht trocknen würden.

Er stellte seine Reisetasche ab und hatte das Gefühl, als wäre er höchstens einen Tag fort gewesen. Nur dass die Wände jetzt die Risse des letzten Erdbebens zeigten. Shigeru berichtete, dass Tokio seit dem großen Beben im März jede Woche von mindestens zwei bis drei Erdstößen erschüttert wurde. Wozu also renovieren, wenn man ohnehin demnächst das ganze Haus wieder aufbauen musste? Passan ging nicht näher darauf ein. Er war an die stoische Haltung der Japaner gewöhnt: Wenn ein Problem nicht lösbar ist, dann existiert es nicht.

Das Haus war in einer Mischung aus westlichem und japanischem Stil eingerichtet. Es gab europäisch möblierte Zimmer, andere waren in traditioneller Weise mit Matten ausgelegt. Aber selbst in den modernen Räumen erkannte man japanische Tendenzen. Das Parkett aus Zypressenholz glänzte wie schwarze Seide, und Creme- und Schokoladentöne unterstrichen die japanische Nüchternheit. An den Wänden erinnerten sorgfältig gerahmte Kalligrafien an die Art und Weise, wie man hier das Leben sah.

Sie durchquerten das Esszimmer und gingen in den Salon. Immer noch war niemand zu sehen. Shigeru musste über Passans Unruhe lachen.

»Sie sind im Garten.«

Er öffnete die Verandatür. Ein feuchter Luftstrom drang ins Wohnzimmer. Shinji und Hiroki, die beide Moskitonetzkappen trugen, machten sich zwischen Paprika-, Kürbis- und Gurkenpflanzen zu schaffen.

Als sie ihren Vater entdeckten, sprangen sie über die Beete und warfen sich in seine Arme. Innerhalb weniger Tage hatten sie in mehreren verschiedenen Betten geschlafen, die Schule verlassen, waren mit dem Flugzeug geflogen und wohnten jetzt bei ihren japanischen Großeltern – und das alles mitten im Schuljahr.

Aber die Situation schien ihnen durchaus zu behagen. Selbst der Jetlag konnte ihre Fröhlichkeit nicht beeinträchtigen.

»Wir ernten Tomaten mit Oma und Opa«, trompetete Shinji und streifte seine viel zu großen Gärtnerhandschuhe ab.

»Und wir haben einen neuen Hund«, trumpfte Hiroki auf. »Er heißt Cristal.«

Die beiden Jungen waren schmutzig und strahlten. Passan entdeckte die Großeltern, die sich hinter ihren Tomaten zu verstecken schienen. Naokos Vater hatte einen glatten dunklen Teint wie eine Esskastanie und lächelte wie ein zufriedener Großvater. Die Mutter war recht klein, ausgesprochen blass, kleidete sich grundsätzlich in Grau und Braun und winkte ihm zu, als stünde sie auf einem Bahnsteig. Ihr Gesicht leuchtete wie eine Papierlampe, die ein indirektes, sanftes Licht auf die Umgebung wirft.

»Okaeri nasai. Willkommen zu Hause«, riefen sie fast gleichzeitig.

Vermutlich hatte Shigeru Passan angekündigt, denn sie schienen nicht erstaunt über seinen Besuch. Trotz allem war Passan irgendwie glücklich, die alten Herrschaften zu sehen. Die Erinnerungen überwältigten ihn fast. Er kannte den Gemüsegarten im Hochsommer, wenn das Zirpen der Grillen fast ohrenbetäubend wurde. Aber er hatte ihn auch schon im Winter gesehen, wenn Schnee auf jedem Halm lastete. Und er hatte ihn im Herbst bewundert, wenn die Kiefern im Wind murmelten und die Ahornblätter wie Blutstropfen zur Erde fielen.

Als er schließlich vor seinen Schwiegereltern stand, verbeugte er sich tief und stammelte ein paar englische Worte. Sie antworteten auf Japanisch. Sie hatten sich nie verständigen können.

Was er über seine Schwiegereltern wusste, hatte er von Naoko erfahren, den Rest verdankte er seiner Intuition. Der Vater verachtete ihn auf eine herzliche Art, ohne daraus einen Staatsakt zu machen. Die Mutter mochte ihn zwar, fürchtete ihn aber auch. In seiner Gegenwart wandte sie die Augen ab und stellte niemals Fragen. Im Grunde ähnelten sie und Passan sich mehr, als sie ahnten: Sie war fasziniert von Frankreich, er von Japan. Sie waren sich auf dem Rollfeld ihrer Wunschträume begegnet.

Frau Akutagawa bot Zitronenlimonade an. Schon bald drehte sich das von Shigeru übersetzte Gespräch um die belanglosesten Dinge. Wenn man in Japan nicht über den Hund oder das Wetter redet, wird man rasch für indiskret gehalten. Passan hätte am liebsten losgebrüllt. Oder den Tisch zertrümmert. Es war ihm unmöglich, herauszufinden, wie viel die Schwiegereltern wussten. Nur eins war klar: Sie würden ihm kein Sterbenswörtchen verraten.

Er nahm noch ein Glas Zitronenlimonade. Seit vierundzwanzig Stunden hatte er nichts mehr gegessen, und sein Magen knurrte. Abgesehen davon spürte er wieder die Brandwunden in seinem Gesicht. Die Schwiegereltern hatten ihm keine Fragen gestellt – weder zu seinen Verbrennungen noch zu seiner merkwürdigen Kopfbedeckung.

Ab und zu warf er einen Blick hinaus in den Garten, wo Shinji und Hiroki zwischen den Salatbeeten hinter Cristal herrannten. Der Hund war ein Akita, eine der symbolträchtigsten Hunderassen Japans. Das Schauspiel erschien Passan als erster Sieg auf feindlichem Boden. Zumindest konnte er sicher sein, dass niemand hier über den Ernst der Lage Bescheid wusste. Selbst die Akutagawas wären einer solchen Krise nicht mit diesem Gleichmut begegnet. Naoko hatte nur kurz vorbeigeschaut, die Kinder abgegeben, und war sofort weitergereist, ohne sich mit Erklärungen aufzuhalten. Vater und Mutter hatten wahrscheinlich einen Ehestreit der heftigeren Art vermutet, möglicherweise auch Schwierigkeiten bei der Scheidung – falls sie überhaupt davon wussten.

Das Telefon in seiner Jackentasche klingelte. Passan entschuldigte sich, stand auf und nahm das Gespräch im Nachbarzimmer an. Verwundert erkannte er Fifis Stimme. Paris, die Ermittlungen und sein Team waren längst unendlich weit entfernt …

»Ich habe die Informationen, die du wolltest«, verkündete Fifi. »Mit ein bisschen Glück konnte ich einen Typ bei der Passstelle …«

»Weiter im Text!«

»Ayumi Yamada kam am 24. März in Paris an. Als Adresse gab sie das Hotel Scribe an, ist jedoch nie dort abgestiegen.«

»Wo war sie dann?«

»Das weiß niemand.«

Trotz der Hitze begann Passan, in seinen nassen Klamotten zu zittern.

»Heute Morgen ist sie um 8.40 Uhr Pariser Zeit mit dem Flug 7654 der JAL nach Japan zurückgekehrt.«

»Dann kommt sie morgen früh hier an.«

»Sie fliegt nicht nach Tokio, sondern nach Nagasaki. Ankunft ist 10.22 Uhr Ortszeit.«

Mit anderen Worten: Utajima musste ein Ort auf Kyushu sein, einer der südlichsten Inseln Japans. War es ein Hafen? Ein Dorf? Vielleicht ein Heiligtum?

Mit Sicherheit war Naoko bereits auf dem Weg zu diesem Ort. Und er selbst durfte hier nicht mehr lange zaudern.

Fifis Stimme drang wieder an sein Ohr.

»Und du? Wie weit bist du?«

Passan betrachtete die Risse in den Wänden, den schwarzen Parkettboden und die geheimnisvollen Kalligrafien.

»Bis jetzt habe ich noch nichts erreicht.«

Er legte auf. Ihm blieben nur noch wenige Stunden, um den genauen Ort des Treffens zu finden und sich über Ayumi Yamada zu informieren. Von der Tür aus machte er Shigeru ein Zeichen, zog seine Schuhe wieder an und kehrte in den Garten zurück, um sich von den Kindern zu verabschieden. Shinji und Hiroki hatten gerade den Hund eingefangen.

»Wir wischen seine Pfoten ab, dann kann er mit ins Haus kommen«, rief Shinji.

Wie gebannt beobachtete Passan die Schönheit dieser Szene. Das grüne Blattwerk, das mit Schlamm bespritzte Gemüse, die tropfenden Kiefern. Alles glitzerte feenhaft. Ein Ausschnitt aus dem japanischen Leben. Reinheit. Vollkommenheit. Einfachheit.

Als ihm bewusst wurde, dass er ebenfalls ein Teil davon war, wurde er von heftigen Gefühlen übermannt. Diese Kinder waren seine Nachkommen, und sein Schicksal war eng mit diesem vergötterten Land verknüpft.

Er empfand seine Gefühle als positives Omen.

Shinji und Hiroki würden die Geschichte fortführen. Er musste um ihretwillen kämpfen. Hier in Japan würde er die gefährlichste Klippe seines Lebens umschiffen, um endlich unbeschwert weitersegeln zu können.

83

»Wer ist Ayumi Yamada?«

»Yamada Ayumi«, wiederholte Shigeru den Namen in der japanischen Reihenfolge, »ist eine Jugendfreundin von Naoko.«

»Sie hat mir nie von ihr erzählt.«

»Das ist auch Schnee von gestern. Warum willst du das wissen?«

Passan stützte beide Ellbogen auf den Tresen. Sie standen in einer winzigen Bar, in der es nach feuchtem Hopfen und verschimmeltem Holz roch. Es war eines der extrem kleinen Etablissements, wie sie nur Tokio zu bieten hat. Mehr als sechs Leute passen nicht hinein, die Schiebetür kreischt in ihren Schienen, und es ist so hell wie in einer Fabrikhalle.

Passan ahnte, dass Shigeru die Wahrheit sagte und tatsächlich nichts von Naokos Schwindel wusste. Er holte tief Luft und berichtete von den Ereignissen der letzten Wochen. Von den Angriffen in der Villa. Von der Blutentnahme bei den Kindern. Von der Tötung Diegos. Vom Mord an Sandrine. Je länger er sprach, desto mehr schmolz Shigerus Ungezwungenheit dahin. Trotzdem brachte er es fertig, seine Überraschung zu verbergen. Das Klischee enthielt durchaus einen Funken Wahrheit: Japaner sind die absoluten Meister im Verbergen ihrer Gefühle.

»Utajima«, fuhr Passan fort. »Sagt dir der Name etwas?«

»Nie gehört. Was soll das sein?«

»Genau weiß ich es auch nicht. Ein Ort oder eine Stätte in der Nähe von Nagasaki.«

»Das müsste sich herausfinden lassen. Warum?«

»Naoko und Ayumi haben sich dort verabredet.«

Shigeru nickte.

»Wusstest du, dass deine Schwester unter dem Mayer-Rokitansky-Küster-Hauser-Syndrom leidet? Sie hat keinen Uterus.«

Shigeru rutschte auf seinem Barhocker herum. Die Tische standen so eng, dass jeder der Unterhaltung seiner Nachbarn lauschen konnte, doch das störte die beiden keineswegs. Sie genossen doppelte Sicherheit, denn abgesehen davon, dass Japaner ohnehin sehr diskret sind, sprachen sie Französisch miteinander.

»Wusstest du es? Ja oder nein.«

»Ich hatte davon gehört.«

Bei dieser Antwort riss Passan der Geduldsfaden.

»Deine Schwester kann keine Kinder bekommen, und du hast nur davon gehört?«

»Du weißt doch, dass wir Japaner sehr reserviert sind …«

»Als sie Shinji bekommen hat – hast du dich da nicht gewundert?«

»Ich war damals nicht in Tokio.«

Ständig diese ausweichenden Antworten!

»Aber als du es erfuhrst, was hast du da gedacht?«

»Ich war doch damals im Krankenhaus. In einer Entziehungsklinik. Ich hatte gerade eine Überdosis überstanden und …«

Passan lehnte sich vor. Es war wirklich an der Zeit, zu der Rolle zurückzukehren, die er am besten beherrschte.

»Vergiss bitte nicht, wer ich bin, Shigeru«, fauchte er und packte seinen Schwager am Kragen, was in Japan ungefähr so drastisch wirken mochte wie ein Faustschlag auf die Nase in Paris. »Ich bin der Ehemann deiner Schwester und ein hoher Polizeibeamter. Hör also endlich auf, mir irgendwelchen Mist aufzutischen.«

Shigerus Adamsapfel zuckte hektisch. Er rollte die Augen, als suche er nach einem Notausgang. Die Gäste der Bar wurden unruhig. Passan ließ seinen Schwager los.

»Ich war der Meinung, dass es irgendeine neuartige Technik oder eine spezielle Behandlung gäbe«, erklärte Shigeru und strich sein Lacoste-Polohemd glatt. »Ich kenne mich in solchen Dingen nicht aus, und außerdem ging es mich nichts an.«

Mit einer Handbewegung bestellte er ein weiteres Bier und leerte es in einem Zug.

»Unsere Mutter ist die Einzige, die in alles eingeweiht ist«, fuhr er dann fort. »Aber die brauchst du nicht zu fragen, denn darüber redet sie bestimmt nicht.«

Als ob das nicht ohnehin klar gewesen wäre.

Passan nahm einen Schluck von seinem Kirin. Als Appetithäppchen hatte man ihnen gedünsteten Thunfisch, Ingwer und Rettichscheibchen serviert. Obwohl Passan inzwischen wirklich Hunger hatte, drehte sich ihm bei diesem Anblick fast der Magen um.

Wenn er Shigeru als Verbündeten wollte, musste er seine Karten offen auf den Tisch legen.

»Naoko hat sich einer Methode bedient, die in Frankreich und Japan verboten, in den Vereinigten Staaten aber erlaubt ist. Leihmutterschaft. Es ist eine ziemlich gängige Praxis, über die man alles im Internet finden kann.«

Shigeru machte große Augen.

»Ich glaube, dass Ayumi die Leihmutter war«, schloss Passan.

Er ließ seinem Schwager Zeit, die Nachricht zu verdauen. In der Kneipe herrschten Lichtverhältnisse wie in einem Operationssaal. Man konnte jede Einzelheit deutlich erkennen. Die Schweißtropfen, die auf Shigerus Stirn glitzerten. Die Goldplättchen auf dem Grund der Gläser. Das seladongrüne Porzellan in den Regalen. Alles wurde gnadenlos hell ausgeleuchtet.

»Als Hiroki geboren wurde, warst du aber in Tokio, oder?«, begann Passan von Neuem.

Shigeru bestätigte mit einem kurzen, fast widerwilligen Kopfnicken.

»Hast du deine Schwester nicht im Krankenhaus besucht?«

»Meine Mutter meinte, es wäre nicht nötig.«

»Wen wundert's? Schließlich lag nicht Naoko in diesem Bett, sondern Ayumi.«

Plötzlich lachte Shigeru auf.

»Was du mir da erzählst, ist unmöglich. In Japan tut man solche Dinge nicht.«

Passan packte ihn am Arm.

»Shinji und Hiroki sind in Ayumis Bauch gewachsen. Ich weiß weder wie noch warum sich ihre Beziehung zu Naoko plötzlich verschlechtert hat, aber eines ist ganz sicher: Ayumi will Naoko töten und die Kinder zurückholen.«

Shigeru befreite seinen Arm aus der Umklammerung, wischte sich die Augen unter den Brillengläsern und bestellte mit einer eindeutigen Geste Sake. Auf dem Tresen erschienen winzige Porzellanschälchen und ein passender Flakon, der aussah, als gehöre er in eine Puppenstube. Passan gönnte seinem Schwager einige *shots*, ehe er auf sein Thema zurückkam.

»Erzähle mir von Ayumi.«

»Es ist sehr lange her. Ich habe sie kaum gekannt.«

»Mich interessieren auch Kleinigkeiten.«

Shigeru zuckte die Schultern.

»Mit ungefähr dreizehn oder vierzehn waren sie und Naoko unzertrennlich.«

»Kannten sie sich aus der Schule?«

»Nicht aus der Schule. Sie besuchten den gleichen Dojo.«

»Dann übte sich Naoko also in der Kriegskunst?«

»Nein, sie praktizierte Kenjutsu.«

»Ist das so etwas wie Kendo?«

»Nein.« Shigeru schüttelte ermattet den Kopf. »Kendo entstand am Ende des 19. Jahrhunderts zu Beginn der Meiji-Zeit, als keine Schwerter mehr getragen werden durften. Kenjutsu hingegen ist eine ganz alte Kunst – die Kunst der Samurai.«

»Und worin bestehen die Unterschiede?«

Shigeru machte eine unbestimmte Geste.

»Kenjutsu ist keine Sportart, sondern eine ziemlich unerbittliche Kampfmethode. Ohne Regeln und ohne Vorsichtmaßnahmen. Beim Kendo ruft man zum Beispiel den Namen des Körperteils, den man mit seinem Angriff treffen will. Beim Kenjutsu wäre so etwas undenkbar. Das Ziel ist schließlich, den Gegner zu besiegen, und nicht, ihn zu warnen.«

»Kämpft man mit echten Schwertern?«

Shigeru lachte auf.

»Glücklicherweise nicht, sonst gäbe es vermutlich keinen einzigen unversehrten Schüler mehr in den Dojos.«

Passan spürte, wie seine Wut zurückkehrte. Er konnte sich nicht vorstellen, dass Naoko eine derart alte und gefährliche Kunst ausübte – ausgerechnet sie, die immer die modernen Werte Japans hervorgehoben und die Traditionen als überkommen betrachtet hatte.

»Gehörte sie einer bestimmten Schule an?«, erkundigte er sich ungläubig.

Shigeru leerte ein weiteres Schälchen Sake. Der Alkohol hatte sein Gesicht gerötet.

»Der Schule von Miyamoto Musashi.«

»Dem Samurai?«

Passan kannte den Namen dieses legendären Mannes. Er war ein Ronin – ein freier Samurai –, Maler, Kalligraf, Philosoph und Held unzähliger Legenden, Romane und Filme.

»Die Schule heißt Hyoho Niten-Ichi-Ryu, aber normalerweise sagt man einfach nur Niten.«

»Für jemanden, der selbst keine dieser Kampfkünste ausübt, weißt du ziemlich gut Bescheid.«

Shigeru hielt dem Kellner den leeren Flakon hin.

»Bei uns sind solche Dinge allen geläufig.«

Mit jeder Antwort wurde Passan ein Stück tiefer in den Abgrund gerissen. Er konnte sich nur schwer damit abfinden, dass Naoko sich mit solchen Dingen beschäftigt hatte. Es wärmte ihm nicht etwa das Herz, sondern ließ ihn innerlich zu Eis erstarren. Zehn Jahre hatte er mit einer völlig Unbekannten gelebt!

Er griff zu seinem Sake-Schälchen und kippte den Inhalt mit einem Schluck herunter.

»Kanpai«, sagte Shigeru leise. Es hörte sich an, als hätte er gerülpst.

Passan hasste Sake – ein lauwarmes, fades, süßliches Gebräu –, und in diesem Augenblick hasste er auch Naoko. Doch die warme Flüssigkeit tat ihm gut. Sie wirkte wie ein Desinfektionsmittel zum Reinigen seiner Wunden.

»Warum haben sie sich zerstritten?«

Shigeru rückte seine Brille zurecht und verriet damit sein Unbehagen.

»Ayumi ist ein besonderes Mädchen.«

»Inwiefern?«

»Sie ist von Geburt an stumm.«

Die Tatsache verwunderte Passan weniger als der Rest. Auch Naoko war sicher kein junges Mädchen im herkömmlichen Sinne gewesen und ganz bestimmt nicht besonders einfach. Unwillkürlich stellte er sich die beiden in Aktion vor, wie sie in Schutzkleidung aus Leder ihre Bambusschwerter schwangen.

»Was weißt du noch?«

»Nichts. Manchmal traf ich sie bei uns zu Hause. Immer gestikulierten sie. Sie unterhielten sich in Gebärdensprache.«

»Naoko beherrschte die Gebärdensprache?«

»Sie hat sie für Ayumi erlernt.«

Passan fragte sich allmählich, ob diese Beziehung nicht über ein normales Maß hinausgegangen war.

»Sie waren wirklich nur Freundinnen«, sagte Shigeru, als hätte er Passans Gedanken gelesen. »Eine sehr ausschließliche, leidenschaftliche Freundschaft, wie man sie häufig bei jungen Mädchen findet. Mit Blutschwüren, Versprechen für die Ewigkeit und solchen Dingen. Übrigens ist Ayumi nicht taub, und es gab keinen Grund für Naoko, in Gebärdensprache mit ihr zu reden, aber irgendwie passte sie sich an. Außerdem sorgte diese Besonderheit für eine zusätzliche Nähe.«

Passans Mund brannte. Er hatte den Eindruck, dass seine Zunge anschwoll wie die eines durstigen Tieres. Hastig packte er die Flasche und goss sich Sake nach. Öl auf das Feuer. Er spürte, wie der Reiswein durch seine Adern rann.

»In welchem Alter haben sie sich voneinander entfernt?«

»Ungefähr zu der Zeit, als Naoko anfing, als Model zu arbeiten.«

Mehrere Möglichkeiten gingen Passan durch den Sinn. Eifersucht? Als Model war Naoko viel gereist, stand im Licht der Öffentlichkeit und hatte die Rolle der besten Freundin mit der des Stars getauscht. Oder war es um Jungs gegangen? Vielleicht aber hatten die beiden Mädchen nach jahrelanger inniger Freundschaft auch einfach nur genug voneinander gehabt.

Dann allerdings stellte sich die Frage, warum Naoko Ayumi später trotzdem für die sehr vertrauliche Aufgabe ausgewählt hatte. Wann mochte sie der Freundin ihr Problem mitgeteilt haben? Noch während der Zeit ihrer Freundschaft oder später, als es darum ging, eine Leihmutter zu finden? Passan tendierte zur ersten Variante. Vermutlich war Ayumi die Einzige, die das Geheimnis seiner Frau kannte, und deswegen hatte sich Naoko an die ehemalige Freundin gewandt.

»Hast du ein Foto von Ayumi?«

»Ich glaube, dass wir bei meinen Eltern fündig werden dürften. Meine Schwester hat viele Erinnerungsstücke in ihrem Zimmer zurückgelassen.«

Passan graute es bei der Vorstellung, in Naokos Sachen wühlen zu müssen. Er trank noch ein Schälchen Sake und dachte darüber nach, ob er nicht lieber doch die japanische Polizei informieren sollte. Oder die französische Botschaft. Die Nummer des Verbindungsoffiziers hatte er sich notiert.

Allerdings würde der offizielle Weg viele Stunden in Anspruch nehmen, und für dieses Hin und Her blieb nicht genügend Zeit.

Abgesehen davon, dass ihm niemand glauben würde und er nicht den geringsten Beweis vorweisen konnte.

Als er aufstand, wurde ihm schwindelig. Drei Schalen Sake auf nüchternen Magen. Hinter ihm wurde verhalten gekichert. Der Gaijin, der keinen Alkohol vertrug.

Sein Magen knurrte vernehmlich. Er musste unbedingt etwas essen.

»Glaubst du, dass deine Mutter mir ein Sandwich machen würde?«

84

Draußen war es sehr schnell dunkel geworden, als hätte der wieder stärker gewordene feine Regen die Nacht vorangetrieben. Es war, als atme man flüssige Luft. Sie gingen eine typisch japanische Straße hinunter, eine Fahrbahn ohne Bürgersteig, die sich sanft schlängelte. Große Schriftzeichen auf dem Boden. Hohe, kahle Mauern, die unsichtbare Villen schützten. Bäume, die sich über den Asphalt neigten. Ab und zu kamen sie an winzigen Läden voller bunt zusammengewürfelter Ware vorbei, auf deren Schwelle eine Mama-san Ausschau nach Kunden hielt. Und überall hingen Drähte, Kabel und Hinweisschilder, die alles wie in einem Spinnennetz zusammenzuhalten schienen.

»Hast du Ayumi später noch einmal wiedergesehen?«

»Ja.«

Passan blieb stehen und schaute Shigeru an, der seinen Regenschirm über sie beide hielt. Die Regentropfen trommelten auf den Stoff.

»Wann?«

»Vor ein paar Monaten, als ihr Vater gestorben war. Meine Eltern wurden informiert und nahmen mich mit zum Kokubetsu shiki, zur Zeremonie nach der Einäscherung. Ayumi hat mir nur kurz etwas auf einen Block geschrieben. Eine einfache Frage.«

»Und welche?«

»›Wie geht es Naoko?‹«

Die Frage konnte höflich gemeint sein. Oder ein Notruf auf Japanisch. Eine indirekte Anspielung auf die Abwesenheit der Freundin.

»In welchem Zustand war sie?«

»Im Allgemeinen ist man bei der Beerdigung des eigenen Vaters nicht gerade in Höchstform. Ayumi war Einzelkind. Ihre Mutter ist bei ihrer Geburt gestorben. Sie und ihr Vater standen sich sehr nah.«

»Dann war sie also sehr betroffen?«

»Unmöglich zu sagen. Ayumi ist ein … merkwürdiges Mädchen.«

Wenn ein Japaner sich so ausdrückte, musste ihr Verhalten schon sehr seltsam sein. Passan dachte nach. Ob der Tod ihres Vaters ihr Abgleiten in den Wahnsinn verursacht hatte? Zumindest aber war er für eine Verschlechterung ihres Geisteszustandes verantwortlich.

»Weißt du noch, wann er beerdigt wurde?«

»Ich glaube, es war im Februar.«

»Glaubst du es nur oder bist du sicher?«

»Ich bin sicher.«

Es würde passen. Die vereinsamte, ihrer Eltern beraubte Ayumi Yamada hatte sich erinnert, dass sie noch eine andere Familie besaß. Die Kinder, die sie ausgetragen hatte. Ende März war sie schließlich nach Paris geflogen.

SIE GEHÖREN MIR.

»Woran ist Ayumis Vater gestorben?«, erkundigte sich Passan im Weitergehen.

Shigeru murmelte etwas Unverständliches. Im Licht der Straßenbeleuchtung wirkte sein Blick abwesend, und seine Züge sahen verschwommen aus. Ein Lächeln kräuselte seine Lippen. Er war sturzbetrunken.

»Woran ist er gestorben?«, wiederholte Passan.

»Selbstmord«, erwiderte Shigeru etwas lauter.

Passan hatte den Eindruck, einem vorgezeichneten Weg zu folgen. Nach dem Kenjutsu nun die Selbsttötung.

»Gab es Ermittlungen?«

»Ich glaube schon. Aber ohne Ergebnis.«

Während Shigeru zunehmend die Orientierung verlor, fand

Passan nach und nach seinen Rhythmus und seinen Scharfsinn wieder. Im Geiste vollzog er die Verkettung der Ereignisse nach. Der Vater hatte sich umgebracht. Die Tochter war einsam. Sie hatte Kontakt zu Naoko aufgenommen, die jedoch nicht antwortete. Aus ihrer Verzweiflung wurde zunächst Wut und dann tödlicher Wahnsinn.

»Was ist Ayumi von Beruf?«

»Gynäkologin. Auch ihr Vater war Frauenarzt.«

Schön langsam. Nicht so schnell. Nachdem Passan so lange im Dunkeln getappt war, gingen ihm plötzlich sämtliche Lichter gleichzeitig auf. Ayumi war nicht einfach die Jugendfreundin, der Naoko eine heikle Mission aufgebürdet hatte, sondern sie war die Organisatorin gewesen. Vielleicht hatte Naoko von ihrer Ausbildung erfahren und Kontakt zu ihr aufgenommen, um mit ihr über den Schwindel zu beratschlagen. Nur eine Sache begriff er noch nicht.

»Aber wie kann sie mit ihrem Handicap überhaupt praktizieren?«

Shigeru fuhr sich mit der Hand durch seine dichte ergrauende Haarmähne – viel Pfeffer, wenig Salz.

»Sie hat keine Praxis. Sie arbeitet in der Forschung.«

Das wurde ja immer besser. Ayumi stand also im Kontakt mit einem internationalen Netzwerk von Medizinern. Sie hatte alles in die Wege geleitet. Beide Male. Sie hatte es Naoko – und sich selbst – ermöglicht, eine Familie zu gründen. Und was hatte sie für ihre Mühe bekommen? Nichts. Naoko hatte die Brücken hinter sich abgebrochen. Für sie war es das beste Mittel, ihr Geheimnis zu bewahren. Passan wunderte sich, dass sie einen solch gravierenden Fehler begangen hatte. In Japan gibt es nichts Schlimmeres, als eine Schuld oder eine Verantwortung nicht zu begleichen.

Der Sprühregen verstärkte sich. Passan kam es vor, als gingen sie unter einem Zerstäuber her. Die Umgebung glich einem pointillistischen Gemälde. Die Lichtpfützen unter den Straßenlaternen. Die Wipfel der Kiefern und Gingkos, die sich im Wind plusterten. Die Schriftzeichen auf dem Asphalt. Alles sah aus wie hingetupft oder wie durch Tüll gerastert.

»Mir fällt da etwas ein …«, lallte Shigeru.

»Was denn?«, brüllte Passan ihn an.

Er war es leid, diesem stammelnden Schluckspecht jeden Wurm einzeln aus der Nase zu ziehen.

»Bei der Beerdigung habe ich einen Freund der Familie kennengelernt. Einen Psychoanalytiker. Takeshi Ueda. Oder Oda, das weiß ich nicht mehr genau. Ein sehr kultivierter, weit gereister Herr. Er sprach übrigens ausgezeichnet Französisch.«

»Ja und?«

Shigeru schluckte.

»Wenn ich ihn richtig verstanden habe, war Ayumi seine Patientin.«

Passan riss ihm den Schirm aus der Hand.

»Wo kann ich den Mann finden?«

Sein Schwager runzelte die Stirn. Derart unschickliches Verhalten war ihm zuwider.

»Das weiß ich nicht mehr.«

»In Paris hätte ich dich schon längst hinter Schloss und Riegel gebracht«, presste Passan zwischen den Zähnen hervor.

»Entschuldige, jetzt fällt es mir wieder ein … Ich muss irgendwo seine Karte haben.«

»Wo?«

»Bei mir zu Hause, nehme ich an.«

Passan hatte es plötzlich sehr eilig.

»Wir nehmen ein Taxi. Zuerst zu deinen Eltern, dann zu dir. Und anschließend besuchen wir diesen Psychiater.«

»Das kannst du dir sparen«, rief Shigeru von hinten. »Er wird nichts sagen.«

»Es wird höchste Zeit, hier andere Saiten aufzuziehen«, fauchte Passan über seine Schulter hinweg. »Jetzt nehmen wir die Sache mal auf französische Art in die Hand.«

85

Naoko hatte auf ihre Nachricht keine Antwort erhalten, erwartete aber auch nichts dergleichen. Sie war nicht so naiv, zu glauben, dass sie die Zügel in der Hand hielt. Sie führte lediglich Ayumis Anordnungen aus. Ein Ehrenduell. Mit scharfen Waffen. Die Kränkung mit Blut abwaschen. Utajima. Die Insel, wo sie so oft trainiert hatten. All das war Ayumis Plan.

Warum unterwarf sie sich? Warum schaltete sie nicht einfach die Polizei ein?

Die Stimme der Flugbegleiterin verkündete den bevorstehenden Start des Fluges nach Nagasaki. Naoko legte ihren Gurt an.

Der erste Grund war Ayumi selbst. Ihr Schweigen, ihr Wahnsinn, ihre verdrehte Logik. Mit Sicherheit hatte sie eine Falle vorbereitet, die bei dem Versuch einer Denunziation sofort über Naoko und den Kindern zuschnappen würde.

Der zweite Grund lag in der Natur ihres eigenen Fehlverhaltens. Da Leihmutterschaft sowohl in Japan als auch in Frankreich illegal war, würde sie sich selbst schaden, wenn sie Ayumi anzeigte. Was riskierte sie wohl in einem solchen Fall? Sie wusste es nicht, aber sie würde alles daransetzen, nicht auf der Anklagebank zu landen. Ganz gleich, was geschah – sie würde das Sorgerecht für ihre Kinder niemals aufgeben und um jeden Preis dafür sorgen, dass sie nie erfuhren, wie sie auf die Welt gekommen waren.

Der Lärm der Düsen lenkte sie von ihren Überlegungen ab. Naoko sah aus dem Fenster und blickte auf die Galaxie des riesigen Ballungsraums Tokio hinunter. Wie eine Milchstraße aus Millionen weißer Sterne, über denen goldene Reflexe schimmerten. Die roten Signallichter an den Türmen schienen die Flugzeuge zu warnen: »Der Himmel gehört allen!«

Das Flugzeug gewann an Höhe. Die Stadt erlosch in regnerischer Dunkelheit. Das Bild schien Naoko genau zu ihrer Reise zu passen. Sie wandte dem modernen Japan, diesem Giganten der Ökonomie und Technologie, den Rücken, um in die archaische Düsternis der alten Zeiten zurückzukehren.

Sie fühlte sich ruhig und erleichtert. Endlich war die Zeit der Lügen und der dauernden Zwickmühle beendet. Jahre, in denen sie hatte tun müssen als ob. In denen sie eine Monatsregel vorgetäuscht hatte. In denen sie ein nicht existentes Intimleben vortäuschen musste.

Aber sie kam sich auch lächerlich vor. Als sie die Flugbegleiterin bat, ihre lange Schutzhülle in den für das Begleitpersonal vorgesehenen Aufbewahrungsfächern zu verstauen, hatte sie sich verpflichtet gefühlt, ihr eine Geschichte von einem Kendo-Turnier aufzutischen. Aber was hätte sie auch sonst sagen sollen? Dass das Schwert ein Geschenk ihres Vaters war und sie damit der Frau den Kopf abschlagen wollte, die ihre Kinder ausgetragen hatte? Dass sie ein durch künstliche Befruchtung hervorgerufenes Problem mit der blanken Waffe lösen wollte?

Eigentlich war es wirklich zum Lachen. Zwei verrückte Frauen bereiteten sich darauf vor, auf einer Insel vor Nagasaki gegeneinander zu kämpfen. Die eine hoffte darauf, die andere zu töten und zu begraben, um dann zurückzukehren und sich weiter der Erziehung ihrer Kinder zu widmen, als ob nichts gewesen wäre. Die andere wollte die erste auslöschen, um anschließend Shinji und Hiroki vermutlich ganz legal zu adoptieren. Beide Fälle hätten etwas Groteskes an sich, denn Naoko wäre als Mörderin ungefähr ebenso glaubwürdig wie Ayumi als brave Hausfrau und Mutter.

Doch ganz gleich, wie die Sache ausging – eine Konstante blieb: der Vater. Naoko fand diesen Gedanken sehr tröstlich. Sie war sich ganz sicher, dass Passan inzwischen alles begriffen hatte, aber seine Söhne deswegen nicht weniger liebte. Shinji und Hiroki waren der Sinn seines Lebens. Schon allein deshalb hätte sie mit ihm sprechen und ihm alles erklären müssen, hätte sie ihn um Hilfe anflehen sollen. Was hatte sie daran gehindert? Ihr Stolz. Lieber wollte sie sterben, als ihm ihr ganzes Lügengespinst zu offenbaren.

In Japan gibt es ein Sprichwort: »Die Blumen von gestern sind die Träume von heute.« Sie hätte hinzufügen können: »Die Fehler von gestern sind die Albträume von heute.«

Sie zwang sich, ihren Plan noch einmal zu überdenken. Um zehn Uhr abends würde der Flieger in Nagasaki landen. Taxi zum Hafen. Boot nach Utajima. Sicher würde sie einen Fischer finden, der sie übersetzte. Die Insel war unbewohnt. Schlafen konnte sie im Shintotempel, und im Morgengrauen würde sie dann ihre Klinge schärfen.

Und warten.

Jetzt konnte nichts mehr ihren Plan vereiteln. Außer vielleicht Passan. Wo mochte er sein? Ob er ihre Spur schon gefunden hatte? Bestimmt! Immerhin war er der beste Polizist der Welt.

Sie setzte ihre Schlafmaske auf, und schon bald verschwammen ihre Gedanken. Nur eine Sache blieb klar und deutlich in ihrem Bewusstsein: Die Frau, die ihre Kinder unter dem Herzen getragen hatte, war eine Hexe. Und um Shinji und Hiroki zu befreien, musste die böse Leihmutter sterben.

86

Ayumi Yamada war nicht schön.

Die Fotos, die Frau Akutagawa ein wenig widerwillig herausrückte, zeigten Passan eine junge Frau mit einem niedrig angesetzten Pony in einem runden Gesicht, dessen wenig ausgeprägte Züge nichts als Flachheit ausdrückten. Umso auffälliger wirkte die Schönheit von Naoko, die im Sailor Fuku der Schülerinnen, im Sommerkleid oder im Trainingsanzug auf fast allen Bildern neben ihr stand.

In der Schachtel mit Erinnerungen hatte Passan keine anderen Hinweise gefunden. Weder Ayumis Adresse noch Tagebücher von Naoko, die Auskunft über die Art ihrer Beziehung hätten geben können. Und auch keine Dokumente oder Arztrezepte, die mit Naokos Besonderheit zu tun hatten.

Schnell waren sie zu Shigeru weitergefahren. Er wohnte im koreanischen Viertel Shin-Okubo. Passan war nicht mit in die Wohnung gegangen, sondern hatte sich an einem Automaten

Bargeld besorgt. Dabei stellte er fest, dass das Viertel für Tokioer Verhältnisse ein wenig ungepflegt wirkte. Er hatte sogar Zeit gehabt, sich im Stehen eine Schüssel Soba-Nudeln zu gönnen – angesichts der Atmosphäre im Hause Akutagawa wollte er Mamasan nicht um ein Sandwich bitten.

Shigeru war nicht mit leeren Händen zurückgekehrt. Er hatte die Visitenkarte des Psychiaters wiedergefunden. Takeshi Ueda lebte und arbeitete im Viertel Sugamo im Norden der Stadt, nicht sehr weit von Shin-Okubo entfernt. Außerdem hatte Passans Schwager Utajima gefunden. Es handelte sich weder um einen Tempel noch um ein Viertel in Nagasaki, sondern um eine Insel, die etwa vier Kilometer vor der Küste lag.

Im Taxi telefonierte der inzwischen wieder völlig nüchterne Shigeru noch ein wenig herum. Der letzte Flug nach Nagasaki startete um Viertel vor zwölf vom Flughafen Tokio-Haneda. Außerdem rief er die Hafenmeisterei in Nagasaki an, um Näheres über Utajima zu erfahren. Er erhielt die Auskunft, dass die nur wenige Quadratkilometer große Vulkaninsel eigentlich unbewohnt war, dass aber im dortigen Shintoschrein manchmal Kurse oder geistliche Übungen angeboten wurden.

»Handelt es sich um Kurse in Kriegskunst?«, wollte Shigeru wissen.

»In der Tat.«

Das war die entscheidende Antwort. Naoko und Ayumi hatten zweifellos intensive Zeiten auf dieser Insel verlebt. Dass sie sich ausgerechnet dort treffen würden, ließ nichts Gutes ahnen. Es würde wohl eher auf ein tödliches Duell als auf ein Picknick am Strand hinauslaufen.

Passan sah auf die Uhr. Schon neun. Ihm blieb eine Stunde, um den Psychiater auszuquetschen, eine weitere, um den Flughafen zu erreichen. In Nagasaki musste er dann improvisieren. Das Taxi aber kam nicht vorwärts. Trotz der Sparmaßnahmen hatte der Fahrer die Klimaanlage voll aufgedreht. Es war eiskalt im Wagen. Am liebsten wäre Passan über die Autodächer gerannt und hätte die Tür des Psychiaters eingetreten.

Aber gleichzeitig fand er seine Stadt wieder. Die Metropole ohne Konturen und Grenzen, ein Kaleidoskop von Neonlicht, Schriftzeichen und Spiegelungen. An jeder Straßenecke erschufen bunte Reklametafeln ein neues Bild. Hier waren alle Sparmaßnahmen vergessen. Drehte man sich um, veränderten sich Farben und Formen in schier unendlicher Kombination.

Dann plötzlich erlosch die grelle Werbung. Das Viertel, durch das sie jetzt fuhren, hatte einen völlig anderen Charakter. Die Straßen wurden enger. Die Schaufenster waren hier undurchsichtig, und statt Neonlicht gab es nur noch schwache Glühlampen.

»Sugamo«, flüsterte Shigeru.

Passan war an solche Kontraste gewöhnt. Tokio ist die Stadt der zwei Geschwindigkeiten. Auf der einen Seite sind die breiten Durchgangsstraßen, Betonbrücken und Menschenmassen. Auf der anderen Seite finden sich winzige Viertel, schmale Gässchen mit blinden Fassaden und wehenden Fahnen. Sugamo gehörte zur zweiten Sorte. Passan wusste, dass das Viertel als Hochburg der Senioren galt. Hier fand sich alles, was die Millionen Rentner der Region Kanto brauchten.

»Von hier aus gehen wir besser zu Fuß weiter.«

Shigeru wollte bezahlen, aber Passan protestierte. Er beglich die Rechnung, indem er seinen Schwager aus einem hingehaltenen Bündel die entsprechenden Geldscheine aussuchen ließ. In Tokio wurde er immer zum kleinen Jungen, der sich in der Stadt verirrt hatte.

Sie tauchten in ein Gewirr kleiner Gassen ein, begegneten einigen Gestalten im Kimono – jungen Mädchen mit Chapatsu-Haar – und gingen an friedlichen, von Kiefern und Espen umgebenen Tempeln vorbei. Hier schien die Stadt den Atem anzuhalten. Es gab keine Autos, nur wenige Fußgänger, und es war sehr still. Bäume säumten ihren Weg. Die vorherrschenden Farben waren Braun und Grün. Hier hatte das alte Edo seine Rechte behalten und ließ den Westler in ein verlorenes Paradies eintauchen. Zumindest empfand Passan es so, während er schweigend seinem Führer folgte. Fast fühlte er sich wie in Yoshiwara, dem früheren Vergnügungsviertel. Sein Bewusstsein schwankte wie in einer Sänfte.

Sie schlängelten sich unter einem dichten Kabelgeflecht hindurch und erreichten noch dunklere Sträßchen. Die Häuser waren hier eingeschossig, Papierlaternen ersetzten die Straßenbeleuchtung. An den Türen hatten die Leute wie jeden Sommer kleine Windglöckchen befestigt, um »die Luft zu erfrischen«. Im strömenden Regen allerdings wirkte das Klingeln der kleinen Schellen etwas bizarr.

Sie erreichten einen engen, von Tempeln gesäumten Platz, wo fliegende Händler in friedlicher Eintracht Talismane, Hühnerspieße, Shinto-Glücksbringer und elektronisches Spielzeug feilboten. In der Mitte des Platzes brannten Räucherstäbchen unter einem Regendach. Passanten fächelten sich den Rauch zu. Gleich daneben fanden rituelle Waschungen in einem Steinbecken statt. Am Tor eines Tempels ließen die Leute eine schwere Bronzeglocke erklingen und klatschten in die Hände, um die Geister zu rufen. Tokio bei Nacht.

»Wir sind da.«

Shigeru klingelte an der Tür eines traditionellen Hauses, dessen Fassade wie ein Shoji aussah: eine Schiebetür mit papierbeklebten Gitterstreben.

»Ueda Takeshi ist nicht mehr der Jüngste«, informierte Shigeru den Polizisten mit einem entschuldigenden Lächeln.

Im selben Augenblick erschien ein winziger Greis in Seemannspullover und grober Tuchhose auf der Schwelle und bat sie vergnügt in einen mit Holzlamellen getäfelten Vorraum. Er lachte nicht, er grölte geradezu, stieß unangebrachte »rrooooo«- und »haaaaa«-Laute aus, schlug sich auf die Schenkel und schüttelte den Kopf.

»Das ist der Gärtner«, erklärte Shigeru leise.

Während sie ihre Schuhe auszogen, trat eine alte Frau zu ihnen, die womöglich noch kleiner war als der Gärtner. Ihre Haut war dunkel und schien versiegelt wie ein Parkett. Sie trug einen reich geschmückten, hellen Kimono mit einem dunkelroten Obi. Ihr Anblick versetzte Passan einen Stich, weil er Naoko nie so angezogen gesehen hatte.

Die Alte wandte sich an Shigeru und redete ihn mit einer eintönigen, rauen Stimme an. Unter ihrem Kimono wirkte sie sehr hinfällig. War die Arbeit in den Reisfeldern schuld? Passan hatte einmal so etwas gehört.

»Herr Ueda empfängt uns«, erklärte Shigeru.

Sie folgten der alten Frau. Schiebetüren glitten zur Seite. Ein schmaler Flur. Drinnen war es noch wärmer als draußen, denn eine Klimaanlage gab es hier nicht. Das Wartezimmer war ein mit Tatamis ausgelegter und mit Kissen dekorierter Raum. Passan versuchte sich in der Seiza-Haltung, bei der man auf den Fersen sitzt und die Hände auf die Oberschenkel legt. Shigeru ließ sich ganz einfach im Schneidersitz nieder und lehnte sich mit dem Rücken an die Wand.

Ein Shoji glitt auf. Wie Shigeru bereits angekündigt hatte, war Takeshi Ueda kein junger Mann mehr, sondern sicher über die siebzig hinaus. Trotzdem hatte er nichts mit den beiden Liliputanern gemein, die sie in Empfang genommen hatten, sondern war im Gegenteil ein wahrer Riese.

Sein Gesicht trug noch zu diesem ungewöhnlichen Eindruck bei. Die wenig geschlitzten Augen lagen unter langen Mädchenwimpern, und zu seinem langen grauen Haar trug er einen dichten Bart nach Art der Ainu, jenem Volk aus dem Norden, vor dem die Japaner einst wegen ihrer in Nippon eher seltenen, starken Behaarung großen Respekt empfunden hatten. In einer Art weißem Baumwollpyjama wirkte er wie ein Mittelding zwischen New-Age-Guru und Rasputin.

Passan und Shigeru erhoben sich. Passan hatte bereits begriffen, dass diese Aufgabe schwieriger würde, als er gedacht hatte.

87

Das Sprechzimmer des Psychiaters war im westlichen Stil eingerichtet: ein Parkett aus schmalen Dielen, europäisches Mobiliar aus den 1930er-Jahren, ein Teppich mit minimalistischen Motiven. Man hätte sich bei einem Analytiker in Saint-Germain-des-Prés glauben können, wäre da nicht das große Fenster gewesen, das auf einen japanischen Garten hinausging. Über allem schwebte ein Duft nach Räucherstäbchen.

Mit einer Geste lud Ueda sie ein, in den Sesseln Platz zu nehmen. Er selbst setzte sich hinter seinen Schreibtisch. Shigeru begann sofort zu reden. Der Arzt hörte unbeweglich und ohne mit der Wimper zu zucken zu und antwortete in gleichmütigem Tonfall. Dann sprach wieder Shigeru. Es war, als ob zwei Tennisspieler sich den Ball auf möglichst höfliche Weise zuspielten.

Schließlich begann Takeshi Ueda zu lachen, und Passan begriff, dass alles umsonst gewesen war. In Japan lacht man, wenn man sich entschuldigt, eine Entschuldigung jedoch ist oft ein Zeichen für Ablehnung. Wahrscheinlich presste der Psychiater gerade ein »Muzukashii« zwischen den Zähnen hervor, was wörtlich übersetzt »Das dürfte schwierig sein« bedeutet und gleichbedeutend ist mit einem europäischen »Nein«.

Passan blickte auf die Uhr. Zwanzig nach neun. Er musste vor zehn hier verschwinden. In diesem Augenblick fiel ihm ein, dass der Arzt Französisch sprach.

»Schluss mit dem Unsinn«, mischte er sich brutal ein.

Der Arzt hob die Augenbrauen. Passan warf die Fotos aus seiner Akte auf den Schreibtisch. Die blutbeschmierte Dusche. Der aufgeschlitzte Hund. Die verstümmelte Leiche von Sandrine. Ueda betrachtete die Bilder. Trotz seiner doppelt zurückhaltenden Art – weder als Psychiater noch als Japaner durfte er Gefühle zeigen – verfehlten sie ihre Wirkung nicht. Seine Wangen wirkten plötzlich eingefallen, und er riss die Augen auf. Schließlich hob er den Kopf.

»Gehören Sie wirklich der französischen Polizei an?«

Passan ahnte, dass er weniger als Polizeibeamter als vielmehr als beunruhigter Ehemann auftreten sollte.

»Ich bin zwar Beamter bei der Pariser Kriminalpolizei, aber dieser Fall hier ist etwas Besonderes. Ich befinde mich auf fremdem Boden und bin daher in keiner Weise zu irgendwelchen Maßnahmen befugt. Hinzu kommt, dass ich persönlich betroffen bin. Das getötete Tier war mein Hund, die in zwei Teile gehackte Frau eine meiner besten Freundinnen. Und wenn Sie mir nicht helfen, wird meine Ehefrau das nächste Opfer.«

Der Psychiater strich sich mit der Hand über den Bart. Der obere Teil seines Gesichtes schien nur noch aus den zwei übergroßen, von Puppenwimpern überschatteten Augen zu bestehen.

»Und Sie verdächtigen Yamada Ayumi?«, fragte er schließlich.

Sein fast akzentfreies Französisch klang ähnlich wie das von Shigeru oder Naoko. Ein unglaublicher Glücksfall hier mitten in Tokio.

»Daran besteht kein Zweifel. Würde es zu ihrer psychischen Verfassung passen?«

Der Arzt zauste nervös seinen Prophetenbart.

»Ja.«

»Wäre sie zu einem Mord in der Lage?«

»Ja.«

»Trotzdem hielten Sie es nicht für nötig, sie einzuweisen?«

Takeshi Ueda schwieg einen Moment. Doch es ging ihm wohl nicht um eine Ausflucht, sondern er musste seine Gedanken ordnen.

»Ich behandele Ayumi schon seit Monaten nicht mehr.«

»Seit wann genau?«

»Seit Ende letzten Jahres. Damals schien sie sich – nun, sagen wir, stabilisiert zu haben. Seit dem Tod ihres Vaters habe ich sie nicht mehr gesehen.«

»Hat sie Sie informiert?«

Ueda nickte.

»Ist das in Japan üblich? Ich meine, seinen Psychiater zur Beerdigung seines Vaters einzuladen?«

»Keineswegs«, lächelte der Arzt. »Es war eine Botschaft.«
»Eine Botschaft?«
»Ich denke … Also, ich glaube, dass sie ihren Vater getötet hat.«
Passan und Shigeru wechselten einen Blick.
»Aber man hat uns von einem Selbstmord erzählt.«
»Das war die offizielle Version. Yamada Kichijiro hat sich erhängt, aber das kann durchaus auch eine Inszenierung gewesen sein. Ayumi ist sehr intelligent.«
»Wurde er obduziert?«
»Nein.«
»Aber warum sollte sie ihren Vater umbringen?«
»Weil auf lange Sicht der Hass immer die Oberhand gewinnt.«
Erneut warf Passan seinem Schwager einen Blick zu. Shigeru hatte erzählt, dass der Witwer nie wieder geheiratet und seine Tochter allein aufgezogen hatte. Eine fast symbiotische Verbindung.
»Könnte Inzest im Spiel sein?«, fragte Passan.
»Absolut nicht. Die Geschichte hat nichts mit Sex zu tun.«
Wieder begann Ueda, mit seinem Bart zu spielen. Es war, als streichele er ein Haustier.
»Ich habe Ayumi kennengelernt, als sie zwölf war. Unmittelbar nach ihrem Selbstmordversuch.«
»Hat sie sich etwa aufgehängt?«
»Nein, sie nahm Medikamente. Damals arbeitete ich in der Klinik Kesatsu Byoin. Ayumi wurde bei uns eingewiesen. Die ersten Kontakte gestalteten sich ziemlich schwierig. Nicht nur wegen ihres Handicaps, sondern weil sie sich völlig verschlossen gab. Ich habe sehr lang gebraucht, ehe ich ihr Vertrauen gewann. Dafür habe ich eigens die Gebärdensprache erlernt.«
Der Psychiater hatte eine tiefe, sehr bedächtige Stimme. Wie ein Hypnotiseur.
»Gut«, drängte Passan, der schon wieder auf die Uhr sah. »Wie ging es weiter?«
»Seit ihrer Jugend quälte ihr Vater sie. Und zwar körperlich.«

Damit hatte Passan nicht gerechnet.

»Der Mann war ein lupenreiner Psychopath«, fuhr Ueda fort. »Ein unmenschlicher Zeitgenosse, dem es Freude machte, andere leiden zu sehen. Vor allem seine kleine Tochter.«

»Und seine Frau?«

»Ist ertrunken. Niemand weiß, was damals passiert ist, aber sicher ist einiges vorstellbar. Ayumis Berichte habe ich nie in Zweifel gezogen. Ihr Vater hat sie wohl jede Nacht gefoltert.«

»Sind sichtbare Narben vorhanden?«

»Ein paar schon, aber Yamada kannte die empfindlichen Stellen innerhalb des Körpers. Er war Gynäkologe, müssen Sie wissen.«

»Abgesehen von Ihrem psychologischen Instinkt – haben Sie Beweise für das, was Sie da behaupten?«, fragte Passan. »Vielleicht war Ayumi als junges Mädchen nur ein wenig verstört und ...«

»Der Beweis ist in ihrem Hals.«

»Ich verstehe nicht.«

»Ayumi war nicht von Geburt an stumm. Ihr Vater hat ihr die Stimmbänder durchgeschnitten, um sie am Schreien zu hindern.«

Passan musste sofort daran denken, wie sie Diego zum Schweigen gebracht hatte. Hätte es noch weiterer Beweise bedurft, wäre diese Verstümmelung so etwas wie die Signatur der Japanerin gewesen.

»Der Schmerz war ihre einzige Orientierung«, fuhr der Psychoanalytiker fort. »Als sie Naoko kennenlernte, haben sich ihre Wertvorstellungen geändert. Ihre Freundin war für sie eine Art neuer Familie, die sich auf Zusammengehörigkeitsgefühl und Sanftheit gründete. Einige Jahre später ging Naoko nach Europa, und Ayumi geriet wieder in die Klauen ihres Vaters. Das schmerzte umso mehr, als sie sich verraten fühlte.«

Passan hatte sich so etwas schon gedacht.

»Und dann?«

»Sie hat durchgehalten. Sie hat die Aufnahmeprüfung der Universität von Tokio geschafft, bekam ein Stipendium und erhielt dadurch eine neue Freiheit. Sie wollte Gynäkologin werden.

Auch hier setzte sich das Familienmuster fort. Wegen ihres Handicaps konnte sie zwar ihre Examina ablegen, aber keine Praxis eröffnen. Also hat sie sich für die Forschung entschieden. Jahre später hat Naoko sich wieder bei ihr gemeldet und sie um Hilfe bei ihren Schwierigkeiten gebeten.«

Passan ahnte, wie es weitergegangen war, hatte aber keine Zeit, nach Einzelheiten zu fragen. Vor allem wollte er wissen, welchen Stellenwert seine Frau in dieser verzwickten Geschichte einnahm.

»Hatten sie eine gleichgeschlechtliche Beziehung?«

»Nein. Nur eine sehr innige Verbindung in einem Alter, in dem Freundschaft ausgesprochen wichtig ist.«

»Wusste Naoko von den Übergriffen des Vaters?«

»Ayumi hat immer beteuert, ihr nichts gesagt zu haben. Ich glaube ihr. Ihre Frau hatte keine Ahnung von dieser dunklen Seite in Ayumis Leben. Sie wusste auch nicht, wie schlecht es um ihre seelische Gesundheit stand, sonst hätte sie sie wohl nie um Hilfe gebeten.«

Passan nickte, ging aber sofort wieder zum Angriff über.

»Haben Sie nie daran gedacht, Yamada anzuzeigen?«

»Als Arzt darf ich nicht gegen ihn aussagen. Ich habe es mit einer anonymen Anzeige versucht, was aber nichts bewirkte. In Japan wäscht man seine schmutzige Wäsche zu Hause. Außerdem war Yamada eine Kapazität, die man nicht so einfach eines Vergehens beschuldigt. Sie kennen sicher die Bedeutung der Hierarchie in unserer Gesellschaft. Man hätte Beweise gebraucht.«

»Was ist mit den Narben seiner Tochter?«

»Ich habe mehrmals an die Polizei geschrieben. Ich habe mich auch bemüht, Ayumi zu überzeugen, ihren Vater anzuzeigen, aber sie wollte davon nichts hören. Für einen Westler ist das vielleicht schwierig zu verstehen, aber …«

Passan unterbrach ihn mit einer Handbewegung. Er hatte keine Lust, sich wieder einmal die typisch japanische Ausrede anzuhören.

»Und Ihr Mordverdacht?«

»Als meine Überzeugung sich festigte, war Yamada bereits seit Wochen tot und längst eingeäschert. Außerdem liegt mir nichts daran, Ayumi auszuliefern, sondern ich möchte sie behandeln. Sie hat offenbar einen herben Rückschlag erlitten.«

»Haben Sie Kontakt mit ihr aufgenommen?«

»Ich habe ihr geschrieben, und zwar mehrfach. Das Resultat war gleich null. In meinem Beruf behandelt man Menschen nicht gegen ihren Willen.«

»Und warum haben Sie sie nicht eingewiesen?«

»So einfach ist das nicht. Ayumi ist immer schon eine wahre Meisterin der Verstellung gewesen. Sie hätte sämtliche Experten an der Nase herumgeführt. Und vergessen Sie nicht ihr Handicap, das natürlich auch der Verschleierung der Wahrheit gedient hätte.«

»Würden Sie sagen, dass sie eine Psychopathin ist wie ihr Vater?«

Ueda stand auf und wandte sich dem Fenster zu. Draußen im Garten standen mehrere Laternen, die kleine Lichthöfe um sich verbreiteten. Wie überdimensionale Leuchtkäfer. Das Tropfen des Regens skandierte die verrinnende Zeit. Fünf nach zehn.

»Durchaus nicht«, sagte er schließlich und verschränkte die Hände auf dem Rücken. »Ein Psychopath manipuliert. Er ist wie ein Raubtier, das keinerlei menschliche Gefühle empfindet. Ayumi aber ist genau das Gegenteil. Ein leidenschaftliches Wesen, das von seinen Emotionen fast zerrissen wird. Alles, was sie jetzt tut, entspringt einem Zuviel an Herz.«

»So kann man die Sache natürlich auch sehen.«

Der Psychiater drehte sich um.

»Ayumi hat eine Psychose. Als sie mit Ihren Kindern schwanger war, gab sie sich der Illusion hin, eine Familie zu gründen. Und doch ist Naoko jedes Mal mit dem Baby abgereist, denn so lautete der Vertrag. Ayumi war danach am Boden zerstört und zutiefst enttäuscht, und ich musste sie jedes Mal wieder auffangen. Allerdings habe ich ihre Verbitterung unterschätzt, die sich nach und nach in eine Psychose verwandelt hat.«

Ayumis Schatten schien sich in Überlebensgröße auf den Wänden aus Washi-Papier abzuzeichnen. Er stieg auf wie ein körperloses, schweigendes Reptil, bis sein Kopf die Decke berührte und seine Schultern das ganze Zimmer bedeckten.

Passan dachte an den verkehrt herum geschlossenen Kimono und die No-Maske. Kein Zweifel, sie stellte ein Wesen des Todes und der Vernichtung dar.

Er erhob sich. Zwar hätte er dem Arzt gern noch weitere Fragen gestellt, doch dafür blieb keine Zeit mehr.

»Warum hat sie so viele Jahre gewartet, ehe sie ihren Vater tötete?«, fragte er abschließend.

»Das sind die Geheimnisse der menschlichen Seele. Ihr Hass ist langsam gereift. Ich habe ihn nicht kommen sehen. Als ihr Arzt habe ich mich in ihr getäuscht.«

Passan konnte dieser Ansicht nur zustimmen. Aber es stand ihm nicht zu, dem Psychiater Vorhaltungen zu machen. »Selbst ein Affe fällt manchmal vom Baum«, sagten die Japaner.

Ueda reichte Passan die Fotos, die wild durcheinander auf seinem Schreibtisch lagen.

»Was befürchten Sie?«

Passan steckte die Bilder ein und berichtete von seiner Angst. Vom Treffen auf der Insel. Von der Vermutung, dass es ein tödliches Duell geben könne. Eine gnadenlose und blutige Abrechnung. Takeshi Ueda sagte nichts dazu. Sein Schweigen bedeutete Zustimmung.

Passan wandte sich zum Ausgang. Auch Shigeru stand auf. Er sah aus wie ein Schiedsrichter, der nicht bemerkt hatte, dass das Spiel längst vorüber war.

»Wissen Sie irgendetwas, das uns helfen könnte?«

»Ich kann Ihnen lediglich raten, die Polizei zu rufen. Die richtige – also ich meine, unsere.«

Passan musste unwillkürlich lachen.

»Wenn ich es täte, würden Sie als Zeuge aussagen?«

»Sie kennen meine Antwort.«

»Dann kennen Sie auch meine.«

88

»Ich komme mit.«

»Was?«

»Nach Nagasaki. Ich komme mit.«

»Auf keinen Fall. Das ist eine persönliche Angelegenheit.«

Zwanzig nach zehn. Im Laufschritt machten sie sich auf die Suche nach einem Taxi. Der Regen war noch stärker geworden. Durch die schmalen Gassen lief das Wasser in kleinen Bächen herab, auf denen scharlachrote Lichter glitzerten. Die Spiegelungen der vor den Häusern aufgehängten Laternen.

»Naoko ist meine Schwester. Damit betrifft es auch mich.«

»Wie schon gesagt: Kommt nicht infrage.«

Passan blieb stehen und blickte seinen Schwager an. Die Sintflut brachte nicht die geringste Abkühlung. Im Gegenteil: Der Wind trieb Tausende lauwarmer Tröpfchen vor sich her, die auf ihren Gesichtern zerplatzten.

»Diese Reise ist eine große Dummheit«, fügte er leise hinzu. »Und bei uns in Frankreich machen wir unsere Dummheiten lieber allein.«

Er war sich nicht sicher, ob Shigeru in dem herabprasselnden Regen alles verstanden hatte. Aber bestimmt begriff er seine Absicht. Es gehörte zu dem japanischen Verhaltenskodex, sich dem Gegner allein zu stellen und sich für den anderen zu opfern.

Passan rannte weiter. Shigeru öffnete seinen Schirm und bemühte sich, ihn einzuholen. Immer noch war kein Taxi in Sicht. Rasch wurde Passan klar, dass er keine Ahnung hatte, wohin er sich wenden sollte. Am Rand eines Baches, der von einer hohen Brücke überquert wurde, blieb er stehen. Trauerweiden duckten sich unter dem Regen und schienen ihr aufgewühltes Spiegelbild zu betrachten.

Shigeru überholte ihn und lief durch die Gassen, als folge er einem geheimnisvollen roten Faden. Passan rannte ihm nach. Zwanzig vor elf. In einer Stunde startete das Flugzeug. Bis zum Flughafen Haneda würden sie mindestens dreißig Minuten brauchen. Noch hatte er eine Chance – vorausgesetzt, sie fanden jetzt sofort einen Wagen.

»Olivier-san!«

Shigeru erwartete ihn vor der offenen Tür eines erbsengrünen Taxis. Passan ließ sich in den Sitz fallen. Die Kälte der Klimaanlage schien seine durchnässten Kleider mit einem Eisfilm zu überziehen. Angesichts der Sauberkeit der Fahrgastzelle mit ihrem Eukalyptusduft und den gestickten Deckchen kam er sich vor wie ein Elefant im Porzellanladen.

Der Chauffeur fuhr sofort los. Shigeru hatte ihm vermutlich erklärt, wie sehr die Zeit drängte. Passan drehte sich um und betrachtete das Viertel, das langsam in den Wassermassen verschwand. Die braunen, an den Ecken gebogenen Dächer, die Dampfschwaden, die Laternen vor den Türen. An der nächsten Ecke tauchten wieder die Leuchtreklamen von McDonald's und Starbucks auf. Lichtpfeile, Neonbuchstaben – sie waren zurück im modernen Tokio.

Passan überdachte noch einmal, was er erfahren hatte. Jede einzelne Information hatte ihn ein Stück weiter von Naoko, seiner Ehe und den Jahren entfernt, die er mit ihr verbracht hatte. Jetzt erst stellte sich heraus, dass seine gesamte Existenz vor Kulissen stattgefunden hatte. Japanischen Kulissen.

»Wundere dich nicht zu sehr«, sagte Shigeru, als habe er Passans Gedanken erraten.

»Worüber?« Passan lachte bitter auf. »Dass meine Frau unsere Kinder von einer Verrückten hat austragen lassen? Dass sie nie mit mir darüber gesprochen hat? Oder dass sie sich auf einer gottverlassenen Insel im Chinesischen Meer auf einen Schwertkampf vorbereitet?«

»Ich bin ebenso schockiert wie du, Olivier-san.«

»Nein, das bist du nicht. Und das ist überhaupt das Allermerkwürdigste. Hier wird das Oberste nach unten gekehrt, und du scheinst das alles ganz normal zu finden.«

»Das ist der Bushido«, gab Shigeru zurück. »Der ›Weg des Kriegers‹.«

Nun musste Passan wirklich lachen. Der Ehrenkodex der Samurai. Eine Philosophie von Untertänigkeit und Ehre, die bis hin zur blinden Unterwerfung führen konnte.

»Willst du behaupten, dass Naoko sich nach den Regeln des Bushido richtet?«

»Es ist wohl die Option, die ihr am natürlichsten erschien.«

Passan wollte erneut lachen, doch das Lachen erstarb ihm in der Kehle. Er beugte sich zu Shigeru hinüber. Aus seinen durchnässten Kleidern stiegen warme Ausdünstungen. Er roch nach Schweiß und dem Sumpf der Großstadt. Und er roch nach Angst und Verwirrung.

»Ich habe zehn Jahre mit Naoko gelebt«, sagte er. »Du kannst mir nichts weismachen, was deine Schwester betrifft. Und wenn es jemanden gibt, der den traditionellen Werten definitiv den Rücken gekehrt hat, dann ist sie es.«

Shigeru hatte seine Hände auf die Oberschenkel gelegt und hielt sich sehr gerade. Mit steifem Nacken starrte er auf die Straße. Es war eine geradezu feierliche Haltung. Nichts erinnerte mehr an den coolen Typ, als der er sich normalerweise gab.

»Ganz gleich, was sie behauptet: Sie hat diese Wertvorstellungen im Blut.«

Passan spielte den Advocatus Diaboli. Er argumentierte, wie Naoko es getan hätte.

»Der Bushido ist ein alter, längst überholter Hokuspokus. In den Dreißigern haben die Militärs ihn aus der Versenkung geholt und ein bisschen aufgepeppt, um die Massen damit um den Finger zu wickeln. Dieser Schwindel hat mehr als zwei Millionen junger Soldaten das Leben gekostet.«

Shigeru rückte seine Brille zurecht.

»Hier geht es weder um das Alter noch um die Berechtigung des Kodex«, gab er ungerührt zurück. »Die Frage ist doch, warum er bis heute funktioniert hat. Warum haben sich die Japaner von den alten Regeln faszinieren lassen wie das Volk der Juden von den zehn Geboten? Weil es uns im Blut liegt, Olivier-san. Und zwar schon seit Jahrhunderten. Wir werden aus einem Körper geboren und von unseren Genen bestimmt, aber ganz tief in unserem Innern werden wir durch Ideen erschaffen.«

Das war es also. Ihm, der immer von diesem Credo der Samurai geträumt hatte, war der Bushido stets fremd geblieben. Naoko jedoch, die ihn immer abgelehnt hatte, war bis in ihre kleinste Faser davon durchtränkt. Und aus diesem Grund blieb ihr heute nichts anderes übrig, als ihre Ehre mit dem Blut ihrer Gegnerin reinzuwaschen. Es war Wahnsinn.

»Sie werden einander bis zum letzten Atemzug bekämpfen«, sagte Shigeru. »In dieser Angelegenheit gibt es eine Mutter zu viel.«

Passan versuchte sich an die praktischen Details zu klammern.

»Immerhin muss sie zunächst einmal ein Schwert finden.«

»Sie hat eines. Unser Vater hat es ihr zum vierzehnten Geburtstag geschenkt. Es ist eine Antiquität, die er immer sorgfältig in seinem Büro aufbewahrte.«

WAHNSINN.

»Hat sie es mitgenommen?«

»Das war das Erste, was ich nach unserer Rückkehr aus der Bar überprüft habe.«

Es gab nichts mehr hinzuzufügen. Das Prasseln des Regens hüllte sie ein und hörte sich irgendwie tröstlich an. Passan fühlte sich innerlich gleichzeitig fast wie ausgesetzt und doch geschützt, als wäre er immun geworden.

»Glaubst du, sie hat eine Chance?«, fragte er nach einer Weile.

»Ich weiß es nicht. Es hängt davon ab, ob Ayumi weiter trainiert hat.«

Sandrines Leiche gab die Antwort. Dass Ayumi Naokos Freundin mit einem einzigen Streich hatte töten können, bewies ein erbarmungsloses Training. Naoko hingegen hatte seit über zehn Jahren keinen Bokken mehr in der Hand gehabt.

Er musste Nagasaki unbedingt vor dem Blutbad erreichen. Darin lag seine einzige Chance.

Bei diesem Gedanken fiel ihm wieder ein, dass der Kaiken nicht mehr in Naokos Nachttischschublade gelegen hatte.

89

Nagasaki, ein Uhr morgens. Tausend Kilometer von Tokio entfernt war das Wetter nicht besser. Als Passan das Flughafengebäude verließ, ging gerade ein heftiger Wolkenbruch nieder.

Er hatte Shigeru überreden können, in Tokio zu bleiben. Jetzt musste er sich zunächst um ein Taxi kümmern. Die meisten anderen Fluggäste spannten ihre Schirme auf. Niemand reagierte schockiert oder genervt auf den Dauerregen. Passan hatte eine ähnlich unbekümmerte Haltung gegenüber den Unbilden der Witterung bereits in Indien und Afrika erlebt, wo der Monsun ganz normal zum Leben gehörte und klaglos hingenommen wurde.

Plötzlich entdeckte er ein orangefarbenes Auto, das in einer Wasserfontäne heranbrauste. Dankbar registrierte er die auffällige Farbe, die auch im Dunkeln erkennbar war. Als er die Hand hob, öffnete sich die Wagentür wie von Geisterhand. Er stieg ein und sagte nur ein einziges Wort: »Hotel.« Dem Fahrer schien das zu genügen.

Passan hatte Nagasaki schon früher besucht und hauptsächlich zwei wichtige Erinnerungen mitgenommen. Erstens: Die Hafenstadt war die kleine vergessene Schwester Hiroshimas. Am 9. August 1945 hatten die Amerikaner auch hier eine Atombombe abgeworfen, doch in der Öffentlichkeit war nur der Name des ersten Ziels gegenwärtig. Und zweitens: Man hatte Nagasaki – zumindest das Stadtzentrum – im traditionellen Stil wiederaufgebaut. Passan entsann sich einer von der Bucht an aufsteigenden Stadt, geschwungener Dächer, warmer Rot- und Schokoladentöne und hübscher Steingärten.

Im Augenblick allerdings sah er gar nichts. Nagasaki lag so dunkel da, als herrsche Ausgangssperre. Der Fahrer ließ sich einzig von seinen Scheinwerfern leiten. Passan sah zum Fenster hinaus und kniff die Augen zusammen. Das Taxi schlängelte sich eine hoch gelegene Straße entlang. Unter ihm stiegen Gassen und Häuser in Terrassen hügelan.

Der Wagen zwängte sich durch ein Gewirr von Gässchen. Schließlich kam am Ende einer Sackgasse ein Hotel in Sicht. Es war ein lang gestrecktes, einstöckiges Bauwerk, aus dessen Erdgeschoss warmes gelbes Licht auf die Straße fiel. Der richtige Ort, um einige Stunden zu schlafen.

Er bezahlte das Taxi. Der Regen hatte aufgehört, die Wolken verzogen sich. Plötzlich konnte Passan den Mond sehen, der, wie in Haikus gern besungen, einer reifen, frisch geernteten Frucht glich. Nach wie vor war es sehr warm. Die feuchte Hitze tauchte die Stadt in dampfige Schwüle und legte sich wie ein Film auf die Haut. Passan eilte in das Hotel.

Der Empfang war mit einem abgenutzten Teppichboden und beigefarbenen Wänden ausgestattet. Es herrschte eine Kälte wie in einem Leichenschauhaus. Hier wurde kein Strom gespart. Am Tresen schien eine alterslose Frau auf ihn gewartet zu haben. Ihre fleckig graue Haut spannte sich über ihre vorspringenden Wangenknochen. Sie trug eine Art Uniform in Schwarz und Dunkelrot, die man irgendwo zwischen Steward-Weste und Küchenschürze ansiedeln konnte.

Passan sprach sie auf Englisch an, präsentierte seinen Pass und bezahlte bar im Voraus. Wortlos und offenbar unbeeindruckt von seinem verbrannten Gesicht führte die Frau ihn zu seinem Zimmer, das so karg wie eine Mönchszelle wirkte. Ein Bett, ein Schrank und ein Bad – das war alles. Die Frau verschwand. Draußen auf der Straße hörte Passan Stimmen und Schritte, die näher kamen und sich wieder entfernten. Dann wurde es still.

Zwei Uhr. Vor Tagesanbruch konnte er nichts ausrichten.

Ohne das Licht anzuknipsen, tastete er nach seinem Kulturbeutel und genehmigte sich eine Dusche. In T-Shirt und Boxershorts putzte er sich die Zähne, drehte die Klimaanlage voll auf und ließ sich ins Bett sinken. Er rollte sich unter dem Laken zusammen und fühlte sich, als könne er so seine Energie sammeln.

Seine einzige Waffe war dieser ermattete Körper. Noch nie hatte er als Polizist unter so schwierigen Bedingungen gearbeitet.

90

Der Morgen dämmerte hinter schweren Regenwolken herauf. Naoko hatte Schutz in dem Heiligtum auf der Kuppe des Hügels gesucht. Es war ein etwa vierzig Quadratmeter großer, nach allen Seiten offener Pavillon aus Zypressenholz. Lackierte Pfeiler, Schindeln aus Baumrinde, ein Boden aus schwarzen Holzbohlen. In der Mitte befand sich eine Bronzeglocke mit einem dicken Seil, um die mehrere Wasserbecken angeordnet waren. Sonst gab es hier nichts. Shintoschreine sind immer leer, denn sie sollen mit Gebeten und Meditationen angefüllt werden. Naoko füllte diesen hier mit ihrer Angst.

Trotzdem hatte sie, gewiegt vom sanften Rauschen der großen Kiefern, tief und traumlos geschlafen. In ihrem Kimono hatte sie den Eindruck gehabt, die Metamorphose eines Falters zu durchleben, allerdings in umgekehrter Reihenfolge. Noch am Tag zuvor war sie der Schmetterling gewesen, eine freie, europäisch lebende Frau. Jetzt war sie als Gefangene ihres Biotops und ihres natürlichen Zyklus zum Raupenstadium zurückgekehrt.

Sie wühlte in ihrer Handtasche und förderte eine in Plastik verpackte Portion Reis zutage, die sie gierig aß. Der kalte, klebrige Reis wirkte belebend. Sie wusste, was das zu bedeuten hatte: Auch Jahre westlicher Ernährung hatten nichts an ihrer genetischen Veranlagung ändern können. Jahrhundertelang hatten ihre Vorfahren Reis gegessen, hingekauert im Schatten einer Pagode oder in der kühlen Frische von Reisfeldern.

Am Abend war sie auf Utajima angekommen. Der Fischer, der sie für 10000 Yen übergesetzt hatte, ließ ihr seine Handynummer da. Für die Rückreise, wenn alles gut ging. Sie waren an einem schwarzen Strand an der Westseite gelandet. Die Kiefern und die Steinlaternen zu ihren Füßen schienen auf sie zu warten. Die Insel sah aus wie die Kulisse für einen Kampfkunstfilm.

Sie war zum Heiligtum auf der Hügelkuppe hinaufgestiegen. Außer den Gärtnern und Reinigungskräften, die sich einmal in der Woche um den Schrein kümmerten, kam hier nie jemand her. Wenn Naoko Glück hatte, war der Reinigungstag gerade vorüber. Noch in der hereinbrechenden Dämmerung hatte sie angefangen, die zwölf Langschwert-Techniken des Itto Seiho zu trainieren. Das Resultat ließ noch sehr zu wünschen übrig, denn mit ein paar Aufwärmschritten kann niemand viele Jahre mangelnder Übung wettmachen. Außerdem hatte sie noch nie mit einem echten Langschwert geübt, weil es einfach zu gefährlich war.

Naoko stand auf und zog sich um. Zur Trainingshose trug sie einen links über rechts geschlossenen Yukata und Turnschuhe. In seinen dunklen Farben erinnerte ihr Outfit an die einheitliche Uniform japanischer Frauen während des Zweiten Weltkriegs, die es ihnen gestattete, sich frei zu bewegen und zu arbeiten, was im Kimono nicht möglich gewesen wäre. Um ihre Taille knotete sie einen Stoffgürtel, in den sie ihr Schwert steckte. In die Hosentasche kam der Kaiken als Plan B.

Irgendwie kam sie sich ziemlich dumm vor. Ein wenig war es so, als wäre Passan im Kostüm eines Musketiers zu einem Einsatz aufgebrochen. Trotzdem fühlte sie sich in einem inneren Gleichgewicht. Als fände eine Osmose mit der Tradition statt, die sie trug und gleichzeitig erfüllte. Im Übrigen hätte Passan es sicher nicht abwegig gefunden, in seinem Beruf den Wertvorstellungen D'Artagnans zu folgen. Im Grunde hatte er das eigentlich immer getan.

Anstatt den Hauptweg zum Strand hinunter einzuschlagen, wandte sie sich nach Osten. Sie erinnerte sich eines Vorsprungs, von dem aus sie einen anderen Strand auf der Rückseite der Insel einsehen konnte – einen verborgenen Zugang.

Der Regen ließ nicht nach. Er verwandelte jede Steinplatte des Weges in einen Spiegel. Naoko dachte an Ayumi. Sie fürchtete sich nicht vor ihr. Ihre Verbrechen und ihr Wahnsinn konnten die Erinnerungen an schöne Zeiten nicht überlagern. In ihrem tiefsten Innern hoffte Naoko immer noch auf eine Einigung.

Sie erreichte die Terrasse, begriff aber sofort, dass der Aussichtspunkt ihr nichts nutzte. Entweder war Ayumi noch nicht auf der Insel und konnte ebenso gut auf der anderen Seite landen, oder sie war bereits da. Dann aber war es sicher besser, sie nicht auf einer Kuppe zu erwarten, wo es keine Deckung im Rücken gab.

Naoko kehrte um und stieg zur westlichen Seite hinunter, vermied jedoch den inneren Teil der Insel. Keinesfalls würde sie diesen ihr unbekannten Dschungel durchqueren. Sie hatte vor, sich an den Hauptstrand zu setzen und zu warten.

Längst dachte sie an gar nichts mehr. Stunden, vielleicht nur noch Minuten, vor dem Kampf war ihr Kopf völlig leer. Sie fühlte sich wie tief ins Leben eingetaucht und im Gleichklang mit der Natur – ähnlich einer Raupe. Sie wurde eins mit dem Regen, hieß ihn willkommen und nährte sich von ihm. Ganz wie der Wald, der an diesem Morgen mehr Leben empfing, als er gab.

Vom Strand aus hatte man kaum Aussicht. Die Wolken hingen wie überdimensionale Bimssteine am Himmel. Die Wellen sahen aus wie aus Teer. Aus der Brandung stieg Dunst auf und verstärkte den Eindruck von heißem Asphalt. Ein Bleivorhang verhüllte den Horizont.

Plötzlich wurde ihr schwindelig. Alles schien ins Wanken zu geraten. Das Meer kippte. Der Boden schwankte. Rasch jedoch fand Naoko ihr Gleichgewicht wieder, und das Gefühl verschwand. Sie versuchte noch, zu verstehen, was mit ihr los war, als es schon wieder begann. Heftiger als zuvor. Sie stürzte. Da erst begriff sie, dass sie nicht etwa träumte.

Ein Erdbeben.

Seit dem letzten großen Erdbeben wurde das Land jede Woche von mehr oder weniger starken Erdstößen erschüttert. Kein Mensch konnte sagen, ob es sich bei dieser seismischen Aktivität um die Vorboten einer neuerlichen Katastrophe handelte oder ob es nur Nachbeben waren. Eine Legende erzählt, dass Japan auf dem Rücken eines riesigen Katzenfischs liegt, der sich unaufhörlich bewegt. Aber niemand weiß, ob dieser Fisch gerade aufwacht oder ob er einschläft.

Naoko, die auf den Knien im schwarzen Sand lag, musste lächeln. Der Erdstoß war ein Vorbote gewesen.

Vielleicht nicht für das Ende der Welt, aber für das Ende ihrer Welt …

91

Passan schreckte unsanft aus dem Schlaf auf. Er war aus dem Bett gefallen. Durch das Fenster sah er die Landschaft erzittern wie ein schlecht eingestelltes Fernsehbild. Der nächste Stoß. Die Vorhänge fielen herunter. Der Deckenventilator begann zu quietschen und schwankte gefährlich an seiner Aufhängung. Passan lag auf allen vieren da und spürte, wie der Boden unter ihm schwankte.

Dann wurde es wieder ruhig. Nur er selbst zitterte an allen Gliedmaßen. Wenn nichts mehr aufrecht stand, was blieb dann noch? Nur die Erde unter den Füßen. Und nun brach auch noch der letzte Fixpunkt, die letzte Zuflucht zusammen. Ein dritter Stoß erschütterte das Haus. Gips staubte auf Bett und Boden wie Zucker auf einen Kuchen. Das ganze Hotel wackelte. Passan erinnerte sich, dass man in einem solchen Fall Schutz unter einem Tisch suchen sollte.

In seinem Zimmer jedoch gab es keinen Tisch. Er wollte gerade zum Bett zurückkriechen, als der Ventilator herunterkrachte. Das Gerät prallte von der Matratze ab, donnerte auf den Boden und drehte sich wie ein wild gewordener Kreisel. Passan konnte gerade noch zur Seite springen. Mit dem Rücken zur Wand kauerte sich er auf den Boden und wartete, bis die Rotorblätter sich nicht mehr bewegten und die Erde sich beruhigte. Die Rückkehr zur Normalität.

Sekunden vergingen. Sie dehnten sich, erschienen endlos. War es wirklich vorüber? Oder würde es noch einmal losgehen? Passan hörte, wie im Flur jemand vor sich hinschimpfte. Wahrscheinlich war es die Hotelchefin, die sich über die Schäden ärgerte, die das morgendliche Beben hinterlassen hatte. Aber sie schien keineswegs sonderlich erregt zu sein, reagierte eher so, als hätte nur wieder einmal die Katze etwas angestellt.

Passan richtete sich auf und schüttelte sich ungläubig. Ein Erdbeben. Das hatte ihm gerade noch gefehlt. Zwar hatte er schon viele Berichte über ähnliche Ereignisse gelesen, aber es war das erste Mal, dass er selbst eines erlebte.

Halb sieben. Er packte seine Sachen zusammen.

Die Tür glitt zur Seite, und die Hotelchefin erschien in ihrer dunklen Schürze. Sie lachte, maulte und ächzte in allen Tonarten. Dabei verzog sie ständig das Gesicht, das jetzt fast grünlich aussah.

»Sumimasen. Entschuldigung.«

Als sie den enthaupteten Ventilator entdeckte, folgte eine neuerliche Litanei. Passan nahm seine Tasche und verabschiedete sich, ohne sich noch einmal umzudrehen.

Die Situation, die er draußen vorfand, passte weder zu dem strömenden Regen noch zu einer derart frühen Morgenstunde. Leute standen auf den Straßen, lachten, redeten wild durcheinander und waren froh, dem Zorn der Erde noch einmal entkommen zu sein. Alle Vögel der Umgebung schienen auf den Elektrokabeln zu sitzen und zu zetern.

Passan ging das Gässchen hinauf und suchte nach einem Taxi. Seit dem Vortag war es noch wärmer geworden. Trotz der frühen Stunde fühlte man sich wie in einem Waschkessel.

Er wandte sich nach rechts in eine größere Durchgangsstraße. Straßenschilder waren heruntergefallen, Klimaanlagen und Antennen hingen schief, und Mülltonnen kollerten über die Straße. Er winkte einem Taxi. Mithilfe des Wörterbuchs, das er sich in Roissy kurz vor seinem Abflug gekauft hatte, nannte er sein Fahrziel – den Fischereihafen.

»Gyokoo«, sagte er.

Der Fahrer ließ ihn das Wort mindestens zehn Mal wiederholen, bis er es schließlich selbst aussprach und verblüfft nickte, als hätten die Silben jetzt endlich den richtigen Sinn gefunden.

Das Taxi schlängelte sich durch die Straßen. Passan erkannte die Stadt seiner Erinnerungen wieder. Die braunen, an die Hügelflanke geklebten Dächer, die Kiefern in den Gärten, die kleinen Schreine aus Stein. Viel Grau und viel Grün. Die regennassen Dachziegel sahen wie Fischschuppen aus. Die Häuserecken bildeten eine Brandung wie ein verdrossenes Meer mit dunklen Schaumkronen. Nagasaki war eine Küstenstadt – daran bestand kein Zweifel.

Passan entdeckte eine Garküche, ließ das Taxi anhalten und rannte hinüber zum Grill. Er bestellte fünf Fleischspieße, die er an Ort und Stelle unter einem Vordach verspeiste, während er dem Plätschern in der Regenrinne lauschte und sich fragte, ob diese Pause vernünftig war. Aber drängte die Zeit wirklich so sehr? Würde es tatsächlich heute zur Konfrontation kommen? Oder erst morgen? Oder in drei Tagen?

Es ging weiter. Nach zehn Minuten Fahrt beschrieb die Küstenstraße eine Kurve, und Passan erblickte die von der Megami-Brücke überspannte Bucht. Im Hafen lagen eine Menge Boote, die sich auf dem Wasser wiegten und ihre Masten vor dem Regenvorhang kreuzten.

An der Küste sah es gar nicht mehr exotisch aus. Schmucklose Betonblocks wechselten sich mit Lagerhallen und Kränen ab. Alles war einheitlich grau. Nagasaki ist berühmt für seine Perlenzucht. Für Passan sah es so aus, als wäre der gesamte Ort aus Perlmutter. Jedes Dach, jede Fassade und jeder Schiffsrumpf schien unter einer harten, widerstandsfähigen Perlmuttschicht zu liegen. Die Bucht öffnete sich wie eine überdimensionale Muschel, die Meerwasser und salziges Licht reflektierte.

Passan verscheuchte seine Traumbilder und ließ sich vor der Hafenmeisterei absetzen. Ein Fischmarkt war in vollem Gang. Er rannte zwischen Armeen von Krebsen, Bergen von Austern und Massen von Thunfisch und Kabeljau hindurch. Es roch nach Jod. Plattnasige Gesichter lächelten ihm zu. Alte verhutzelte Frauen, die aussahen, als hätte man sie in Salz mariniert, schnüffelten an den zum Verkauf stehenden Fischen. Niemals wäre man auf die Idee gekommen, dass nur eine halbe Stunde früher hier die Erde gebebt hatte.

Passan schwang sich seine Tasche über die Schulter und erreichte den Landungssteg. Hastig lief er am Kai entlang und rief jedem Fischer den Namen Utajima zu. Beim fünften Versuch verbeugte sich ein Greis mit einer Baseballkappe und sagte immer wieder »Hai, hai«. 20000 Yen sollte die Fahrt kosten. Passan bezahlte, ohne zu verhandeln. Er hatte weder Zeit noch Lust zum Feilschen.

Der Motor knatterte. Der Fischer manövrierte sein Boot zwischen den anderen Schiffsrümpfen entlang. Der Regen nahm wieder zu. Es war ein nervöses Prasseln, das sich wie eine Gänsehaut auf den Wellen abzeichnete. Nachdem sie die Bucht verlassen hatten, wurde die Dünung plötzlich stärker, als atme das Meer tief durch. Sie glitten auf riesenhaften Lungen dahin und tauchten in schwarze Höhlen ab, um dann wieder auf schaumige Gipfel emporgehoben zu werden. Ein unendlicher Kreislauf.

Passan saß im Bug, klammerte sich an die Bordwand und spürte, wie der Glasfiberrumpf auf die Wogen klatschte. Er konnte kaum etwas sehen, sondern spürte nur die Regenwand, die sie mit feinen Tröpfchen besprühte. Nach einer halben Stunde drosselte der Fischer das Tempo. Der Motorenlärm sank um eine Oktave. Das Boot passte sich den Bewegungen des Meeres an. Passan schirmte die Augen mit der Hand ab und erkannte in der Ferne einen braun-grünen Fleck.

»Utajima!«, rief der Fischer.

Die Insel sah aus wie eine vom Himmel gefallene Wolke. Der vulkanische Strand prunkte in tiefem Dunkelbraun, während der Hügel ein strahlendes, wie vom Gewitter frisch gewaschenes Grün zeigte. Vor dem Wald sah Passan einen geheimnisvollen roten Punkt und erkannte rasch, dass es sich um ein Torii handelte – eines jener Portale aus lackiertem Holz, die den Eingang zu einem Heiligtum bilden. Die gesamte Insel galt als heiliger Boden. Die Leute glaubten, dass hier die Kami – die Geister des Shintoismus – ihre Heimstatt hatten.

Dem Fischer gelang es, das Boot sehr nah an den Strand heranzumanövrieren. Passan sprang an Land und verabschiedete sich von dem Seemann, speicherte aber zuvor noch seine Handynummer ein. Dann wandte er sich dem Wald zu. Unter dem Torii hindurch schlängelte sich ein Weg auf die Hügelkuppe hinauf. Passan ging unter dem umgekehrten Bogen bergan. Einige Bäume am Wegrand waren mit Bändern umschlungen, was bedeutete, dass sie von Kami bewohnt wurden. Je höher er kam, desto stärker wurde der Eindruck, in eine Art Feenwald einzudringen.

Wie zur Bestätigung tauchte der Schrein auf der Kuppe auf. Es war eine luftige Pagode, deren geschwungenes Dach auf dunklen Holzpfeilern ruhte. Im Schatten erkannte Passan die Bronzeglocke, die Becken und den Altar mit den Opfergaben.

Er stieg die Stufen hinauf und entdeckte am Fuß einer Säule Naokos Tasche. Es war eine Art Rucksack aus wasserdichtem Gewebe mit vielen Fächern, den sie immer gelobt hatte – er sei geräumig, dicht und äußerst funktional.

Der Anblick presste ihm das Herz zusammen. Sie war also hier. Aber hatte die andere sie vor ihm gefunden?

Sicher war nur eines: Die Jagd hatte begonnen.

92

Seit den Erdstößen lag Naoko auf den Knien im Sand und hatte sich nicht mehr bewegt. Sie hätte beim besten Willen nicht sagen können, wie viel Zeit vergangen war. Ein paar Minuten? Eine Stunde? Viele Stunden?

Der Strand war mit Millionen kleiner Löcher durchsetzt wie eine gigantische Orangenschale. Vom Wind abgerissene Blätter lagen überall auf dem Boden. Kleine Wellen brandeten heran. Schaumflocken wehten über den Sand. Sie machte sich keine Gedanken mehr. Würde sie im Regen ertrinken? Oder würden die Wellen, die immer näher zu kommen schienen, sie einatmen und mitnehmen? Sie wusste es nicht.

Plötzlich spürte sie etwas. Es war nur ein Gefühl. Sie hob den Kopf. Regentropfen rannen in ihre Augen.

Und da stand sie.

Immer noch hatte sie diesen Pony, der sie wie einen Pudel aussehen ließ, und immer noch waren ihre Augen zu stark geschlitzt. Sie hatte ihr Haar zu einem Knoten zusammengerafft, wie ihn die Sumoringer trugen. Gekleidet war sie in einen schwarzen Keikogi, eine Jacke, die man während der Übungen trug, und einen ebenfalls schwarzen Hakama, den Hosenrock der Samurai. Ihre Schwerter, der Katana und der Wakizaki, steckten mit der scharfen Seite nach oben in ihrem Gürtel. Die beiden Futterale aus lackierter Magnolie kreuzten sich auf ihrer Hüfte wie in den alten Filmen von Toshiro Mifune.

Ayumis Auftritt wirkte irgendwie komisch, doch Naoko war nicht nach Lachen zumute.

Behutsam stand sie auf und wäre um Haaresbreite gleich wieder hingefallen. Ihre tauben Beine trugen sie nicht mehr. Sie war es nicht mehr gewöhnt, am Boden zu leben.

Nachdem sie ihr Gleichgewicht wiedergefunden hatte, sagte sie:

»Wir können uns immer noch verständigen.«

Nur Sekundenbruchteile später blinkte ein Schwert in Ayumis Hand. Naoko hatte nicht einmal gesehen, wie sie es zückte. Schlagartig wurde Naoko klar, dass Ayumi nie mit dem Training aufgehört hatte und dass ihre eigenen Chancen gegenüber der Stummen gleich null waren.

Langsam senkte Ayumi ihre Waffe und schrieb mit der Schwertspitze Schriftzeichen in den Sand.

»Zu spät«, las Naoko.

Ayumi steckte das Schwert in ihren Gürtel zurück. Dabei nahm sie nach traditioneller Art die Klinge zwischen Daumen und Zeigefinger der linken Hand, während sie sie in die Scheide zurückgleiten ließ. Naoko erinnerte sich, dass Ayumis Waffen aus dem 17. Jahrhundert stammten, aus der Genroku-Zeit in der Edo-Periode. Ein Geschenk ihres Vaters. Ihr eigenes Schwert, ein

Erbstück aus der Familie ihres Vaters, war längst nicht so alt und wertvoll.

Ayumi wies auf eine Felsnadel. Gemeinsam näherten sie sich ihr in einem Abstand von fünfzig Metern. Sie erreichten eine mit Sand bedeckte Lichtung, die auf einer Seite von schwarzen Steinen, auf der anderen von Kiefern begrenzt wurde. Naoko fügte sich. Sie war kaum überrascht, dass Ayumi alles vorausgeplant hatte. Nur hier konnten sie sich miteinander messen, auf dieser Insel, auf der sie vor vielen Jahren ihr Blut zu einem ewigen Freundschaftspakt vermischt hatten.

Ayumi blieb stehen. Der dunkle Stein hatte die gleiche Farbe wie ihr Haar und ihre Kleidung. Nur ihr Gesicht stach hervor wie ein weißer, in seinem oberen Drittel durch den Pony begrenzter Kiesel. Und dann vollführte sie die Geste, die in allen Samuraifilmen immer wieder auftaucht: Plötzlich hatte sie eine Schnur in der rechten Hand, biss ein Stück davon ab und schlang sich die Kordel so um die Schultern, dass die Ärmel die Unterarme freiließen und nicht rutschten.

Gleichzeitig zückten sie die Schwerter, setzten sich auf ihre Fersen und hielten die Klingen aufrecht, als sollten sich die Spitzen berühren. Wie lange war es her, dass Naoko diese Geste zum letzten Mal durchgeführt hatte?

Sie verharrten einige Minuten in dieser Stellung. Klinge gegen Klinge. Normalerweise ist diese Zeit dazu gedacht, den Gegner einzuschätzen. Doch das versuchte Naoko schon seit fünfundzwanzig Jahren und hatte trotzdem völlig danebengelegen.

Schließlich standen beide fast synchron auf und gingen in die Kamae genannte Grundstellung. Diese Stellung hat nichts mit Abwarten zu tun, sondern ist in sich bereits ein Kampf unter einer unbeweglichen Oberfläche. Ayumi begann, langsam seitwärts zu gehen. Naoko folgte der Bewegung ihrer Gegnerin. Die Lehre des Niten macht deutlich, dass in der frühen Phase eines Kampfes das Schwert zu einer Art Antenne wird, mit der man den Angriff antizipiert – den Winkel, aus dem er erfolgt, die Reichweite des Streichs und das eigene Ausweichmanöver.

Im letzten Augenblick riss Naoko ihr Schwert hoch und parierte einen Schlag, der so unvermittelt kam wie eine Detonation. Dann einen weiteren. Und einen dritten. Wieder nahmen sie die Grundstellung ein. In drei Metern Abstand. Erst jetzt wurde Naoko klar, dass sie nicht tot war. Noch nicht einmal verletzt. Die blitzenden Klingen waren vor ihren Augen explodiert. Regentropfen hatten sich in Funken verwandelt. Aber Naoko hatte keine der Bewegungen vorhergesehen. Sie hatte ihren Geist nicht geleert und ihre Gegnerin nicht analysiert. Es waren einzig ihre Reflexe gewesen, die sie gerettet hatten. Die Erinnerung ihrer Muskeln und Nerven.

Wieder begann Ayumi mit ihrer Kreisbewegung. Dieses Mal hielt sie das Schwert mit beiden Händen hoch über dem Kopf. Sie ähnelte einem Richter, der dabei ist, die Lebenden und die Toten voneinander zu trennen. Naoko folgte der Rotation mit gesenktem Schwert. Ihr wurde warm ums Herz. Eine Art Hoffnung stieg in ihr auf, weil sie den ersten Angriff unbeschadet überstanden hatte. Vielleicht gelang ihr Widerstand ja besser, als sie geglaubt hatte.

Ayumi machte einen Ausfallschritt. Naoko wich zurück. Das war das Signal. Sie spürte, wie ihr Ki aus dem Bauch und den Hüften aufstieg und in ihre Arme schoss, wo es der Klinge Schlagkraft verlieh. Ein Streich. Zwei Streiche. Drei Streiche. Nie führt man mehr als drei Angriffe aus, denn man hat nur zwei Beine.

Beide zogen sich zurück. Es roch nach heißem Metall. Ayumi bewegte sich nicht mehr. Sie hielt das Schwert immer noch hoch. Ihr Schweigen machte Naoko Angst. Beim Kenjutsu schreit man. Der Schrei, der Kiai, ist wichtig, weil er mit gleicher Macht zuschlägt wie das Schwert. Ayumi jedoch konnte nicht schreien. Das aber verlieh ihr paradoxerweise eine zusätzliche Kraft.

Ayumi sprang vor und griff Naokos Flanke an. Dô. Rückzug. Der nächste Angriff. Zweimal von links, einmal von vorn. Genau auf die Stirn. Men. Naoko parierte jeden Schlag. Ihre Geschicklichkeit kehrte zurück. Ayumi attackierte, wie Musashi es lehrte, indem sie lebenswichtige Stellen zu treffen versuchte: die Halsschlagader, die Pulsadern des Handgelenks, das Herz, den Kehlkopf und die Leber.

Rückzug. Nun ging Naoko in die Offensive. Sie wollte den Kontakt, den Kampf, den Todestanz nicht mehr abreißen lassen. Sie wollte ihre Gegnerin ermüden, aber auch ihre eigenen Überlebenschancen ausloten. Sie wollte sich an den Rand des Abgrunds wagen. Erster Angriff. Zweiter Angriff. Dritter Angriff.

Ayumi wich einen Schritt zurück. Naoko ebenfalls. Es war die Erschöpfung, die sie trennte. Der Regen besorgte den Rest. Naoko war zwar nicht verletzt, aber sie hatte längst begriffen, dass sie diesen Kampf nicht gewinnen konnte. Sie konnte sich höchstens bis zum Ende behaupten. Schließlich kämpfte sie um ihre Kinder.

Wieder stürmte Ayumi heran. Naoko spürte, wie ihre Finger auf dem geflochtenen Leder des Schwertgriffs vibrierten. Sie war außer Atem. Ihre Augen tränten. Ihr Blut brannte in ihr. Sie verspürte eine Art von Trunkenheit. Das Gefühl der Samurai, die in einer Trance aus Ehre und Zerstörung sterben.

Sie schrie laut auf und zielte auf die Flanke ihrer Gegnerin. Zog sich zurück und griff erneut an. Diesmal von vorn. Ayumi hob ihr Schwert. Naoko schlug zu. Ayumi parierte jeden Schlag. Sie schien zu fliegen.

Naoko war am Ende ihrer Kraft. Sie geriet ins Straucheln und konnte sich gerade noch an einem der schwarzen Felsen halten. Trotz des Regens spürte sie, dass ihre Hand klebrig wurde. Blut. Ayumi stürzte sich schon wieder auf sie.

Der Aufprall der Klingen ließ ihre Knochen erbeben. Es war das Ende. Der Stahl war gebrochen. Man sagt, dass für die Härtelinie eines Langschwerts nur eines entscheidend ist: die Liebe seines Besitzers. Naoko hatte ihr Schwert nie gepflegt, und diese Nachlässigkeit würde sie das Leben kosten. Sie warf den Katana von sich und suchte in ihrer Tasche nach dem Kaiken.

Mit einem Sprung zur Seite rettete sie sich im letzten Augenblick vor einem tödlichen Ansturm.

Ayumi hatte ihr zweites Schwert aus der Scheide gerissen und ließ die beiden Klingen durch die Luft zischen. Der besondere Stil von Miyamoto Musashi. Ihre Geschwindigkeit war beeindruckend. Naoko fand sich am Boden wieder. Es gelang ihr nicht, den Kaiken aus der Tasche zu ziehen.

Auf allen vieren flüchtete sie sich in eine Höhlung zwischen den Felsen. Die Klinge folgte ihr und fuhr mit einem schrecklich kreischenden Geräusch über den Stein. Naoko musste an Ching-Chang-Chong denken: Stein schlägt Schere, Papier schlägt Stein, Schere schlägt Papier … Sie spürte, wie Ayumi an ihren Füßen zerrte. Mit einem Aufbäumen drehte sich um und blickte Ayumi direkt ins Gesicht. Ihre Augen waren nur noch zwei schmale Schlitze in einer Maske aus Fleisch und Blut.

Ohne zu überlegen, begann Naoko zu strampeln, doch Ayumi hielt ihre Knöchel wie mit einem Schraubstock. Als Naoko sich schließlich im Freien wiederfand, stellte sie fest, dass Ayumi ihre beiden Schwerter hatte fallen lassen, um ihr nachzulaufen. Sie schnellte nach vorn und biss Ayumi in die Wange. Ayumi jedoch riss so fest an ihren Haaren, dass sie sich gezwungen sah, loszulassen.

Erneut wurde Naoko gegen die schwarzen Vulkansteine katapultiert. Der Aufprall nahm ihr den Atem. Sie schloss die Augen. Als sie sie wieder öffnete, hielt Ayumi ihren Katana in der Hand. Naoko warf sich auf den Wakizaki und richtete sich mit dem Schwert in der Hand auf.

Auch wenn das Ende nah war – sie würde nichts bereuen.

Sie hatte getan, was sie konnte.

93

Passan streifte noch um den Schrein, als er in der Ferne das Klirren von Stahl hörte. Der Wind hatte gedreht. Passan lauschte angestrengt. Die Geräusche kamen vom Fuß des Hügels, aus Richtung des Strandes. Doch genau da war er hergekommen. Wieso hatte er sie verfehlt?

Er rannte los. In Windeseile stürmte er den Pfad hinunter. Kiefernnadeln zerkratzten sein Gesicht. Jemand schrie. Als er den Strand erreichte, veränderten sich die Schreie und wurden zu schrecklichen, kehligen Geräuschen.

Passan blickte sich um. Alles ringsumher war schwarz. Unter einem rußigen Himmel klatschten Wellen an den dunklen Strand. Selbst der Schaum, der über den Sand getrieben wurde, sah grau, düster und wie Auswurf aus.

Der Strand war leer. Das Schreien hatten aufgehört. Zu seiner Linken entdeckte Passan eine Felsformation, die ihn an Votivsteine erinnerte. Instinktiv wandte er sich in diese Richtung. Als er zwischen den Steinen hindurchglitt, erwartete er fast, auf eine schamanische Zeremonie oder ein Hexenritual zu stoßen.

Vor einem Kiefernhain bewegten sich zwei vom Regen durchnässte menschliche Gestalten. Eine lag am Boden, die andere, ganz in Schwarz, schwang ein Langschwert.

»NEIN!«

Die schwarze Gestalt wandte den Kopf. In diesem Moment teilte sich über ihr der Himmel, und ein Blitz zuckte durch die Wolken. Passan erkannte ihr Gesicht. Es war weiß, kalt und ausdruckslos wie ein Stein. Doch das Auffälligste war ihr Blick. Er war schwarz wie Kohle und schien vor Gift zu brennen.

Mit einem lauten Schrei stürzte er sich auf sie. Er besaß nichts als seine beiden Fäuste, doch der Bluff funktionierte. Ayumi drehte sich um und floh in den Wald wie ein verängstigtes Wild. Passan beugte sich über Naoko. Ihr Yukata war mit Blut befleckt. Unter dem nassen Stoff zeichneten sich ihre kleinen Brüste ab. Es war genau wie in Pré-Saint-Gervais, nur dass es hier keine Hilfe in der Nähe gab.

Vorsichtig wickelte er Naoko aus dem Yukata. Der Verband über der Wunde aus Paris triefte von Blut. Sie war während des Kampfes wieder aufgerissen und das Blut sah aus wie Siegellack. Es grenzte an ein Wunder, dass sie noch lebte. Oder hatte Ayumi nie die Absicht gehabt, sie wirklich zu töten?

Leise und beruhigend redete Passan auf Naoko ein. In einer

Pfütze entdeckte er ein zerbrochenes Langschwert. Zwischen den Felsen steckte eine kürzere Waffe in einer Spalte. Der Kaiken fiel ihm ein. Er wühlte zwischen den Falten von Naokos Tunika und in den Taschen der Trainingshose. Da war er. Das Futteral aus Jackfruchtbaumholz. Der Elfenbeingriff.

Mit dem Dolch in der Hand erhob er sich. Naoko packte ihn an der Jacke, um ihn zurückzuhalten. Ihre Augen waren gerötet, ihre Lippen zitterten. Sie stammelte Worte, die er nicht verstand. Wollte sie ihn warnen?

Mit der linken Hand zog er sein Handy aus der Tasche, wählte die Nummer des Fischers und drückte Naoko das Telefon in die Hand.

»Das ist der Mann, der mich hergebracht hat«, flüsterte er. »Sag ihm, er soll kommen. Und er soll sich beeilen«, fügte er lauter hinzu.

Ohne Naokos Antwort abzuwarten, rannte er hinter Ayumi her zwischen den schwankenden Kiefern hindurch.

»Ayumi-san!«

Im Regen erlosch sein Ruf wie eine Kerze. Weit konnte er nicht sehen. Gerade wollte er erneut rufen, als er eine Schneise erreichte. Plötzlich sah er den Himmel. Ein Gewitter rollte erbarmungslos auf die Insel zu. Ein Stück weiter unten gurgelte ein gemächlicher Fluss. Jenseits davon erstreckte sich eine mehrere Hundert Meter lange Insel, die wie ein kieloben liegendes Schiffswrack aussah.

Passan war sich ziemlich sicher, dass Ayumi sich dort versteckte.

Er lief den Hügel hinunter und stieg in das lauwarme Wasser. Es war nicht sehr tief – er brauchte nicht einmal zu schwimmen. Auf der anderen Seite angekommen, steckte er den Kaiken in den Gürtel und zog sich an dichten Grasbüscheln die Böschung hinauf. Oben entdeckte er einen von Schilf gesäumten Weg, der sich am Ufer entlangzog. Er schüttelte sich und richtete sich auf.

Ayumi stand fünf Meter von ihm entfernt auf dem Pfad und schwang ihre Waffe. Ihre Haltung erinnerte Passan an die unzähligen japanischen Schwertkampffilme, die er in seinem Leben gesehen hatte. Unwillkürlich musste er lächeln. Nun würde er tatsächlich so sterben, wie er es sich in seinen verrücktesten Fantasien ausgemalt hatte.

Der Kaiken in seinem Gürtel fiel ihm wieder ein. Was aber konnte er damit gegen ein Schwert ausrichten, das fast einen Meter lang war? Er warf sich ins Gebüsch und rollte unter Lianen hinweg über Blättern und Nadeln fast zehn Meter weiter, ohne sich umzudrehen und ohne aufzustehen. Nur das Prasseln des Regens und das Pfeifen der Schwertklinge waren zu hören. Hinter ihm. Die Klinge war da. Schnell und tödlich. Sie maunzte, stöhnte, seufzte … Und sie rief nach ihm.

Schließlich kroch er aus dem Gebüsch, strauchelte und fiel hin. Sofort warf er sich herum. Ayumi packte ihren Katana wie einen Pfahl, um ihn mitten in sein Herz zu treiben. Passan ließ sich abrollen. Er spürte, wie die Erde unter ihm nachgab, ehe er im lauen Wasser des Flusses versank.

Mit den Beinen stieß er sich ab. Nur weg vom Ufer! Er kämpfte gegen die Strömung an, drehte sich mit dem Gesicht nach oben, bemühte sich aber, vollständig unter Wasser zu bleiben. Jetzt musste er nur noch die Luft anhalten, bis er aus Ayumis Reichweite war. Ob sie ihm ins Wasser folgen würde? Er glaubte es nicht.

Als seine Lungen schon zu platzen drohten, hob er endlich den Kopf. Sofort spürte er den Luftzug der Klinge. Er war nicht weit genug gekommen – Ayumi war ihm immer noch zu nah. Da probierte er es anders. Er holte tief Luft, tauchte, arbeitete sich bis zum Ufer vor und versteckte sich zwischen dem Schilf. Ayumi hieb blindlings drauflos und köpfte Binsen und Sumpfschwertlilien. Passan bewegte sich nicht. Er stand bis zum Hals im Wasser und klammerte sich an Grünzeug.

Schließlich zog er den Kaiken aus dem Gürtel. Vielleicht konnte er halb auftauchen und Ayumis Beine erreichen. Nein, das ging nicht. Ehe er auch nur den Arm ausstrecken könnte, hätte sie ihn längst enthauptet. Also tauchte er wieder ein. Er schluckte Wasser. Die Strömung trieb ihn ab. Wurzeln schlangen sich um seine Gliedmaßen.

Plötzlich wurden seine Füße in eine seitliche Vertiefung gesaugt. Ein Loch in der Uferböschung. Das Schwert glitt durch das Blattwerk und riss ihm ein Stück Kopfhaut weg. Das war sein Signal. Er ließ sich von der Strömung in den Tunnel saugen und hoffte, irgendwo wieder an die Oberfläche zu kommen. Er drehte sich in Sogrichtung und schwamm. Bereits nach wenigen Schwimmstößen musste er gegen die aufsteigende Panik ankämpfen. Bestimmt würde er in dieser Kloake ertrinken. Sofort stemmte er sich gegen den Strom und tastete die Wände ab, um zurückzufinden. Doch es ging nicht. Der Schlauch war viel zu eng, und die Strömung trieb ihn weiter vorwärts.

Passan rief sich zur Ordnung. Wenn es eine Strömung gab, dann musste es auch einen Ausgang geben. Er dachte an Wasseradern, einen unterirdischen Kreislauf oder ein Netz von Kanälen, das ihn irgendwann wieder ans Tageslicht befördern würde. Er versuchte seinen Vorwärtsdrang zu beschleunigen, doch auch das gelang ihm nicht. In jeder Sekunde wurde die Schwärze um ihn herum dichter und tiefer.

Seine Lungen brannten. Seine Kehle schmerzte. Ihm war bewusst, dass in seiner Situation der Atemreflex sein gefährlichster Feind war. Nach einer gewissen Zeit ohne Sauerstoff setzte die Atmung von selbst wieder ein, ganz gleich, wie die Konsequenzen aussahen.

Er würde die Lippen öffnen …

Er würde …

Plötzlich schrie er auf. Es war wie eine Explosion. Leben brandete wie Feuer durch seine Lunge. Der Himmel! Sauerstoff! Sein Schrei verwandelte sich in ein lautes Lachen. Er wandte sich um und sah das Ufer der Insel, als wäre er an seinen Ausgangspunkt zurückgekehrt. Tatsächlich aber war er unter der Landzunge hindurchgetaucht und auf der anderen Seite der Bucht gelandet.

Er stemmte sich hoch und betrachtete den Kaiken, den er immer noch in der Hand hielt. Schnell huschte er wieder in den

Wald. Pflanzen, Bäume und Lianen bewegten sich wie Algen im Meer. Ein Rauschen wie von Wellen war zu hören. Passan löste sich in einer grünen flüssigen Welt auf. Ihm war, als wäre er überhaupt nicht aus dem Wasser gestiegen.

Bald hatte er Ayumi entdeckt, die noch immer wütend auf die Oberfläche des Flusses einhieb. Sie ahnte nicht, in welcher Gefahr sie schwebte, und war ihm jetzt absolut unterlegen, was ihn mit einer dumpfen Befriedigung erfüllte. Ohne jede Vorsichtsmaßnahme näherte er sich ihr.

Fünf Meter.

Er hielt den Kaiken vor sich.

Drei Meter.

Er hatte den Eindruck, die pflanzliche Membran zu durchstoßen wie ein Schwert, das in das Fleisch des Feindes eindringt.

Ein Meter.

In diesem Moment drehte Ayumi sich um und hob ihr Schwert. Passan hatte gerade noch Zeit, zurückzuspringen. Die Klinge sauste nieder. Plötzlich war überall Blut, doch er verspürte keinen Schmerz. Und der Kaiken war verschwunden. Als er aufblickte, stand Ayumi vor ihm. Sie ließ den rechten Arm am Körper entlangbaumeln, hielt das Schwert parallel zum Boden und sah ihn mit erstauntem Gesicht an.

Dann sprudelte ein Blutstrom aus ihrem Mund.

Der Kaiken steckte in ihrer linken Brustseite. Es war eine Reflexhandlung gewesen – in der Zeit, die sie brauchte, ihr Schwert zu heben. Passan fiel auf die Knie und sah, wie sie zuckte, bis auch sie in die Knie ging. Blut drang ihr aus Mund und Nase und vermischte sich mit dem Regen. Sie ließ das Schwert los und streckte die Hände nach ihm aus. Er ergriff sie, hielt sie fest und dachte daran, dass diese Frau seine Kinder ausgetragen hatte. So würde er sie immer in Erinnerung behalten – mit geradem Rücken, gebogenem Nacken und auf ihren Fersen sitzend. In der Seiza-Haltung.

In ihrem Blick erkannte er eine unerreichbare Finsternis, die kein Regen je fortwaschen konnte. Gleichzeitig aber zeigte ihr

Gesicht etwas Kindliches. Eine Hilflosigkeit, der er die Katastrophe gern erspart hätte. Schließlich wankte sie und fiel um wie ein gefällter Baum. Passan versuchte noch, sie an den Händen festzuhalten, doch sie glitt in eine Schlammlache.

Er stand auf. Ohne lang nachzudenken, stieg er über die Leiche hinweg und ließ sich noch einmal in den Fluss gleiten. Langsam arbeitete er sich zum anderen Ufer vor. Aufs Geratewohl und ohne auf den Weg zu achten durchquerte er den Wald.

Ewigkeiten schienen zu vergehen, ehe er den Strand erreichte. Naoko war noch da. Sie lehnte an einem Felsen.

Über das Brausen der Brandung hinweg vernahm Passan ein Motorengeräusch. Das Boot näherte sich der Insel. Verstört trat Passan zu seiner Frau und ließ sich neben ihr in den Sand sinken. Er wusste ihr nichts zu sagen. Da er jedoch zurückgekehrt war, erübrigte sich jeder Kommentar. Er hatte einen Kampf ausgefochten, bei dem es keine zwei Überlebenden geben konnte.

Naoko richtete sich halb auf und nahm ihn so fest in die Arme, dass er sie überrascht anblickte. In ihren Augen lag eine Zärtlichkeit, wie er sie seit Jahren nicht gesehen hatte.

»Ie ni kaerimasyou«, flüsterte sie.

Passan hatte nie Japanisch gelernt und würde es wohl auch in Zukunft nicht tun. Aber diesen Satz verstand er. Intuitiv und ohne Übersetzung.

»Lass uns nach Hause gehen«, hatte Naoko gesagt.

Unschuld hat viele Gesichter

Jean-Christophe Grangé
IM WALD DER STUMMEN
SCHREIE
Thriller
Aus dem
Französischen von
Thorsten Schmidt
544 Seiten
ISBN 978-3-404-16772-2

Eine Serie von grausamen Ritualmorden in Paris. Im Zuge ihrer Ermittlungen wird die ehrgeizige Untersuchungsrichterin Jeanne Korowa zufällig Zeugin eines therapeutischen Gesprächs, in dem ein Vater vom Gewaltpotenzial seines autistischen Sohns berichtet. Ist der junge Mann womöglich der Täter? Die Suche nach der Wahrheit führt Jeanne schließlich bis in den Dschungel Argentiniens – wo ihre schlimmsten Albträume Wirklichkeit werden …

Jean-Christophe Grangé ist Frankreichs Thriller-Autor Nummer eins

Gehetzt. Gejagt. Getrieben.

Sie ist der wichtigste Mensch auf Erden. Sie ist *der Schlüssel.*

Simon Toyne
SACRAMENTUM
Thriller
Aus dem Englischen
528 Seiten
ISBN 978-3-404-16776-0

Die kalten weißen Wände einer Isolierstation – das ist alles, was Liv Adamsen sieht, als sie aufwacht. Sie weiß nicht, wie sie hierher gekommen ist. Ihr Gedächtnis ist wie ausgelöscht. Sie spürt nur, dass etwas Seltsames mit ihr vorgeht, und glaubt eine Stimme zu hören, die ihr zuflüstert, sie sei *der Schlüssel.* Aber der Schlüssel wofür? Für die Mönche in der verbotenen Festung von Trahpah könnte Liv die Rettung vor einer geheimnisvollen Seuche bedeuten. Und für eine einflussreiche Gruppe innerhalb der katholischen Kirche stellt sie eine nie dagewesene Bedrohung dar. Damit ist die Jagd auf Liv eröffnet. Ihr gelingt die Flucht, doch die Verfolger sind ihr dicht auf den Fersen …

Bastei Lübbe Taschenbuch